RESMIRANDA

Irene Radford vit aux États-Unis, dans l'Oregon. Depuis 1994, elle a publié une quinzaine de romans et des nouvelles. Avec *Les Descendants de Merlin*, elle a entrepris, à l'instar de Marion Zimmer Bradley, une série de fantasy ambitieuse, revisitant de manière originale la légende arthurienne.

DU MÊME AUTEUR

Les Descendants de Merlin I
Wren
Buchet Chastel, 2002
et « Points Fantasy », n° P1637

Les Descendants de Merlin III
Griffin
Buchet Chastel, 2004

Irene Radford

RESMIRANDA

Les Descendants de Merlin II

ROMAN

Traduit de l'anglais (États-Unis)
par Marianne Saint Amand

Éditions Points

COLLECTION DIRIGÉE PAR FABRICE COLIN

La première édition de cet ouvrage
a paru aux éditions Buchet Chastel, en 2003

TITRE ORIGINAL
Guardian of the Trust, Merlin's Descendants 2

TEXTE INTÉGRAL

ISBN 978-2-7578-0344-8
ISBN 978-2-7578-0432-2 n° général
(ISBN 2-283-01883-8, 1re publication)

Ce livre est dédié à mon mari, Tim.
Je sais qu'il m'aime autant que je l'aime.

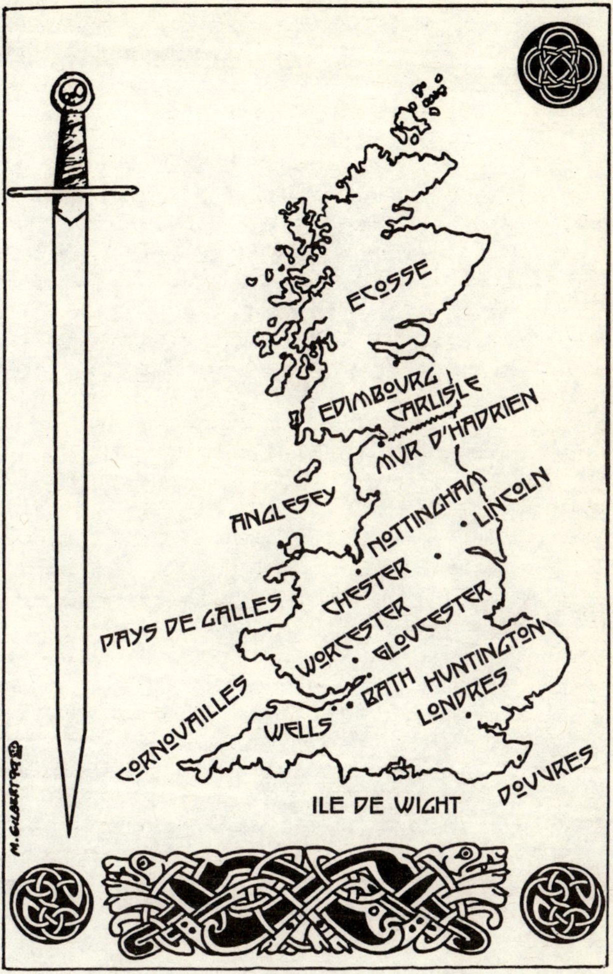
ECOSSE
EDIMBOURG
CARLISLE
MUR D'HADRIEN
ANGLESEY
NOTTINGHAM
LINCOLN
CHESTER
PAYS DE GALLES
WORCESTER
GLOUCESTER
HUNTINGTON
BATH
LONDRES
CORNOUAILLES
WELLS
ILE DE WIGHT
DOUVRES
M. GILBERT

Note de l'auteur

La description du roi John en tant que quintessence du mal absolu a fait les beaux jours de nombreux littérateurs et cinéastes. De Walter Scott à Kevin Costner, John, dit Jean sans Terre, apparaît comme un funeste conspirateur, un adepte de la torture et un tyran cupide. Au cours de mes recherches, j'ai découvert un homme totalement différent.

À l'instar de certains de nos politiciens, on oublie les actions bénéfiques de ce chef politique et militaire pour ne retenir que ses erreurs.

Il est incontestable que John se rendit coupable de quelques atrocités. L'incident de la pendaison, en 1212, de vingt-huit otages gallois est véridique. Le fait que lady Neville offrit cent poulets pour avoir le privilège de coucher avec son propre mari plutôt qu'avec le roi est dûment rapporté. Il se gagna l'animosité de ceux dont il avait le plus besoin – ses propres barons. Il préféra la compagnie des roturiers et des mercenaires à celle de ses pairs. Et il s'aliéna l'Église, entité la plus puissante du monde occidental de l'époque.

Dans le langage d'aujourd'hui, je le qualifierais de paranoïaque. Une succession de réactions extrêmes à la suspicion et à la peur gâcha sa vie entière. John appliqua, durant tout son règne, la philosophie du « trahir les autres avant qu'ils n'aient l'occasion de me trahir». Il est possible que cette attitude lui soit devenue très tôt un mécanisme de survie. Il grandit avec trois frères aînés aussi impitoyables que dévorés d'ambition. Qui se déclarèrent mutuellement la guerre après l'avoir déclarée à leur père. Leur mère, Aliénor d'Aquitaine, très souvent instigatrice et sujet de leurs conflits, dressait père et fils les uns contre les autres en d'amers jeux de pouvoir. Amour et éducation ne semblent pas avoir eu leur place dans cette maisonnée explosive. À moins que, ainsi que je l'ai décrit, la paranoïa de John n'ait été provoquée par un autre. La vérité ne verra peut-être jamais le jour.

Le règne de John fut également marqué par de grandes avancées en science politique. John adorait les détails ordinaires de la gestion d'un royaume. Juriste érudit et juste, il aimait la loi. Il veilla également à ce que les détails de la vie quotidienne soient enregistrés au même titre que ses jugements. C'est par leurs chroniqueurs, ces hommes qui tenaient un journal souvent entaché de préjugés, que nous connaissons la vie des rois précédents. Peu de chroniques du règne du roi John nous sont parvenues. En revanche, nous disposons d'une copieuse documentation sur les menus détails de sa vie et de sa carrière. Ces registres devinrent vite trop encombrants pour être transportés. Aussi édifia-t-on à Londres une chancellerie centrale, ou archive centrale, afin de les y entreposer. On embaucha des érudits pour les étudier et les conserver.

John établit également un Échiquier, ou Trésor public, à Londres. Avant cela, le roi, ou son chancelier, transportait l'énorme trésor dans ses bagages au cours des pérégrinations royales dans le pays. Il se peut que John ait perdu les joyaux de la couronne en traversant à gué une rivière en crue, mais son trésor demeura intact. Alors que l'économie s'accroissait, que l'on frappait plus de monnaie, et qu'elle devenait moins dépendante des dîmes sur la nourriture, la laine ou les chevaux, le trésor devint, lui aussi, trop volumineux pour être transporté.

Avec un Trésor central, ceux qui présentaient une créance légitime ou autorisée n'avaient plus à attendre une lubie du roi pour être remboursés.

Ainsi que nous le savons, John n'avait pas de demeure. À l'image de ses ancêtres, il mena une vie itinérante et dépendit de l'hospitalité de barons ou d'une douzaine de résidences royales toujours prêtes à recevoir la Cour.

L'un des commentaires récurrents de mes lecteurs est que l'on dit « Votre Majesté » à un roi ou à une reine, « Votre Altesse » à un prince ou à une princesse, « Votre Grâce » à un duc, et « Monseigneur ou ma Dame » à la noblesse. Majesté fut inventé par les Tudors presque trois cents ans après le roi John. Ces derniers prétendirent que la « majesté » s'appliquait également à une lignée bâtarde. Ils devaient avoir quelque chose à prouver.

Je me suis accordé, dans cet ouvrage, quelques libertés quant à la stricte chronologie historique. Eustace de Vesci et Robert Fitz Walter déclarèrent être des adeptes de l'Armée de Dieu. John promit effectivement de partir en croisade et de faire de l'Angleterre un fief papal. Mais pas avant la guerre civile qui suivit la Grande Charte en 1215. Les implications de cette guerre sont incroyablement complexes, et j'en ai condensé beaucoup afin de garder au livre son effet dramatique.

La première lecture de la Grande Charte peut se révéler décevante. Ce n'est nullement une déclaration des droits de l'homme. C'est plutôt un traité de paix, principalement économique, entre John et ses barons. L'homme ordinaire n'y eut que peu d'importance. Une seconde lecture devient plus intéressante, car on y trouve un formidable aperçu des priorités de la baronnie de l'époque. On y trouve également des allusions aux défauts du roi qu'était John. J'ai tenté de donner un contexte à la plupart des requêtes. Nombre de clauses sont simplement trop complexes, ou traitent de sujets nés au cours de la guerre civile, entre la réconciliation de John avec l'Église en 1213 et la signature de la Grande Charte en 1215. La transcription de ce document est disponible sur le site Internet, www.fordham.edu/halsall/sbook.html Paul Halsall, editor.

Tous mes remerciements à Alan Lupack, conservateur, The Robbins Library, université de Rochester, pour ses vues sur les légendes de Robin des Bois.

Les sabliers, cadrans solaires et chandelles marqués d'un temps de combustion estimé étaient les seules horloges dont disposaient les gens. Le petit peuple y avait rarement accès. Les cloches d'églises indiquaient le passage du temps. Elles sonnaient à chacun des huit services, ou offices de la journée. Prime sonnait l'aurore, suivie par tierce en milieu de matinée, puis sexte à midi. Le milieu de l'après-midi était appelé none, suivi de vêpres au coucher du soleil. Complies indiquait l'heure de se coucher, et matines accueillait le nouveau jour à minuit. Laudes venaient au petit matin pour les plus scrupuleux et les habitants des cloîtres. Trois heures à peine séparaient chaque service, mais quand les heures de coucher et lever de soleil se modifiaient, en été et en hiver, les heures de la journée s'y accordaient.

Si vous êtes en quête de bibliographie, permettez-moi de vous suggérer *King John*, W.L. Warren, University of California Press, 1961 ; *Who's Who In Early Medieval England*, Christopher Tyerman, Sherheard-Walwyn, 1996 ; *Daily Living In The Twelfth Century*, Urban Tigner Holmes Jr, University Of Wisconsin Press, 1952. Mes étagères débordent d'autres volumes qui m'ont été utiles, mais ces trois-là sont ceux sur lesquels je me suis le plus appuyée.

Toutes erreurs que vous pourriez trouver dans l'interprétation de ces chercheurs érudits me sont imputables.

Dans la table des personnages, j'ai tenté de regrouper les gens par familles ou associations. Tous les personnages cités dans cette table n'entrent pas en scène dans ce livre, mais leur présence y est puissante et souvent mentionnée. Les noms de gens ayant existé sont précédés d'un astérisque. Deux personnages relèvent du mythe. Les érudits polémiquent en permanence quant à leur place – réelle ou mythique – dans l'Histoire. Leurs noms sont précédés d'un point d'interrogation. Cher lecteur, vous aurez le privilège de décider de la place que vous leur attribuez dans l'Histoire et la littérature.

Comme toujours, il y a des gens à remercier de leur aide pour assembler un projet de cette amplitude. Le premier de tous, mon mari, Tim, a droit à des baisers virtuels et bien réels pour sa patience, ainsi que pour son assistance dans notre voyage de recherche en Grande-Bretagne. Il prit de fabuleuses photographies, le volant, et planifia notre itinéraire alors que je travaillais d'arrache-pied afin de respecter une date limite. N'oublions pas mon fils, Ben, et son adorable femme Yukari, qui me soutinrent et m'encouragèrent lorsque l'envie de « tout laisser tomber » me prenait. Ed, mon grand frère, fut toujours désireux de marcher à mon côté alors que je pataugeais dans un problème d'intrigue. Mon autre frère, Jim (le politologue de cette étrange famille), m'offrit un point de vue intéressant sur la politique de l'époque.

La famille aide merveilleusement bien un écrivain à terminer un livre. Mais d'autres écrivains et lecteurs sont essentiels. Karen Lewis et Beth Gilligan ne furent jamais plus loin que mon téléphone quand j'eus besoin d'idées, de logique, de recherches ou d'une lecture critique du fatras qui ressemblait à un manuscrit. Merci aussi à Mike Moscoe pour sa vaste connaissance des rituels liturgiques. Sharan Newman a gagné ses galons en m'obligeant à l'honnêteté sur de nombreux détails historiques.

Il me faut également évoquer l'artiste Gordon Crabb, dont les images ont inspiré bien des scènes.

Mon éditrice, Sharon Gilbert, ne peut échapper à cette liste de remerciements. Elle crut en moi et acheta mon livre avant même que je ne sois persuadée d'avoir le talent pour l'écrire. Ses conseils et son amitié me rendirent tout possible.

Il me faut surtout remercier Carol McCleary de la Wilshire Literary Agency, meilleure amie, disciple austère, nounou, associée : elle est ce dont j'ai besoin quand j'en ai le plus besoin. Jamais ma carrière n'aurait été si loin sans elle.

Aussi ai-je l'espoir, cher lecteur, que vous trouverez autant de plaisir que moi à ce livre. J'appris beaucoup en ce qui concerne la loi et la justice. J'en appris beaucoup sur l'écriture. J'en appris également beaucoup sur la confiance – envers moi, les autres, ma foi et mon chien – ou mon chat, puisque je n'ai plus qu'un seul animal (familier et compagnon) ces jours-ci.

Irene Radford,
Welches, Oregon.

Table des personnages

(* indique un personnage historique)

Lord Henry Griffin, baron de Kirkenwood, 1127-1208. Prit la croix pour la deuxième croisade, 1147-1149. Descendant de Merlin et d'Arthur. Porte le titre légendaire de Pendragon.

Resmiranda Griffin, (Ana), 1191- ? Fille unique de sire Brian de Griffin et de Mathilde. Petite-nièce de lord Henry Griffin.

Carlotta, lady Griffin, 1136-1199. Sorcière d'origine galloise, épouse d'Henry Griffin.

Diddosrwydd. Chien d'onde Henry, dont le nom veut dire abri, sécurité.

Mathilde, lady Griffin, 1177- ? Mère de Resmiranda.

Brian de Griffin, 1175-1218. Père de Resmiranda, toujours à la guerre ou en tournoi.

*Richard Plantagenêt**, dit *Richard Cœur de Lion*, 1157-1199. Roi d'Angleterre, 1189-1199. Troisième fils d'Henry II et d'Aliénor d'Aquitaine. Absent d'Angleterre car en croisade, 1190-1194.

*John Plantagenêt**, dit *Jean sans Terre*, 1167-1216. Roi d'Angleterre, 1199-1216. Fils cadet d'Henry II et d'Aliénor d'Aquitaine.

*Isabelle d'Angoulême**, 1188-1216. Reine d'Angleterre. Seconde femme du roi John et mère de ses cinq enfants légitimes.

*Le prince Henry**, 1207-1272. Roi d'Angleterre sous le nom d'Henry III, 1216-1272. Fils aîné de Jean sans Terre et d'Isabelle.

*Arthur de Bretagne**, 1187-1203 ? Fils posthume de Geoffrey, deuxième fils d'Henry II et de Constance de Bretagne. Né après l'accession au trône de Richard. Il aurait dû, par les lois de primogéniture, hériter de la couronne de Richard. Il disparut après le couronnement de John. Son destin donna lieu à moult conjectures.

Radburn Blakely, 1166- ? Lord de Nigel Burn, demi-frère illégitime du roi John. Petit-fils de Tryblith, démon du Chaos.

Tryblith. Démon du Chaos.

Sire Edmond Fitz Gyr, 1162-1208. Seigneur des Marches chargé du château de Mendip Mor.

Lady Hillary, 1166-1208. Sa femme.

Newynog. Chien-loup de Resmiranda, fille de la chienne de son grand-oncle, toutes deux descendantes de la chienne de Wren (volume I) et nommée comme elle.

Joseph. Page de la maisonnée Fitz Gyr.

Hugh Fitz Chênenoir, 1174- ? Chevalier, ex-mercenaire du roi John. Gère les terres de son beau-fils et pupille.

Archibald of Lea (Archie), 1173-1220. Sergent d'armes d'Hugh.

Orage (nom français dans le texte). Destrier d'Hugh.

Ardyth, lady Bellecôte, 1170-1204. Première femme d'Hugh, veuve de Robert et mère du jeune John (Johnny). Le roi John l'obligea à épouser Hugh contre sa volonté.

Baron Robert de Bellecôte, 1167-1201. L'un des hommes du roi John qui envahirent Kirkenwood. Accusé d'avoir trahi le fils d'Henry Griffin en Terre sainte lors de la troisième croisade. Mari d'Ardyth et père de Johnny.

John Bellecôte, baron de Bellecôte (Johnny), 1202-1209. Beau-fils de sire Hugh.

Walter Geoffrey de Chancell, ? -1208. Tué par Hugh lors d'une escarmouche. Mercenaire attaché à William de Briouze.

*William de Briouze**, ?-1211. Partenaire de jeu et confident du roi John. Par la suite condamné à l'exil après le massacre de sa famille par le roi.

*Peter des Roches**, ?-1238. Évêque de Winchester, 1208-1238, premier juge, 1213-1215, fidèle au roi

John. Reste en Angleterre après l'Interdit et l'excommunication.

? *Arthur Pendragon*. Roi légendaire de l'ancienne Grande-Bretagne. Régna probablement aux alentours de 500 apr. J.-C.

John Howard, aubergiste de Wells.

*Stephen Langdon**, 1165-1228. Candidat du pape Innocent III* à l'archevêché de Canterbury. Négociateur en chef de la Grande Charte.

Père Gerald. Prêtre accusé de meurtre et centre d'une controverse – doit-il être déféré devant un tribunal religieux, ou civil ?

Sire Arundel, 1173-1216. Premier juge de Bath.

Lorenz Casale. Négociant en verre de Venise.

Sire Nigel Marchand. Chevalier et relation de sire Hugh, possède des terres dans l'évêché de Worcester.

Lady Sigrid. Femme de sire Nigel.

*Petit**. Valet de John.

*William**. Baigneur de John.

Fantôme, 1192- ? Serviteur et assassin favori de Radburn ; il a hérité sa magie de Nimuë.

Père Truman. Prêtre héréditaire de Kirkenwood.

*William Marshall, grand maréchal d'Angleterre**, 1147-1219. Plus insigne chevalier de toute l'Europe, férocement loyal, immensément riche et puissant. A servi le roi Henry II, son fils aîné – le jeune roi – Richard Ier, le roi John et Henry III. Général en chef du roi John pendant la guerre civile, 1212-1216. Devint, en dépit de son grand âge, régent au début du règne d'Henry III, fils de John.

*Ranulf, comte de Chester**, 1170-1232. Chef des barons partisans de John. Épousa en premières noces Constance de Bretagne. La répudia et se remaria.

Daffyd. Intendant de Kirkenwood.

Brigid. Femme de Daffyd et servante de Resmiranda.

Sire Simon. Chevalier de Resmiranda de Kirkenwood.

Lady Hilda. Femme de sire Simon. La chevaline Hilda agit en tant que châtelaine de Kirkenwood en l'absence de Resmiranda.

Sire Andrew. Chevalier et ami d'Hugh.

Lord Silvester. Petit lord de Lincoln.

Robin Locksley, comte d'Huntington, ? – Hôte de Resmiranda lorsqu'elle se cache et passe pour morte.

Robert, Marion, Meredith, Will et Tobin. Enfants de Robin, âgés de 14 à 5 ans.

Père Adrian. Prêtre d'Huntington.

*William Longsword**, vers 1150-1226. Comte de Salisbury. Demi-frère illégitime du roi John.

*Hugh Neville**. Un des compagnons de jeu de John. Le roi eut une aventure légendaire avec sa femme.

*Joan Neville**. Sa femme, dont je n'ai pu trouver le nom de jeune fille.

*Brian Delisle**. Page de John.

Sybella Delisle. Sa femme.

*William Brewer**. Page de John.

*John de Grey**, ?-1214. Évêque de Norwich, 1200-1214. Secrétaire de John et candidat à l'archevêché de Canterbury.

Henrietta Carlotta Griffin (Hetty), 1209- ? Fille de Resmiranda et du roi John.

*Robert Fitz Walter de Dunmow et Londres**, ? 1170-1235. Instigateur de la rébellion contre le roi John, 1212-1216. Il abandonna l'opulent château de Vaudreuil à Philippe de France, et John refusa de payer sa rançon. Fitz Walter ne le lui pardonna jamais. Caractère violent, aspect de fanatique.

*Eustace de Vesci de Northumberland**, 1169-1216. Unique second de Robert Fitz Walter lors de la rébellion. Homme prudent et économe. Ne contracta jamais de grosses dettes auprès du roi, mais se porta garant des autres. Sa femme – fille bâtarde de David d'Écosse – eut une aventure avec John. Insulaire septentrional typique, détesta l'influence du Sud.

*Llewelyn**. Prince du pays de Galles septentrional. Marié à Joan*, fille illégitime du roi John.

Sire Kendric of Southwark. Ex-mercenaire, chevalier du roi chargé de garder Kirkenwood en l'absence de Resmiranda. Loyal à John.

Deirdre. Vieille femme qui baptisa Hetty.

Coffa. Souvenir, chiot chien-loup offert à Hugh par Resmiranda.

*Pandulf Masca**, ?-1226. Légat du pape qui négocia la réconciliation de John avec l'Église.

Prologue

Domaine de Kirkenwood, près du mur d'Hadrien. Printemps de l'an de grâce 1199. Dixième année du règne de notre bien-aimé roi Richard Cœur de Lion.

Henry Griffin, huitième baron de Kirkenwood, percevait les battements désordonnés de son cœur. *Zump, zum, zum. Kazump, zum.* Il ralentit, puis accéléra sciemment son rythme respiratoire. S'il voulait sauver Lotta, il devait absolument conserver son sang-froid.

Zump, zum, zum. Kazump, zum.

Rien ne marchait. Son cœur savait qu'une partie de lui-même partirait en lambeaux s'il laissait Lotta mourir cette nuit. Il lui fallait la sauver.

« Viens, Resmiranda. » Il tendit la main vers sa petite-nièce. Les doigts juvéniles, bronzés et durcis par le jardinage, parurent purs et innocents entre les siens. La peau douce de l'enfant offrait un contraste frappant avec la sienne, ridée, tavelée et dénuée à présent de toute innocence.

Le monde s'était retourné sens dessus dessous, et il n'avait pas réussi à le remettre à l'endroit. Il avait partagé plus de cinquante années d'harmonie avec sa bien-aimée Lotta. Il ignorait ce qu'il deviendrait sans elle.

Rien ne tournerait jamais plus rond sans elle.

Zump, Kazump, zump, zummmmm.

Une larme s'échappa de ses yeux. Il tenta de la repousser, mais d'autres suivirent.

Resmiranda les essuya délicatement avec un mouchoir brodé taché par sa récente incursion dans le jardin.

« N'aie crainte de la mort, mon enfant », souffla Henry. Il ravala ses pleurs, tout en tentant de se convaincre en même temps que cette précieuse enfant. « La mort fait partie de la vie, c'est une transition qui nous arrive à tous. Cependant, nous avons parfois besoin de la retarder quelque peu. Tante Lotta n'a pas achevé sa tâche sur cette terre. Il lui faut vivre encore un petit peu. Voudras-tu nous aider à y arriver ? »

Il tentait désespérément d'arracher sa femme à cette transition vers la mort et les cieux. Cependant, il ne pouvait le faire seul. Même la présence de Diddosrwydd, sa femelle chien-loup, n'avait pu lui donner le talent ou la force pour réaliser cette antique incantation, transmise de génération en génération dans la famille.

Zump, kazump, zump, zummm.

Lotta n'avait pris le lit qu'hier. La veille encore, son rire résonnait dans Kirkenwood alors qu'elle piquait des fleurs fraîches dans la paille du sol. Toute la maison embaumait le frais et le printemps.

Aujourd'hui, le parfum des fleurs, toujours associé, pour lui, à sa femme, avait laissé place à une odeur de sueur, de fièvre et de peur.

Hier, elle avait poussé un cri de triomphe lorsque l'une des servantes avait donné le jour à un nouveau-né. Le cuisinier, qui se tordait les mains en attendant les hurlements de protestation de son fils contre cette brutale intrusion dans ce monde, n'avait eu droit qu'à une légère remarque de sa part pour avoir laissé à moitié brûler le rôti. Autre transition. Joyeuse, et non pas triste.

Lotta tenait à ce que toute la maisonnée célèbre le bonheur de vivre. Que feraient-ils tous, sans elle ? Que ferait-*il*, sans ses conseils, sa détermination à l'empêcher de se laisser aller à sa violence naturelle ?

Déjà, ses mains tremblaient de l'envie de fouetter quelque chose, quelqu'un. Il les serra, jusqu'à ce que Resmiranda émette un faible cri de protestation contre l'intensité de sa poigne sur sa main. Une petite main fragile, et non pas une garde d'épée. Il avait renoncé à son existence de soldat cinquante ans plus tôt, lorsque Lotta était entrée dans sa vie et lui avait enseigné une autre manière de vivre. Mais son goût pour la violence le torturait encore.

Il s'éclaircit la gorge et s'obligea à poursuivre ce qu'il avait entrepris.

« Il faut que je me lave les mains avant de travailler la magie, oncle Henry », insista Resmiranda. Elle se libéra de son étreinte et fila vers l'aiguière et la cuvette disposées sur la desserte. Elle s'aspergea joyeusement le visage et les mains. Tout comme les chiots dont elle raffolait, elle s'amusa à faire gicler l'eau dans la cuvette avant de revenir à ses côtés. Sa main humide se glissa aisément dans la sienne.

Mathilde, sa mère, lui jeta un regard de reproche et égrena trois perles de son chapelet.

« Tante Lotta est une vieille – une femme avisée plus âgée », expliqua Henry, plus à l'intention de la femme de son neveu qu'à celle de Resmiranda. « Ta mère, qui compte ses prières dans le coin, est une matrone. Et toi, petite Resmiranda, tu es une jeune fille. Ensemble, toutes les trois, vous pouvez pratiquer la grande magie guérisseuse. » À huit ans, l'enfant possédait déjà une fabuleuse compréhension des rituels ésotériques. En revanche, Mathilde, sa terrienne de mère, refusait toutes allusions à la magie.

Resmiranda se planta derrière lui et lui pressa la main

en signe de compréhension. Il lui rendit délicatement le geste, afin de la remercier d'accepter la tâche qui les attendait.

Zump, zump, zump, zump. Son cœur avait repris un rythme presque normal. Il inspira longuement, profondément.

Ils restèrent immobiles un bon moment, à surveiller le souffle de Lotta. Elle avait tant perdu, en seulement deux jours, qu'elle ne faisait qu'une petite bosse sous les couvertures et la courtepointe. Ses cheveux gris, répandus sur l'oreiller, paraissaient ternes sur les draps blancs.

Henry se rappela l'éclat du soleil couchant sur ses opulentes tresses noires, les nuances bleutées qu'il leur donnait alors qu'elle tournoyait sur place, nue et libre, devant le feu de *Beltane*. Il se rappela ses seins lourds, le léger renflement de son ventre, le bonheur de s'unir à elle en cette nuit-là…

Sa chevelure s'était déployée autour de sa tête tel un halo de soie quand elle s'était allongée sous lui. Ses éclairs bleutés évoquaient l'aura d'une sainte. Une sainte qui lui avait rendu des raisons de vivre. Il en avait pleuré de bonheur.

Cette toute première fois, elle était encore une très jeune fille, à peine nubile. Ce fut cette nuit-là qu'ils avaient conçu leur premier enfant.

Elle serait toujours, à ses yeux, cette splendide jeune fille, pleine de vie et d'amour pour le monde et tous ses habitants.

Le désir montait toujours en lui chaque fois qu'il plongeait dans ce magnifique regard bleu.

Zump, zump. Rassembler ses souvenirs lui avait rendu son calme.

« Resmiranda, chuchota tante Lotta d'une voix éteinte, mets ta main sur ma poitrine. J'ai besoin de ta force. » Sa toux s'accentua.

Le son caverneux déplut fortement à Henry. Resmiranda eut également un mouvement de recul.

Zump, kazump. La peur affola de nouveau son cœur. « Pose ta main là, Resmiranda. » Sous la conduite d'Henry, elle aplatit sa main sur la chemise de Lotta, au-dessus de sa poitrine affaissée. Lui-même posa la sienne sur celle de l'enfant, bientôt entourée d'une lumière verte frémissante. Bien. La magie avait commencé. « Quant à vous, Mathilde, il vous faut tenir mon autre main. » Il fit signe à la mère de Resmiranda de s'approcher.

« Je n'aime pas cela, messire Henry. » Une Mathilde au menton tremblant s'approcha à regret. Elle faisait défiler les perles de son chapelet or et ivoire bien trop vite entre ses doigts pour réciter vraiment des prières. « Nous aurions besoin de la présence du père Truman. Il prierait pour son âme. Nous ne pouvons implorer le miracle de la guérison qu'au travers d'un prêtre et de tous les saints. »

L'or de la croix du chapelet étincela dans la lumière mouvante des chandelles. Les arêtes en avaient été pratiquement arrondies par l'usure au fil des générations. Mathilde manipulait tant son présent de mariage qu'elle devrait probablement bientôt remplacer les perles. Perles qui n'avaient que deux générations d'existence.

« Prenez ma main, Mathilde. Pourquoi Dieu aurait-il offert ce talent particulier à ma famille, sinon pour en faire usage ? Nous ne cherchons rien de plus néfaste que la guérison.

– Nous sommes parfois soumis à des épreuves. *Ne pas* céder à la tentation d'user de dons “spéciaux” est susceptible de sanctifier nos âmes », rétorqua-t-elle.

Henry résista à l'envie de brocarder ses objections. « Avoir peur de talents offerts par Dieu est également un péché. Venez. Joignez-vous à nous et apprenez que nous n'abusons pas de nos dons. Nous ne faisons usage de notre force que pour le bien. » Il attrapa la main de la jeune femme, chapelet compris. Elle ne résista pas. Du moins pas encore.

Les vibrations du pouls irrégulier de Lotta picotèrent la paume de Resmiranda, remontèrent le long de son bras et se muèrent en tintement dans ses dents. Son cœur adopta le rythme du pouvoir croissant.

Mathilde tenta d'arracher sa main en suffoquant de surprise. Henry resserra sa prise, sans plus se soucier de lui faire mal.

Resmiranda prit l'air interloqué, mais ne recula point. Diddosrwydd battit de la queue et posa sa tête pesante sur le pied de l'enfant. La chienne ajoutait sa propre force à l'incantation, mère de substitution dans le cas où Mathilde filerait. Non pas une remplaçante idéale, mais peut-être suffisante pour compléter la chaîne de pouvoir.

« Maintenant, pense à la chaleur et à la sérénité, Resmiranda », souffla Henry. C'était elle qui possédait le plus grand talent, la plus grande puissance du moment. Lui n'était que le catalyseur, le guide. « Représente-toi mentalement la manière dont tu inspires et expires régulièrement, facilement. Inspire profondément. » Il prit une intonation de mélopée. Resmiranda respira à la cadence de ses paroles. Il répéta ses instructions en gaélique, le langage de leurs origines.

Il ferma les yeux et écouta le crépitement des chandelles, le martèlement de la pluie sur le toit, le doux grincement de pierre et de terre produit par les fondations. Lorsqu'il sut que tout cela respirait en rythme, que même la chienne avait harmonisé ses infimes grondements, que le monde tournait autour d'eux au rythme de leurs vies, il reprit la parole, toujours en gaélique. « Vois, en esprit, que Lotta respire aussi profondément, aussi régulièrement que toi. Rien ne bloque l'air dans son corps. Rien ne le ralentit. Doux et régulier. »

La main de Resmiranda devint brûlante dans la sienne. Les vibrations caverneuses de la poitrine de Lotta s'estompèrent, l'air y pénétra plus facilement. Henry sembla s'élever au-dessus de son corps, baisser les yeux vers lui, Lotta, Resmiranda et sa mère. Un rayonnement vert vif irradiait de leurs mains jointes et enveloppait de guérison sa femme.

Engeance de sorcière ! Les mots se répercutèrent dans l'ouïe mentale et physique d'Henry, l'arrachèrent brutalement à la grande magie guérisseuse qui le reliait aux trois femmes. La douleur provoquée par la rupture abrupte de l'incantation assaillit ses sens. Il leur fallait enraciner et terminer avant que la magie ne se retourne brutalement et ne défasse tout le bien auquel ils étaient parvenus.

Des cris, un fracas de métal, résonnèrent dans la grande salle. Qu'était-ce ? Qui osait ?

Pourquoi Diddosrwydd ne les avait-elle pas prévenus de cette intrusion ?

La réponse lui vint alors qu'un soldat l'arrachait à Lotta. Tout comme eux, Diddosrwydd avait été absorbée par la puissante énergie magique. La paisible aura verte qui entourait l'incantation pouvait tout aussi bien avoir endormi la vigilance des sentinelles de garde.

Henry tendit la main vers l'épée qui n'était plus à son côté depuis cinquante ans.

Des hommes en armes pénétrèrent en trombe dans la pièce. Il nota, par réflexe, les braies noires, les chausses noires et le justaucorps recouvert d'une onéreuse cotte de mailles noire. Ils avaient les visages masqués par d'énormes casques noirs. Sans nul blason pour les identifier. Henry ne put déchiffrer leurs regards alors qu'ils brandissaient leurs longues épées, genoux fléchis, prêts à l'assaut.

Momentanément aveuglé par l'intensité de l'incantation, il se plaqua les mains sur les tempes afin d'empêcher les lames métaphysiques chauffées à blanc de lui crever les yeux. Il lui fallait réfléchir, réagir. « Où est mon épée ? »

Lotta !

De ses mains calleuses, un soldat le sépara brutalement de Resmiranda et de sa mère. Mathilde se réfugia dans un coin. Resmiranda se débattit afin d'échapper à cette contrainte. En désespoir de cause, elle bombarda de coups de pied les tibias de l'homme. Sans plus de résultat.

Diddosrwydd gronda une seule fois, puis referma sa mâchoire imposante sur un des intrus. Qui glapit de douleur.

Henry rouvrit les yeux sur une épée qui fondait sur lui. Il empoigna la seule arme à sa portée, un chandelier de fer. Il le fit tournoyer autour de lui à l'image d'une massue. Une arme dont il n'avait jamais raffolé.

« *Seigneur*, où a-t-elle caché mon épée tout ce temps-là ! »

La cire en fusion et les flammes tremblotantes firent reculer le soldat. Celui-ci se prit les pieds dans Diddosrwydd, qui menaçait la gorge d'un autre soudard.

Un cinquième personnage dirigea son épée vers le chien. Au dernier moment, l'énorme bête tourna la tête afin de mordre l'intrus. L'arme la manqua et s'enfonça dans sa victime. Déjà morte.

Ce trépas bouleversa Henry. Il lutta afin de reprendre son sang-froid. Lotta lui avait appris le respect de toute vie, le partage de la vie avec l'univers. Elle lui avait également enseigné à guider les âmes dans les douleurs de la mort et l'amoindrissement de lui-même à chaque trépas prématuré.

Diddosrwydd abattit son prochain assaillant d'un seul bond.

Tremblant de tout son corps, Henry tentait désespérément de retrouver un peu de son ardeur guerrière passée.

Resmiranda réussit à échapper à son ravisseur en tombant à genoux. Secouée de haut-le-cœur, elle se prit la tête à deux mains. La douleur vitrifiait son regard. Ces morts l'avaient tout autant affectée.

Sauve-toi, enfant. Cours !

Plaquée contre la tapisserie du mur, Mathilde marmonnait des prières. Elle brandit son précieux chapelet comme une protection contre l'homme qui se dirigeait vers elle, épée brandie, lèvres tordues sur un grondement sauvage.

« Par les plaies du Christ ! » murmura Henry tout en parant instinctivement une nouvelle attaque. Sans le savoir, Mathilde bloquait la seule échappatoire de la pièce. La porte principale grouillait de nouveaux envahisseurs.

Lotta se remit presque en position assise, dents dénudées, yeux exorbités. Du sang coula au coin de sa bouche.

« NON ! hurla Henry. Lotta, Lotta, ne m'abandonne pas, mon amour. » Il laissa choir le chandelier et se jeta sur la courtepointe brodée afin de protéger le corps menu de son épouse de quiconque avait envahi sa maison et ses appartements privés.

Un officier pénétra dans le tumulte de la pièce. Un blason montrant un sanglier face à une licorne rampante sur le tabard lie-de-vin jeté sur son armure indiquaient ses prétentions nobiliaires. Il empoigna Resmiranda par les épaules et la releva de force.

Henry n'eut pas besoin de voir son visage pour connaître sa famille, son histoire. « Bellecôte ! Traître, rugit-il. Vous avez trahi mon fils et l'avez laissé pour mort dans une geôle sarrasine. » Il tendit de nouveau la main vers le candélabre, prêt à tuer, conscient que l'acte lui ferait perdre l'esprit. Quel besoin avait-il de son esprit, ou même de son âme, si Lotta mourait ?

« Assez », intervint un nouvel arrivant. De sa botte

blanche, il projeta le chandelier au loin. Il était entièrement vêtu de blanc. Blanches, la soubreveste et les bottes. Blanche, la cotte. Blond-blanc, les cheveux et blanche, la peau juvénile. Menton glabre. Cependant, une ombre noire l'auréolait, qui émanait de lui. L'Être Noir légendaire.

« Mais vous êtes trop jeune pour être celui-là », souffla Henry.

L'Être Noir lui adressa un sourire méprisant.

Quelque chose mourut en Henry.

Quelque chose comme un peu de silence et d'ordre s'abattit sur la pièce.

L'enfant de la sorcière ! La pensée fit le tour de la chambre, assez fort pour être perçue par tous.

Les yeux pâles de l'Être Noir étincelèrent de triomphe lorsqu'il repéra Resmiranda. La cupidité remplaça bientôt le triomphe.

Resmiranda fit un pas dans sa direction. Elle ravala ses larmes, innocente et trompée par l'éclat factice de ses atours blancs.

« Non ! » Henry bondit sur lui, mains tendues vers son cou.

« Du calme, vieil homme. Au nom du roi John, nous ne vous voulons aucun mal. » Bellecôte le retint.

« Encore une traîtrise. John a-t-il encore tenté d'arracher la couronne à son frère ? J'aurais dû m'attendre à ce que votre famille et vous-même marchiez aux côtés de Jean sans Terre, cracha Henry.

– Richard est mort. John est roi. » L'Être Noir tendit la main vers Resmiranda. « Viens, Petit Être, nous sommes semblables. Tu le sens, tout comme je le sens. »

Resmiranda le fixa. Puis elle plissa le visage, perplexe.

« Quelle est la raison de votre présence ? » Henry se plaça entre l'homme et sa petite-nièce. Il risqua un regard vers le lit. Lotta reposait paisiblement, à présent.

Trop paisiblement. Il fut pris de l'envie folle de courir vers elle. Mais n'osa bouger tant qu'il ne connaîtrait pas les exigences de ces hommes.

« Le roi John a besoin de troupes et d'argent. Vous lui devez les deux. » L'Être Noir jeta un coup d'œil à Diddosrwydd, qui se tenait entre le lit et lui tout en grondant.

« Une telle requête eût pu être présentée pacifiquement », répondit posément Henry. Il déplaça son regard, tout en évaluant ses chances d'attraper Resmiranda et de fuir par le passage secret.

« Votre troupeau de chiens-loups et vos paysans nous ont menacés dès que nous avons pénétré dans le village. Nous nous sommes attendus à de la résistance dans votre demeure et nous y sommes préparés », répliqua Bellecôte dans un haussement d'épaules, oubliant de mentionner quelques trépas au passage.

« Et qu'en est-il d'Arthur de Bretagne ? C'est le neveu de John, le fils de son frère *aîné* Geoffrey. Par droit de primogéniture, établi par le roi Henri II, Arthur de Bretagne est l'héritier légitime du trône. Richard l'a certainement nommé comme son successeur ? » insista Henry.

L'Être Noir ignora la question et s'éloigna quelque peu du chien. Ce qui le rapprocha de Resmiranda.

« Avez-vous informé de votre mission les sentinelles du village ? Ou êtes-vous entrés, épée au clair, provoquant une résistance parce que vous l'attendiez – ou la vouliez ? Vous auriez dû présenter poliment la requête du roi John, écrite ainsi que le veut la loi. » Il fallait absolument qu'Henry détourne l'attention de l'Être Noir. Pourquoi donc son esprit avait-il hurlé *l'enfant de la sorcière*, comme si la fillette était son véritable but, et non une quelconque mission du roi John ?

« Vos sentinelles sont distraites. La demeure paraissait à l'abandon. Nous sommes entrés sans encombre et avons trouvé l'entière maisonnée endormie sur ses tâches, expliqua Bellecôte. Après le combat dans le village, nous avions des raisons de soupçonner une embuscade. »

Un étrange sourire éclaira les yeux de l'Être Noir.

Magie noire ! Une magie de la pire sorte a provoqué le sommeil de la maisonnée. Vous avez lancé un sort afin d'endormir les soupçons de vos affidés, pensa Henry. Il aurait dû se douter que l'Être Noir invoquerait allègrement ces pouvoirs afin d'obtenir ce qu'il voulait.

Il voulait Resmiranda.

« Nous redoutions une vilenie et l'avons trouvée avec votre magie démoniaque ! » Bellecôte se signa. « Vous avez endormi tout votre personnel afin qu'il ne puisse lutter contre vos immondes invocations. »

Mathilde opina, et répéta le geste de Bellecôte. Elle paraissait plus captivée par les envahisseurs qu'inquiète pour sa fille.

« Vous avez interrompu… Lotta… ma femme… » balbutia Henry, tout en osant jeter un autre coup d'œil sur sa bien-aimée. Il lui fallait regarder, il lui fallait savoir… Il s'agenouilla près du grand lit, tendit la main pour tenir celle de Lotta une fois encore.

« Restez où vous êtes, Griffin ! l'avertit Bellecôte. Nous ne tolérerons plus vos sorcelleries. »

Lotta entrouvrit les yeux. Des larmes y brillèrent.

Elle vivait !

« Je t'aime », murmura-t-elle d'une voix à peine audible. Un souffle caverneux s'échappa de ses poumons épuisés. Elle se raidit et se recroquevilla en elle-même, toute trace de vie envolée.

« Je t'aime, Lotta, sanglota Henry.

– Votre magie l'a tuée ! » beugla Bellecôte en se signant hâtivement trois fois de suite. Puis il obligea Henry à se redresser et s'apprêta à lui envoyer son poing en pleine figure.

Henry se plia en deux et se libéra de la prise de l'homme sur sa chemise.

« Emmène Resmiranda au sanctuaire ! » hurla-t-il en plantant son regard dans les yeux ahuris de Mathilde. Il fit appel aux vestiges de sa magie pour l'obliger à bouger. « Tout de suite ! »

Il rendit son coup à Bellecôte. Son poing provoqua un très agréable bruit de brisure dans la mâchoire de son adversaire.

« Attrapez la fille. Ne la laissez pas s'échapper », hurla l'Être Noir.

Du coin de l'œil, Henry perçut des mouvements vifs. Les perles de l'antique chapelet familial étincelèrent entre les mains de Mathilde. Puis elles se retrouvèrent entre les mains d'un étranger en armure. Henry arracha mentalement la croix celtique familière à l'homme. Il fit se refermer les doigts de Resmiranda dessus.

« Cache-toi, Resmiranda. Ne les laisse pas te détourner de la lumière », cria-t-il.

Mathilde demeurait obstinément plantée devant l'issue secrète. Elle joignit ses mains en priant et ferma les yeux au chaos de la chambre.

Une Resmiranda en transe dévisagea l'Être Noir, puis tendit les mains vers lui, sous le coup d'une compulsion imposée par l'immonde descendant de Tryblith, le démon du Chaos.

Enfant de la sorcière ! Les mots résonnèrent dans l'esprit d'Henry. Puis un poing s'abattit sur sa mâchoire. Des étoiles dansèrent devant ses yeux. Les ténèbres obscurcirent sa vision.

1

Château de Mendip Mor, collines de Mendip, près de la frontière galloise, Angleterre, mai de l'an de grâce 1208. Neuvième année du règne du roi John

« Chut, nul besoin de l'inquiéter », souffla lady Hilary à sire Edmond alors que je descendais des chambres situées au dernier étage du donjon.

Quelles nouvelles étaient-elles susceptibles de m'alarmer ? Qui avait bien pu me retrouver ?

J'avais, en rêve, vu la mort et la destruction. Si je savais que les songes disaient la vérité, j'ignorais, en revanche, si cette réalité était passée ou future, ici ou ailleurs.

Sainte Mère de Dieu ! Je ne voulais plus de ces visions. J'avais passé des heures et des heures prosternée, à prier Dieu de m'en débarrasser. Mais elles revenaient toujours, alors que je n'en avais nul désir ni besoin.

J'étudiai les occupants de la grande salle – la plupart des habitants de ce château isolé. Toutes les activités tournaient autour de ce lieu central, seule pièce assez grande pour abriter plus de trois ou quatre personnes. Exception faite des repas, je passais le plus clair de mon temps dans ma chambre, petite alcôve creusée dans le mur du donjon derrière les appartements seigneuriaux. Je ne pouvais exiger d'y être servie individuellement. Les serviteurs avaient assez de travail comme cela. Pas plus que je ne pouvais espérer manger au chaud ailleurs que dans la grande salle, juste au-dessus des cuisines.

J'allai me laver les mains en faisant mine de n'avoir rien entendu. Mais je m'interrogeai sur la sinistre nouvelle que lady Hilary préférait me taire. Selon le rituel, un page me versa de l'eau parfumée à la lavande sur le bout des doigts. Après une journée passée à piquer l'aiguille en attendant le retour de l'un de mes messagers, le filet d'eau tiède apaisa la tension de mes mains. Je prononçai une petite prière tout en goûtant son ruissellement sur ma peau. La fragrance subtile m'évoqua des jours plus heureux. Ce petit avant-poste défensif, à l'aménagement rudimentaire, ne comportait aucun jardin d'agrément. Toute surface plate située à l'intérieur de la palissade était dévolue à l'entraînement des soldats. Autour des murs de protection, l'intégralité de la lande appartenait aux brouillards gallois, aux *dieflyn*, aux fantômes et aux pillards.

Nourriture, vêtements, épices, tout devait être importé à Mendip Mor depuis la ville de Wells, à trois heures de dure chevauchée – une demi-journée ou plus en chariot. Par mauvais temps, le chemin se muait en torrent, et nous étions coupés de tout.

Personne ne pourrait me trouver, ici. Quel secret perturbait-il donc le seigneur et sa dame ?

Je fis mine de m'essuyer les mains. Puis je remerciai le serviteur d'un hochement de tête et me tournai vers la table haute. Sire Edmond considérait sa table comme « haute » car elle était perpendiculaire aux plateaux posés sur des tréteaux et dressés pour le reste de la maisonnée, et non pas parce qu'elle était placée sur une estrade afin de rendre hommage à la famille seigneuriale.

Je plaquai un sourire sur ma face. Factice, certes, mais je ne pouvais laisser voir à cet aimable et généreux seigneur, ni à sa femme, que je les avais entendus. La sécurité naît du silence.

Deux mois que je me trouvais dans cette vieille forteresse à demi écroulée au bord de nulle part. Deux mois, et pas une nouvelle de chez moi. Aucun de mes messagers n'était revenu.

J'avais pourtant cru, l'an dernier, connaître la fin de mes années de fuite de couvent en couvent, avec toujours une étape d'avance sur mes poursuivants anonymes. Mes parents avaient fait la paix avec le roi John. J'étais rentrée chez moi. Pour n'y demeurer que quelque temps à peine.

Il y a deux mois, ce qui restait de ma famille m'avait encore une fois poussée à fuir. Je résidais maintenant chez sire Edmond, seigneur des Marches de moindre importance fidèle à son roi.

Newynog, ma toute jeune femelle chien-loup, se pressa contre mes jambes en gémissant. Je n'avais pas passé la porte de chez moi que les miens me l'avaient offerte. Elle savait que le repas du soir nous attendait. Et elle avait faim, même si tel n'était pas mon cas. Mais aussi, son nom voulait dire « affamée » dans l'antique langage. Je saisis le pelage épais de son cou et le secouai en marque d'affection. Elle tourna la tête vers moi et laissa pendre sa langue en rire de chien.

Si elle avait perçu mon malaise, elle n'en laissa rien voir.

J'approchai de la table haute en maintenant Newynog contre moi afin de puiser en elle force et courage, puis fis ma révérence à sire Edmond. En un autre lieu, en un autre temps, j'aurais pu me contenter d'un hochement de tête poli, car ma famille lui était supérieure en rang. Mais aujourd'hui… ma famille était dispersée, nos privilèges, nos titres et nos terres abandonnés au bon vouloir de l'homme qui avait le plus corrompu le roi.

Newynog se planta juste à côté de mon banc habituel, à la gauche de sire Edmond – le seigneur avait pu s'offrir une chaise pour lui-même. Lady Hilary était déjà assise à sa droite, également sur un banc, sur lequel elle avait placé un coussin. Tous deux partageaient un tranchoir pour le repas. J'avais le privilège d'en avoir un pour moi seule. Rare égard dans un château peu luxueux et bondé d'hommes en armes. Cependant, le respect que tenait à me marquer lady Hilary avec ce tranchoir personnel me différenciait également de la populace masculine entassée entre ces murs grossiers.

Les soldats pénétrèrent en rang dans l'unique grande salle de ce bastion isolé surplombant la rivière Severn et la frontière galloise. J'appréciais leur bravoure, sinon leurs vêtements tachés de sueur et leurs manières rustres, car je savais qu'ils défendraient cette citadelle, et par conséquent moi, au péril de leur vie. Peu d'ennemis pouvaient espérer prendre d'assaut un château protégé par de tels vétérans – si, du moins, ils arrivaient à trouver Mendip Mor, même avec une carte.

Des serviteurs apportèrent tranches de pain et marmites de ragoût. Encore du mouton coriace, rendu mangeable par de longues heures à mijoter avec des oignons et des navets. Plat de paysan pauvre, mais Mendip Mor n'avait rien d'autre à offrir. Tout comme le seigneur et sa dame, je sortis ma cuiller en argent de mon réticule. La plupart des hommes firent de même avec leurs propres ustensiles taillés dans le bois.

Newynog battit de la queue, signe indiquant qu'elle entendait partager mon repas avec moi. Je lui grattai les oreilles.

À mi-repas, lorsque sire Edmond et lady Hilary tendirent la main vers leurs coupes de vin, j'osai m'enquérir de ce qui les troublait. « Est-il arrivé du courrier, aujourd'hui ?

– Non, Dame Ana. Nul messager n'est venu. » Sire Edmond jeta un regard anxieux à sa femme. Les striures grises de sa barbe parurent plus blanches, plus prononcées qu'à l'ordinaire. Son front se marqua de rides soucieuses.

« J'ai cru entendre approcher un cavalier, juste après midi », lançai-je. Je continuai à le dévisager, afin de découvrir s'il mentait, ou du moins ne révélait pas l'entière vérité.

Tous les hommes rassemblés autour des tables à tréteaux s'entre-regardèrent, fixèrent le sol, le plafond, n'importe quoi sauf moi.

« Un cheval a regagné nos écuries, mais son cavalier était mort », souffla lady Hilary. Peut-être estima-t-elle la nouvelle moins inquiétante dans sa bouche que dans celle de son guerrier de mari.

« De quel cavalier s'agissait-il ? » Le minuscule morceau de ragoût que j'avais réussi à avaler se coinça à l'arrière de ma gorge. Je déglutis et m'efforçai de le faire passer.

« Le messager que j'avais envoyé il y a trois jours. » Les paroles de sire Edmond se répercutèrent dans la pièce soudain silencieuse.

« Trois jours. Il n'a pas eu le temps de… Avait-il toujours ma missive sur lui ?

– Non, ma Dame. Ses sacoches avaient été vidées, on lui avait ôté ses armes en même temps que la vie. » Sire Edmond me tapota la main. Lady Hilary fourragea dans son voile, signe révélateur de sa détresse. Le délicat tissu rouge foncé était sempiternellement chiffonné.

« Comment est-il mort ? » De ma main libre, je cherchai Newynog à tâtons. Elle se redressa et posa sa tête sur ma cuisse. Un petit gémissement s'échappa de sa gorge.

La cloche d'alerte sonna brutalement et longuement sur la tour de guet. La peur escalada mon échine en même temps que le son atonal.

« Des pillards ! » Le hurlement de la sentinelle résonna dans l'enceinte.

Newynog gronda, elle me poussa hors de mon banc. Elle m'incitait à m'accroupir sous la table, comme un mouton perdu.

« Des pillards ! » Le cri fut répété, aussitôt suivi d'un fracas d'armes et d'une odeur de fumée.

Je regardai autour de moi afin de trouver des réponses, une issue. Des pillards gallois ? Je préférais les affronter ouvertement plutôt que les ennemis lancés à ma recherche.

Le tumulte s'installa autour de moi. Dans leur hâte à retrouver leurs armes, les soldats firent choir tables et bancs. Des cris arrivaient de la cour d'enceinte. Le bruit d'un bélier heurtant la porte. Lady Hilary rassembla ses quelques dames autour d'elle et se retira dans le solarium. Je n'osai courir m'enfermer dans une pièce dotée d'une seule issue.

Sire Edmond choisit une épée et une hache dans les armes appuyées contre le mur. Il emmena ses hommes vers la cour et les remparts.

Je me recroquevillai sous la table, pratiquement figée par l'indécision.

Des cris de blessés montaient et mouraient en vagues. Ils furent suivis par une odeur de sang et de mort.

Et de fumée. Épaisse et grasse.

Ces pillards nous brûleraient vifs s'ils ne pouvaient nous tuer d'abord.

Sire Edmond et une cohorte de soldats reculèrent dans la salle, combattant pied à pied. Leurs assaillants, au moins trois contre un, les pressaient de toutes parts. Je ne vis, par-delà la porte enfoncée, rien d'autre qu'une multitude d'hommes en noir.

Un personnage en cotte de mailles noire saisit sire Edmond par-derrière. Il plaqua une dague effilée sur la gorge de mon hôte. Puis Monsieur Noir murmura quelque chose.

« Jamais ! » rugit sire Edmond.

Monsieur Noir lui trancha la gorge sans plus d'hésitation.

Je fus secouée de haut-le-cœur en voyant son sang les inonder tous les deux. Une partie de mon esprit partagea cet instant de mort. Mon cœur trébucha, pris de l'envie de s'arrêter en même temps que le sien.

Sire Edmond s'affaissa et chut au sol. Dans l'escalier, lady Hilary, hébétée par ce qu'elle venait de voir, se mit à hurler. Sa voix monta très haut, en totale dissonance avec la cloche qui tintait encore. Ses doigts crispés achevèrent de déchirer son voile.

Je criai un flot de syllabes aux pillards. Pas un seul d'entre eux ne releva les yeux pour obéir à mes ordres lancés en gallois.

Ces hommes ne venaient pas du pays de Galles.

Un autre personnage, également vêtu de noir, interrompit net le cri de lady Hilary en lui plantant une dague dans la gorge. Je ne pus déchiffrer le regard de son assaillant, un casque lui dissimulait intégralement le visage, ombre supplémentaire dans un grouillement d'ombres hideuses.

Ils avaient attaqué au crépuscule, l'heure où la visibilité décroissait. L'heure où les pouvoirs surnaturels étaient à leur apogée.

Je me redressai et me figeai près des vestiges de notre dîner, trop terrifiée et frappée d'horreur pour pouvoir bouger. Où aurais-je pu aller afin de fuir ces brigands assoiffés de sang, qui assassinaient sans états d'âme mais ne s'arrêtaient pas pour dépouiller le seigneur et sa dame de leurs bijoux ? Qui étaient ces gens-là, qui brûlaient et tuaient mais ne pillaient ni ne violaient ?

Des assassins professionnels. Cette pensée me donna une épouvantable migraine.

Newynog me poussa par-derrière. Je trébuchai sur le corps du jeune page fébrile qui nous avait servi le vin. La plaie de son cou évoquait un sourire de grizzly.

« Joseph », suffoquai-je.

Newynog referma ses mâchoires massives sur mon poignet. La piqûre de ses dents sur ma peau me ranima suffisamment pour me forcer à me remettre debout. Elle eût pu, d'une seule morsure, me broyer les os du bras – ou m'arracher la main. Mais elle ne voulait que mon attention.

Aveuglée par les larmes, ignorante de l'endroit où aller, je suivis ma chienne. Elle connaissait le chemin. Elle connaissait l'issue de secours et le plan que nous avions élaboré dans les heures qui avaient suivi mon arrivée, vieille habitude que j'avais espéré ne plus avoir à reprendre. Je fermai mes pensées, mes perceptions et m'en remis au jugement sans faille de ma chienne. Je n'étais plus capable de distinguer le passé du présent, moi-même de mes ennemis.

*

« Rappelle ton chien, ma fille », ordonna sire Hugh Fitz Chênenoir à la femme simplement vêtue, terrée dans le coin d'un cellier obscur.

Pas de réponse. Elle regardait droit devant elle. L'énorme chien-loup gronda, de la bave s'écoula de ses crocs dénudés.

« Voici une arbalète, sire Hugh. Tuez le chien. C'est le seul moyen d'attraper la fille ! » l'implora Archibald de Lea, sergent d'armes d'Hugh. Il avait plaqué sa manche sur son nez et sa bouche afin de se protéger un tant soit peu de la fumée âcre.

« Non. Je préfère la bête et la fille vivantes. » L'air enfumé et pestilentiel fit tousser Hugh. Il leur fallait se hâter.

« Rappelle ton chien, afin que nous puissions t'aider ! »

La fille ne répondit toujours pas.

Il inspecta le plafond du cellier à la recherche d'une idée. La lueur de l'unique torche allumée dans son dos ne lui permettait pas de voir grand-chose. Un infime rai de lumière enfumée filtrait d'une fissure dans le plafond, près du mur, juste devant lui. Il tombait en flaque sur la jeune fille recroquevillée et son chien-loup.

La jeune femme paraissait avoir été ensevelie dans la neige. Elle était livide, sa robe simple avait pratiquement perdu toute couleur à force de lavages. Figée. Elle ne bougeait pas un cil, une main enfouie dans le pelage de sa chienne. L'autre était refermée sur un chapelet de perles usé. L'or de la croix celtique scintillait dans la lumière chiche.

Pourquoi, dans toute cette horreur, avait-elle été la seule à survivre ? *Mon plus cher ami connut une mort hideuse, aujourd'hui. C'est lui qui aurait dû survivre, et toi mourir.*

Il ravala les émotions qui l'aveuglaient. « Je n'aime pas les énigmes. Et toi, jeune dame, tu possèdes les réponses à ces interrogations. » Hugh fit un pas en avant. Le chien montra les crocs. Hugh se figea.

Il perçut un mouvement à la limite de son champ de vision. Et tourna brusquement la tête. Rien. Le chien ne réagit pas non plus. Probablement un rat, qui fuyait l'incendie du château, là-haut. Ses hommes s'étaient battus des heures, en pure perte, pour tenter de sauver Mendip Mor des flammes. Ils étaient en train de perdre la bataille. La demeure d'Edmond serait son bûcher funéraire. *Ce n'était pas censé se terminer ainsi !*

Il eut de nouveau l'impression d'un mouvement.

Un rat n'aurait-il pas filé vers l'extérieur, là où il pourrait se repaître du sang des nombreux cadavres jonchant la grande salle et la cour ?

Une poutre craqua quelque part, loin au-dessus de cette pièce souterraine. Les doigts de la fille se crispèrent dans la fourrure du chien. La bête tourna son énorme tête vers elle. Son grondement se mua en gémissement compatissant.

Les chiens courants d'Hugh avaient trop souvent fait de même, lorsque sa vieille blessure à la cuisse se réveillait et le jetait à terre. Lorsque fatigue et douleur le rendaient vulnérable, il s'imaginait parfois que ses chiens communiquaient avec lui.

Bah ! Les brouillards des Marches du pays de Galles donnaient toujours aux hommes les plus pragmatiques des visions de lutins et de démons, de sorcières et de fées. Il n'avait nullement de temps à perdre avec de telles fariboles. Son ami était mort, et cette jeune femme l'imiterait bientôt s'il ne parvenait à la sortir d'ici. Mais d'abord, il lui fallait passer le chien.

« Le chien est la clef pour sauver la fille, Archie. Si nous le tuons, elle perdra l'esprit, et je n'aurai jamais les réponses à mes questions », déclara Hugh à son sergent. Il comprit aussitôt qu'il venait d'énoncer la vérité, et repoussa les frayeurs superstitieuses qui lui donnaient la chair de poule.

« Il faut que nous la sortions d'ici, sire Hugh, répondit Archibald. Mendip Mor est en feu, et ce chien ne nous laissera jamais l'approcher. Tuez-le, ou condamnez-les, elle et ses réponses, à un trépas enflammé. » Le sergent examina nerveusement le cellier humide. La chaleur de l'incendie commençait à pénétrer ce sous-sol. Aucun d'entre eux ne tenait à se retrouver prisonnier ici quand le château s'écroulerait. Ces vieilles constructions sous la cour n'étaient pas prévues pour supporter le poids de lourdes murailles de pierre. Lorsque la bâtisse originelle en bois avait été remplacée par la pierre, au moins les constructeurs avaient-ils creusé deux niveaux de celliers dans les fondations, dans l'espoir d'ancrer Mendip Mor plus profond dans la roche.

La fumée le suffoquait. Son esprit tenta de lui insuffler suffisamment de panique pour fuir le danger. Il pensa voir un autre *dieflyn* – un de ces lutins gallois de la terre, de l'air, du feu ou de l'eau qui tourmentaient les honnêtes gens – flotter dans la fumée, lui chatouiller le nez et agacer ses autres sens.

Il devait sortir d'ici avant de succomber à la folie et commencer à s'entretenir avec des farfadets imaginaires.

« Emmène les hommes là-haut, tout de suite. Évacuez tous ceux qui ne sont pas encore morts. Je vais remonter la fille, ordonna Hugh.

– En êtes-vous certain ? » s'enquit Archie. Les trois hommes qui le suivaient et lui-même se raidirent à l'idée d'abandonner leur seigneur ici.

« Va. Fais sortir d'ici ce qui reste de nos hommes. Envoie un messager au roi John. Dis-lui que nous avons surpris des pillards gallois. Les vilains se sont enfuis dès qu'ils nous ont aperçus. » Se sont fondus dans le brouillard, en termes plus justes. « Dis au roi que… dis-lui que rien n'a été volé. Mais que tous les habitants sont morts des mains des pillards.

– Pas tous, sire Hugh.

– Sa Majesté n'a nul besoin de s'inquiéter pour une petite paysanne qui ne sait même pas tenir propre l'ourlet de son bliaud et pour un chien de chasse. » Mais pourquoi donc une petite paysanne agripperait-elle une croix *en or* et des perles de manière si possessive ? Son bliaud moderne et son voile avaient été d'une couleur fort à la mode, et ne ressemblaient nullement à des vêtements usagés donnés par une dame à sa servante, même avec l'ourlet taché d'humidité. Et pourquoi donc un chien de chasse de noble protégerait-il la fille, si ce n'était parce qu'elle était de haute naissance ?

Trop de questions le taraudaient. Des questions auxquelles seule cette fille pouvait répondre.

« Très bien. Je vous laisse l'arbalète. » Archie posa l'arme au sol, près des pieds de sire Hugh. Puis il tourna les talons et aboya des ordres tout en filant vers la sortie.

Lorsque le bruit des pas de ses hommes et celui de leurs toux s'apaisèrent, Hugh tira son épée.

Le chien montra les crocs. Un autre grondement monta de sa gorge.

« Je n'ai pas l'intention d'en faire usage, mon toutou », le rassura Hugh.

L'animal ne le crut visiblement pas.

Hugh se mit lentement à genoux, et déposa son arme sur la paille moisie. Près de la longue épée, il posa sa dague, seule autre arme visible sur lui. Le chien ne pouvait voir les lames dissimulées dans ses bottes et ses manches.

« Tu vois, toutou, je laisse les armes là où tu peux les voir. Je ne vais pas vous faire de mal, ni à toi ni à ta maîtresse. » *Sauf si elle donne la mauvaise réponse.* Hugh se redressa, mains tendues sur les côtés, paumes en avant.

La fumée épaissit et tourbillonna dans le courant d'air. Le chien renifla brièvement dans la direction d'Hugh, puis tourna des yeux inquiets vers la fille.

« Voudras-tu m'aider à l'emmener en sécurité, mon toutou ? » Hugh fit prudemment un pas en avant.

Le chien retourna brusquement la tête vers Hugh, oreilles dressées. Mais il ne montra pas les crocs.

*

Il porte le blason d'un traître. La licorne et le sanglier rampants sur un tabard lie-de-vin. Les joyaux qui indiquent leurs yeux et leurs sabots nous ont été volés. Comment pouvons-nous nous fier à lui ?

L'incendie se rapproche inexorablement. Nous sommes dans une situation désespérée. Il nous faut lui faire confiance. Mais seulement jusqu'au moment où nous pourrons fuir de nouveau.

Nous ne pouvons nous fier que l'une à l'autre. Nous devons nous protéger mutuellement, puisque personne d'autre ne le peut. Nous devons préserver nos secrets des hommes et de Dieu.

2

« Allez, mon toutou, laisse-moi l'emporter vers la sécurité, insista Hugh, tout en tentant de garder une voix calme et patiente. Tu peux nous montrer le chemin. Je vais avoir besoin de toi, mon chien. » Deux pas de plus.

L'animal laissa retomber ses oreilles. Il émit un gémissement implorant.

« Bien, mon toutou. Je vais la porter. Tu nous guideras. Puis-je récupérer mon épée ? » La main d'Hugh le démangeait de retrouver son arme. Il ne pouvait courir le risque de la laisser derrière lui.

Le chien gronda de nouveau.

Hugh se figea. « Je ne vais pas m'en servir. »

Le chien se détendit.

Une autre poutre s'écrasa là-haut. Un hurlement humain retentit dans l'air aussi lourd que la fumée.

« *Merde*[1] », jura Hugh entre ses dents. Il pria pour que ses hommes puissent secourir n'importe lequel de leurs camarades victimes de la salle en flammes.

« Le temps presse, mon chien. Allons-y. » D'un seul ample mouvement, il jeta la fille sur son épaule et récupéra son arme.

1. En français dans le texte. *(N.d.T.)*

L'animal bondit hors du cellier en aboyant furieusement vers Hugh en signe de le suivre.

La fille ne pesait presque rien, mais son corps inerte déséquilibra Hugh. Il se fraya péniblement un chemin vers le centre de la citadelle en boitant à peine plus qu'à l'ordinaire. Sa vieille blessure protesta contre l'ascension de l'escalier en colimaçon. Il se cognait les épaules contre la paroi à chaque pas. Des parois brûlantes. L'incendie gagnait du terrain.

Il toussa en pénétrant dans le soubassement. Des cloisons de bois divisaient la zone en un dédale d'alcôves. Ses yeux le brûlaient. Il trébucha dans le noir. De la chaleur irradiait du sol de la grande salle, au-dessus de lui. Cela sentait le plancher et le porc brûlés.

Des braises rougeoyaient le long des poutres du plafond. Il pensa y voir danser un lutin du feu. Il ignora le *dieflyn* tentateur.

Pas le temps de grimper jusqu'aux pièces les plus élevées. Cet endroit devait posséder une sorte de fenêtre, ou une porte, puisque de la lumière en filtrait sur la cachette de la fille – il était convaincu qu'elle et son chien avaient préféré se cacher là plutôt que de devenir les prisonnières de sire Edmond. La fenêtre devait se trouver sur le mur donnant sur la cour, et non sur l'extérieur du château. Mais où ?

« Je n'aime pas les énigmes, ma fille. Quand nous serons loin de tout ce gâchis, tu me diras tout. »

Jamais !

Avait-il imaginé cette voix paniquée qui résonna dans sa tête ? Pas le temps d'y réfléchir. Il lui fallait sortir. La fumée ne cessait d'épaissir.

Il tourna sur place et tenta de s'orienter, de situer la cachette de la fille, l'escalier, sa position actuelle.

De la fumée tourbillonna dans le couloir sur sa droite. Il prit cette direction, tout en priant pour que le *dieflyn* n'ait pas détourné le sens du courant d'air.

« Chien, où es-tu ? » appela-t-il, tout en se rendant compte qu'il n'avait pas revu l'animal depuis qu'il avait gravi l'escalier devant lui.

Un aboiement sec à sa gauche.

« Où ? »

Deux autres aboiements, plus pressants, cette fois-ci.

« M'indiques-tu la sortie, ou as-tu besoin d'aide ?

– Sire Hugh ! appela son sergent depuis la même direction que le chien. Suivez le chien, sire Hugh. »

Hugh toussa. La fumée lui piqua les yeux, le fit larmoyer. Presque aveugle, il courut vers la voix et les aboiements frénétiques.

Derrière lui, une poutre s'enflamma brutalement. Il accéléra. Un mur de feu le poursuivit. Il pensa entendre rire le lutin dans le brasier. Il eut envie de s'arrêter et de se joindre au rire hystérique.

Le chien glapit de nouveau. Hugh se raccrocha à sa voix pour conserver sa santé mentale.

La fumée paraissait moins épaisse devant lui. Il allongea le pas. Son souffle devint erratique. La fille pesa plus lourd sur son épaule. Sa jambe blessée se déroba sous lui.

Il trébucha, tituba, puis s'affala le nez dans la poussière.

Devant lui se dressait un mur de pierre, pourvu d'une petite fenêtre près du plafond. L'incendie se rapprocha en rugissant. Hugh se releva péniblement, tout en plaquant l'ourlet trempé de la robe de la fille sur son nez afin de ne pas inhaler plus de fumée.

Il était cerné par le feu et la pierre.

Piégé.

Dans la fumée tourbillonnante, les pierres se mirent à vibrer. Des lutins du feu dansèrent dans les interstices du mur. Des débris de mortier lui plurent dessus. Il s'inclina afin de protéger la jeune femme.

Soudain, le mur explosa vers l'extérieur et la cour.

Hugh se fraya en toute hâte un chemin au milieu des gravats. Des flammes lui léchèrent les talons.

Le chien bondit de joie en les voyant arriver. Ses hommes encerclaient les corps sans vie de lord Edmond et de lady Hilary. Quelqu'un avait jeté une couverture sur leurs gorges béantes.

Une mort de traître.

Hugh refusait de croire que son vieil ami eût pu trahir quiconque. Pas Edmond. Jamais Edmond, et encore moins la douce et naïve Hilary.

Ô Edmond ! tu étais le seul en qui je me fiais pour élever mon fils. Pourquoi a-t-il fallu que tu meures ? hurla-t-il intérieurement. *Tu m'as élevé, Edmond. Tu m'as aidé quand personne ne l'a fait. Tu m'as sauvé la vie. Voilà que tu n'es plus, à présent, alors que cette jeune paysanne inconnue a survécu.*

*

L'obscurité s'était emparée de mon esprit, elle me protégeait des flammes et de la mort qui, je le savais, faisaient rage autour de moi.

Je dérivais sur un océan de souvenirs. Dont nombre de mauvais. Trop. J'avais survécu à ma mémoire. Je n'étais pas certaine que mes secrets ou moi-même pourrions survivre à l'instant présent.

Je ne pouvais éviter mes souvenirs, tout comme je ne pouvais éviter mes rêves prémonitoires. Il me fallait les suivre jusqu'à leur fin. J'esquivai d'autres songes de destruction et comptai mes prières en égrenant les perles. Je me concentrai sur la Sainte Mère… ou ma propre mère. Combien de fois l'avais-je vue les yeux secs ? Pas souvent. Une fois, plus particulièrement…

Maman tenait un rouleau de parchemin sens dessus dessous. Elle n'avait jamais appris à déchiffrer les ondulations d'encre noire qui jaillissaient magiquement vers moi sous forme de mots.

Je ne me souviens pas avoir jamais été incapable de lire. Chaque fois que je parvenais à esquiver le solarium et les interminables travaux d'aiguille, j'allais furtivement jeter un coup d'œil aux multiples grimoires qui composaient les archives familiales.

Les plus vieilles informations me fascinaient bien plus que les récentes. Je tissais d'improbables et fantastiques histoires autour de mes ancêtres. D'Arthur Pendragon et ses compagnons tenant conseil autour de la Table ronde, de son épée magique, Excalibur, de la dame de son cœur... son véritable amour, et non l'infidèle que chantaient les troubadours.

Dès l'instant où j'avais vu ma première fée, j'avais su que des aventures magiques m'attendaient.

La nuit précédant l'arrivée de la lettre pour maman, j'avais rêvé qu'une grande tristesse lui parviendrait ce jour-là. Mes songes n'ont jamais menti.

Le visage doux, mais perplexe, de maman, m'emplissait toujours d'amour pour elle. Je n'avais que six ou sept ans, à cette époque-là, et bien qu'elle soit ma mère, je la protégeais de tout ce qui concernait notre maison et qu'elle ne comprenait pas. Je sais, maintenant, qu'elle était jeune, terrifiée, différente du clan septentrional énergique et tentaculaire. Mes yeux d'enfant ne voyaient que son regard bleu pâle hanté par la confusion.

« Papa ne viendra pas à la maison pour la Saint-Michel, déchiffrai-je la lettre pour elle. Peut-être pour Noël. Il espère gagner beaucoup de tournois et rapporter moult gains.

– Pourquoi me laisse-t-il seule ici ? Il est l'héritier, maintenant. Nombre de ses parents sont morts. Il doit revenir à la maison. Il m'a abandonnée à la merci de païens ! » De grosses larmes ruisselèrent sur ses joues roses et blanches. Mais pleurer ne lui rougissait jamais les yeux, ni ne marbrait sa peau. Maman était bien plus belle quand elle pleurait que quand elle était calme.

« Tu n'es pas seule, maman. Je t'aime. Je vais prendre soin de toi. »

Elle hoqueta, renifla, puis sécha ses larmes avec son voile blanc de neige. Les perles de prière or et ivoire oscillaient à son poignet. Elle ne les quittait jamais.

« Je t'aime aussi, mon Ana. Un jour, nous serons, toi et moi, débarrassées de ce lieu et des parents impies à qui ton père confie aussi aveuglément notre bien-être. »

Je ne compris nullement cette déclaration, aussi fis-je ce que je pus pour arranger les choses.

« Regarde ce que je t'ai apporté, maman. » Je lui tendis mon présent tout en espérant qu'elle ne remarquerait pas mes mains sales et ne m'obligerait pas à les laver avant d'accepter mon cadeau. Je me tassai sur moi-même afin que mon bliaud recouvre mes pieds nus et boueux.

« Des fleurs. Comme c'est gentil, Ana. » Elle referma ses mains sur mes doigts répugnants avant que je n'aie eu le temps de souiller l'élégante broderie posée sur ses genoux, mais ne nous bannit point, les fleurs et moi, vers la bassine de toilette. En d'autres temps, j'aurais apprécié.

« As-tu demandé la permission de cueillir des fleurs dans le jardin spécial ?

– Oui, maman », déclarai-je fièrement. Aucun des serviteurs et peu de membres de la famille avaient l'autorisation de pénétrer dans le jardin clos entretenu personnellement par le seigneur et la dame du domaine. « J'ai choisi des fleurs magiques, maman. Regarde, il y a du sorbier en protection de toutes tes peurs. Et j'ai cueilli de la bétoine, pour l'amour. Je t'aime tant, maman. Et de l'échelle de Jacob vers le ciel pour le bonheur. »

Je fronçai imperceptiblement les sourcils devant la fleur jaune supplémentaire que je n'avais pas vraiment eu l'intention d'ajouter au bouquet. « La chicorée sauvage est pour… pour… pour que tu puisses comprendre pourquoi tu es toujours si triste. Et du romarin pour le souvenir, parce que je veux qu'on se souvienne toujours de papa, de la dernière fois où il était là. C'était au Solstice d'hiver, et nous avons été si heureux. » Papa était rentré de la guerre du roi Richard indemne, riche de pièces d'argent – il m'en avait donné une –, et de la bienveillance du roi.

Mais il était reparti vers d'autres tournois et une autre guerre avant carême. J'avais du mal à me souvenir de son aspect.

« Il faut que tu penses à dire Noël, et non le Solstice d'hiver, Ana. Nous sommes chrétiens, et nous fêtons la nativité de notre Sauveur et Seigneur. Seuls les païens célèbrent le Solstice. » La voix de maman demeura douce, bien que sa bouche se soit tordue en une moue désapprobatrice. Elle tripota silencieusement ses perles de prière. La croix aux quatre branches réunies par un cercle avait plusieurs siècles de plus que les perles.

« Nous devons nous souvenir de nos parents, de nos grands-parents et de toutes les choses qu'ils savaient depuis les origines. C'est pour cela que nous consignons tout dans les archives familiales. Il nous faut utiliser les anciens noms à l'égal des nouveaux. » Je répétai comme un perroquet les leçons des parents plus âgés de papa.

« Je sais, mon cœur. Je sais que tu adores ta famille paternelle, mais ils sont vieux et, parfois, ils oublient que nous vivons aujourd'hui et non pas il y a des centaines d'années. Notre Sauveur est le seul que nous ayons besoin de connaître, à présent. Ce clan oublie souvent la véritable Église. »

Cela me perturba. Tout le monde, tantes, oncles, cousins jusqu'au troisième degré – même les bâtards, quoi que cela signifiât – assistaient à la messe quotidienne avec maman et moi. Ils se confessaient au père Truman et communiaient de ses mains. Ils m'avaient également présentée aux fées qui vivaient presque éternellement et n'oubliaient jamais rien.

Maman ne faisait jamais nommément référence à mes parents, mais uniquement par leurs titres ou un « eux » méprisant.

« Devrais-je offrir du romarin au seigneur et à sa dame afin qu'ils se souviennent d'appeler le Solstice Noël ? »

Souvenir… souvenir… souvenir.

Je me souviendrai toujours de la mort à laquelle durent faire face mes parents lorsqu'ils apprirent le coût d'une trop grande mémoire. Rêve ou pas, je les avais vus mourir, comme si j'étais dans la même pièce qu'eux.

Comme je me tenais dans la même pièce que sire Edmond et lady Hilary lorsqu'ils furent assassinés. Comment pouvais-je oublier le sang qui jaillissait de la plaie mortelle de sire Edmond ? Comment pouvais-je ne pas ressentir leurs trépas comme s'il était le mien ?

Tout ce que je voyais, entendais, reniflais et pensais me ramenait au poids du fardeau que je portais en esprit.

Un traître notoire nous avait découverts. Le personnage portait une tunique lie-de-vin ornée d'une licorne et d'un sanglier rampants. Il me vendrait à mes ennemis pour un titre supplémentaire, une parcelle de terre… ou juste pour le plaisir.

Une haine froide bouillonna en moi lorsque je vis le blason. Les Bellecôte haïssaient ma famille depuis des générations. Il me fallait perpétuer la querelle, blâmer mon sauveteur pour chaque malheur qui avait frappé mon clan durant plus de six générations de déclin.

Cependant, je ne pouvais le tuer moi-même. Agir ainsi équivaudrait à me tuer moi-même dans le même temps.

Il me fallait fuir. Comment pouvais-je courir, alors que mon esprit paraissait avoir divorcé de mon corps ?

Où étais-je ?

Nous savons comment soutirer les informations de l'esprit du traître. Nous savons comment le persuader qu'il nous voit dormir sur cette paillasse alors que nous nous fondons dans les ombres.

Jamais. Je ne succomberais jamais à la tentation satanique de faire usage de mes talents pour mon propre profit.

Mes souvenirs s'effacèrent un temps. Peut-être dormis-je.

*

Du sang. Le sang de sire Edmond. La mort. Lady Hilary, la gorge tranchée et la tête bizarrement inclinée. Du sang, tant de sang. L'effondrement du toit de Mendip Mor. Du sang. L'incendie. La fumée. Des mains dures tendues vers moi. Sang. Mort. Feu. La licorne et le sanglier rampants sur champ de sang flottant sur la scène. Les yeux de saphir de la licorne, les yeux d'émeraude du sanglier, m'adressaient des clins d'œil, ravis de tout ce sang. Les sabots de diamant de la licorne déchiraient les chairs de mes amis.

Je m'éveillai de ce rêve en sursaut. Un souvenir, pas un rêve. Mon cœur battait bien trop vite. Je ne pouvais plus respirer.

Sainte Mère, aide-moi !

Viens à moi, ma promise.

Je perçus la sécurité, la chaleur, la paix dans cette voix. Mais, sous le charme, résidait l'arête dure et coupante de la contrainte.

La voix dans ma tête était-elle réelle ou onirique ? Je n'eus pu le dire. Mes songes étaient *trop souvent* réels.

Je le combattis. Les ruses apprises de mes parents me permirent de bâtir un mur mental entre cette voix et moi.

Les ténèbres m'enveloppaient. J'avais le nez envahi

par la fumée, une fumée huileuse, presque douce, mielleuse. L'odeur du bûcher funéraire me donna des haut-le-cœur. Ma tunique et ma jupe trempées de sueur retenaient l'infecte fumée. Je ne parviendrais jamais à les débarrasser de cette pestilence de mort.

La brise nocturne me fit frissonner, fit frémir mes seins et se contracter mes orteils. L'heure de la fuite avait sonné.

Mes perles de prière oscillaient dans les doigts de ma main gauche. Ma droite, refermée, chercha Newynog. Je tâtonnai frénétiquement autour de moi ; ne perçus que des couvertures rêches et la poussière.

Newynog ! hurlai-je mentalement tout en m'asseyant brusquement. Je ne pouvais me fier à ma voix. Le bruit eût encore une fois pu nous trahir.

Il me fallait fuir sans tarder. Où pourrais-je aller ?

Newynog !

Enfant de sorcière ! me répondit ma mémoire. Seules les sorcières communiquent avec les animaux dépourvus d'âme. Maman et les nonnes qui m'avaient élevée m'avaient sempiternellement enfoncé de force cette leçon dans la tête.

Un vertige m'assaillit. Je me frottai les tempes du bout des doigts, sans plus me soucier du chapelet. Les perles ouvragées me râpèrent la peau et se prirent dans mes cheveux défaits.

Un gémissement étouffé sur ma droite.

Newynog bien-aimée ! Où sommes-nous ? Je l'empoignai et regardai droit devant moi dans le noir. *Où pouvons-nous aller ?*

« Elle est réveillée », lança le traître à quelques pas de là. Je n'eus nullement besoin de voir le sanglier et la licorne pour reconnaître sa voix.

Je me recroquevillai le plus loin possible de lui. Newynog se colla contre moi tout en faisant barrage entre le traître et moi. Son poids incroyable contre ma poitrine faillit me renvoyer tout droit sur la couverture. Je demeurai fermement assise, statufiée de peur.

Il nous faut rentrer à la maison. Mais nous n'avons jamais eu de maison.

Nous en construirons une nouvelle ensemble. Un endroit où nos ennemis ne pourront ni n'oseront regarder.

Nos ennemis nous trouveront n'importe où. Ils ne respectent pas les lois du sanctuaire. L'usurpateur continue à nous chercher.

Sainte Mère, aidez-moi à taire mes secrets ! Si l'usurpateur découvre la cache, tout sera fini.

Je perçus plus de gens qui se rapprochaient. Un peu de lumière souligna leurs silhouettes dans le noir. Des hommes armés, en armure. Newynog gronda et montra les crocs. Les hommes reculèrent. Pas assez pour nous convenir, ni à ma chienne ni à moi.

Ils bloquaient la sortie d'un pavillon richement meublé. Plusieurs braseros y dispensaient chaleur et lumière tamisée. D'opulentes tapisseries divisaient le pavillon en petites chambres. L'attirail de campagne était disposé de manière accessible à son propriétaire.

Un attirail de campagne, propriété d'un soldat et non d'un lord. Bellecôte le Traître devait posséder un ameublement complet de campagne dans ses chariots, et non pas ces ustensiles pratiques et aisément transportables. Où étais-je ?

« Sortez, tous d'entre vous », ordonna le traître. Il conserva une voix douce, comme s'il ne voulait faire sursauter personne.

J'entendis un froissement de tissu. Des sens en qui je ne devrais pas me fier m'avertirent que moins de gens encombraient l'espace autour de moi. Un courant d'air frais me passa sur la peau, plus agréable que ceux, glacés, du donjon. Avec lui arriva le bruissement d'insectes nocturnes. Nous devions nous trouver dans un pavillon érigé dans la cour de Mendip Mor, juste sous le donjon. L'intérieur en bois de la tour avait succombé à l'incendie. J'avais entendu les poutres craquer et perçu la chaleur au travers des murs de pierre du cellier.

Newynog grondait toujours. Son corps vibrait sous mes doigts crispés.

Un homme resta. Il avança dans mon champ de vision, une arbalète chargée pointée sur Newynog.

« J'ai dit "dehors", répéta le traître, plus durement.

– Mais le chien, sire Hugh, c'est un chien-loup. Il vous arracherait la gorge plus facilement encore qu'un loup, protesta l'homme armé.

– Ce n'est qu'un chiot. Je puis m'en charger. Tant que nous ne menaçons pas la jeune fille, cette bête ne nous fera aucun mal. » Le Traître parla doucement, sur un ton rassurant, tout en tendant sa paume ouverte vers Newynog. Il ne la défia pas en la regardant droit dans les yeux.

Il connaissait les chiens. Une partie de moi eut envie de lui faire confiance. Mais je n'étais pas si bête. C'était un Bellecôte et un traître.

Je souhaitai qu'il se rapproche, afin de pouvoir le voir, lire son regard. Mais il demeura sur le côté. Je ne distinguais que sa main.

Aucune autre partie de mon corps ne répondit à mon besoin pressant de BOUGER. Je gardais les yeux braqués droit devant moi.

Il faut que nous nous échappions. Cette nuit.

Le Traître et son sergent à l'arbalète nous observaient de bien trop près, Newynog et moi.

Je restai figée et immobile.

Si je jaillissais en avant avec toute la célérité que je pourrais rassembler, peut-être…

Je restai figée et immobile.

J'étais piégée par ces hommes, piégée par mes secrets, piégée par mon corps.

3

« J'avais encore jamais vu une chose pareille ! s'exclama le sergent d'Hugh. Elle respire, son pouls bat nettement dans sa gorge, et pourtant elle a un regard de morte. Et ses muscles sont aussi raides que ceux d'un cadavre. Serait-elle ensorcelée ?

– En un sens, oui. Elle s'est ensorcelée elle-même pour être dans cet état, répondit Hugh. J'ai déjà vu cela, chez des militaires ou des croisés. À la suite d'une bataille particulièrement sanglante ou d'un siège de même, certains hommes sont tellement horrifiés par ce qu'ils ont fait qu'ils en deviennent incapables de vivre. Mais, comme la mort leur est refusée, ils se retirent dans ce trépas factice. Le médecin du roi appelle cela la *catatonie*.

– Pensez-vous qu'elle a trahi lord Edmond, et que c'est sa culpabilité qui l'a mise dans cet état ? »

La fille fut agitée de soubresauts, elle se mit à trembler. Ses bras tressautèrent si violemment qu'elle les projeta en tous sens, se frappant elle-même en même temps que son chien. Également pris de tremblements, Archie agita dangereusement son arbalète chargée. Hugh enroula ses bras autour des épaules de la jeune femme et la serra contre sa poitrine.

Même dans sa rigidité, elle parut y trouver sa place, comme si elle n'appartenait à personne d'autre.

Le chien émit un bref grognement.

« Je ne vais pas lui faire de mal ! » grogna Hugh en retour. Tous deux se dévisagèrent un bon moment, puis se calèrent contre la fille afin de la réchauffer et d'apaiser ses tremblements.

Elle continua cependant à frissonner.

« Sire Hugh, elle réagit à l'accusation de trahison, mais rien d'autre ! » Archie agitait toujours son arbalète, comme s'il essayait de viser autour d'Hugh.

« Si elle a trahi lord Edmond, pourquoi est-elle restée à Mendip Mor pour se retrouver prise dans un piège létal ? Non. Elle réagit à l'accusation pour une raison différente. »

Il ne pourrait rien laisser arriver tant qu'elle ne lui aurait pas dit tout ce qu'elle savait. Elle seule savait pourquoi Edmond et Hilary avaient été si odieusement assassinés. Elle seule pouvait lui donner les moyens de la vengeance.

À partir du moment où il avait juré de la protéger, il ne pouvait permettre à rien ni à personne de lui faire du mal –, pas même lui.

Il repoussa délicatement une mèche emmêlée de son visage et la passa derrière son oreille. Son tremblement s'apaisa quelque peu. Le chien gémit et posa sa tête sur les genoux de sa maîtresse, telle une licorne rendant hommage à une vierge.

« Lord Edmond et lady Hilary ont donné leur vie pour elle. Il me faut savoir pourquoi. Il me faut savoir qui elle est. » Si elle était innocente, alors pourquoi s'était-elle cachée ? Comment avait-elle su quand et où se dissimuler ?

« Vous n'êtes pas près d'obtenir des réponses tant qu'elle aura le regard fixe d'une morte. Et le château a entièrement brûlé, sans nous laisser le moindre indice ni le moindre registre, cracha Archie. Moi, je dis que nous devrions l'envoyer à l'infirmerie d'un quelconque couvent et en finir avec tout cela. »

La jeune femme se calma encore un peu.

« Non. Elle reste avec moi. Je l'ai trouvée. Je dois la protéger. » Il s'interrompit un instant et laissa le serment faire son effet. Puis il reprit la parole. « Je n'aime pas les énigmes. Les secrets, les interrogations et les jeux de mots ont tendance à surgir et vous mordre dans le dos au moment où l'on s'y attend le moins. Je veux la vérité, et je la veux tout de suite, avant que d'autres de mes amis ne meurent.

– Sire Hugh ! appela un soldat depuis l'entrée du pavillon. Sire Hugh, les patrouilles font état de mouvements autour de notre périmètre. Ils pensent que nous sommes espionnés. »

Archie se signa. « Les brouillards de ces collines abritent d'antiques fantômes et des esprits maléfiques. Dis aux hommes d'augmenter les feux.

– Non, aboya Hugh tout en s'éloignant de la jeune fille. Des feux plus hauts ne feraient qu'aveugler nos hommes et les empêcher de voir ce qui se passe par-delà nos lignes. Si les pillards rôdent, s'ils guettent l'occasion d'attaquer encore une fois, nous devons être à même de détecter leur approche – probablement juste avant l'aube, à l'heure où la vigilance se relâche le plus. Éveille les hommes sans tarder et commence à les nourrir. Laissez mourir les feux afin d'y gagner en visibilité. Je veux que les bagages soient faits et les chevaux sellés pour un départ dès le premier pépiement d'oiseau.

– Mais, sire Hugh, ces brumes ne sont pas naturelles. Les hommes craignent… » Le nouveau venu se signa et regarda par-dessus son épaule.

« Je ne crois ni aux fantômes ni aux démons. Ce sont des hommes de chair et de sang qui rôdent autour de nous. Nous partirons tôt, et chevaucherons longtemps. Le roi John se trouve très certainement à Worcester. Nous le rejoindrons dans deux jours, trois tout au plus.

– Et la fille ? » Archie la désigna de sa fidèle arbalète.

« Elle vient avec nous. D'une manière ou d'une autre. Je vengerai le trépas de lord Edmond. Mais il me faut d'abord savoir qui et pourquoi. » Hugh frappa du poing dans sa paume. Le bruit fit se crisper la fille, mais elle ne fit pas d'autre mouvement.

« Tout doux, *ma petite*[1]. Repose-toi. Je te protégerai. » À force de mots doux, il réussit à apaiser quelque peu son tremblement, comme il le faisait souvent quand un cauchemar éveillait son fils. « Il se pourrait que le roi John la reconnaisse », poursuivit-il. Quelque chose dans les réactions de la jouvencelle le poussait à la provoquer en faisant des suppositions. Qui sait, peut-être révélerait-elle des indices sans le savoir. « Son Altesse pourrait avoir une idée de la raison pour laquelle des pillards ne firent que massacrer et incendier, pour filer au premier signe de résistance. Je ne puis que supposer qu'ils cherchaient quelque chose… ou quelqu'un. »

Elle se remit à trembler, plus fort qu'auparavant. Et grinça des dents. Les perles de son chapelet s'entrechoquèrent. Sa tête tourna compulsivement de droite et de gauche, en une parodie de négation.

« Peut-être ferions-nous mieux de l'emmener au premier couvent venu, et laisser les bonnes sœurs prendre soin d'elle », grommela Archie.

Le tremblement cessa aussitôt.

« Intéressant. » Hugh se plaça droit dans le champ de vision de la fille. Sans se soucier du fait qu'il ne portait qu'une chemise révélant une bonne partie de sa poi-

1. En français dans le texte. (*N.d.T.*)

trine et de ses jambes. La pudeur n'avait pas sa place au champ de bataille.

Elle ne détourna pas le regard, mais il perçut qu'elle l'observait intensément. Que voyait-elle ? Était-il ridicule ?

Il laça son col en toute hâte et vérifia que le fin tissu n'était pas remonté sur ses fesses durant son sommeil agité.

La chienne l'évaluait également. Elle ouvrit la gueule et laissa pendre sa langue. Hugh remarqua un soupçon d'humour dans l'expression du chien-loup.

Absurde. Les chiens ne rient pas. Encore un peu, et il allait voir des fantômes et des démons.

« Il y a un couvent de Gilbertines pas loin d'ici », lança Hugh afin de la remettre à l'épreuve.

Aucune réaction.

« Et pourquoi pas les Cisterciennes, deux lieues plus loin ? » suggéra Archie.

Le regard s'éclaira juste un peu. Y eut-il un infime relâchement de la tension de ses épaules ? Elle voulait aller chez les Cisterciennes. Le dur labeur physique et les longues heures d'étude silencieuse imposés par cet ordre l'attiraient pour une raison ou pour une autre. Les Gilbertines menaient une existence plus ouverte, elles agissaient et travaillaient avec le peuple. Elle accepterait cela, mais préférait les autres.

« Non. Je ne pense pas à une communauté en robe blanche pour toi, *ma petite* », reprit Hugh. Il avait besoin qu'elle réagisse. Peut-être que s'il la provoquait suffisamment, elle sortirait de sa catatonie et répondrait à ses questions. « Nous allons l'emmener au roi John et la lui confier. »

Un faible gémissement de protestation s'échappa de ses lèvres.

*

Château de Worcester

Radburn Blakely attendit à l'extérieur du solarium particulier du roi John, l'oreille tendue. Il n'avait aucune raison de déroger à cette vieille habitude. Mieux vaut explorer le territoire avant d'y pénétrer.

« N'est-il pas temps, Altesse, de confier à lord Radburn Blakely une tâche à accomplir loin de la Cour ? » s'enquit posément William Brewer, l'un des compagnons favoris du roi. Un tintement de pièces indiqua qu'il fourrageait dans ses enjeux.

Quelle autre chose John pourrait-il bien faire avec Brewer à cette heure de la nuit ? se demanda Radburn Blakely avec un sourire sarcastique.

Il s'aventura à risquer un coup d'œil par le côté du rideau de porte, sur la scène paisible – le roi et trois compagnons réunis autour d'une table de jeu près du feu.

« En effet, Altesse, ces trois derniers jours de paix, sans les constants coups d'épingle de votre demi-frère, ont fait des merveilles sur votre humeur et sur celle de la Cour tout entière. Même la reine sourit plus souvent quand il va pratiquer sa magie ailleurs », ajouta Brian Delisle. Son intonation haut perchée prit un tour furieux, signe qu'il venait de manquer une combinaison de dés.

« La reine est des plus adorables, cette semaine, n'est-ce pas ? » Le roi sourit et fit le tour de la pièce du regard, comme s'il s'attendait à voir apparaître Isabelle d'Angoulême. Elle ne recherchait plus vraiment la compagnie de son époux depuis l'an dernier et la naissance pénible de leur premier-né, le prince Henry. À cette heure de la nuit, elle devait très certainement dormir, protégée d'une possible intrusion royale par le barrage de ses dames.

Toute la Cour savait que si le roi John pouvait apaiser

ses pulsions avec d'autres femmes, il préférait de loin la compagnie de sa jeune femme, du moins quand elle était d'accord.

« Vous n'avez nul besoin de Radburn Blakely et de sa sorcellerie, Altesse », le pressa Hugh Neville, le troisième joueur.

Issus de la plèbe, ces trois personnages devaient amitié et loyauté à John pour tout ce qu'ils possédaient. L'expérience avait appris à John qu'une fois anoblis, ses amis, ses mercenaires et ses créanciers étendaient leur loyauté à leurs terres, leurs titres, leurs vassaux et pairs. William de Briouze était le plus bel exemple de loyauté retournée.

Radburn avait travaillé dur pour éliminer ce parasite-là.

Brewer, Delisle et Neville jouissaient d'une grande influence sur le roi tant qu'ils refrénaient leurs exigences en argent ou positions à la Cour et ne briguaient pas de titres.

« C'est lui qui vous empêche de trouver un compromis avec le pape et l'archevêque », poursuivit Neville.

John plissa les yeux, pensif.

Leur influence s'était accrue au cours des trois jours que Blakely avait passés loin de Worcester. Il laissa automatiquement se croiser ses yeux et se concentra sur les couches d'énergie baignant chacun des hommes. Les gens pouvaient bien mentir ou tricher, jamais leur aura ne le faisait.

Celle du roi John projetait largement autour de sa tête sombre des éclairs pourpre et rouge, signe incontestable que quelqu'un ou quelque chose d'autre que Blakely contrôlait ses pensées et ses actes.

« Par le sang du Christ ! jura Radburn entre ses dents. Il s'est débrouillé pour affaiblir les gardes que j'avais installées autour de lui. » Il avança droit sur le roi John et les trois autres joueurs de dés. « Voici ce qui arrive quand on écoute les mauvais conseilleurs, petit frère », continua à marmonner Radburn dans sa barbe.

Au moins William de Briouze n'instillait-il plus de poison dans l'oreille de John. Celui-là n'aurait plus jamais aucune influence.

« Deux trois ! » gloussa Brian Delisle. L'intonation grinçante disparut de sa voix. Il avait visiblement un bon score selon les règles complexes du jeu auquel s'adonnait le roi. Il passa une main dans ses cheveux noirs à peine disciplinés, puis se gratta le menton. Menton qu'il avait toujours sombre, rasé ou non.

L'apparence négligée du personnage fit frissonner Blakely. Delisle n'avait jamais l'air propre ni ne sentait jamais bon.

Dans un coin éloigné de la pièce, trois clercs nerveux tripotaient moult parchemins qui exigeaient l'attention du roi. Mais ils n'osaient l'interrompre. Certains avaient été exilés au fin fond de la Cornouailles ou en Irlande pour moins que cela.

« Ces dés doivent être pipés, se plaignit le roi tout en les examinant. Tu ne pourrais avoir une telle chance sans cela. » Ses yeux bruns se croisèrent presque sous l'intensité de son examen. À la différence de sa grande, blonde et tumultueuse famille, le menton pointu et le front étroit de John lui donnaient l'air d'être un fourbe ourdissant de sombres complots, même quand il était en paix. John était rarement en paix, sauf quand Blakely était près de lui et montait une garde vigilante sur son jeune demi-frère et souverain.

Delisle se figea et retint son souffle. Car quiconque voyait son honneur mis en doute par une accusation de tricherie exigeait réparation par les armes. Ses doigts s'agitèrent près de sa ceinture, là où se trouvait habituellement sa dague. En présence du roi, nul homme ne portait ses armes.

Mais nul n'aurait osé mettre au défi l'homme qui

gouvernait de droit divin. À moins de souhaiter sa propre mort.

Blakely en vint presque à rêver que Delisle relève le défi. Il se ferait un plaisir d'éliminer cette mauvaise influence sur le roi.

« Tout le monde sait que Brian triche », railla William Brewer. Il s'avachit sur son banc, juste en face de Brian Delisle. Depuis sa position à moitié couchée, il fit signe à son ami de se détendre. Puis il agita effrontément la main. « Autrement, comment aurait-il pu se gagner une si belle épouse ? Autrement, comment pourrait-il si bien nous divertir ?

– Divertir ? » Le roi étira un coin de sa bouche en un fin sourire.

L'entière compagnie respira plus librement.

« Oui. Nous pensons que jouer à découvrir ses derniers stratagèmes est divertissant. » Le sourire s'étendit à toute la bouche du roi, mais ne gagna pas ses yeux. Seule une femme pouvait éclairer le regard de John.

Radburn décida de ne point attendre d'être en privé pour restaurer les gardes magiques autour de John. Delisle, Brewer et Neville étaient susceptibles d'infliger des dommages indicibles à la soigneuse protection qu'il avait installée dans l'esprit et le corps du roi. Au moins William Longsword, comte de Salisbury, n'était-il pas présent. La parole de ce demi-frère illégitime du roi avait plus de poids pour le souverain que celles de Delisle, Brewer, Neville et Blakely réunis.

Ce qui n'aurait pas dû être le cas. Blakely avait le même père que Salisbury et le roi. Il n'aurait jamais dû devoir recourir à la magie pour influencer le monarque.

« Ah, Radburn, mon frère, viens essayer ces dés et voir s'ils sont réellement pipés. » D'un mouvement impérieux du poignet, John fit signe à son frère d'approcher.

Blakely grinça des dents et ignora le signe de protection contre le mal que firent Delisle et Brewer dans sa direction. Neville eut le bon goût de détourner le regard.

Blakely appréciait Neville. L'homme ne s'embarrassait guère de scrupules et ne se cachait pas derrière des faux-semblants.

« Comment pouvez-vous vous fier à un homme qui ne vieillit pas, Altesse ? » souffla Brewer à John. Tout autre que Blakely n'aurait pas entendu cet aparté. « Il a un an de plus que vous et paraît être votre fils !

– Oui, c'est un homme hors du commun, plus juste encore que Notre Frère Richard. Mais pas si grand ni si large d'épaules. » L'attention de John ne se détourna pas un instant de Blakely. « Cependant, Nous pensons qu'il pourrait partager les préférences de Notre frère pour les hommes plutôt que pour les femmes. L'un de vous l'a-t-il jamais vu avec une femme ?

– Certainement pas avec la mienne. » Neville adressa un petit sourire satisfait à Blakely. Il avait ouvertement partagé sa femme avec le roi afin d'obtenir influence et pouvoir. En revanche, il ne l'avait jamais offerte à Blakely.

« Ne prête aucune attention à Hugh, Radburn. Nous ne te taquinons que parce que tu ne Nous as pas pressé d'envoyer chercher ta promise cette semaine. Nous répugnons à détourner ton attention, mon frère. Laisse la fille profiter encore un peu de la campagne avant de la présenter à la Cour. » Cette fois-ci, le sourire de John atteignit ses yeux alors qu'il les levait sur Blakely.

Excellent. Rien de plus facile que de restaurer les gardes quand il captait toute l'attention de John. Radburn prit position à la gauche de son frère – opportunément tourné vers l'ouest, lieu du coucher de soleil et de la mort. Il avait besoin de John vivant et positionna méticuleusement sa garde contre le trépas.

Il saisit adroitement les dés dans la main tendue de John. Il les tint dans la main gauche et les recouvrit de la droite. D'un vif mouvement du pouce, il tourna une de ses bagues sens dessus dessous et saupoudra une poudre légère dans sa paume tout en dissimulant les véritables dés dans sa manche. Une pensée mua une flamme froide en illusion de dés en os au creux de sa main.

Alors qu'ils brûlaient, il récita un arcane dans un langage pratiquement oublié, installant la première garde et bannissant la mort de la pièce. Les cubes de jeu illusoires brûlèrent vivement un instant, puis retombèrent en cendres, à part deux petites billes de plomb.

Si le plomb était bien réel, les cendres n'étaient qu'illusion.

« Delisle triche », annonça Blakely. Il se déplaça vers le sud de John et poussa Delisle de son banc. Celui-ci atterrit par terre avec une lourdeur comique.

Les autres s'esclaffèrent. Blakely laissa tomber une autre dose de poudre sur le banc, et y mit le feu. Cette fois-ci, il provoqua l'illusion d'une odeur fort déplaisante.

« Ah, Delisle a tant de problèmes avec ses intestins malades qu'il ne peut contrôler son besoin de gagner de quoi s'offrir un remède exotique », ironisa Blakely. Une autre phrase mit cette garde en place, et bannit les humeurs malignes propagées par l'air et l'eau.

Les joueurs rirent de nouveau en se pinçant le nez.

Deux points cardinaux installés. L'aura de John commença à perdre la brillance factice provoquée par l'affaiblissement de ses gardes.

Blakely se plaça à l'est de John. Quelle excuse pourrait-il bien invoquer pour faire brûler une autre flamme ? D'habitude, il faisait cela autour du lit du roi, quand celui-ci dormait et ne lui prêtait aucune attention.

Delisle se redressa sur les genoux et se renfrogna en voyant la main de Blakely se poser au bord de la chaise de John. Il replia les doigts contre sa paume tout en laissant l'index et l'auriculaire tendus en protection contre le mauvais œil.

« Ce n'est pas mon œil qui est mauvais, Brian Delisle. » Blakely observa le geste d'un regard noir. Il cerna la main d'un cercle de feu illusoire. Pas si efficace que le vrai, mais il n'osait courir le risque d'enflammer les vêtements de John. Si le roi bondissait de sa chaise avant la fin de l'incantation de garde, Blakely se retrouverait démasqué, vulnérable et affaibli. Chaque sort exigeait achèvement et enracinement, sous peine de se retourner avec force.

Delisle retira vivement sa main et se lécha les doigts, comme s'ils avaient vraiment été brûlés. Cette garde éloigna les influences néfastes.

Tout en inspirant profondément afin de reconstituer son énergie, Blakely prit position derrière le roi, mains posées sur le sommet du dossier ornementé.

« Tes pets offensants te vaudront une pénalité, Brian, exigea John en gloussant. Envoie-moi ta femme, cette nuit. »

Le roi s'était-il lassé de la femme de Neville ? Il était temps. Temps de trancher net l'influence de Joan Neville. Sybella Delisle n'était qu'une enfant stupide, mais jolie, dotée de boucles blondes et d'un rire semblable aux clochettes des fées.

Elle avait également de petits seins coquins qu'elle adorait montrer. Une fois, Radburn avait goûté à ces délices. Elle était bien trop consentante pour lui offrir un véritablement amusement.

Delisle haussa des épaules résignées, tandis que Brewer gloussait et se tapait sur les cuisses. Neville poussa un gros soupir. De soulagement, à l'idée de ne plus avoir à partager son épouse ?

« Ah, les passions de Son Altesse sont brûlantes, ce soir », commenta Blakely, se joignant à la bonne humeur générale. Cette fois-ci, il entoura la tête de John d'un cercle enflammé, au niveau du cercle d'argent qui maintenait ses cheveux. Il n'eut besoin que d'une seconde de feu, éteint avant même que les autres ne le vissent vraiment. John s'essuya le front à la suite de la chaleur momentanée.

« En vérité, je brûle de posséder une femme, et même tout de suite », répondit le roi. Son rire sonna forcé, pesant. Radburn dut terminer en toute hâte avant qu'il ne devienne soupçonneux ou, pis, qu'il ne quitte la pièce sur une lubie de son esprit fantasque. Son infatigable énergie pouvait les emmener n'importe où dans le pays, n'importe quand.

Blakely marmonna la dernière incantation d'obéissance et acheva son circuit autour de la chaise de son frère. Un poids soudain dans ses entrailles et une faiblesse dans ses jambes l'informèrent de l'enracinement du sort. John resterait à Worcester tant que Radburn n'aurait pas décidé de la date de départ et de la destination.

L'aura du roi devint une étroite bande sombre endiguant ses couches d'énergie naturelles. Blakely sourit, fatigué. Les petits copains de jeu ne chercheraient plus à évincer le conseiller et plus fidèle compagnon qu'était son frère pour le roi. Un peu de chance, et la répétition des gardes tandis que John ferait joujou avec Sybella, cette nuit, lui feraient oublier tout ce qui avait été dit ce soir contre Blakely. Demain, toute récrimination ou insinuation malveillante ne serait que charabia aux oreilles du monarque.

4

Ruines de Mendip Mor.

De l'air glacé me gifla le visage et m'arracha à mes incessantes questions. Une épaisse pelisse de laine et fourrure me protégeait du froid. J'emplis mes poumons d'air humide et frais. Fumée de bois refroidie, sueur mâle, terre fraîchement retournée et relents d'un repas préparé à la hâte imprégnaient la brume matinale.

Et toujours cette odeur persistante de bûcher funéraire. Je ravalai mes larmes et fis résolument face au futur plutôt qu'à mes souvenirs ou qu'à mes regrets.

De minuscules points lumineux voletèrent devant moi. Je fermai les yeux et leur ordonnai de s'en aller.

Lorsque je les rouvris, seule une petite fée rouge planait autour de ma tête. Je récupérai une fugace impression de maîtrise de mon cou et du bout de mes doigts. La laine, râpeuse contre mes phalanges, leur donna des démangeaisons. Mon corps répondait peu à peu à ma volonté.

Je savais que j'aurais dû en remercier la fée, mais j'avais déjà du mal à admettre son existence. D'où était-elle venue ? Excepté ma famille, rares étaient ceux qui pouvaient encore les voir.

La fée cligna de l'œil et gloussa, puis disparut dans

un petit claquement sec. Je frissonnai. Je n'avais plus vu de fées depuis que j'avais pénétré dans mon premier couvent, à huit ans.

Je n'avais pas eu besoin d'elles. Les bonnes sœurs et la Sainte Mère veillaient sur mon corps et sur mon âme.

Mon cou me démangea de l'envie de bouger.

Je n'osai tourner la tête, de peur d'informer Bellecôte que je n'étais plus paralysée. Lorsque l'occasion de fuir se présenterait, l'élément de surprise me serait indispensable.

« Repose-toi tranquillement, *ma petite*, lança le Traître, comme s'il était blanc de toute vilenie. Nous avons enseveli les morts. Et nous avons dit des prières pour eux tous, même s'il nous va falloir renvoyer des prêtres ici pour faire cela dans les règles. » Son accent normand apaisant roula dans mon oreille.

Je me cachai derrière ma paralysie et ne le crus sincère en rien.

Puis je me rendis compte que je dérivais toujours dans un nuage onirique. Bellecôte m'emportait, enveloppée dans la lourde pelisse de loup doublée de laine. Sa teinte rouge violacé offrait un contraste plaisant avec le bleu turquoise passé de ma robe. Une partie de moi rêva de montrer les adorables couleurs à lady Hilary…

Elle était morte.

Newynog me fit la fête en jappant.

Newynog, criai-je à ma chienne, la seule amie, la seule compagne qui me restait. Elle avait hérité de moi, tout comme j'avais hérité d'elle, et toutes deux avions hérité de tâches, de responsabilités et de secrets. *Protège-moi de lui*, l'implorai-je. *Nous devons fuir et nous cacher avant qu'il ne nous vende, et nos secrets avec nous.*

Newynog jappa de nouveau et bondit dans mon champ de vision.

Je ne pouvais pas encore échapper à la prison de

mon corps rigide, ni à l'étreinte de sire Hugh. Newynog ne parut pas disposée à me venir en aide.

Sire Hugh avait le pas long et assuré. Tout autour de nous, des hommes aux yeux cernés de fatigue, au teint blêmi de chagrin, s'affairaient à lever le camp.

Cependant, Bellecôte paraissait frais et dispos. Il sentait le propre, et avait pris le temps de se raser. Il n'avait nul besoin de barbe pour dissimuler un menton fuyant, et devait être assez riche pour s'offrir de bonnes lames, à supposer qu'il fît cela tous les jours.

« D'autres indications sur ces pillards qui nous épient ? » demanda sire Hugh à un soldat qui arrivait de l'extérieur du camp. La chair de poule hérissa son cou, ses bras frémirent légèrement tout en resserrant sa prise sur moi.

N'était-ce pas lui qui commandait les pillards ? Pour quelle autre raison aurait-il été aux commandes sur les ruines fumantes de Mendip Mor ?

« Oui, sire Hugh. » Le soldat se mit au garde-à-vous et plaqua sa lance en travers de sa poitrine, en une sorte de salut. « Chaque heure, ou presque, des ombres encerclent le campement – toujours contre la lumière. Nous ne voyons jamais ni corps ni visages, c'est juste une impression de mouvements. » Sur sa pique, index et auriculaire se tendirent contre le mauvais œil.

« Des loups ? l'interrogea sire Hugh.

– Un comportement trop bien réglé, sire Hugh. Également trop substantiels pour des fantômes ou des esprits.

– Je dirais que les pillards rôdent toujours. Ils veulent quelque chose, ou quelqu'un qu'ils ont laissé derrière eux. »

Les muscles des épaules et du cou de sire Hugh se détendirent. « Je quitterai avec plaisir ces collines et leurs brumes trompeuses. Je regrette le trépas de lord

Edmond, mais je suis ravi de ne pas amener mon fils ici. »

Je me demandai s'il redoutait les loups ou les fantômes. Sire Hugh ne me paraissait pas homme à craindre grand-chose.

Un cri derrière nous. Un fracas de bois brisé. Bellecôte fit brutalement volte-face. Un pavillon nobiliaire s'écroula sur lui-même. Le tissu s'agita sur les hommes qui tentaient de s'en libérer.

Il devait s'agir de la tente de sire Hugh. Dans laquelle j'avais passé la nuit. Je me figeai intérieurement devant cette indécence. Qui m'avait déshabillée ? Qui m'avait baigné le visage quand ce cauchemar m'avait réveillée ?

Un souvenir me traversa l'esprit telle une flèche. Quelque chose de terrible. Quelque chose d'envoûtant dans son horreur.

Un homme tendait la main vers moi en m'appelant Petit Être… Qui avait prononcé cette phrase ? Quelqu'un, il y avait longtemps…

Bellecôte m'appelait « ma petite », la même chose, et pourtant… différente. Un sobriquet ridicule. J'étais aussi grande que la plupart des hommes. Pourquoi donc les hommes tenaient-ils tant à me posséder et à m'appeler « petite » ?

« Par le sang du Christ, messieurs, ne pouvez-vous vous presser ? aboya Bellecôte.

– Toutes mes excuses, sire Hugh », bégaya le sergent dès qu'il émergea de l'amas de toile. Il fit des moulinets de bras afin de se libérer complètement.

Au moins, Newynog apprécia-t-elle l'incident. D'un bond, elle sauta au visage de l'homme, le lui lécha vigoureusement, puis revint s'asseoir aux pieds de sire Hugh. L'air de curiosité innocente qu'elle prit alors dissimula le rire que je perçus dans le frétillement de sa queue.

« Beurk ! » bégaya de nouveau le soldat tout en s'essuyant la bouche avec un pan de la tente.

La poitrine de Bellecôte gronda et se souleva sous l'effet d'un rire réprimé. « Allons, Archie, cette chienne est tombée amoureuse de tes balafres de vétéran. Elle pourrait même en venir à te faire confiance, depuis que tu lui as caressé le ventre et gratté les oreilles, hier soir. »

Newynog ? Ma compagne ne laissait personne lui toucher le ventre, à part moi.

Je tentai d'observer ma chienne, mais mon cou refusa de bouger. La bénédiction de la fée s'était évaporée.

Sainte Mère, aidez-moi ! priai-je. *Je dois absolument me libérer de ces membres figés. Et me libérer de ces hommes armés qui me livreront à mes ennemis.*

« Le mât central s'est brisé, sire Hugh. Nous l'avons heurté en essayant de sortir les malles pour les charger sur le chariot. Il a cédé », expliqua le sergent, qui s'essuyait toujours la figure.

« Nous n'avons plus le temps d'attendre les chariots. Viens avec moi, et prends dix hommes. Laisse les autres s'occuper des bagages. Je veux qu'ils passent les décombres au crible afin d'y trouver un indice éventuel quant à l'identité des pillards. Ils pourront nous rattraper dès que nous aurons localisé le roi John. Je suis certain qu'il m'a dit passer ce mois-ci à Worcester. »

Le tremblement reprit, d'abord dans mes mains, puis mes jambes, et gagna finalement l'ensemble de mon corps. La luxueuse pelisse ne parvenait plus à me réchauffer. Sire Hugh me serra plus fort contre lui. Sa chaleur me fit du bien, mais rien ne parviendrait à calmer les frissons qui me secouaient.

« Fais-moi confiance, *ma petite*. Je t'ai gardée en sécurité, jusqu'à présent, souffla le Traître. Et je continuerai. »

Newynog gémit et décrivit un cercle serré autour de

ses chevilles. Son inquiétude apaisa plus mes angoisses que les paroles de l'homme. Elle me protégerait de mes ennemis au prix de sa vie. Je doutai que Bellecôte fasse de même.

Quiconque pouvait se dresser entre mes ennemis et moi, il me fallait être prête à fuir sur mes deux pieds. Il me fallait me libérer des chaînes qui entravaient mon corps.

Je tentai une nouvelle fois de me débattre afin d'échapper à l'étreinte de sire Hugh. Rien ne bougea. Je ne sais même pas si je réussis à ciller.

Commence doucement, me souffla mentalement un murmure de fée, aussi léger qu'une clochette.

Aussi me concentrai-je sur mes doigts. Je revécus le fugace sens du toucher que m'avait rendu la fée. Le râpeux de la laine sur le bout de mes doigts. La chaleur. Le confort. Très lentement, précautionneusement, j'imaginai mon index en train de bouger. Le tremblement cessa, tout cessa, à l'exception de ce doigt de ma main droite. Il se plia et se redressa très légèrement.

J'inspirai profondément et essayai de nouveau. Un peu plus facile, cette fois-ci. Je pus le voir bouger sous la lourde pelisse. Puis j'essayai le pouce. Avec un index et un pouce, je pourrais tenir de petits objets, ou les rênes d'un cheval. Mais le pouce me nargua.

L'épuisement m'embrouilla l'esprit.

C'était déjà un petit succès. Je recommencerais plus tard.

« Tu vas devoir monter en croupe derrière moi, *ma petite*, m'annonça posément sire Hugh. Ma monture n'est pas suffisamment docile pour pouvoir la diriger d'une main. Et je ne veux pas courir le risque de te voir choir. J'ai eu trop de mal à te secourir et à te garder entière. »

Pourquoi ? Afin de pouvoir me livrer à mes ennemis, à mon procès et à mon exécution.

Avec un minimum de bousculade et l'aide du sergent Archie, je me retrouvai au sommet d'un énorme étalon de guerre isabelle. Pourquoi donc sire Hugh chevauchait-il cette bête plutôt qu'un palefroi ordinaire ? Un destrier ne pouvait être une monture confortable pour un long voyage. À moins qu'il ne s'attende à une bataille – comme l'assaut de Mendip Mor – et désire la force et l'astuce d'un tel animal. J'examinai son harnachement comme je le pus. Quelques joyaux ornaient la selle, mais rien de franchement tape-à-l'œil, comme le feraient la plupart des nobles, et que Bellecôte avait les moyens de s'offrir. De plus, sire Hugh n'avait qu'une couverture brune ordinaire jetée sur la croupe du cheval, et non pas en brocart ou brodée. Celle-ci arrivait à peine au ventre de l'animal au lieu de retomber jusqu'au sol. Sire Hugh tenait visiblement à ce que sa monture soit débarrassée du superflu.

Il se mit en selle, et passa mes bras autour de sa poitrine. Là, il les lia ensemble avec une bande de tissu soyeux.

« À présent, *ma petite*, nous sommes liés l'un à l'autre, quoi qu'il arrive. » Il tenta de démêler le chapelet de mes doigts. Qui se refermèrent encore plus contre ma paume. Une goutte de sang perla là où mes ongles ébréchés avaient mordu la chair.

Sire Hugh renonça, mais il examina de près les gravures complexes de la croix dans son cercle. « Très beau travail, réfléchit-il à voix haute. Très ancien. D'où te vient ceci ? »

Je ne pus lui répondre. Cette croix et les perles qui la décoraient étaient tout ce qui me restait de mon héritage, la seule preuve de mon identité.

« Tu parleras quand tu auras quelque chose à dire. » Il soupira encore une fois, puis arrangea la pelisse autour de moi. Il talonna son cheval, et quitta les vestiges de son bivouac et les ruines fumantes de Mendip Mor au petit galop. Les sabots de sa monture projetaient des mottes de terre. Le bruit de ses sabots ferrés contre les pierres enchâssées dans le sentier émettait un fracas menaçant. Il prit une vitesse effrayante. Fourrés et bosquets défilèrent follement devant mes yeux.

Newynog galopait à notre hauteur, langue pendante, oreilles au vent. Elle leva la tête vers moi, ravie par la course.

Mes fesses rebondissaient durement sur le dos du destrier, mes pieds ballottaient contre son flanc. La capuche de la pelisse se rabattit sur mes yeux. Je fus virtuellement aveuglée et impuissante.

Je n'étais plus maintenue à bord de la bête que par le fin lien de tissu liant mes mains devant sire Hugh.

Je ne pus m'empêcher de penser que le futur immédiat semblait bien plus périlleux que l'attaque de la veille.

Newynog, dis au cheval de ralentir !

Ma chienne se contenta de me rire au nez. Aussitôt imitée par le cheval.

*

Hugh conserva ce galop effréné une heure encore. Si des fleurs de mai éclosaient sur les bas-côtés et dans les champs, les brumes glaciales s'attardaient. Il reconnut l'endive sauvage et l'ajonc. Les autres fleurs, blanches, bleues et roses, défilaient en un brouillard coloré.

Pas le temps de réfléchir aux fleurs, aux petits bouquets qu'il avait cueillis pour Ardyth alors qu'elle agonisait. Il lui fallait mettre de la distance entre lui et ces mystérieux pillards.

La fille accrochée dans son dos le déséquilibrait. Il ne pouvait pousser Orage à galoper plus vite, de peur qu'elle ne chût. Elle l'entraînerait certainement avec elle par la même occasion. Ils finiraient tous deux blessés ou morts. Les bras refermés autour de lui étaient mous, elle glissa, déséquilibrée.

Il lâcha momentanément les rênes pour la rattraper avant qu'ils ne basculent ensemble sous le ventre du destrier, entre les énormes sabots ferrés.

L'étreinte de la fille se resserra miraculeusement au dernier moment. Il sourit. La panique pourrait bien la guérir quand la douceur et la persuasion n'arrivaient à rien. Alors, il obtiendrait ses réponses.

Et ensuite, que faire d'elle ? « As-tu de la famille, *ma petite ?* »

Elle demeura raide et muette.

« Quelqu'un veille certainement sur toi. »

Toujours pas de réponse.

Une fois qu'il aurait l'explication de la mort d'Edmond, il ne pourrait pas abandonner la fille, seule et sans protection. Elle avait certainement une famille quelque part, qui prendrait soin d'elle. Il ne la pensait pas apparentée ni à Edmond ni à Hilary Fitz Gyr.

Qui était-elle, à quel point compliquerait-elle son existence s'il continuait à la protéger, ainsi que l'exige le code de la chevalerie ?

Peu de ses semblables assumeraient la responsabilité d'une femme seule sans dot, sans alliances familiales, ni titres.

Des insectes vivement colorés voletèrent autour de sa tête. Il pensa entendre un rire dans le vent, semblable à de délicates et lointaines clochettes. Il tenta de les chasser de son poing fermé. Le gloussement s'intensifia.

Je ne vois pas de fées. Les fées n'existent pas, se répéta-t-il interminablement.

Le rire s'accrut.

Il effleura subrepticement son front, sa poitrine et chacune de ses épaules. Une véritable croix, faite de foi, devrait effrayer n'importe quel esprit surnaturel.

Cependant, le chapelet et la croix antique de la fille ne les avaient nullement découragées.

Il ravala un juron. Il venait juste d'admettre que les insectes multicolores étaient des fées. Le fantôme d'Ardyth, sa défunte épouse, mêla son rire moqueur à celui des fées.

Il ne pouvait l'ignorer dans la mort comme il l'avait fait de son vivant. Elle lui avait laissé un héritage bien vivant en la personne de son fils. Chaque fois que Johnny tombait malade, il entendait Ardyth railler son incompétence, son inadaptation, ses origines bâtardes.

Orage projeta ses longues jambes pour sauter un rocher au milieu du chemin qui, dans le coin, passait pour une route.

La fille ne fut pas loin de tomber. Elle enserra ses côtes de ses coudes et lui fit presque mal dans cet effort désespéré pour rester en croupe. Sa présence repoussa Ardyth dans le néant de ses doutes.

« Tu as quand même quelques réactions, *ma petite.* » Hugh lui tapota gentiment les mains. « Même la panique vaut mieux qu'être statufiée de peur. Nous ralentirons dès que je serai certain que personne ne nous suit. »

Elle répondit par une brutale exhalaison, qui pouvait passer pour un reniflement, ou un soupir d'agrément. Il ne put savoir quelle éventualité était la bonne.

« Dis-moi qui commandait les pillards, je te prie, *ma petite*. Donne-moi les réponses, et je te laisserai au couvent, avec les bonnes sœurs. C'est bien cela que tu veux, n'est-ce pas, *ma petite ?* »

Les bras demeurèrent raides, la voix silencieuse.

Archie amena sa monture à son côté. L'écume aux lèvres, son cheval lutta pour rester à sa hauteur. Le sergent tenait ses rênes trop serrées. Le cheval renâclait. Il serrait trop fort ses genoux contre la selle, et envoyait des signes contradictoires à son destrier. Il n'avait jamais monté avant d'être promu par Hugh.

Celui-ci voulait l'adouber chevalier, mais Archie devrait d'abord apprendre à mieux contrôler sa monture.

Archie hurla quelque chose à propos d'un sentier sur la droite.

Le fracas de sabots ne permit pas à Hugh de tout entendre. Il hocha vigoureusement la tête. Un instant plus tard, il s'arrêta. « Messieurs, continuez jusqu'au monastère des Gilbertines, au bout de cette route. Archie et moi allons prendre un raccourci. » Il désigna un sentier étroit, quelques pas derrière lui. Cela tenait plus de la sente de gibier que d'un chemin. « Brouillez autant que possible les empreintes de sabots, afin de dérouter des éventuels suiveurs. Nous nous retrouverons là-bas. »

La plupart de ses hommes avaient commencé leur carrière comme mercenaires, tout comme lui. Ils connaissaient les risques et laisseraient une trace si confuse que même la truffe experte du chien-loup qui galopait sur ses talons aurait du mal à les suivre.

Il sourit à la chienne, la défiant presque de trouver le bon chemin. La bête renifla les paturons de chaque cheval alors que les hommes défilaient devant eux. Puis elle releva la tête et aboya une fois, comme si elle donnait le signal à la colonne de prendre le galop. La troupe fut sur la colline suivante et disparut derrière une courbe avant qu'Hugh eût eu le temps de compter jusqu'à trois.

Puis le chien bondit vers la sente, et Hugh poussa Orage à sa suite. Cette fois-ci, il agrippa les genoux de la fille de la main gauche tout en contrôlant sa monture de la droite. La fille ne glissa point. Archie suivit plus posément au travers des hautes herbes de ces collines reculées. Hugh ne huma rien d'autre que la boue, les ajoncs et son cheval. La fumée imprégnée dans leurs vêtements et le parfum frais de la jeune femme n'entrèrent pas en ligne de compte dans son estimation de l'endroit. Aucun homme n'avait emprunté récemment cette sente. Sa chair de poule se calma un peu.

Très peu d'arbustes, et aucun arbre, émaillaient la lande. Les collines nues parsemées de saillies rocheuses s'étendaient toujours plus haut. Peu d'endroits où se cacher. Mais cela valait également pour d'éventuels poursuivants.

Ils serpentèrent entre des collines basses, descendirent parfois dans des vallées, pour en remonter et continuer. Le sens de l'orientation pourtant excellent d'Hugh se distordit peu après avoir quitté la route principale. En tête, truffe au sol, la chienne leur montrait le chemin et leur évita de se perdre dans les sentiers escarpés qui croisaient souvent leur route. Parfois, Hugh lui-même ne faisait plus la différence.

Peut-être devrait-il emmener l'un de ses propres chiens, lors de son prochain voyage.

Soudain, le chien-loup s'arrêta net et huma l'air. Un sourd grondement monta de sa gorge. Elle se hérissa.

Hugh immobilisa sa monture, tous sens en alerte. Il tourna la tête de tous côtés afin de déterminer ce qui avait alarmé la chienne. Tout en cherchant, il tira son épée. La lame chanta en sortant de sa gaine de cuir. Et refléta le soleil.

Archie dégaina également ses armes. Il fit décrire une volte complète à son cheval, afin d'inspecter les environs.

Ils se trouvaient entre deux collines escarpées, parsemées de saillies rocheuses et de buissons épineux aux racines fermement ancrées dans le sol aride.

« Cache-toi ! » ordonna Hugh en déliant les mains de la fille. Le lien de tissu se prit dans les perles du chapelet. D'une secousse qui dut lui tordre le poignet, il libéra ses mains et la poussa à bas du grand cheval.

Elle atterrit sur le dos, souffle coupé. Elle suffoqua deux fois, tout en tâchant d'inspirer. Tant qu'elle se débattit pour reprendre son souffle, ses yeux bleu foncé, presque noirs d'inquiétude, le fixèrent, accusateurs. Puis elle roula sur le côté et respira plus facilement.

Geste qui lui sauva la vie. Car une flèche se planta dans le sol à l'endroit même où elle se trouvait une seconde auparavant. Le large trait – prévu pour la chasse à l'ours – se brisa contre le rocher d'où elle venait de rouler. Il avait été tiré depuis un amoncellement rocheux, plus haut et sur la gauche. Quatre plumes noires l'empennaient. Un carreau d'arbalète.

« Cache-toi ! » lui ordonna de nouveau Hugh tout en jetant sa monture dans un périlleux galop vers le sommet de la colline. Il espéra que le désespoir la dégèlerait enfin. Il ne pouvait rien faire de plus pour la protéger. Elle allait devoir y mettre du sien.

Une douzaine d'hommes entièrement vêtus de noir, avec des tuniques comme cottes de mailles, la tête entièrement enchâssée dans des casques de même couleur, dévalèrent la colline, épées et lances brandies vers lui.

La chienne enfourcha la fille toujours inerte. Elle hérissa le poil. De la bave coula de ses crocs dénudés.

Les pillards se pressèrent contre Hugh et Archie. Un fracas d'armes retentit. Les chevaux hennirent. Les hommes hurlèrent. Un nuage de poussière s'éleva.

Hugh ne pensait pas, seuls l'instinct et l'entraînement guidaient ses réactions. Il avait combattu des douzaines d'escarmouches durant ses années de mercenariat sur le continent. Jamais encore il n'avait été si épouvantablement surpassé en nombre. Jamais encore il n'avait affronté d'hommes plus doués que lui-même. Son bras combattant fut rapidement pris de crampes. Il para un coup vicieux. Le fracas des épées l'assourdit. La violence du coup lui engourdit le bras jusqu'à l'épaule.

Orage se cabra et botta son assaillant en pleine tête. Mais Hugh ne parvint pas à rester en selle. Ses doigts lâchèrent son arme.

Et il chuta.

Orage se cabra encore et agita ses énormes sabots en direction de ceux qui menaçaient son maître. Il rua, et abattit deux autres brigands de ses sabots postérieurs. Ils tombèrent en arrière sans un cri, la poitrine enfoncée par les fers armoriés.

Un autre groupe surgit des broussailles derrière la fille. Les hommes se précipitèrent vers elle en poussant des hurlements frénétiques et en brandissant d'autres armes.

Elle ne réagit toujours pas.

Hugh tenta désespérément de se relever. Trois ennemis lui piquèrent la pointe de leurs épées sur la gorge.

Archie tenta de rapprocher sa monture, afin de défendre son seigneur. D'autres personnages en noir le tirèrent à bas de sa selle et lui arrachèrent ses armes.

Hugh récita une prière vaguement retenue depuis son enfance.

Un air lourd et immobile remplaça la brise printanière.

Un éclair déchira le ciel. Le tonnerre rugit.

Un étrange picotement parcourut chaque centimètre de la peau d'Hugh. Il huma l'odeur piquante de l'éclair.

Puis arriva le coup de foudre. Les armes métalliques sautèrent des mains des pillards. Deux douzaines de piques, épées, dagues et haches s'envolèrent dans les airs et tourbillonnèrent en scintillant dans la faible lumière. Elles retombèrent à une centaine de mètres de là, et explosèrent sous le choc.

Un autre éclair aveuglant illumina la scène.

Hugh ne garda d'autre souvenir que les rochers se tendant vers le ciel pour en arracher les armes.

5

Le visage de Bellecôte, aux yeux soulignés de rides inquiètes, s'approcha dangereusement du mien. Comment ce traître pouvait-il être si beau ! Peut-être était-ce cela qui lui évitait d'être poursuivi pour ses crimes. Rois et barons croyaient en son innocence parce que les légendes clamaient que le crime enlaidissait son auteur.

Je refusai de me laisser leurrer par lui.

J'avais les yeux secs et pleins de sable. Des taches noires flottaient dans ma vision, comme si j'avais regardé le soleil en face. Je me rendis alors compte que je n'avais rien regardé durant un bon laps de temps.

« Qui êtes-vous, pour que ces hommes vous pourchassent avec tant d'acharnement ? Qui êtes-vous, pour que mon meilleur ami soit mort pour vous protéger ? » me demanda-t-il en me fixant droit dans les yeux. Il fronça les sourcils. Ses sourcils sombres formèrent un grand V. Ses yeux bruns parurent embrumés par des émotions réprimées que je ne voulus pas déchiffrer.

Ma peau me picota, mon cœur s'affola sous ce regard intense.

Je ne répondis rien. Chaque muscle de mon corps

protestait contre ma chute et la dure chevauchée, mais mon contrôle sur lui était encore au minimum.

« Est-ce que les miracles vous suivent partout, comme ce chien ? » me pressa-t-il en prenant ma main, la gauche, toujours refermée sur le rosaire. « Il doit y avoir un puissant gisement de magnétite dans cette rocaille, pour leur avoir arraché leurs armes si brutalement. Cette brèche dans le mur de la cour, qui nous offrit si opportunément le moyen de fuir ces soubassements, avait tout du miracle, elle aussi. Ce fut probablement juste une faiblesse dans le mur, due à la chaleur du brasier. » Il secoua la tête, classant ces étranges événements dans la catégorie de simplement étranges, et non pas dans celle des vrais miracles… ou de la magie.

« Six morts. Les autres se sont enfuis, déclara Archie. Mais il ne s'agit en aucun cas de pillards gallois ordinaires, sire Hugh.

– Je l'ai compris dès que j'ai vu leurs coûteuses armures et leur manière de dissimuler leurs visages. »

Tout en parlant, sire Hugh me remit debout. Je vacillai quelque peu, jusqu'à ce que mes pieds se réaccoutument à supporter mon poids. Il me soutint d'une main passée sur mon épaule, l'autre derrière ma taille.

Le changement de position me fit du bien. Mes articulations se remirent en place. Je pus presque les faire fonctionner selon ma volonté. Presque.

Je distinguais à présent les cadavres sur le coteau, au-dessus du chemin. Trois d'entre eux avaient succombé aux sabots du cheval. Les autres avaient eu la poitrine perforée par une épée. Sire Hugh en avait abattu quatre. Les flaques de sang déversées par chacun étaient encore rouge vif, et liquides. Pourquoi n'avais-je point perçu leur trépas ? J'aurais dû le faire. Le poids de la culpabilité pesa sur mon cœur et mes épaules, car mon âme ne ressentait nullement le fardeau de leur trépas.

La pestilence de mort me donna envie de vomir. J'eus

besoin de la plus grande partie de ma concentration pour éviter de le faire. Il ne m'en resta plus pour mes jambes.

Les yeux d'un cadavre me dévisageaient, accusateurs.

« Une idée de l'identité de ces hommes ? » me demanda sire Hugh.

Je savais qui les avait envoyés, mais je n'allais certainement pas lui faire le plaisir d'une réponse. À traître, traître et demi.

« Jetons donc un coup d'œil sur leurs visages, et voyons si cela vous rafraîchit la mémoire. » Il me guida sur les quelques mètres de terrain accidenté. Je trébuchai. Il me soutint d'une main ferme. Mes pieds obéirent à ses ordres, alors qu'ils refusaient les miens.

Archie arracha le heaume du premier corps et écarta la cotte de mailles du visage.

J'ai dû émettre un son, si infime fût-il, car sire Hugh me dévisagea étrangement. Son regard fit l'aller-retour entre le mort et moi.

« Comment se fait-il que vous connaissiez Walter Geoffrey de Chancell, chevalier en chef de William de Briouze ? Le protecteur de Chancell est le confident et le compagnon de jeu du roi.

– Êtes-vous certain qu'il s'agit de Walter Geoffrey de Chancell ? s'étonna Archie. Il est censé se trouver en Irlande. Le roi John l'y a envoyé le mois dernier afin de garder l'œil sur la famille et les possessions du maréchal.

– J'en suis sûr. J'ai moult fois combattu aux côtés de cet homme et de Briouze durant les guerres du roi John. C'est un mercenaire, loyal à quiconque paie le plus cher, tout comme son frère. En ce moment, c'est Briouze et John qui ont le plus d'argent à donner à ceux de son espèce. Pour quelle raison serait-il devenu hors-la-loi et nous aurait-il attaqués ? Ou vous ? » Sire Hugh m'adressa directement cette dernière question.

« Nous ne savons toujours pas si lui et ses hommes sont responsables de l'assaut à Mendip Mor, fit remarquer Archie.

– Je parierais ma chemise que c'était lui », rétorqua sire Hugh.

Ma conviction selon laquelle c'était Hugh lui-même qui avait dirigé l'attaque vacilla. Son visage et ses yeux reflétaient trop d'émotion pour qu'il pût mentir de manière aussi convaincante. Je refusai de pénétrer son esprit ou d'inspecter son aura afin de découvrir la vérité. Les sœurs de la Bénédiction de la Vierge ne me pardonneraient jamais d'avoir brisé mon serment d'ignorer mes talents.

Dieu me le pardonnerait-il ?

Si seulement je pouvais supprimer aussi facilement mes rêves. Étaient-ils un signe m'indiquant que Dieu voulait me voir en user ? Ou un simple anathème jeté sur ma famille pour quelque péché lointain ?

Je rendis son regard à sire Hugh, le mis au défi de faire le rapprochement entre Walter Geoffrey de Chancell, son protecteur Briouze, et le roi.

« Le roi John croit aux vertus de la loi. Jamais il ne recourrait à de faux pillards pour éliminer un ennemi supposé ! » Hugh secoua la tête, comme pour bannir des pensées inconfortables. « Il trouverait une parade légale et agirait au grand jour. »

Je continuai à le fixer, le défiant de développer sa pensée.

« La loi a de l'importance pour le roi, insista-t-il. Nous allons lui apporter le corps et le problème. Il saura de quoi il retourne », conclut-il fermement.

Je tentai, et tentai encore, de hurler mon désaccord. Je ne pouvais me rendre à Worcester, ni nulle part à proximité de la cour du roi.

Mon corps refusa de m'obéir. Cependant, il suivit

docilement sire Hugh Bellecôte le Traître, jusqu'à son cheval.

*

Château de Worcester

Radburn Blakely cherchait un lieu isolé, n'importe quel coin tranquille situé dans l'immense château. Si les murailles massives et les tours vertigineuses offraient une parfaite défense, elles réduisaient d'autant le nombre de pièces incluses dans l'enceinte. Le donjon principal était occupé par les courtisans, les serviteurs et les dames – qui généraient encore plus de dames et de bagages que le reste de la compagnie. La cour d'armes, les celliers, et les cours situées entre les divers remparts, regorgeaient de soldats. Ici, même les cabinets étaient communs, et rarement vacants.

« J'aurais dû rester à Nigel Burn », marmonna-t-il tout en parcourant les remparts à la recherche d'une idée. Ses métayers le connaissaient trop pour oser le déranger quand il exigeait la solitude. « Mais si j'étais resté à la maison, je n'aurais pas été en mesure de restaurer les gardes autour de John, et ses vauriens de compagnons auraient pu le persuader de se lancer dans une action périlleuse. »

Radburn gravit les marches de l'imposante tour de garde occidentale. Parfois, les soldats relâchaient leur vigilance en ce lieu glacial et exposé. Il n'avait besoin que de quelques instants afin de regarder dans son bol à visions. Juste un moment pour surveiller ses métayers et ses espions répartis dans tout le pays.

Il marqua une pause avant d'escalader les dernières marches de l'escalier en colimaçon de la tour. Trois grandes inspirations lui rendirent son calme et son assurance avant de pousser la trappe donnant sur la terrasse. Les trois inspirations suivantes restaurèrent suffisamment son énergie pour inspecter la plate-forme au-dessus de sa tête. La seule forme animée qui répondit à son bref regard mental lui renvoya des images dispersées de quête de restes de poisson, ou d'ordures, dans le tas de fumier. Peu importait à la mouette, tant que cela lui remplissait le ventre.

Blakely engagea ses épaules cagneuses dans la trappe. Quelques secondes plus tard, il s'installait en tailleur sur le sol, dos appuyé au muret qui délimitait son perchoir improvisé. Muret qui l'abritait du vent. C'était tout ce dont il avait besoin, pour l'instant. Pas le temps de se lever pour jeter un coup d'œil sur la ville et la rivière en contrebas.

Il posa son bol devant lui et y vida l'outre d'eau attachée à sa ceinture. La transe s'empara de lui bien avant que la surface de l'eau ne se fût aplanie. Il devait absolument terminer ceci avant d'être découvert.

Une réputation de sorcier ajoutait du piment aux commérages de la Cour. Être surpris à pratiquer la magie ouvrait tout droit le chemin vers le procès religieux et l'exécution probable. Radburn Blakely n'avait aucune intention de sacrifier sa vie. Le roi avait besoin de lui. Le bol à visions lui procurait les informations nécessaires au maintien de l'unité et de la paix, ou à la propagation du chaos, selon les besoins du moment.

Peu à peu, des images se formèrent à la surface de l'eau. Des images fractionnées, à peine plus cohérentes que les pensées de l'oiseau perché sur le parapet, voletèrent devant sa vision mentale.

Il capta l'image de sire Robert Fitz Walter arpentant son château, près de Londres, semonçant ses serfs pour nul autre motif que sa méchante humeur. Ce seigneur mécontent marmonna quelque chose concernant des exigences à présenter au roi, la restitution de la colossale rançon qu'il avait dû payer au roi Philippe de France, quatre ans plus tôt.

« Et puis quoi, encore, Fitz Walter ? maugréa Blakely. John et moi avons besoin de cet argent pour autre chose. » Au travers de la surface liquide, il envoya le message à son espion d'envoyer Fitz Walter chercher John à York, à l'autre bout du pays, à l'opposé du lieu où Radburn gouvernait son suzerain.

L'image suivante lui montra Eustace de Vesci de Northumberland. Il tempêtait devant un parterre de petits nobles contre les déprédations de John, sa lubricité et ses taxes abusives. En gros, il prêchait contre les efforts de John pour garder le contrôle des barons. Le roi Richard leur avait permis de faire ce qu'ils voulaient, à partir du moment où ils lui donnaient l'argent nécessaire à ses guerres. La diatribe de Vesci amoncelait les lieux communs, et ne tarda pas à lasser son auditoire. Il n'était pas près de fomenter une rébellion, mais agitait le Nord. Il était temps d'envoyer un autre agent maintenir les désordres à un niveau raisonnable.

Ravi de voir que les plus puissants ennemis de John n'allaient pas lui poser de problèmes dans l'immédiat, Blakely inspecta ses propres troupes.

« Imbéciles ! hurla-t-il. Ne laissez pas échapper votre proie ! Suivez-les. Maintenant. J'ai besoin de leurs secrets. »

Des pas pesants ébranlèrent les marches de l'escalier, des voix résonnèrent. Le sol vibra.

Radburn se releva vivement. Il eut juste le temps de vider son bol par-dessus le muret et de le dissimuler sous son habit avant que le capitaine des gardes ne pousse la trappe d'accès tout en vitupérant les sentinelles plus occupées à se réchauffer les fesses qu'à monter la garde.

« Ne vous faites donc pas de souci, capitaine. » Radburn lui décocha son sourire le plus éblouissant. « C'est moi qui les ai renvoyés. J'avais besoin de calme et de silence. Ce lieu m'a paru le seul endroit approprié. J'ai monté la garde tout en faisant le tri de mes pensées. »

Le capitaine marmonna autre chose, laissa retomber la trappe et fila vers d'autres inspections. Mais sans plus de réprimandes. Les soldats continueraient à laisser cette tour sans surveillance quand Radburn aurait besoin d'intimité, car ils penseraient pouvoir éviter cette corvée.

*

Collines de Mendip, au nord-ouest de Wells

Sire Hugh me souleva et me posa sur le dos de son cheval.

« Nous allons avoir besoin de montures fraîches, puisque nous montons tous deux en double », grommela Archie. Il jeta le cadavre de Walter Geoffrey de Chancell en travers de son destrier, derrière la selle, sans plus d'égards que sire Hugh n'en avait eu pour moi. L'odeur de sang fit broncher l'animal.

« Nous allons leur accorder un peu de repos à Wells, et manger nous-mêmes un morceau. Il nous faut filer avant que ces soldats noirs ne reprennent leurs esprits et ne reviennent à la charge », répliqua sire Hugh.

Newynog décrivit des circonvolutions entre les jambes des chevaux, tout en gémissant et en humant l'air afin de détecter le retour des pillards.

Je tentai de faire réagir mes jambes, afin de monter à califourchon. Newynog leva le nez et poussa mon pied dans la bonne direction, mais en vain.

Essaye encore, la pressai-je mentalement. Si je ne pouvais bouger mon pied, j'avais perçu le froid de sa truffe à travers la semelle mince de ma mule.

Elle s'éloigna de moi afin de renifler le sol et suivre sur quelques mètres la trace laissée par les pillards en filant.

Je tentai encore une fois de soulever mon pied droit par-dessus le dos du cheval. J'avais déjà mal à la tête à l'idée de recommencer à ballotter interminablement pendant des heures.

Rien ne bougea, sinon le marteau derrière mes yeux.

J'avais marché quelques pas sans assistance derrière Bellecôte. Pourquoi ne pouvais-je passer une jambe sur un dos de cheval de mon propre chef ?

J'en grinçai des dents de frustration. Lors, je connus un instant de triomphe muet en parvenant à maîtriser mes mâchoires. Un immense effort de concentration me permit d'ouvrir la bouche. Nul son n'en sortit, quelque effort que je fisse.

« Allez-y, crachez-le, *ma petite*. Que voulez-vous ? » me lança Bellecôte.

Une succession de grognements inarticulés et de halètements sortit de ma bouche grande ouverte. Il secoua la tête et s'apprêta à enfourcher son destrier. « Les survivants ont généralement plus de courage que vous, *ma petite*. Les véritables survivants s'expriment par eux-mêmes quand cela se révèle nécessaire, et gardent le silence, si nécessaire également. Votre voyage vers la Cour sera bien plus facile, bien plus sûr si vous me dites ce que vous désirez. »

La sécurité réside dans le silence. Je refermai la bouche, de peur qu'elle ne déverse mes secrets. Il pouvait me faire marcher. Je priai pour qu'il ne pût me faire parler.

« Avec ce contretemps, les hommes atteindront le couvent bien avant nous, le prévint Archie.

– Parfait. Puisque nous n'y allons pas », rétorqua sèchement Hugh.

Archie poussa un soupir résigné et roula les yeux au

ciel, comme pour y demander de l'aide. « Oserai-je envisager de vous demander où nous allons ?

– À partir du moment où il n'y a, ici, pas de quoi dissimuler un lapin, et encore moins un pillard susceptible de nous espionner, tu peux envisager. » Je perçus un gloussement dans la poitrine de sire Hugh.

Le sergent soupira derechef. « Où allons-nous, sire Hugh ?

– À l'église de Wells. L'officier saura certainement où John tient sa Cour cette semaine. Il sait absolument tout ce qui se passe dans le pays.

– N… n… non. » Le mot sortit.

« Elle a une voix, après tout ! » Bellecôte haussa un sourcil moqueur. « Si nous n'allons pas trouver le roi John à Wells, alors où voulez-vous aller, *ma petite ?* »

Je n'en savais rien. Je ne connaissais aucun endroit protégé de mes ennemis. Une fois, pourtant… très longtemps auparavant… j'avais été un temps en sécurité…

6

Domaine de Kirkenwood, après l'assaut

Dès l'instant où je vis tomber oncle Henry, je compris que les promesses de sécurité de l'homme vêtu de blanc n'étaient que mensonge. Je m'arrachai à sa contrainte et saisis la main de maman. Ensemble, nous nous faufilâmes dans les passages secrets dissimulés dans le mur d'enceinte de Kirkenwood. L'une des nombreuses issues donnait dans une grotte naturelle de cristal et autres merveilles. Je connaissais la grotte et les tunnels mieux que quiconque, à l'exception, peut-être, d'oncle Henry. En tout cas, je les connaissais infiniment mieux qu'il ne le soupçonnait.

Des ombres familières m'enveloppèrent. Je pris soin de marcher dans différentes flaques avant d'allumer mentalement du feu.

Si maman évitait mes éclaboussures, elle ne me lâcha pas la main.

« Bonjour », murmurai-je à l'adresse des nombreuses merveilles des cavernes. Je caressai un cristal bien précis à l'intersection de deux boyaux.

Maman ne vit que des rats, des flaques et des toiles d'araignées.

La dernière porte donnait dans la crypte de la petite

chapelle édifiée dans la forêt, qui avait donné son nom à notre maison – Kirkenwood, l'église de la forêt. En passant devant, et pour attirer la chance, j'effleurai de la main la tombe particulière d'un roi et de sa compagne. Maman se signa encore et encore, tout en marmonnant des prières. Je lui tendis les perles or et ivoire afin qu'elle pût garder le compte de ses oraisons. Mais elle secoua la tête.

« Garde-les, Resmiranda. Tu en auras plus besoin que moi. Il te faut oublier toute la magie que t'a enseignée ton grand-oncle Henry. Ils te retrouveront, si tu pratiques la magie. Dieu les conduira à toi et te punira. Quoi qu'il nous arrive, conserve toujours la croix sur toi. Crois en elle. Il est possible qu'elle seule puisse sauver ton âme. » En un stupéfiant acte de courage, mon humble mère me prit par la main et me fit gravir les marches grinçantes conduisant à la sacristie.

Ni le père Truman ni son encombrante famille n'étaient là. Aussi lui dérobâmes-nous son unique cheval et nous précipitâmes dans la forêt, vers la sécurité.

Derrière nous retentirent des cris, des cors et un fracas de sabots. Alors que nous contournions le bassin qui jouxte la chapelle, un essaim d'insectes multicolores jaillit des herbes et des fougères. Mes amies fées m'accueillirent en riant.

Viens jouer, petite amie, me demandèrent-elles tout en filant devant les naseaux du cheval.

Je ne puis m'attarder avec vous, mes amies. Je suis terrifiée, et dois échapper aux hommes malveillants.

Ne crains rien, petite amie, soufflèrent-elles sur le ton de la conspiration. Puis elles brisèrent l'illusion de sérieux en gloussant. *Nous allons les fourvoyer*.

Nous arrivâmes à une intersection, toujours guidées par les fées. Je pressai notre monture vers la droite. Elle et maman protestèrent. Mais j'insistai, pénétrai dans les pensées de l'animal et le guidai plus fermement. Maman n'eut d'autre choix qu'agripper la crinière et suivre la direction que j'avais voulue. Quelques centaines de mètres plus loin, je poussai notre monture dans une sente de daim et nous dissimulai au cœur de la forêt.

Des cavaliers, dirigés par celui qui était vêtu de blanc, mais ceint d'une aura noire qu'il ne pouvait cacher, passèrent au grand galop devant notre cachette. Les fées bourdonnèrent autour de leurs têtes et leur chatouillèrent le nez avec de minuscules brins d'herbe. L'homme en blanc éternua violemment. Je gloussai en même temps que les fées.

Les fées tirèrent la crinière des chevaux et leur mordirent la queue. Elles brouillèrent l'odeur de la piste en voletant devant le nez des chevaux et des chiens courants. Les bêtes tournèrent la tête pour les mordre et percutèrent celles qui arrivaient derrière elles.

Je fermai mes oreilles au tumulte. L'homme en blanc gronda et éperonna sa monture.

Lorsque le fracas des sabots mourut au loin, je pressai notre cheval de retourner sur la route. Nous rebroussâmes chemin jusqu'à l'intersection et prîmes la direction opposée.

Nos poursuivants ne nous rattrapèrent nullement au cours de cette longue nuit. Nous chevauchâmes jusqu'à l'épuisement. Notre pauvre palefroi trébucha alors que maman le poussait à se surpasser. « Il n'y a qu'une seule solution. Je dois faire tout mon possible pour sauver ton âme, Resmiranda. Dans les années à venir, tu me pardonneras ceci. »

Sur le moment, je ne compris pas ses paroles.

Heureusement, le climat de cette nuit d'avril fut clément. Une très fine bruine succéda à la pluie vespérale. Je tendis la main afin de recueillir quelques gouttes de mon élément. Elles me purifièrent de ma fatigue, de mes peurs et de mon chagrin. Pour un temps.

Finalement, alors qu'à l'horizon un soleil timide

annonçait l'aube, nous obliquâmes vers le nord. Nous étions trempées, le cheval épuisé avançait en traînant la jambe. À moins d'une demi-lieue de là, nous tombâmes sur la haie d'un cloître de Bénédictines.

Le chœur de religieuses chantant prime se tut alors que nous approchions de la grille. Maman poussa un soupir de soulagement.

Elle me fit descendre de selle. Nous y avions tenu toutes deux collées l'une à l'autre. Je m'accrochai à sa cheville tout en pleurant d'épuisement et d'incertitude.

« Il te faut être courageuse, Resmiranda. Il en va du salut de ton âme, me déclara maman, sur un ton dont je n'aimai pas la rudesse. Nous allons devoir nous séparer pour un temps. » Des larmes ruisselèrent sur ses joues, elle en repoussa d'autres encore. « Quoi qu'il arrive, conserve la croix. Vends les perles, s'il le faut, mais garde la croix. » Elle me tint la main un moment, puis desserra gentiment mes doigts refermés autour de sa cheville.

« Que Dieu te garde, mon bébé.

– Ne me laisse pas ! Où vas-tu, maman ? » pleurnichai-je en m'accrochant à la crinière du cheval, à sa jupe, à tout ce à quoi je pus me raccrocher.

« Je l'ignore, Resmiranda. N'importe où je serai en sécurité. Nos ennemis vont rechercher une mère et son enfant. Il nous faut nous séparer. Dis aux sœurs que tu es une orpheline de peu d'importance. Dis-leur que tu t'appelles Ana. Tu aimes ce prénom, et il fait presque partie de ton véritable nom.

– Je vous salue, ma Dame. Puis-je vous être de quelque utilité ? » Une aimable femme entre deux âges, vêtue de l'habit noir et du voile blanc des Bénédictines, arrivait vers nous sur un chemin caillouteux. Son regard irradiait la paix. Elle sourit d'un air engageant, et je crus voir en elle un reflet de la Sainte Mère.

« Prenez soin de l'enfant, ma sœur. Je vais voir le roi », déclara maman tout en reprenant les rênes en main.

Je ne connaissais pas cette femme qui cherchait à m'abandonner. Mes doigts glissèrent de sa jupe.

« Ne me laisse pas, maman », répétai-je à mi-voix. Les larmes étouffèrent mes mots. Je ne sus si je lui demandais de rester avec moi, ou de bannir cette étrange et impitoyable personnalité qui avait pris la place de la sienne.

« Nombreux sont ceux qui se précipitent pour aller rendre hommage au roi John, ma Dame, précisa la sœur. Vous allez trouver des routes bondées et des auberges de même. Prenez le temps de vous reposer, de reposer votre monture. Vous pourriez vous joindre à nous pour la rupture du jeûne.

– Reste, maman, s'il te plaît, criai-je encore.

– Ainsi, c'est donc vrai, Richard est mort, répondit platement maman, ignorant mes supplications.

– Oui. Dieu ait son âme. Tué en France par une flèche perdue. La blessure s'est infectée. Il connut plusieurs jours d'agonie, et sa souffrance fut grande. Notre bon Seigneur le rappela enfin à lui il y a moins de deux semaines.

– Lors, mon mari pourra rentrer de guerre. Grand merci, ma sœur. Prenez soin de cette petite orpheline et protégez-la de ceux qui ne savent pas ce qu'ils cherchent. Faites ce que vous pourrez pour arracher son âme au diable. » Sans même me jeter un dernier coup d'œil, maman talonna son cheval et reprit le chemin par lequel nous étions venues.

« Maman, reviens ! »

Elle ne se retourna ni pour me regarder une dernière fois, ni pour me faire au revoir de la main.

Sœur Marie-Ursule me prit par la main et me conduisit dans le couvent.

J'y restai presque deux années. Plus longtemps que

dans tout autre refuge où je vécus, en ces temps troublés qui précédèrent le moment où le roi John libéra oncle Henry de prison avec des promesses, des traités et des espions. Seulement alors, je fus autorisée à regagner Kirkenwood. Mais même là, je ne demeurai que quelques mois avec oncle Henry. Deux années de paix.

Retrouverais-je cela un jour ?

Certainement pas entre les mains du roi John. Et certainement pas en compagnie du traître Bellecôte.

*

Collines de Mendip, 1208

« Ainsi, il est une chose, à Wells, qui vous fait encore plus peur que mourir rôtie sous le château de Mendip Mor », constata sire Hugh en se retournant sur la selle pour me fixer.

« Non », répétai-je, avec des significations multiples.

Un silence stupéfait tomba un temps entre nous. Puis la commissure droite de sa bouche remonta en demi-sourire. Le soleil parut se refléter dans ses yeux.

« Dites-le encore, *ma petite* », me pressa-t-il. Pour ce sourire, pour cette impression de sécurité qui m'enveloppait, j'aurais volontiers donné tout ce que j'avais. Mais pourrais-je parler encore ?

Je n'avais pas réellement prévu de dire cela. Je dressai un rapide inventaire de mon corps, remarquai de petites sensations ici ou là. Un orteil de mon pied droit frétilla. Un centimètre de ma cuisse gauche réclama que je le gratte alors que le reste demeurait insensible. Le bout de mes doigts me brûla ; je perçus le vide intense de mon estomac. J'avais toujours mal à la tête et aux yeux à la suite de l'escarmouche et de la chevauchée. Mes oreilles tintaient au rythme de mon cœur.

Une infime poussée de pouvoir empourprait ma chair. Si je retrouvais peu à peu ma maîtrise de moi, Bellecôte me pensait toujours catatonique. L'effet de surprise jouait en ma faveur. Juste encore quelque temps. Il me faudrait juste faire encore un peu semblant. Je ne pouvais me fier aux émotions que cet homme évoquait en moi. La sécurité naît du silence, de la fuite vers une nouvelle cachette.

Mais où ?

Newynog tournait autour des chevaux, reniflait les cavaliers, puis se précipitait sur la route, comme si elle sentait mon besoin de quitter ce lieu.

« Pas encore prête à parler, ma *petite ?* me demanda Bellecôte. Je connais une auberge qui jouxte la vieille cathédrale de Wells. Nous pourrons y changer de chevaux. Et renvoyer quelqu'un chercher les autres cadavres. Chancell, nous l'emmènerons au roi. »

Sire Hugh monta en selle et tira mes mains devant lui, afin de les lier à nouveau. Lors, il interrompit son geste et se retourna vers moi. « Seriez-vous plus à l'aise à califourchon ? »

Quelque chose dans son regard me dit que s'il n'obtenait pas une réponse, il me laisserait rebondir sur la croupe du destrier comme une vulgaire poupée de chiffon. Ou un paquetage.

Je me concentrai sur ma mâchoire, l'ouvris et formai l'unique mot dont j'avais besoin avec ma langue. Je ne permis à rien d'autre de bouger. Il devait me croire paralysée. J'essayai encore une fois. Je clignai une fois des yeux, très lentement.

« Vous pouvez faire mieux que cela, *ma petite*. Dites-moi que vous voulez monter à califourchon. Si vous réussissez, je vous louerai une jument docile à l'auberge. »

Comme si je soulevais un poids terrible, je tendis le cou et réussis à hocher lentement la tête.

« Ce n'est pas si bien que des mots, mais c'est mieux que rien. » Sire Hugh soupira et me lâcha les mains. Je gardai mes bras comme ils étaient, enroulés autour de sa taille. Il les écarta gentiment de lui et s'en libéra. Puis il jeta sa jambe droite par-dessus l'encolure et sauta à terre. S'il atterrit avec agilité, je remarquai qu'il faisait porter son poids sur la jambe gauche. Il avait dû souvent s'exercer à la manœuvre. Quoi qui le gênât dans la jambe droite, ce n'était pas récent. Ainsi donc, il venait de trahir une faiblesse.

Une main passée dans mon dos, il déplaça mes jambes jusqu'à ce que je fusse confortablement calée sur le dos de la bête. Il avait des gestes doux et puissants, comme s'il manipulait un bébé sans défense. Pas étonnant qu'il m'appelle *ma petite*, s'il me croyait aussi jeune et aussi vulnérable et me traitait comme telle. Qu'il continue donc à penser cela. Ma force et ma volonté ne le prendraient que mieux par surprise.

Lorsque je fus bien calée, il prit le temps d'admirer la longueur de jambe révélée par ma jupe, mais pas assez longtemps pour se montrer insultant. Je me demandai quel effet me ferait sa main remontant de ma cheville au genou, et au-dessus…

Mes oreilles s'empourprèrent. Je rêvai de détourner le regard, de refuser d'admettre cet instant de distraction. Comment pouvais-je être attirée par ce traître ? Nos yeux se croisèrent un bref instant.

Mon changement de position fit broncher le cheval. Je repris mon sang-froid. Et détournai le regard. Mon mal de tête s'apaisa quelque peu. L'animal pencha la tête pour arracher une touffe d'herbe. Il la mâchonna un moment, puis vigoureusement la recracha.

« Eh oui, ce n'est pas du bon foin, Orage. Tu auras droit à un repas digne de ce nom à l'auberge. » Tout en le cajolant, sire Hugh le tira vers un des rochers. Orage roula des yeux et secoua encore la tête. Sa peau frémit.

J'agrippai instinctivement le dosseret de selle juste avant qu'il ne tente de se cabrer.

Sire Hugh ne le laissa pas soulever ses antérieures de plus de vingt centimètres avant de le tirer brutalement vers le bas.

« Assez ! » tonna-t-il.

Orage montra les dents, secoua la tête, mais resta immobile.

Sire Hugh escalada le rocher, puis se mit malaisément en selle tout en gardant sa jambe gauche près du pommeau afin de ne pas me donner de coup de pied. Une fois installé, il lia mes mains devant lui. Mes bras frissonnèrent et se raidirent à son contact. Je me convainquis que cet homme me répugnait. Je les détestais, lui et sa famille, pour la trahison dont ils s'étaient rendus coupables.

Il avait fait serment de me protéger. Personne n'avait jamais fait cela.

« Je ne veux pas vous voir tomber, *ma petite*. Il est possible que cette chevauchée devienne ardue.

– Plus ardue, le corrigea Archie dans un grognement. Je n'aime pas l'idée de quitter les hommes et nos bagages comme cela. Nous venons déjà de survivre de justesse à une embuscade.

– Il est plus facile de cacher ou de travestir un petit groupe de voyageurs ou de pèlerins qu'une cavalerie armée en mission pour le roi », maugréa sire Hugh tout en plantant ses talons dans les flancs d'Orage. Nous prîmes le galop à travers champs.

Je passai l'heure suivante à contracter et à détendre chacun de mes muscles. Je commençais par les orteils, puis remontais, jusqu'à ce que j'aie la certitude de pouvoir courir quand j'en aurais besoin. Avec l'aide de Newynog, je savais que je pourrais maîtriser n'importe quel cheval, peut-être même Orage. Je pourrais distancer sire Hugh et sa jambe faible à la course à pied quand je m'échapperais.

Où pourrais-je bien aller ?

Tout en me posant la question, je compris la réponse. Je ne disposais d'aucun refuge sûr. Je n'aurais aucun contrôle sur mon existence tant que je serais pourchassée par mes ennemis.

Comment faire cesser cette traque ?

7

Hugh s'abrita les yeux du soleil. Sous son justaucorps, sa cotte de mailles et sa tunique, son dos ruisselait de sueur. La fille devait être incroyablement mal à l'aise, emmitouflée dans sa pelisse d'hiver en poil de loup. Elle n'avait pourtant pas émis le moindre gémissement de protestation.

Il immobilisa Orage au sommet des collines, à l'ouest de la cité de Wells. La petite communauté était nichée entre la nouvelle route de Bath et l'ancienne voie romaine. Trois sources jaillissaient, impétueuses et claires, sur les terrains de l'église et la place du marché. C'étaient elles qui avaient fait de l'endroit un lieu sacré et un point de rendez-vous naturel depuis le début des temps. La cathédrale, vieille de plus de deux cents ans, avait remplacé une plus ancienne chapelle, qui elle-même avait pris la place d'un antique sanctuaire. Les bâtiments étaient tombés en ruine quand l'archevêché avait déménagé dans la plus grande ville de Bath. Maintenant que Wells était redevenue une cité d'importance, l'évêque de Bath avait ordonné l'édification d'une nouvelle église, plus vaste et plus moderne que son quartier général actuel. La nouvelle cathédrale posséderait des centaines de vitraux, qui laisseraient pénétrer la clarté divine comme seuls peuvent y parvenir les bâtiments les plus modernes.

Pour sa part, Hugh préférait les simples chapelles, sans ornements propres à le distraire de ses prières sommaires. Mieux encore, aucun bâtiment. Sa relation à Dieu était fondée sur des besoins élémentaires, généralement exprimés sur le champ de bataille, ou au nom d'un ami souffrant – ou de Johnny.

Ses prières n'avaient pas sauvé Ardyth ni son fils. Ils étaient tous deux morts lors de l'enfantement. Ses prières ne lui avaient pas donné un fils pour hériter de Bellecôte, mais elles avaient prolongé au-delà de toute espérance la vie du chétif enfant d'Ardyth, issu de son premier mariage avec Robert de Bellecôte.

Il ne regrettait nullement l'existence de Johnny. Le garçon lui permettait de garder sa santé d'esprit quand tout s'écroulait autour de lui.

Ce que d'autres appelaient miracles, ou réponses à leurs oraisons, lui n'y voyait que le résultat d'un travail acharné et d'une bonne tactique. Il était resté plus d'une nuit auprès du lit de Johnny, l'avait soigné maladie après maladie quand d'autres auraient depuis longtemps renoncé.

La chance pouvait tourner, du bon ou du mauvais côté, c'était selon. Il avait trop vu de batailles gagnées ou perdues à cause de la « chance » pour penser de lui-même ou de ses adversaires qu'ils étaient chanceux.

Au loin, à environ trente kilomètres vers le sud, il repéra la butte de Glastonbury, majestueuse au-dessus des plaines fertiles. L'église Saint-Michel était perchée au sommet, sa tour perçait le ciel. Les clercs prétendaient qu'elle était une prière symbolique tendue vers les cieux. Plus certainement une ultime défense contre les maux de ce monde.

Une communauté bénédictine résidait dans l'abbaye située sur les premiers contreforts, et veillait sur la tombe récemment découverte du roi Arthur Pendragon – du moins, c'était ce qu'elle prétendait et ce que tout le monde croyait. Hugh doutait que le roi légendaire eût même seulement existé. Également un mythe, son épée magique nommée Excalibur. N'importe quelle épée pouvait paraître magique, à partir du moment où elle était maniée par un expert des arts de la guerre.

Depuis son point d'observation, Hugh avisa le chœur où les moines chantaient les offices quotidiens, ainsi que les trois premières baies de la nef en construction. Les échafaudages dressés contre les nouveaux murs de l'église dissimulaient partiellement la splendeur croissante de l'architecture. Des centaines d'ouvriers auraient dû grouiller sur ces armatures de bois. On aurait dû entendre des chants en canon – la musique de Wells était aussi légendaire que ses sources. L'église était silencieuse et paisible.

À l'est du chœur se trouvait une chapelle de la Vierge, octogonale, isolée du bâtiment principal. La chapelle de la Vierge, véritable cœur de toute grande église, était en principe ouverte à toute heure du jour ou de la nuit ; son autel était accessible à quiconque avait besoin d'un sanctuaire.

Il eut soudain la tentation de laisser sa compagne non désirée à la chapelle de la Vierge et de s'occuper de ses propres affaires. Mais cela ne répondrait pas à ses questions, ni ne réaliserait son vœu de la protéger. Il avait besoin de savoir pourquoi était mort son vieil ami Edmond. À cet instant seulement, il saurait qui avait commis ce forfait et pourrait en tirer vengeance. Il espéra que la fille n'y était pour rien. Elle paraissait trop petite, trop vulnérable, avoir trop besoin de sa protection. Il détestait devoir tuer des femmes.

Il lui fallait également savoir pourquoi la ville, et surtout le chantier, paraissaient vides et abandonnés.

« Nous aurions dû entendre les cloches sonner sexte »,

déclara-t-il paisiblement. Il inspecta le ciel, et dut fermer les yeux sous le soleil au zénith. Midi. Qu'était-il arrivé aux cloches ?

« Que font tous ces gens agglutinés autour du calvaire du marché, au lieu d'être au travail ou en prière ? » Archie pointa le doigt vers le centre de la ville, en contrebas de la nouvelle église.

« Tout est bien trop silencieux. » L'absence de chariots ou de chevaux en mouvement dérangeait Hugh. Il vérifia ses armes et les environs.

« Je n'aime pas les énigmes. Allons demander ce qui se passe à l'auberge. J'en connais le propriétaire. Il nous donnera les dernières nouvelles. » Hugh désigna un lieu d'aspect prospère, au nord et un peu plus haut que l'église. L'auberge, sur la route de Bath, avec ses écuries à l'arrière, semblait perchée de façon précaire sur une colline qui dévalait tout droit vers les prairies de la vallée.

« Je vais emmener Walter Geoffrey de Chancell aux prêtres. Eux aussi auront des nouvelles, proposa Archie.

– Demande-leur d'envoyer des hommes chercher les autres corps. Souviens-toi que nous emmenons Chancell au roi », le rappela Hugh.

Archie pressa sa monture vers le bas de la colline.

Hugh dirigea Orage vers l'auberge. Il y pénétra avec fracas et appela les valets d'écurie. Seul un personnage grand et maigre affublé d'un tablier blanc vint l'accueillir.

« Ah, sire Hugh Fitz Chênenoir, mon seigneur de Bellecôte. Je vous salue. Les valets ont tous couru écouter une proclamation. Vous allez devoir vous occuper vous-même de votre bête. Je ne puis quitter ma cuisine. » Il s'interrompit un instant. « Où est votre écuyer ? Un véritable chevalier ne voyage jamais sans son écuyer. Je pensais que nous vous avions mieux éduqué, mon garçon !

– Le roi Richard et vous-même m'avez entraîné dans la maturité par la peau du cou. La véritable conduite d'un chevalier, je l'ai apprise de lord Edmond, le seul d'entre nous qui eut assez de manières pour m'en enseigner quelques-unes. J'ai laissé mon écuyer avec mes troupes et mes bagages pendant qu'Archie et moi nous occupions d'une autre mission.

– Vous avez appris les règles de la virilité en ruant et en vous débattant comme un beau diable, monseigneur, gloussa l'aubergiste. Vous seriez bien resté un jeune écervelé, même avec de la barbe au menton. » Sur ce, il disparut dans le couloir sombre sans plus rien ajouter.

« J'assume juste la tutelle au nom du vrai baron de Bellecôte. Je ne porterai jamais le titre », murmura Hugh. Il ne put dissimuler l'amertume ressentie à la perte des honneurs à lui promis par le roi John. Des promesses mortes en même temps qu'Ardyth et son fils.

Cependant, il n'en voulait absolument pas au jeune John Bellecôte de vivre. Le garçon lui était devenu aussi proche qu'un fils. Si proche, et si aimé, qu'il ne l'aurait confié à nul autre qu'Edmond Fitz Gyr pour son apprentissage de chevalier.

*

Fitz Chênenoir, de la maison Blackoak. Pas Bellecôte.

Le fardeau qui pesait sur mes épaules et ma poitrine se mua en soulagement. Ce n'était pas sire Hugh Fitz Chênenoir qui avait dirigé l'attaque contre Mendip Mor. J'aurais dû le comprendre quand les hommes en noir nous avaient tendu une embuscade. Néanmoins, la licorne et le sanglier honnis m'avaient induite en erreur.

Oserais-je lui faire confiance ? Il portait toujours le blason méprisable des Bellecôte. Un membre de ce clan avait vendu le fils et héritier d'oncle Henry à un seigneur de guerre sarrasin pour le prix d'un retour chez lui. L'héritier Bellecôte avait retrouvé sa femme et un opulent héritage.

L'héritier Griffin était mort dans une geôle étrangère. Torturé à mort.

Mais qui était Hugh Fitz Chênenoir ? Normand, à son nom. Peut-être un ami de longue date de lord Edmond et lady Hilary. Il me revenait maintenant avoir entendu citer son nom dans des conversations. Un mercenaire au service du roi Richard, puis du roi John. Il avait gagné la confiance et les faveurs du roi. En signe de gratitude, le roi John lui avait accordé la main d'une riche veuve pourvue de terres et de titres à transmettre à ses enfants – les enfants Fitz Chênenoir.

Ses dernières paroles finirent par pénétrer mon esprit agité. Il assumait la tutelle pour le véritable baron de Bellecôte, un mineur.

Qu'était-il advenu de la riche veuve ? Était-elle la veuve de Robert de Bellecôte, et son fils le nouveau baron ? En ce cas, qu'était-il arrivé à Robert Bellecôte le Traître ?

Trop de questions, et pas assez de temps pour trouver les réponses. Il me fallait toujours trouver un refuge afin d'y planifier la fin de ma persécution par le roi John.

« Je n'aime pas les énigmes, marmonna sire Hugh en mettant pied à terre et en me soulevant de selle. Vous êtes une énigme. Walter Geoffrey de Chancell est une énigme. Toute cette *foutue* cité est une énigme. Je serai ravi de vous remettre tous au roi John. Il adore débroussailler les embrouillaminis légaux. Ce casse-tête devrait le passionner. »

Sire Hugh attrapa ma main dans l'une des siennes, les rênes d'Orage dans l'autre, et nous emmena dans l'écurie.

Je vérifiai subrepticement mon autonomie récemment

récupérée. Mains et épaules avaient retrouvé leur indépendance. Et mes pieds ? Je ne le saurais que lorsqu'il me lâcherait la main.

Queue entre les pattes, oreilles basses, Newynog me suivit. Était-ce mon apparente soumission à sire Hugh qui la perturbait, ou le silence surnaturel de cette ville ?

Sainte Mère, aidez-moi ! priai-je tout en faisant glisser les perles entre mes doigts *Il me faut reprendre le contrôle de mon corps et de ma vie.*

À l'intérieur, sire Hugh me poussa gentiment. J'atterris sur un tabouret d'angle. Newynog se laissa tomber sur mes pieds. Elle redressa la tête, enfin réinvestie de la tâche de me protéger. Je n'avais nullement besoin de Fitz Chênenoir pour ce faire. J'avais ma chienne.

Du coin de l'œil, je me cherchai une monture appropriée et examinai chacun des chevaux de l'écurie. Un alezan à l'œil gauche surmonté d'une tache blanche et à la crinière striée de blanc passa le museau par-dessus la porte basse de sa stalle. Son regard inquisiteur et le raclement impatient de ses sabots m'en apprirent presque autant que le voir galoper.

Sire Hugh débarrassa Orage de son harnachement avec un soin méticuleux, il inspecta chaque pièce de cuir, chaque sangle ou courroie afin d'y détecter le moindre signe d'usure, la moindre faiblesse. Aucune des pièces de sellerie ne portait la licorne et le sanglier, symboles de la maison Bellecôte. Ils ne se trouvaient que sur sa tunique et sur sa cotte de mailles.

Il pansa son destrier en fredonnant.

Je me souvins avoir entendu la même mélodie la nuit précédente, quand un cauchemar m'avait éveillée. Il m'avait apaisée comme il apaisait son cheval. Je ne représentais rien de plus pour lui.

Je n'aurais pas dû être déçue. Et pourtant je le fus.

La ritournelle se mua en paroles douces alors qu'il étrillait soigneusement la robe d'Orage, dont la peau frémissait à chaque coup de brosse. Il remua les oreilles et poussa un énorme soupir. Lorsque son chevalier lui gratta lesdites oreilles, il détendit ses genoux et prit appui sur Hugh, tout comme Newynog faisait souvent reposer son poids contre moi afin de réclamer des caresses.

« Soulève-toi de là, espèce de gros balourd ! » Hugh lui donna une taloche sur le flanc. Le cheval se remit debout tout en agitant la tête. Newynog le regarda, et les deux animaux semblèrent rire de concert.

La rude affection de sire Hugh pour son cheval m'étonna.

Nous pouvons nous fier à lui.

C'est un Bellecôte par alliance, sinon par nom. Nous ne pouvons plus nous fier à personne.

Nous pouvons l'utiliser.

Nous ferions mieux de nous débrouiller toutes seules.

« Venez. » Sire Hugh me tendit la main. Je la fixai, peu désireuse de me rapprocher de lui.

« Pourquoi faut-il que vous rendiez tout si difficile ? » me demanda-t-il dans un soupir résigné. Il m'empoigna rudement la main et me tira sur pieds. Je le suivis dans l'auberge avec une docilité feinte.

Le propriétaire nous accueillit dans la salle. « Je vais sous servir ici. Impossible de quitter ma cuisine assez longtemps pour vous conduire à une chambre privée, mon seigneur, grommela-t-il. J'n'ai pas eu le plaisir de votre compagnie depuis bien trop longtemps, sire Hugh. Qu'est-ce qui a bien pu vous attirer loin de vos États et de votre jeune fils ?

– J'ai fait le voyage jusqu'à Mendip Mor afin d'y mettre au point l'éducation de mon fils. Où sont donc tous vos employés, John Howard ? s'enquit-il en m'entraînant vers l'une des tables dressées devant l'âtre.

– N'êtes-vous pas au courant ? » L'aubergiste inclina la tête sur le côté, intrigué.

« Non.

– Ils ont tous couru au marché écouter une proclamation, échanger les nouvelles et discuter. Pas moi. Pas question que je laisse ma cuisine et permette aux chiens de venir voler mon rôti. » Il jeta un regard noir à Newynog, comme s'il la mettait au défi de lui dérober quelque chose. « C't'une chose que j'ai apprise dans l'armée du roi Richard. Tant qu'il y a un feu de cuisson, faut quelqu'un pour veiller dessus. »

Ma chienne tourna vers lui des yeux pleins d'innocence.

« Quelle proclamation, John ? » s'enquit sire Hugh. La fébrilité de ses doigts indiquait son impatience.

« Mais l'Interdit décrété par le pape. Plus d'églises en Angleterre tant que le roi John n'aura pas fait marche arrière et accepté Stephen Langdon comme archevêque. Il s'rait temps. Trois ans qu'ils se querellent sur celui qui s'ra le prochain archevêque. Y en a pas un qui lâchera le morceau. Moi j'vous dis, c'est pas le roi Richard qu'aurait toléré cette absurdité. Il aurait levé ses troupes et tapé des têtes jusqu'à ce qu'il obtienne ce qu'il voulait.

– Et nous l'aurions tous suivi en enfer. En fait, nous l'avons suivi en enfer. Aucun de nous n'en est revenu, marmonna Hugh. Comment l'Angleterre va-t-elle survivre sans églises ?

– Plus d'églises ? » Ma voix sortit, râpeuse et désespérée. « Les démons sont lâchés. Sainte Mère, ayez pitié de nous tous ! »

Sire Hugh me dévisagea avec ce demi-sourire si particulier. « Je savais bien que vous parleriez quand vous auriez quelque chose à dire, *ma petite*.

– Il faut que vous m'emmeniez chez les Cisterciennes, dans le Yorkshire, tout de suite, avant qu'elles ne ferment leurs portes, déclarai-je, mon élocution retrouvée. Tout de suite.

– Impossible, ma Dame, répliqua l'aubergiste. La proclamation date de trois semaines, maintenant. Elle a d'abord été apportée aux responsables des églises. Nous sommes loin à l'ouest, elle nous arrive donc avec retard. Toutes les églises, les couvents, les monastères, les cathédrales et les hospices sont fermés jusqu'à la réconciliation du pape et du roi.

– Je connais John. Il n'acceptera aucun compromis, intervint sire Hugh. Tant que durera la fermeture des églises, tous les revenus du clergé lui reviendront. Il n'a aucune raison de se réconcilier.

– Je n'ai même plus l'Église pour me protéger, maintenant », conclus-je.

8

Château de Worcester

« Que penses-tu de ce cas, Radburn ? » Une main devant la bouche, le roi John se pencha vers la droite.

Radburn Blakely sourit, tout en se couvrant également les lèvres, afin que cet entretien demeurât aussi privé que possible. Ce qui n'était pas chose aisée, à voir la horde de requérants venus au château demander la justice du roi. L'odeur de ces corps agglutinés dans la salle par une chaude journée de mai lui offensait les narines.

Il tira un mouchoir de sa manche et le tint devant son nez sensible. Une grande, une immense coupe de vin lui aurait également été de quelque utilité. Cependant, John n'autoriserait aucun de ses juges et conseillers à boire tant que lui-même n'aurait pas soif. Nul esprit embrouillé ne contrecarrait l'efficacité de la cour de justice du roi.

En cette belle journée de printemps, Neville, Brewer et Delisle vaquaient ailleurs à leurs occupations. Radburn y avait veillé. John n'écouterait que lui, aujourd'hui.

« Altesse, les deux hommes semblent dire la vérité. Le fils de Martin le forgeron a épousé la fille de Jérôme le charpentier. Le jeune couple s'est installé sur des terres que leur ont offertes les deux pères. Chacun avait donné la même superficie. À présent qu'ils ont trouvé la mort dans un tragique incendie, sans descendance, chacun des géniteurs clame ses prérogatives sur l'intégralité du domaine. Il suffit de diviser la propriété et de rendre à chacun ce qui lui appartenait précédemment. »

D'ordinaire, John ne tergiversait pas tant lorsqu'il s'agissait de rendre la justice. La plupart des barons, et bien des clercs de justice hautement qualifiés, avaient du mal à suivre son esprit vif et son immense mémoire des traditions et des lois.

Les requérants attendaient des mois, parfois même des années, pour pouvoir soumettre leurs cas à ses décisions justes et érudites, plutôt qu'au jugement souvent sommaire du seigneur local ou des juges itinérants. Pour avoir le droit d'être entendus par le roi, nombre d'entre eux offraient argent ou biens divers.

Peut-être l'interminable session et la touffeur avaient-elles sapé l'énergie mentale de John comme elles sapaient les réserves physiques de Radburn. Ce dernier réprima un bâillement, mais se permit d'étirer légèrement ses longues jambes gainées d'un bleu bien particulier. Bleu royal, l'appelait-il. Bleu bâtard, persiflaient ses ennemis.

Il avait renoncé à l'afféterie du blanc, chaussures, tunique et braies. Trop difficile à garder propre en voyageant à la suite de son bouillant demi-frère de roi. Cependant, il n'aimait pas cette mode de l'écarlate. Cette teinte lui brûlait les yeux, tout comme cette populace lui brûlait le nez, comme le besoin d'ordre de John lui mettait les nerfs à vif.

Oh, si seulement une petite querelle pouvait éclairer la journée !

« Je ne suis pas certain que les deux hommes nous aient tout dit sur cet incendie, réfléchit John à voix haute. Était-ce vraiment un accident ? Et sinon, qui y mit le feu ? Lequel avait-il le plus à gagner dans la mort de deux innocents ? »

Radburn se redressa sur son siège. John avait noté quelque chose qui lui avait échappé. Étrange. Il avait dû boire plus qu'il ne le pensait la veille, en regardant batifoler John et l'espiègle petite Sybella. À moins qu'il ne fût trop obnubilé par sa propre ambition.

« Y a-t-il, dans l'une ou l'autre famille, des frères cadets ? » souffla-t-il en réponse, tout en réprimant un éclat de rire. De tous les frères cadets, lui-même devrait tout particulièrement savoir détecter ambition et cupidité dans une fratrie. Leurs frères aînés, à John et à lui, offraient l'exemple parfait de la discorde familiale. Sans jamais s'en mêler, Radburn avait vu les jeunes Henry, Richard, Geoffrey et John se sauter mutuellement à la gorge, sinon à celle de leur père, la majeure partie de leur vie. Lui-même était plutôt du genre à provoquer la guerre, y assister de loin et à en usurper les gains. Il avait travaillé dur, et longtemps, afin de convaincre son jeune demi-frère qu'il n'était nullement intéressé par la couronne – à supposer que les barons aient jamais autorisé un bâtard à régner. Non, c'était une différente sorte de pouvoir que voulait Radburn. Il tirait une relative satisfaction du fait d'avoir, nuit et jour, l'oreille du roi. Ainsi, John portait tout le blâme aux yeux de ses ennemis.

Tant que Neville, Brewer et Delisle auraient la faveur du souverain, il allait devoir modifier les gardes autour du roi afin d'être encore moins visible. Malgré tous ses efforts, Radburn n'avait pas été capable de chasser ces quidams de la Cour.

John examina la foule amassée juste derrière les deux requérants. « Vois-tu le jeune homme debout derrière le charpentier ? » s'enquit-il.

Si Radburn avait remarqué le corps svelte et le joli visage du jouvenceau, c'était pour une tout autre raison.

« Celui qui porte une tunique grise sur des chausses rouges, poursuivit le roi. Tout l'après-midi durant, il a conseillé son père. Chaque fois que nous nous rapprochons d'un compromis, il lui chuchote quelque chose à l'oreille, et le charpentier s'accroche à sa requête originale, selon laquelle la terre doit lui revenir en remboursement de la dot, et en rétrocession du prix de la mariée dû à sa fille décédée.

– En effet, je le vois. M'autoriseriez-vous à l'emmener à l'écart et… à discuter… du sujet avec lui ? » Radburn sourit, authentiquement ravi. Il allait enfin pouvoir s'extraire de cette salle étouffante, et de cette chaise abominablement raide qui lui martyrisait le postérieur.

« Oui, occupe-toi de cela dès que j'aurai rendu mon jugement. Observe les réactions du jeune homme.

– À mon retour, il est un sujet dont j'aimerais vous entretenir, mon Frère. Celui de mon mariage », répliqua Radburn. Il était temps de clore ce sujet. Il avait laissé traîner les choses trop longtemps et, maintenant, il pourrait bien finir par la perdre.

« Si tu y tiens. » John se redressa sur son siège et rajusta son justaucorps pourpre. Il parcourut la pièce du regard et, de par la seule force de sa volonté, s'attira l'attention de tous. Tous les Plantagenêts possédaient ce talent. Lorsque tous les murmures, tous les raclements de pieds cessèrent, John reporta son attention sur les deux requérants. « Rien de plus ne sortira d'une prolongation de ce débat. Je décrète que chacun d'entre vous pourra réclamer la moitié de la parcelle que vous aviez offerte. Un quart du domaine, donc. La superficie restante et ses revenus Nous reviendront, en compensation de la mort de sujets.

– Altesse ! Les droits de succession sont bien trop

élevés pour le fils et la fille de simples artisans, protesta le fils du charpentier.

– Silence, ou J'exige une amende supplémentaire, en arpents de terre, pour votre insubordination. Ce jugement est sans appel. J'ai dit. Cas suivant.

– Pourquoi une amende si exorbitante ? marmonna le forgeron jusqu'ici muet. Prendre la moitié des biens d'un homme pour avoir écouté un jeune écervelé qui parle avant de réfléchir ? »

Dans le remue-ménage qui suivit le départ des requérants et l'arrivée du cas suivant devant le roi, Radburn quitta l'estrade. Il fit jouer ses épaules afin d'en apaiser la tension et se fraya un passage vers la porte principale.

Il n'avait aucune envie d'entendre le cas suivant, encore une veuve qui refusait d'être forcée au remariage par son seigneur et le roi. Les femmes n'avaient aucun droit. Sa fiancée était absente depuis trop longtemps. Il était largement temps de mettre un frein à ses velléités d'indépendance.

Quand il arriva devant le porche, le grand soleil l'obligea à cligner des yeux. Et à loucher. *Par le sang du Christ*, il aurait dû prévoir un chapeau pour protéger ses yeux délicats.

Le charpentier et son fils étaient déjà dans la cour d'armes. Face à face, ils gesticulaient en tous sens. Radburn ne put entendre ce qu'ils se disaient mais, à leur attitude, ils se querellaient violemment.

« Je sais bien que nul d'entre vous n'est disposé à écouter la voix de la raison en ce moment », lança-t-il en s'approchant sans bruit. Leur mine stupéfaite le ravit.

Il avait, des années durant, peaufiné l'art de circuler aussi silencieusement qu'un chat. Étonnant, le nombre de secrets qu'il avait surpris ainsi. Et qui dit secrets dit pouvoir. Il avait besoin d'en collecter plus encore, de ces deux-là comme de sa fiancée.

« Je vous suggère de ne rien ajouter de plus avant

d'avoir retrouvé l'intimité de votre maison, leur conseilla-t-il obligeamment. Mieux encore, mettez ce sujet de côté jusqu'à notre rendez-vous près de la poterne du château, une heure après le lever de la lune. » Il sourit en dénudant ses dents, rictus qui intimidait toujours les êtres de moindre importance.

« Sa Majesté aurait du travail pour un pyromane talentueux. » Il jeta cette dernière déclaration comme un appât. Si le jouvenceau venait au rendez-vous, alors il saurait qui avait provoqué l'incendie. Si aucun ne se montrait, alors sa manœuvre d'intimidation les aurait poussés tous deux à respecter la loi. Si les deux venaient… ?

Quelle passionnante éventualité.

Quand il revint dans la salle, John s'était levé de son trône. « L'heure de none est sur nous, même si les cloches ne nous convoquent nullement à l'office. Mais puisque nous ne sommes plus obligés d'écouter les platitudes de l'archevêque sur nos péchés de désobéissance, allons donc nous promener le long de la rivière jusqu'au dîner. »

Le cas de la veuve avait été réglé. Radburn la regarda quitter la pièce d'un pas altier. Son promis – son suzerain, qui avait déjà saisi une bonne partie de son douaire et de sa dot en compensation des droits de succession – marchait près d'elle et essayait de lui prendre le bras. Elle le repoussa brutalement.

Radburn fut pris de l'envie de rire. Le jeune marié recevrait un accueil glacial dans son lit de noces. Mais ses coffres seraient bien douillettement garnis. Et avec l'Interdit, il pourrait jouir de tous les avantages du mariage de loi commune sans accorder à la femme aucun des droits que lui confère le mariage religieux.

Lors, Radburn éclata franchement de rire.

John claqua des doigts afin d'appeler serviteurs et chiens à son service.

Radburn allongea le pas pour rejoindre son frère avant qu'il ne se perde dans la logistique nécessaire à sa promenade à cheval.

« Altesse, en ce qui concerne ma fiancée…

– Ah, oui. Je vois bien que tu brûles d'envie de consommer ce mariage. La femme de lord Sinclair ne te conviendrait-elle pas, cette nuit ? C'est une gueuse, robuste et propre. Ou mieux encore, notre rétive veuve devrait fournir un amusement intéressant, surtout si elle pense pouvoir Nous pousser à changer d'avis.

– Mon frère, un mariage représente bien plus que soulager des pulsions au lit. » Radburn en grinça des dents d'exaspération. Il allait devoir manœuvrer prudemment, sous peine d'exciter le caractère fantasque de John. « Le contrat de fiançailles a été signé il y a plus d'un an. J'ai attendu ce mariage longtemps. » Depuis qu'il avait repéré la fille, qui avait alors huit ans.

« Tu as attendu les titres et les terres de la fille en même temps que son corps. Je me suis laissé dire qu'elle est charmante, quoiqu'un peu maigrelette à mon goût. Et bien trop grande pour être dominée ailleurs qu'au lit », rétorqua John. Le pétillement de ses yeux trahit le plaisir qu'il prenait à railler ses courtisans.

Radburn se mordit les lèvres, en un effort désespéré pour dissimuler son agacement. Il savait à quel point elle était jolie. Et riche. Et la manière dont son titre lui donnerait, à lui, un pouvoir dont John n'avait pas idée. Sinon, le roi n'aurait jamais approuvé les fiançailles.

« Il vous suffit de dire le jour, Altesse. Nous pourrions arranger un mariage par procuration, et vous verriez votre plus loyal serviteur vous soumettre une région septentrionale particulièrement sensible.

– Ah, mais tu oublies que nous sommes frappés d'Interdit par décret du pape Innocent III. Pas de mariage. Pas de messe. Pas d'eucharistie. Et définitivement pas de confession. » John ne fut pas loin d'éclater de rire. « S'il n'est plus aucune église, en Angleterre, pour collecter les dîmes, ou gaspiller les fonds en édifiant de nouveaux bâtiments, alors ces dîmes me reviennent, en tant que roi légalement couronné d'Angleterre. » Un éclair de cupidité traversa son regard. « Peut-être vais-je enfin disposer de fonds pour récupérer mes terres de France.

– En ce qui concerne ma fiancée…

– Si tu arrives à mettre la main sur Resmiranda Griffin, héritière de Kirkenwood, tu pourras l'avoir en même temps que ses domaines, avec ou sans la bénédiction de l'Église. Oui, trouve la fille, et nous ferons une cérémonie publique de ton mariage sous loi commune. La Cour assistera à la nuit de noces afin de s'assurer que tu es… que tu y arrives. » John rit à gorge déployée tout en se dirigeant vers les écuries.

*

Auberge de John Howard, Wells

Hugh réfléchit aux conséquences de l'Interdit. Qu'arriverait-il aux domaines et aux serfs gérés au nom du roi par les évêques et les abbés ? Demeureraient-ils entre les mains du clergé, ou reviendraient-ils au roi ? Et s'ils restaient au clergé, l'Interdit annulait-il l'obligation faite aux suzerains de payer taxes et tribut militaire au roi ? L'Interdit annulait-il son propre serment de fidélité à son souverain ?

Quel imbroglio !

« Je vous rétribuerai bien, si vous m'emmenez au couvent de la Bénédiction de la Vierge, dans le Yorkshire », reprit la fille. Elle leva vers lui un visage déterminé. « J'étais membre de cette congrégation l'an dernier. Elle acceptera mon retour.

– Et avec quoi comptez-vous me payer ? » Il lui décocha un regard sceptique, bras croisés sur la poitrine. Il la dominait, ainsi assise sur un banc. Attitude qui intimidait généralement les guerriers les plus coriaces.

« Ma famille… » Ces mots eurent du mal à passer. « J'ai de l'argent.

– Pour l'instant, vous ne possédez rien d'autre que votre chienne et ce chapelet. Je ne risquerais pas ma vie à essayer de vous séparer de cette bête. Quant à cette croix, je vendrais volontiers ma mère pour l'avoir. » Sa mère s'était elle-même vendue pour moins que cela.

« Non. » La fille resserra encore sa main sur les perles or et ivoire. « Pas cela. Tout, sauf cela. »

Hugh lui tourna le dos et s'adressa à l'aubergiste, comme si elle n'avait plus aucune importance à ses yeux.

Elle réagissait à la provocation. Il la provoquerait donc, jusqu'à ce qu'il obtînt ses réponses.

« Parlez-moi un peu, John Howard. Ne posez pas de questions. Ne faites aucune supposition, mais parlez-moi simplement de la région. Qui rend visite à qui. Les hors-la-loi présents dans le coin, les étrangers trop curieux ?

– Eh bien, voyez, quand nous combattions ensemble les Français pour le roi Richard, et puis pour le roi John, vous m'avez toujours fait entièrement confiance. » L'aubergiste tourna la broche de son rôti et l'arrosa.

« Souventes fois. Et encore une fois aujourd'hui. Parlez-moi. » Hugh hasarda un coup d'œil vers la fille. Tout comme lui, elle était suspendue aux lèvres du cuisinier.

« Les étrangers font le gros de la clientèle d'une auberge. Presque tous ceux qui passent ici sont des étrangers. » John Howard s'essuya les mains sur son tablier et s'affaira à ses fourneaux, sans jamais relever les yeux vers Hugh.

De quoi avait-il tant peur ?

« Certains étrangers se seraient-ils montrés différents ?

– Certains posent des questions. Des questions précises. Qui est allé voir cette personne, qui passe trop de temps à se confesser auprès de certains prêtres et pas auprès d'autres ? Qui s'en va vers le nord-ouest sur un palefroi blanc ? » jeta précipitamment Howard, comme si tout cela n'avait aucun sens.

Hugh haussa un sourcil à la fin de la phrase. Sur son banc, la fille se pencha en avant.

« Et qui montait effectivement un palefroi blanc et partait vers le nord-ouest et les collines de Mendip ? s'enquit Hugh.

– Jamais su le nom de la dame. L'avait beau faire un temps clément, en mars, elle gardait toujours la capuche de sa pelisse rabattue sur le visage. Trois hommes l'escortaient. Ils transportaient plus d'armes que vous et moi partis patrouiller en territoire ennemi. J'n'ai jamais eu le droit de parler à la dame, pas plus qu'elle ne m'a adressé la parole. Mais j'ai comme qui dirait le souvenir d'avoir aperçu des cheveux dorés sous le capuchon. »

Et Hugh et John Howard se tournèrent vers la fille. Sous son voile sale et déchiré, des boucles blondes s'échappaient des tresses enroulées sur ses oreilles.

Elle leur rendit leur regard, muette et défiante.

« Et où cette dame s'en allait-elle donc ? » Tout en parlant, Hugh la fixa à son tour, lui rendant son défi.

« La route qu'ils ont prise mène au chemin qui conduit uniquement au château de Mendip Mor, et continue au nord vers la frontière galloise, répondit l'aubergiste. Mendip Mor est bâti sur une colline qui offre un remarquable point de vue sur la région. Par beau temps, un bon guetteur peut voir jusqu'à l'anse de Bristol, il peut repérer les mouvements sur les collines, sauf par gros brouillard. Excellente situation pour un château. Mais il est loin de tout, et peu de visiteurs vont se promener dans le coin.

– Un lieu idéal pour y cacher quelqu'un qui aurait des ennemis ? » Ce fut, de la part d'Hugh, plus une affirmation qu'une question. « Les cartes de la région sont imprécises, les routes étroites et souvent indistinctes. Je me serais moi-même fourvoyé un bon nombre de fois en y allant si je ne connaissais pas déjà le chemin. »

Il retourna le dos à la jouvencelle. Qu'elle mijote donc un peu.

« Et est-ce que la dame qui partait vers le nord-ouest sur un palefroi blanc avait un jeune chien-loup, tout jeune, sur les talons ?

– Comme son ombre. Le chien ne la quittait jamais, répondit Howard.

– Et qui a posé des questions sur elle ? Quelle sorte d'hommes ?

– Des qui montaient de superbes chevaux, vêtus de superbes tuniques qui ne recouvraient pas leurs armures. Je dirais de nobles guerriers, à voir le tranchant de leurs épées et la beauté de leur sellerie. Aucun bijou ni coûteuses broderies sur leurs selles ou harnachements qui puissent les identifier.

– Cottes de mailles noires ?

– Oui.

– Quelle devise ornait-elle leurs tuniques et boucliers ?

– Noir absolu. Aucun blason. Pareil pour les couvertures des chevaux. Noires. Courtes, comme pour les batailles. »

Des assassins confirmés. Hugh avait entendu les croisés parler de tels personnages. Si les rois faisaient appel à eux, peu d'autres avaient les moyens d'en faire autant.

La violence appartenait uniquement aux champs de bataille honorables, là où tous les participants connaissaient les risques. Ces rôdeurs sournois n'avaient aucun honneur.

Hugh perçut l'agitation de la fille sur son banc. Un demi-sourire étira ses lèvres. Bientôt, elle déviderait les réponses à toutes ses questions. Bientôt.

Ensuite, ils pourraient opter pour la franchise l'un vis-à-vis de l'autre.

« Avez-vous aperçu les visages de ces hommes en armure ?

– De l'un, ou des deux ?

– Pourriez-vous les reconnaître ?

– Peut-être. Peut-être pas.

– Archie a emmené un homme mort à l'église. Je voudrais que vous alliez voir le prêtre et jeter un coup d'œil à ce cadavre. Il me faut savoir qui a attaqué Mendip Mor et massacré tous ceux qui se trouvaient dans le château, à l'exception de cette dame qui a perdu son palefroi blanc.

– Peux pas quitter ma cuisine.

– Je vais surveiller votre *foutue* cuisine, John. Allez. Et faites vite.

– Le palefroi blanc ? s'enquit la jouvencelle d'un air malheureux.

– Tous les chevaux avaient été sortis des écuries, ou s'étaient enfuis. » Sire Hugh déglutit. « À l'exception de votre cheval. Il avait la gorge tranchée. Il subit le même sort que lord Edmond. » Le chagrin le fit encore une fois suffoquer. Il lui fallait absolument apprendre l'identité du fils de pute qui avait assassiné son ami, ses doigts rêvaient de se refermer sur la garde de son épée. « Qui que soient ceux qui vous traquent, ma Dame, ils ne reculent devant rien pour abattre leur proie.

– J'aimais et respectais énormément lord Edmond et lady Hilary. Je partage votre deuil. » Elle baissa la tête tout en récitant des prières et en égrenant les perles de son chapelet. Puis elle reprit la parole, si bas qu'Hugh compris qu'il n'était pas censé écouter. Il écouta quand même.

« Trop de gens sont déjà morts pour les secrets que je détiens et ai enregistrés. »

D'autres questions se formèrent dans l'esprit d'Hugh.

« Pourquoi, ma Dame ? Pourquoi sont-ils morts, au lieu de vous livrer aux chasseurs ? »

Elle conserva la tête baissée et ferma les yeux.

« Qui êtes-vous, ma Dame ? »

Silence.

« Vous me devez au moins un nom.

– Appelez-moi donc Ana. Mon titre est perdu.

– Chaque seigneur de ce pays a une fille prénommée Ana et une autre appelée Élisabeth. Ce nom ne m'apprend rien. »

Elle continua à compter ses perles.

Il lui saisit les mains et l'obligea à le regarder. « Dites-moi la raison pour laquelle mon plus cher ami a subi la mort d'un traître ! » Il ne fut pas loin de hurler. Ses articulations blanchirent, ses épaules commencèrent à trembler de fureur contenue.

Grâce à Dieu, il n'avait pas amené Johnny plus tôt à Mendip Mor. Il y eût trouvé la mort, lui aussi.

« Si je le pouvais, je le ferais.

– Vous ne pouvez, ou ne voulez rien me dire ? » Il lui monta les mains à hauteur du menton. Assez haut pour la rendre mal à l'aise, pas assez pour lui faire mal.

Elle lui retourna un regard ferme et dénué d'émotion. Son indifférence le glaça d'autant plus que sa résistance l'attirait.

« Si vous refusez de m'emmener au couvent de la Bénédiction de la Vierge, accepteriez-vous, au moins, de m'emmener chez sire Eustace de Vesci, seigneur de Northumberland ?

– Non. » Tous deux continuèrent à se dévisager. « Nous allons voir le roi John, et nul autre que lui. Il nous faut de la nourriture, d'autres vêtements et des chevaux frais. Nous partirons pour Worcester aussitôt qu'Archie et John seront de retour », déclara-t-il en lui lâchant les mains. Elle retrouva son équilibre avec la promptitude d'un guerrier parfaitement entraîné, se rassit gracieusement et lissa sa jupe.

« Si vous m'emmenez jusqu'au Mont-Saint-Michel de Cornouailles, je sais qu'ils m'offriront refuge. Vous n'auriez plus à vous encombrer de moi. »

Perchés sur l'ultime falaise du pays, les moines du monastère Saint-Michel tiraient leur subsistance de la mer. De là, elle pourrait prendre secrètement un bateau pour la France ou l'Espagne. S'il connaissait bien le roi John, aucune personne de noble extraction n'obtiendrait la permission de quitter le pays tant que durerait l'Interdit.

« Nous filerons en toute hâte vers Worcester, ou n'importe où le roi tient sa Cour ce mois-ci. À lui de décider que faire de vous. »

Lors, vous signez notre arrêt de mort.

Venait-il réellement d'entendre cela ?

9

Archie et John Howard revinrent peu après. Ils nous retrouvèrent dans la cuisine, où sire Hugh taillait de grosses tranches dans le mouton qui rôtissait dans la cheminée. Je donnai la moitié de ma part à Newynog. Elle mordilla la viande au bout de mes doigts bien plus élégamment que sire Hugh.

« Un repas trop rustique pour une dame. » John Howard fit claquer sa langue en signe de désapprobation. « Des tranchoirs, messeigneurs, du pain et des oignons. J'ai récolté des légumes frais ce matin. Il nous faut nourrir correctement cette dame. » Il s'affaira dans sa cuisine, me donna des ustensiles appropriés et débarrassa la table encombrée. Puis, théâtral, il sortit un tabouret pour moi et l'épousseta du mieux qu'il le put.

Ma robe était déjà tant souillée par la fumée et la chute de cheval – de plus, je n'avais jamais d'ourlets nets, aussi ne prêtais-je pas plus attention que cela à ces taches de boue – que l'état du tabouret ne pourrait empirer les choses.

« Nous n'avons pas de temps à perdre en futilités. Il nous faut aller à Worcester voir le roi », répliqua sire Hugh. Il fit descendre une énorme bouchée de viande et de pain avec la moitié d'une chope de bière.

Si notre destination me hérissa, je n'émis aucune protestation. Maintenant que j'étais enfin débarrassée de ma catatonie, je pouvais guetter le moment propice à ma fuite. Oncle Henry avait moult amis disséminés dans le pays. En souvenir de lui, certains d'entre eux m'offriraient certainement l'hospitalité jusqu'à ce que je trouve un véritable refuge.

Peut-être certains m'aideraient-ils à planifier une contre-attaque. D'une manière ou d'une autre, il me fallait mettre un terme à cette course sans fin. Cela faisait presque sept années, depuis qu'oncle Henry languissait dans les prisons du roi John, que l'on me traquait de couvent en couvent. Puis, tout d'un coup, le roi avait fait la paix avec lui et lui avait restitué titres et terres. Ce fut seulement alors qu'on me permit de rentrer chez moi. J'ignorais toujours pourquoi ce paisible interlude avait brutalement pris fin. Mais oncle Henry m'avait réveillée en pleine nuit et envoyée à Mendip Mor par des chemins détournés et sous bonne garde.

Mes poursuivants m'avaient quand même retrouvée. Pourquoi ? Comment ? Qui ?

« Il va falloir bientôt partir », déclara Archie tout en jetant un coup d'œil vers la ville par-dessus son épaule.

Sire Hugh haussa un sourcil interrogateur.

« Les gardes du château ont arrêté un ecclésiastique pour meurtre. L'évêque fomente une émeute pour le libérer.

– L'Église a le droit de juger ses membres, quel que soit le crime ! protestai-je. L'Interdit ne donne nullement le droit aux hommes du roi d'arrêter, juger ou punir un ecclésiastique.

– Il s'agit d'un problème particulièrement épineux, ma Dame, intervint John Howard, tout en cessant de s'affairer. Un homme de la région a battu son fils pour n'avoir pas assumé ses tâches, comme c'est son droit.

Le prêtre est intervenu. Il semblerait que le garçon avait négligé son travail domestique pour aller chanter dans le chœur. L'enfant a la voix d'un ange. Il voulait entrer dans les ordres afin de pouvoir chanter à la gloire de Dieu. » Il s'interrompit un instant à ce souvenir plaisant.

« Son père se serait opposé à sa vocation ? présupposai-je.

– Exactement. Il le battit de si vilaine façon qu'il est possible qu'il perde à jamais sa voix. Le père Gérard est intervenu avant qu'il ne tue l'enfant. Une bagarre s'est ensuivie. Le père du garçon repose dans la salle mortuaire de l'église. Le prêtre est toujours libre.

– Quel que soit le crime, l'Église ne fera rien contre l'un des siens. Même le meurtre reste impuni ! marmonna sire Hugh.

– Comme je l'ai dit, c'est un problème épineux. Certains prétendent que le prêtre a défendu l'un de ses pairs. » John Howard secoua la tête tout en continuant à dresser mon couvert. « De quelle juridiction cela relève-t-il ? Celle du roi, qui possède toute l'Angleterre, ou celle de l'Église, qui possède toutes les âmes d'Angleterre ?

– Quoi qu'il en soit, le climat qui règne en ville est détestable, insista Archie. Il nous faut partir, sous peine de nous retrouver pris dans les troubles.

– Archie et lady Ana ont besoin de montures fraîches », précisa sire Hugh, la bouche pleine. Il paraissait avoir retrouvé ses manières de soudard.

Je prévis de réclamer l'alezan.

« Je suis ravi que vous ne laissiez pas votre énorme bête derrière vous pour massacrer mes valets d'écurie, répliqua John Howard. Cependant, il a porté double charge sur une grande distance, et en a encore une plus grande à couvrir. Il va se fatiguer et vous ralentir. Vaudrait mieux que vous preniez une des autres montures et tiriez Orage à la longe.

– Tirer Orage, à la longe ? » postillonna sire Hugh en s'étranglant de rire.

Ses manières s'étaient définitivement détériorées. Ou alors voyais-je l'homme tel qu'il était, ses attentions antérieures, rudes mais polies, ne résultant que d'un vernis récent ?

Il me faut admettre que la franche camaraderie et l'humour que partageaient ces hommes m'aidaient à mieux comprendre mon protecteur gardien.

« Cette bête dévorera tout cru le premier cheval qui oserait le précéder, gloussa Archie. S'il est vrai qu'une monture plus fraîche vous conviendrait mieux, sire Hugh, peut-être devriez-vous permettre à Orage de prendre la tête du convoi ? »

Tous trois s'esclaffèrent en se donnant des claques dans le dos.

Ils me tenaient à l'écart de leur petit cercle. Mais aussi, je n'avais plus eu ni amis ni famille depuis mes huit ans et mon entrée dans la quiétude du couvent. Plus personne ne m'avait aimée, depuis ce fameux jour où mon univers avait basculé.

Engeance de sorcière !

En un éclair, je revis l'homme vêtu de blanc essayer d'arracher les perles de prière à maman. Je redevins cette enfant terrifiée qui hurlait sa peur et son incompréhension. L'homme en blanc m'avait à la fois attirée et révulsée. Comment les perles étaient-elles passées de ses mains aux miennes ?

Avais-je réussi l'incantation qu'oncle Henry et tante Lotta avaient seulement espérée possible ? Avais-je succombé à la tentation satanique d'user de magie ?

Enfant de sorcière !

Cache-la !

Je me dissimulai une fois de plus dans le silence.

« Venez, Dame Ana. » Sire Hugh m'indiqua la porte qui donnait sur les écuries.

Je l'ignorai et poursuivis mon repas. Je coupai délicatement de petits morceaux de viande grâce au couteau que m'avait fourni l'aubergiste. J'envisageai même de le dérober en partant.

Newynog resta poliment assise à mes côtés. Les oreilles à demi dressées, elle espérait mais ne réclamait pas ouvertement. Elle s'était suffisamment sustentée pour affronter notre prochaine étape.

Sire Hugh revint se planter devant moi. « Va-t-il encore me falloir vous porter ? » rugit-il. Il réprima difficilement un sourire. Bien, il n'avait pas totalement perdu son humour.

« Je désire terminer mon repas. Il se pourrait que je n'en aie pas un autre avant longtemps. » Si mes projets se concrétisaient, je ne prendrais certainement aucun autre repas en sa compagnie, ni en celle d'aucun Bellecôte.

Quand j'eus terminé, je remerciai John Howard et sortis dans la cour sans assistance. Archie avait chargé un poney de paniers pleins et du corps de Chancell, à présent enveloppé d'un suaire. Pourvu que quelqu'un ait pensé à lui adjoindre des herbes, pensai-je. Sinon, il ne tarderait pas à sentir, et à attirer sur nous non seulement une attention non désirée, mais également les mouches.

Je jetai un coup d'œil aux autres montures regroupées dans l'enclos. Mon fougueux alezan piaffait près du poney de bât. Orage avait été attaché à l'autre extrémité de la cour. Je me dirigeai vers l'alezan.

Sire Hugh me rattrapa et m'aida à enfourcher une placide jument grise. Son aide peu gracieuse dénota sa hâte. Puis il monta l'alezan dont je rêvais. Une fois installée sur la selle, je mis l'ardeur de ma jument à l'épreuve en lui plantant mes talons dans les flancs. Elle tourna la tête et me décocha un regard interloqué.

Autant pour mes projets de fuite à vive allure au premier croisement. Cette haridelle n'irait jamais nulle part au grand galop.

Moins d'une demi-lieue plus loin, Orage mordit le flanc de la monture de sire Hugh. Celui-ci lui flanqua une tape sur les naseaux. L'étalon de guerre renâcla et détourna la tête. J'aperçus brièvement ses dents dénudées et ce qui ressemblait à un sourire railleur. Newynog l'approuva en laissant pendre sa langue, gueule grande ouverte.

D'un côté, je n'arrivais pas à croire que les deux animaux étaient de mèche, mais de l'autre, je connaissais trop bien ma chienne. Nous étions si proches qu'elle me transmit sa bonne humeur.

« Newynog », l'appelai-je sèchement.

Elle se retourna vers moi en laissant retomber ses oreilles. Piteuse, elle laissa également retomber sa queue. Puis elle se rapprocha de mon cheval et me consacra toute son attention.

« Étrange nom, pour un chien, fit remarquer Archie en lui jetant un coup d'œil. Ça veut dire “affamé”, en gaélique, n'est-ce pas ?

– Elle a toujours faim », répondis-je. Il n'avait nullement besoin de savoir que ma Newynog descendait en droite ligne de son ancêtre. Un membre de chaque génération du clan réclamait une femelle de la dernière portée de la favorite précédente. Tous les autres chiots étaient vendus très cher à de nobles familles. Aucun de ceux-là ne possédait l'intelligence ni l'extrême loyauté de la favorite. La personnelle. Je me demandais si oncle Henry avait la même relation avec sa chienne que moi avec la mienne. Il avait réclamé cinq chiennes spéciales au cours de son existence avant que j'hérite du droit de choisir ma propre compagne et protectrice, lors de mon bref retour à Kirkenwood, l'an dernier. Aucun autre membre de la famille n'avait survécu pour avoir l'honneur de l'une de nos chiennes.

« Cela signifie-t-il que vous êtes originaire du pays de Galles ? » s'en-quit sire Hugh. Il retint sa monture afin de corriger une fois encore Orage.

« Je n'ai plus de foyer, répondis-je.

– Je vous emmène au roi John. » Il carra la mâchoire et mit pied à terre. Il vérifia la sellerie d'Orage pour le monter en poussant un énorme soupir. « Tu es plus jaloux qu'une femme, Orage, mais si nous voulons parcourir plus de deux lieues, il vaut mieux que je renonce tout de suite à monter un autre que toi », lança-t-il à l'irascible destrier.

Archie mit également pied à terre pour resserrer la sous-ventrière de sa monture. L'animal avait gonflé le ventre lorsqu'on l'avait harnaché. Archie aurait dû immédiatement corriger cette ruse bien connue.

Je descendis également de selle. Nous nous agitâmes tous et, quand nous repartîmes, j'étais juchée sur le vif alezan délaissé par sire Hugh. Je libérai la jument. Elle saurait retrouver seule le chemin de son écurie.

Sire Hugh haussa un sourcil en constatant mon changement de monture. Je lui rendis son regard tout en talonnant mon cheval. Jaloux de ses prérogatives de chef de file, Orage me doubla aussitôt.

Nous arrivâmes en vue de la voie romaine, ligne droite qui remontait la vallée. Si l'herbe poussait dru sur les bas-côtés, les solides pavés de cette section étaient demeurés intacts. En d'autres régions de l'Angleterre, on avait dérobé ces dalles parfaitement assemblées pour construire d'autres bâtiments, et de vastes segments du mur d'Hadrien, plus au nord, avaient subi les mêmes outrages. La majeure partie du mur d'enceinte de Kirkenwood provenait de la barrière romaine séparant l'Angleterre et l'Écosse.

Nous parcourûmes quelques lieues supplémentaires à vive allure. Le chaud soleil de midi disparut derrière un banc de nuages noirs venus de l'ouest. Le ciel prit une bizarre teinte jaunâtre.

La chair de poule me hérissa les poils des bras et de la nuque. Un frisson me parcourut la langue.

« Il nous va falloir trouver un abri. Tout de suite », criai-je pour couvrir le vent croissant.

Un éclair aveuglant fit broncher les chevaux. Moins d'une seconde plus tard, le tonnerre rugit de toutes parts. Il roula et roula encore sur les collines, répercuté et amplifié.

Mon cheval rua, fit un écart et glissa le long de la légère dénivellation de la route. Je me concentrai sur les rênes et les étriers afin de l'empêcher de s'emballer. Archie eut du mal à maîtriser sa propre monture. Orage gronda, comme si la tempête était un ennemi à combattre sur le champ de bataille.

Les deux déversèrent alors leur trop-plein d'eau. D'énormes gouttes nous cinglèrent. En moins de temps qu'il ne faut pour le dire, nous fûmes trempés par ce déluge.

Cela n'avait rien à voir avec la douce caresse de l'eau de source, ou d'une flaque. Je ne pouvais capter ni utiliser l'eau sous cette forme implacable.

Newynog jappa, nous indiquant de la suivre. Je lâchai la bride à mon cheval. Il bondit avidement sur la trace de ma chienne. Ensemble, nous galopâmes vers le haut de la colline et le refuge, quel qu'il fût, découvert par Newynog.

Avant même d'avoir atteint le sommet, je me mis à trembler de tout mon corps. Mes dents s'entrechoquèrent pour une raison autre que le brutal rafraîchissement de la température. Je tirai sur les rênes pour arrêter mon alezan. Il ignora le mors et poursuivit sa route.

Lancé au galop près de moi, sire Hugh tenta de

m'arracher les rênes. L'alezan tourna brutalement la tête, les doigts glissèrent sur le cuir mouillé.

Lors, je le vis. Newynog se trouvait dans l'entrée voûtée d'un antique tumulus. Deux énormes pierres dressées supportaient un linteau de mêmes proportions massives devant l'entrée d'une grotte naturelle.

« Un abri, hurla sire Hugh en pointant le doigt.

– Non ! rétorquai-je sur le même ton. C'est bien plus qu'une chambre funéraire. » Mes mains tremblaient si violemment que je dus lâcher les rênes.

« Billevesées. » Cette fois-ci, sire Hugh réussit à empoigner les lanières et à me guider vers le désastre qui, je le savais, m'attendait. J'avais, nombre de fois, rêvé de la grotte de ce tumulus, et chaque fois vu mon trépas.

10

Un cercle parfait de pierres sommairement taillées se trouvait juste en face du tumulus. Nous dûmes le traverser pour arriver au refuge douteux sous les pierres.

Je tressaillis et serrai les dents avant même que le pouvoir contenu dans le cercle ne me frappe. Dans mes veines, mon sang battit sur un rythme différent. Mes oreilles tintèrent, ma vision s'accrut. Je pus distinguer l'humidité qui pulsait dans chaque brin d'herbe, accordée à mes battements de cœur. Mon cuir chevelu me picota, ma peau me démangea.

Je m'enroulai dans la pluie battante, la laissai me purifier l'esprit et m'insuffler la force de combattre les pouvoirs surnaturels qui, je le savais, résidaient dans cet antique site funéraire.

Une mince bande d'énergie pure flottait au-dessus des pierres, les enfermait dans un cercle de pouvoir. Briser la chaîne de pouvoir en pénétrant dans le cercle rendait ce pouvoir accessible à ceux qui savaient comment l'exploiter ; pénétrer dans le cercle nous rendrait également vulnérables à ce pouvoir. Je le savais. En revanche, j'ignorais comment je le savais. Oncle Henry n'avait pas terminé ses leçons de magie durant ces quelques mois passés avec lui avant de fuir à Mendip Mor. Je m'y étais prêtée à contrecœur.

Enfant de sorcière ! L'écho de cette très vieille accusation m'obligea à fermer les yeux et baisser la tête.

« Nous serons abrités de ce vent d'ici quelques instants. Je ne puis vous promettre un feu, mais nous serons plus au sec et, peut-être, plus au chaud », me lança sire Hugh sur un ton apaisant en se retournant vers moi. Il prit, heureusement, ma posture défiante pour un lamentable abattement, et non pour un recul devant les forces surnaturelles qui m'assaillaient de toutes parts.

Il guida les chevaux dans le cercle maudit.

Là se trouvait un pouvoir qui m'implorait de l'utiliser. J'aurais pu en exploiter une infime partie et soumettre sire Hugh et Archie à ma volonté.

Mais cela n'aurait été qu'un abus de ce don. Mes ennemis pourraient suivre mon usage de la magie, comme une piste bien marquée.

Quiconque me cherchait avec tant d'acharnement voulait que je perde mon âme en usant de la magie.

Je combattis le besoin de rassembler ce pouvoir en moi, de connaître les secrets de l'univers et d'affronter Dieu en égale. Je me mordis les lèvres jusqu'au sang.

Au moment où nous arrivâmes sous les pierres du tumulus, je tremblais si violemment qu'il me fut impossible de mettre pied à terre.

Sire Hugh m'enveloppa dans la pelisse de loup et me serra fort contre lui. Newynog gémit et s'enroula autour de mes pieds. Quelque chaleur me pénétra le cœur. La semi-obscurité de notre refuge soulagea mes yeux irrités. Le tumulus m'accueillit comme le ventre d'une mère.

Je craignais ce confort plus que tout.

Enfant de sorcière ! Tu as déjà perdu ton âme.

Je me dérobai à ce souvenir. Sire Hugh me serra plus fort.

« Tout doux, maintenant. Nous sommes à l'abri de la tempête. Il y a assez de place pour nous tous, chevaux inclus », me murmura-t-il à l'oreille. Son souffle chaud me la chatouilla et provoqua sur ma peau un autre frisson, qui n'avait rien à voir avec l'antique pouvoir du lieu.

« La grotte continue plus loin », déclara Archie. Il avança dans l'obscurité, une main sur la paroi rugueuse qui succédait au portail d'entrée – d'entrée vers quoi ?

Ma mort. Mais pas encore. Je ne vivais pas le songe de mon trépas. Dans ce rêve, j'étais seule avec une autre personne. Qui n'était pas sire Hugh. Quelqu'un d'autre. Quelqu'un doté d'une aura plus noire que noire.

« N'allez pas là-bas », lâchai-je en claquant des dents. La bonne personne pouvait parfaitement trébucher dans un autre monde, là-bas. Jamais je n'oserais être cette bonne personne. Archie ne saurait pas comment se protéger des tours et pièges des démons ou des fées.

Je fis un pas à sa suite. Aussitôt, le contact invisible d'esprits et habitants du monde souterrain me donna la chair de poule. Une voix enfantine et paniquée en moi me hurla de m'enfoncer plus encore dans la grotte, non, de courir dehors dans la pluie et la bourrasque, non, de me cogner le crâne contre les pierres.

J'eus beau essayer, il me fut impossible de maîtriser mes pensées ou mes peurs.

La tête entre les mains, je reculai en trébuchant. Ce ne fut qu'une fois sous le portail que mes pensées reprirent leur cours normal.

« Éloignez-vous de la grotte, Archie. C'est bien trop dangereux. » Je cherchai à le retenir par la manche, mais il se déroba.

« Cela fait des siècles que ces tombes ont été pillées. Il n'y a absolument rien à craindre, par là, me lança-t-il. Eh, qu'est-ce que c'est que cela ? » Un claquement de bois retentit.

Je frémis. Chacune de mes terminaisons nerveuses m'implorait de fuir le pouvoir urticant piégé entre les pierres du portail. Ou alors ressentais-je le besoin de laisser libre cours au pouvoir que je possédais déjà, mais bien tapi au plus profond de mon être ? Il me fallait frapper quelqu'un, quelque chose, même éventuellement moi.

Sainte Mère, protégez-moi. J'eus besoin de toute ma concentration pour combattre le pouvoir.

« Des torches ! cria Archie. Des silex. Du petit bois. Nous aurons de la lumière et du feu dans pas longtemps.

– Non ! protestai-je. N'invitez pas le démon en lui éclairant la route vers nous.

– Il n'y a aucun démon, vous allez voir. Tout cela n'est qu'un ancien site funéraire aménagé dans une cavité naturelle. Cela fait bien longtemps que ce lieu est livré à l'abandon et au pillage. » Sire Hugh me poussa impatiemment sur le côté.

Je trébuchai et me retrouvai le dos contre la roche dressée. L'aiguillon d'énergie fulgurante qui me traversa alors eut raison de mon effroi et de mes hésitations.

« S'il est abandonné depuis si longtemps, alors pourquoi y trouvons-nous des torches, du petit bois récemment coupé et des silex ? » l'interrogeai-je, bien décidée à ce qu'aucun d'entre nous ne s'aventure plus loin dans la grotte.

Sire Hugh se figea un instant, les yeux braqués sur la torche qu'il tenait prête à allumer.

« Je l'ignore. Je n'en saurai rien de plus tant que je ne l'aurai pas un peu explorée. Et pour ce faire, j'ai besoin de lumière. » Il tendit le flambeau vers Archie, qui provoqua une étincelle contre le chiffon huileux enroulé autour d'une branche.

« Ces fournitures ont été laissées là par des païens. Des sorcières qui pratiquent selon les anciennes coutumes », grinçai-je.

La lumière qui éclaboussa les parois révéla les faibles contours d'un pentacle refermant un *sigil* démoniaque.

« Des sorcières », répétai-je. Des sorcières, tout comme oncle Henry et tante Lotta. Et moi. Mais pas comme nous. Si mes parents vénéraient une déesse bienfaisante et respectaient la terre, s'ils faisaient usage de leurs pouvoirs pour guérir et faire le bien, d'autres païens vouaient un culte à de plus noires divinités, cherchaient le pouvoir pour le pouvoir, commettaient n'importe quelles offenses et vénéraient n'importe quel démon, tout cela pour l'exaltant sentiment de puissance que leur offrait la magie. Cependant, tout usage du pouvoir surnaturel ouvrait grande la porte aux abus.

Enfant de sorcière ! Perds ton âme en moi.

« En tout cas, personne ne viendra ici avant la fin de la tempête. » Sire Hugh haussa les épaules et brandit la torche maintenant enflammée. Il projeta une ombre démesurée. « Allumez un feu et réchauffez-vous. Après tout le mal que je me suis donné pour vous sauver, *ma petite*, je n'ai pas envie que vous tombiez malade. » D'une main affectueuse, il me pressa l'épaule. Comme s'il avait le droit de décider de ma vie.

Je ravalai ma peur et tentai désespérément de me convaincre que s'il disparaissait dans un autre monde, alors je prendrais l'alezan et filerais sans entrave vers le prochain refuge. Mes ennemis ne sauraient jamais ce qu'il était advenu de moi.

Mais moi, je saurais ce qu'il était arrivé à un homme innocent, un homme honnête qui avait fait serment de me protéger. Je regretterais son départ de ce monde.

Archie alluma le feu déjà préparé. Je ne vis plus rien dans la caverne, à l'exception du brandon de sire Hugh.

Newynog redressa la queue et les oreilles. Elle huma l'air et fit mine de le suivre. Je la rattrapai par la peau du cou.

« Assise, Newynog. »

Si elle obtempéra et baissa les oreilles, elle me jeta un coup d'œil intensément déçu.

« Par moments, tu es tout simplement trop courageuse », lui confiai-je en la caressant. Ce contact nous fut nécessaire, pour apaiser mes craintes, et sa curiosité.

Je me rapprochai du feu afin qu'il ne m'empêche plus de voir à l'intérieur.

De sa torche, sire Hugh brûla une énorme toile d'araignée qui lui bouchait le passage. Une douzaine de bébés araignées et quelques insectes pris au piège filèrent au loin. Une pluie d'étincelles colorées tomba de la toile en feu.

Soudain, les étincelles prirent leur essor et vinrent joyeusement tourbillonner autour de nos têtes. Ce n'étaient plus des flammes. Mais de minuscules créatures ailées.

Newynog bondit et essaya de les mordre. Archie et sire Hugh agitèrent les bras en tous sens pour s'en débarrasser. Les gestes frénétiques d'Hugh firent osciller la torche. Des ombres terrifiantes escaladèrent les parois vers moi, elles me piégèrent dans la même ombre que le pentacle.

Je m'accroupis, bras sur la tête.

« Eh, gare à vous ! cria Archie.

– Prends plutôt garde à toi. Satanées mouches de mai. Mais d'où sont-elles sorties ? » lui répondit sire Hugh.

Quelque chose me tira les cheveux. Je risquai un bref coup d'œil afin de vérifier que la torche ne les avait pas enflammés.

Un superbe mâle aux ailes vertes, aux proportions parfaites, totalement nu et à peu près aussi gros que mon index, voleta devant mes yeux.

Cela fait des siècles que nous t'attendons. Viens jouer, me lança mentalement une petite voix envoûtante. Un faible tintement de clochettes suivit son invitation.

Engeance de sorcière! répondit la voix de ma mémoire. *Seules les sorcières peuvent voir les fées.*

*

Seules les sorcières peuvent voir les fées. Ces mots me transportèrent dans un autre temps, un autre lieu, mais avec les mêmes fées…

« Le pouliot éloigne les puces et les poux. On peut également le faire macérer dans du vinaigre et l'appliquer sous le nez des dames pour les empêcher de défaillir. Il aide aussi à garder de bonnes dents. Et… et si on le met dans la chaussure, il protège de la fatigue. Tante Lotta dit que c'est une plante de paix qui empêche les gens de se disputer. » Ainsi récitai-je la litanie des herbes à sœur Marie-Ursule. Puis j'ajoutai la conclusion logique de la leçon. « Vos plantes ont besoin de compost. Elles jaunissent. »

Sœur Marie-Ursule fronça les sourcils tout en inspectant les feuilles minuscules à peine sorties de terre. « Tu es très observatrice, mon enfant. » Elle se redressa et me sourit.

Ce sourire me rendit plus supportable ma solitude. Le printemps était passé, l'été arrivait. Cependant, maman ne venait toujours pas me chercher. Pas plus que je n'avais reçu de nouvelle de Kirkenwood. Je ne savais absolument pas si oncle Henry était vivant ou mort, même si j'étais à peu près certaine que tante Lotta avait trépassé dans la confusion de ma dernière nuit chez moi.

L'accusation d'*engeance de sorcière* continuait à me hanter. Qui avait bien pu m'appeler ainsi, avec tant de répugnance et de mépris ? Une voix différente, triomphale et possessive, avait ensuite crié ces mots. Qui ?

« Maintenant, parle-moi un peu de cette plante, Ana,

reprit sœur Marie-Ursule en désignant la bétoine commune.

– On l'utilise en pansement sur des plaies pour aider les chairs à se reformer. On la brûle pour purifier », répondis-je, distraite par un essaim de choses multicolores voletant dans un recoin ensoleillé du jardin du couvent.

« Et quoi d'autre, Ana ? Je sais que tu as eu un professeur bien plus minutieux. Qu'est-ce que la bétoine peut encore faire pour toi ? »

Des êtres rouges, verts, jaunes et bleus folâtraient dans le coin où poussait la molène.

« Ana ! » me réprimanda sèchement sœur Marie-Ursule. Elle ne connaissait que le diminutif de mon prénom, et non pas le vrai. Maman avait bien insisté pour que je ne le révèle à personne.

« Un sachet de bétoine sous l'oreiller empêche les cauchemars et les visions », ajoutai-je, un œil sur les fées. Elles restaient dans leur coin, loin de sœur Marie-Ursule et de moi. J'avais les perles de prière et la croix familiales autour du cou. Sœur Marie-Ursule portait un chapelet de simples perles en bois. Sa croix tenait les fées à distance. La mienne, elles la connaissaient depuis la nuit des temps, et ne la craignaient pas.

Donnez-moi des nouvelles de chez moi, je vous en prie, leur demandai-je.

Elles gloussèrent et se cachèrent dans les feuilles et les fleurs de la molène.

« Qu'est-ce qui distrait ton attention, Ana ? » Sœur Marie-Ursule se plaça à côté de moi. Elle me prit la main et regarda vers le coin ensoleillé du jardin.

« Ne voyez-vous pas les fées ? La vert saule est debout sur la plus haute des fleurs. Comme il pense être le chef de ce petit essaim, il se pose toujours sur la plus haute fleur. Mais elles n'ont pas vraiment de chef. Elles se contentent de suivre les vents. » Je tentai de me libérer de la poigne de la nonne pour courir vers mes amies.

« Il te faut oublier ces êtres païens, Ana. » Sœur Marie-Ursule se signa.

« Mais ce sont mes amies, protestai-je.

– À présent, ce sont les sœurs de St. Dyfrig qui sont tes amies.

– Mais… » Saule et ses compagnes me firent tristement au revoir de la main. Puis elles décrivirent une longue spirale pour passer le mur.

Au revoir, soufflèrent-elles.

La tristesse me pesa sur la poitrine, me serra le cœur.

« Au revoir », murmurai-je tout en écrasant une larme.

Prends soin de toi, puisque cela nous est désormais interdit, me lancèrent-elles en chœur.

« Au revoir », soufflai-je encore une fois. Je ravalai mon chagrin et m'essuyai le visage d'un revers de manche. « Maman ne m'a pas dit au revoir. Ni papa, ni tante Lotta, ni oncle Henry. Les fées sont mes seules véritables amies. » Ma lèvre inférieure se mit à trembler.

Adieu, amie. Les voix tristes des fées tintèrent telles des clochettes.

« Tu as de nouvelles amies, Ana. Une nouvelle famille. » Sœur Marie-Ursule s'accroupit pour me serrer contre elle. « Nous serons toujours près de toi. Et quand viendra le temps de la séparation, je te promets que nous nous dirons mutuellement adieu.

– Promis ? » m'enquis-je. Puis me revint le souvenir d'une vieille tradition familiale. « Scelleriez-vous la promesse par un cercle ? Comme ça, on fait la promesse à Dieu autant qu'à nous-mêmes.

– Je vais faire mieux que cela. Je vais sceller la promesse par un cercle de perles de prière. Comme cela, nous faisons la promesse à Dieu en même temps qu'à nous-mêmes. »

Son sourire atténua le poids sur ma poitrine. Un peu de ma solitude s'évanouit. Ensemble, nous récitâmes une chaîne de prières, une pour chacune de nos perles respectives.

Je ne revis jamais les fées jusqu'à hier. Mais sœur Marie-Ursule me dit adieu lorsque vint le temps où je dus fuir St. Dyfrig.

Le retour des fées me perturbait presque autant que la plupart de mes rêves.

« Pourquoi revenez-vous me harceler ? » criai-je.

Nous t'offrons le sanctuaire dont tu rêves. Suis-nous sous le portail, et tu seras à jamais libérée de tes peurs.

« Je ne puis. »

Les fées disparurent. *Souviens-toi de la bétoine et de la molène*, soufflèrent-elles dans une dernière bouffée de vent et de pluie.

« Ces deux herbes protègent des visions et des cauchemars !

– À qui parlez-vous ? » Sire Hugh se pencha sur moi, la torche toujours à la main.

« N'avez-vous pas vu les fées ? » Je levai les yeux vers lui, sans me soucier du flot de larmes provoqué par ce souvenir.

« Ces mouches de mai ? Ce n'étaient pas des fées. Les fées n'existent pas. » Il retourna vers l'intérieur de la grotte.

« Un jour, vous comprendrez ! » lui jetai-je en retour.

11

« Des fées ? Bah ! Vous avez résidé trop longtemps dans les brumes galloises. » Hugh s'enfonça dans la caverne, bien décidé à découvrir quelque chose, n'importe quoi, plutôt que de discuter de réalités païennes avec son étrange rescapée. Il fut pris du besoin de se signer. « Ensuite, vous allez me raconter que votre chien vous parle. »

Il arriva dans une salle vide ; elle ne contenait même plus le squelette de son premier occupant. Le tunnel aurait logiquement dû se terminer ici, mais il se poursuivait. Vers d'autres chambres funéraires ?

« Sire Hugh », le héla Archie, plus loin dans le boyau.

Hugh pressa le pas sans plus se soucier des flaques, aussi désireux de s'éloigner d'Ana que de répondre à l'appel. « Trouvé quelque chose d'intéressant ? s'enquit-il.

– Une porte. » Archie déglutit. « Ceci n'a rien à voir avec un tumulus ordinaire, monseigneur.

– Celui d'un riche personnage, peut-être ? » Des visions d'or le poussèrent en avant. Il devait une autre année des revenus de Bellecôte au roi John, en compensation de la mort du dernier baron. La dîme qu'on avait imposée à Hugh pour avoir gagné la tutelle des terres en épousant la veuve Bellecôte avait doublé le forfait habituel. Puis John avait encore doublé la compensation au trépas d'Ardyth. Et les domaines Bellecôte ne lui appartenaient toujours pas en propre. « Avec un antique trésor, je pourrais régler mes dettes à John, et m'acheter des terres et un titre. J'aurais un héritage à transmettre à mes descendants. » Chose que son propre père lui avait refusée.

Le seul souvenir que gardait Hugh de sa soi-disant famille – sa seule possession, en fait, qui ne lui était pas venue d'Ardyth – était son épée. Et il avait dû la gagner, en tournoi, contre son demi-frère.

Si son père l'avait reconnu comme un fils bâtard, et lui avait inculqué l'art de la guerre, il n'avait rien fait d'autre. Son demi-frère, et légitime héritier, avait tout reçu. Peu après son quatorzième anniversaire, Hugh avait pris part à un tournoi organisé par son père. Épreuve après épreuve, il avait survécu. Enivré par la victoire, sûr de lui, il avait alors défié Alain de Chênenoir en combat singulier.

S'était ensuivie une âpre et interminable lutte. Tous deux avaient la même taille, reçu le même entraînement. Cependant, Hugh brûlait d'être déclaré l'égal de son frère. S'il voulait gagner le respect des autres chevaliers présents, il lui fallait se montrer meilleur qu'eux – car il était né bâtard, et donc inférieur.

Enfin, presque à bout de forces, saignant de toutes parts, Hugh avait réussi à déséquilibrer Alain assez longtemps pour le désarmer. Ce dernier s'était écroulé au sol, trop exténué pour récupérer son arme.

« Mon armure et mon cheval sont tiens, avait-il haleté. Quelle autre rançon exigeras-tu de moi, *mon frère* ? » Il avait craché ces derniers mots dans une moue méprisante.

Hugh avait mis le pied sur l'épée d'Alain et l'avait ramassée. « C'est tout ce que je réclame, mon frère. L'épée de mon père, et le nom de mon père. »

Cette nuit-là, il avait quitté le château Chênenoir et rejoint une troupe de mercenaires. Jamais il ne s'était retourné sur son passé. Jusqu'à aujourd'hui.

Mais à présent, il en affrontait le souvenir, et ne fut pas loin de pleurer sur la chance perdue, la famille perdue, l'innocence perdue.

« Avec un ancien trésor, je pourrais m'offrir un cheval bien à moi, et une armure ! » Archie écarquilla des yeux rêveurs.

« L'or peut acheter bien des choses, mais jamais il ne m'offrira le respect de mon frère. » Hugh poussa un gros soupir, car il savait que jamais il ne pourrait effacer ce sentiment de n'être pas à sa place, que sa famille avait enfoncé en lui. « Voyons voir ce qui maintient cette porte fermée, alors que tout le reste du tumulus a été pillé. » Il leva sa torche vers les contours imprécis de l'huis. Des gonds de bronze étincelèrent sur le côté gauche. Il porta son attention sur la droite. Un cadenas couvert de rouille reliait deux moraillons, l'un fiché dans la porte et l'autre scellé dans la paroi.

« Un alliage de bronze et de fer. Ça doit vraiment être très vieux. » Archie recula de deux pas.

« C'est si vieux que cela se confond avec la pierre qui l'entoure, réfléchit Hugh à voix haute. Les pillards sont toujours pressés, ils l'ont probablement manqué quand ils ont inspecté les autres pièces. »

En plein milieu du chambranle, un anneau décoratif en fer attira son attention. Un dragon de bronze semblait projeter un cercle de flammes autour de son museau. Hugh tendit la main vers lui.

« N'y touchez pas ! » cria Ana, deux pas derrière lui. Elle l'avait rejoint sans qu'il s'en soit rendu compte. Sa chevelure complètement défaite n'était plus qu'une masse enchevêtrée.

Elle était plantée au centre même d'une flaque,

inconsciente de ses chaussures trempées, de son ourlet dégoulinant, et du froid.

Il en laissa retomber sa main de surprise.

« Et pourquoi pas ? » l'interrogea-t-il tout en contemplant ses yeux écarquillés à la lueur de la torche. Elle paraissait auréolée d'une lueur surnaturelle verte.

Il dut se mordre les lèvres pour ne pas se signer.

« Que savez-vous du trésor caché derrière cette porte ? » demanda-t-il encore, avant de s'obliger à détourner le regard de la hideuse lueur, qui gagnait maintenant les murs et le plafond. Le halo vert palpitant qui entourait Ana s'étendit et engloba la porte. Ses contours étincelèrent. Seul le sol demeura normal, humide et sûr.

« Je sais seulement que le verrou profondément scellé dans la terre garde une chose qui ne peut supporter le contact du fer. Les chambres funéraires ont été pillées bien des fois. Des adeptes des arts antiques y viennent régulièrement. Cependant, ce portail demeure intact », souffla-t-elle. Ses paroles s'enfoncèrent dans le crâne d'Hugh, et y restèrent.

« Et les légendes sans fondement », conclut-il. Il tenta d'ignorer ce qu'elle venait de dire, mais en vain. « Regardez, le fer ne brûle pas. » Il referma sa main libre sur le mécanisme rouillé tout en gardant la torche brandie pour donner le plus de lumière possible. Des frissons lui remontèrent dans le dos alors que le métal glacé et humide se réchauffait sous sa main. Il pensa entendre quelque chose gratter derrière la porte.

« Le fer ne brûle ni vous, ni moi, ni même Archie ou ma chienne. Mais il existe d'autres mondes, d'autres êtres qu'il empoisonne. Je vous implore, sire Hugh Fitz Chênenoir, de préserver le mystère de cette porte-ci. Il serait bien plus dangereux au grand jour que dissimulé.

– Peut-être avez-vous raison. La pluie se calme, et il nous faut aller rejoindre le roi. »

La brillance qui entourait Ana disparut. Elle avait dû

être provoquée par le petit feu allumé à l'entrée. Il mourait, maintenant, imité par cette luminosité.

« Je préfère encore affronter le roi John plutôt que ce qui est caché derrière cette porte, déclara-t-elle posément. Peut-être ferions-nous mieux de nous hâter vers le couvent de la Bénédiction de la Vierge, dans le Yorkshire. Les sœurs sauraient comment écarter cette antique nuisance, ou la sceller pour l'éternité. »

Son entêtement fit rire Hugh. Elle allait rivaliser avec John sur ce point.

« Les bonnes sœurs n'en savent pas plus que moi sur la magie noire. Nous allons voir le roi. Si nécessaire, il en est un, dans l'entourage du roi, qui pourrait bien avoir les connaissances requises pour ouvrir en toute sécurité ce portail et récupérer le trésor dissimulé derrière.

– Il n'y a aucun trésor. Seulement du chagrin. Si vous tenez vraiment à découvrir un trésor, je puis vous en indiquer un véritable. Mais seulement si vous m'emmenez au couvent d…

– Quel trésor, ma Dame ? De quelles richesses êtes-vous dépositaire ? » Un antique trésor perdrait de son importance si elle pouvait lui offrir une dot, des terres et les titres dont il rêvait.

« M'emmènerez-vous…

– Quel trésor ?

– Ma famille est riche. Je veillerai à ce que vous soyez convenablement rétribué.

– Avec votre main en mariage ? Avec vos titres ?

– Mon titre est perdu. Mes terres ont été récupérées par le roi. Je puis seulement vous donner de l'or, caché quelque part.

– Nous allons voir le roi, un point c'est tout. »

*

Le crépitement de la pluie sur le linteau de pierre se tut.

« Nous ferions mieux de partir dans l'instant, avant que cette porte ne recommence à vous tenter », déclarai-je. La décision d'Hugh avait confirmé ma propre détermination à fuir dès que possible dans le Yorkshire. Il me fallait disposer de temps, et de la quiétude d'un couvent, pour réfléchir et trouver le moyen de mettre un terme à ma course sans fin.

« Il pleut toujours », grommela Archie. Cependant, il moucha sa torche dans un tas de poussière.

« Nous ferions mieux de nous presser, si nous voulons atteindre Worcester demain soir, décida sire Hugh. J'ai rappelé mon messager. Je veux être le premier à lui annoncer l'attaque de Mendip Mor et la mort de mes amis. » Il vérifia le harnachement d'Orage. Archie retendit les courroies sur le bât du poney.

J'enfourchai l'alezan, avide de partir. Je le lançai au trot avant même que les hommes ne se soient mis en selle. Jamais je ne pourrais m'éloigner assez vite de ce tumulus et de sa mystérieuse porte.

L'effigie de dragon pouvait faire référence à Arthur Pendragon, héros légendaire aimé autant que respecté. À moins qu'il ne symbolise le démon maintenu dans un autre monde par ce portail. Je n'osai m'interroger plus sur le sujet. Arthur Pendragon, je pourrais le retrouver en d'autres lieux, moins dangereux pour l'Angleterre et pour moi.

Dans mon sang courait toujours le pouvoir amassé dans le cercle de pierres. Il fit chanter le vent dans mes cheveux alors que je pressais mon cheval. Épanouie dans le soleil, Newynog galopait à notre suite. Toutes les flaques que nous traversâmes m'éclaboussèrent complètement. Ce ne fut qu'à mi-chemin de la route que sire Hugh me rattrapa. Orage mordit le flanc de l'alezan pour le faire ralentir. Sire Hugh me décocha un sourire mauvais en me dépassant. Il avait le regard dur et déterminé.

Newynog fit la course avec l'étalon jusqu'à ce qu'il le fasse ralentir pour rester à mes côtés.

« Ne bercez surtout pas l'idée de me fuir, Dame Ana. Si vite que vous galopiez, Orage vous rattrapera », gronda-t-il.

Je vous retrouverais, où que vous vous cachiez. Ses pensées me parvinrent en toute clarté, sans que j'aie tenté de lire en lui.

« Pourquoi ? Sans moi, vous pourriez vaquer en paix à vos occupations. » Je dirigeai mon alezan vers la droite afin d'éviter tout contact avec sire Hugh. Il se rapprocha encore de moi – assez près pour m'arracher à ma selle s'il lui en prenait l'envie.

« Vous serez mon occupation, ma seule occupation tant que je ne saurai pas pourquoi est mort mon ami Edmond. Je veux des réponses que vous seule pouvez me donner. Pouvez-vous me dire le pourquoi de sa mort ?

– Je ne puis.

– Ne puis, ou ne veux ? »

Je gardai le silence et détournai le regard. Il ne vivrait pas longtemps, une fois qu'il aurait appris mes secrets.

« Très bien. Nous restons ensemble. Pour l'instant, nous allons chevaucher dur afin de rattraper tous ces retards. Le roi John ne restera pas à Worcester quand il aura entendu parler du meurtre d'un seigneur des marches par des pillards gallois conduits par Geoffrey de Chancell. Il prendra aussitôt la direction de Winchester ou de Londres, afin d'y réunir ses barons et leur réclamer des troupes pour venger l'affront.

– Mais ce n'étaient pas des pillards gallois. Cela, nous le savons ! protestai-je.

– Raison de plus pour atteindre Worcester avant que la nouvelle ne lui parvienne par un autre biais, répliqua sire Hugh.

– Je n'arrive toujours pas à comprendre pourquoi Chancell est devenu un traître, marmonna Archie, en arrivant sur mon autre flanc. Il servait le favori du roi. John lui avait donné divers petits États. Walter Geoffrey de Chancell devrait logiquement naviguer sur les flots du pouvoir.

– Il est possible que Philippe de France ait acheté sa loyauté. Ce qui ferait de lui la pire espèce de traître. » Un masque dur se peignit sur le visage de sire Hugh.

« Peut-on le considérer comme traître, si son seigneur n'est plus digne de foi ? » intervins-je. John ferait un spectacle de sa vengeance, il incendierait et pillerait les marches frontalières du pays de Galles. Il prendrait des otages et exigerait d'exorbitantes compensations. Tout cela sans rechercher la vérité. Il avait souvent fait cela, aussi bien en Angleterre qu'en France ou en Irlande.

Il n'avait pas agi autrement pour réclamer le trône. Est-ce que la victoire légalisait les faits ?

« Billevesées. Le roi John a des défauts, mais il est loyal envers ceux qui lui sont fidèles. » Sire Hugh écarta mon argument d'un geste de main.

« John vous doit la vie, et vous a largement récompensé, grogna Archie. C'est une raison suffisante pour lui être fidèle.

– Briouze doit de fortes sommes au roi. Il n'oserait pas abuser de la faveur de John, sous peine de perdre tout ce qu'il a, lui rappelai-je. Walter Geoffrey de Chancell, sbire de Briouze, est également vulnérable aux lubies du roi. Peut-être servent-ils un autre seigneur dans le but d'en finir avec cette dette. »

Un souvenir traversa ma mémoire en un éclair. Quelque chose à propos d'oncle Henry et des envahisseurs nocturnes de Kirkenwood qui avaient provoqué notre première fuite.

« Cependant, John fait confiance à Briouze. Ils sont bons amis depuis l'époque du roi Richard. Le fils de

Briouze est évêque d'Hereford, nommé par le roi. Ils soutiennent tous deux la candidature de l'évêque de Grey, secrétaire de John, pour l'archevêché de Canterbury, argua Hugh.

– Oui, mais si John a accordé nombre de faveurs à Briouze, il lui a toujours refusé le titre de comte », marmonna Archie. Je ne crois pas qu'Hugh l'entendit.

Au contraire de son frère aîné, John tenait la bride serrée à ses barons. Et ils lui en voulaient pour cela. L'époque de la négligence bienveillante du roi Richard et, donc, de leur liberté, avait pris fin lorsque John avait fait main basse sur le trésor et la couronne. Il avait fait appel aux vieilles traditions pour asseoir sa prétention au trône, et ignoré la loi de primogéniture édictée par son père. Il pourrait tout aussi facilement écarter une autre loi ou une autre tradition.

Quelques-uns des mots échangés par oncle Henry et les intrus, au cours de cette fameuse nuit, me revinrent brutalement en mémoire. Lorsqu'il avait trouvé la mort en France, Richard avait intronisé son neveu comme son successeur, mais John s'était emparé de la couronne et des richesses avant même que le jeune Arthur de Bretagne n'eût le temps de mobiliser ses fidèles. Les soldats avaient prétendu venir s'assurer de l'allégeance à John de l'oncle Henry, et lui réclamer chevaliers et argent pour mater la rébellion.

Que nous voulaient-ils donc, à maman et à moi ?

Le chapelet pesa plus lourdement dans ma paume. Ce n'était pas nous qu'ils voulaient, mais la croix. Grâce à cet antique bijou, John pourrait clamer ses droits sur le trône au nom de mon royal ancêtre, Arthur Pendragon. Il n'en avait pas eu besoin pour imposer son autorité aux barons. Il se pourrait que la croix lui soit nécessaire pour la pérenniser. Surtout maintenant que le pape avait décrété l'Interdit sur l'Angleterre.

L'un d'entre eux avait découvert un autre trésor en

moi. Un des proches du roi, adepte de la magie, avait reconnu mes talents et voulait en tirer profit.

Pour le roi, ou contre lui ? John en avait-il connaissance ? Ou ignorait-il tout de cette affaire ?

« Et vous, faites-vous confiance au roi John ? » demandai-je, plutôt que m'attarder sur de douloureux souvenirs. Pour ma part, je n'arriverais jamais à le croire totalement innocent.

« Oui. Lorsque je n'étais rien de plus qu'un mercenaire qui ne possédait que son épée, répondit Hugh en tapotant l'arme en question, le roi John m'adouba chevalier et me donna tout ce que je possède. Je lui dois énormément. »

Archie détourna la tête, comme si ce n'était pas l'entière vérité.

« Et Archie a dit que le roi vous doit la vie. John a horreur d'être redevable de quoi que ce soit à qui que ce soit », ajoutai-je. J'avais peut-être passé huit des neuf dernières années dans divers couvents, mais cela n'avait pas empêché les commérages politiques d'arriver jusqu'à moi.

« Je n'ai aucune raison de trahir mon suzerain. J'ai prêté serment de fidélité au roi John. C'est une chose que je respecte plus que tout, déclara Hugh, catégorique.

– Plus, même, que votre vie ?

– Oui. »

Lors, il nous faut échapper à votre vigilance avant d'atteindre Worcester, car nous n'avons pas votre confiance dans le roi.

Je glissai la croix et les perles dans mon corsage. John ne pouvait savoir que je les possédais toujours. À partir de maintenant, j'allais devoir m'assurer qu'il ne pose jamais les mains dessus. Sinon, ma vie ne vaudrait plus grand-chose à ses yeux.

12

Nous chevauchâmes des heures durant sans la moindre halte. La selle m'irritait l'intérieur des cuisses. Le trot constant me malmenait tant le dos que je crus que mon cou allait casser net. J'avais pas mal pratiqué l'équitation avec oncle Henry, cette année, mais jamais sur une telle distance ni à une telle allure. Et surtout, les couvents qui m'avaient accueillie n'avaient pas prévu de monture pour une simple postulante qui devait apprendre à obéir.

Je rêvais d'immerger mes mains, mon visage et mes pieds dans toutes les sources que nous dépassions. Le fait de passer dans chaque flaque rencontrée ne suffisait plus à régénérer mon esprit et mes forces.

À la première grande intersection, je retins mon cheval en me frottant le cou et en remuant les épaules afin de faire comprendre mon inconfort. Sire Hugh me lança un regard dégoûté. Lorsqu'il opta pour la route partant vers l'est, je dirigeai ma monture vers un coin d'ombre, derrière la croix d'un calvaire.

Des touffes de molène sauvage attirèrent mon attention. Même si sire Hugh rebroussait chemin et me découvrait, je prendrais pour excuse la cueillette d'herbes à mettre sous mon oreiller. Je dormais suffisamment mal comme cela, et n'avais nul besoin de visions pour m'offrir des nuits blanches.

La plupart de ces calvaires étaient faits d'une croix taillée dans la pierre. Les voyageurs y déposaient leurs offrandes, de la nourriture, du vin, une pièce ou un petit mémorandum tout en priant pour voyager dans de bonnes conditions. Les carrefours ont toujours représenté un puissant symbole de changement et de croissance.

Celui-ci était plus cossu que d'autres, un petit abri doté de trois murs et d'un toit abritait la croix, plus haute que moi sur mon cheval. L'embranchement se situait certainement à l'endroit d'un antique lieu sacré, source ou puits. Ce qui expliquait la végétation luxuriante et la rangée de grands saules, quelques pas derrière. Leur ombre me fournit une excellente cachette.

Je mis pied à terre et gardai les rênes en main tandis que l'alezan flânait en broutant l'herbe. De l'autre main, je fourrai deux poignées de feuilles de molène dans ma sacoche. Puis je m'assis sur un rocher, près d'une petite source, qui alimentait une mare un peu plus loin. Mes chaussures et mes bas ne furent pas loin de partir en lambeaux quand je les ôtai pour me plonger les pieds dans l'eau fraîche.

Je poussai un soupir de bonheur en sentant se détendre tous les muscles de mon corps. La magie me picota les orteils avant de remonter le long de mes jambes. Je laissai le pouvoir contenu dans mon élément me purifier l'esprit et raffermir mes décisions. Puis j'ordonnai à mon corps débordant de magie de se fondre dans la forêt.

Peu après, sire Hugh arriva à bride abattue.

« Montrez-vous, Dame Ana ! » cria-t-il.

J'imposai silence à l'alezan avant qu'il ne hennisse une salutation à Orage.

« Dame Ana ! » appela encore sire Hugh. Puis je l'entendis remonter au grand galop la route vers le nord.

Je comptai jusqu'à cent avant de risquer un coup d'œil.

« Je vous avais bien dit que vous ne m'échapperiez pas », lança posément Hugh, planté devant le calvaire, dès que je sortis la tête.

« Mais vous...

– J'ai envoyé Archie inspecter la route, au cas où vous auriez réussi à m'échapper. Mais je pensais bien que vous deviez vous terrer dans les environs. » Il jeta une pièce dans la boîte à offrandes et remonta en selle. « Venez. Archie nous rejoindra au prochain croisement. Vous n'êtes pas allée bien loin, Dame Ana. »

*

Radburn Blakely attendait sa proie à l'ombre de la poterne du château de Worcester. Un mouvement furtif attira son attention. Le fils du charpentier approchait avec une discrétion toute relative. S'il s'était montré aussi maladroit en incendiant la maison de sa sœur, pourquoi elle et son mari ne s'étaient-ils pas réveillés à temps pour fuir les flammes ? Le jeune homme se faufilait d'ombre en ombre, mais choisissait le mauvais moment pour ce faire. Il n'attendait pas que le garde patrouillant sur le parapet le dépasse pour filer vers le prochain couvert pendant que la sentinelle regardait dans une autre direction. Au lieu de cela, il agissait quand le garde tournait le dos. Sa tactique était plus que limpide. Bouger tant que la sentinelle tâchait de garder l'équilibre en faisant demi-tour sur l'étroit parapet.

Mais le garçon ne connaissait rien de la grâce féline des gardes. Pas plus qu'il ne savait que Radburn les avait lui-même sélectionnés pour leur vision nocturne.

Une demi-lune se leva à l'est. La proie de Radburn devint pleinement visible. Il sourit et jaillit de l'arrière du fourré que venait d'atteindre le garçon.

« Raconte-moi ce que tu as ressenti en mettant le feu à la maison de ta sœur », commanda-t-il en plaquant une dague sur sa gorge. Si le jeune homme glapit de surprise, il se figea sur place. « Est-ce que tes reins ont pris feu en même temps que la maison, alors que les flammes léchaient le toit comme un homme lèche son amante ? »

Le garçon tremblait de tout son corps. Sa peau irradia plus de chaleur. Il se lécha les lèvres. Puis un bref mouvement de tête indiqua un « Oui » catégorique.

Radburn en poussa presque un hurlement de triomphe. L'inconfort de sa victime accrut son désir. Il ravala sa joie à l'idée d'avoir trouvé un semblable, un garçon qui préférait le feu au sexe. Il serait facile de lui apprendre à aimer la mort plus que la vie.

« Bien. » Radburn rengaina sa dague et tira le pyromane vers la poterne, dont il avait laissé la porte déverrouillée. « J'ai du travail pour toi. » Ensemble, ils allaient semer le chaos. Les anciens dieux régneraient une fois encore.

« Mais…

– Pas de récrimination. Soit tu travailles pour moi, soit je te fais exécuter pour meurtre. J'ai besoin d'assassins, pas de pleurnicheurs trop cupides pour réfléchir.

– Mon père… mes habits…

– Ton père sait-il que tu es venu ?

– Non. Il faut que je lui envoie un message, qu'il sache que je vais bien.

– Tu ne vas pas exactement bien. Un message partira. » Plus tard, quand le charpentier aura macéré quelque temps dans l'inquiétude. Ce message équivaudrait à une flèche enflammée décochée sur sa maison.

« Mes habits ?

– Tu n'en auras pas besoin. À partir de maintenant, tu es mon domestique. Je te nourrirai et te vêtirai. Et t'entraînerai. D'abord, tu dois me jurer fidélité.

– À vous ? Pas au roi ? » Le garçon se tut. Il tenta de soutenir le regard de Radburn.

« À moi. Tu es mien, et tu n'obéiras qu'à moi. Mon frère est bien trop timoré pour conserver longtemps ta loyauté.

– Et qu'en est-il de la vôtre, messire ? »

Radburn s'esclaffa. « Ma loyauté est bien placée, jeune homme. Très bien placée.

– J'ai un nom, messire. J'ai des droits.

– Non, tu n'en as aucun. Désormais, tu es invisible à tout autre que moi et à Celui que je sers, *Monsieur le Fantôme*[1]. »

*

Sire Hugh contournait autant que possible les villes afin d'éviter questions ou confrontations. Il nous pressait à chaque intersection. Il jetait de fréquents coups d'œil inquiets par-dessus son épaule pour vérifier que nous n'étions pas suivis.

Je me forçais à refréner mon besoin d'étendre mes sens pour faire de même. Je ne pouvais prendre le risque de laisser derrière moi une trace magique aisément reconnaissable. La culpabilité me taraudait la conscience chaque fois que je faisais usage de mes talents. Les sœurs du couvent de la Vierge Mère croyaient l'immortalité de mon âme mise en péril chaque fois que je ne faisais qu'envisager l'usage de pouvoirs paranormaux.

La route devint de plus en plus encombrée de gens poussant des charrettes ou chargés de ballots à négo-

1. En français dans le texte. *(N.d.T.)*

cier à Bath. Certains semblaient s'accrocher à de petits riens, comme s'ils protégeaient leurs seuls biens sur terre. Avaient-ils été déplacés par quelque catastrophe ? Je me refusai à croire que les monastères aient pu chasser leurs journaliers à cause de l'Interdit.

Un homme intelligent aurait facilement pu nous suivre, dissimulé dans la foule qui retardait notre progression.

« Il faut que nous soyons les premiers à apporter la nouvelle du pillage », ne cessait de répéter sire Hugh, avant de talonner sa monture. Newynog ignorait tous mes ordres et restait obstinément à sa hauteur.

Dans les faubourgs de Bath, la foule épaissit. Des piétons, des chariots et d'autres cavaliers s'interposèrent entre Hugh et moi. Archie était également à la traîne. Je guettai soigneusement l'occasion de pousser mon cheval vers le bas-côté, et là…

Où irais-je ? Je n'avais pas d'argent. Pas de bagages. Peu de connaissance du monde en dehors du couvent et de Kirkenwood.

Un rustre vêtu du cuir usé et taché des mercenaires – ou des brutes professionnelles – monté sur une haridelle squelettique et poussiéreuse planta son genou dans le flanc de mon cheval. Je le regardai, surprise. Il me sourit, exhibant une bouche où ne subsistaient que quelques chicots noirâtres. Il sentait la viande avariée et l'ail. Je talonnai l'alezan.

La foule était trop dense. Le mercenaire me rattrapa. Il se pencha et rapprocha sa bouche immonde de moi.

J'eus un mouvement de recul, le plus loin possible de son haleine fétide, de ses relents de vieille sueur et de sang séché.

« Qu'est-ce qu'y a, ma petite dame ? On est trop bien pour partager un lit avec les quidams dans mon genre ? » siffla-t-il dans un français si guttural qu'il me fit penser à de l'allemand. Pas du saxon. À son accent, je devinai que le personnage était originaire du Saint Empire romain germanique. Un étranger, qui gagnait sa vie en terrifiant les populations locales. Il tendit la main pour m'arracher à mon cheval et me faire atterrir sur ses genoux. Je me penchai sur le côté. « Les femmes seules, leur faut un protecteur. V'voulez que la populace se déchaîne contre vous ? »

Je pris conscience de la manière dont les gens me dévisageaient. Hommes et femmes me lançaient des regards soupçonneux. D'autres hommes, plus hardis, se léchaient les lèvres en détaillant ma poitrine et mes jambes dénudées par ma position. Une femme seule attirait les prédateurs.

J'en eus l'estomac retourné de dégoût. « Sire Hugh ? » appelai-je. Orage et lui me devançaient. La foule bruyante nous sépara un peu plus.

Au désespoir, j'entrai en contact avec l'esprit de l'étalon, qui fit un écart et piaffa. Hugh dut batailler pour rester en selle. Orage secoua son mors.

Ma propre monture plongea dans une petite brèche ouverte dans la cohue. Le large dos de sire Hugh fut enfin en vue.

Je poussai un soupir de soulagement en cherchant à me placer près de lui. J'avais appris, la veille, à lui faire confiance pour me protéger. Du moins, je lui faisais plus confiance qu'au mercenaire derrière moi.

Newynog jappa une brève salutation et se mit en devoir de nous frayer un chemin dans la cohue.

Les rides qu'avait sire Hugh autour des yeux s'adoucirent en me voyant arriver. « Où est Archie ? Nous n'arriverons jamais à temps auprès du roi John. Il doit bien exister un autre chemin pour contourner la ville. » Les rides revinrent.

Un cri puissant parcourut la foule. Toute progression s'arrêta.

« Quoi, encore ? » Sire Hugh se redressa sur ses étriers afin de voir ce qui se passait.

J'aperçus vaguement des poings qui volaient, et suivis son exemple.

Devant nous, à vingt mètres tout au plus, un groupe de marchands et d'artisans simplement vêtus rejoignirent une poignée d'hommes d'armes qui menaçaient un autre personnage. Leur victime portait un justaucorps brun-roux soutaché de fourrure et fermé par une broche ouvragée.

Alors que je regardais, un poing s'écrasa sur son nez. Son assaillant fut aussitôt aspergé de sang. Un des hommes d'armes, vêtu d'un tabard orné d'un blason que je ne connaissais pas, rattrapa l'homme par le collet et l'empêcha de tomber à terre. Un autre soldat planta son poing dans son ventre. L'homme se plia en deux en gémissant.

J'eus mal au ventre pour lui.

« Il vous faut les arrêter, sire Hugh.

– Nous ne pouvons nous permettre ce retard, protesta-t-il.

– Le code de la chevalerie vous l'impose. Votre honneur exige que vous lui portiez secours. Il est seul, face à une horde de brutes. Même s'il est coupable d'un crime quelconque, il mérite un procès et un juste châtiment. Vous devez l'aider.

– Tue-le, bailli ! brailla quelqu'un dans la foule.

– Fais-le payer pour nous avoir volé le travail ! cria un autre marchand, moins richement vêtu.

– Tue l'étranger !

– C'est de leur faute ! Ces marchands étrangers ont obligé le pape à nous enlever nos églises ! »

Sire Hugh poussa un gros soupir. « Vous savez, bien évidemment, qu'en appeler à l'honneur d'un homme est la seule chose à laquelle il ne puisse résister. »

Je hochai brièvement la tête, puis nous poussâmes nos montures dans la mêlée sans plus nous consulter.

« Que se passe-t-il ? » tonna-t-il par-dessus le brouhaha. Il dégaina son épée et la pointa sur le bailli.

Les gens s'écartèrent et laissèrent les soldats professionnels s'expliquer avec l'homme à la voix de stentor monté sur un noble destrier. Sire Hugh n'avait nullement besoin du tabard Bellecôte pour commander les hommes.

« J'ai un mandat d'arrestation concernant cet homme, annonça le bailli.

– Faites-moi voir cela », ordonna sire Hugh. Il tendit la main.

Le personnage fouilla ostensiblement son justaucorps, et en ressortit ses mains vides. « J'ai dû l'égarer quèque part. Ou alors c'est l'étranger qui me l'a chipé », gronda-t-il. Il prépara son poing pour frapper encore le marchand.

« Arrêtez-le, sire Hugh », l'implorai-je mentalement et vocalement. J'ignorais si mon propre ventre supporterait un autre coup violent.

« Osez donc ! » tonna Hugh d'une voix régalienne.

Trop choquée par la scène, je ne me souciai plus d'offenser les lois religieuses et projetai une vrille de pouvoir dans l'esprit de l'homme afin de donner plus de poids à l'interjection. Le bailli se figea sur place, bras toujours replié.

« Quelle accusation portez-vous contre cet homme ? » s'enquit sire Hugh en mettant pied à terre. Toute faiblesse dans sa jambe droite semblait disparue.

« Il fait payer trop cher sa marchandise ! hurla une femme dans la foule.

– Il vend des produits exotiques. Les gens payent le prix, mais après ils n'ont plus assez d'argent pour acheter à leurs voisins », ajouta un autre. Il portait un habit fané et rapiécé. Son chapeau arborait l'emblème de la confrérie des souffleurs de verre.

« Ce n'est pas un crime, protesta sire Hugh. A-t-il commis un crime dont vous auriez été témoins ?

– Pas besoin de témoins. Faut juste un mandat, rétorqua le bailli.

– Et vous n'avez ni l'un ni l'autre, lui rappela Hugh.

– On en a pas besoin, intervint le verrier en avançant. Tout c'qui nous faut, c'une corde pour le pendre. »

Sire Hugh pointa son épée sur lui.

Je mis également pied à terre et passai devant Hugh pour soutenir l'étranger vacillant. Nous nous retrouvâmes pratiquement nez à nez. S'il me pesa lourdement sur les bras, je ne reculai point. Les flaques de la route et la brume avaient décuplé mes forces, tant magiques que physiques. Newynog vint m'aider à le soutenir. Elle montra les crocs au bailli jusqu'à ce qu'il relâche sa victime. Une fois complètement dans mes bras, je pris conscience des blessures internes de l'homme. Le bailli connaissait son travail. Le marchand aurait besoin de nombreux jours de repos, et de bouillons fortifiants pour recouvrer ses forces.

À moins que… Non, je ne pouvais pratiquer la magie guérisseuse sur lui. Je ne disposais ni de la force nécessaire, en dépit de l'eau clapotant dans mes vieilles chaussures, ni du calme indispensable pour une telle incantation. Et la pratiquer en public me cataloguerait immanquablement comme sorcière. Pour cette foule assoiffée de sang, le mien ou celui de l'étranger ne feraient aucune différence.

« Nous allons soumettre ce cas au juge », décréta sire Hugh.

Le bailli s'esclaffa. « Sire Arundel ne reconnaîtrait pas son cul de sa bitte. Les seules lois qu'il a jamais apprises sont la manière dont un poing peut le mieux amocher un nez. »

Le cœur me manqua. Les représentants locaux du roi étaient trop souvent désignés pour d'autres raisons que leur connaissance de la loi. Ce sire Arundel se pliait visiblement aux désirs de ses concitoyens au lieu de dispenser la justice.

La foule se rapprocha. La violence colorait toujours son aura. Nul individu ne s'en distinguait plus. Ces énergies combinées rendirent les chevaux nerveux. Newynog gémit et se pressa plus fort contre le marchand et moi. Jamais encore je ne l'avais vue se dérober à un défi similaire.

Je remarquai que sire Hugh n'avait pas rengainé son épée. Archie finit enfin par nous rejoindre. Il resta en selle et empoigna nos rênes afin d'empêcher nos chevaux de filer – si tant est qu'ils l'aient pu dans cette cohue.

Je cherchai frénétiquement l'inspiration. Sur le toit d'un bâtiment, une croix de bois surgit juste en face de moi.

« Il y a une église, énonçai-je posément. Nous pouvons emmener cet homme dans le sanctuaire et laisser les autorités décider de son cas.

– Une église n'acceptera jamais un quidam comme lui, railla le bailli.

– L'Interdit », ajouta sire Hugh. Sa voix me parut plus rauque, presque vaincue.

« C'est un juif ! » beugla un autre rustre.

Je sentis que sire Hugh se retirait en lui-même. Il n'avait pas plus d'affection pour les juifs que la plupart des Anglais. La première fois qu'on m'avait punie pour avoir pratiqué la magie, ou vu des fées, j'avais compris que les gens redoutent ce qu'ils ne comprennent pas. Les nonnes et les prêtres ne pouvaient comprendre la magie, car avant de me rencontrer, ils ne l'avaient jamais connue qu'au travers de légendes hideusement déformées.

La populace ordinaire ne connaissait généralement les juifs que par des légendes épouvantablement distordues, aussi les craignait-elle.

Je n'avais, pour ma part, jamais rencontré de juifs, mais oncle Henry m'avait fait étudier certains de leurs plus grands textes traduits en latin. Leurs caractéristiques raciales demeuraient un mystère à mes yeux. Cependant, je connaissais quelque chose comme trois mots hébreux. Ce qui devait être suffisant.

« Baruch atah Adonaï. » Béni sois-tu, Seigneur notre Dieu.

Des mots que nous devrions tous connaître, et chérir au plus profond de nos cœurs, quelque langue que nous parlions.

Tout en récitant le début de la prière, je plongeai dans les yeux éberlués de l'homme. Pas la moindre lueur n'éclaira ses iris brun foncé.

Lors, je pris conscience de sa peau basanée et de sa chevelure drue, noire et bouclée. « De quel pays venez-vous ? » lui demandai-je en latin.

Il me répondit par un flot de syllabes fluides qui évoquait quelque peu cette langue. Je ne perçus qu'un mot, *Venezia*. Ce qui me suffit.

« Vous êtes un marchand de verre de Venise ? »

Il opina vigoureusement.

« Et vous êtes chrétien ? »

Il se signa plusieurs fois. Sa fébrilité m'apprit qu'il était bien plus jeune que je l'avais tout d'abord pensé, et bien plus beau.

« Comment vous comprenez ce que disent ces juifs ? » Le bailli m'observa, soupçonneux. « Vous ressemblez pas à une juive, mais vous causez pareil. J'm'en vais vous pendre en même temps qu'cette vermine. »

13

« Tenez les mains loin de votre dague et écartez-vous », tonna Hugh. Il agita la pointe de son épée sous le nez du bailli, assez près pour lui érafler le menton.

Il était presque aveuglé de colère. Comment ce répugnant paysan osait-il menacer Ana ?

Il lui entailla la gorge, pour le punir d'être si lent, d'avoir offensé Ana et d'empester comme le répugnant personnage qu'il était.

Personne. *Personne* ne devait plus jamais menacer Ana. Il tuerait le premier qui s'y aventurerait.

L'homme leva ses mains à hauteur de ses épaules et fit un pas en arrière, les yeux braqués sur l'épée. Il se mordait tant les lèvres que du sang en perla.

« Cette femme et ce marchand sont sous ma protection. Quelqu'un a-t-il une objection ? » gronda Hugh entre ses dents. S'il n'osa détourner son regard du bailli, il perçut le relâchement de la foule. Il avait besoin de voir Ana, de s'assurer qu'elle allait bien.

Il se moquait qu'elle eût une dot, des terres, des titres. Il avait fait serment de la protéger. Il avait besoin de la protéger.

« Et qui vous pouvez bien être, l'étranger ? Ç'pas pasque vous montez un beau cheval et qu'vous avez une jolie dame qu'vous avez tous les droits », cracha le bailli en faisant un autre pas en arrière.

Hugh le suivit, son épée toujours sur la gorge de l'homme. Cette fois-ci, elle fit jaillir un filet de sang vermillon.

« Nous allons soumettre ce cas à sire Arundel. Il se peut qu'il n'écoute pas un marchand étranger que vous haïssez tous parce qu'il est étranger, mais il écoutera sire Hugh Fitz Chênenoir, tuteur de Bellecôte et vassal du roi John. »

Le bailli parut le reconnaître vaguement.

« Montez en selle, Dame Ana, et prenez le marchand en croupe, ordonna-t-il. Archie, occupe-toi du bailli. Nous allons de ce pas voir sire Arundel.

– Avec plaisir, sire Hugh. » Archie mit pied à terre en souriant de toutes ses dents. Il sortit de sa ceinture une dague et une courte corde. À peine Hugh eut-il enfourché Orage que le bailli avait les mains liées dans le dos. Archie maintint joyeusement sa dague contre sa pomme d'Adam.

La foule se scinda, silencieuse et maussade, et Hugh commanda le départ.

Il suivit les ruelles de Bath jusqu'au vieux bâtiment romain adjacent aux thermes. L'odeur de soufre des sources chaudes lui donna envie d'un bon bain purificateur. Sa peau le démangeait, et il rêvait de se raser. Les excellentes lames de rasoir étaient l'un des seuls luxes qu'il s'accordait en tant que tuteur de Bellecôte. Il avait toujours détesté être mal rasé.

Mais le bain serait pour plus tard. Sire Arundel les attendait, debout sur les degrés usés du vieux bâtiment. Un messager hors d'haleine se tenait près du chevalier nabot, dont les pieds et l'épée paraissaient aussi longs que lui. Il portait une tunique grise assortie à ses cheveux et à sa barbe. La teinte de son gilet écarlate évoquait bien trop le sang pour plaire à sire Hugh en cette journée de violence. Il en avait trop vu, trop respiré depuis hier, à Mendip Mor.

Était-ce bien hier, qu'il avait extirpé Ana de ce sous-sol ?

Il mit pied à terre en face du juge. Ana resta en selle, ainsi que le marchand derrière elle. À sa manière de tenir ses rênes, Hugh devina qu'elle se tenait prête à filer à la première alerte.

« Sire Hugh Fitz Chênenoir ! l'accueillit le magistrat. Quel bon vent vous amène dans notre vieille cité ? » Il serra Hugh dans ses bras. Ils échangèrent le baiser de paix rituel sur la joue.

Hugh fut le premier à se reculer. Il n'avait jamais pris le temps d'apprendre à connaître le pompeux personnage qui cherchait à se grandir en portant des armes ostentatoires et des vêtements tape-à-l'œil.

Après un bref entretien à mi-voix, sire Arundel fit signe à son bailli d'avancer. De sa dague incrustée de pierreries, il coupa théâtralement ses liens et jeta au loin les tronçons de corde.

« Ce bailli est mis à l'amende et devra payer trois shillings pour avoir arrêté cet homme sans mandat », annonça-t-il à la foule dans un anglais hésitant. Son accent évoquait plus la Normandie que le territoire sur lequel il avait autorité. « Quant à vous, messire Lorenz Casale, je vous condamne à payer dix shillings pour avoir perturbé l'ordre public.

– Mais il n'a rien fait ! » s'écria Ana. À son expression, elle aurait dégainé une arme contre l'homme si jamais elle en avait possédé une.

Hugh admira sa véhémence tout en admettant sa propre frustration devant un retard supplémentaire.

« La chose est jugée. Que chacune des parties s'en aille en paix sans préjudice de la ville ou de la loi. » Sire Arundel reporta son attention sur Hugh et lui donna une claque dans le dos.

« Ceci n'est pas une cour de justice. L'amende est injuste, marmonna Hugh avant qu'Ana ne puisse le faire.

– Mais qui peut dire ce qui est juste ? » lança le marchand de Venise, résigné. Il haussa les épaules et fit la grimace. « Je suis un étranger. Il me faut composer avec les lois étrangères. J'ai les moyens de payer l'amende. Mieux, je vais la régler directement à sire Arundel afin de me conserver sa mansuétude… et sa pratique. » Il descendit malaisément de selle tout en se tenant le côté.

« Veillerez-vous à ce qu'il reçoive des soins ? exigea plus que demanda Hugh au juge.

– Bien évidemment. » Sire Arundel écarta le sujet d'un grand geste de main. « Dînez avec moi, sire Hugh. Je possède un service de splendides gobelets en verre que m'a vendu ce marchand. Il ne colporte que les meilleures marchandises. » Sur ce, il claqua le dos du marchand avec le même enthousiasme qu'avec Hugh. « À l'époque du roi Richard, aucun d'entre nous ne pouvait s'offrir de tels luxes, car il a fallu payer pour ses croisades, et puis ensuite pour sa rançon. J'entends bien jouir au mieux de la prospérité du roi John. »

M. Casale avança en trébuchant, les mains plaquées sur ses flancs.

« Nous sommes au regret de devoir décliner votre invitation, répondit Hugh en le soutenant. J'ai une affaire urgente pour le roi. Ce problème nous a suffisamment retardés. Maintenant, assurez-vous qu'on soigne cet homme. » Il rejoignit Orage en trois longues foulées et s'apprêta à remonter en selle.

« Vous pouvez venir avec nous, monsieur Casale. La cour du roi est ouverte à tous », lança Ana.

Hugh lui fit les gros yeux, mais ne réfuta pas son offre.

« Je trouve le jugement équitable et ne le contesterai

pas, ma Dame », répondit l'homme en s'inclinant prudemment, incluant sire Arundel et Ana dans le geste.

« Bien. Nous n'avons pas besoin d'un délai supplémentaire. » Hugh planta ses éperons dans les flancs d'Orage. Au moins Ana était-elle sauvée de la foule.

Mais combien de ces hommes en noir avaient-ils eu l'opportunité d'endosser des vêtements civils et d'aller apporter leur propre version des faits au roi John ?

*

Chaque couvent, chaque monastère que nous rencontrâmes en route avait fait taire ses cloches et interdit ses portes. Aucun n'offrait un refuge pour la nuit aux voyageurs éreintés, conformément à la vieille tradition. Ils n'auraient demandé, en temps normal, qu'une offrande pour les pauvres de la paroisse en guise de paiement. Les auberges étaient bien plus onéreuses.

Sire Hugh paya de mauvaise grâce la somme requise pour une chambre particulière pour nous trois. Je remarquai que sa bourse s'était considérablement aplatie depuis l'auberge de Wells. Moi qui avais prévu d'exiger une chambre pour moi, cela me fit réfléchir. Je n'avais rien pour payer une telle extravagance, excepté mon chapelet. Et je n'étais pas acculée au point de vendre les perles. Peut-être le ferais-je pour payer un passage en France dans le prochain port. Si, du moins, je parvenais à échapper à Hugh assez longtemps pour dénicher un bateau acceptant d'embarquer une femme seule et sans bagages. Brutalement, ce projet me parut bien moins sûr que rester encore un peu avec sire Hugh.

Restait à voir comment je pourrais échapper au roi John, une fois à Worcester. Je priais souvent, et longtemps, pour être délivrée de mes ennemis.

Pour l'instant, je devais accepter la présence de mon protecteur gardien pour le meilleur et pour le pire. Je dormis sur l'unique lit étroit. Sire Hugh et Archie se couchèrent par terre. Tous deux conservèrent leurs armes à portée de main.

En cette deuxième nuit à Gloucester, l'odeur alléchante de la mer me garda éveillée une bonne partie de la nuit, bien après qu'Archie se fut mis à ronfler et sire Hugh à grommeler dans son sommeil. Chaque fois que je me retournais sur ma paillasse, ils s'éveillaient à moitié et se rendormaient.

Dans la crainte de les éveiller, je rampai hors de mon grabat inconfortable. Les volets mal ajustés de la petite fenêtre s'ouvrirent au premier contact. L'air frais raviva mes sens et ma nostalgie de la maison. La fenêtre donnait sur le nord-est. J'imaginai que je voyais les bâtiments familiers de Kirkenwood agglutinés autour du château. Les étoiles paraissaient incroyablement proches, cette nuit. Si seulement je pouvais tendre la main et en attraper une, je pourrais voler jusqu'à Kirkenwood, atterrir dans la sécurité de la cour et retrouver mon chemin vers ma chambre d'enfant. Sécurité. Chaleur. Nostalgie…

Du coin de l'œil, j'aperçus le reflet d'une étoile dans une flaque de la cour. Mes sens tourbillonnèrent. Non. Pas maintenant. Je ne pouvais tomber dans un songe prémonitoire. Pas maintenant.

La chambre malpropre s'effaça autour de moi. La nuit m'enveloppa, m'isola de mes sens, mes problèmes, mon besoin de courir sans cesse vers un autre sanctuaire. Un bras d'homme remplaça les ténèbres. Je pressai mon dos contre sa poitrine et reposai ma tête sur son épaule avec un bien-être total. Il me chérissait. Une pointe d'excitation courut dans mes veines. Cette étreinte devrait être plus intime. Trop de couches de tissu nous séparaient. Je ne voulais rien d'autre que rester dans ses bras pour l'éternité.

Avec cet espoir vint un sentiment de culpabilité. En

me donnant à cet homme, j'en avais trahi un autre, qui m'aimait sincèrement.

Lors, mon amant – ou supposé amant – s'écarta de moi. « Tu sais que je t'aime, *mon cœur*[1]. Si je pouvais, je te garderais toujours près de moi. Mais je n'ai pas le choix. Tu représentes une menace pour moi et les miens. Je dois suivre le conseil d'un plus avisé que moi.

– Ne me laisse pas ! » l'implorai-je, me retournant enfin pour lui faire face. Son visage resta dans l'ombre. Je vis un homme mince qui avait ma taille. Mon cœur le reconnut comme un esprit frère alors que mon esprit conscient s'y refusait.

Les ombres crurent entre nous.

« Mon conseiller insiste sur le fait que c'est la seule solution. Je ne t'oublierai jamais, *mon cœur*. Souviens-toi de cela. » Il leva mes perles devant mes yeux. « J'ai ceci pour me souvenir de toi.

– Mais… »

J'eus le sentiment de tomber. Je battis des bras et des jambes, cherchai une prise pour ma main ou mon pied, quelque chose à quoi arrimer ma vie et mon âme. Puis j'atterris avec une brutalité incroyable. L'obscurité totale perturba mon sens du haut et du bas, de la droite et de la gauche.

« Je ne t'oublierai jamais, *mon cœur* », répéta-t-il. Mais à présent, une grande distance nous séparait.

Puis j'entendis le sinistre claquement d'une porte métallique qui se refermait.

« Laisse-moi sortir ! » criai-je en grattant les murs de ma prison à m'en faire saigner les doigts. Je sautai, dans le but d'atteindre la porte au-dessus de moi. Mais je ne touchai que l'air et retombai au sol dans un claquement de cheville brisée et une douleur fulgurante.

1. En français dans le texte, chaque fois que l'expression est employée. *(N.d.T.)*

Il m'avait jetée dans une oubliette, trou noir dans le sol où on me laisserait mourir de faim.

« Tu ne m'aimes pas du tout, murmurai-je dans le noir. Personne ne m'aime. Je suis d'ores et déjà oubliée. »

Je revins à moi dans l'auberge minable de Gloucester. Une douleur affreuse me martyrisait les tempes. Je frissonnais de froid et de faim. Mes genoux se dérobèrent sous moi et je m'affalai par terre, les doigts toujours agrippés au rebord de la fenêtre.

« Ana ? » Sire Hugh se redressa sur un coude pour me regarder dans le clair de lune. « Ana, que se passe-t-il ? » Il rampa vers moi et m'enveloppa dans sa couverture. Je me pelotonnai dans la chaleur et la protection que lui seul m'offrait.

« Un rêve. Juste un rêve », murmurai-je. Mais c'était bien plus que cela. Une vision.

*

« Altesse. » Radburn Blakely s'inclina devant son demi-frère. Il eut l'impression que sa tête allait tomber en l'inclinant. Il avait couru trop vite après avoir dilapidé la plupart de ses réserves d'énergie. Il mit à profit l'instant où il avait le visage tourné vers le sol pour prendre une grande inspiration et retrouver son équilibre.

Fantôme, son ombre dévouée, imita précisément ses gestes. Radburn eut un demi-sourire en reconnaissant les progrès du garçon. Il avait déjà été accepté par la Cour, en tant que nouveau valet de pied de Radburn, toujours présent, bientôt ignoré, et donc invisible.

« Pour quelle raison viens-tu interrompre Nos ablutions ? » s'enquit John depuis les profondeurs de la baignoire. Il transportait le pesant bac de bois de château en château, peu désireux de se contenter des petites baignoires couramment utilisées. Comme pour souligner l'importance de son bain par rapport aux nouvelles qu'apportait Radburn, John fit signe à son garçon de bain de lui verser dessus une autre aiguière d'eau chaude.

William, un personnage trapu aux épaules surdimensionnées à force de charrier des seaux d'eau du puits à la cuisine, puis aux appartements royaux, arrosa en expert la poitrine savonneuse du roi sans lui mouiller la barbe.

John poussa un soupir de bien-être.

« J'ai reçu des nouvelles apportées par un messager personnel, Altesse. » À quel point personnel, jamais Radburn ne le révélerait à son demi-frère. L'Église condamnait la magie sous toutes ses formes, mais ne poursuivait pas vraiment ceux qui la pratiquaient. Tant qu'on ne se faisait pas prendre sur le fait, on pouvait invoquer impunément les pouvoirs obscurs. « Des pillards gallois ont incendié le château de Mendip Mor. Tous ses habitants sont morts.

– Que Dieu protège leurs âmes ! » John se signa. « Avons-Nous toujours besoin de faire le signe de croix, Radburn ? s'enquit-il en contemplant sa poitrine étroite et glabre.

– Je l'ignore, mon Frère. La proclamation de l'Interdit n'a pas défendu les prières personnelles, mais seulement les rituels publics dirigés par des prêtres ordonnés tels, à l'exception du baptême et de l'extrême-onction. » Radburn eut envie de rire. Ce n'était pas lui qui regretterait l'obligation quotidienne de la messe et de la confession – non qu'il eût jamais *rien* confessé.

« Eh bien, Nous allons devoir donner une leçon à ces rebelles gallois. Fais donc embaucher des mercenaires… Non. Amène-moi plutôt un clerc muni d'un parchemin et d'une plume. Je vais envoyer un message aux barons pour leur réclamer les services de leurs chevaliers. Voilà qui devrait leur fournir l'occasion de Nous prouver leur loyauté en ces temps troublés. » John se leva. William se précipita pour l'envelopper dans une épaisse serviette, mais pas avant que Radburn eût remarqué l'érection partielle de son frère. C'était à sa tactique, et non à son pénis, que John devait son sobriquet de « Mou du glaive ».

Si seulement il invitait des amants mâles, comme son frère le faisait, Radburn et son ombre auraient pu lui apprendre énormément sur le véritable plaisir physique et la confiance. Mais la méfiance naturelle de John vis-à-vis de ses barons était un facteur essentiel dans les plans de Radburn.

John adorait planifier une campagne. Dommage qu'il ne pût en mener une seule à son terme.

Mais aussi, quelle horreur, l'ordre et la paix pourraient succéder à une campagne victorieuse. Cela n'avait pas été loin de se produire en France en 1203, mais Radburn avait soudoyé Robert Fitz Walter pour qu'il soumette prématurément son château normand de Vaudreuil à Philippe II de France. De ce seul acte avait découlé la défaite de John. Il refusa de payer la rançon de Fitz Walter. Qui l'accusa par la suite de l'avoir pratiquement ruiné en l'obligeant à payer lui-même l'exorbitante compensation. Ces deux-là ne se réconcilieraient jamais vraiment.

« Altesse, les frères Cygony, les Chancell et le clan Martin sont arrivés à la Cour. Vous savez que ces mercenaires puniraient bien plus efficacement les princes des Marches galloises que vos barons.

– Oui, bien sûr. » John sourit, cupide. « Tiens-les prêts à partir. Quand J'aurai rassemblé les barons, Je leur offrirai l'opportunité de rentrer chez eux s'ils payent l'écuage. Fais en sorte de les faire payer assez pour rémunérer Nos amis mercenaires et qu'il reste un petit quelque chose pour la couronne.

– Il est un autre sujet, Altesse… » Radburn prit la mine d'un humble quémandeur.

« Oui, oui, je sais que je t'ai promis de t'aider à rechercher ton insaisissable fiancée…

– Exactement, Altesse. Mon… euh… messager pense que lady Resmiranda Griffin de Kirkenwood a peut-être passé les deux mois écoulés depuis le décès de lord Henry Griffin et sa disparition de chez elle à Mendip Mor. Cependant, elle n'était pas au nombre des tués. Il est possible qu'elle ait été sauvée par les hommes qui ont repoussé les pillards. »

Le bol à visions lui avait indiqué la localisation de Resmiranda juste avant l'embuscade. Puis il l'avait encore perdue. Il pensait l'avoir encore une fois localisée. Les images perçues, relativement floues, pouvaient très bien l'induire en erreur, comme cela avait souvent été le cas au cours des neuf dernières années.

« Et de qui dépendraient ces vaillants sauveteurs ? » John haussa un sourcil interrogateur. Une expression de son père, à ceci près que seul le vieil Henry savait foudroyer ses ennemis par cette mimique. Ainsi, John ne ressemblait qu'à une fouine.

« Sire Hugh Fitz Chênenoir. » Radburn fit de son mieux pour ne pas cracher ce nom honni.

« Ah, sire Hugh. Loyal presque à l'excès. Et honnête – je ne le crois pas capable de proférer un mensonge. Il ne souillera pas la jeune fille. Ne te fais nul souci sur ce point. Où est-il, en ce moment ?

– En route pour venir vous voir, Altesse. » Radburn se mordit les joues afin de ne pas laisser transparaître sa joie. Il aurait lady Resmiranda dans son lit, ses terres et titres en main avant même que John ne pût y réfléchir à deux fois et annuler sa décision.

« Nous partirons à leur rencontre à sexte, demain matin. Après la session quotidienne de la Cour. » D'un geste, John congédia Radburn.

« Très bien, Altesse. » Radburn se prosterna. Tout en se mordant les lèvres de frustration. Il eût dû anticiper le geste et laisser John avant qu'il eût terminé sa phrase. Le bol à visions avait tant sapé son énergie qu'il venait de perdre une occasion de suprématie émotionnelle.

Emmener la dame au lit demain soir la lui décuplerait – surtout si elle lui résistait.

Dès qu'il eut refermé la porte des appartements royaux, il se mit à siffler une ballade guillerette – et grivoise – entendue la veille au soir dans une taverne. Eh, oui ! La dame serait sienne. *Sienne*, avant que John ne puisse exercer son *droit du seigneur*[1]. Il prêterait la fille après la reconnaissance de son mariage civil. Pas avant.

1. En français dans le texte. *(N.d.T.)*

14

La nuit suivante, notre troisième sur la route et la quatrième depuis l'incendie de Mendip Mor, nous trouvâmes refuge chez un chevalier que connaissait sire Hugh, à une demi-journée de rude chevauchée de Worcester. Au crépuscule, sire Nigel Marchand et lady Sigrid nous accueillirent avec circonspection.

Les chiens se montrèrent bien plus chaleureux avec Newynog. Nez à queue, queue à nez, ils se reniflèrent, se hérissèrent, se mordillèrent et grondèrent jusqu'à ce que l'ordre hiérarchique ait été établi. Newynog serait toujours une femelle dominante, mais elle n'avait pas besoin de défier un mâle alpha sur son propre territoire. Était-ce pour cette raison que mes ancêtres choisirent toujours un bébé femelle pour nouer une relation spéciale avec elle ?

Alors que lady Sigrid me conduisait vers la chambre située derrière la grande salle et un bain bien mérité, j'entendis les paroles de son mari.

« Vous êtes un homme du roi, nul n'en a jamais douté, ni ne le fera jamais, Hugh, mais je dois une rente sur mes terres et le service de mes chevaliers à l'évêque. » Il regardait l'étendard de guerre pendu au mur, la paille du sol, les chiens entourant Newynog, tout sauf sire Hugh.

Je ralentis afin d'en entendre plus.

« À quel point cet Interdit va-t-il affecter votre serment de loyauté ? l'interrogea Hugh. En tant que chevalier séculier, votre service vis-à-vis de l'évêque est soumis aux rentes de propriétés séculières dues par l'évêque au roi.

– Je n'en sais rien ! explosa sire Nigel. La nouvelle est trop récente. Rien n'en est encore sorti. Tout ce que je sais, c'est que plusieurs des évêques menacent de quitter l'Angleterre jusqu'à ce que le problème soit réglé – y compris Walter de Worcester, mon propre suzerain !

– S'ils partent, alors toutes leurs terres, toutes leurs rentes, reviendront au roi, ajouta négligemment Hugh.

– C'est en partie cela qui a provoqué le problème avec le pape. Trois candidats pour remplacer le défunt archevêque de Canterbury, parce que les chanoines de Canterbury, John et le pape, clament tous leurs droits à choisir le successeur. Aucun d'entre nous ne sait qui a des droits dès que cela concerne le roi ou l'Église. Tout cela relève de la tradition. Une tradition que chacune des parties peut modifier sur un coup de tête. » Sire Nigel entreprit d'arpenter la salle.

Lady Sigrid me fit gravir les deux marches conduisant à la chambre. Des servantes nous y attendaient avec des aiguières d'eau fumante et un grand baquet – assez grand pour recevoir l'eau dont je m'arroserais debout, pas assez vaste pour s'y asseoir. Un plan prit forme dans ma tête.

« Êtes-vous en bons termes avec votre évêque ? » m'enquis-je en me déshabillant. Je refermai ma main sur les perles.

« Oui. » Lady Sigrid sourit. « C'est un propriétaire particulièrement généreux. Nous l'avons souvent reçu.

– Pouvez-vous lui envoyer un message ?

– Oh, bien sûr. S'il a fermé sa cathédrale et les églises paroissiales, son palais nous est toujours ouvert.

– En ce cas, examinez attentivement cette croix. Étudiez-la jusqu'à être capable de la décrire précisément à l'évêque, et dites à l'évêque Walter que sa propriétaire a besoin de son aide. » J'agitai ma croix celtique et son chapelet sous son nez en regrettant que ma main tremblât autant.

« Je doute que sire Hugh vous menace, Dame Ana. Si implacable guerrier qu'il soit, il s'est toujours montré doux envers les femmes et les enfants. Il bave d'adoration devant son beau-fils, tout chétif soit-il. Il s'est toujours bien conduit envers Ardyth, son épouse défunte, même si elle avait refusé ce remariage après la mort de son premier mari, lord de Bellecôte. Elle avait un héritier et prétendait qu'elle n'avait nul besoin d'un nouveau mari. Mais le roi John le lui imposa.

– Sire Hugh n'est pas en cause. Un autre, bien plus puissant, nous menace, moi et les miens. L'évêque saura de qui je parle. Il faut qu'il m'autorise à suivre sa maisonnée en exil.

– Envoyons-lui donc la croix, ce sera plus convaincant qu'une description.

– Si je lui envoie, je ne la récupérerai jamais. Cela, je ne puis le permettre. C'est la seule et unique preuve de mon identité.

– Et qui êtes-vous donc, Dame Ana ? » Lady Sigrid leva vers moi de grands yeux, d'un bleu si clair qu'ils paraissaient presque incolores. Aussi incolores que sa peau et ses cheveux dévitalisés, à mi-chemin entre le brun et le blond. Sa figure ronde dénotait une forte ossature. Son français était fortement entaché de saxon. « Nous savons seulement que vous êtes sous la protection de sire Hugh.

– La croix est explicite. Voyez-vous les mots gravés au dos ? » Elle opina, mais sans les regarder vraiment. « Il y a un A et un R. Assurez-vous que l'évêque Walter reconnaisse ces lettres.

– A et R. Font-elles partie de votre nom, Dame Ana ? »

Je me demandai si elle savait seulement lire.

« En partie. » Arthur Rex faisait autant partie de moi qu'oncle Henry et tante Lotta. Mais, dans le climat politique actuel, une personne sans éducation pourrait confondre mon ancêtre, Arthur Pendragon, avec Arthur de Bretagne, neveu du roi Richard et successeur par lui désigné à la place de son frère John. Ce dernier et l'un de ses favoris connaissaient la vérité sur ce qu'il était advenu de son neveu. Je le savais également. Et j'avais lu les archives. Je les avais cachées avec les autres documents familiaux avant de quitter Kirkenwood.

« Maintenant, je vous prie, envoyez un message à l'évêque. Mais, pour votre sécurité, n'en parlez à personne sinon à votre messager le plus digne de confiance. » Une seule mention minime du nom Griffin en attirerait bien plus que l'évêque. Ce petit manoir, bâti sur le mode étendu des Saxons, et à peine fortifié, ne supporterait pas longtemps le style d'attaque qu'avait subie Mendip Mor avant de tomber devant les hommes de Chancell et celui qui les avait payés.

Lady Sigrid hocha la tête et repartit silencieusement.

J'entrai dans le bac et laissai l'eau chaude détendre mes muscles douloureux.

Je pense que je sommeillai quelque temps sur le lit. Lorsque je repris conscience, mon bliaud sale et déchiré avait été remplacé par une robe pourpre en laine douce, richement décorée de tresses argentées, et une fine chemise de batiste au col et aux manches brodés de fleurs également pourpres. Lady Sigrid n'avait probablement plus porté ces atours depuis le début de sa première grossesse, et ne serait plus jamais assez mince pour les porter encore. J'endossai ces vêtements d'emprunt, propres et douillets, avec reconnaissance.

Mai était peut-être arrivé sur l'Angleterre, mais pluie

et vent fraîchissaient les soirées. Cette demeure saxonne était bien plus confortable qu'un château en pierre, mais peu de chaleur pénétrait les murs de plâtre au décor champêtre.

Lorsque nous nous retrouvâmes tous dans la grande salle pour souper, j'interrogeai lady Sigrid du regard alors que nous nous lavions les mains. Elle hocha brièvement la tête en prenant la serviette que lui tendait un page. Le message était parti. Je poussai un soupir de soulagement et pris ma place à la gauche de sire Nigel. Nous allions partager un tranchoir, symbole de bonne foi autant que d'hospitalité. Sire Hugh s'installa à la place d'honneur, à la droite de sire Nigel et près de lady Sigrid, avec laquelle il ferait également couvert commun. Lui aussi avait pris un bain et endossé des vêtements propres. Sa barbe de plusieurs jours avait disparu. Sa tunique de brocart fauve, très seyante, faisait ressortir les reflets dorés de sa chevelure brune.

Archie prit place à l'une des longues tables à tréteaux dressées sous l'estrade. Il était entouré des gardes et guerriers de la demeure – ses semblables. Si tous s'étaient lavés, aucun ne s'était rasé, et ne le ferait probablement pas avant dimanche matin, avant la messe.

À ceci près que l'Interdit privait l'Angleterre de toute messe. Les hommes se raseraient-ils quand même, dimanche ? De quelle manière l'Interdit allait-il perturber nos habitudes ?

Newynog s'arracha à la chaleur du feu et des autres chiens. Elle vint à moi et se laissa tomber à sa place naturelle, sur mes pieds. Je m'apprêtai à manger de bon cœur, et à attendre. On allait bientôt me venir en aide.

Le bruit de la pluie sur le toit de chaume me mit dans un état somnolent ; j'entendais et comprenais ce qui se disait autour de moi, mais ne prenais pas la peine de participer.

Un soudain tumulte dans la cour me fit sursauter, et m'arracha à la contemplation de mon morceau de pain.

« Qui peut voyager après le crépuscule par un temps pareil ? » Sire Nigel se leva à moitié, il fit signe à ses soldats de récupérer leurs armes et d'aller voir ce qui se passait.

Sire Hugh repoussa son banc du pied et posa machinalement sa main sur la garde de son épée. Il passa derrière sire Nigel et vint se planter près de moi. Suivant son exemple, Archie abandonna ses commensaux et vint se placer juste en face de moi. Newynog se remit debout, oreilles penchées, queue et fourrure hérissées.

Leur vigilance me fit chaud au cœur. Cependant, je me reculai et tentai de me rendre invisible. Mon instinct me hurlait de fuir aussi vite et aussi loin que possible. Tous mes efforts pour bouger échouèrent. La catatonie avait encore une fois raison de moi.

Les portes s'ouvrirent à la volée. Un homme svelte et barbu, de taille moyenne, vêtu d'une splendide tunique bleu et argent soutachée de renard argenté fit irruption. Un cercle en or posé sur son front étincela dans la lumière des torches. Des courtisans papillonnaient autour de lui en faisant moult courbettes.

Le roi John.

Mon cœur s'affola en le reconnaissant. Je connaissais cet homme, sans pourtant l'avoir jamais vu. Nous étions parents en esprit.

Je pris une grande inspiration afin de me calmer, étonnée d'avoir encore cette maîtrise. Mon regard s'attarda sur le grand personnage debout derrière l'épaule gauche de John, à la place de la mort. Il était vêtu de bleu clair ce soir, et non de blanc. Sa chevelure blond cendré luisait comme un phare. Si, à l'ordinaire, je devais faire un effort pour détecter une aura, la sienne me sauta directement aux yeux. Une ombre noire voletait au-dessus de sa tête et s'étendait vers John. On aurait dit qu'un nuage noir flottait sur leurs deux têtes, alors que tous ceux qui les entouraient recevaient la vive lumière dispensée par les torches.

Une vieille légende donnait à la fille de Satan une position prépondérante dans l'arbre généalogique des Plantagenêts. Ce reliquat démoniaque habitait visiblement ces deux-là.

Un serviteur imitait chaque mouvement de l'homme en bleu à la sombre aura, comme s'il était son ombre. Et cependant… ce fantôme avait une demi-seconde de retard sur le blond. L'ombre n'appartiendrait jamais totalement à son maître.

J'avais déjà rencontré cet homme blond. D'un côté, j'avais envie de courir vers lui et de confier tous mes problèmes à ses mains expertes. De l'autre, je perçus que cette impression de sécurité sonnait faux. Une compulsion. Tout comme il avait tenté de me forcer à lui faire confiance, neuf années plus tôt, lorsqu'il avait envahi Kirkenwood.

Mais je ne pus bouger, ni pour lui obéir, ni pour obéir à moi-même. Mes muscles demeurèrent figés, ma main toujours à mi-chemin de ma bouche, un peu de nourriture posé sur le tranchoir.

Tous les gens présents se levèrent pour montrer leur respect, s'incliner ou faire la révérence.

« Dame Ana, levez-vous et faites la révérence au roi », me souffla sire Hugh, tout en glissant une main sous mon coude.

Même lui ne parvint pas à me faire bouger.

« Altesse, votre présence nous honore », bafouilla sire Nigel.

Lady Sigrid lui souhaita elle aussi la bienvenue. Ses yeux coururent de la marmite de ragoût pratiquement vide aux pages. Elle agita la tête en direction des cuisines. Les garçons, aussi éberlués que paniqués, se dispersèrent comme une volée de moineaux.

Le nouvel arrivant me jeta un regard désapprobateur et avança vers l'estrade. Cependant, il ne fit aucun commentaire sur mon incapacité, ou mon refus de me mettre debout.

« Ah, sire Nigel. Nous vous présentons Nos excuses pour ne pas vous avoir fait prévenir que Nous viendrions partager votre repas. Ce n'est qu'au dernier moment que Nous avons su que notre route Nous mènerait chez vous », déclara le roi. Il donna une grande claque dans le dos de son hôte avant de prendre sa place, près de moi. Trop près. Sire Nigel prit le banc de sire Hugh.

John ignora le page qui se précipitait vers lui avec bassine et serviette, mordit dans le reste de repas et fit signe à son propre troupeau de sujets de servir ce qui restait de ragoût. Mon morceau de pain disparut dans sa bouche. Au moins avait-il assez de dents pour mâcher avant d'avaler.

« Je venais justement à votre rencontre, Votre Majesté », énonça sire Hugh. Sa main lâcha la garde de son épée. Je le sentis se détendre derrière moi.

« Nous étions en route pour le pays de Galles afin d'y enquêter sur l'attaque du château de Mendip Mor lorsque Nous avons rencontré un messager disant que vous vous trouviez ici, avec un témoignage de première main, répliqua John. C'est bon de vous revoir, sire Hugh. Vous vous êtes terré trop longtemps dans le château de Bellecôte. » Il fit signe à Hugh de s'asseoir à sa gauche – sur mon banc – comme si je n'existais pas.

« Merci, Altesse. Mon… fils exige beaucoup d'attention. » Il se percha sur l'extrémité de mon siège, pressé contre moi mais sans déplacer mon corps rigide. Il devint une barrière opportune entre le roi et moi. Rien ne pouvait faire obstacle au regard pénétrant du blond à l'aura noire.

Je supposai que ma rigidité absolue devait attirer l'attention.

« Votre garçon vit toujours ? » s'enquit le roi, la bouche pleine. Il n'avait guère plus de manières que sire Hugh. Il ne s'était même pas lavé les mains avant de manger. Les chiens apprennent à se conduire comme leurs maîtres.

« Oui, Altesse, répondit Hugh. Le jeune John s'est presque complètement rétabli de sa maladie infantile. Même s'il est encore fragile, j'espère ardemment le voir vivre une existence normale. » Une grimace traversa brièvement les traits des deux hommes. Si brièvement que je ne pus en saisir le sens.

« Donc, racontez-Nous un peu. Pourquoi avez-vous quitté le château de Bellecôte et votre beau-fils pour aller rôder dans les collines de Mendip ? » Le roi continua à manger en parlant.

« Mon fils est en âge d'être éduqué par un chevalier de renom, expliqua sire Hugh. Lord Edmond lui aurait fait énormément de bien pendant qu'il recouvrait totalement ses forces.

– Ainsi, donc, vous êtes arrivé juste à temps pour assister à l'attaque de Notre château, et secourir la belle dame. » John cessa de manger assez longtemps pour me dévisager.

Mon cou refusa de bouger pour me permettre de lui rendre son regard, lui répondre par mots ou par gestes. J'avais la main toujours figée à mi-hauteur, refermée sur le tranchoir maintenant dégoulinant.

Avais-je reconnu l'amant de mon rêve, alors que mon cœur s'affolait pour s'accorder au rythme du sien ? Avais-je eu une véritable vision de trahison et de douleur dans une oubliette, ou n'était-ce qu'un songe provoqué par mes peurs ?

Sire Hugh me dévisagea avec un mélange d'inquiétude et de désarroi. « Oui, Dame Ana fut la seule survivante de l'assaut, répondit-il, les yeux toujours braqués sur moi.

– Ana ? Je pensais que vous répondiez à un autre nom, ma Dame, me lança le roi. Un nom digne de la plus ancienne famille noble de Notre pays. »

La panique me rendit presque l'élan nécessaire pour parler, pour bouger, pour ciller.

Devant mon silence, sire Hugh me donna un petit coup de coude. Newynog lui mordilla le pied en signe d'avertissement.

« C'est le seul nom qu'elle m'a donné », répondit-il. Il plissa les yeux, perplexe.

« Est-elle souffrante ? reprit le roi en se tournant carrément vers moi.

– Lorsque nous l'avons trouvée, elle souffrait de catatonie, expliqua Hugh. Je pensais qu'elle l'avait surmontée.

– Assez pour vous donner un faux nom.

– Ou un diminutif du véritable.

– Peu importe. » John écarta le sujet d'un grand geste de main. « Elle Nous doit nombre d'explications. » Il reprit son repas. Son escorte s'installa et entama le dîner préparé à la hâte pour elle.

À la droite de John, l'homme à l'aura noire observait tout en silence. Son ombre ne le quittait pas d'un pouce. Maître et serviteur portaient même des vêtements identiques. Si l'un n'avait pas été blond clair et l'autre brun et bouclé, on aurait pu les prendre pour des jumeaux.

« Votre Altesse, il est un autre point qui demande votre attention, déclara Hugh. Peut-être pourriez-vous m'accorder un entretien particulier, à la fin de votre repas ? » Je le sentais nerveux, toujours perché sur l'extrémité de mon banc. Il gardait sa main sur mon bras, comme pour m'empêcher de fuir.

Je parvenais à peine à ciller. Comment pouvait-il me voir filer à toutes jambes ?

« Vous savez autre chose concernant l'attaque de Mendip Mor », observa le roi. Il plissa des yeux spéculateurs, des yeux qui en disaient trop et pas assez.

« Oui, Altesse. Je possède une information… délicate.

– Sire Nigel, indiquez-Nous donc un endroit plus intime. » Les yeux du roi ne me lâchaient pas.

« La chapelle, Sire, personne ne vous y dérangera.

– À la bonne heure ! s'esclaffa le roi. Nous apprécions votre sens de l'humour, sire Nigel. À ce que je comprends, même Dieu ne peut Nous déranger dans la chapelle tant que l'Interdit ne sera pas levé. Nous Nous souviendrons de votre vivacité d'esprit quand Nous recevrons officiellement vos vœux d'allégeance afin de renouveler votre administration de ces domaines. Vous plairait-il d'adjoindre à Notre propriété cette prairie inondable qui se trouve de l'autre côté de la rivière ? L'évêque Walter de Worcester n'en a plus besoin. Il fait, en ce moment même, ses bagages pour filer sur le continent. »

Sur un geste de l'homme qui se tenait à sa droite, les courtisans du roi rirent à son mot d'esprit. Les autres gardèrent le silence, tout en se mordant les lèvres d'appréhension. Certains, au moins, ne trouvaient pas matière à rire dans l'Interdit.

« Venez, Hugh. Je vous accorde votre entretien. » Le roi se leva.

Tous les occupants de la pièce firent de même, et restèrent debout jusqu'à son départ. Le raclement des tabourets sur le sol m'agaça les oreilles. Quant à moi, je demeurai sur mon siège, les yeux braqués sur la bouchée de ragoût froid comme s'il s'agissait des joyaux de la couronne.

« Oh, et amenez-la également, ordonna le roi. Elle fait partie intégrante de cette situation.

– Mais, Sire, elle ne peut bouger ! protesta lady Sigrid.

– Eh bien, Hugh n'a qu'à la porter ! » Ces mots sonnèrent comme un ordre formel.

L'homme à la droite de John se leva pour aider sire Hugh.

« Termine ton repas, Radburn. » John lui fit signe de ne pas bouger.

« Pardonnez-moi, ma Dame, je dois obéir », me souffla Hugh en se penchant pour me prendre dans ses bras.

Je voulus me sauver en courant. Je tentai de lui donner des coups de pied. En vain. Finalement, je laissai mon esprit lui hurler : *Demandez à John comment il a appris la destruction de Mendip Mor avant que nous ne la lui rapportions. Quel messager aurait il pu l'atteindre avant nous, sinon l'un des assaillants ? Leur récit sera mensonger.*

15

Hugh secoua la tête. Il n'avait pas vraiment entendu Ana lui souffler mentalement des questions. Depuis Mendip Mor, il entendait de drôles de choses. Des *dieflyn* gallois, des fées, la chienne… et quoi, encore ?

Trop réfléchir le poussait à oublier de faire attention à sa démarche. La cuisse abominablement douloureuse, il clopina à la suite du roi John. Il haïssait cette faiblesse, et détesta plus encore la laisser voir à la Cour réduite. Si réduite que même la reine n'accompagnait pas John.

Il eut envie de hisser Ana sur son épaule comme un vulgaire sac de grain au lieu d'écouter son imagination. Tant qu'il ne la regarderait pas dans les yeux, il pourrait se convaincre qu'il ne l'avait pas réellement entendue mettre en doute l'information de John sur l'attaque. Au nom de la décence, il la transporta galamment. Mais ne la regarda pas.

La petite chapelle ajoutée au manoir possédait deux entrées, une sur la grande salle et l'autre sur la cour. Sire Nigel alluma une lampe à huile et les guida à l'intérieur, puis tira le rideau en tapisserie qui donnait une illusion d'intimité. Dix, peut-être douze personnes pouvaient tenir à l'aise dans la nef. Quatre orants pouvaient s'agenouiller sur le prie-Dieu de l'autel. Près du plafond, deux petits vitraux reflétaient la lanterne. Le sanctuaire ne comportait aucune décoration, excepté une croix d'étain poli et un vase empli de délicates fleurs des champs.

Sur un catafalque, devant l'autel, reposait le corps de Walter de Chancell dans son suaire.

Hugh installa Ana sur l'unique marche qui séparait le prie-Dieu de la nef. Il la maintint droite en l'adossant au prie-Dieu. Il dut repousser sa main pour la faire reposer sur son genou. Elle le regarda, implorante. Ses grands yeux bleu nuit parurent le percer jusqu'au cœur. Que voulait-elle ?

Il eut mal pour elle. Sa vieille blessure à la cuisse droite palpita de compassion, lui rappelant le jour où il l'avait reçue, sur le champ de bataille. Il était resté des heures étendu là, seul, désespéré, torturé de douleur. Il avait eu la gorge desséchée de soif. Plus son sang irriguait la terre, plus il s'affaiblissait et perdait régulièrement conscience. Il avait, à plusieurs reprises, pensé que Dieu et saint Maurice, patron des soldats, le rappelaient à eux. Il n'avait plus la force de se battre pour vivre. Aucun mortel ne le veillait.

Alors, juste au moment où il croyait rendre son âme à Dieu, les médecins du roi Richard l'avaient découvert et transporté à l'hôpital de campagne. Quelqu'un l'avait fait hurler de douleur en lavant la blessure au vin. Mais ce traitement lui avait sauvé la jambe et la vie.

Il savait à quel point Ana devait se sentir au désespoir. Aucun contrôle de soi. Aucune possibilité de se débrouiller seule. Une dépendance totale vis-à-vis des autres pour les besoins les plus élémentaires et la protection.

« Je ne vous abandonnerai pas, Dame Ana. Mais vous allez devoir tenter de vous en sortir seule. Vous l'avez déjà fait », lui souffla-t-il en lui joignant les mains comme pour la prière.

Il eut l'impression d'avoir senti une infime pression

de ses doigts contre ses mains. Mais il n'en fut pas certain, aussi se retourna-t-il vers son roi.

John fit les cent pas dans la chapelle tandis qu'Hugh lui relatait en détail son voyage à Mendip Mor afin d'y discuter des conditions d'éducation de son beau-fils. Il déclara avoir aperçu de la fumée avant de repérer le château. « Les pillards vêtus de noir se fondirent dans la nuit dès qu'ils nous repérèrent. Nous nous retrouvâmes devant la tâche d'éteindre l'incendie, d'enterrer les morts et de secourir l'unique survivante », poursuivit-il d'un ton monocorde. S'il donnait la moindre inflexion à ses paroles, alors toute sa rage et tout son chagrin se déverseraient à flots. Il ne pouvait le permettre. Pas encore. Il se devait de se conduire en soldat, qui rapportait des faits, et non en ami éploré.

John hochait la tête en écoutant. Lui aussi avait été soldat, il connaissait les séquelles d'un siège.

Hugh se lança dans le récit de l'embuscade dans les collines, alors qu'Archie lui-même et Dame Ana fuyaient Mendip Mor. « Walter Geoffrey de Chancell trouva la mort dans la mêlée. Je le terrassai sans savoir qui il était. À son armure et à son accoutrement, force m'est de supposer que ce furent ses hommes et lui qui assaillirent Mendip Mor. » Hugh grinça des dents plutôt que d'expliquer la manière dont il était sorti vainqueur de l'escarmouche. Le miracle qui avait fait exploser les armes et fuir les adversaires perturbait autant son sens de la logique que son orgueil. Il n'avait pas remporté la victoire. Seul ce miracle lui avait accordé la vie sauve.

Sur cette pensée, il finit par se poser la question qui le perturbait depuis lors. *Si la magnétite avait vraiment arraché leurs armes aux assaillants et provoqué leurs bris, alors pourquoi ai-je encore la mienne ? Elle aurait également dû s'envoler vers les rochers.* Archie avait aussi conservé la sienne.

« Walter Geoffrey de Chancell, répéta le roi, en crachant presque ce nom. Son maître, Briouze, n'est plus en grâce auprès de Nous. Chancell aurait dû rejoindre les rangs des mercenaires de son frère, ou les miens en tant que vassal, plutôt que de prendre le risque d'encourir Notre colère. Cette attaque fut visiblement une forme de vengeance contre moi. Briouze paiera pour cela, comme il paiera pour les autres crimes commis à mon encontre. » L'impassibilité du roi variait selon son usage du « Nous » régalien.

« Que fit donc Briouze pour mériter votre défaveur, Sire ? préféra demander Hugh plutôt que s'appesantir sur des miracles.

– Il Nous doit une forte somme d'argent. Nous avons lancé un emprunt afin de pourvoir aux frais de Notre nouvelle campagne. Briouze refusa de payer même une partie des dix mille livres sterling. Il ne remettra pas les pieds à la Cour tant qu'il n'aura pas réglé l'intégralité de la somme. »

Briouze avait dû fairc bien plus que cela. Cela faisait des années qu'il devait cet argent. Hugh prit brutalement conscience du fait que John adorait que ses barons fussent ses débiteurs, car il les contrôlait bien mieux quand ils lui devaient de l'argent. Hugh lui devait certainement sa richesse, sa position et la tutelle du jeune John. La promesse d'un titre était morte en même temps qu'Ardyth et leur enfant.

Il déglutit. On aurait dit qu'une énorme boule dans sa gorge l'empêchait de s'exprimer. Il devait une forte somme d'argent au roi, au même titre que sa loyauté. Au moins avait-il remboursé une partie de la dette chaque année. Ferait-il mieux d'emprunter le solde aux Juifs afin de rester dans les bonnes grâces de John ?

Pas vraiment. Les Juifs et leurs taux usuraires pourraient bien le mettre sur la paille. S'ils ne pouvaient s'emparer de ses terres, ils le dépouilleraient de ses biens et le laisseraient à la merci d'emprunts chaque année plus importants afin de maintenir Bellecôte. S'il mourait demain au combat, la dette incomberait à Johnny. Il ne verrait jamais l'indépendance financière de Bellecôte. Sous l'Interdit, l'Église imposerait-elle encore des limitations à l'usure des Juifs ? Sinon, mieux valait pour lui se plier aux lubies du roi John.

« Où est ma mère, roi John ? demanda Ana, les faisant sursauter tous deux. La gardez-vous vivante et en otage, ou avez-vous ordonné son exécution ? »

Les deux hommes se tournèrent vers elle. Hugh écarquilla des yeux inquiets devant son impolitesse et son impudence. Ceux du roi se plissèrent et étincelèrent dans la faible lumière. Hugh ne put déchiffrer ses émotions.

« La dame aurait-elle une voix, en fin de compte ? » lui demanda le roi au lieu de répondre. Une voix chargée du venin de la vipère.

« Il y a neuf ans de cela, vos hommes envahirent ma demeure familiale et prirent ma mère en otage afin d'obliger mon grand-oncle à soutenir vos prétentions au trône. Mon oncle nous donna l'ordre de courir nous mettre à l'abri. Nous fûmes séparées. Elle vint vous voir. Pourquoi, je l'ignore. Qu'est-il advenu d'elle ? » Ana leva les yeux vers le roi.

Hugh grinça derechef des dents. Elle accusait le roi sans même se soucier de sa propre sécurité.

« Votre mère vint me voir de son propre chef, car elle ne désirait plus rester sous l'influence impie de votre oncle », répliqua John en lui rendant son regard. Enfermés dans leur joute privée concernant le passé, tous deux ignorèrent Hugh. « Elle disparut après quelques mois à la Cour. Je suppose qu'elle s'en fut rejoindre votre père en Normandie. Elle a, bien entendu, été déclarée hors la loi, puisqu'elle a quitté la Cour et l'Angleterre sans Notre permission. Elle n'emporta pas avec elle le symbole de l'importance de votre famille. »

Ana serra quelque chose dans sa poche. Puis elle reposa, nonchalante, ses mains sur ses genoux, comme si elle n'avait pas vraiment trahi l'emplacement d'un objet vital.

Elle avait toujours gardé près d'elle la croix celtique et son chapelet de perles or et ivoire. Hugh aurait volontiers parié la possession d'Orage qu'elle faisait reposer sa sauvegarde sur les perles. Il aurait presque voulu parier l'épée de son père.

« Ce n'était pas à elle qu'appartenait l'objet, répliqua posément Ana.

– Peut-être ce symbole vous a-t-il été transmis, ma Dame. Personne ne l'a vu durant ces neuf années, pas même après le trépas de votre oncle et la récupération du château par Nous. Nous vous avons cherchées partout, cette croix et vous-même. » John empoigna le tissu de son bliaud pourpre à l'endroit de la poche secrète.

Elle lui rendit son regard, impassible et courageuse. Folle ? Le silence s'épaissit autour d'eux tel un être malveillant. Hugh fut frappé par le souvenir de la porte dragon, dans le tumulus, et fut soudain effrayé par la fille et le halo vert qui l'avait alors entourée.

« Je réclame un procès de mort d'ancêtre pour le décès de ma grand-tante Lotta et celui de lord Henry Griffin de la main de vos hommes. » Elle lui jeta un regard noir.

« La vieille femme était déjà à l'agonie, selon mes hommes. Vous n'avez rien à réclamer. Nous refusons le procès. Où est la croix, ma Dame ?

– Et l'emprisonnement injustifié, suivi du meurtre de lord Henry Griffin, baron de Kirkenwood ?

– Vous n'êtes ni la veuve ni la fille de Griffin, vous n'avez aucun droit de réclamer un procès. » John déforma son visage en une grimace têtue.

Griffin ! Ana ne pouvait appartenir à ce clan de triste

réputation. Cela faisait des générations qu'il était soupçonné de magie. Il songea aussitôt à la tête de dragon sculptée, dans le tumulus. Un griffon était lui-même une sorte de dragon [1]. En quoi était-elle liée avec cette porte ? Quel trésor sa famille avait-elle caché derrière ?

« Une croix celtique en or et des perles ivoire », déclara Hugh. Il lui fallait briser cette impasse dans laquelle tous deux s'étaient enfermés. Il devait la vérité au roi. Il devait protection à Ana. Il ne pourrait continuer à la protéger si elle persistait à se méfier du roi. « Les grosses perles de décade sont ajourées. La croix est festonnée d'anciennes ciselures. Une très antique relique.

– Les mots Arturo Rex sont-ils gravés au dos ? s'enquit John sans détourner les yeux d'Ana.

– Je l'ignore. » Hugh n'avait jamais appris à lire. Son père lui avait accordé le droit de suivre l'entraînement avec les autres guerriers, mais rien de plus en matière d'éducation. Les enfants bâtards ne méritaient pas plus.

John fourra ses doigts agiles dans la poche d'Ana et en sortit la longue chaîne de perles. Ana enroula les siens autour de la croix, et réaffirma sa possession de l'objet.

« Le messager que Nous avons intercepté allait voir l'évêque de Worcester. Il devait lui décrire une croix et lui dire que sa propriétaire se trouvait ici et avait besoin de son aide. Il prétendit que l'inscription comportait les initiales A et R. Arturo Rex. » John laissa Ana saisir les perles afin d'examiner la croix.

Hugh fit un pas en avant, prêt à protester contre cette violation de son intimité. La prudence le fit refréner son premier instinct.

« Le messager a-t-il poursuivi sa route ? s'enquit Ana.

– Malheureusement, non. Ses genoux flanchèrent et

1. Griffin, en anglais, est la traduction de griffon. *(N.d.T.)*

Nous l'avons ramené ici sur l'un des poneys de bât. » John sourit de toutes ses dents, en une grimace sauvage. Sa barbe pointue en frétilla.

« Vous l'avez assommé afin qu'il ne puisse transmettre ce message à son véritable destinataire », l'accusa Ana. D'une secousse, elle arracha la croix des mains cupides de John.

Silence ! voulut lui crier Hugh. Ne savait-elle pas à quel point John pouvait se révéler dangereux vis-à-vis de ses ennemis ? Une fois qu'il aurait posé la main sur elle, Hugh ne pourrait plus rien pour la protéger.

Soudain, il comprit qu'il avait besoin de le faire, de la chérir, de la préserver des caprices du sort – comme il n'avait pas pris la peine de le faire pour Ardyth.

Il avait bêtement pensé qu'elle et l'enfant survivraient aux risques de l'enfantement. Tout comme il s'était imaginé que le fils d'Ardyth et de son premier mari finirait par succomber à ses maladies diverses.

Et comme il s'était persuadé que John honorerait sa promesse d'un titre et de terres qu'il pourrait léguer à ses enfants.

Ana leva une main et lui effleura le bras. Culpabilité et doutes s'effacèrent devant son besoin de la protéger.

« Voyons, voyons, chère amie, vous Nous attribuez bien trop d'ingéniosité, rétorqua John dans un gloussement. Nous vous garantissons que le messager est presque en pleine forme, juste un peu étourdi à la suite d'un coup sur la tête. Au nom de la politesse élémentaire, Nous l'avons renvoyé sous la garde de son maître. »

Le sort du messager apprit à Hugh qu'il allait devoir manœuvrer avec prudence. Le roi John Plantagenêt tenait leur vie entre ses mains, des mains avides de saisir une fois encore les perles et la croix.

Ana frémit. La chapelle parut brutalement glaciale, et Hugh eut soudain trop chaud.

Il balança sans cesse impatiemment son poids d'une jambe sur l'autre, jusqu'à ce que sa cuisse proteste. Son esprit en ébullition se mit à échafauder des plans de fuite, des paroles lénifiantes, n'importe quoi susceptible de mettre un terme à la tension entre son roi et la jeune femme.

« Les derniers événements m'ont laissée totalement épuisée, Sire. Puis-je me retirer ? s'enquit Ana, aussi modeste qu'un banal courtisan.

– Ne désirez-vous pas connaître le destin de vos parents, ma Dame ? » John cessa de tendre la main vers la croix et croisa les deux devant lui. « Je sais que sire Brian de Griffin ne vous a plus donné de nouvelles depuis que vous avez disparu, il y a neuf ans de cela.

– Si vous voulez bien me transmettre ces informations, Sire. » Ana parut adoucie, docile. Hugh comprit qu'elle préparait quelque chose – du genre de sa tentative d'évasion au calvaire. Comme le halo vert qui l'avait entourée face à la porte dragon.

« Sire Brian de Griffin était le deuxième fils d'un deuxième fils, raconta John. Il avait peu d'espoir d'hériter autre chose qu'un honorable nom de famille. Toutefois, votre famille possède d'immenses domaines en France. Lorsque Nous… Nous retirâmes de ce pays et que Nos barons durent choisir pour suzerain Nous ou Notre royal cousin Philippe de France, mais pas les deux, votre père décida de jurer fidélité à Philippe pour sauvegarder vos terres familiales sur le continent. Les biens de votre famille, en Angleterre, auraient dû être transmis à un cousin ou au frère aîné, mais, hélas, tous sont morts. »

John plissa les yeux. Son sourire cruel trahit sa participation à certains de ces trépas.

Cette fois-ci, ce fut le froid qui fit frissonner Hugh. Avait-il signé son propre arrêt de mort en s'alliant avec Ana ?

« Je suis la dernière de ma lignée. » Ana poussa un énorme soupir. Puis elle parut se secouer, écarter sa mélancolie. « Il y a cinq ans, Altesse, que vous… vous êtes retiré de France. J'ai passé une grande partie de l'année dernière sous la tutelle de mon grand-oncle Henry. Depuis la nouvelle du trépas du roi Richard, il y a neuf ans, aucun d'entre nous n'a reçu d'instructions officielles émanant de mon père concernant ces terres. »

Hugh fouilla frénétiquement sa mémoire des derniers jours de Richard afin d'y trouver le souvenir de Brian de Griffin. Ne lui revint qu'une image floue d'un homme grand, doté de la chevelure blond doré d'Ana. Durant cet ultime siège, il n'était jamais loin du quartier général de Richard. S'il était respecté, il ne faisait pas vraiment partie du cercle des intimes. Le père d'Ana avait-il respecté le dernier vœu de Richard, selon lequel il fallait aider son neveu, Arthur de Bretagne, à conquérir le trône d'Angleterre ?

Si tel était le cas, il pouvait très bien avoir partagé le mystérieux sort d'Arthur. Et donc, seuls le roi John et son fidèle compagnon William de Briouze savaient vraiment ce qu'il était advenu d'Arthur et de Brian de Griffin.

Et maintenant, Briouze était en disgrâce et ne vivrait pas longtemps, si John le surprenait en Angleterre.

« Je suis ravie d'apprendre la bonne fortune de mon père, déclara Ana. Il faudra que j'enregistre cette information dans les annales familiales, où nous consignons toute notre histoire – tant officielle que privée. À présent, j'aimerais avoir la possibilité de me retirer. » Elle se leva et fit une révérence flageolante au roi d'Angleterre.

« Votre famille transcrit tout ? » Le roi blêmit.

« Oui, Sire. Absolument tout. » Elle conserva un visage impassible, et ouvrit de grands yeux innocents. Elle savait quelque chose à propos du roi que John ne voulait pas rendre public. Hugh repensa à la porte dragon. Était-ce là que les Griffin cachaient ces registres menaçants ?

Il fit deux pas tremblés, passa une main sous le coude d'Ana et la soutint du mieux qu'il le put avant que tous deux ne s'écroulent, terrassés par la tension ambiante. Elle vacilla quelque peu et s'appuya contre son épaule. Il eut envie de savourer ce contact et leur proximité. Mais une vigilance acquise sur le champ de bataille le maintint attentif à toute modification de la posture ou de l'expression de John.

« Nous partagerions volontiers la chaleur de Notre lit avec vous, ma Dame, proposa John en lui caressant la joue d'un doigt étonnamment doux. Nous sommes certains que sire Hugh peut se passer de vous pour une nuit. »

Si elle demeura de marbre, Hugh perçut sa soudaine tension. Elle se mordit les joues.

« Quelque chose me dit que Nous sommes liés par bien plus que des responsabilités communes de titres et de terres, murmura John.

– Elle est vierge, Sire ! » protesta Hugh.

Ana et le roi parurent stupéfaits par la dureté de sa voix. Si le roi John avait souvent usé de son privilège royal avec les femmes de ses courtisans, jamais il ne l'avait fait avant qu'elles n'aient donné à leur mari un fils et héritier. À part sa jeune épouse, Isabelle, il n'avait jamais indiqué une préférence particulière pour les jeunes vierges.

« Êtes-vous certain qu'elle l'est, Hugh ? s'enquit John, avec un demi-sourire qui n'atteignit pas son regard. Elle a largement dépassé l'âge normal du mariage.

– Elle est célibataire, au moins. Jeune, et abritée par des couvents jusqu'à une période très récente », répliqua Hugh. Il n'eut pas vraiment le courage de préciser qu'il l'avait laissée tranquille ces trois dernières nuits.

Plus d'un homme n'y verrait pas une attitude honorable, mais de la lâcheté.

« Je puis défendre seule mon honneur, sire Hugh, intervint Ana. Je vous remercie de votre gracieuse proposition, Altesse. Mais je serais de piètre compagnie ce soir. » Sans plus attendre la permission de se retirer, elle fit une brève révérence, mit genou à terre devant l'autel et quitta la chapelle.

« Dame… Ana », la rappela le roi alors qu'elle écartait le rideau d'accès vers la salle, et découvrait quelques avides auditeurs. « Depuis la mort de votre grand-oncle et tuteur, vous êtes pupille royale. Maintenant que Nous vous avons trouvée, il Nous faut vous faire une place à la Cour. »

Elle s'arrêta net.

Hugh ravala une grosse boule dans sa gorge, tout en se demandant quel diablotin il avait bien pu offenser pour se retrouver dans un tel pétrin.

« Vous allez certainement trouver, Altesse, un gardien convenable pour moi. » Ana jeta un regard implorant à Hugh.

Il ne sut que faire. Les gardiens royaux avaient leurs propres protections, et leurs propres périls. Il douta soudain que sa position soit suffisante pour réclamer cette fonction – ou sa main en mariage.

Il avait fallu que la menace de la perdre ouvre un énorme trou dans ses entrailles pour qu'il se rende compte qu'il voulait l'épouser.

« Non, rétorqua John. Nous pensons conserver votre tutelle, Dame Resmiranda, jusqu'à ce que Nous permettions à votre fiancé de vous réclamer. Vous resterez donc près de Nous. Ce soir, vous dormirez dans Notre chambre, sinon dans Notre lit. Votre futur mari a les moyens de faire de Notre vie un enfer si Nous vous possédons avant lui. Vous ne Nous échapperez plus. » Le roi gloussa.

16

Je sortis d'un pas raide de la chapelle. Une certaine insensibilité montait de mes orteils à mes genoux. Si je ne continuais pas à marcher, la catatonie allait encore prendre possession de mon corps.

L'aura noire du roi John s'était affadie puis intensifiée au cours de ce détestable entretien. Je me demandai, l'espace d'un instant, si l'influence de l'Être Noir sur lui pouvait être contrecarrée.

Les dernières paroles du roi résonnaient dans ma tête. « Vous ne Nous échapperez plus. »

Des ennuis, tels que la mort, planeraient au-dessus de mon épaule gauche tant que je demeurerais près du roi.

Devant moi, le blond auréolé de noir était avachi sur le banc de lady Sigrid. Un petit sourire satisfait effleura son visage étroit.

Lady Sigrid me prit le coude dès que je revins dans la salle.

« J'ai entendu, me souffla-t-elle en me plaquant la main sur le bras. Je vous ai fait installer un lit séparé devant la cheminée. Avec ce chien pour veiller sur vous, vous devriez dormir tranquille. » Elle jeta un coup d'œil anxieux vers la chapelle.

« Si besoin est, je réchaufferai le lit du roi, poursuivit-elle. Par le sang du Christ, la plupart des femmes de la Cour n'attendent qu'un signe de lui. J'ai vraiment entendu lady Neville offrir deux cents poulets à Son Altesse pour avoir le privilège de coucher avec son propre mari ! »

L'une des raisons pour lesquelles j'avais pensé me réfugier chez Eustace de Vesci de Northumberland, c'était parce que le roi John avait souvent appelé sa femme dans son lit. Lord Eustace avait ramené son épouse dans les confins de ses terres septentrionales et n'avait jamais pardonné à son suzerain.

« J'ai entendu la même chose à propos de lady Neville, mais je pensais que ce n'était qu'une rumeur répandue par ceux qui n'approuvent pas les manières de Son Altesse », répondis-je, tout en n'osant pas lâcher le personnage blond du regard.

J'éprouvai une brutale envie de courir vers lui et de me jeter à ses genoux pour implorer sa protection. Mais, tout en ressentant cela, je me rendis compte de la duplicité de son illusion de protection. Je devais me sauvegarder moi-même. Personne, pas même le demi-frère chéri du roi, ne pourrait véritablement me venir en aide.

John venait involontairement de me fournir deux armes. D'abord, le fait que ma mère avait couru rejoindre mon père en Normandie. J'aurais un endroit où me réfugier, si jamais je parvenais à gagner le continent. Il m'avait également laissé entendre que nos archives, et donc nos secrets familiaux, n'avaient pas été découvertes. Autrement dit, j'aurais la vie sauve tant qu'il ne serait pas en possession de ces registres. Il allait me falloir faire en sorte qu'il n'en découvrît jamais la cachette.

Newynog s'éloigna de moi pour aller renifler les chiens couchés près de l'âtre. Je la rappelai d'un geste. Elle fut aussitôt de retour, nez et oreilles dressés. Je posai presque d'instinct ma main sur son cou. J'enfouis mes doigts dans son pelage, tout comme je l'avais fait au cours des longues heures passées dans le sous-sol de

Mendip Mor. Elle tendit et hérissa instantanément la queue. Et huma l'air ambiant, attentive au moindre signe de danger.

Dans un manoir aussi petit que celui-ci, la plupart des habitants dormaient sur des paillasses disposées dans la grande salle. Seuls le seigneur et sa dame jouissaient d'une chambre particulière. Quand la demeure avait le privilège – rare – de recevoir des hôtes de marque, lady Sigrid devait s'attendre à céder sa chambre et son intimité à ses invités. Sire Hugh et moi n'étions pas assez importants. Le roi John l'était.

Je m'installai sur le divan qu'elle avait fait préparer pour moi devant la cheminée de la chambre. Je conservai ma chemise plutôt que de l'enlever, comme c'était l'usage. Une couche de protection supplémentaire entre le roi et moi, plus symbolique qu'efficace.

Je revis en esprit tous les événements de la semaine écoulée. Il me fallait du calme et des prières afin de les trier et de les disposer en une sorte de schéma manipulable. Je rêvai de sommeil autant que de l'oubli nécessaire à la récupération de mes forces mentales et physiques. Plus j'essayais de repousser mon désarroi, plus il tourbillonnait. J'avais les muscles du dos et de la nuque complètement noués.

Chaque craquement, chaque gémissement, chaque bruit, me faisait sursauter. Je tendis l'oreille afin de percevoir un signe indiquant que le roi se retirait pour la nuit. Sa hâte et le côté impromptu de sa visite avaient grandement réduit son escorte. Cependant, des douzaines de serviteurs et de courtisans suivaient encore de près ses moindres gestes. Petit, son valet, le précéderait certainement dans la chambre afin de bassiner son lit et préparer affaires de toilette, veilleuse et tout ce qu'exigeait le roi pour la nuit.

Le bruit se poursuivit des heures dans la salle, chants avinés, braillements et rires masculins.

Je dus dormir un peu. En m'éveillant, je perçus des ronflements. Un rapide coup d'œil me confirma que les rideaux avaient été tirés autour du lit du roi. Petit, son valet, Blakely et quelques autres courtisans haut placés s'étaient couchés sur des paillasses disséminées dans la pièce.

L'Être Noir ne se comportait pas comme un homme ordinaire. Je refusai de lui confier ma sécurité. Je ne m'étais plus fiée à personne, depuis cette fameuse nuit à Kirkenwood, neuf années plus tôt.

Un homme vêtu de blanc, aux cheveux blond argenté… C'était Blakely qui avait dirigé l'invasion de Kirkenwood.

Après m'avoir contemplée quelques instants – je le regardais, et il le savait –, il me tourna le dos, étendu sur son châlit. Je compris qu'il ne dormait pas. Il attendait. Quoi donc ?

Je rassemblai mes vêtements et me glissai dans la salle, le tout dans le plus grand silence. Personne ne me suivit. Je me dirigeai vers la cuisine avec l'espoir de m'arranger un lit dans l'office. Oserais-je voler un cheval et filer à bride abattue rejoindre l'évêque Walter en exil ?

Une main dure et calleuse se pressa contre ma bouche. Mon cœur fit un bond. Je l'entendis tambouriner à mes oreilles.

Mais Newynog ne gronda pas.

« Que faites-vous ici, ma Dame ? me souffla sire Hugh à l'oreille.

– Je m'enfuis encore, comme je l'ai fait toute ma vie. Je suis si lasse de toujours fuir, Hugh. Mais j'ignore comment je pourrais être en sécurité en restant ici. » Je poussai un énorme soupir tout en m'appuyant contre sa chaleur et sa force. J'eus envie de pleurer, de lui faire confiance alors que je n'osais faire confiance à personne.

« Venez. » Hugh avait la bouche collée contre mon oreille. Son souffle chaud me donna de délicieux frissons dans la nuque.

Il attrapa ma main et me tira vers la porte de derrière, celle qui donnait sur les cuisines. Newynog le suivit sans protester. Je fis de même.

Nous traversâmes les différents bâtiments qui avaient été adjoints à la grande salle. Un passage couvert et glacial conduisait à l'armurerie. Sire Hugh en poussa la lourde porte. Les vieilles charnières de cuir grincèrent. Dans la vaste pièce – presque aussi grande que la salle et la chambre réunies – une douzaine d'hommes et de femmes ronflaient en chœur. Lady Sigrid avait dû les y envoyer. Une petite lampe à huile dispensait une douce lueur dans une niche, près de la porte. Des piques, des lances, des haches, des épées et des cottes de mailles pendaient aux crochets fixés dans les murs de pierre. Aucun plâtre, ni carreau, ni lambris, ne bloquait les courants d'air.

Je frissonnai.

« N'ayez pas peur. Vous êtes en sécurité, ici », me souffla Hugh. Son souffle sur mon visage fit repartir mes tremblements.

« Ainsi, vous finissez par reconnaître la menace de John, murmurai-je.

– Pas celle de John. C'est de Blakely que je me méfie. Il s'est fait connaître en plantant un couteau dans le dos d'un homme pour une provocation bien moindre que la vôtre vis-à-vis du roi ce soir. Il prétend protéger John, mais j'ai vu à quel point il aime ôter la vie, on dirait même qu'il décuple ses forces dans la mort et la douleur. » Il prit une expression dure qui, je le savais, signifiait qu'il refoulait de douloureux souvenirs.

« Parlez-moi de cela.

– Pas maintenant. Nous avons tous deux besoin de dormir. Je me suis installé une paillasse contre la cloison. Vous pourrez y dormir, je me coucherai à côté.

Demain, nous parlerons. Vous devrez tout me dire, si je dois vous protéger.

– Nous allons partager la paillasse, Hugh. Comme nous avons partagé chambres et paillasses ces trois dernières nuits. Vous avez besoin de vous reposer. »

Il grommela son assentiment et me guida de quelques pas vers la droite. La pièce était bordée de fenêtres aux volets clos sur toute sa longueur, sauf un court pan de mur près du passage. La cuisine adjacente réchauffait quelque peu cette paroi.

La demeure de sire Nigel n'était qu'une ferme à peine fortifiée, mais il avait des chevaliers et les entraînait à défendre sa maison, comme l'exigeait le service qu'il devait à son suzerain.

Mais comment pourrait-il nous défendre contre la traîtrise interne ?

Avec le savoir, aurait répondu oncle Henry. *Le savoir est la plus efficace des armes.*

Une partie du savoir dont j'avais besoin était bien dissimulée à Kirkenwood. Même si je parvenais à regagner ma demeure, au travers de Radburn Blakely, le roi John suivrait mes moindres gestes. Je n'oserais jamais accéder à la cachette, de peur d'être observée et que les secrets tombent entre les mauvaises mains.

Il ne me restait un autre moyen d'agir, si seulement je voulais m'en servir. Mes ennemis m'avaient d'ores et déjà trouvée.

Pardonnez-moi, mon Dieu, je fais ceci pour la sécurité de tous –, et non pas pour blasphémer Votre nom !

*

Je patientai. Peu à peu, la douzaine de dormeurs s'enfonça dans un sommeil profond, normal entre matines et laudes.

Sire Hugh fut parmi les derniers à s'assoupir. J'avais,

par trois fois, dormi dans la même pièce que lui, et pourtant je n'avais encore jamais eu le courage de le regarder au moment où il tombait le masque. Endormi, il me parut plus jeune, plus vulnérable, et franchement beau.

J'écartai cette dernière pensée. Quand j'aurais terminé ce que j'avais à faire, je ne pourrais plus rien attendre de lui que du mépris – et, peut-être, de la peur.

Après une courte période de sommeil léger, ses paupières papillonnèrent, il rêvait. Il se remit sur le dos, poussa un gros soupir et étendit les bras. Ma mâchoire échappa de peu à son poing gauche.

Puis il plongea dans le véritable sommeil, par-delà le royaume des songes.

Je posai doucement la main sur Newynog. Elle s'éveilla aussitôt, prête à bondir au premier ordre. Je n'avais besoin que de sa vigilance. Elle laissa retomber sa tête sur ses pattes, yeux grands ouverts, oreilles à demi dressées.

Nous n'avons pas fait cela depuis des mois, mon amie. Aide-nous à le faire vite. Guide-nous directement vers l'endroit de son esprit où il cache ses souvenirs de Radburn Blakely.

Ma main droite sur la tête de ma chienne, je plaçai la gauche au-dessus du visage d'Hugh. J'inspirai profondément en rassemblant mon courage. Puis, comme me l'avait appris oncle Henry, je posai mon index au centre de son front, mon pouce sur sa tempe et l'auriculaire sur l'autre tempe.

Il s'étira légèrement, mais ne s'éveilla pas.

Pleinement reliée à ma victime et ma parente, je pris trois profondes inspirations et me préparai. À la troisième, je me sentis sortir de mon corps. La pièce obscure me devint parfaitement visible. Des halos incroyablement colorés entouraient toutes les têtes des dormeurs. Je regardai un instant les auras fluctuer au rythme des rêves, parfois étinceler d'émotion ou s'assombrir de peur.

Lors, avant de perdre tout courage, je projetai mon moi astral dans l'esprit d'Hugh.

Un mur de souvenirs me frappa avec une intensité presque physique. Auparavant, j'avais toujours reculé avant de violer l'intimité de quelqu'un. Seul oncle Henry avait été volontaire pour l'exercice, et j'avais pu pénétrer plus profond que la surface.

Je concentrai sur le tri du tumulte de pensées qui agitaient Hugh à la suite de ses plus récentes expériences. Je revécus avec lui notre entretien avec le roi John, la sensation de mon corps dans ses bras alors qu'il m'emportait vers la chapelle, sa méfiance du trop joli sourire de Radburn Blakely, l'intensité de sa volonté de me protéger et sa possessivité envers moi.

Dans son esprit, je me vis une femme belle et fragile, qui l'intriguait, le laissait perplexe et l'attirait plus encore que sa dernière épouse et ses richesses.

Le fait de savoir qu'il l'avait épousée pour sa fortune, et non par amour, me procura une certaine satisfaction.

La force de son amour pour le fils malade de sa femme me stupéfia. Ô, connaître un amour aussi intense pour quelqu'un ! De quelqu'un. Ma propre solitude me fit monter des larmes aux yeux.

Cette impression me renvoya presque dans mon propre corps. Comment pouvais-je violer la confiance de cet homme honnête et incroyablement loyal ?

Cependant, Radburn Blakely nous hantait tous deux.

Je plongeai plus profond, par-delà les souvenirs de sa première épouse, une femme froide et insensible qui avait donné un seul enfant à son premier mari, au bout de nombreuses années de mariage. Si Hugh avait apprécié son intelligence et sa détermination, il ne l'avait jamais aimée. Culpabilité et sentiment d'insuffisance brouillaient la plupart de ses souvenirs d'elle. Nous revécûmes ses incessantes réflexions désobligeantes à son encontre. Puis nous parvînmes à la nuit où elle trouva la mort en donnant le jour au fils dont rêvait Hugh. L'enfant n'avait survécu que quelques heures à sa mère.

Regrets et amertume me frôlèrent. Je ne pouvais leur permettre de me toucher. Si je m'attendrissais, jamais je dénicherais le souvenir que je cherchais.

Radburn Blakely, lui murmurai-je à l'esprit.

Des images de l'homme aux cheveux clairs se brisèrent, et Hugh fit remonter le jour où le roi Richard l'avait adoubé chevalier en reconnaissance de sa vaillance au combat. Il fut empli de fierté, et de joie. Il avait prouvé à tous qu'il était à la hauteur de l'épée qu'il portait, sa seule véritable possession.

Je revécus avec lui le jour où il avait remporté l'arme en tournoi contre son demi-frère, légitime héritier de leur père. Son excitation, l'odeur de sueur, de sang et de poussière monta autour de nous. Les chevaux piaffaient et renâclaient. La foule rugissait.

Hugh se battit âprement, et longtemps, contre Alain. Tous deux infligèrent et reçurent de cuisantes blessures. Tout en jurant et crachant du sang – et une dent – l'héritier chancela. Six autres coups, et Hugh désarma son adversaire. Deux autres coups portés contre un écu cabossé, et il tint la vie de son frère entre ses mains.

Il ne voulut rien d'autre que l'épée de son père.

Tout ce que possédait Hugh maintenant appartenait à son beau-fils de sept ans, John Bellecôte.

Blakely, lui remis-je en mémoire.

L'assassin favori du roi, me répondit-il, comme si nous discutions normalement.

« Voulez-vous que je tue John pour vous ? » entendis-je Radburn Blakely demander à Hugh alors que celui-ci priait devant le corps de sa femme défunte. « Une fois l'enfant mort, John vous donnera le titre. Moyennant finances, bien entendu. Mon frère est toujours à court de liquide… » Blakely se lécha les lèvres, presque excité sexuellement.

Sire Hugh et moi fumes secoués de frissons à ce souvenir.

Je repris mon souffle et fouillai plus loin. Certes, la proposition d'assassiner un enfant innocent était une raison suffisante pour craindre le personnage. Mais Hugh avait des souvenirs plus sombres, plus primitifs. Je dus plonger plus profond afin de savoir précisément qui, et ce qu'il me faudrait affronter.

Vous l'avez vu assassiner quelqu'un de sang-froid. Qui ? John de Bellecôte est toujours vivant.

Aussitôt, son esprit évoqua une autre scène. Un souvenir qu'il avait profondément enfoui. J'eus l'impression que nous nous enfoncions dans de la laine vierge alors que nous revivions des bouts de conversation, d'allusions, de suggestions.

Je connus l'impression de suivre sur la pointe des pieds un long tunnel sous un château. De l'eau suintait des murs fissurés, mais je ne pus toucher mon élément dans le rêve d'Hugh. Nous devions nous trouver loin dans le sous-sol. Des chandelles crépitaient devant et derrière nous. Nous avancions prudemment entre flaques et dalles brisées, en silence, et veillions à rester dans l'ombre. Le couloir tourna à gauche et s'enfonça encore. L'illusion de lumière derrière nous s'effaça. Nous pressâmes un peu le pas afin de garder notre proie en vue.

Après un long et sinueux parcours sous un… une cité étrangère… le tunnel s'ouvrit. Nous perçûmes un courant d'air frais. Une grotte naturelle s'étendait devant nous.

La France, me révéla sa mémoire.

Paris ? m'enquis-je.

Il ne répondit pas, mais je perçus son affirmation.

Si le tunnel avait été perfectionné par les Romains,

la grotte était bien plus ancienne. Un froid antique, un effroi similaire, nous pénétrèrent tous deux alors que nous touchions les pierres du mur.

Les petites chandelles ne servaient plus à rien dans l'immensité de cette cavité. Nous entendîmes de l'eau qui ruisselait au lieu de goutter. Un ruisseau. Une rivière souterraine, primaire, élémentaire. Je rêvai de restaurer mes forces et mes pouvoirs en elle.

Devant nous, Radburn claqua des doigts, et plus de lumière illumina la grotte. Nous frémîmes en découvrant qu'il tenait une boule de feu glacé dans la paume de sa main.

Comme dans les grottes sous Kirkenwood, de longues stalactites blanches pendaient du plafond. De l'eau suintait de leurs extrémités. Des stalagmites montaient du sol à la rencontre d'excroissances calcaires. Ses reflets sur la pierre blanche décuplaient l'intensité de la lumière de Blakely.

Dans cette clarté supplémentaire, Radburn traversa prudemment un pont naturel qui enjambait le flot souterrain. Puis il arriva devant une volée de marches, peut-être façonnées par l'homme très longtemps auparavant et érodées par les modifications permanentes du niveau de l'eau.

Sur la treizième marche se trouvait un gros bloc de pierre noire – étrange autel dans cette caverne blanche.

Sur la pierre gisait le corps inerte d'une femme nue, bras et jambes maintenus écartés par de lourdes chaînes.

Depuis notre cachette, dans l'entrée du tunnel, nous la vîmes ouvrir les yeux. Nous sentîmes l'odeur de sa peur. Je m'accrochai à la mémoire d'Hugh, de peur d'envahir cette scène et de partager le froid et la terreur de cette femme.

Blakely l'ignora. Il tendit la main derrière l'autel et en sortit une coupe de cuivre. D'abord, il versa un mince filet d'eau sur la femme, depuis le front jusqu'aux orteils en psalmodiant d'étranges paroles. Je crois que leur cadence correspondait à un langage extrême-oriental, mais la mémoire d'Hugh n'avait pas retenu suffisamment de syllabes pour en être certaine.

Le liquide froid fit suffoquer la femme. Sa peau eut la chair de poule.

Blakely répéta l'opération avec du vin et de l'huile, tout en poursuivant ses étranges incantations et en décrivant d'obscurs gestes avec ses mains. L'aura bleu-noir que j'avais vue flotter autour de sa tête s'intensifia. Des étincelles rouges y crépitèrent.

La femme gémit et secoua plusieurs fois la tête, tout en répétant encore et encore le même mot. « Non, non, non, non ! »

Le froid crût en moi.

Alors que le chant atteignait son paroxysme, Blakely étendit ses deux mains à plat au-dessus du corps tremblant de la femme.

Elle hurla. Le bruit se répercuta, s'amplifia, résonna contre les parois.

Dans sa mémoire, Hugh se plaqua les mains contre les oreilles et ferma les yeux à l'horrible scène. Mais il lui fallait regarder, il lui fallait savoir à qui, et à quoi il avait affaire. Il les rouvrit donc et se mordit la langue pour étouffer une exclamation.

Des flammes jaillissaient des doigts de Blakely. Le feu, son élément. Dompté. Le feu, un élément purificateur, comme l'eau. Un feu sauvage, agent du Chaos. Dix traits enflammés trouvèrent du combustible dans le vin et l'huile répandus sur la femme. Les flammes envahirent son vagin alors qu'elle se tordait en tous sens, dans un effort désespéré pour échapper à la douleur. Elle hurla sans retenue, et ses cris résonnèrent dans la grotte.

Hugh et moi eûmes un mouvement de recul, effrayés de courir au secours de la femme. Un manque de confiance en soi bien enraciné nous maintint statufiés. Nous nous frappâmes les tempes, en une tentative désespérée pour se précipiter, épée au clair et tuer le sorcier.

Trop tard. Terrasser Blakely ne sauverait pas la femme. Nous n'avions encore pas répondu à nos attentes vis-à-vis de nous-mêmes.

Blakely sourit. Son aura noire s'accrut. Les étincelles rouges se muèrent en éclairs.

« Merci, maîtresse putain. Tu m'as offert beaucoup de pouvoir, cette nuit », déclara-t-il. Puis il plongea un long *athame* – sa dague rituelle – dans le cœur de la femme, éteignant à jamais ses cris.

17

Je réintégrai si vite mon esprit que j'en eus l'estomac retourné. Si je réussis à maîtriser mes haut-le-cœur, je ne pus m'empêcher de claquer des dents. Une sueur glacée m'inondait le visage et le corps.

Hugh ne possédait pas le talent de partager la mort avec la femme, aussi ne fus-je pas obligée de le faire. Cependant, l'insanité, l'absurdité de son trépas, me rongeaient.

Mon compagnon se retourna plusieurs fois en gémissant. Il se débattait contre sa mémoire.

« Réveillez-vous, Hugh », soufflai-je. Je le pris aux épaules et le secouai gentiment. « Ce n'est qu'un rêve. Réveillez-vous, je vous prie. »

Il ouvrit les yeux, se figea et inspecta les ombres en bougeant le moins possible. La sueur qui le recouvrait scintilla faiblement dans la lueur de la veilleuse.

Je perçus son besoin de contact physique, et lui posai une main sur l'épaule.

« Vous avez fait un mauvais rêve. Ce n'était qu'un rêve », l'apaisai-je à voix basse tout en lui donnant une petite poussée mentale. L'intimité que nous venions de partager me permit d'accéder à la partie la plus vulnérable de ses pensées. « Dormez, à présent. Rendormez-vous, et rêvez ce que vous voulez. »

Il roula sur le flanc, dos tourné vers moi. « Je ne vais pas me rendormir. J'ai déjà fait ce rêve », marmonna-t-il.

Mon esprit se heurta à un mur de résistance. Impossible de pénétrer ses pensées pour l'obliger à se reposer.

Quand je fermais les yeux, je ne cessai de revoir, dans les moindres détails, ce spectacle de torture et de meurtre rituel. Quand je les ouvrais sur la pénombre de l'armurerie, je voyais l'aura de Blakely et les visages rouges et crépitants des démons qui s'y dissimulaient.

Enfant de sorcière ! L'accusation proférée au cours de cette sinistre nuit à Kirkenwood, neuf ans plus tôt, résonnait de nouveau dans ma tête. Lors, il avait été mon accusateur. Comme s'il cherchait sa semblable.

Mes tremblements reprirent.

Jamais. J'avais fait usage d'une certaine sorte de magie. Jamais je ne succomberais à la tentation de suivre l'exemple de Blakely.

Il avait passé un pacte avec Satan, le point était indéniable. Que pouvait-il réaliser grâce au pouvoir magique gagné dans ce pacte ?

Il me fallait de plus amples informations.

Autant j'avais envie de rentrer chez moi, de me terrer dans la bienheureuse paix de Kirkenwood, autant je ressentais le besoin de rester près du roi John afin d'étudier son assassin favori. Non. C'était de Satan, et non pas de John, que Blakely était le favori. Mais le roi se laissait-il sciemment manipuler ? Connaissait-il les forces qu'exploitait son frère ?

Pour le bien de l'Angleterre, je priai pour que John ne fût qu'une énième innocente victime de Radburn Blakely. Il avait besoin de mon aide pour échapper à l'aura noire qui s'étendait jusqu'à lui et menaçait d'étouffer le peu de bonté et de sagesse qui lui restait.

J'aurais besoin de contrôler mes propres pouvoirs pour seulement espérer contrecarrer la malfaisance de Blakely.

Je frissonnai derechef. Il me faudrait, pour défaire Blakely, user de magie, me condamner moi-même aux yeux de Dieu en usant des propres méthodes de Satan.

La lumière me guide.
J'œuvre pour la lumière.
J'œuvre avec la lumière.
Les ténèbres n'ont aucun pouvoir sur la lumière.
Que la lumière de Dieu brille au travers des âges.

Je me rassurai en murmurant la litanie d'oncle Henry.

« Reposez-vous, Dame Ana Griffin. Ce fut mon rêve, et non le vôtre, me souffla Hugh. Point n'avez besoin de craindre les ténèbres. Je ne laisserai personne vous jeter dans une oubliette. » Il roula sur le dos. Sur la paillasse, sa main partit à la recherche de la mienne.

J'entrelaçai mes doigts aux siens. *Sainte Mère ! Il déchiffre mes rêves et mes plus intimes frayeurs pendant que je fais de même avec lui.*

Nous restâmes longtemps éveillés, unis par nos mains, ses épouvantables souvenirs et mon rêve prémonitoire.

*

La lucidité consécutive à une longue nuit blanche me permit de comprendre ce que j'avais à faire. J'allais devoir passer de longues heures, seule, à pratiquer ma magie, à redécouvrir les talents que j'avais refusés quand oncle Henry avait tenté de me les faire appréhender. Ce ne serait qu'une fois en pleine possession de mon art, une fois que j'en aurais une parfaite maîtrise, que je pourrais espérer contrecarrer l'influence néfaste exercée par Radburn Blakely sur le roi et l'Angleterre.

Pour commencer, j'allais devoir recréer le rituel matinal d'oncle Henry, sans les précieuses indications de ce dernier.

Aux premières lueurs de l'aube, je me glissai hors du lit. Je fouillai en silence l'amas de couvertures afin d'y retrouver mon bliaud, mes bas et mes chaussures.

« Hein, quoi ? » Hugh se redressa sur un coude. Il plissa les yeux et me décocha un regard soupçonneux.

« Personne ne doit me trouver ici », répondis-je entre mes dents. Je quittai l'armurerie à pas de loup, Newynog sur les talons.

Tous dormaient encore dans la grande salle. Je descendis deux marches sur la pointe des pieds et enfilai un passage menant à la cuisine. À l'image de toutes les cuisines, celle-ci embaumait le pain frais, les épices et la viande rôtie. J'emplis mes poumons de ce fumet. Mon estomac ne tarda pas à gargouiller, et à me rappeler que j'avais très peu mangé la veille au soir.

Newynog me jeta un regard affamé.

« Pas encore, mais bientôt », la rassurai-je. Elle me suivit jusqu'à la porte de la poterne tout en se retournant régulièrement vers l'âtre, comme si son petit déjeuner l'y attendait déjà.

« Qui va là ? » bougonna quelqu'un depuis le cellier. Probablement le cuisinier, qui se préparait à enfourner le pain.

Je refermai sans bruit la porte derrière moi et filai.

Le froid nocturne me saisit dès le seuil. Mais, au lieu d'enrouler mes bras autour de moi pour me réchauffer, je m'ouvris et accueillis cet inconfort comme le premier signe avant-coureur de la nouvelle journée.

Oncle Henry saluait chaque aurore pieds nus, tête nue, seulement vêtu de ses sous-vêtements. Je pense qu'il l'aurait fait nu s'il n'avait craint de choquer ma sensibilité monacale.

Je n'allais certes pas me déshabiller ici, en pleine vue, mais j'ôtai mes chaussures et mes bas. Pieds nus, je courus vers le jardin aux herbes, derrière le manoir. Les murs d'enceinte y étaient bas, plus ornementaux que protecteurs. À peine plus hauts que moi, ils n'offraient qu'une protection minime contre le vent et concentraient les rayons du soleil dans le jardin. Cependant, ils donnaient l'illusion d'un semblant d'intimité.

La magie opérée au grand jour repose sur le contact avec la terre et un véritable équilibre entre tous les éléments. Je plantai mes orteils dans le riche terreau des rangées de légumes, le sentis se tasser, se modeler à la forme de mes pieds ; berceau humide et réconfortant. D'instinct, je me déplaçai jusqu'à ce que mes pieds aient trouvé une flaque laissée par la pluie nocturne. Lors, je m'ouvris doucement à l'impression d'être connectée avec les racines qui poussaient dans la terre.

Le paganisme de mes actes fit peser la culpabilité sur moi.

« Dieu a modelé Adam dans l'argile. Puis il créa Ève à partir d'une côte d'Adam. L'humanité commença dans la terre, et dans la terre nous retournons. L'eau nourrit la terre comme elle nourrit mon âme. L'air soutient la lumière de l'amour divin comme il nous emplit du feu de la foi et de l'espoir. Nous sommes un élément du tout. Un avec Dieu. » Je créai ma propre litanie, mélange des anciennes pratiques et de la foi sur laquelle je m'étais appuyée toute ma vie. Je ne pouvais pas encore courir chercher le réconfort de la chapelle. Il me fallait d'abord achever cela.

Dans l'angle, un oiseau pépia dans le poirier. Je lui répondis. L'oiseau me retourna mon appel sous forme de question. Une joie sans égale s'étendit de mon sourire jusqu'à mon cœur.

Je tortillai de nouveau des orteils, à la recherche de… J'ignorais ce que je cherchais, je savais seulement qu'oncle Henry tenait à accueillir le jour chaque matin dans la joie et la reconnaissance. Je pouvais faire cela. Chaque journée que m'offrait Dieu était un présent inestimable. Comparée à toutes les incertitudes, les périls et l'incompréhension que j'avais endurés dernièrement, cette aube-ci était spéciale. Pleine d'une lumière propre à bannir les ténèbres des mauvais rêves et des souvenirs. Au moins vivais-je encore un peu.

La lumière crût progressivement autour de moi. Je me tournai vers l'est et attendis.

D'autres oiseaux rejoignirent celui du poirier, et chantèrent leur rituel matinal. Je rêvai d'enfler la voix en un chant, un de ceux que modulait oncle Henry chaque matin. Mais il chantait en gaélique, l'antique langage. Je ne le maîtrisais pas suffisamment pour être sûre que les paroles exprimeraient vraiment ma foi. Si je voulais y trouver de l'aide, il me fallait absolument croire en ce rituel, cette connexion à Dieu, à la terre et à toutes les choses vivantes.

Me revint alors en mémoire une prière que m'avait enseignée le père Truman, lorsque j'étais très jeune, une prière que je pouvais réciter chaque matin à prime. J'en laissai monter paisiblement les paroles. Une mélodie suivit, qui enfla en moi.

Sainte Marie, Sainte Mère de Dieu,
Donnez-moi la force de vivre ce jour
Avec de l'amour au cœur
Avec de la joie en tête
Avec des louanges aux lèvres.

Doux Jésus, Fils de Dieu
Je vous remercie pour cet autre jour.
Recevez ma prière pour une autre occasion
De vous prier dans chacun de mes actes.

Esprit Saint entre les Saints,
Emplissez-moi d'une foi inébranlable,
Montrez-moi le chemin de la vérité,
Ne me laissez pas me fourvoyer
Sur des routes sombres et périlleuses pour mon âme.

Suprême Dieu de l'univers,
Infiniment sage Créateur,
Bénissez-moi en ce jour, faites de moi une fille loyale,
Afin que je puisse parcourir ce monde,
Révérer la terre,
Respecter votre peuple,
Obéir à votre Église.

Alors que je terminais, le premier rayon de soleil apparut à l'horizon. Je contemplai ce trait de lumière rouge doré d'un œil nouveau. Il me parut si près, si tangible, que je pus presque le toucher. Je tendis la main et la refermai sur le vide.

Mes poumons se vidèrent. Mon allégresse s'envola. En même temps que les oiseaux.

« Ainsi, Dame Resmiranda, vous pratiquez également les anciennes coutumes. J'avais caressé l'espoir de faire de vous mon alliée, de vous éclairer sur le véritable pouvoir. Selon toute vraisemblance, vous embrassez déjà la vérité, lâcha Radburn Blakely, négligemment appuyé contre la grille.

– La vérité possède de multiples facettes, elle est vue par de multiples yeux. J'embrasse celle que m'a révélée Dieu. » Je lui fis résolument face. La gloire de la matinée affirmait toujours ma résolution, en dépit de l'ombre noire qui encerclait sa tête.

« J'ai le temps, et la patience, tout comme l'autorité, pour vous apprendre d'autres voies, Dame Resmiranda.

– Je ne reconnais que l'autorité de l'Église.

– Et celle de votre roi ? » De sa gorge monta un gloussement satirique. Il s'appuyait toujours contre la grille.

Cette impression de sécurité que j'avais perçue, bien des années auparavant, lors de son intrusion à Kirkenwood, me répugnait à présent. Ce havre qu'il offrait empestait le mal et la magie noire. « Le roi John est désormais mon tuteur. Il me faut reconnaître son autorité sur moi.

– Ah. Donc, vous acceptez également l'engagement de fiançailles signé par votre précédent tuteur, lord Henry Griffin. »

Un froid glacial, né au plus profond de mon ventre, menaça de pétrifier une fois encore mes muscles. Je le combattis en inspirant profondément et en remuant les doigts.

« J'ignorais jusqu'à l'existence d'un tel engagement. Oncle Henry mourut avant un quelconque échange de vœux ou de présents nuptiaux. Pour autant que je le sache, personne n'a jamais tenté de mener ce projet à terme.

– Oh, mais des vœux ont bien été échangés, les vôtres par procuration devant le roi, les miens de même devant Henry Griffin – lorsque l'engagement fut signé en présence de l'Église et du représentant du roi.

– Ces fiançailles furent le prix de sa libération des geôles royales. Votre grand-oncle ne vous a-t-il jamais informée du nom de votre promis – votre mari en tout sauf en consommation rituelle ? »

Je secouai la tête, incapable de dire un mot. Mon cœur s'affola.

« Votre oncle et votre roi ont décidé que vous m'épouseriez. Le décret est signé. Vous m'appartenez, Dame Resmiranda, vous et tous les secrets dissimulés à Kirkenwood. Il nous reste juste à consommer le mariage pour sceller la transaction. »

18

Que s'était-il donc produit, la nuit dernière ? Hugh secoua la tête. Il avait toujours son rêve présent à l'esprit, tenace, comme s'il revivait l'instant. Il pouvait même sentir l'odeur d'humidité, de soufre enflammé et de sang de la grotte.

Lui qui croyait avoir enfoui ce souvenir si profond que même Dieu ne pourrait le retrouver !

Assommé, il traversa la cour en direction du puits. Il s'y aspergea plusieurs fois d'eau glacée, ce qui eut pour effet de lui donner la chair de poule et de bannir ses souvenirs loin du réel, de les replacer dans une nébuleuse onirique.

Depuis l'instant même où il s'était retrouvé face aux ruines fumantes de Mendip Mor, il voyait des choses, il entendait des choses, et voilà que, maintenant, il se souvenait de choses qu'il aurait préféré oublier.

Que lui arrivait-il ? Rien de tout ceci n'avait un quelconque rapport avec la routine quotidienne.

La seule différence dans sa vie, c'était Ana. La belle, la vulnérable Ana, qui avait besoin d'une protection et d'un guide, et aussi, sans doute, d'un rappel cinglant de l'étiquette de Cour.

La rumeur accusait le clan Griffin de sorcellerie. Rien de véritablement sinistre, comme son souvenir de Radburn Blakely dans la caverne – souvenir qu'il effaça vite –, mais plutôt comme leur étrange affinité avec les animaux.

Cette chienne, Newynog, avait presque quelque chose d'humain. Ana communiquait avec elle d'une manière bien plus intime qu'une maîtresse normale avec son animal de compagnie. Et cet alezan rebelle qu'elle avait réquisitionné, une fois hors de Wells. Cette bête exigeait une surveillance étroite et une excellente assiette. Hugh n'avait pas pensé Ana suffisamment forte pour maîtriser l'animal, mais celui-ci lui avait obéi au doigt et à l'œil. Elle avait même réussi à gratter les oreilles d'Orage sans y laisser la main.

Les émotions d'Hugh, tout comme ses perceptions, étaient sens dessus dessous depuis l'instant même où il l'avait emportée loin du cellier en flammes. Il était certain qu'Ana pouvait le manipuler aussi facilement que sa chienne. Ce qui le fit grincer des dents.

Pas de panique. Jamais encore il n'avait refusé un combat. Il n'allait pas commencer maintenant. C'était Blakely l'ennemi, pas Ana, pas son Ana. Il fallait qu'il lui parle, avant que le manoir bondé ne s'éveille et que le roi n'exige leur attention.

Une voix féminine chantait un hymne matinal dans le jardin. Personne d'autre que son Ana n'avait bien pu se lever et chanter à une heure pareille. Même s'il la pensait épuisée par les désordres de la veille et ses rêves agités.

Il contourna les bâtiments et s'achemina vers la voix.

La rosée parsemait les fleurs à peine écloses. La lumière du soleil faisait scintiller ses gouttelettes, elle baignait l'enclos d'arcs-en-ciel brumeux et de couleurs aussi surnaturelles que chatoyantes.

Hugh s'arrêta à l'entrée, il s'imprégna de la paix du lieu. Quelques insectes vivement colorés voletaient de fleurs en branches d'arbres.

Ana était agenouillée au centre d'un anneau d'herbes argentées. Sa robe pourpre s'étalait autour d'elle telle une améthyste brute. Radburn Blakely se tenait à ses côtés. Le sorcier lui tenait gentiment le visage à deux mains et lui embrassait le front.

Les insectes disparurent dans un claquement audible.

Le sang monta à la tête d'Hugh.

« Comment osez-vous ? » Il brandit le poing et chargea.

« Contesteriez-vous mes attentions à ma fiancée ? » Blakely haussa un sourcil moqueur.

« Votre fiancée ? Ana, vous ne m'avez jamais parlé de fiançailles…

– Vous ne m'avez jamais posé la question. »

*

Que pouvais-je dire ? J'étais piégée. Piégée par des promesses d'hommes uniquement préoccupés de leurs enjeux politiques et qui se moquaient bien de moi. Un mariage avec Radburn Blakely ?

Comment oncle Henry avait-il pu accepter une telle alliance ? Il devait certainement savoir que le demi-frère du roi était l'Être Noir légendaire. Il devait le savoir !

Mais le savait-il ? Selon Blakely lui-même, ces vœux avaient été échangés par procuration. Peut-être ne l'avait-il jamais rencontré, peut-être n'avait-il jamais pu le reconnaître comme étant celui qui s'était introduit à Kirkenwood bien des années plus tôt.

Je me raccrochai à cette éventualité, et refusai de croire qu'oncle Henry m'avait délibérément liée à cet infâme personnage.

Mes fiançailles en échange de sa libération. Pourquoi Blakely et le roi avaient-ils attendu huit ans avant de conclure cet arrangement ? Les jeunes filles étaient souvent fiancées dès la naissance. Ils n'avaient nul besoin d'attendre que je sois en âge de me marier, et même plus.

Pourquoi avaient-ils attendu ?

Parce que j'avais échappé à leur traque. J'avais, nombre de fois, fui d'un couvent à un autre, avec toujours une légère avance sur mes poursuivants vêtus de noir. Blakely avait alors cherché un autre moyen de nous avoir, Kirkenwood et moi. Il avait besoin de mon aide pour découvrir la cache aux secrets.

Je ne pouvais le laisser prendre possession de moi, ni de mes secrets. Il allait me falloir le vaincre par la magie, ou pas du tout.

Comment ? Oncle Henry avait à peine eu le temps de me former avant de me pousser une fois encore sur les chemins. Avait-il compris la vérité de ces fiançailles ?

Je pourrais apprendre la magie de Blakely, glaner tous les secrets dans son esprit, exhumer ses faiblesses et, ensuite, le détruire avec ses propres armes.

Non. Cela signifierait feindre de croire à la justesse de ses méthodes. Je n'étais pas certaine d'en être capable. Je savais que je ne participerais jamais volontairement à ses rituels de mort et d'humiliation, à ses tortures et ses dépravations.

Cependant, pour le contrer, j'aurais besoin de la connaissance. Il me fallait rentrer à Kirkenwood. Vite.

« Je suis navrée, Hugh. Ces fiançailles ont été décidées il y a des années, sans que j'en sois avertie et sans mon accord. Je viens tout juste d'apprendre le nom de mon promis. » Je me redressai en tremblant. Blakely m'offrit sa main. Je l'ignorai, gardai les yeux posés sur Hugh et tentai d'y inscrire toutes mes émotions.

Je vous en prie, comprenez-moi. Acceptez ce rôle de complaisance qu'il me faut jouer, l'implorai-je en y mettant tout ce que je possédais de magie en moi.

Son esprit me demeura fermé.

Soudain, je regrettai l'incroyable intimité que nous

avions partagée dans le noir, mains jointes, alors que nous luttions ensemble contre ses souvenirs cauchemardesques et mes rêves prémonitoires.

« Avec cet Interdit et le refus du roi John à composer avec Rome, vous allez devoir patienter, pour le mariage comme pour la consommation. » Hugh avait énoncé cela d'une voix totalement égale. Il tourna les talons et quitta le jardin.

Il ne se repliait pas.

Il sortait de scène.

« Nous autres, Anglais, avons l'ancienne et honorable coutume des mariages sous loi commune », le contra Blakely.

Je le sentis légèrement sur la défensive. Il avait besoin de ce mariage maintenant. Pourquoi ?

« Il est certain que de nombreux couples vont recourir à cette coutume si le roi John et le pape ne trouvent pas bientôt un compromis », lançai-je. *Faites-moi confiance, Hugh*, l'implorai-je mentalement. *Je ne me résous pas de bon cœur à cette union.*

Hugh s'arrêta net, comme s'il m'avait entendue. Il pivota sur lui-même et fixa Blakely. Les deux hommes se mesurèrent du regard, ils s'évaluèrent comme deux guerriers avant le combat.

« Cependant, entre nobles, lorsque des titres, des terres et des loyautés sont en jeu, je doute que les barons, ou le roi, donnent leur accord pour une telle union », poursuivis-je.

Un soupçon d'espoir éclaira le visage fermé d'Hugh. Blakely plissa les yeux.

Je rêvai d'oser pénétrer ses pensées. Je n'y parviendrais jamais à son insu.

« Lors, nous nous contenterons de demander au roi la permission de traverser la frontière de l'Écosse », annonça Blakely. Il remua les épaules, comme pour clore le sujet.

Pour aller en Écosse, il nous faudrait passer non loin de Kirkenwood. Je pourrais certainement dévier le chemin jusque chez moi. Une fois là-bas, j'aurais accès à la connaissance dont j'avais besoin.

J'y aurais des alliés et, en cas de besoin, des endroits où me cacher.

*

« Nous allons rendre la justice ce matin », lança le roi John alors que Blakely, sire Hugh et moi pénétrions dans la demeure. Il se prélassait dans la grande chaise au centre de l'estrade, la seule véritable chaise de la maison. Il avait revêtu un pourpoint éclatant de propreté. Le soleil matinal qui se déversait par les hautes fenêtres faisait étinceler le cercle d'or posé sur son front. Il avait les yeux brillants de vigueur et d'enthousiasme.

« Votre Altesse. » Sire Nigel s'inclina devant le roi tout en se mordant les lèvres. « Nous n'avons aucun litige en suspens. Tous sont réglés par l'évêque. Je gère ces terres en son nom. » Le seigneur du manoir paraissait las et quelque peu chiffonné, comparé à son roi. Lady Sigrid et lui-même avaient dû travailler tard dans la nuit pour installer l'entourage royal.

« L'évêque n'a plus les honneurs de ce domaine ! » brailla le roi. Il sauta sur ses pieds et fit choir le parchemin qu'il avait sur les genoux. L'objet rebondit au bas de la marche et roula jusqu'à mes pieds. Je le ramassai et le tins négligemment contre ma cuisse.

« Vous allez me jurer obéissance. Tout de suite. Sur l'instant. » Le visage de John se marqua de plaques rouges. Une mousse se forma aux commissures de ses lèvres. Le noir de son aura s'intensifia.

Près de moi, Blakely eut du mal à réprimer son hilarité. Ses épaules tremblèrent, il pinça la bouche.

Hugh lui jeta un regard de profond dédain.

« Votre réaction est parfaitement déplacée, commenta-t-il paisiblement entre ses dents.

– Oh, mais au contraire ! souffla Radburn. Mon frère dévoile son caractère. Un de ces jours, il se laissera emporter par lui. Vous verrez. Alors, nous – vous, moi et tous les barons – serons débarrassés de lui une bonne fois pour toutes. »

Hugh en eut un mouvement de recul, stupéfait.

Indécis, sire Nigel regarda autour de lui. Je ne pense pas qu'il entendit l'aparté près de la porte. « Mon serment, Altesse… ? s'enquit-il, perplexe.

– Nous avons repris ces domaines à l'évêque. Votre serment à Notre égard, tout de suite, maintenant, ou vous perdrez tout ! » John posa sa main sur sa hanche, là où se trouverait une épée s'il arpentait un champ de bataille, et non un petit manoir. Il paraissait suffisamment furieux pour exécuter sire Nigel sur l'heure.

Je revis l'*athame* tordu dont Radburn Blakely s'était servi pour assassiner une inconnue des années plus tôt. Le possédait-il toujours, prêt à l'usage sur un ordre de John ? Ou le gardait-il pour les meurtres rituels ?

Le seigneur du lieu tomba à genoux devant le roi, mains levées.

« Si seulement nous avions un prêtre sous la main, pour interpréter les ramifications de cet Interdit », soufflai-je, autant pour moi que pour les autres. Le parchemin ramassé un peu plus tôt me brûlait les doigts. Il me tardait de le lire.

« Vous n'obtiendriez jamais une réponse franche d'un prêtre, quel qu'il soit. J'ai étudié dix années durant pour en devenir un. Ils n'aiment rien tant que pratiquer une rhétorique absconse », me répondit Radburn. Il s'amusait toujours autant.

Si je n'avais pas su à quel point il pouvait être maléfique, j'aurais facilement pu le trouver beau et charmant.

Cependant, son aura noire gâchait tout. Ce fut alors que je découvris l'absence de son autre ombre, son serviteur.

J'inspectai frénétiquement la foule et tentai d'y distinguer cet homme presque invisible. Il n'était pas là. Je déployai prudemment mes autres sens, ceux que j'espérais pleinement éveiller et affûter, et me mis en quête du personnage.

Rien. Il semblait s'être volatilisé. La panique m'effleura, car j'ignorais pourquoi sa présence avait de l'importance.

« Formez un cercle, tous d'entre vous », ordonna le roi John d'une voix forte. Rasséréné, il souriait de toutes ses dents.

Ses brusques sautes d'humeur me terrifiaient presque autant que sa fureur. De la rage à la bonhomie. De la nature froide et calculatrice à la destruction aveugle. Et ensuite ? Avec quelle rapidité ?

« Vous allez tous assister au serment de loyauté de sire Nigel, et vous réjouir qu'il ait rejoint Notre compagnie », hurla John.

Courtisans et serviteurs se placèrent en demi-cercle autour de l'estrade. Blakely nous tira, Hugh et moi, à quelques pas derrière le roi. Lady Sigrid s'agenouilla près de son mari.

John posa ses mains sur celles de sire Nigel.

« Par le Seigneur, dont est saint ce sanctuaire… » Sire Nigel regarda autour de lui tout en récitant les paroles rituelles, un instant désarçonné par le fait que cette cérémonie n'avait pas lieu, selon l'usage, dans la chapelle. Puis il poussa un soupir et poursuivit. « Envers John je serai franc et loyal, j'aimerai ce qu'il aime et éviterai ce qu'il évite, en accord avec les lois de Dieu et l'ordre du monde. Je ne ferai, ni en actes ni en paroles, rien qui puisse lui déplaire, sous réserve qu'il me donne selon mes mérites, et qu'il fasse tout ce qui fut compris dans notre accord, lorsque je me soumis à lui et acceptai sa volonté. » Sire Nigel récita l'antique serment, vénéré par les barons de cette terre dans les siècles qui précédèrent l'invasion normande, d'une voix claire.

La réponse de John fut nettement moins distincte. J'entendis seulement qu'il promettait son aide à sire Nigel, sa protection à sa veuve et à ses enfants s'il mourait, et honorerait les droits de sire Nigel en tant que baron et propriétaire.

Hugh poussa un soupir de soulagement. Je l'imitai, et expulsai par la même occasion toute la tension accumulée.

« Et maintenant ? soufflai-je.

– Maintenant, nous allons informer mon frère de notre hâte à nous marier. » Radburn empoigna ma main et me tira en avant.

Hugh nous suivit. Je le sentis tripoter sa dague.

« Pas maintenant, lui murmurai-je entre mes dents tout en fixant l'arme.

– Mais…

– Je vais trouver quelque chose !

– Trouvez vite. » Hugh s'interrompit. « Où est Newynog ? »

Je la cherchai, car nous n'étions jamais vraiment séparées, et ce depuis sa naissance.

« Elle court », répliquai-je. L'espace d'un instant, nous partageâmes une folle liberté, langue pendante, et le bonheur de la poursuite en galopant à travers champs. Nous avions un goût bizarre sur le bout de la langue. Le serviteur fantôme de Radburn Blakely. Il s'éloignait du manoir à bride abattue. En mission.

La suspicion me fit réintégrer mon corps et mon esprit. Blakely avait donné une mission à son âme damnée. *Suis-le, Newynog. Il faut que nous sachions.*

« Sire, j'ai retrouvé ma promise. J'aimerais l'épouser aujourd'hui », annonça Radburn sans préambule.

John sourit de toutes ses dents. Ses pupilles s'élargirent, sa barbe parut se tortiller autour de sa bouche. Quelque chose, dans la déclaration de son demi-frère, le mettait en joie.

« Nous sommes frappés d'Interdit, rappela Hugh à la cantonade. Aucun mariage ne peut être célébré. »

Mon cœur enfla un peu à l'idée qu'il continuerait à se battre pour moi. Il respectait ses promesses.

« Avec votre permission, Altesse, j'aimerais emmener ma promise en Écosse et l'épouser là-bas. J'en ai le droit. Vous m'avez promis ce mariage », insista Blakely.

Le roi John inspecta le sol du regard. Une mimique perplexe se peignit sur ses traits. Le rouleau de parchemin pesa plus lourd dans ma manche. Je le tendis au roi.

Il me sourit. Pour la première fois, je perçus la chaleur de son plaisir sincère. Nuls calculs. Nulles déceptions. Une trace de sa véritable nature, intelligente, charmante et pleine d'humour éclaira son visage et son aura.

J'avais un espoir de briser le contrôle qu'exerçait Blakely sur lui. Un tout petit espoir, si jamais je pouvais retourner assez longtemps chez moi pour restaurer mes pouvoirs.

Puis cet instant de grâce disparut, et mon cœur retrouva son état anxieux normal.

Le roi déroula le parchemin.

« Malheureusement, mon frère, Nous avons fait erreur dans Nos promesses. » Un sourire féroce lui ouvrit la bouche et dénuda ses dents. Il en avait encore la plupart.

« Que voulez-vous dire ? » Blakely plissa les yeux. Je perçus le refroidissement de son corps près de moi. La noirceur de son aura, que je ne parvenais jamais à ignorer, s'étendit et nous engloba, le roi et moi.

« Lorsque vous avez pour la première fois abordé ce sujet, à Worcester, Nous avons envoyé chercher ce décret à la Chancellerie. Il est arrivé il y a à peine dix minutes. » John s'interrompit, afin de lire l'interminable missive. « Bien pratique, d'avoir tous Nos documents regroupés dans un seul bâtiment à Londres, avec du personnel prêt à dénicher ce dont Nous avons besoin », ajouta-t-il négligemment.

La tension crût parmi ceux d'entre nous qui se trouvaient sur l'estrade. Hugh se rapprocha de moi. Les doigts de Blakely voletèrent autour de sa sacoche de ceinture – pas sa dague. Il devait y ranger ses fournitures magiques et, d'instinct, faisait plus confiance à sa magie qu'à ses armes terrestres. Je ne vis nulle trace de la lame dont il se servait pour ses rituels. Il devait réserver cela à un *athame*.

En dépit de l'emprise douloureuse de Blakely sur mon poignet, je me rapprochai d'Hugh. La chaleur de son corps m'enveloppa. C'était lui qui assurerait ma sécurité, et non pas ce sinistre sorcier.

« Quel rapport cet antique parchemin a-t-il avec un engagement légitime, signé par vous et le tuteur de la fille ? voulut savoir Blakely.

– Notre estimé arrière-grand-père, Henry Ier, accorda à son contemporain le baron de Kirkenwood, le droit de succession pour ses privilèges. Par ce décret, il proclama Kirkenwood indépendant de la monarchie. Ce privilège fut confirmé par Notre père, Henry II, et Notre frère Richard. » John laissa le rouleau se refermer en claquant.

« Cela n'a rien à voir avec mes fiançailles ! » La voix de Blakely monta dans les aigus. Les pointes de ses cheveux blond argenté frémirent sur sa nuque crispée. Il resserra sa prise sur mon poignet. Je criai, mais nul ne me prêta attention. Tous les yeux étaient braqués sur le roi.

« Cela a tout à voir avec tes fiançailles, répliqua John. Car lady Resmiranda est désormais baronne de Kirkenwood, et pleinement indépendante. Elle est en droit de décider de son propre avenir – avec Notre permission, s'entend. »

19

« Vous aviez promis ! » La rage incendia Radburn Blakely. Une rage dirigée contre son frère déloyal. « Jamais encore vous n'avez brisé une promesse que vous m'aviez faite.

– C'est la loi. » John haussa les épaules. « Bien évidemment, Nous pourrions différer la permission à lady Resmiranda d'épouser un autre homme que toi. Nous verrons. » Son sourire n'atteignit pas son regard.

« Ou vous pourriez lui en donner un autre ! Sire Hugh, par exemple.

– Pas encore. Nous pensons que Nous allons offrir à cette dame l'occasion de profiter un peu de sa liberté. »

Radburn lutta pour conserver son sang-froid. Il devait se montrer rationnel. Maintenant, avant de jeter un sort qui terrasserait son frère et assurerait sa propre perte.

La Cour le soupçonnait de sorcellerie, et le tolérait tant qu'elle n'avait pas la preuve flagrante de ses pouvoirs surnaturels. De plus, nombre de ses guerriers respectaient sire Hugh Fitz Chênenoir, et n'hésiteraient pas à le ceinturer et à le brûler sur-le-champ, sans même lui accorder le bénéfice d'un procès. Ce qui pourrait bien régler le différend de l'Angleterre avec l'Église, mais n'arrangerait rien pour Radburn. Il avait besoin de vivre afin de contrôler l'enfant de John après le décès de celui-ci.

Il lui fallait encore semer plus le chaos avant que John ne se fonde dans un perfectionnisme pointilleux. Il allait devoir rétablir à nouveau les gardes. Cette fois-ci, il les rendrait indestructibles.

Il serra et desserra son poing tant de fois que ses ongles creusèrent sa paume jusqu'au sang. La douleur concentrait ses énergies. Il carra les épaules et fit face à son frère.

« Nous avons une investiture à célébrer, déclara John en se frottant les mains de joie. Nous Nous rendrons à Kirkenwood en passant par Durham. Il serait juste que la nouvelle baronne héberge la Cour pour la cérémonie. »

Radburn perçut le frémissement de la fille à l'idée de ce que cela allait lui coûter. Puis il vit Fitz Chênenoir lui prendre la main. Un accès de jalousie, presque aussi brûlant que sa rage précédente, l'enflamma. Nul doute que si elle avait le choix, la dame emmènerait sire Hugh dans son lit.

« Kirkenwood est à moi ! souffla-t-il pour lui-même. Kirkenwood et tous ses obscurs secrets – sans oublier sa maîtresse. » Puis il sourit. John prévoyait de les emmener tous à Kirkenwood, dangereusement proche de la frontière écossaise. Il lui serait un jeu d'enfant d'enlever la fille et de l'obliger au mariage. Face au *fait accompli*[1], John n'aurait d'autre solution que de bénir cette union.

« La route pour Durham passe par Bellecôte. Nous y ferons halte et rendrons visite à Notre homonyme, le jeune John, poursuivit le roi. Selon vous, sire Hugh, votre beau-fils est assez vaillant pour être pris en tutelle. Nous allons réfléchir au fait d'inclure le garçon à Notre maisonnée. »

1. En français dans le texte. *(N.d.T.)*

Sire Hugh s'inclina, il acceptait la décision royale sans rechigner.

Radburn ne put s'empêcher de sourire. Une grosse surprise allait les attendre à Bellecôte.

Resmiranda secoua la tête et ferma les yeux. Puis l'avertissement de sa voix mentale lui perça l'oreille interne. *Newynog ! Arrête-le, arrête le serviteur fantôme.*

Merde[1], jura Radburn. Son désir de contempler la demeure et le beau-fils de son rival détruits par les flammes avaient dû alerter la fille. Elle possédait un immense pouvoir, pour lire si parfaitement en lui sans qu'il s'en rende compte. Cependant, elle n'avait que peu ou pas d'entraînement, si elle ne pouvait garder pour elle ses ordres à ses proches.

Très bien. Il connaissait à présent ses talents et sa plus grande faiblesse. Il n'en serait que plus facile de la diriger et de la corrompre quand il saurait à quoi il avait affaire.

Elle devrait apprendre à s'appuyer sur lui comme elle le faisait avec ses proches.

Le maudit chien-loup ne survivrait pas à ce voyage.

*

Newynog ! continuai-je à appeler. Ma quête perdit de sa précision et erra sans destinataire. La dernière image que j'avais perçue était celle de l'épais fourré qui lui avait offert une cachette idéale alors que sa cible abreuvait son cheval à un ruisseau.

Ma relation à elle s'interrompit brusquement. Le vide que je ressentis dans le ventre me plia presque en deux.

Newynog ! Pourquoi ne répondait-elle pas ?

« Êtes-vous souffrante, ma Dame ? » Blakely me

1. En français dans le texte. *(N.d.T.)*

caressa le coude, compatissant. La chaleur de ses doigts traversa les multiples couches de vêtements et me brûla la peau.

Hugh me prit l'autre bras. La tension entre les deux hommes menaçait de me déchirer. J'accueillis presque avec joie cette douleur qui remplaçait le vide de la perte de Newynog.

Les images d'un château inconnu environné de flammes et de fumée me hantaient. Lequel ?

La logique m'obligea à penser que Radburn avait choisi de frapper un lieu qui porterait un grand tort au roi John. Quel château, et qu'avait fait son serviteur à ma chienne ?

« La Cour nous rejoindra en route, déclara le roi. À partir du moment où sire Nigel n'a aucun litige en suspens que nous puissions juger, Nous partirons dès que Nous aurons rompu le jeûne. Nous pensons, Dame Resmiranda, que vous avez les montures appropriées et n'avez pas besoin de voyager dans les chariots ?

– Elle voyagera en croupe derrière moi, assura Blakely.

– Sire Hugh m'a loué un cheval. Je suis tout à fait capable de monter seule. » Même s'il me faudrait emprunter une paire de braies et de chausses pour me protéger les jambes. Nul besoin d'exciter davantage Blakely par leur vision.

J'aurai également besoin de la liberté de quitter la route pour rechercher mon animal.

Les serviteurs et courtisans s'en furent vaquer aux préparatifs du départ. D'autres nous apportèrent du pain, de la bière et de la viande pour le petit déjeuner. Fort heureusement, Blakely suivit le roi John dans la chambre.

Je demeurai sur l'estrade, et cherchai mentalement Newynog.

« Que se passe-t-il, Ana ? me murmura Hugh, qui me tenait toujours le coude.

– Quelque chose est arrivé à Newynog, lui répondis-je sur le même ton. Elle pourchassait le serviteur de Blakely. Puis j'ai perdu le contact avec elle. » Je faisais confiance à Hugh pour savoir que mes rapports avec ma chienne dépassaient la normale. Je ne me préoccupais plus qu'il me prenne pour une sorcière, je savais qu'il acceptait mon don.

« Blakely n'a pas de serviteur, objecta-t-il.

– Mais si. Un homme qui l'imite si bien qu'il ne paraît rien de plus que son ombre. Un homme si ordinaire qu'il en devient invisible parmi la troupe des autres larbins. Il est parti, maintenant, et l'esprit de Blakely renvoie des images de flammes et de destruction. »

Hugh inspira profondément entre ses dents.

« Il faut que nous parlions, Dame Ana.

– En privé, répondis-je.

– Un privé absolu. Nous serons à Bellecôte ce soir. Je connais un lieu où même Blakely ne saurait nous trouver.

– Je dois retrouver Newynog. »

Hugh leva une main et fit signe à Archie de nous rejoindre. Il lui lança quelques mots brefs, et son sergent d'armes sortit du manoir au pas de course. « Si on pose des questions, il est parti en éclaireur pour prévenir Bellecôte de notre arrivée. En chemin, il cherchera la trace de votre chienne.

– Je vous remercie, mais je préfère la chercher moi-même. » Sa main descendit de mon coude à la mienne. Nos doigts s'entrelacèrent, comme ils l'avaient fait la nuit dernière.

Cet instant de partage s'étira. Nous nous dévisageâmes, et reconnûmes en silence que nous nous appartenions l'un l'autre. Nous avions confiance l'un en l'autre.

« Inutile d'attirer l'attention plus que nécessaire sur vous, reprit-il posément, sans cesser de me regarder. Blakely et John cherchent une raison de vous abattre.

– Je suis la dernière de ma lignée. » Tout comme Newynog. Les implications me sautèrent brutalement aux yeux. « Si je meurs sans descendance ni successeur désigné, Kirkenwood retombera sous le contrôle royal, ainsi que tous les registres que tient ma famille depuis l'époque où Arthur Pendragon gouvernait la Bretagne. » Je laissai Hugh tirer ses propres conclusions quant aux informations préjudiciables que mon grand-oncle et mon père avaient consignées dans ces livres.

Tout comme moi, Newynog devait vivre suffisamment longtemps pour engendrer une chienne qui aiderait mon héritière. Nous autres les Griffin allions toujours par paire.

« John ne peut courir le risque que quiconque trouve ces journaux. Tant qu'ils demeureront cachés, j'aurai la vie sauve. » Si John mettait Kirkenwood à sac et découvrait la pièce secrète dissimulée dans la muraille extérieure, alors ni moi ni mes éventuels enfants ou héritiers ne vivraient longtemps.

*

Au cours de la longue et harassante journée à dos de cheval, Hugh surveilla constamment Ana, Blakely et le roi. Il vit la manière dont les courtisans changeaient de place dans la procession. Il nota qui John autorisait à s'attarder près de lui et qui il congédiait au plus vite. Blakely fut le seul qu'il laissa chevaucher à sa droite, position de confiance des conseillers. Une position en principe dévolue à William, le comte Marshall. Mais ce formidable chevalier s'était retiré dans ses terres d'Irlande, plutôt que de renier son vœu de fidélité à

Philippe de France, où il possédait également des propriétés.

Tous les barons qui possédaient des terres dans les deux pays avaient été sommés de renoncer à l'un ou à l'autre des deux rois. Certains vendaient leurs domaines aux seigneurs qui désiraient servir l'autre souverain. D'autres envoyaient leurs fils cadets clamer leurs possessions et leurs titres dans l'autre pays. Le maréchal avait bâti sa réputation et sa fortune sur sa fidélité à sa parole. Il refusait donc de la trahir maintenant, même sous la menace d'une défaveur royale.

Hugh avait tenté de suivre son exemple mais, à trente ans, il ne possédait rien d'autre que son épée. Quand Bellecôte faisait un petit profit, après avoir réglé les taxes dues au roi et à l'Église, le remboursement de la dîme compensatoire de trépas, et la réparation des domaines et châteaux négligés, il glanait quelques pièces pour lui-même. Rien de plus.

Pour la première fois en neuf années de service, Hugh se demanda si John lui était aussi sincèrement loyal que lui-même l'était vis-à-vis de lui.

Il repoussa cette pensée. Ana avait semé en lui la graine de la discorde. Sa hardiesse préoccupait Hugh. Ne savait-elle pas quel danger elle courait ?

Elle devait le savoir, si elle possédait les sortes de pouvoirs auxquels elle avait fait allusion.

Déjà, elle cherchait son chien, reniflant de ce côté, puis de l'autre, comme si elle partageait les sens de l'animal. Hugh n'avait vu nulle part trace d'Archie ou de la bête sur la longue route qui menait à Bellecôte.

Lors, Ana tira sur ses rênes. L'alezan renâcla en piaffant. Elle posa la main gauche sur son garrot et lui murmura quelques mots. Aussitôt, sa monture se calma et se plaça sur le bas-côté afin de laisser passer le reste de la troupe.

Hugh la rejoignit. « Que faites-vous ? lui demanda-t-il tranquillement.

– C'est ici que Newynog a quitté la route », répondit-elle, tout aussi posément. Elle mit pied à terre, souleva l'antérieure gauche de son cheval et en inspecta le sabot.

« Vous ne pouvez quitter l'entourage royal pour chercher un chien. Voyez, Blakely vous regrette déjà et informe John de votre absence. » La propre monture d'Hugh gratta impatiemment la terre de ses sabots, mécontent d'être laissée en arrière. Hugh eut du mal à maîtriser sa bête, alors que tous deux ne rêvaient que de galoper en tête du défilé.

« Je pense qu'une pierre s'est coincée dans le sabot », déclara Ana, assez fort pour être entendue des chevaliers qui passaient devant eux.

Hugh sauta à terre et la rejoignit. Il tira un pic de sa sacoche et entrepris de nettoyer la fourchette de ses débris. Puis il inspecta le sabot et le fer, à la recherche d'une craquelure ou de gravillons encore coincés.

« Ce sabot me paraît bon. » Il tâta méticuleusement la fourchette. « Je ne saurais dire s'il y a quelque chose de cassé.

– Avez-vous besoin d'assistance, Dame Resmiranda ? » Blakely avait tourné bride et revenait vers eux. Il demeura en selle et baissa les yeux sur Hugh avec la tête de celui qui examine la fourmi qu'il veut écraser.

« Nous avons la situation bien en main, monseigneur, rétorqua Ana avec un grand sourire.

– Montez derrière moi, ma Dame. Le cheval doit se reposer tant que l'enflure n'aura pas disparu, ordonna Blakely.

– Je vais marcher quelque temps à côté de ma monture. Le groupe n'avance pas plus vite que quelqu'un à pied. Je ne prendrai pas de retard », déclara-t-elle, tout en se redressant en une pose des plus régaliennes. Ainsi debout, le cou tordu vers l'homme à cheval, cette pose autoritaire donna inexplicablement l'impression qu'elle regardait un inférieur de haut.

Hugh eut envie de s'esclaffer devant la mine consternée de Blakely.

« Vous ! » Blakely pointa le doigt sur un petit chevalier, derrière eux. « Donnez votre cheval à cette dame. » L'homme dirigea sa monture vers eux et mit gracieusement pied à terre. Il croisa les mains pour aider lady Ana à enfourcher son propre palefroi.

Blakely bondit à terre et le poussa d'un coup d'épaule. Puis il offrit lui-même son assistance à Ana.

Hugh se sentit soudain déplacé, comparé à l'élégance et au maintien royal du personnage. Sa vieille blessure à la cuisse se réveilla.

« Allez avec lui, souffla-t-il. Je vais partir en quête de votre maudit molosse.

– Mais…

– Je ne crois ni aux sorcières ni aux démons familiers, mais je sais que vous chérissez Newynog. Je vais la trouver et vous la ramener. » Il la poussa vers le cheval qui attendait.

Ana se mordit la lèvre, indécise.

« Ne le contrariez pas, ni le roi », ordonna Hugh.

Elle se mit gracieusement en selle, sans l'aide du chevalier ni de Blakely. Après un clin d'œil de conspirateur, elle reprit sa place dans la procession.

Hugh se concentra sur sa tâche. Un étroit sentier de chasse partait au milieu des fourrés et d'un bosquet. Il entendit, au loin, le gazouillis d'un ruisseau cascadant sur la roche. Il connaissait l'endroit. Des années plus tôt, alors qu'ils venaient à peine de se marier et qu'il recherchait encore son affection, il y avait amené Ardyth. Elle l'avait accepté dans son lit, mais jamais ailleurs. Ils ne s'étaient jamais rencontrés avant le jour où l'évêque de

Bath avait célébré leur union. Tout avait été arrangé par le roi John.

Il ne prit pas la peine de trotter paisiblement au travers de l'entrelacs de végétation. Non, il talonna violemment Orage et traversa fougères et vignes au grand galop, tout en souhaitant que les tiges soient le cou de Blakely, et ces fourrés un champ de bataille.

Peu à peu, le vacarme occasionné par la suite royale diminua dans le lointain. Le bruit de la cascade devint plus clair. Il s'arrêta un instant et inspira profondément. Inutile de laisser sa rage et sa jalousie prendre le pas sur son bon sens. Il avait toujours la confiance du roi. Il avait toujours la tutelle profitable de son beau-fils. Il pouvait toujours empêcher Blakely d'épouser Ana, afin de…

Avait-il réellement envie de se compliquer la vie avec lady Resmiranda Griffin ?

Avant d'avoir pu décider si les terres et les titres de la dame valaient bien une bataille avec Blakely et le roi pour obtenir sa main, un autre son lui parvint. Un petit gémissement, le gémissement d'un animal en détresse.

Il avança plus vite. Le chemin descendait en serpentant vers la crique, au pied de la cascade – qui faisait à peine soixante centimètres de hauteur. Rien n'avait changé depuis l'automne dernier, quand il était venu avec le petit John ; à l'exception des traces récentes d'un cheval qui avait brouté non loin des aulnes, et des empreintes de bottes dans la boue près de l'eau.

Les marques s'arrêtaient deux pas plus loin vers l'amont. Une bagarre. Quelque chose avait lourdement atterri dans la boue. L'homme s'était relevé et était parti. Avait-il tiré de l'eau quelque chose de pesant ? Quelque chose qui avait laissé une trace de sang, écrasé l'herbe et les fougères dans une autre direction. Les empreintes bottées repartaient vers les aulnes et le cheval.

Le gémissement étouffé d'une bête blessée attira Hugh le long de la trace, vers un épais fourré de fougères. Il en écarta prudemment les premières branches. D'abord, il repéra le frémissement d'une queue fauve. « Newynog ? » souffla-t-il.

La fourrure frémit, le gémissement se mua en sourd grondement.

« Qu'est-ce qui ne va pas, Newynog ? » Il s'accroupit, en prenant bien garde à ne pas toucher la chienne tant qu'elle ne l'aurait pas reconnu.

Un autre gémissement, et la chienne se tourna suffisamment pour pointer sa truffe hors du buisson. Une traînée de sang maculait son museau.

« Ah, Newynog, que t'a-t-il fait ? » Il tendit la main, paume offerte, vers sa truffe. « Je ne te ferai aucun mal, mon toutou, mais il va falloir que tu me laisses regarder. »

Newynog lui caressa les doigts du bout de la langue. Prenant ce geste pour une permission, il se rapprocha d'elle afin de la voir en entier.

Hugh laissa échapper un brusque soupir. « J'ai vu, à la guerre, des blessures moins pernicieuses que celle-ci, mon toutou », suffoqua-t-il à la vue de la plaie béante qu'elle avait au flanc. « Je dirais une lame perverse, courte et effilée, peut-être empoisonnée. »

Newynog gémit encore et tenta de lécher sa fourrure souillée de sang.

Hugh résista à son instinct qui était de mettre un terme, ici et maintenant, aux souffrances de l'animal.

Ana ne le lui pardonnerait jamais. Il voulait son amitié. Il voulait tout un tas de choses d'elle, mais il commencerait par son amitié.

« Je n'ai pas grand-chose sous la main, mon toutou, mais je vais faire le mieux possible », déclara-t-il en déchirant des bandes de l'ourlet de sa chemise. Il la câlina d'une voix douce tout en réunissant quelques fournitures d'urgence improvisées. De la mousse, de l'écorce de saule, de l'eau, des bandages. Un chirurgien ou un médecin auraient probablement découvert d'autres plantes miraculeuses parmi celles qui poussaient dans la crique.

« Bon, je vais te panser pour le voyage, toutou. Je suis sûr que Dame Ana saura te soigner plus efficacement que moi. » Il lava la plaie à l'eau claire, la rafraîchit et la débarrassa du sang séché tout autour. « Si j'avais une quelconque potion qui te fasse dormir, je raserais les poils près de ta blessure, mais je ne crois pas que tu me laisserais faire. »

Newynog lui donna son accord, puis lécha la plaie afin de la débarrasser de l'eau et du sang dilués.

Tout en la déplaçant délicatement, Hugh l'enveloppa de bandages après avoir appliqué de la mousse et de l'écorce. Si elle n'essaya nullement de le mordre, elle protesta quand il la souleva.

« Et maintenant, toutou, qu'est-ce qu'on fait ? » s'enquit Hugh en nouant la dernière bande. « Je n'ai pas de brancard, pour te transporter entre deux chevaux. D'ailleurs, je n'ai même pas une deuxième monture. Me feras-tu confiance ? »

Newynog lui décocha un regard méfiant.

« Que tu me fasses confiance ou non, je vais t'installer sur le dos d'Orage, devant la selle. Nous t'emporterons jusque chez moi. Je connais un raccourci. Nous y arriverons à peu près en même temps qu'Ana. »

Au nom de sa maîtresse, la chienne dressa les oreilles et recommença à gémir.

Après moult tentatives, Hugh réussit à la soulever dans ses bras et l'emporta vers Orage. Encore jeune, Newynog n'avait heureusement pas atteint sa taille et son poids adulte. Sinon, jamais il n'aurait pu la hisser sur le dos de sa monture.

« Si c'est le serviteur de Blakely qui t'a fait cela,

Newynog, alors l'assassin favori du roi devra répondre d'un autre crime. » Hugh la caressa tout en talonnant Orage. Il sentit croître son affection pour la chienne, à l'image de ses sentiments pour Ana.

Merde[1] *!* Il n'avait pas besoin d'une belle sorcière pleine de secrets et de rancune envers le roi.

Cependant, il lui fallait un titre et une terre bien à lui. Ana pourrait-elle lui offrir cela – ou devait-il les attendre du roi ?

Ils suivirent sans encombre les chemins oubliés qui longeaient la crête, puis traversèrent un pâturage en direction du premier des villages du domaine Bellecôte.

L'odeur familière de bois brûlé et de ragoût en train de mijoter le poussa à presser Orage.

La fumée devint plus épaisse, plus âcre.

« Sainte Mère ! Pas encore ! » Alors qu'il passait le sommet de la rangée de collines au sud de Bellecôte, il repéra l'épais nuage de fumée qui montait des murs de sa demeure.

« Johnny ! » hurla-t-il en lançant Orage au galop. « Sainte Mère, sauvez mon fils ! »

1. En français dans le texte. *(N.d.T.)*

20

« Plus vite ! Plus vite, les seaux », ordonna le roi. Les paysans, courtisans, serviteurs et chevaliers, alignés entre le puits et les cuisines de Bellecôte en flammes, accrurent la cadence. Je plongeai mon seau dans l'eau, le remontai et le fis passer à la première personne de la file. Quelques secondes plus tard, Petit, le valet du roi, accourut depuis le bout de la rangée et plongea, lui aussi, son seau dans le puits.

J'avais tant entendu de médisances sur les erreurs tactiques du roi John que j'en avais oublié combien d'autres batailles il avait gagnées. Il avait, en effet, le génie des Plantagenêts pour frapper en un éclair des cibles cruciales. Grâce à son sens inné de l'organisation, le roi avait déployé son propre entourage et les habitants hébétés du château afin de lutter efficacement contre l'incendie.

Le serviteur fantomatique et presque invisible de Blakely vida son seau n'importe où, sauf sur la cuisine. L'incendie mit ce court répit à profit pour reprendre de la vigueur, et projeter un jet d'étincelles vers les écuries.

Un petit garçon de six ou sept ans vint placer son poney à côté du roi. Sur un mot de John, le jeune John Bellecôte talonna sa monture et s'en fut au galop. Il s'arrêta près des écuries en criant des ordres aux palefreniers. Aussitôt, ceux-ci firent sortir les précieuses bêtes.

En faisant magistralement participer l'enfant au combat pour préserver son héritage, le roi ne lui avait pas seulement donné l'impression d'être utile, mais il s'était également gagné sa confiance et sa loyauté. Probablement à jamais.

Je revins quelque peu sur mes préventions envers John. Je le savais impitoyable et dangereux. À présent, je voyais un homme avisé, un chef et – sans doute – un bon père. Mes émotions se perdirent dans le dur combat pour anéantir l'incendie avant qu'il ne se propage au toit de chaume de la grande tour.

Lors, au milieu de la fumée et du chaos organisé, sire Hugh Fitz Chênenoir arriva à bride abattue. Il immobilisa Orage si brutalement que l'étalon se cabra et fouetta l'air de ses sabots massifs. Newynog et le cavalier ne furent pas loin de choir de la selle. Hugh examina la cour d'un air anxieux. Et se détendit un peu en repérant son beau-fils, sain et sauf.

« Newynog ! » hurlai-je tout en quittant précipitamment ma place, en tête de file. D'autres porteurs de seaux et de cuvettes me remplacèrent. « Qu'avez-vous fait à ma Newynog ? braillai-je en plongeant entre les sabots d'Orage.

– Suffit, Orage », ordonna Hugh. L'étalon renâcla, mais se calma assez pour que je puisse écarter de ses yeux les oreilles tombantes de ma chienne. « Elle est salement blessée, Ana. J'ai bandé sa plaie du mieux que j'ai pu, mais elle a vraiment besoin de soins. » Il mit péniblement pied à terre, comme s'il avait mal à la jambe droite.

Ensemble, nous descendîmes Newynog de la selle. Hugh l'emporta dans un coin tranquille, sous la tour de garde. « Restez ici, vous êtes en sécurité », me lança-t-il avant de repartir vers l'incendie. Il adressa quelques mots au roi, puis réquisitionna quatre hommes. Chacun attrapa qui une fourche, qui une hache ou une pelle, puis ils entreprirent de démolir la cuisine, de séparer le bâtiment de bois des pierres du donjon.

Je me concentrai sur ma chienne. Allongée au soleil, Newynog respirait avec difficulté. La rude chevauchée en travers de la selle n'avait pas arrangé son état. J'allais devoir agir vite, si je voulais la sauver.

« Merci, Newynog. Merci d'avoir retardé *Monsieur le Fantôme*[1]. S'il était arrivé ici un peu plus tôt, le feu se serait trop étendu, et nous n'aurions rien pu faire. » Je chantonnai les mots, comme une berceuse, début d'une transe pour elle et moi. Je n'avais plus fait cela depuis la nuit où j'avais tenté, en vain, de guérir tante Lotta.

« Je puis vous montrer une bonne façon de faire », lança Radburn Blakely. Debout au-dessus de moi, il bloquait la lumière du soleil.

« Vous feriez mieux d'aller aider à combattre l'incendie », répliquai-je. Je découpai prudemment le bandage improvisé d'Hugh. À voir son aspect, je lui devais une chemise. Je broderais la nouvelle avec énormément de gratitude et de… et de l'amour.

« L'incendie est pratiquement maîtrisé. Il vous faut faire vite, avant que n'arrivent des curieux, qui condamneraient la sorcellerie sans en reconnaître les bienfaits. » Son inquiétude me parut presque sincère.

« Je puis m'en arranger. Mais j'ai besoin d'intimité. » Je le fixai, le poussai à rejoindre les pompiers improvisés.

« Je ne vais nullement révéler vos secrets.

– J'ai dit "J'ai besoin d'intimité". Ce qui vous concerne également. Tournez-moi au moins le dos. »

Il pivota de mauvaise grâce. « Il est utile d'utiliser

1. En français dans le texte. *(N.d.T.)*

chaque fois la même phrase pour déclencher la transe, ajouta-t-il.

– Je sais cela ! » Cet homme n'allait-il jamais me laisser seule ?

« Franchement, je mettrais un terme aux souffrances de ce chien. On peut facilement remplacer un animal familier.

– Ça suffit ! » Je dus lutter pour empêcher ma voix de porter jusqu'aux palefreniers, qui faisaient toujours sortir les chevaux paniqués par la grille proche.

« Mais il est vrai que les chiens-loups des Griffin sont légendaires. Je compte bien, d'ailleurs, réclamer l'un des petits de Newynog quand nous serons mariés », jeta, l'air de rien, Blakely par-dessus son épaule.

J'ignorai son ton railleur et fredonnai une ancienne mélodie, que m'avait apprise oncle Henry à mon retour du couvent. Si les paroles ne me revenaient pas, la rengaine simple se répétait inlassablement en cinq mesures entraînantes. Au bout de deux répétitions, je fus à même d'oublier la cour bruyante et bondée. Rien n'exista plus que Newynog et moi. Sa respiration s'apaisa, elle me regarda avec de grands yeux pleins de gratitude.

Deux nouvelles reprises de la rengaine, et je plongeai plus profondément en moi-même. Sous mes yeux, une aura verte enveloppa Newynog. Je posai mes doigts sur la plaie béante qu'elle avait au flanc. La lueur verte engloba ma main. Je continuai, cependant, la mélodie, la laissai enfler dans ma gorge et se muer en véritable chant. En esprit, je vis se refermer les chairs, se reconnecter les vaisseaux sanguins sectionnés, reculer la fièvre et l'infection.

« Pas si fort ! grinça Blakely. Sire Hugh vous regarde d'un air bizarre. Il est possible que l'Église ne poursuive pas les magiciens, mais lorsqu'on lui transmet une accusation de sorcellerie, elle engage des poursuites et condamne. »

Ses paroles me ramenèrent brutalement dans la cour du château de Bellecôte. La fumée me fit tousser, l'épuisement m'empêcha de repousser l'invasion bruyante de mon corps.

« Avez-vous terminé ? s'enquit Blakely. L'incendie est maîtrisé, les gens retournent à leurs tâches.

– Pour le moment. » Je pense que la fatigue me fit perdre conscience quelques instants. Sous mes doigts, du sang suintait encore en surface. Les couches externes de la peau bâillaient, à vif et déchirées, mais aucun dommage interne ne menaçait plus ma Newynog.

« Joli travail. Je ferais bien tout de suite de vous ma disciple. » Blakely se pencha vers la plaie pour l'examiner. Newynog fit claquer ses crocs vers ses doigts fureteurs. Il les retira brusquement. « Pourtant, vous auriez pu la guérir complètement. Effacer même la cicatrice. Pourquoi avoir laissé subsister la douleur, même minime ?

– Une cicatrice lui servira de rappel, et elle se montrera peut-être plus prudente, la prochaine fois. De plus, Hugh a constaté la profondeur de la lésion. D'autres également. Ils poseraient… trop de questions, si toute trace de sa mésaventure disparaissait trop vite. Si j'avais guéri un être humain, ils diraient que je suis une sainte. Mais à partir du moment où j'ai usé de mes pouvoirs sur une bête, ils me traiteront de sorcière. »

Nous continuâmes à nous mesurer du regard, nous défiant mutuellement. Les gémissements de Newynog se muèrent en sourds grondements.

« Et je ne serai jamais votre disciple, Radburn Blakely. Si je décide de continuer à travailler mes pouvoirs, je le ferai selon mes propres critères. »

Un violent accès de toux m'obligea à me taire et me donna des spasmes. La fumée âcre pénétrait tout, comme à Mendip Mor. Toutes pensées s'effacèrent devant le besoin de parvenir à respirer entre deux quintes.

Lorsque ma crise de toux se calma, me laissant plus épuisée que la première, je relevais les yeux et découvris Blakely qui me souriait. Il desserra le poing et déplia la main.

Newynog joua encore une fois des crocs dans sa direction. Il lui claqua le museau. Elle retroussa les babines et gronda, menaçante.

Blakely recula et mit sa main hors d'atteinte des puissantes mâchoires.

Son léger retrait apaisa mystérieusement ma tension. Puis il referma les doigts, la pression monta en moi et voulut exploser en une nouvelle quinte de toux, mais j'y résistai.

Son sourire se mua en grimace. Des rides de fatigue se creusèrent au coin de ses yeux. Il détendit ses doigts.

La pression cessa aussitôt dans ma poitrine.

« Vous viendrez à moi de vous-même, Petit Être, si ce n'est pour une autre raison qu'empêcher vos poumons de pourrir. Lorsque vous lutterez pour chaque inspiration, vous ramperez vers moi de toute façon. » Il referma le poing. « Vous accomplirez le prochain sort à ma manière, et complètement. »

Je me pliai en deux, incapable d'empêcher l'air de sortir bruyamment de mes poumons. Désespérée, je tendis une main implorante vers lui. Il se pencha en arrière, hors de ma portée. Son poing serré demeura en face de mes yeux. Le choix de respirer ou non était mien. Le suivre, ou succomber à une longue et douloureuse maladie.

*

Archie jeta un dernier seau d'eau sur les braises fumantes de la cuisine. Hugh poussa un soupir de soulagement. Il parcourut méthodiquement la cour des yeux, comme pour s'assurer qu'aucune étincelle n'avait atteint l'un des bâtiments extérieurs. Tout allait bien. Ses gens tournaient en rond, certains retournaient lentement à leurs tâches, d'autres se mettaient en devoir de nettoyer le bourbier. Déjà, quatre de ses serfs préparaient un nouvel âtre en prévision du dîner.

« Vous m'avez vu, papa ? » Le jeune John glissa malaisément de la selle de son poney et se jeta contre Hugh.

« Oui, je t'ai vu transmettre des messages pour le roi. » Hugh étreignit le garçon et lui posa un baiser sur le sommet de la tête. Il s'accroupit devant l'enfant et repoussa les cheveux châtain clair de son front. « Tu as parfaitement protégé ton manoir, John de Bellecôte.

– Ze n'ai pas eu peur du tout, papa. » Une brèche dans sa dentition le faisait zozoter. Sa première dent adulte pointait à travers la gencive, mais n'avait pas encore comblé le trou. Johnny avait eu ses dents de lait relativement tard. Il les perdait donc également tard. Cela faisait partie des multiples affections qui l'avaient pratiquement tué.

Hugh le serra encore une fois contre lui, reconnaissant pour chaque instant partagé avec son fils. Peut-être la tutelle n'était-elle pas la bonne solution pour élever correctement le jeune homme.

« Tu t'es si bien conduit, Johnny, que j'ai décidé de faire de toi mon propre page. Je vais t'apprendre à devenir un bon chevalier.

– Vraiment ? s'épanouit le garçon maculé de suie.

– Tout à fait. Tu viendras avec moi lorsque je dois voyager ou servir le roi. Au début, tu t'occuperas simplement de mes habits, de mon armure et de ton poney mais, bientôt, je t'enseignerai les faits d'armes et la manière de soigner un cheval de guerre.

– Vous me laisserez panser Orage ? » Johnny écarquilla les yeux.

« Si Orage le veut bien. » Le rire les prit, à l'idée de

l'irascible étalon parfaitement immobile sous les coups de brosse de Johnny.

« Orage m'aime bien. Je lui donne des pommes.

– Vraiment ? Pas étonnant qu'il devienne gras et fainéant. » Tout en serrant son fils contre lui, Hugh parcourut la cour du regard. Le roi gravissait les marches vers l'entrée de la tour, un bon étage au-dessus du niveau du sol. Petit s'affairait autour de lui, son baigneur, William, suivait le monarque en portant une énorme baignoire, et les courtisans discutaient en petits groupes. Archie lui adressait de grands signes de bras. L'heure était venue pour lui de se muer en hôte accueillant.

Il tourna les yeux vers Ana et Blakely, dans le coin de la poterne, et fronça les sourcils en voyant Ana respirer avec difficulté. La fumée était assez épaisse pour déranger n'importe qui, mais elle se dissipait rapidement, maintenant. Pourquoi continuait-elle à tousser ?

Lors, Newynog gronda et mordit Blakely. Celui-ci hurla et se redressa. La cour résonna de ses jurons. Il balança le pied en arrière pour en frapper la chienne.

Hugh se précipita en tirant Johnny par la main. « Cet animal est blessé. Vous avez dû lui faire encore plus mal », lança-t-il en déséquilibrant Blakely. L'homme, plus grand et plus mince, dut remettre le pied par terre pour rester debout.

« Le roi John exige votre présence, messire Blakely », déclara Hugh.

Blakely reprit contenance, se redressa et tira sur sa tunique. Tout en décochant à Ana un ultime regard venimeux, qui déforma son visage parfait, il partit rejoindre le roi.

Ana le regarda partir en toussant encore un peu.

« Je vais réserver un bain pour vous, Dame Ana. Mais la file d'attente est longue. Tout le monde est couvert de suie et de boue, y compris la reine. » Il épousseta sa manche.

« Je ne puis pas encore déplacer Newynog. » Elle tourna les yeux vers lui. Un regard étrangement vide, comme lors de sa récente catatonie.

« Désirez-vous que je me mette au service de la dame, sire Hugh ? » s'enquit Johnny, en une parfaite imitation de l'écuyer conscient de ses devoirs.

Hugh ne put s'empêcher de sourire à son fils. « Oui, Johnny. Je te prie de veiller aux besoins de cette dame jusqu'au dîner, où j'aurai besoin de toi. » Il se redressa et ébouriffa les cheveux de l'enfant. « Tu vas devenir un parfait écuyer, fils. »

Le jeune John se mit à rayonner. Tout en dansant d'un pied sur l'autre d'excitation. Mauvaise habitude, qu'Hugh devrait lui faire perdre – un jour. Johnny venait à peine d'avoir sept ans.

L'intégralité de l'entourage royal réussit inexplicablement à se baigner et à se changer pendant que les cuisiniers d'Hugh improvisaient un dîner – en pillant allègrement le garde-manger. Demain, la bière serait jeune et presque imbuvable. Hugh veilla à ce que tout le monde puisse s'asseoir, dans sa salle bondée. Un Johnny solennel présentait les serviettes à tous ceux qui se lavaient les mains à la desserte. Il n'était pas assez grand pour pouvoir déjà manipuler la cuvette. Cette tâche incomba à un page plus vieux, Robert, presque en âge de devenir écuyer.

Ana ne parut pas pour dîner, et le roi ne sembla pas regretter son absence. Les yeux de Blakely ne cessaient de courir de son demi-frère à la porte de la poterne.

Une fois tout le monde assis et les plats sur les tables, Hugh appela Johnny. « Où est lady Ana ? » souffla-t-il.

Johnny haussa les épaules. La fatigue lui creusait des cernes sous les yeux. Il avait eu une dure et éprouvante journée. Comme tous les autres. L'expérience avait appris à Hugh que le garçon tomberait malade s'il n'allait pas tout de suite se coucher. « Envoie Archie s'occuper de la dame, ensuite mange quelque chose et file au lit. » Son fils opina sans protester. Mauvais signe.

Il avait bien fait en décidant d'éduquer lui-même l'enfant. Tout autre seigneur aurait exigé du jeune John qu'il poursuive son service à table, jusqu'à ce que tout ait été débarrassé et rangé pour la nuit.

« J'ai combattu trop de tes maladies pour te perdre maintenant, fiston, marmonna-t-il pour lui-même. Tu resteras avec moi, même si le roi veut te prendre sous sa garde. »

Le matin venu, il n'avait toujours pas revu Ana ou Archie. La compagnie de la jeune femme lui manqua, tant au cours du repas qu'en dormant. Cependant, ses obligations de maître de maison l'obligèrent à se dresser un lit de fortune dans le cellier, sur des sacs de grain, et il était bien trop fatigué pour rêver. *Jésus*[1] soit loué, il n'avait pas revu Blakely en songe. De tels souvenirs lui auraient dérobé le peu de sommeil qu'il était parvenu à prendre.

Le château s'éveillait peu à peu. Des serviteurs et des chevaliers, aux yeux encore bouffis de sommeil, entassaient leurs paillasses dans un coin de la grande salle, ou se rendaient aux latrines extérieures d'un pas mal assuré. Au fur et à mesure que les dormeurs se levaient, et dégageaient la place, des hommes vêtus de tuniques et de braies montaient les tables pour le petit déjeuner.

Hugh inspira avec délectation l'odeur familière de trop de gens confinés dans le château. Il fut heureux d'entendre le remue-ménage de *ses* gens se préparant pour la journée à venir.

« J'avais pensé à une chasse, aujourd'hui, Altesse », proposa-t-il au roi en le rejoignant à table.

1. En français dans le texte. *(N.d.T.)*

John se mit à rayonner. Au matin, il n'avait nullement les traits tirés, ou bouffis. « Quelle bonne idée », répliqua-t-il. S'il y avait une chose qu'il préférait à rendre la justice, c'était bien une journée de chasse à courre à travers champs et bois.

Radburn Blakely descendit de l'étage supérieur, l'air à la fois trop beau, trop gracieux et trop bien réveillé. Un serviteur le suivait de près, plus ombre que personnage tangible. Hugh scruta cette ombre fantomatique, il chercha un visage, un nom, quelque chose de substantiel. L'homme s'apparentait à Blakely en taille et en posture. Il était jeune, à voir la grosseur de ses mains et de ses pieds. Si ses vêtements provenaient du même tailleur que ceux de Blakely, ils étaient dans des tons neutres de gris et de brun, contrairement au bleu vif et au pourpre préférés du demi-frère du roi.

Fantôme[1]. Ana lui avait trouvé le nom idéal. Était-il, comme elle le pensait, responsable de l'incendie ?

Hugh enjamba un jeune noble toujours endormi afin de mieux voir les deux personnages. Blakely se frottait machinalement le poignet gauche, là où Newynog l'avait mordu. Fantôme avait un épais bandage autour de la main droite. Sa manche de chemise distendue suggérait que le pansement montait plus haut sur le bras. Le col de sa chemise blanche était taché de sang.

Newynog avait infligé des blessures presque aussi graves que celle qu'elle avait reçue.

Ana pénétra dans la salle d'un pas las. Derrière elle, Newynog traînait la patte. La robe pourpre poussiéreuse de la jeune femme s'accordait parfaitement au pelage moucheté de sa chienne. Elles étaient l'écho l'une de l'autre, tout comme Blakely et son Fantôme.

Ana avait son ourlet boueux, et ce fut bien le seul élément dans son aspect qui parut normal à Hugh. Elle

1. En français dans le texte. *(N.d.T.)*

ne faisait jamais rien pour éviter les flaques d'eau, les tourbières et les ruisseaux. Il ne comptait plus le nombre de fois où elle les avait retardés, en venant de Wells, parce qu'elle devait s'arrêter pour se tremper les mains et le visage, et parfois même les pieds. Il avait toujours peur qu'elle prenne froid aussi facilement que Johnny.

« Ah, Dame Resmiranda, la héla John. Il faut que vous veniez chasser avec nous, aujourd'hui. »

Ana se contenta de tousser pour seule réponse. Une toux profonde et déchirante.

Hugh se sentit blêmir. Il avait trop souvent entendu Johnny tousser de la même façon, juste avant qu'une fièvre maligne ne l'eût pratiquement tué.

21

« Ma Dame ? » John entrouvrit le rideau et passa la tête dans mon alcôve. Un sourire timide joua sur son visage. Son aura noire était à peine visible.

Je lui rendis faiblement son sourire.

« Vous êtes éveillée. » Sur ce constat, il écarta le rideau et pénétra dans mon réduit. Puis il referma derrière lui cette infime protection qui étouffait quelque peu le bruit des préparatifs pour le repas du soir.

Sonnée, je fis un effort pour m'asseoir. J'avais dormi quelque temps pendant que les hommes chassaient, la poitrine libérée de l'épouvantable pression. Cependant, même si je respirais plus facilement, une terrible lassitude m'avait envahie. Je redoutais une attaque de fièvre.

« Ne vous levez pas, Ana. Je sais à quel point vous avez été souffrante. » John s'assit au bord du lit, les mains dans le dos. Son sourire de conspirateur effaça ses rides soucieuses autour des yeux et de la bouche. « Je vous ai apporté un présent. Il vous fera vous sentir mieux. Et moins délaissée. »

Il me fourra un petit bouquet de fleurs des champs dans les mains.

« Merci, Altesse », marmonnai-je tout en enfouissant mon visage dans les bleuets, le chèvrefeuille, les boutons-d'or et les campanules artistiquement nichés dans une corolle de fougère. Cette extravagante combinaison de symboles me fit presque pouffer. Il me souhaitait tout à la fois luxure, protection, argent et chasteté. Message compliqué venant d'un homme compliqué.

« Nous désirons vous faire savoir que Nous avons l'intention de vous soigner comme un membre à part entière de Notre maisonnée, Ana. Nous ne vous maltraiterons pas, ni ne vous forcerons à un mariage qui vous répugne, *mon cœur*[1]. Pas plus que Nous ne pillerons vos domaines. » Le masque régalien se posa une fois encore sur ses traits.

« Je vous remercie encore une fois, Altesse. J'avoue que mon statut en tant que votre pupille et, en même temps, baronne indépendante, n'était pas clair à mes yeux. » Nous sourîmes de concert.

« Comprenez, je vous prie, que le fait d'être célibataire vous rend vulnérable. Nous vous protégeons comme l'un de Nos propres enfants. » Tous les aînés de John – ses bâtards, nés avant son mariage avec Isabelle d'Angoulême – avaient été parfaitement élevés en tutelle, et bien mariés.

« J'aimerais rentrer à Kirkenwood, Altesse. Je ne désire pas rester à la Cour. J'ai largement dépassé l'âge du mariage. Il faudrait que j'assume mes responsabilités de châtelaine.

– Nous vous y emmènerons, Ana. Aussitôt que vous irez mieux. En attendant, reposez-vous et débarrassez-vous de cette épouvantable toux. » Il me caressa la joue d'un doigt délicat. « Nous aimerions bien voir revenir des couleurs sur ce visage, Ana. »

Je ne pus m'empêcher de rougir un peu, tout en soupirant et en m'appuyant contre sa main. Qui me caressa encore un peu le visage.

1. En français dans le texte. *(N.d.T.)*

« Kirkenwood est ma maison, Altesse. J'y guérirais plus vite que n'importe où, protestai-je.

– Nous ne sommes pas encore prêts à quitter Bellecôte, et Nous avons à faire à Durham. Il est hors de question que Nous vous laissions prendre la route seule, Ana. Vous serez chez vous bien assez tôt, *mon cœur*. Nous vous y conduirons et vous aiderons à vous installer comme châtelaine de Kirkenwood, ainsi que l'exige Notre devoir. »

En d'autres termes, il ne me laisserait pas le loisir de dissimuler les preuves que j'avais contre lui avant son arrivée.

Cependant, il ne connaissait pas Kirkenwood comme je le connaissais. Mes ancêtres avaient aménagé nombre de passages secrets et de cachettes dans les murs et les fondations. Il ne les trouverait pas facilement, ces preuves.

Il me pressa la main, rassurant.

« Vous pouvez me faire confiance, Altesse. Vous pouvez vous fier à vous. Je me fie à vous pour ne pas me frapper par traîtrise pour m'empêcher de vous trahir en premier. Ne cédez pas à vos frayeurs, des frayeurs que… d'autres vous insufflent. Fiez-vous à moi comme je me fie à vous, et tout ira bien. »

Mais d'où m'étaient venues ces pensées ? Je ne pus les écarter.

L'espace d'un instant, il se libéra totalement de son aura. Il me croyait. Du moins, jusqu'à ce que Blakely réaffirme son influence.

« Cela fait bien longtemps, Altesse, que nous aurions dû partir pour Kirkenwood », déclara Radburn Blakely de sa voix la plus conciliante. Ils avaient chevauché toute la journée durant sans apercevoir un daim ou un sanglier, ni même un renard ou un lapin. Les colombes et autres oiseaux chanteurs étaient partis ailleurs construire leurs nids. Non qu'ils n'aient rapporté assez de nourriture pour assurer la subsistance de la Cour pour une bonne semaine. Après trois semaines de massacres intensifs, le gibier avait déserté les terres de sire Hugh. « Cette forêt n'a plus le moindre gibier à nous offrir. Même les oiseaux l'ont désertée. Le garde-manger de sire Hugh est irrémédiablement vide.

– Nous n'avons pas fini d'écouter les réclamations et les différends », rétorqua John. Il refusait de plus en plus d'écouter ce qu'il n'avait pas envie d'entendre. Et le château Bellecôte était bien trop bondé pour que Radburn dispose de l'intimité nécessaire au renforcement de ses gardes.

« De plus, Nous Nous plaisons à Bellecôte. La reine et notre fils s'y plaisent également. Envoie les intendants chercher des provisions à Feckenham. Nous allons Nous attarder quelque temps encore », trancha John.

Sire Hugh tressaillit.

« Pourquoi les renvoyer jusqu'à votre résidence royale, Altesse. Nous pourrions réquisitionner de la nourriture dans une demi-douzaine de manoirs entre ici et là-bas », protesta Blakely. Il avait besoin que John prenne son avis en compte sur au moins un sujet – n'importe lequel.

« Nous ne réquisitionnerons pas sans indemnités. Et Nous ne voulons pas appauvrir le trésor pour de la nourriture alors que Feckenham regorge de surplus. Assure-toi qu'ils utilisent les mesures de Londres pour le vin et la nourriture. Nous ne tolérerons aucune tricherie, sous prétexte que chaque comté exige la liberté d'imposer ses propres standards pour les mesures, poursuivit John.

– Autorisez, au moins, vos intendants à prendre des chevaux et des chariots dans les autres manoirs. Feckenham n'a pas les moyens de transporter ce dont la Cour a besoin. » Blakely persistait à vouloir contrarier les barons. Ces trois dernières semaines, John s'était montré bien trop agréable, bien trop raisonnable. Un ordre et une paix non naturels régnaient.

« Dédommage les seigneurs pour ces chevaux et ces chariots. Et fais en sorte de faire livrer plusieurs aunes de tissu. Lady Resmiranda a besoin de vêtements supplémentaires. Elle est Notre pupille, et se doit d'être présentable à la Cour. Tu ferais mieux de trouver également une pièce de soie vraiment élégante pour la reine. Des mesures de longueur et de largeur londoniennes, et non pas provinciales. Il est hors de question que Nous lésinions sur les atours de Nos dames. »

Sire Hugh tressaillit encore une fois. Il interrompit le monologue. « Vous paraîtrait-il envisageable, Altesse, de considérer le prix que me coûte l'hébergement prolongé de la Cour comme une partie du remboursement de ce que je vous dois sur les compensations de perte d'héritiers de Bellecôte ? »

Radburn agrippa trop fort ses rênes. Sa monture broncha et piaffa. Il avait pourtant cru avoir suffisamment intimidé sire Hugh pour le pousser à garder le silence sur ce sujet. Il voulait que John soit en désaccord avec ses barons, et la question des dettes était une des clefs de ses plans.

« Bien évidemment, sire Hugh. Nos clercs vont annuler la moitié de la dette. » John fit un geste insouciant de la main en direction de l'homme encapuchonné qui le suivait toujours, même à la chasse.

Sire Hugh se tassa presque sur sa selle de soulagement. La moitié de la dette représentait une énorme somme d'argent.

Comment Radburn pourrait-il réimposer une dette équivalente à son principal rival dans le cœur de lady Resmiranda ? Une compensation en perte d'héritier supplémentaire pour la mort du jeune John ? Cette seule pensée le fit presque entrer en érection.

Un charabia chaotique et plaisant naquit en lui.

Quelqu'un d'autre serait ravi par le sacrifice d'un enfant innocent.

Rester à Bellecôte ne ferait que resserrer les liens de loyauté et de confiance entre sire Hugh et le roi John.

« Êtes-vous certain qu'il est sage de s'attarder plus longtemps ici, Altesse ? Eustace de Vesci de Northumberland conteste l'appel aux armes pour défendre la frontière galloise. Il aurait bien besoin qu'on lui rappelle son serment de loyauté envers vous », protesta Radburn. Il se moquait totalement des problèmes de Vesci. Robert Fitz Walter ameutait également les mécontents.

En revanche, il avait besoin du livre de magie du vieil Henry Griffin, de son *athame* – son poignard rituel, très ancien et très puissant – et, si possible, de sa canne et des registres que le vieillard conservait depuis trois générations. Ces trésors étaient à Kirkenwood, au nord-ouest des terres de Vesci.

Il avait également besoin d'avoir Resmiranda, dernière des Griffin, sous sa coupe, moralement, légalement et spirituellement. Un prompt mariage en Écosse – avec ou sans le consentement de la dame – lui paraissait le seul moyen de parvenir à ses fins. Il pourrait même lui permettre de vivre assez longtemps pour lui donner un héritier, et renforcer son sang grâce à celui du roi Arthur Pendragon et du vieux Merlin qui coulait dans les veines de la fille.

Un tel héritier pourrait avoir autant de prétentions au trône que le bébé de John, Henry. Peut-être pourrait-on persuader les barons rétifs de faire monter sur le trône le fils de Blakely plutôt que celui de John. Avec Blakely pour régent, cela va sans dire.

« Vesci conteste tout ce qui les oblige à sortir du Northumberland, lui, ses chevaliers et son argent. Une visite royale serait bien trop d'honneur », déclara John, écartant les arguments de son demi-frère.

Tout en grinçant des dents de frustration, Radburn

Blakely psalmodia une longue phrase en arabe dans sa barbe. Une petite transe s'empara immédiatement de lui. De ses doigts, il décrivit une figure compliquée. Lorsque le pouvoir frémit au bout de ses doigts et l'implora de lui laisser la bride sur le cou, il concentra son attention sur John.

« La toux de lady Resmiranda devient inquiétante. Peut-être se rétablirait-elle plus facilement dans sa propre demeure. » Le roi psalmodia la phrase avec une demi-syllabe de décalage sur renonciation muette de Radburn.

« Non, Altesse. » Le cheval de sire Hugh heurta celui du roi. Ce dernier secoua légèrement la tête et reporta son attention sur son chevalier préféré.

Radburn sentit glisser le contrôle qu'il avait sur son frère. Cette nuit, il allait devoir prendre le temps de renouveler les gardes. Plus un instant à perdre, en dépit du risque d'être découvert.

« J'ai vu ces toux persistantes se muer en fièvres meurtrières en l'espace d'une nuit. Il ne faut absolument pas obliger lady Ana à bouger », insista sire Hugh. Il était trop proche pour que John pût retourner les yeux vers Radburn.

Sans contact oculaire, la mainmise qu'avait Radburn sur le roi s'atténuait. La sorcière Griffin avait dû jeter ses propres sortilèges sur John.

« Nous partirons pour nos domaines royaux de Geddington, puis pour Durham demain à l'aube, annonça John. Lady Resmiranda restera à Bellecôte. Dans le cas où la toux deviendrait virulente, Nous ne mettrons pas la vie de Notre fils et Notre reine en danger. » Ses yeux, en perpétuel mouvement, indiquaient sa panique. Il ouvrit vaguement la bouche, ses narines palpitèrent. Il communiqua ses émotions à sa monture, qui broncha, roula des yeux et s'apprêta à partir au triple galop.

« Il va sans dire que la dame doit vous accompagner,

Altesse. Elle est votre pupille, sous votre protection. » Radburn était presque aussi paniqué que le cheval. S'il voulait garder le contrôle de sa respiration, il devait absolument se trouver dans les environs immédiats de la dame. Le chien-loup l'avait mordu au moment crucial du sort, avant qu'il n'ait pu le compléter. Elle avait sûrement déjà dû remarquer que sa respiration revenait à la normale quand il courait après le roi pendant ces interminables parties de chasse. Lors de ses absences, seule demeurait une lassitude débilitante. Chose qu'il n'avait nullement planifiée. Elle finirait, sous peu, par succomber à n'importe quelle maladie ordinaire, parce qu'elle n'avait plus la force de combattre. Et il ignorait s'il pouvait répéter le sort pour garder le contrôle sur elle à distance sans la tuer. Il ne voulait pas qu'elle meure. Pas encore.

« Nous avons décidé. Nous partirons à l'aube. » John planta ses éperons dans les flancs de sa monture et emprunta un nouveau sentier au galop.

« Puis-je rester à Bellecôte, Altesse, afin de protéger mes terres et veiller sur la santé de la dame ? » Sire Hugh se lança à ses trousses.

« Certainement pas sans moi », marmonna Radburn en les imitant.

*

« Ana ? » Hugh se glissa dans l'alcôve creusée dans la muraille occidentale de la grande tour. Une douzaine d'espaces identiques, juste assez grands pour contenir un lit étroit et pas grand-chose d'autre, avaient été initialement prévus pour offrir quelque intimité à ses cinq chevaliers et leurs dames, ainsi que pour y ranger des armes à portée de main de la grande salle.

Il s'en voulut de perturber son sommeil. Mais le roi, déjà debout, avait commencé les longs préparatifs pour le voyage de la Cour. Ladite Cour, et tous ses serviteurs, avait plus que doublé le nombre d'habitants de la maisonnée. Tant de monde avait besoin de plus de temps qu'à l'ordinaire pour se préparer le matin.

« Hein ? » répondit-elle d'une voix somnolente, avant de se remettre à tousser.

Il la laissa se calmer avant de reprendre la parole, tout en espérant qu'elle n'avait pas réveillé trop de gens, en ces heures sombres précédant matines.

« John tient à ce que je l'accompagne à Durham en même temps que la Cour. Il m'est impossible de rester et de vous protéger, *ma petite*. » Il lui caressa les cheveux et le visage, en rêvant de l'enlacer amoureusement et de ne plus jamais la lâcher. Sa beauté diaphane le touchait plus qu'il ne l'aurait cru possible, venant d'une femme. Elle leva la main vers lui et repoussa ses cheveux en arrière. Cette caresse apaisa son esprit tourmenté, son sourire le guérit.

Alors qu'elle s'asseyait, Newynog, allongée à ses pieds, redressa la tête.

L'inquiétude s'empara d'Hugh. Newynog aurait dû réagir à son approche, ou du moins éveiller gentiment Ana. La chienne allait aussi mal que sa maîtresse. Il souhaita qu'elle n'eût pas été blessée par un couteau empoisonné. Il avait trop vu cela, après des batailles.

Un homme pouvait paraître sur la voie de la guérison, marcher, manger et plaisanter avec ses camarades. Et puis, en une nuit, la blessure tournait au rouge violacé, la fièvre le terrassait, et il mourait en quelques jours.

Cela faisait presque trois semaines que Newynog avait été blessée. Elle aurait déjà dû être remise. Pourtant, elle continuait à boiter et suivait mollement sa maîtresse.

« Ana, j'ai l'intention de vous envoyer à Huntington, avec Archie. Le comte Robin Locksley est le seul homme, à ma connaissance, qui résisterait à John jusqu'à la mort. Et John préfère l'ignorer, plutôt que reconnaître le hors-la-loi Robin des Bois comme l'un de ses barons. Vous serez en sécurité, à Huntington. » Hugh écarta une mèche dévitalisée de son front. De ses doigts, il suivit le contour de son visage. Un intense sentiment de solitude lui noya les yeux et fit retomber ses épaules.

« Non, répondit posément Ana. Il faut que j'aille à Kirkenwood. Je ne pourrai guérir que si je rentre chez moi.

– C'est un trop long voyage, *ma petite.* Trop périlleux. Newynog n'est guère plus vaillante que vous », l'implora-t-il. Il avait besoin de la savoir en sécurité. « Je vous en prie, Ana, allez à Huntington.

– Je ne puis. Il me faut rentrer à Kirkenwood. Nous y guérirons toutes deux, Newynog et moi. Une fois chez moi, je pourrai nous guérir. » Elle tourna vers lui des yeux implorants. Il ne fut pas loin de se noyer dans ces pupilles bleu foncé.

Sur la joue d'Hugh, sa main devint aussi légère, aussi tendre qu'un papillon. Elle effleura ses lèvres de son souffle en se rapprochant de lui. Il eut envie de presser sa bouche contre la sienne, d'intensifier ce baiser papillon.

« Vous savez qui je suis, Hugh. Vous savez *ce que* je suis. » Elle retomba sur son oreiller, visiblement épuisée. Cependant, ses yeux se firent durs et déterminés, sa main resta dans la sienne. Il lui caressa le dos de la main du pouce, et rêva d'une plus grande intimité, d'une plus grande aisance avec elle.

« Mon oncle a dissimulé des livres particuliers, et des outils pour moi à Kirkenwood, poursuivit-elle. Il me faut découvrir ce savoir caché là-bas afin de briser l'emprise qu'a Blakely sur moi, et celle qu'il a sur le roi. Je n'ai nullement été terrassée par une maladie normale, mais par son besoin de me contrôler.

– Comment cela ? » La colère raffermit sa décision de la protéger de Blakely et du roi. Il resserra sa main autour de la sienne et perçut son tremblement. Il ne fit aucun doute à ses yeux que le demi-frère bâtard du roi n'agissait pas seul. Un poignard lui perça brutalement le cœur, quand il se rendit compte que sa loyauté indéfectible au roi n'était pas réciproque. John lui avait fait des promesses. Des promesses d'honneurs – des terres et un titre bien à lui –, de positions à la Cour, de récompenses sonnantes et trébuchantes. Et il avait brisé chacune de ces promesses. La seule qu'il ait jamais tenue avait été le mariage avec Ardyth, riche veuve pourvue d'un fils malade. Le fils grandissait pour hériter les titres de son père, alors que la veuve et l'enfant d'Hugh reposaient dans la tombe depuis quatre ans.

« Je vais défier John et vous emmener moi-même à Huntington. » Tant qu'il lui tenait la main, il avait la force et la volonté de lutter pour elle, de lutter pour lui-même.

« La rébellion ne vous apporterait que le chagrin. Envoyez-moi à Kirkenwood. Ce n'est que là-bas que j'aurai la force et la connaissance nécessaire pour abattre Blakely. Une fois libéré de l'influence néfaste de son frère, John deviendra un bon roi. Il en a le talent et les capacités. Mais Blakely l'enchaîne. » Ana agrippa désespérément la main d'Hugh. Elle enfonça ses ongles dans son poignet, presque jusqu'au sang.

« Ana…

– C'est la seule solution, Hugh. Je vous en fais le serment. Maintenant, aidez-moi à gagner le jardin, je dois accueillir l'aube. J'ai besoin d'abattre Blakely. Il me faut me tenir sous la pluie matinale et me purifier l'esprit. Je me suis déjà trop laissé distraire par le sort qu'il m'a jeté. » Elle s'assit en s'accrochant au bras d'Hugh. L'espace d'un instant, son visage blême devint encore plus pâle, elle roula des yeux. Cependant, son étourdissement dut être passager, puisqu'elle jeta ses jambes hors du lit.

« Demandez à Archie de m'accompagner à Kirkenwood. Je lui fais confiance. Lorsque je serai rétablie, et plus forte, je vous le renverrai. Je vous supplie de ne pas laisser John ou Blakely venir à Kirkenwood tant que je ne vous l'aurais pas renvoyé. Il sera porteur d'un message que vous serez seul à comprendre. Jusque-là, ne vous fiez à personne qu'à vous-même. »

Il laissa retomber sa tête. Ana la lui redressa. Et lui baisa gentiment les lèvres. Ils restèrent un bon moment ainsi, à profiter de la douceur de l'instant.

« Vous pouvez vous fier à vous, Hugh. Vous n'avez aucune raison de douter de votre jugement ou de vos possibilités. » Elle se laissa aller contre son oreiller, épuisée par ces quelques mouvements. « Et, je vous en prie, tentez d'atténuer l'influence de Blakely sur le roi. Vous le pouvez, Hugh, je sais que vous le pouvez.

– Ana…

– Je vous en prie, Hugh. Je sais ce que je vous demande. Je sais ce que je me demande.

– Je vous demande simplement de ne donner votre cœur à personne tant que nous ne nous serons pas revus, *ma petite*.

– C'est une promesse que je vous fais. »

22

Archie insista pour que je reprenne des forces avant de partir pour Kirkenwood. Il me gava tant de bouillons nourrissants et de vins fortifiants que je me crus sur le point d'éclater. Mais, ma toux disparue en même temps que Blakely, mon corps guérit. Newynog lapait encore plus de bouillon que moi. Elle aussi paraissait reprendre de la vigueur au fur et à mesure que croissait la distance entre Blakely et nous.

Je n'avais aucun moyen de savoir si ma chienne avait été empoisonnée par le poignard de Fantôme, ou si sa santé dépendait de la mienne.

Nous attendîmes quatre longues journées avant d'entreprendre la longue traversée des landes septentrionales vers Kirkenwood. Chaque jour, mon énergie naturelle bannissait un peu plus les effets rétroactifs de la toux. L'Être Noir avait dépassé sa zone de contrôle sur moi.

Comment pourrais-je le séparer du roi, et provoquer en lui un effet similaire ?

Nous traversâmes le pays par petites étapes, nous arrêtant chaque nuit dans une auberge. La bourse bien garnie qu'avait confiée Hugh à Archie s'aplatit quelque peu au cours du voyage. Peu à peu, le paysage me devint familier. Les collines devinrent plus hautes, leurs flancs plus escarpés. La tourbe donna une teinte brun foncé aux ruisseaux. Les moutons, plus sauvages, avaient une toison plus épaisse.

Enfin, je repérai un cercle de hautes pierres et un village niché au milieu. Au-dessus du petit plateau parsemé de pierres et de huttes trônait Kirkenwood sur son antique butte.

De hauts remparts, faits de pierres volées au mur d'Hadrien, à quelque trente kilomètres au nord, encerclaient une tour peu élevée et une douzaine de bâtiments adjacents. À l'origine, Kirkenwood n'était qu'une ferme en bois. Au fur et à mesure que mes ancêtres avaient progressivement remplacé le bois par la pierre, la taille de la grande salle et de ses bâtiments annexes, mitoyens ou non, n'avait pas vraiment changé.

Un long chemin sinueux montait le flanc escarpé de la butte en traversant nombre de douves pleines de pointes et d'épais ronciers. Avant que la guerre de siège ne fût devenue monnaie courante durant les premières croisades, la citadelle était déjà imperméable aux attaques. Avant l'invasion normande, ma famille y avait tenu les envahisseurs saxons à distance. Les Romains avaient démantelé une forteresse. Des générations plus tôt, les envahisseurs ne furent autres que les seigneurs de la colline, et ils volèrent les remparts aux Pictes et aux Gaëls.

Malgré les invasions, les traîtrises, les mariages entre clans, les périodes d'abandon et une bonne douzaine de noms différents, Kirkenwood avait survécu.

Mon cœur s'ouvrit en un chant allègre dès que j'aperçus ma maison. Mais avec la joie vint la peine. Chacun des membres de ma famille que je connaissais était mort – trop d'entre eux avaient été victimes de meurtres, de la guerre ou des brigands. J'étais la dernière de ma lignée. Peut-être mes parents vivaient-ils encore, mais ils le faisaient loin de moi, sur le continent, et nous ne pouvions communiquer facilement. Ni Brian de Griffin ni sa femme n'avaient jamais montré la plus petite trace du talent magique propre à transcender les barrières terrestres que sont la distance et les océans.

Les souvenirs affluèrent. Maman et papa en train de se disputer, alors qu'il passait les grilles pour partir vers une autre guerre, un autre tournoi. Oncle Henry brisant une lance sur son genou lorsque nous parvint la nouvelle du trépas de son fils dans une prison sarrasine. Tante Lotta se frappant la poitrine de chagrin. Maman, partant sans se retourner et me laissant au couvent de St. Dyfrig.

Les larmes me montèrent aux yeux. Tant d'adieux. Si peu de retrouvailles.

Tout en gravissant à cheval le chemin qui serpentait entre les pierres dressées, je tendis tous mes sens pour sentir leur pouvoir chanter dans mes veines. Seule une triste solitude me répondit. Pas la moindre étincelle de feu n'effleura la cime des pierres pour leur donner vie. Les stèles, énormes sentinelles du temps, paraissaient affaissées sous le poids de la lassitude et du chagrin. Nul ne les avait nourries durant les longues années qu'oncle Henry avait passées en prison. Et il était mort, lui aussi, maintenant. Deux des pierres étaient tombées sur le flanc et n'avaient pas été redressées depuis la dernière fois que j'étais venue. L'une de celles qui avaient chu des années auparavant était brisée – et il en manquait de nombreux éclats.

Je pressai ma monture. Archie se signa plusieurs fois en passant devant les stèles. « Qui pourrait vivre en un tel lieu ? marmonna-t-il. Des païens. Ces pierres sont païennes, cela fait des siècles qu'on aurait dû les abattre.

– Les pierres qui se trouvaient devant le tumulus, en sortant de Wells, ne vous ont pas fait peur. » Je pivotai sur ma selle pour l'observer.

« Elles étaient petites. Et personne ne vivait au milieu.

Nul n'avait à leur faire face jour après jour, nul ne se faisait voler ses pensées par elles. » Il rapprocha sa monture de la mienne, tant était grande sa hâte de s'en éloigner.

J'effleurai sa main. Sa panique ne fut pas loin de m'envahir. Seulement de la panique, et non une réelle menace pour les pierres.

« Nous avons vécu si longtemps parmi ces pierres que nous en sommes venus à les accepter –, et même à les chérir. Elles nous ont protégés depuis des temps immémoriaux.

– Si elles représentent une telle foutue protection, alors pourquoi avoir bâti un château avec des murs solides ? » Il jeta un coup d'œil par-dessus son épaule, comme s'il s'attendait à ce qu'elles prennent vie et se lancent à ses trousses.

« Elles offrent une protection différente que celle des armées terrestres. » Tant que se dresseraient les pierres, je pourrais apprendre d'elles, m'allier avec elles contre des ennemis tels que Blakely.

« Où est l'église ? On m'a dit qu'il y avait une chapelle dans les bois, comme le nom Kirkenwood l'indique. » Il avançait devant moi à présent, alors que je m'attardais près du cercle rocheux.

« De l'autre côté de la colline, dans ce petit bosquet à peine visible depuis le premier virage de la montée. » En cet instant, je compris que je ne pourrais rien faire tant que je n'aurais pas rendu visite à la petite chapelle.

Les gardes perchés sur la tour de garde pointèrent leurs arbalètes sur nous. Je repoussai ma capuche et, sans un mot, ils me laissèrent entrer. Difficile à croire que j'avais passé ce même portail moins de quatre mois auparavant. Je parcourus du regard la vaste cour et ses bâtiments annexes circulaires, éparpillés autour de la grande tour comme des poussins autour d'une poule. Rien ne semblait avoir changé. Et pourtant… rien ne serait plus jamais pareil.

Le vieux corbeau, perché sur le puits comme sur un trône, coassa une salutation. Dans l'écho de sa voix rauque, j'entendis murmurer mon nom. « Resmiranda. Tu es chez toi. »

Mes trois chevaliers lâchèrent leurs armes d'exercice et appelèrent leurs femmes pour m'accueillir.

« Ma Dame ! » Daffyd, mon gros majordome parfumé à l'ail, sortit en trombe de la grande salle. Un souvenir m'effleura l'esprit, celui de pages et de filles de cuisine se prélassant à l'office jusqu'à ce qu'un courant d'air leur apporte un relent d'ail. Alors, ils bondissaient et se mettaient à travailler comme des damnés. Quelques instants plus tard pénétrait dans la cuisine un Daffyd ravi de voir son équipe si active.

Je ne pus m'empêcher de sourire.

« Vous voilà enfin de retour, ma Dame », me salua Brigid, ma servante et l'épouse de Daffyd. Elle était aussi maigre qu'il était enrobé, aussi brune qu'il était blond, aussi grande qu'il était trapu. Ce couple bizarrement assorti s'aimait à la folie.

Je mis pied à terre, et Brigid et moi nous embrassâmes comme du bon pain. Chacune des dames vint également me donner un baiser, mais sans chaleur aucune, uniquement par devoir. Les trois chevaliers s'inclinèrent et me prirent la main pour déposer un baiser sur le dos de mon poignet. Ils m'accueillaient d'une façon beaucoup plus authentique, plus enthousiaste, que leurs épouses. Au moins me donnèrent-ils l'impression d'être chez moi.

Aussitôt que possible, je pris Daffyd à part. « Où est-il ? » Il n'était qu'un seul homme dont je puisse m'enquérir, et nous le savions tous deux.

« Nous avons enseveli votre oncle dans la vieille chapelle. Tel fut son dernier vœu », m'annonça-t-il en se signant. Le seul autre lieu où il aurait aimé être enterré se trouvait entre les pierres dressées. Les villageois ne l'auraient jamais admis. Pas plus que l'Église.

Je ne pus qu'opiner, suffoquée par les larmes. Je n'avais pas pleuré lorsque j'avais appris le trépas d'oncle Henry. Je n'avais plus le choix, maintenant. Chaque pas que je fis sous la poterne et sur le chemin escarpé qui filait vers le bois fit remonter les souvenirs de mon grand-oncle, et de l'amour qu'il m'avait porté à la fin de sa vie. Le château était imprégné de sa présence. Je savais parfaitement que Daffyd et Brigid administraient le domaine selon ce qu'il aurait désiré. Tant que je ne l'aurais pas ordonné, rien ne changerait dans la manière de faire les choses.

Archie respecta mon pèlerinage à l'église : la chapelle dans les bois. Le petit bâtiment de pierre se tenait au pied de la butte, près d'une cascade, depuis... j'avais même oublié depuis combien de temps il était là. Tout ce que je savais, c'était qu'oncle Henry et tante Lotta considéraient ce lieu comme saint, avec ou sans chapelle. Innombrables étaient les générations de notre famille enterrées là. Je ne pouvais qu'espérer que mes gens se souviendraient, et déposeraient mon corps dans la crypte, l'heure venue.

Les fondations avaient été appuyées contre le flanc d'une falaise et creusées dans un terrain solide, que n'éroderaient jamais ni la cascade ni le bassin. En fait, la crypte ne se trouvait pas sous la chapelle, mais elle faisait partie du système de grottes communicantes qui aboutissait à l'issue secrète sous la cuisine de Kirkenwood, là-haut sur la colline.

J'eus du mal à retenir mes larmes. Je n'en avais plus eu depuis notre fuite déchirante par le même tunnel, neuf ans plus tôt.

Une arête rocheuse peu élevée reliait la butte du château à cette falaise. Cependant, elle était entrecoupée de trop de crevasses profondes, de trop de promontoires insurmontables pour jamais devenir une voie d'accès à la citadelle. Il fallait, soit passer sous la colline, soit en faire le tour. Aujourd'hui, je pris le long sentier qui la contournait, tout en tripotant mes perles et en récitant des prières pour oncle Henry.

Je baissai enfin la tête pour passer sous le linteau de la chapelle. Je m'inclinai devant l'autel et me signai tandis que mes yeux s'accoutumaient à la pénombre. Au bout de quelques instants, je distinguai la plaque de granit recouverte d'un linge ajouté et d'un bouquet de fleurs des champs. Une bouffée d'encens et le rougeoiement de la veilleuse m'apprirent qu'on y avait récemment célébré la messe.

Le père Truman l'avait-il célébrée tout seul ? Une cinquantaine de personnes pouvaient peut-être tenir dans la nef sans se gêner. Je ne pus l'imaginer vide durant un office. L'incommensurable tristesse de devoir célébrer seul la messe me perça le cœur et m'emplit de larmes.

Sainte Vierge Marie, je vous en supplie, faites que cette scission entre notre sainte mère l'Église et notre roi cesse bientôt. Je priai et me signai de nouveau. Nulle présence réconfortante ne m'adoucit l'esprit. J'ignorais totalement si quelqu'un entendait encore mes prières.

J'avais enfreint toutes les lois de l'Église en pratiquant la magie. Et je ne pourrais ni me confesser ni recevoir l'absolution tant que durerait l'Interdit.

Tout en ravalant mes émotions, je me dirigeai vers la sacristie. D'autres preuves de la présence du père Truman parsemaient le petit réduit. Il avait pendu son aube et ses étoles à des patères fixées au mur. Son missel était ouvert sur le *prie-Dieu*[1]. Contre le mur, deux coffres débordaient de chandelles, d'encens et de vin de messe. De longues et

1. En français dans le texte. *(N.d.T.)*

étroites fenêtres horizontales, ménagées dans le mur oriental, laissaient passer la lumière de l'après-midi.

Je repoussai le prie-Dieu. Derrière lui, je pus distinguer les contours imprécis d'une porte basse. De mémoire mes doigts trouvèrent le loquet, et les pierres pivotèrent. Je dus m'accroupir et ramper pour passer dans un espace que mon corps de huit ans trouvait immense. Trois marches façonnées dans la roche descendaient dans la crypte.

Il y avait une autre entrée, une grille au pied des marches menant à l'autel. Mais je n'en avais pas la clef, ni n'étais douée du talent d'oncle Henry pour manœuvrer mentalement les verrous. Du moins, pas encore. J'avais bien l'intention de savoir le faire quand je reverrais Radburn Blakely.

Car si j'étais capable d'arracher leurs armes de métal à des soldats lors d'une embuscade, ou de percer un mur de pierre quand l'incendie me talonnait, alors je pourrais certainement apprendre à manipuler de vulgaires loquets.

La porte donnait directement sur la caverne emplie de concrétions de cristal. Je fermai bien les yeux et me concentrai sur la lumière. En les rouvrant, je découvris une minuscule flamme froide reposant au creux de ma paume. Grâce à cette lueur magique, guère plus grande qu'une fée, j'évitai de trébucher sur le sol inégal. Je repérai, une à une, toutes les tombes de ma famille. Au centre reposaient le roi Arthur Pendragon et sa bien-aimée. Très peu de distance les séparait. J'ai toujours pensé qu'ils auraient dû être enterrés ensemble. Si la plaque apposée sur le flanc de la sépulture de la dame ne comportait aucun nom, on y avait gravé l'image d'un passereau[1]. L'énorme tombeau royal et celui, plus

1. Wren, en anglais, signifie passereau. Voir *Wren*, même auteur, même éditeur. *(N.d.T.)*

petit, de Wren, dominaient la salle, tout comme la personnalité du roi, guidée par la paisible influence de sa dame, avait dominé son époque. Tous les autres personnages semblaient fades en comparaison, leurs dernières demeures plus petites, plus simples.

Il n'y avait plus beaucoup de place pour les derniers arrivés. Je me frayai un chemin vers l'entrée de la grotte et le tunnel. Ma grand-tante Lotta se trouvait contre le mur, près du passage voûté. Je ne pus distinguer aucune autre tombe.

« Où est-il, tante Lotta ? » demandai-je. Je posai la main sur sa dalle et en déchiffrai les inscriptions du bout des doigts. Un de mes ongles s'accrocha dans une rugosité qui n'avait rien à faire là. Étonnée, je scrutai les lettres maladroitement gravées. Et dus pratiquement coller mon nez contre la pierre pour y arriver, tant la lumière était chiche.

Réunis avec Dieu
Henry Talbot Griffin, baron de Kirkenwood,
Chevalier de la Croix,
Et
Carlotta, sa femme bien-aimée, Dame du lac et des forêts,
Princesse de Swansea.

Quelqu'un avait gratté une modification à la fin. Pour ceux qui savaient la déchiffrer, l'épitaphe signifiait maintenant : « Puissent-ils reposer dans leur amour et dans la paix de la Déesse. »

« Il est là, avec toi, à sa place, tante Lotta. À sa place. Il t'a aimée jusqu'au bout. Vous êtes ensemble, à présent. » Suffoquée par les larmes, je me laissai glisser à terre et emporter par les souvenirs…

23

Je me souvins d'un autre retour à la maison, un peu moins d'un an auparavant. Au tout début d'avril.

La pluie nous avait accompagnés, mes deux chevaliers d'escorte et moi, depuis le couvent de la Bénédiction de la Vierge, dans le Yorkshire, jusqu'à Kirkenwood. Nous approchâmes du village et de ses sentinelles de pierre au crépuscule. Alors que le soleil se couchait, un unique rai de lumière perça la couche de nuages. L'espace d'un instant, son reflet forma un halo de feu sur le sommet des pierres. Une fois mes yeux remis de leur éblouissement, je vis des visages apparaître sur les stèles, des visages souriants dans les veines tourmentées de la roche. L'un d'entre eux était celui de tante Lotta, un autre celui d'Arylwren, de très vieille mémoire l'amante du roi Arthur, fille du Merlin. C'était son emblème, le passereau, qui décorait la tombe proche de celle d'Arthur Pendragon, et non pas celui de sa reine. Le visage d'Arthur apparut également, dans la pierre proche de sa bien-aimée. Et celui-ci, était-ce celui du Merlin en personne, ou celui d'oncle Henry ?

Je mis pied à terre en dépit de la pluie battante. Debout au milieu des pierres, je décrivis un cercle, bras étendus comme pour étreindre celles-ci, ainsi que le village, mon héritage, tout ce qui était moi.

Les sens que j'avais combattus huit années durant, cachée dans des couvents successifs, s'ouvrirent. Je distinguai des couleurs plus vives, des détails plus précis, et des couches d'énergie surmontant chaque chose vivante, pierres comprises. Le halo de feu continu qui longeait le sommet de l'anneau de pierres sauta dans l'obscurité croissante de la nuit. En cet instant, je compris que les pierres étaient en vie. En vie avec l'esprit de mon clan, avec une spiritualité dont je n'avais que très peu fait l'expérience, et seulement à l'apogée du sacrement de l'Eucharistie.

Pleine de reconnaissance pour cet instant, pour ma vie, et pour cette occasion de rentrer chez moi, je tombai à genoux et priai. Comme si je participais au plus saint des sacrements, je levai les yeux vers le ciel et cherchai un psaume propre à exprimer mon allégresse.

Je sentis avec plaisir la pluie frapper mon visage.

Avant d'avoir pu trouver les mots appropriés, je vis oncle Henry descendre la colline en claudiquant. Il s'appuyait lourdement sur une étrange canne surmontée d'une tête de dragon. Je me souvins l'avoir vu quelquefois, au cours des années passées, muni de ce bâton – qui faisait une fois et demie sa taille. Il s'agenouilla près de moi et m'embrassa.

« Tu es venue, enfant. Tu es rentrée chez toi. J'ignorais si tu croirais en ma lettre. » Des larmes se mêlèrent à la pluie, diluvienne maintenant, pour ruisseler le long de ses joues et de sa poitrine.

Je lui rendis son étreinte. « Cette missive ne pouvait provenir que de vous. Moitié en français, saupoudré de grec, de latin et de gallois. » Ce mot était arrivé au moment où j'en avais le plus besoin. Cela faisait plus d'un an que je vivais au couvent de la Bénédiction de la Vierge. Je pensais pouvoir y rester. Nombre des sœurs étaient devenues des amies. La mère supérieure m'avait prise sous son aile et appris à l'assister dans la gestion des vastes domaines du couvent.

Une semaine avant l'arrivée de la lettre, la mère supérieure était morte brutalement. Sa remplaçante ne désirait pas mon aide, elle ne se fiait pas à mon éducation. Je savais lire différentes langues, je pouvais chiffrer vite et couramment – talents qu'elle ne possédait pas. Une autre des sœurs devint son assistante. Toutes deux déploraient mes ourlets trempés et toujours boueux.

« As-tu remarqué la petite empreinte de patte, pour Diddosrwydd, à côté de mon paraphe ? s'enquit mon oncle.

– Bien sûr, j'ai alors compris que vous n'auriez jamais inclus cette précieuse garantie en écrivant sous la contrainte. Vous avez toujours appelé vos chiens-loups "refuge". Kirkenwood est désormais mon refuge. Combien de chiens homonymes avez-vous eus au cours de votre vie ?

– Six en tout. Mais celle-ci sera la dernière. » Comme si notre entretien l'avait convoquée, un énorme chien-loup femelle descendit pesamment la colline à la suite de son maître. Elle avait les tétines lourdes, pleines de lait pour une nouvelle portée. Elle s'arrêta en dérapant et logea sa tête entre nous. Je ne fus pas loin de tomber à la renverse sous son poids. Debout, sa tête devait m'arriver à l'épaule.

Oncle Henry enroula un bras autour de l'animal et nous inclut dans son bonheur.

« Ce n'est pas la même qu'il y a huit ans. » Je détaillai la chienne, et notai une tache blanche sur sa truffe, une autre sur sa patte arrière gauche. La Diddosrwydd précédente avait des taches noires sur les pattes avant et au-dessus d'un œil. À la demande de l'animal, j'ajoutai mes caresses à celles de mon oncle.

« Grands dieux, oui. Celle-ci est née à peine quelques mois après ton départ. Elle a vu le jour dans ma geôle, et n'a pas été loin d'être assassinée par les hommes du roi John, en même temps que sa mère et les onze autres chiots de la portée. J'ai réussi à sauver celle-ci. *In extremis*. Elle a de nouveau mis bas la semaine dernière. L'un des petits sera à toi. »

Un long silence s'ensuivit, tandis que nous mesurions l'importance de cette déclaration.

« Mais… » Je ravalai la boule qui venait de se former dans ma gorge. « Mais la famille ne se lie qu'avec un chiot de la dernière portée d'une chienne âgée. Les autres deviennent chiens de chasse ou sont vendus. Le possesseur actuel du sceau du Pendragon a toujours le choix en premier. À moins que…

– Ne me harcèle pas de questions, Resmiranda. Il m'est donné de voir quelques éléments du futur, et je sais que l'un de ces chiots doit devenir le tien. »

Si oncle Henry renonçait à ses droits sur le chiot, alors il avait dû voir qu'il n'aurait pas besoin de remplacer Diddosrwydd. Soudain triste, je me remis malaisément debout. Huit années dans les geôles du roi John avaient prélevé sur lui un lourd tribut. Il avait perdu du poids et du tonus musculaire. Il avait le regard terne et laiteux. Les mains qui tremblaient. Et cette claudication, en plus.

Que lui avaient-ils donc fait ?

« Il commence à faire noir, et il pleut, oncle Henry. Je ne puis permettre à mes affinités avec l'eau de vous rendre malade. Nous serions bien mieux au château, devant le feu et une coupe de vin chaud.

– Tu as raison, mon enfant. » Oncle Henry se releva péniblement, en s'aidant de sa chienne et de sa canne. Diddosrwydd demeura immobile jusqu'à ce qu'il enlève sa main de son garrot. Elle savait à quel point ce geste lui était ardu.

Le feu nous réchauffa et sécha nos vêtements alors que nous étions assis autour de l'âtre, un demi-cercle creusé dans le sol de terre contre le mur le plus long de la grande salle, et recouvert de dalles. Une ouverture pratiquée dans le mur épais de presque quatre mètres dirigeait la fumée vers le toit. L'étage supérieur était aménagé de la même manière. Cela valait bien mieux qu'un âtre central avec un trou dans le toit, puisque ce lieu était toujours une ferme saxonne en bois.

Après avoir avalé le premier, oncle Henry but son deuxième verre de vin chaud épicé à petites gorgées. J'examinai de plus près ses articulations enflées et ses doigts tordus, apparemment perclus de rhumatismes. Il devait souffrir beaucoup, et en permanence. Le vin n'y ferait rien. Je connaissais quelques herbes qui pourraient le soulager, mais pas longtemps. Il lui en faudrait des doses croissantes pour maintenir la douleur à distance.

« Ne te préoccupe pas de moi, enfant, me lança-t-il gentiment, comme s'il lisait en moi. Je suis vieux. Mon temps sur terre tire à sa fin. J'espère disposer d'encore assez de temps pour expier mes péchés. » Il plongea le regard dans son verre, comme pour chercher une réponse dans le breuvage rubis.

À court de mots, j'effleurai son bras.

« J'ai fait la paix avec le roi John, non pas que je l'aie jamais défié. Il voulait quelque chose de moi, mais ne l'a jamais demandé directement – en fait, je ne l'ai jamais vu, j'ai seulement eu affaire à ses sous-fifres. Qui, du reste, n'ont pas été désagréables. J'avais le libre usage du château où il me détenait, mais peu de luxe et presque aucun contact avec le monde extérieur. »

Il fit silence et se perdit dans la contemplation du fond de son verre.

Je ne sus que répondre.

Puis il émergea de sa rêverie. « Kirkenwood est en ordre. J'ai fait tout ce que j'ai pu afin de t'assurer un paisible héritage.

– Vous avez évoqué un mariage pour moi… » Les

mots se bloquèrent dans ma gorge. Jamais, jusqu'à l'arrivée de la lettre, je n'avais songé au mariage. Jusque-là, je m'étais attendue à poursuivre ma vie célibataire dans un couvent. En espérant prononcer bientôt mes vœux. La plupart des femmes avaient une vie établie dès seize ans – on les mariait à un homme ou à l'Église alors qu'elles atteignaient leur quatorzième ou quinzième anniversaire.

« Tes fiançailles sont un élément du pacte que j'ai passé avec le roi John. Un pacte politiquement avantageux pour nous deux, lui et moi. Et j'ai compris que l'homme est agréable à regarder. Mais ne nous encombrons pas de détails matrimoniaux. Je n'ai pas encore rencontré le fiancé, même s'il est de bonne ascendance. Il te faudra beaucoup apprendre avant que je ne te confie aux soins de quelqu'un d'autre et que je ne m'accorde la liberté de mourir.

– Qui suis-je censée épouser ?

– Quelqu'un de particulier. Un homme puissant et riche, qui aidera à préserver notre héritage. » Son regard pétilla de bonne humeur, et je compris que je n'en tirerais rien de plus ce soir.

« Que s'est-il vraiment passé lors de cette fameuse nuit, il y a huit ans, oncle Henry ? Où est ma mère ?

– J'ignore tout de Mathilde. Elle a disparu dans la nuit avec toi. Cependant, j'ai toujours su où tu étais. Je n'ai pas les mêmes liens du sang avec la femme de mon neveu.

– Et les hommes du roi John ?

– Ils étaient vraiment venus chercher de l'argent et des troupes pour aider John à asseoir son trône. Je le leur aurais donné de bon cœur. Malheureusement, l'Être Noir trouva quelque chose qu'il voulait plus que tout, qu'il voulait tant qu'il prit le risque d'user de magie noire pour l'obtenir.

– L’Être Noir ? » Je frissonnai au souvenir de cette affreuse nuit.

« Un sorcier immensément puissant. J’espère que tu n’auras jamais affaire à lui. Ton mari te protégera de ses machinations.

– Je n’ai nul besoin d’un mari. Surtout un dont vous ne prononcez pas le nom.

– Plus tard, mon enfant. Nous en parlerons plus tard. »

Je compris qu’il n’en dirait pas plus. « Qu’en est-il du pacte que vous avez passé avec le roi ?

– Après cette nuit – où ta mère et toi vous êtes sauvées –, lorsque je repris conscience, seul, allongé près de Lotta… » Il déglutit et ferma les yeux. Puis il chercha le réconfort dans une gorgée de vin avant de poursuivre. « Ils m’arrachèrent à Kirkenwood et à la tombe de Lotta. On ne me permit même pas de l’enterrer ni d’assister à la messe des funérailles. Je demeurai dans un château isolé proche de la frontière galloise pendant huit ans, avec ma chienne pour toute compagnie. Pas de livres, pas de visites, pas de famille. » Il attrapa ma main et l’étreignit.

« L’Être Noir ? » le pressai-je encore. Tous les hommes avaient été vêtus de noir, à l’exception d’un seul, entièrement vêtu de blanc. Dans mes souvenirs, il ressortait du chaos tel un fanal brillant. Il m’avait poussée à lui faire confiance. J’avais brisé cette compulsion, car elle me paraissait factice. Il m’avait sous-estimée.

« Il a une aura noire, dépourvue de lumière ou d’une autre sorte de couleur.

– Comment cela ? » Je ne distinguais pas facilement les auras, aussi ne les cherchais-je pas, et ne dépendais-je pas d’elles pour évaluer le caractère et les motivations d’une personne. Je me basais sur d’autres indices pour estimer si on me mentait.

« Nombre de fois au cours des siècles, les démons et les fées ont tenté de s’accoupler avec des humains, afin d'obtenir une connexion avec ce monde. » On aurait dit qu'oncle Henry psalmodiait une antique ballade. « Ces unions furent rarement fécondes. Si, d'aventure, un enfant naissait de cette rencontre, il était toujours stérile. Sauf une fois. Une fois, dans tous les siècles répertoriés, les Pendragon ont entendu parler d'un enfant-démon fertile. »

J'ouvris grande la bouche. D'un côté, le danger et l'aventure m'excitaient et me faisaient bouillir le sang, de l'autre, j'étais pétrifiée. Je bus une grande gorgée de vin.

« Quand, oncle Henry ? Et qui ?

– Il y a plus de cinquante-cinq ans, à *Samhain*. La fête de tous les saints. La nuit durant laquelle s'amenuisent les barrières entre les mondes. Cette nuit-là, entre le coucher et le lever du soleil, démons et fées peuvent passer sans encombre, pas besoin de se travestir en être corporel, dans notre monde. Un démon s'empara du corps d'un homme et viola une jeune fille de notre village. Ce devait être un démon particulièrement puissant. Malgré tous nos efforts, Lotta et moi n'avons rien pu faire pour l'arrêter. À l'aube, l'homme, enfin débarrassé de l'esprit démoniaque, était brisé, de corps et d'esprit. Incapable de parler, de travailler, il fixait un regard vide sur le monde. Il fallut le nourrir et le changer tel un nouveau-né. Nous poussâmes tous un soupir de soulagement lorsqu'il se noya dans le lac à la naissance de sa fille. » Il contempla le feu. Son front se creusa de rides. Il repoussa la main que je tendais vers lui.

« La victime du viol donna naissance à un enfant-démon, lui rappelai-je pour le ramener à son récit.

– Une magnifique petite fille. Peut-être la plus belle que j'ai jamais vue. Des cheveux blond clair, un teint pâle et délicat, des traits harmonieux. Nous espérions que le cercle de pierres et une éducation appropriée annihileraient l'influence démoniaque de son géniteur.

» Mais, un jour, elle quitta le village. Les pierres ne pouvaient plus maîtriser le démon en elle. Elle séduisit un… un homme puissant et lui donna un enfant. Elle mourut en couches. Jamais, sinon au champ de bataille, je n'avais vu autant de sang. En venant au monde, le bébé lui déchira les entrailles, il les réduisit en lambeaux. Il avait une aura aussi noire que la plus profonde des oubliettes.

– Qu'est-il advenu de lui ?

– Hum… son père le réclama et l'éleva comme un noble, il lui donna une éducation et des privilèges bien supérieurs à la condition sociale de sa mère. En apprenant qu'il étudiait pour devenir prêtre, j'avais espéré qu'il avait surmonté la noirceur de son âme.

– Jusqu'à cette fameuse nuit, il y a huit ans, précisai-je.

– Jusqu'à cette fameuse nuit, oui. Je le reconnus aussitôt, même s'il avait toujours l'air d'un jeune homme et ne paraissait pas son âge. J'ai eu peur. »

Ce qui expliquait pourquoi les hommes qui me traquaient sans relâche ne respectaient jamais le sanctuaire qu'était une église. Les démons ne reconnaissaient pas l'autorité de Dieu.

Un homme qui avait du sang démoniaque dans les veines n'avait nul besoin d'espions terrestres pour me trouver. Il avait juste besoin d'un bol à visions et d'eau claire. Ma propension naturelle à me cacher le tiendrait un temps à distance. Cependant, il me retrouverait toujours.

« Qui était son père ?

– Je n'en suis pas certain. Un prêtre et une nourrice arrivèrent le jour de sa naissance et l'emportèrent. Ils étaient escortés par des soldats arborant le blason de l'archevêque de Canterbury. Nombre de puissants seigneurs auraient pu commander un tel équipage pour un bébé. Je ne nommerai personne, de peur d'être dans l'erreur et d'entacher à tort sa réputation.

– Vous m'avez rappelée ici. Il ne faut plus craindre l'Être Noir.

– Je t'ai convoquée afin de t'apprendre à le combattre, si jamais il vous menaçait, Kirkenwood ou toi. Je me suis obligé à vivre jusqu'ici pour pouvoir te revoir et te donner le plus d'entraînement possible dans le bref laps de temps qui nous est imparti. Lors, je pourrai mourir en paix. Je pourrai enfin rejoindre ma Lotta. Elle me manque à chaque instant de ma vie. Sans elle, je suis incomplet. »

Il l'avait rejointe dans la mort moins d'un an plus tard. Mais avant, il avait réussi à m'entraîner complètement. J'ignorais pratiquement tout des pouvoirs dont j'aurais besoin pour combattre l'Être Noir.

Au creux de ma paume, la lueur magique s'évanouit. Je demeurai seule, près de mon oncle et de ma tante, dans l'obscurité de la tombe. Je pleurai de solitude, et rallumai la lueur.

Désormais, je pouvais mettre un nom sur l'Être Noir. Radburn Blakely. Sa mère n'avait séduit nul autre que le roi Henry II, qui s'enorgueillissait de reconnaître et éduquer ses bâtards. Blakely nous menaçait, mon héritage et moi. Je n'étais encore pas prête à le combattre.

Et Blakely avait assassiné oncle Henry, tout comme sa fidèle compagne Diddosrwydd. Cependant, ils avaient tous deux vécu assez longtemps pour m'offrir Newynog. Je la caressai longuement et réaffirmai notre précieux lien.

« Ô Hugh ! votre force et votre esprit logique me manquent, murmurai-je dans l'obscurité familière de la crypte. Vous restez à l'arrière-garde, fidèle, calme et fort. Aidez-moi à trouver par où commencer. »

J'invoquai mentalement le visage d'Hugh. Et ne vis que les yeux du roi John, caressants, alors qu'il m'offrait un bouquet de fleurs des champs. On pouvait encore le sauver. Si seulement je pouvais briser l'emprise qu'avait Radburn Blakely sur lui, avant qu'à force de les voir, le mal et le chaos ne deviennent sa seconde nature.

24

La bibliothèque d'oncle Henry me parut le meilleur endroit où commencer mes recherches. Mais, d'abord, je pris la liberté d'aller prier à la chapelle. L'immémoriale humidité du lieu me rassura et me rafraîchit. Je m'imprégnai du parfum d'encens et de cire d'abeille jusqu'à ce que le froid du sol dallé me fût remonté jusqu'aux genoux.

« Sainte Mère, pardonnez-moi d'avoir subrepticement invoqué les pouvoirs magiques », l'implorai-je encore et encore. Je faisais glisser une perle entre mes doigts à chaque prière. « Doux Jésus, préservez-moi des forces des ténèbres alors que j'entame ce voyage vers la lumière. »

Lorsque j'eus achevé mon cycle de prières et tins la croix au creux de ma main, je me redressai sur les talons et levai les yeux vers le crucifix de l'autel. « Sainte Mère, je ne puis croire que votre fils nous ait donné de tels pouvoirs, à ma famille et à moi, pour nous interdire d'en user quand notre famille, et *a fortiori* l'Angleterre, en ont besoin. »

La flamme de la veilleuse brûlait toujours, basse et droite, infime rougeoiement dans la pièce obscure. Soudain, je me lassai de l'odeur d'encens et de cire. J'éprouvai le besoin de sortir dans le soleil de Dieu et l'air frais.

Il me fallait m'ouvrir aux merveilles de Sa création et en faire une partie de moi.

Je sortis et descendis les quelques marches en trébuchant, pour m'affaler dans l'herbe près du bassin. Genoux et bliaud atterrirent dans l'eau. Je me débarrassai de mes chaussures et m'assis les pieds dans l'onde. Pureté et légèreté me submergèrent.

Un soleil timide filtrait au travers de la couverture effilochée de nuages. On apercevait ici ou là des coins de ciel bleu. Je fermai les yeux, soudain éblouie. Le vent m'apporta un infime gloussement, semblable au tintement de minuscules clochettes. J'ouvris les yeux sur une fée qui voletait devant moi. Cette femelle bleu pâle aux ailes roses me fit un clin d'œil, puis s'envola en spirale pour rejoindre le reste de la troupe.

Bienvenue à la maison ! me crièrent-elles d'une seule voix en volant en cercles serrés autour de ma tête, telle une couronne de fleurs. « J'ai beaucoup à apprendre », répondis-je en hésitant.

Nous t'apprendrons. Nous sommes des créatures magiques. Fais de nous une partie de tes leçons. Déclaration qui provoqua un autre chœur de rires et défit leurs rangs. Les fées se dispersèrent et s'envolèrent vers le lac, les arbres, elles se cachèrent parmi les digitales et les fougères de la rive.

Je ne pus m'empêcher de sourire. D'un seul mouvement, je me levai et pataugeai dans le bassin sans me soucier des dégâts infligés à mon bliaud pourpre. De la boue glissa entre mes orteils. Des plantes aquatiques me chatouillèrent les chevilles. Debout dans l'eau, j'étendis les bras et pivotai sur moi-même en embrassant le jour, le lac, la chapelle et ma vie.

L'allégresse chantait dans mes veines, la terre palpitait en accord avec mon cœur.

Un psaume d'action de grâce naquit en moi. J'adaptai une mélodie à l'harmonie de la terre.

Alors, les vibrations de la terre sous mes pieds s'intensifièrent. Le psaume mourut dans ma gorge. Je me figeai et écoutai. L'odeur de la forêt m'apprit que j'étais seule. Et pourtant…

Je scrutai le lac, car je savais que la source de ce qui avait interrompu mon chant venait de là. Pourtant, il me fut impossible de regagner la terre ferme. L'eau vibra et ondula depuis le centre du bassin. Affolé, mon cœur s'emballa, tambourina, et couvrit tous les autres bruits de la forêt. Je me dressai sur la pointe des pieds, prête à fuir n'importe quel monstre qui pourrait bien surgir des profondeurs inconnues du lac.

Cependant, il me fallait d'abord le voir, le connaître avant de le laisser me pousser hors de ce lieu privilégié.

La fée bleue décrivit un cercle éblouissant autour de moi. Elle gloussa et atterrit sur mon épaule. *Regarde. Ce miracle est infiniment rare.*

Son assurance me fit rester où j'étais, mais n'apaisa nullement mes frayeurs. Autant je voulais me fier à ces êtres surnaturels, autant je ne l'osais. Je n'osais plus me fier à personne…

J'avais appris à faire confiance à sire Hugh Fitz Chênenoir.

Les clapotis de l'onde se rapprochèrent du rivage. Un chant entraînant, dans une langue antique que je comprenais presque, m'attira. J'avançai pas à pas, tout en résistant à l'envie effrénée d'aller carrément y voir de plus près, et de croire au miracle promis par les fées.

Je me mordis les lèvres tout en redoutant qu'un monstre ne surgisse de l'onde et me dévore toute crue. L'eau clapotait contre mes genoux. Je pénétrai dans l'eau encore plus profonde. La robe de lady Sigrid flottait autour de moi telle une immense fleur, et dissimulait le fond de l'eau, qui m'arrivait maintenant à la taille. Je rassemblai les plis de tissu et scrutai le sol.

Les vagues moururent. Sous l'eau, un chatoiement

blanc attira mon regard et apaisa mes battements de cœur. Une dame pâle aux cheveux blond argenté montait des profondeurs du lac en dérivant dans le courant. Vêtue de mousseline blanche, elle s'immobilisa juste sous la surface. Des diamants étincelaient autour de ses doigts, d'autres parsemaient sa robe. Elle serrait une somptueuse épée contre sa poitrine ; la poignée or et argent reposait exactement sous son cœur. D'antiques runes couraient sur toute la longueur de la lame ouvragée.

D'un geste plein de grâce elle projeta l'arme vers le haut. Seuls sa main et son avant-bras émergèrent de l'onde. Les rayons du soleil frappèrent les joyaux rouge sang incrustés dans le pommeau de l'épée.

« Je te fais présent d'Excalibur ! » Ses paroles se répercutèrent dans la clairière.

EXCALIBUR ! Les arbres, les fourrés et les fées reprirent le cri.

« Excalibur, suffoquai-je. Pourquoi ? Comment ? Qui ? » J'ignorais tout de l'usage de cette arme, l'épée du roi Arthur Pendragon.

« Tu es le Pendragon. L'épée t'appartient. Tu sauras comment, quand l'heure sera venue. L'épée reconnaîtra ton ennemi. » Si la dame n'avait pas bougé les lèvres, ses paroles chantaient dans mon esprit.

Son bras, qui tenait toujours l'épée, commença à retomber dans l'eau.

Prends-la ! me souffla la fée bleue à l'oreille. *Prends-la, avant qu'elle n'annule son présent.*

Je sortis de ma stupeur, tendis la main et la refermai sur la garde, juste au-dessus de la main de la dame. Ses doigts effleurèrent ma peau en une caresse affectueuse. Puis elle disparut, et regagna les profondeurs de son foyer liquide.

25

« L'équilibre est rompu ! Et pas pour le mieux », murmura Radburn Blakely pour lui-même. Les fins poils de ses avant-bras et de sa nuque se hérissèrent, comme si l'éclair rôdait autour de son épaule gauche telle la mort.

« Avais-tu quelque chose à ajouter dans ce débat ? » Son frère John le dévisagea étrangement, comme s'il avait entendu son commentaire.

« Le, euh… les brigands gallois doivent être punis pour avoir détruit Mendip Mor », martela-t-il. Ils venaient bien de discuter du sort du château frontalier, n'est-ce pas ? Il ne parvenait plus à s'en souvenir. La modification dans l'équilibre des pouvoirs, ténèbres et lumière, Terre, Air, Feu et Eau en harmonie, les portes vers les autres mondes ouvertes et fermées, comme toujours depuis des siècles, tout cela lui avait fait partir l'esprit dans tous les sens, comme une souris pourchassée par un chat. Dans la direction opposée, loin de l'harmonie. Mais pas encore. Il n'était pas prêt. Il n'avait pas le contrôle de Kirkenwood, de ses secrets ou de son héritière.

Cette modification allait dans le mauvais sens.

Que s'était-il passé ? Il fallait absolument qu'il s'isole avec son bol à visions. John le dévisageait toujours, comme s'il avait perdu l'esprit.

Pour le moment, il l'avait bel et bien perdu.

« Nous nous sommes opposés à cette action il y a plus d'une heure », lui remémora Hugh Fitz Chênenoir.

Avait-il été transporté si longtemps par ce changement dans les pouvoirs naturels ? Radburn secoua la tête afin de s'éclaircir les idées. Peine perdue. La pièce allait bientôt tourner autour de lui en cercles de plus en plus rapides. Il empoigna le bord de son banc et s'y arrima.

« Les hommes d'armes se sont peut-être réfugiés en pays de Galles, mais ils étaient sous les ordres d'un Anglais. » Sire Hugh cogna énergiquement du poing sur la table de la grande salle du château de Durham. « Des traîtres à la couronne. Il faut faire rechercher leur chef. Je tirerai vengeance de la mort ignoble de mon ami et de son aimable femme. »

Plusieurs des seigneurs présents lui firent bruyamment écho.

Radburn eut un petit sourire en coin. Ils ignoraient qu'ils avaient déjà trouvé le chef. Jamais il ne l'admettrait. Autant se passer directement la corde au cou. « Admirable initiative, sire Hugh. Comment proposez-vous de réaliser cette formidable enquête ? »

Que cet imbécile vertueux prêche encore quelques instants, pendant que Radburn tentait de recouvrer son équilibre.

Il lui fallait voir ce qui avait provoqué le désordre psychique. John n'était pas du genre à excuser une prétendue incursion aux toilettes. Une fois absorbé dans ses obligations royales, le roi avait une vessie d'airain. Ses courtisans et conseillers avaient l'ordre d'en faire autant.

D'autant plus depuis que cette sorcière de Resmiranda avait fait quelque chose à John. Elle avait percé une brèche dans des années de méticuleuse instillation de peur et de méfiance, et les avait bannies.

Chaque fois que Radburn essayait de rétablir de nouvelles gardes, celles-ci n'étaient que l'ombre de son précédent contrôle.

Tout tournait encore autour de lui, sa peau le démangeait partout. Une incroyable irritation se développa dans ses paumes. Quoi qu'il se fût produit, cela n'augurait rien de bon pour Radburn et ses projets.

À défaut de son bol d'argent et de l'eau limpide d'une source, il pourrait faire usage de n'importe quel liquide clair, de n'importe quel autre contenant. Mais lequel ?

Dans sa coupe, le vin était trop sombre. La bière rudimentaire typique de la cité équivalait à boire du pain –, bien trop épaisse. De quoi pourrait-il bien se servir ?

Aucune idée ne lui vint à l'esprit.

Il fallait qu'il regarde. Tout de suite.

Ce dérangement lui retourna l'estomac. En lui, la magie toujours disponible dans le bout de ses doigts se concentra en une énorme boule dans sa nuque. Il perdit de son acuité visuelle, ce qui perturba encore plus sa digestion. Si John ne lui permettait pas de retourner immédiatement au lit, il allait finir par se donner honteusement en spectacle, ici et maintenant.

« Tu n'as pas l'air bien, mon frère », déclara John en tendant une main compatissante vers le front moite de Radburn. Le roi dut pivoter malaisément vers sa gauche. À sa droite – position privilégiée précédemment attribuée à Radburn – était assis sire Hugh.

La prochaine fois, John le repousserait-il en bout de table ? Et puis, carrément, hors de la salle du conseil ?

Pas tant qu'il vivrait. Le futur n'est pas écrit dans la pierre. Il récupérerait sa position enviée et, en même temps, le contrôle de Kirkenwood.

Kirkenwood. Tout, en lui, l'informait que le désordre venait de là.

Radburn renversa délibérément sa coupe de vin. Le

liquide rouge sombre se répandit sur les planches rugueuses de la table. Il se pencha en avant et simula un étourdissement, mais garda les yeux entrouverts.

« Qu'on lui vienne en aide ! » cria John tout en s'éloignant le plus possible de son frère malade. Des bancs tombèrent sur la paille du sol. Un bruit de bottes s'éleva.

Radburn murmura incantation après incantation, en latin, en arabe et dans un obscur dialecte oriental dont le sens dépendait de l'accentuation tonique. Il évita le grec, langage de logique étranger à ses intentions. Il scruta les veines du bois au travers de la flaque de vin.

Tout ce qu'il put distinguer, ce fut une épée environnée d'éclairs. L'épée de sa perte.

« Je ne suis pas encore mort », souffla-t-il. Il se redressa, tandis que de nouvelles résolutions rééquilibraient ses sens perturbés. « Je ne suis pas encore mort, et ne mourrai pas sans rien dire. Je vous prie de m'excuser, mon frère, avant de vous déranger plus avant. »

Radburn repoussa lentement son banc et se leva. Il se dirigea en titubant vers sa chambre, derrière la grande salle, et vomit aussitôt.

*

Dans ma main, l'épée devint pesante. Son poids me fit trembler les bras et les épaules. J'eus peur de la lâcher dans le lac soudain glacial et soutins sa lame de la main gauche.

Je grinçais des dents en m'efforçant de la faire reposer sur mon épaule, car je ne voulais ni la laisser tomber ni me blesser. Comment les hommes pouvaient-ils faire tournoyer ces monstres des heures durant, à l'exercice ou au combat ? Je n'étais ni une mauviette ni piètrement bâtie. J'avais passé la majeure partie de ma vie à travailler dur dans les champs, ainsi que le prescrit la règle cistercienne. Et pourtant, l'épée m'écrasait carrément l'épaule. Je sortis à pas comptés du bassin.

« Merci, ma Dame », criai-je en retrouvant la terre ferme. Pour seule réponse, je vis une brève ondulation à la surface de l'eau.

« Vous apprenez à utiliser le pouvoir à l'intérieur comme à l'extérieur de la lame », répliqua une voix masculine.

Interloquée, je regardai autour de moi tout en brandissant l'épée dans ce que je pensais être une position défensive. La lame pencha beaucoup trop vers le sol à mon goût.

« Je ne vous veux aucun mal, jeune fille. Bienvenue à Kirkenwood. » Le père Truman émergea de l'ombre de la chapelle.

Je laissai pendre l'épée jusqu'à ce que son extrémité repose par terre, ravie d'être un instant soulagée de son poids. Trois kilos ? Cinq kilos ? Certainement pas plus, sinon un mortel n'aurait jamais été capable de la brandir longtemps au combat. Ou alors était-ce parce que je ne savais pas m'en servir ?

« Depuis combien de temps êtes-vous là ? » demandai-je au prêtre tout en inspirant plusieurs fois à pleins poumons. Il n'avait pas beaucoup changé, depuis mon enfance. Avait-il seulement vieilli ?

« Assez longtemps pour savoir que vous êtes émerveillée et épuisée. Venez à l'intérieur, ma Dame. Il nous faut discuter de ce miracle. »

Si – à l'instar des fées – le prêtre de ce domaine qualifiait cela de miracle, je n'avais nul besoin de redouter le don d'Excalibur. Et pourtant, je le craignais quand même. Après tant de siècles, la résurgence de cette arme augurait certainement de prodigieux changements et un défi. J'étais si harassée que je ne pus rien trouver de plus stimulant que m'écrouler sur les marches devant la chapelle. Il me fallut traîner l'épée pesante dans la poussière afin de faire les cinq pas vers le bâtiment. *Pardonnez-moi de traiter Excalibur avec si peu de déférence. Je ne puis tout simplement plus la soulever*, m'excusai-je encore et encore auprès de la dame, de mon lointain ancêtre et du pouvoir inhérent à l'arme.

« Avez-vous quand même poursuivi votre initiation, jeune fille ? » s'enquit le père Truman en haussant un sourcil. Depuis la porte, le soleil couchant projeta l'ombre démesurée de son grand corps mince dans la nef. Les cheveux prématurément gris, les yeux et la bouche soulignés des rides du sourire, il paraissait aussi vieux que la chapelle elle-même. Je n'avais jamais connu un autre prêtre à Kirkenwood. Je n'avais jamais entendu parler d'un autre prêtre à Kirkenwood.

La pensée qu'un autre, moins gentil, moins conciliant, puisse guider mon peuple, me hérissa.

Un corbeau atterrit sur le toit de la bâtisse et se jucha sur la faîtière pour nous regarder. Il croassa une salutation et inclina la tête, comme s'il comprenait tout ce que nous disions.

« Jamais, au cours de mes années d'absence, je n'ai invoqué aucune sorte de magie, répliquai-je posément. Maman m'avait avertie que si je le faisais, mes ennemis n'auraient aucun problème pour retrouver ma trace. Cela me parut encore plus important après… après le meurtre d'oncle Henry. » Je ravalai un flot de larmes brûlantes.

« Exact, opina brièvement le père Truman. Cependant, les gens talentueux oublient vite ce genre d'avertissement. » Il s'assit près de moi et inspecta minutieusement l'épée du regard, sans jamais la toucher. Il secoua la tête et enfouit ses mains dans sa robe lorsque je lui tendis la poignée. « Cette arme vous fut offerte, ma Dame. Nul autre ne pourrait survivre à son contact.

– Mais que vais-je en faire ? Je puis à peine la soulever !

– D'un point de vue métaphorique autant que physique. » Il planta son regard bleu clair dans le mien. L'éclat que j'y décelai me conseilla de chercher plus loin que ses mots.

« Il me faut m'entraîner et apprendre, tant la magie que le maniement des armes, avant de pouvoir la brandir en toute sécurité contre mes ennemis.

– Et en attendant… ? » Le prêtre haussa son sourcil gauche, tic exaspérant qui lui donnait l'air immensément sage. C'était son visage que j'avais aperçu dans la pierre, un peu plus tôt dans la journée – pas celui du Merlin ni celui d'oncle Henry. À moins que ce ne fût le Merlin ?

« Je pense qu'il me faut dissimuler l'épée mieux que je ne me suis jamais dissimulée moi-même.

– Je vais vous laisser, jeune fille. Ce genre de tâche s'accomplit seul. » Il se leva et disparut dans le bois. D'abord, je le vis marcher entre deux pieds de fougère, l'instant d'après il avait disparu. Il n'y avait, à ma connaissance, aucun sentier à cet endroit-là.

Les fées, qui dansaient sur l'eau, disparurent au même moment.

« Est-ce ma première leçon ? » demandai-je à la cantonade.

Le vent m'apporta un bref gloussement pour toute réponse.

« Toute ma science magique se résume aux propriétés des herbes », déclarai-je à voix haute, autant pour combler le brutal silence de la clairière que pour faire le tri de mes pensées. « La queue-de-renard [1] est censée rendre invisible. »

Combien de fois, dans mon enfance, avais-je tressé une couronne de ces fleurs pour la porter en dormant ? Toujours, lorsque je venais d'arriver dans un nouveau

1. Plante ornementale telle que l'amarante, le mélampyre ou le vulpin. *(N.d.T.)*

couvent. Mais ensuite, je perdais de ma vigilance, ou les sœurs me confisquaient la guirlande une fois mon manège découvert. Les nonnes refusaient les ornements de pacotille. En bonnes épouses du Christ, elles prétendaient que la beauté de leurs âmes était suffisante.

Quelques jours après avoir perdu les fleurs, une sœur, ou une autre, venait m'emmitoufler au milieu de la nuit, et nous filions à la faveur de l'obscurité. Parfois, je rejoignais le prochain refuge à dos d'âne. Mais le plus souvent, nous marchions.

Une fois, il nous fallut nous cacher au creux d'un ruisseau, entre les racines emmêlées des saules et leurs branches tombantes alors que les hommes en noir frappaient les buissons du plat de l'épée. Ils ne nous avaient pas trouvées. Comment avais-je réussi à les envoyer chercher ailleurs ?

J'avais emporté quelques queues-de-renard dans mon réticule.

Où pourrais-je bien dénicher quelques-unes de ces fleurs ? Elles ne poussaient pas facilement dans ce climat septentrional rigoureux. Cependant, je me souvins en avoir vu dans le jardin aux herbes. Il allait me falloir retourner sur la colline. Certainement pas en emportant l'épée. Non seulement je ne pouvais la soulever du sol – et la traîner par terre risquerait d'émousser la lame ou d'annihiler certains de ses pouvoirs –, mais tout le monde serait au courant.

« Eh bien, je pense que tu pourrais te trouver à ton aise près de ton premier possesseur », annonçai-je à l'arme. Elle s'encastra exactement sous les mains croisées du roi Arthur Pendragon, comme si on avait prévu son emplacement en sculptant la pierre.

Quelque chose comme un soupir de soulagement palpita dans mon esprit. La lame étincelante devint terne, elle fusionna avec la pierre et devint un élément de la sculpture.

« Vous ne me voyez pas, chuchotai-je. Regardez, je ne suis pas là. » Je murmurai les paroles qui avaient marché lorsque je me terrais sous les fourrés et que les hommes en noir me cherchaient partout.

S'ils m'avaient trouvée à Mendip Mor, c'est parce que je m'étais fiée aux défenses terrestres du lieu pour me cacher.

Je souhaitai que cette incantation fonctionne pour tout. Car j'eus le pressentiment qu'en perdant l'épée avant les épreuves à venir, je perdrais tout. Que l'Angleterre perdrait également tout.

26

Aussi vite que fût survenu le malaise de Radburn, aussi vite il disparut, comme si sa source s'était fondue dans le néant. Non. Ce n'était pas une véritable disparition. Une… résonance… perdurait, subtile mais *bien présente*, identique.

Radburn retrouva une respiration plus facile tout en passant en revue sa condition mentale et physique. Ses muscles réagissaient à ses ordres. Son estomac se calmait. Il n'avait plus la tête qui tournait, même si une certaine vacance subsistait dans sa nuque.

« Je fonctionne normalement, lâcha-t-il tout en prenant une profonde inspiration.

– Je devrais l'espérer, déclara sire Hugh depuis le seuil. Son Altesse se fait du souci pour vous.

– Vraiment ? » Radburn haussa un sourcil interrogateur. D'un côté – son côté enfantin, toujours avide d'amour, de sécurité et de l'approbation de son frère – il voulait désespérément que John s'inquiète pour lui ; de l'autre, l'adulte pragmatique savait qu'il valait mieux ne rien en attendre. Le roi n'était rien de plus qu'un instrument. Radburn n'avait pas de temps à perdre à s'inquiéter des sentiments de son jeune demi-frère.

« Il était assez préoccupé pour interrompre le conseil quelques heures, le temps que vous vous rétablissiez. »

Toujours nonchalamment appuyé contre le chambranle, sire Hugh l'observait et guettait le moindre signe de faiblesse.

Signe que Radburn n'était pas près de lui montrer.

« Que je me rétablisse, ou que je meure ? s'enquit-il. Je vous garantis que si le poisson d'hier soir ne m'a pas réussi, il n'est pas près de me tuer. Je suis d'une autre trempe.

– En ce cas, pourquoi avez-vous les mains tremblantes et le visage blanc comme un linge ? Je pense que vous feriez mieux de vous retirer, messire Blakely. » Sire Hugh abandonna enfin sa position contre le mur. Mais sans pour autant s'en aller.

« Je pense que je vais le faire. Je vais quitter la Cour quelques jours, jusqu'à ce que je sois certain que mon affection, quelle qu'elle soit, ne menace pas Son Altesse. » Le sous-entendu le fit sourire. Fitz Chênenoir ne saurait pas l'apprécier.

« Comptez-vous aller à Kirkenwood ? » l'interrogea sire Hugh entre ses dents.

Plus clairvoyant que prévu. « Pourquoi ferais-je cela ? temporisa Radburn.

– Parce que ce qui vous ronge me ronge également. John agite des terres et des titres devant nous deux. Tant que nous danserons sur sa ritournelle, il continuera à différer cette promesse. Mais si jamais nous nous rebellons, ses offres s'évaporeront telle la brume au soleil. Vous avez en tête d'accaparer lady Resmiranda et Kirkenwood sans attendre la permission. »

Radburn s'esclaffa. Ce fut la seule réponse qu'il trouva. Cet homme était bien trop perspicace. Il allait falloir l'éliminer. Bientôt. Mais d'abord, il lui fallait neutraliser cette force lumineuse, quelle qu'elle soit, qui venait de surgir devant lui.

« Oubliez cet entretien » énonça-t-il posément en plaçant sa paume devant les yeux de sire Hugh. Du bout des doigts, il ferma délicatement les paupières de son interlocuteur. « Vous ne m'avez pas trouvé. Vous ignorez tout de l'endroit où je suis ou de mes projets. » Satisfait de voir le chevalier accepter cette déclaration, il retira sa main.

Hugh resta un instant debout, paupières closes, puis tourna brusquement les talons et s'en fut.

Combien de temps la suggestion mentale durerait-elle ? Parfois, sire Hugh Fitz Chênenoir voyait juste un petit peu trop. Cette qualité faisait de lui un admirable guerrier et un excellent gestionnaire, mais Radburn n'avait besoin ni de l'un ni de l'autre. Il avait besoin d'une dupe pour mentir au roi.

Cela aussi, cela devait pouvoir s'arranger.

Il sourit. Et convoqua Fantôme d'un claquement de doigts. « Prépare deux chevaux et quelques bagages légers. Nous partons dans une heure. »

Son ombre hocha la tête et s'en fut, aussi silencieuse et immatérielle qu'un spectre.

Il fallait que Radburn se rende à Kirkenwood et affronte lady Resmiranda, ainsi que ce qu'elle avait invoqué pour l'aider. Elle avait eu une initiation brouillonne. Elle agissait, ou réagissait de façon purement instinctive. Elle n'était pas de taille contre lui. Pour l'instant.

Mais tout d'abord, il devait rendre visite à un démon ; un démon qui résidait sous un tumulus, derrière une porte gardée par un dragon.

*

Hugh se figea en plein milieu du tohu-bohu. Il était parti faire quelque chose… Mais quoi ? Il avait un goût immonde dans la bouche, et dans l'esprit. Tout lui paraissait flou, imprécis. Il avait même du mal à réfléchir.

Il venait tout juste de se passer une chose bizarre. Quoi ?

Il inspecta la grande salle du regard, en quête d'une réponse. La reine et son fils avaient pris la place des seigneurs qui secondaient le roi lors des conseils. John caressait affectueusement la tête de l'enfant. Hugh se souvint avoir fait le même geste avec Johnny. L'espace d'un instant, des années de préoccupation désertèrent le visage du roi, ses traits s'adoucirent.

Le sourire de la reine Isabelle dévoila une jolie rangée de dents menues assorties à son visage pointu. D'adorables yeux sombres, vaguement en amande, contrebalançaient la longueur de son nez et de son menton. Lors de son arrivée à la Cour, huit ans plus tôt, alors qu'elle avait à peine douze ans et John trente-trois, ce n'était qu'une enfant timide et blême qui se cachait derrière sa nounou et des vêtements ternes. C'était maintenant une beauté exotique de vingt ans qui aimait les couleurs vives et les bijoux. Elle confia le jeune Henry aux bras de son père. Ainsi, ils évoquaient la félicité familiale la plus absolue.

Hugh rêva de pouvoir partager de tels instants avec Ana. Au moins avait-il Johnny.

Le roi l'avait envoyé en mission. Cela, du moins, il s'en souvenait. Il secoua la tête pour tenter de se remettre les idées en place. Ses oreilles bourdonnaient toujours.

Une coupe de vin lui parut nécessaire pour effacer ce goût âcre qu'il avait dans la bouche. Un goût de soufre ?

Blakely sentait souvent le soufre et le sang. Hugh se demanda s'il avait rencontré le demi-frère sorcier du roi.

Ana saurait comment lui rendre la mémoire.

Elle lui manquait en permanence. Cependant, et pour son propre bien, Hugh se devait de tenir le roi et Blakely éloignés de Kirkenwood. Blakely n'était pas du genre à s'éloigner de plus de deux pas de son demi-frère. À propos, où était-il en ce moment ?

Le pouvoir politique reposait sur le fait d'avoir l'oreille du roi. Blakely faisait toujours en sorte que personne ne puisse se rapprocher suffisamment du roi pour contrecarrer son influence. Bizarre, que l'intégralité du conseil – la plupart contemporains de John, âgés de quarante ans ou plus – tienne compte des paroles d'un Blakely, autrement dit un blanc-bec qui n'avait jamais fait ses preuves au combat. Car il ne pouvait pas avoir plus de vingt et un ou vingt-deux ans.

« Rendrez-vous la justice ce soir, Altesse ? » s'enquit Hugh afin de pallier son trou de mémoire. Quelque chose en rapport avec Blakely.

« Nous sommes ici depuis deux semaines. » John bâilla à s'en décrocher la mâchoire. Aussitôt imité par son fils, le jeune Henry. Leur ressemblance momentanée toucha Hugh. « Nous nous attendions à plus de différends, et de plus belles chasses. Peut-être devrions-Nous reprendre notre chemin en direction de Kirkenwood. Avez-vous trouvé messire Blakely ? Comment va-t-il ?

– Je ne l'ai pas trouvé », répliqua Hugh. Ce qui ne lui parut pas exact, mais il ne parvenait pas à se souvenir d'une entrevue avec le frère du roi. Ou l'avait-il vu ? D'où aurait bien pu lui venir ce goût de soufre ?

Il se mit en devoir d'inspecter chaque recoin d'ombre, à la recherche du demi-frère du roi ou de son serviteur fantôme.

« J'aimerais beaucoup visiter Kirkenwood, John », déclara Isabelle. Son accent délicat évoquait le sud de la France, d'où elle était originaire. « J'ai entendu nombre des légendes qui entourent les Griffin. Est-ce vraiment un clan de géants doués de pouvoirs magiques ? »

John s'esclaffa tout en faisant sauter son fils sur son genou. L'enfant joignit son rire à celui de son père. « Lady Resmiranda est grande, presque aussi grande que nous, mais elle n'a rien à voir avec une géante.

Tous les Griffin sont des hommes et des femmes ordinaires, ma chère Isabelle. » Il déposa un baiser rassurant sur sa joue avant de poursuivre. « Le fait qu'ils vénèrent leur généalogie plus que d'autres – une généalogie pour la plupart inventée, nous en sommes certains – confère aux Griffin une munificence et une importance qu'ils n'ont pas. Il est de notoriété publique que c'est moi, et non pas elle, qui suis le descendant du roi Arthur Pendragon. »

Ce mensonge éhonté fit presque rire Hugh. Henry II avait placé le roi légendaire des anciens temps dans les confins imprécis de son arbre généalogique familial lorsque l'abbé de Glastonbury avait découvert une tombe sous les ruines de son église, tombe qui aurait pu être, ou ne pas être, celle d'Arthur et de Guenièvre. Hugh avait comme l'impression qu'on avait créé de toutes pièces cette sépulture afin d'attirer les pèlerins, et donc les fonds nécessaires à la reconstruction des bâtiments incendiés.

John plissa les yeux. « Oui, Nous pensons qu'il est temps d'introniser la baronne de Kirkenwood. Elle a eu largement le temps de guérir de sa toux. Mandez-lui un message lui disant de Nous y attendre, sire Hugh. Nous partirons à l'aube. »

Et si Hugh ne parvenait pas à trouver Blakely avant cela ? Le soufre sur sa langue voulait-il dire que Blakely s'était dissimulé grâce à un sort ? Probablement pour partir à Kirkenwood avant le roi et enlever Ana ?

Hugh dépêcha un groupe de serviteurs à la recherche du fuyant seigneur.

*

À Kirkenwood, la vie continuait, comme si je n'étais jamais partie, comme si oncle Henry et tante Lotta en tenaient toujours les rênes. Sauf dans le jardin. Les herbes étaient, de tout temps, le domaine réservé de la famille. Nul ne pénétrait dans l'enclos sans y avoir été autorisé par un membre du clan.

En y allant chercher de quoi garantir la sauvegarde de l'épée, je me heurtai à un véritable mur végétal. Les plants de queue-de-renard, originaires de climats plus tempérés, devaient se trouver dans un coin abrité, probablement contre le mur qui faisait face au sud et engrangeait le plus de soleil et de chaleur. Le sentier entre les plates-bandes naguère entretenues existait toujours. Enfin, presque.

Tôt le lendemain matin de mon arrivée à Kirkenwood, je m'étais munie d'un panier et de mon *athame* aiguisé – celui d'oncle Henry, à vrai dire –, et m'étais dirigée vers le jardin. Le besoin de commencer dès l'entrée, d'arracher les mauvaises herbes et d'éclaircir les plants délicats avant qu'ils ne meurent étouffés, me démangea. Mais si jamais j'y cédais, l'épée aurait le temps d'être découverte une bonne douzaine de fois avant que je ne déniche enfin les corolles pourpres des queues-de-renard.

Je me débarrassai de mes bas et de mes chaussures malgré la rosée qui trempait toujours la végétation et gelait le sol. Il me fallait me concentrer et maintenir le contact avec la terre lors de la préparation pour l'incantation d'invisibilité magique. J'envisageai d'enlever ma robe, mais trop de gens vaquaient dans la cour, et les murs du jardin n'étaient pas assez hauts pour que je me sente à l'aise dans une telle tenue.

« Comment es-tu arrivée jusqu'ici ? » demandai-je à l'endive sauvage qui proliférait dans le côté du potager donnant sur le nord. Je vérifiai les autres murs, où les plantes pernicieuses auraient dû être confinées dans leur propre rangée. Il était certain que l'endive sauvage poussait infiniment mieux ici. « Eh bien, je pense que nous aurons des légumes verts frais pour le dîner. »

Il aurait vraiment fallu que j'arrache l'intégralité du plant, en gardant les fleurs pour la teinture et les racines pour les faire cuire, mais je n'avais pas pensé à apporter un déplantoir, et il était hors de question que je prenne le risque d'émousser ou d'ébrécher mon couteau en creusant la terre.

« Merci, mon Dieu, pour ces fleurs et ces feuilles. Elles nous offriront une nourriture délicieuse. Rien n'en sera perdu », promis-je. L'idée de remercier la plante elle-même me paraissait encore incongrue. Toutes choses venaient de Dieu. Donc, si je Le remerciais, ne remerciais-je pas la plante par la même occasion ?

La perspective d'un grand bol plein de salade assaisonnée au vinaigre, à l'huile et aux herbes, me fit saliver. Oui, vraiment, toute la récolte aurait son utilité. Avec les fleurs, je pourrais avoir une nouvelle robe, teinte de la même nuance jaune que mes cheveux.

Je me frayai peu à peu un chemin au travers de la prolifération d'endives sauvages et me dirigeai vers les rangs abrités où tante Lotta avait placé les variétés les plus délicates. Toutes avaient été rapportées par les croisés et venaient de Terre sainte ou d'autres pays méditerranéens. Dans ma famille, nombreux étaient ceux qui avaient pris la croix. Certains étaient revenus, riches de trésors et de connaissances. D'autres n'avaient jamais revu leur patrie, à l'image du fils et héritier d'oncle Henry.

L'épitaphe gravée sur la sépulture d'oncle Henry indiquait qu'il avait dû suivre une des croisades dans sa jeunesse. Je ne parvenais pas à m'imaginer cet homme affable et non violent en train de brandir l'épée au combat. Les bribes d'histoires entendues au cours de mon enfance suggéraient qu'il en était rentré brisé de corps et de foi. Il m'avait laissé entendre que tante Lotta l'avait sauvé. Il me tardait d'apprendre le reste de ce récit. Une autre fois, quand je pourrais m'immerger dans les innombrables rouleaux et livres de la bibliothèque secrète.

Je repérai enfin les grappes pourpres des fleurs de queues-de-renard. Étaient-elles symboliques des rêves et des promesses brisés de tant des miens [1] ? Je repoussai les augures et dégageai les mauvaises herbes autour des plants. Une seule et unique tige, pourvue de quelques misérables grappes de fleurs, demeura. Toutes les autres étaient mortes.

J'eus beau me creuser la cervelle en tous sens, jamais je ne récolterais suffisamment de fleurs pour dissimuler l'intégralité d'une épée. Je n'oserais guère en couper plus de deux ou trois grappes. Le reste servirait à regarnir le massif. Cette piètre récolte ferait échouer mon incantation.

1. En anglais, les queues-de-renard s'appellent love-lies-bleeding, *sang des mensonges d'amour*. *(N.d.T.)*

27

En trois coups d'*athame*, je récoltai quelques fleurs. Déprimée, perplexe, je regagnai la cuisine.

Déjà, je voyais l'épée émerger de l'incantation temporaire regarde-ailleurs-tu-ne-m'as-pas-remarquée. Les poils de mes bras et de ma nuque se hérissèrent. Avec la conscience du retour d'Excalibur dans cette réalité, j'imaginai que toute personne douée de quelque talent magique entreprendrait soudain le voyage vers Kirkenwood pour réclamer l'objet de pouvoir.

Peut-être étais-je la seule à pouvoir manipuler l'arme sans risque. Mais tant que je ne saurais pas comment m'en servir, aussi bien physiquement que magiquement, tous ceux qu'Excalibur attirait souhaiteraient ma mort.

Radburn Blakely mènerait la charge. Il me restait très peu de temps pour élaborer quelque chose, n'importe quoi, qui puisse la dissimuler de nouveau.

Je me souvins de ce que disait oncle Henry sur l'harmonie et les affinités. Si je pouvais enterrer un objet qui ressemblait à l'épée avec une couronne miniature de queues-de-renard, la véritable épée deviendrait-elle également invisible ?

Je fouillai Kirkenwood à la recherche de deux couteaux de table identiques – les plus petites lames qui me soient venues à l'esprit –, sans que nul ne me prête attention. Ici, chaque personne possédait son propre ustensile et ne s'en déferait pas de bonne grâce. Je finis par dénicher une lame terne semblable à la mienne au milieu des instruments de cuisine.

Le cuisinier venait de nous appeler pour la légère collation de quatre heures. Le souper ne serait pas servi avant le crépuscule, donc très tard en cette époque où mai avançait vers juin et le Solstice. Je pris ma place en bout de table, douloureusement consciente des places vides de chaque côté de moi. Oncle Henry et tante Lotta auraient dû s'y trouver. Maman aussi. Au lieu de cela, mon majordome et Archie partageaient un tranchoir sur ma gauche. Trois chevaliers et leurs dames étaient assis à ma droite. Je n'en connaissais aucun personnellement. La conversation roulait sur les plantations et les tournois de printemps. Rien qui m'intéresse dans l'immédiat, même si j'avais le sentiment qu'il m'aurait fallu y prêter attention.

Tout en quittant la table, je me rendis alors compte que j'avais autorisé mes trois chevaliers à participer à la saison de tournois. Ils seraient absents pendant des mois, nous laissant, Kirkenwood et moi, sans protection terrestre.

« Hum, sire Simon, hélai-je l'aîné de mes militaires. Si le roi John exige le service de mes chevaliers, il vous faudra quitter les tournois.

– Bien évidemment, ma Dame. Cela va sans dire. Les tournois nous permettent simplement de nous entraîner en vue de campagnes militaires. » Il s'inclina et garda un visage impassible face à ma naïveté. En revanche, sa femme, Hilda, proféra quelque chose derrière sa main. La chevaline Hilda s'était conduite comme la châtelaine de Kirkenwood en mon absence. Elle critiquait la moindre de mes paroles. Son bliaud jaune donnait un aspect parcheminé à sa peau cireuse. Sa guimpe à la mode et son ruban de cou ne réussissaient pas franchement à arranger son visage étroit et la longueur disproportionnée de sa mâchoire.

J'avais préféré au couvre-chef de rigueur un voile maintenu par un anneau, simple mais à l'ancienne manière, assorti à mon vieux bliaud bleu pastel.

« Et si le roi exige l'écuage plutôt que votre service ? s'enquit sire Simon.

– Je paierai et vous rentrerez à la maison. » J'ignorais totalement si les coffres d'oncle Henry contenaient assez d'argent pour payer au roi le service de mes trois chevaliers.

Encore une chose qu'il allait me falloir découvrir. Mais d'abord, je devais cacher l'épée.

Dissimulée dans le mur d'enceinte, seulement accessible par l'entrée secrète située dans la grande chambre à coucher derrière la salle, était une pièce pleine des registres de ma famille, près de sept cents ans de mémoire. Oncle Henry y avait également rangé un grimoire, un livre où tante Lotta et lui-même avaient consigné des incantations tout au long de leur vie. Tout en me frayant un chemin dans le tunnel obscur, je priai pour que le petit ouvrage contînt également des indices quant au rituel qu'il me fallait accomplir.

C'était le cas. Les mots étaient rédigés dans l'ancien dialecte gallois, pas celui dans lequel j'excellais ; le latin, le français et le saxon (et, donc, l'allemand), je les parlais presque couramment. Le gallois et le grec me venaient par bribes, par phrases auxquelles il me fallait ensuite réfléchir. De l'arabe, de l'hébreu et du perse, je ne savais presque rien. Oncle Henry maîtrisait parfaitement toutes ces langues. Je me creusai la tête sur ces mots et tentai de donner un sens à ces syllabes absurdes.

Lorsque j'eus enfin mémorisé l'incantation, la mèche de ma petite lampe à huile était basse et mon estomac grondait, me rappelant que les cloches de vêpres auraient dû être en train de sonner. Mais elles demeureraient muettes tant que John ne se serait pas réconcilié avec l'Église.

Je me sentis soudain seule, et vide, à la perspective de manquer la messe pendant encore un très long moment.

Tout en lâchant un soupir de regret, je repoussai ma chaise et éteignis ma lampe. Peut-être devrais-je me laisser pénétrer par l'incantation durant la nuit. Je recommencerais à l'aube.

Je sortis de la pièce fleurant le renfermé, guidée par une petite pointe de lumière magique, et accrochai quelque chose en chemin. Un amas d'outils bizarres, de livres et de meubles de rebut, tomba bruyamment au sol. Je lâchai un juron en gallois, langue pleine de nuances et d'épithètes imagées.

Un objet long et fin roula jusqu'à mes pieds. Je me penchai pour l'ôter de mon chemin, bien décidée à remettre le rangement au lendemain. Ma main se referma sur le bois lisse de la canne d'oncle Henry.

Une vision des pierres dressées éclairées par un anneau de feu autour de leur sommet me vint à l'esprit, aussitôt suivie d'un sourd gloussement. « Oncle Henry ? » demandai-je tout en me signant, saisie d'une peur atavique des fantômes.

Silence.

Je repoussai la canne hors de mon chemin. Elle revint sur mon pied en roulant et faillit me faire choir. Le gloussement résonna de nouveau.

« J'ai compris le message, oncle Henry. Il me faut ranimer les pierres avant de tenter quoi que ce soit. »

Le gloussement se mua en rire.

*

Le dernier rai de lune transperça la couverture éparse de nuages, et illumina les plaines des Midlands de sa lueur argentée. Radburn immobilisa sa monture. L'irascible animal venait de galoper presque douze heures durant. Son propre cheval s'était effondré au bout d'une journée de galop effréné. Hors d'haleine, couverte d'écume, la monture de location baissa la tête et écarta les jambes. Il se pourrait bien qu'elle ne se remette jamais de ce harassant voyage. Ils avaient abandonné Fantôme derrière eux à minuit. Et le serviteur et sa monture de basse extraction avaient renoncé après avoir passé à gué un ruisseau en pleine crue. Blakely avait royalement ordonné aux paysans du lieu de construire un pont à cet endroit. Le droit de péage pourrait lui servir à accroître son trésor.

S'il s'était trouvé plus près de sa destination, Radburn aurait volontiers tranché la gorge de son cheval avant de poursuivre à pied. Son démon apprécierait le sang.

Mais, à encore plusieurs heures de Wells et du tumulus, au nord-ouest de la ville, ce sang ne profiterait à personne.

« Allons, il faut que tu marches un peu, avant d'attraper une pneumonie », déclara-t-il en mettant pied à terre. Exténué, le cheval n'eut pas la force de le mordre, ni de résister à sa traction sur les rênes, ni d'avancer plus vite qu'un escargot.

La perspective de continuer à pied jusqu'à Wells n'emballait nullement Radburn. Il aurait préféré que son démon vécût plus loin au nord – carrément plus loin. Mais Henry Griffin et sa femme Carlotta avaient, bien des années plus tôt, exilé ce démon derrière cette porte isolée. Ils n'en voulaient pas à proximité de leur demeure, même si c'était précédemment son terrain de chasse.

S'ils lui avaient trouvé une porte plus proche, alors Radburn n'aurait pas eu à perdre tant de temps à parcourir désespérément presque toute la longueur de l'Angleterre. Pourtant, il avait besoin de l'aide du démon pour annihiler le pouvoir, quel qu'il fût, que venait d'exhumer lady Resmiranda. Même maintenant, la présence de ce pouvoir lui donnait de désagréables démangeaisons. Il ne faisait aucun doute à ses yeux que sa future femme avait suscité l'apparition de ce pouvoir. Dans toute l'Angleterre, elle seule possédait un talent brut semblable au sien. D'autres sorciers vivaient dans le pays. Certains d'entre eux pouvaient toujours susciter un véritable pouvoir, mais seulement après une interminable préparation, un sacrifice de sang et un épuisement total, et ils n'avaient donc plus la force nécessaire à la gestion de ce pouvoir. Radburn les connaissait tous, il savait le goût de leur magie et pouvait la pister de très loin.

Cette nouvelle menace portait une signature différente. Il ne connaissait pas assez la dame pour reconnaître sa magie uniquement au goût. Cependant, nul autre être vivant ne pouvait susciter quelque chose d'aussi ancien et mortel pour lui. Il lui fallait absolument l'annihiler avant qu'elle n'apprenne à s'en servir. Et pour ce faire, il avait besoin d'aide.

Chaque heure perdue sur la route vers son démon personnel offrait à Resmiranda une heure supplémentaire pour acquérir encore plus de connaissances sur ses pouvoirs et la manière d'en faire usage. Radburn accéléra.

*

Lorsque le clair de lune déversa un fin trait de lumière dans la grande chambre de Kirkenwood, j'attrapai ma robe et filai vers la cour. Le fait de circuler sur la pointe des pieds entre les corps endormis me demanda l'usage de tous mes sens, et trop de lumière magique. Je serrais la canne à tête de dragon dans la main gauche. Elle me parut vide. Tout en arrivant dans la cour, je plaçai la petite boule de flamme froide sur le dragon.

L'objet me parut toujours aussi étrange dans ma main, mais il éclaira plus efficacement mon chemin. J'avais besoin d'une bonne lumière pour m'éclairer le chemin sinueux qui descendait de la colline vers le village et les pierres dressées. Le bourg dormait, mais pas pour longtemps. Je perçus l'humidité froide de la rosée non loin de mes sens.

Avant de perdre tout courage devant la nature païenne de ce que je devais faire, j'appliquai la canne sur la pierre centrale. Celle-ci résonna faiblement, le son me picota plus la base du crâne que les oreilles. La canne vibra sur toute sa longueur, puis au travers de ma main, et enfin ses vibrations remontèrent le long de mon bras jusqu'à mes dents.

Ce qui ne fut pas une sensation totalement déplaisante. Je me dirigeai vers l'est et la pierre qui indiquait le lever du soleil au Solstice d'été. C'était là que j'avais pensé voir le visage d'Arthur Pendragon. Normal qu'il ait choisi l'est, lieu du recommencement et de l'espoir. Sa pierre émit un son un peu terne, presque creux, lorsque je frottai sur elle la canne couronnée de feu.

De là, je me déplaçai vers la droite autour de la circonférence externe du village. Certaines des pierres étaient devenues les murs de diverses huttes. Celles-ci, je les raclai très légèrement de ma canne, de peur d'en éveiller les habitants. D'autres, toujours libres, reçurent un coup aussi fort que je le pus sans risquer de briser mon bâton. Lorsque je tombais sur une pierre endommagée, je choisissais le plus gros éclat toujours debout, le plus près possible de sa position originale. En ce qui concernait les pierres manquantes, je ne pus que positionner verticalement la canne dans leur emplacement partiellement comblé en récitant une petite prière de regret pour la rupture du cercle.

Cette procession me parut durer des heures. Dans le même temps, j'en appris un peu sur chacune des pierres dressées. Toutes étaient légèrement différentes, comme si elles étaient accordées à une unique personnalité. Pas étonnant que les fantômes de mes ancêtres y aient trouvé un abri. Alors que je poursuivais mon chemin autour du cercle, je cherchais celle qui deviendrait mienne l'heure venue. Je la trouvai, au sud-ouest, en un lieu de transition qui avait besoin d'être rempli. Le son cristallin qui ricocha sur la lande quand je la frappai me rappela le rire des fées. Les légendes prétendent que lorsque les fées quittèrent l'Angleterre, elles partirent à l'ouest, loin, très loin à l'ouest. Je souris et continuai.

Enfin, je regagnai ma position de départ, plein est. La fatigue me donnait une impression de vide dans le ventre, et la canne me parut trop lourde pour encore la soulever. En revanche, j'avais l'esprit léger, plus clair.

Tout en traînant des pieds, le souffle court, je retournai vers la pierre centrale, la plus grande de toutes. Je plaquai avec peine la canne contre elle. Je n'avais tout simplement plus la force de lui donner le coup violent exigé par la magie.

J'inspirai profondément, mes yeux se fermèrent tout seuls.

Mon corps fut soudain libéré d'un énorme poids. Il me sembla flotter le long du sommet des pierres.

Lorsque j'ouvris les yeux, une chaîne de lumière vive bondit de la tête de dragon de la canne vers le faîte de la pierre centrale. De là, elle fila vers chacun des points cardinaux et autour du cercle de pierres, les ramenant à la vie.

Rire et bonheur emplirent mon corps las tandis que les pierres et les fantômes qu'elles contenaient reprenaient vie. J'avais réveillé la protection qu'elles offraient au village, au domaine et à tous ceux qui y vivaient.

Le feu s'évanouit devant ma vision physique, il devint un autre de mes sens aiguisés.

En cet instant, la tête de dragon se détacha de la canne et tomba à mes pieds. Inquiète, je me penchai pour la ramasser. La canne était importante pour travailler la magie. J'allais devoir dissimuler Excalibur, et également renforcer ma musculature psychique alors que j'apprenais à manier l'épée.

L'antique sculpture en bois tomba en poussière quand je la touchai.

Ce fut seulement alors que je me rendis compte que quelqu'un, bien des générations plus tôt, avait gravé les *sigils* de naissance et de fertilité dans la tourbe à l'endroit même où je me tenais pieds nus. Non loin, je détectai des symboles similaires, mâle, femelle, mort et infini.

« Je savais bien que vous seriez celle qui réveillerait les pierres », déclara le père Truman, en émergeant de la brume matinale pour pénétrer dans le cercle de pierres. Il me sembla également surgir d'un temps et d'un lieu lointains. « Elles ne me répondent pas, même si je perçois leur résonance au plus profond de moi.

– J'ai brisé la canne, sanglotai-je tout en faisant courir mes doigts dans les fragments de la tête de dragon.

– Non. Vous vous l'êtes appropriée. La tête de dragon appartenait à lady Carlotta Griffin. Vous allez devoir trouver votre propre symbole. » Il eut un demi-sourire et extirpa ses mains des manches de sa robe sacerdotale. Dans la main gauche, il tenait une croix cerclée d'étain. « Je crois que ceci pourrait convenir à votre but tout en ménageant votre susceptibilité.

– Je ne puis l'accepter. Elle appartient à l'Église », protestai-je. Mes genoux regimbèrent contre ma trop longue station accroupie. Je me redressai et fis face au père Truman, tout en me sentant presque son égale dans cette décision.

« La chapelle est fermée tandis que l'Interdit pèse sur le pays. La croix sera bien plus bénéfique sur votre canne, en vous suivant alors que vous apportez la guérison à votre peuple, et à l'Angleterre.

– Je n'ai pas de telles ambitions.

– Peut-être les pierres et vos ancêtres savent-ils à quoi s'en tenir. » Il vint vers moi légèrement, sans visiblement se soucier de la tourbe inégale, des crottes de moutons et des antiques *sigils* païens. Il empoigna la canne et haussa la croix à hauteur de ses yeux. Jamais je ne lâchai le bâton de chêne. Pouvais-je permettre à quiconque d'en prendre possession en cet instant précis, je l'ignorais. La magie chantait toujours dans mes veines, et le feu au sommet des pierres éclairait encore tous mes sens.

« Je l'ai dévissée de sa base. Voyons voir si elle va. » Il fixa la croix sur l'antique bois. « On dirait presque qu'elle a été faite pour cela, gloussa-t-il. Quoiqu'un peu de colle magique ne serait pas superflu. Vous allez bien trouver comment y arriver. À présent, je pense que vous devriez retourner au lit avant de commencer une nouvelle destinée par un nouveau jour. »

Au moment où il lâcha la canne, je la brandis de nouveau vers le haut. Une impression de complétude, de légitimité parcourut la longueur du bois.

Le feu étincela au sommet des pierres et le long des *sigils* gravés dans la tourbe.

Des chants d'oiseaux accueillirent le lever du soleil et la dispersion de la brume. Des gouttes de rosée étincelèrent tels les cristaux de la grotte.

28

Radburn ne put remonter sur le cheval encore trop faible. Il grimpa sur une voie romaine légèrement surélevée tout en tirant l'animal rétif par la bride. Homme et bête trouvèrent la progression plus facile sur la route, malgré les pavés manquants et la végétation qui poussait dru entre les dalles restantes.

Une fausse aurore éveilla les oiseaux et provoqua une augmentation du trafic sur la voie. Au cours de sa folle chevauchée à travers le pays, Radburn n'avait pas rencontré beaucoup de voyageurs. La plupart empruntaient les routes, anciennes ou récentes, qu'il avait jusque-là dédaignées car trop indirectes. Il était, à présent, ravi de leur présence. Car le fait qu'ils soient sortis si tôt indiquait une forme quelconque de civilisation dans les environs. Une auberge, un manoir ou un château lui offriraient l'opportunité de changer de monture et de poursuivre son voyage.

Au gué suivant, l'aubergiste ne lui marchanda pas trop un nouveau cheval. Il avait reconnu la valeur de celui que lui laissait Radburn. Quelques jours de repos et une bonne nourriture suffiraient à le remettre en forme. Blakely ne fut pas certain que celui qu'on lui avait donné en échange égalerait jamais l'ancien. Il avançait d'un pas pesant et régulier, à peine plus rapide que Radburn à pied.

Au crépuscule, il aperçut enfin les toits de Wells. La ville paraissait curieusement vide, sans ce grouillement d'ouvriers sur les échafaudages de la cathédrale. L'air paraissait étrangement vide, sans les cloches sonnant vêpres. D'ordinaire, une magnifique musique montait de Wells lors de chaque service, et presque toute la journée.

Tant qu'Innocent III maintiendrait l'Interdit, aucun argent ne rentrerait dans les coffres de l'Église pour assurer la maintenance ni, *a fortiori*, de nouvelles constructions. Nulle messe n'inspirait d'hymnes à la gloire de Dieu.

Bien, pensa-t-il. *Cela fera plus d'argent pour le trésor du roi. Un argent auquel je puis accéder, avec ou sans l'autorisation de John.* Parfois, le roi signait un ordre de crédit à son demi-frère sans se rendre compte de ce qu'il paraphait. Il était facile de lui encombrer l'esprit de suggestions mais, dernièrement, Radburn devait les lui murmurer directement à l'oreille, et non pas de loin. Le plus souvent, ces suggestions avaient plus d'effet quand elles étaient glissées dans l'oreille droite du souverain. Devenait-il sourd de l'oreille gauche ?

Pas de quoi s'en faire. Une fois qu'il aurait à nouveau recueilli le pouvoir du démon, il délogerait sans problème sire Hugh de la meilleure place, à la droite du roi, et rétablirait les gardes que la présence de lady Resmiranda Griffin avait ébranlées.

Cela faisait un jour et demi qu'il était sur la route, sans dormir ni à peine manger. Ce jeûne soutenu aiguisait ses perceptions et lui permettait de concentrer ses énergies vers une conclusion.

Lady Ana avait également disposé de ce même laps de temps pour étudier son nouveau pouvoir, apprendre à l'utiliser, et affûter ses talents en vue de la confrontation imminente.

Il contourna la cité, usant de sa vue aiguisée par le démon pour trouver son chemin vers les collines de Mendip. Les ravines ne dérangèrent nullement son plus récent cheval. Il ne ralentissait ni n'accélérait jamais, quel que fût le terrain, quelques coups d'éperon que lui donnât Radburn. Un vigoureux coup de talon dans le flanc n'avait pour seul résultat qu'un regard méprisant.

La tombée du jour provoqua un afflux de nuages et de brume. Les démons se dissimulaient dans le brouillard, spectres et apparitions faisaient de même. Mais pas son démon. Son démon exigeait des paroles précises, récitées devant la porte dragon, accompagnées d'un rituel tout aussi précis, avant de pouvoir sortir.

Au cours de ses quarante-deux années d'existence, Radburn n'avait jamais possédé certains éléments de l'incantation et du rituel. Il n'avait jamais eu à faire face au démon, mais avait seulement glané un peu de son pouvoir au travers d'un mince entrebâillement de la porte. Ce pouvoir le gardait jeune et vigoureux, alors que son cadet de demi-frère vieillissait chaque jour un peu plus.

Radburn aiguisa ses sens, s'ouvrit à tous les esprits apparentés, quels qu'ils soient, rôdant dans le brouillard. La nuit paraissait étrangement calme et vide. Il regretta les petits bruits *étouffés* que provoquaient les créatures nocturnes de ce monde et des autres. Une peur atavique et la solitude lui glacèrent l'échine, lui firent tambouriner le cœur ; il s'agissait de cette sorte de frayeur qu'éprouvaient les terriens en présence de l'Autre Monde. Il scruta la campagne par le menu, tous ses sens en action, afin d'y découvrir la trace d'une autre forme de vie.

Rien.

Tu es seul, pensa-t-il entendre son démon lui murmurer. *Totalement seul, comme tu ne l'as encore jamais été.*

Il frémit, et pressa sa monture. Celle-ci gravit la colline au ralenti, comme elle le faisait depuis des heures, sans jamais montrer trace de fatigue ou d'énervement.

Radburn aperçut enfin les pierres dressées indiquant l'entrée du tumulus. Pour la première fois depuis qu'il avait laissé la cité derrière lui, il respira librement. Le petit cercle de pierres l'accueillit, comme toujours, de ses vagues d'énergie difficilement contenue. Il se planta au centre exact de l'anneau, se laissa baigner par le pouvoir, s'y régénéra et s'y prépara pour l'épreuve qu'était l'ouverture de la porte dragon. Peut-être y arriverait-il, cette fois-ci.

Alors qu'il passait sous le linteau de pierre, il tendit la main vers les torches. Inutile de gaspiller son énergie en vision extrasensorielle. Sa main se referma sur le vide. Les flambeaux qu'il avait laissés là, prêts à être allumés, n'y étaient plus.

Quelqu'un est venu ici. Quelqu'un de dangereux !

Il ne connaissait qu'une seule personne possédant assez d'audace pour perturber un tumulus. Lady Resmiranda Griffin. Quand était-elle venue ? Avant, ou après que ses hommes eurent incendié Mendip Mor ?

« Maudite soyez-vous, ma Dame », marmonna-t-il en gaspillant quelque énergie à chercher les torches. Une des trois qu'il avait préparées était posée du mauvais côté de l'entrée, près d'une pierre à briquet. Elle avait laissé une trace évidente de sa présence. À moins que ce ne fût un avertissement ?

Tout en trébuchant, tant était grande sa hâte, Radburn suivit le chemin familier vers la porte dragon. Il pressa sa main gauche à plat contre le chambranle.

« Grand-père, je suis là », s'annonça-t-il en pensée comme en paroles.

Il ne perçut qu'un infime mouvement derrière la porte. Cela aurait dû être plus vigoureux, plus avide de s'échapper.

« Y a-t-il quelque chose qui ne va pas, Grand-père ? » cria-t-il.

Le portail est scellé, répondit le démon, d'une voix si ténue que Radburn dut faire un effort pour l'entendre.

« Bien sûr que la porte est scellée. Je l'ai fait la dernière fois que je suis venu vous voir. »

Le portail est scellé. Venait-il vraiment d'entendre l'écho de la déclaration précédente, ou l'avait-il imaginé ? Le son était également étouffé, presque inaudible.

Anxieux, les doigts tremblants, Radburn tâta l'encadrement de la porte. Il retira vivement sa main de la lueur verte brûlante qu'il y trouva. Lorsqu'il toucha la poignée en forme de tête de dragon, toute la porte irradia la même hideuse lueur verte.

Quelque part, il entendit glousser des fées.

« Allez au diable, lady Resmiranda ! Vous avez doublement scellé le portail afin que je ne puisse l'ouvrir. Je vous tuerai. Je vous torturerai, jusqu'à ce que vous imploriez la mort. Je vous renverrai vers cette même porte de démon afin que vous serviez de pâture à mon aïeul et à ses pairs ! »

*

« Je vous prie de reconsidérer votre décision, Altesse », lança Hugh tout en descendant l'escalier du château de Durham, au pied duquel les attendaient leurs chevaux.

Cela faisait déjà plusieurs heures que le soleil s'était levé, et il poursuivait inébranlablement sa progression vers midi. Cependant, la reine et ses dames n'avaient toujours pas terminé leurs préparatifs.

Il lui fallait gagner du temps. Ana ne l'avait pas encore contacté. Elle n'était pas prête à affronter Blakely.

« Lady Resmiranda n'a disposé que de deux petites semaines pour guérir de sa toux. Même si elle va mieux, notre arrivée à Kirkenwood pourrait provoquer une rechute. Désirez-vous exposer votre épouse, votre enfant et vous-même à cette infection pernicieuse ? »

John s'arrêta net. Hugh ne fut pas loin de lui écraser les talons. « Vous n'avez pas tort, sire Hugh. Allez dire à la reine qu'elle pourra Nous rejoindre à Kirkenwood d'ici quelques jours, ou peut-être une semaine, lorsque Nous l'aurons informée que lady Resmiranda ne présente plus aucun risque pour Notre descendance. » Le roi reprit sa marche vers son cheval, tout en désignant les divers courtisans, seigneurs et soldats censés rester à l'arrière avec les dames. Leur groupe était réduit des deux tiers lorsqu'il termina.

« Altesse, ne souhaitez-vous pas attendre d'avoir des nouvelles de lord Blakely ? » reprit Hugh, en une autre tentative pour retarder le départ.

« Que le diable l'emporte. S'il a quitté la Cour sans autorisation, alors il peut se sortir tout seul des ennuis où il s'est fourré. Cette fois-ci, Nous ne paierons pas ses créanciers. » John se fouetta la cuisse de ses gants d'équitation. Des plaques blanches accentuèrent la torsion de sa bouche et le pincement de son nez.

Hugh décida d'en rester là pour l'instant, sous peine d'enflammer davantage son souverain.

« Quant à vous, Fitz Chênenoir, tonna John en pivotant pour pointer un doigt hargneux sur lui, vous conduirez Nos troupes en pays de Galles et capturerez les fils de tous les princes qui vous tomberont entre les mains. Nous les prendrons en otages afin de Nous garantir la loyauté de leurs pères. Ils n'incendieront pas un autre de Nos châteaux.

– Moi ? Pourquoi moi, Altesse ? » tempêta Hugh. Il ne pouvait laisser John aller à Kirkenwood sans lui. Ana comptait sur lui pour la protéger de cet homme-là, et de Blakely, où que ce dernier soit parti.

« Vous exigez vengeance pour la mort de vos amis,

sire Edmond et sa femme. Vengez-vous. » John se mit en selle et planta ses éperons dans les flancs de sa monture. Il passa les grilles avant même qu'Hugh n'ait pu trouver un autre argument. La Cour réduite suivit bruyamment son roi.

« Il s'est disputé avec la reine, la nuit dernière, lança lord Silvester de Lincoln dans le dos d'Hugh. Il est parti calmer ses ardeurs avec une autre. »

Ce qui ne fut pas du goût d'Hugh.

« Franchement, je suis surpris qu'il n'ait pas répudié Isabelle, comme il l'a fait de sa première épouse. Elle ne vaut pas tous les ennuis qu'elle lui cause. Ses alliances et possessions continentales ne valent plus rien, depuis que son premier fiancé a trahi John par jalousie, poursuivit lord Silvester. C'est une forte tête, qui ne se soumet à aucun des désirs d'un homme – pas même à ceux de son mari.

– Je suis persuadé que John aime sa femme, surtout maintenant qu'elle lui a donné un héritier, rétorqua Hugh.

– Et elle est encore enceinte. Elle se moque totalement du lieu où il dort, à partir du moment où ce n'est pas avec elle. Pour notre bien à tous, j'espère qu'il va trouver une femme consentante dans sa prochaine résidence.

– Et je prie pour le contraire », murmura Hugh. Le souvenir d'Ana étendue près de lui dans l'armurerie, lui tenant la main et l'aidant à repousser ses cauchemars, le soulagea quelque peu. Ne lui donnez pas votre cœur, Ana. Je vous en prie, ne succombez pas à ses charmes.

« Silvester, suivez le roi. Soyez mon ami, et veillez à mes intérêts à Kirkenwood.

– Je préférerais taper sur des têtes en pays de Galles. Suivez donc le roi, j'assumerai vos ordres.

– Je ne puis désobéir à mon roi. Peu importe ce que me conseille mon cœur. Je vous en prie, Silvester, honorez votre vœu d'amitié en souvenir de la fois où j'ai empêché ce chevalier germain de vous faire passer de vie à trépas.

– Très bien, soupira Silvester. Mais vous savez parfaitement que j'ai très peu d'influence sur John. Il fait moins appel à moi, depuis que j'ai préféré lâcher la garde du château de Lincoln plutôt que le payer pour me trouver un remplaçant.

– En selle, Silvester. J'ai besoin que vous protégiez lady Resmiranda à ma place. »

*

Je m'éveillai tard, après l'épuisant rituel des pierres dressées. Le soleil était déjà haut. J'avais le ventre sensible et gonflé. *Merde*[1] *!* Le flux menstruel arrivait au plus mauvais moment. Trois jours en avance. *Impure !* hurlait mon esprit. Comment pourrais-je travailler l'incantation d'invisibilité alors que mon corps me trahissait ?

Je frappai du poing le matelas du grand lit d'oncle Henry et tante Lotta. Eh bien, si la magie m'était interdite, je pourrais passer les quelques jours à venir, quatre ou cinq, plongée dans les copieuses annales familiales ! Il me fallait trouver un document précis, que redoutait le roi John. J'allais devoir le recopier et le dissimuler en divers endroits, chacun gardé par une personne différente. Si jamais il m'arrivait malheur, ces gens auraient pour mission de publier et de diffuser cette lettre.

Quant à Excalibur, je pourrais peut-être dénicher une meilleure incantation d'invisibilité dans le grimoire de mon oncle.

La maisonnée vaquait à ses tâches quotidiennes, comme elle le faisait depuis des mois, sans directives

1. En français dans le texte. *(N.d.T.)*

particulières. Ma présence, en tant que maîtresse des lieux, paraissait superflue. En aidant à gouverner un couvent, j'avais appris quelques petites choses, et savais les changements que je voulais opérer. Mais, pour l'instant, mes gens connaissaient leur travail mieux que moi. Je chipai un morceau de pain, du fromage, de la bière et fis une brève apparition dans la grande salle, où j'écoutai le rapport de Daffyd sur les semis. Avec un sentiment de parfaite inutilité, je parcourus la pièce du regard, à la recherche de quelque chose, n'importe quoi, qui puisse justifier mon existence parmi eux.

Newynog parcourait la salle de long en large, les oreilles bizarrement inclinées. La porte close de la cuisine l'inquiéta, puis celle de ma chambre. Truffe soit en l'air soit au sol, elle retourna vers les portes principales qui donnaient sur la cour. Quelque chose, dans l'angle de sa queue et l'épaisseur de sa bave, me dit que tout n'allait pas si bien qu'il le paraissait.

« Daffyd, veillez à ce que Newynog soit tenue à l'écart des autres chiens. Je crois qu'elle va avoir ses premières chaleurs – et elle est bien trop jeune pour engendrer une portée florissante. » Après ses blessures sur la route de Bellecôte, je ne savais pas si elle aurait la force de mener une grossesse à terme. Et si jamais elle s'accouplait avec l'un des chiens de chasse, elle deviendrait trop encombrante et égocentrique pour me protéger efficacement en cas d'urgence. Il me serait désagréable de devoir reprendre la fuite sans elle.

Pourquoi, comment ai-je su, si tôt, qu'il me faudrait encore quitter Kirkenwood ? Je n'avais eu nul rêve prémonitoire. Cependant…

Nous n'avions pas d'oubliettes, à Kirkenwood.

En cet instant précis, Archie ouvrit les portes principales et se précipita vers moi. Newynog se faufila dès que l'ouverture fut suffisante pour elle.

« Attrapez-la ! » hurlai-je. Daffyd et Archie plongèrent sur elle. Ils le firent ensemble, se percutèrent et s'écroulèrent. Archie avait encore dans la main une pleine poignée de poils de queue.

Cette petite dévergondée de Newynog se retourna et leur sourit. Je pus presque entendre son rire de chien devant leur balourdise. Elle dévala l'escalier en caracolant allégrement, pleine de son astuce et de son besoin de se trouver un mâle.

« Newynog ! » l'appelai-je, vocalement et mentalement, sur le ton que je réservais à mes proches. *« Newynog, reviens vers moi. Tout de suite. »* Je franchis chaque pas me séparant d'elle délibérément, mais non menaçante, tout en insufflant à mes paroles autant d'autorité que possible.

Elle m'ignora, et traversa la cour en bondissant, toujours plus près des chenils situés derrière l'écurie.

« Attrapez mon chien », ordonnai-je, sur le même ton que j'employais pour communiquer avec elle. *« Ne la laissez pas s'approcher des autres chiens. »*

Tous les gens à portée d'oreille, mentale ou physique, se retournèrent instantanément vers moi, puis chacun plongea sur mon chien.

« Comment… » Je secouai la tête, stupéfaite. Comment avais-je réussi une chose pareille ? Je venais tout juste de violer l'intimité de mes gens. Je leur avais ordonné leurs actes, et ils m'avaient obéi. Comment ? Jamais je n'aurais dû faire une telle chose, si vile. Je ne devrais jamais…

Ce fut alors que je me rendis compte d'une chose : je tenais la canne, et en avais fermement planté le bout dans la terre à mes pieds.

Dans un coin de la cour, le vieux corbeau tordu perché sur le puits croassa. Le père Truman se tenait près de l'horrible bestiole. Dans sa robe noire au capuchon juste remonté sur son nez proéminent, il ressemblait à l'oiseau qui hantait le puits depuis la nuit des temps. Il hocha la tête dans ma direction et sourit.

Tu apprends, Petit Être. Tu apprends l'étendue de tes talents. Mais il te reste énormément à apprendre. Une voix d'homme – celle du père Truman ou celle de Radburn Blakely, je ne sus le dire – résonna spontanément dans ma tête.

D'instinct, je repoussai cette voix et la pensée qu'on pourrait exiger de moi que je fasse à nouveau usage de ce talent invasif et vil. Lorsque je reverrais Radburn Blakely, il me faudrait avoir recours à des ruses et des subterfuges qui me feraient me sentir encore plus impure que lors de ce flux menstruel que les sœurs m'avaient appris à mépriser.

Aboiements furieux et hurlements désespérés montèrent des chenils.

« Newynog ! » J'avais des préoccupations plus importantes.

29

Nous finîmes par coincer Newynog. Sans savoir si nous étions arrivés à temps pour l'empêcher d'approcher les mâles, ou non. Tout en espérant que ce soit le cas, je lui mis un collier, une laisse et l'emmenai dans la pièce secrète. Elle se laissa joyeusement choir au sol près de moi. Ce qui n'était pas bon signe.

Oncle Henry et tante Lotta s'étaient partagé le grimoire. L'écriture en pattes de mouche de ma tante attira mon regard, mais ses instructions brèves et précises me donnèrent des rituels faciles pour les besoins de tous les jours – la protection de la maison contre les intrus, l'attraction des abeilles, la spécification des plantes pour des pollinisations croisées. Si la grande écriture fleurie d'oncle Henry me fut plus aisément déchiffrable, ses instructions avaient tendance à être symboliques, et détournées.

Je me fixai sur une incantation de dissimulation de tante Lotta au milieu des plantes toxiques nécessaires à purger les maladies, et mises de côté afin que la cuisinière ou ses aides ne puissent se tromper et les prendre pour des épices propres à assaisonner les plats. En lisant les ingrédients je les cochai mentalement, tout en sachant que je pourrais me les procurer sans encombre –, y compris une plume du vieux corbeau du puits.

Mais, qu'était-ce que cela ? Elle avait utilisé son propre sang menstruel dans la formule. Je tressaillis et tournai vivement la page. Mes préjugés m'interdisaient de demander pourquoi, ou de fouiller plus avant l'incantation. J'en vérifiai trois autres : la première pour garder les quatre coins d'une pièce afin que rien ne s'en échappe vers des oreilles indiscrètes, la deuxième pour empêcher des doigts avides de plonger dans un trésor, la troisième, plus précise que ma propre et maladroite incantation, pour obliger les autres à regarder ailleurs mais pas sur la jeteuse de sort, et ne jamais remarquer sa présence, afin qu'elle puisse espionner à son aise. Toutes trois exigeaient le propre sang menstruel de celle qui faisait l'incantation.

Je tordis le nez, dégoûtée par ma propre odeur. Comment pourrais-je faire usage d'un ingrédient si infect, et impie ? Pourquoi voudrais-je le faire ?

Ce défi à mes idées préconçues me donna la migraine. Je tournai encore la page, cherchant une incantation plus agréable. Une feuille de parchemin, plusieurs fois pliée, s'envola du grimoire.

Je la ramassai lentement. Oserais-je lire une chose censée rester secrète aux yeux du monde ?

Je n'avais pas le choix. Oncle Henry m'avait désignée comme le nouveau Pendragon. Il avait commencé par m'apprendre à user de ce petit livre de quelque manière qui semblât nécessaire.

Château Libellule, en la fête de l'archange Raphaël,

An de grâce 1204.

À mon oncle bien-aimé, lord Henry, baron de Kirkenwood, chevalier de la Croix, à présent hôte du roi John et résident du château de Carlisle.

Salutations.

Comment va ma fille ? Depuis la disparition et la mort présumée de sa mère, j'ai attendu jour après jour que vous m'envoyiez l'enfant. Mais je sais que le voyage est par trop périlleux ; nos ennemis auraient trop de chance de la découvrir alors qu'elle est sur la route, et vulnérable. Je sais également qu'elle doit rester en Angleterre afin de prendre le bâton et l'anneau de notre famille lorsque vous ne pourrez plus les brandir. Chérissez-la, mon cher oncle. Aimez-la comme si elle était votre propre fille, et non pas une parente éloignée qui doit hériter de vos responsabilités par défaut.

Après moult réflexions, oncle Henry, je ne puis accomplir l'odieux forfait qu'exige mon roi de moi. Au nom de la sauvegarde du règne de John, je sais que je dois préparer le meurtre d'un homme innocent de toute mauvaise action, sinon d'être fils de prince et petit-fils de roi. Cependant, les règles de chevalerie, les liens de sang avec cet homme et ma propre conscience, m'interdisent d'assassiner Arthur de Bretagne. Le jeune prince que j'ai appris à connaître pouvait suivre le roi Richard en tant que chef sur le champ de bataille, mais il n'a pas les capacités pour gouverner un pays selon la loi comme John le fait. Arthur n'a ni l'éducation ni la familiarité avec l'Angleterre que John possède. S'il avait réussi à affronter John au combat, j'aurais pu le terrasser honorablement. Mais il est mon prisonnier, et je place sa sécurité au-dessus de tout.

Sachez, je vous prie, oncle Henry, que je me soumettrai à votre décision en la matière. Jusque-là, je tiens Arthur captif dans la forteresse familiale. Dût-il me survivre, je vous confie sa sauvegarde, à vous et à votre héritière désignée en tant que Pendragon de Bretagne et chef du clan Griffin. Je prie pour que ma fille grandisse dans la sagesse, afin de poursuivre notre fière tradition de paix, de justice et de prépondérance de la loi. Je me fie à vous pour lui apprendre qu'honneur, loyauté et promesses ont leur importance.

Votre neveu affectueux,
Sire Brian Griffin.

Je contemplai cette missive paternelle. Il m'aimait et me regrettait. Des larmes de bonheur et de solitude me brûlèrent les yeux.

Mon père m'aimait !

Arthur de Bretagne était vivant. Du moins l'était-il en octobre, quatre ans plus tôt.

John donnerait cher pour la certitude de sa mort. Le roi Philippe de France donnerait plus encore pour faire d'Arthur l'arme qui abattrait définitivement John.

Là était la preuve recherchée par John, celle qu'il ne devait jamais découvrir. Tant que son existence menacerait sa couronne, je pourrais le manipuler et l'empêcher d'abuser de ses pouvoirs.

Mais si jamais il la découvrait et la détruisait, je ne donnais pas cher de ma vie, ni de nombreuses autres.

*

J'émergeai de mon sous-sol en cillant dans la clarté du jour. Pourtant, l'épaisse couverture de nuages n'aurait pas dû m'obliger à loucher et à détourner le regard de la lumière. Je perçus tous les objets qui m'entouraient avec une netteté inhabituelle, alors que les contours en demeuraient juste assez flous pour sembler vouloir se fondre les uns dans les autres.

Je tirai un peu d'eau du puits. À la surface de la louche, un vif reflet me frappa douloureusement les yeux. Le corbeau claqua du bec. Il paraissait presque inquiet.

Je compris que j'allais avoir un songe, bientôt, peut-être même toujours debout. Un rapide coup d'œil vers le ciel me confirma l'arrivée d'une tempête anormale. Aussi loin au nord, les tempêtes étaient plus fréquentes que le beau temps. Mais celle-ci… un déluge de visions ?

Un vent glacial m'enveloppa et me donna la chair de poule. Je me précipitai vers la grande salle en tirant Newynog derrière moi, pressée d'entendre rugir les flammes du feu.

Des serfs dressaient les tables en prévision du dîner. Je m'étais enfermée dans la bibliothèque secrète plus longtemps que je ne le pensais. Le savoir que j'y avais puisé me pesait sur le cœur et l'esprit.

« Du vin chaud, je vous prie, hélai-je la servante qui lavait les tables. Vite. »

Les ténèbres se rassemblaient devant mes yeux. J'espérai repousser la vision autant que possible. Parfois, le vin m'y aidait. Il perturbait mes sens, tant naturels que surnaturels.

« S'il vous plaît, faites vite », murmurai-je en me laissant tomber sur un tabouret devant l'âtre. Les flammes me réchauffèrent quelque peu, mais je continuai à serrer mes bras autour de moi tout en me balançant d'avant en arrière. Newynog ne me vint nullement en aide. Elle se retira dans un coin pour faire sa toilette et rêver ses propres rêves.

Je ne pouvais déjà succomber à cette vision. Il me fallait d'abord le temps de réfléchir à ceux qui auraient l'honneur de se voir confier des copies de cette périlleuse missive. Il me fallait également comprendre comment moi, en ma qualité de Pendragon, je me plaçais dans le puzzle complexe de cette intrigue dynastique.

Quelqu'un me fourra dans les mains une coupe de vin chaud. J'y portai les lèvres avec reconnaissance. Cependant, il ne me fallait absolument pas regarder le vin. Ni le feu, ni les yeux d'un autre. N'importe lequel de ces coups d'œil déclencherait le songe.

« Pourquoi, Sainte Mère ? Pourquoi dois-je être celle qui endure ces terribles présages ? » priai-je. Les perles terminées par la croix d'Arthur Pendragon glissaient entre mes doigts. Je buvais et priais, inconsciente de tout ce qui se passait autour de moi.

« Pardonnez-moi, Sainte Mère. Je suis née dans un clan impur. Jamais je n'ai désiré ce talent. Je veux simplement vivre une vie pieuse d'épouse et de mère. Venez-moi en aide, doux Jésus. Aidez-moi à combattre les démons qui harcèlent mes sens.

– Êtes-vous souffrante, ma Dame ? » me demanda Archie. Debout entre moi et le reste de la pièce, il me protégeait.

« Je… ah… je… » Je levai les yeux pour répondre à sa franche consternation. La lumière du feu se refléta sur les clous métalliques de sa cuirasse. La représentation des flammes ricocha dans mes yeux et je chus…

Des pillards. Moult pillards convergeaient vers Kirkenwood. Depuis le sud-est. Depuis l'ouest. Depuis le sud. Tous extrêmement dangereux. Tous apportaient le feu et la destruction.

« Faites doubler les gardes ! » répondis-je. Si les mots résonnèrent avec force à mes oreilles, les douzaines de gens rassemblés dans la salle pour le dîner continuèrent à vaquer à leurs affaires sans même me regarder. Seul Archie se pencha pour m'écouter.

« Lâchez les chiens, attribuez-en un à chacune des sentinelles sur le rempart. Mais d'abord, allez me chercher Newynog. Sonnez l'alarme au premier signe de mouvement sur la lande. » Les mots m'échappèrent spontanément, sans réfléchir.

« Bien, ma Dame. Je vais y veiller. Les pillards de Mendip Mor viennent-ils par ici ?

– Oui. Non. Je n'en suis pas certaine. Je sais simplement que des hommes viennent de trois directions différentes. Tous veulent ma destruction. »

Excalibur m'appelait. Je perçus son fredonnement dans la crypte, je pus presque la voir rougeoyer dans son besoin de me défendre. De défendre l'Angleterre.

Mais je ne savais pas m'en servir. Même avec ma force magique, je parvenais à peine à la soulever. Mes ennemis la découvriraient avant même que je puisse la manier impunément. Je n'avais plus le temps d'atermoyer. J'allais devoir travailler à son invisibilité cette nuit, lorsque la lune serait cachée, à l'aide de mon sang menstruel.

Répugnance et peur me firent de nouveau frémir. Travailler l'incantation avec des ingrédients impurs m'éloignerait encore plus de la Sainte Mère.

« Archie, rappelai-je le plus fidèle compagnon d'Hugh. Demain, dès l'aube, m'apprendrez-vous à manier l'épée ? »

*

Radburn tira sur les rênes de son étalon. La conscience d'une présence humaine lui enserrait les tempes. Il avait besoin d'observer avant de continuer.

Le stupide animal fit encore six pas avant de se rendre compte que quelque chose avait changé dans la pression sur son mors. Lors, il tourna un regard interrogateur vers son cavalier avant de ralentir, puis de piaffer sur place.

Depuis le sommet de cette butte, on voyait à des kilomètres à la ronde, les nouvelles pousses dans des champs fraîchement labourés, les troupeaux de moutons dodus et leurs agneaux folâtres en train de brouter à flanc de colline, les ruisseaux impétueux et limpides. La lande semblait irradier un pouvoir bienveillant. Une beauté absolue totalement répugnante. Pas une once de colère ne perturbait le règne de John.

Le déplacement d'hommes et de chevaux qui avait troublé les sens de Radburn n'était pas encore en vue.

Quel que soit l'objet mis au jour par lady Resmiranda, il devait être détruit. Maintenant, avant que sa simple présence ne déracine toutes les semences de chaos de Radburn. Le prochain roi ne serait peut-être pas si malléable que John. Philippe de France avait chassé de Normandie tous les sbires de Radburn, il les avait soit exécutés, soit ramenés dans le chemin de l'Église.

Au cours des quatre dernières années, depuis que John s'était définitivement retiré du continent, Radburn s'était activé patiemment, efficacement, pour se retrouver des adeptes parmi les mécontents. Encore quelques années à pousser John à trahir bêtement ses barons avant qu'ils ne puissent en faire autant vis-à-vis de lui, et ces derniers seraient tellement furieux qu'ils feraient n'importe quoi pour être débarrassés de John Plantagenêt. Le seul héritier légitime du roi n'était encore qu'un bébé. Qui pourrait mieux assumer la régence durant la croissance d'Henry, que son tonton affectueux : Radburn Blakely ?

Alors, la totalité de l'Angleterre tomberait devant la horde de démons voraces pour l'instant dissimulée derrière des portes scellées.

Il pouvait se permettre d'être patient. Le temps s'écoulait différemment pour lui et les autres hommes. Son sang de démon le conservait jeune et vigoureux.

Si seulement il n'était pas si fatigué ! Ce voyage avait prélevé un lourd tribut sur ses réserves.

Par le sang du Christ, il était fatigué. Il se frotta le visage, massa ses muscles flasques. Sous la barbe naissante, sa peau lui parut assez lâche pour générer des rides.

Il ne put que souhaiter que son apparente jeunesse ne disparaisse pas sous prétexte qu'il n'avait pu suffisamment libérer le démon pour restaurer sa vigueur. Il se frotta de nouveau le visage, et la sécheresse de sa peau lui rabota les mains.

Et s'il tuait quelqu'un pour se baigner dans son sang ? Mais d'abord, il lui fallait arrêter lady Resmiranda Griffin et son objet de pouvoir.

Il observa le paysage bucolique quelques instants encore. À l'horizon, un petit nuage poussiéreux annonça l'arrivée de cavaliers. Bientôt, la bannière de sire Hugh Fitz Chênenoir, le sanglier et la licorne rampants, apparut au-dessus de la horde. Vingt… non, trente cavaliers, et presque deux cents hommes d'armes suivaient l'étendard en direction de la frontière galloise.

Ainsi, John avait suivi les conseils de Radburn, et envoyait prendre des otages parmi les princes gallois. Geste malavisé, qui sèmerait la discorde et saperait la position de chef de guerre du roi.

Radburn sourit. Sire Hugh obéirait efficacement aux ordres de John – si efficacement que le pays de Galles prendrait les armes avant un mois. *De plus*, Fitz Chênenoir était très loin de Kirkenwood. Il ne pourrait contrecarrer ses plans de mariage bâclé en Écosse.

Il attendit que la cavalcade soit passée. Puis il planta ses éperons dans les flancs de l'étalon. Celui-ci souleva chacun de ses pieds sans bouger, et se remit à brouter l'herbe du bas-côté.

« Tu vas bouger, sale bête ! » vociféra Radburn.

L'animal se tourna pour le regarder, puis poussa le même soupir qu'une mère devant un caprice de son enfant de deux ans. Et, telle une mère, il reprit son repas, indifférent aux ordres de son cavalier.

« Je te donnerai en pâture à la meute de chiens-loups des Griffin – ma meute de chiens-loups –, si tu refuses encore de bouger ! » le menaça Radburn tout en l'éperonnant encore une fois.

La seule réaction du cheval fut d'avancer vers une autre touffe d'herbe, un peu plus loin sur le chemin.

« Eh bien, il y a du progrès. »

Soudain, le ciel étincela, comme si le soleil s'était mué en un nuage de lumière. Mais il n'y avait aucun nuage. Autour de chaque plant, chaque arbre, chaque créature des champs ou des bois, chaque paysan, l'aura s'intensifia.

Les images d'une épée flamboyante brûlèrent les paupières de Radburn.

« Excalibur ! suffoqua-t-il. Elle a déterré Excalibur, et elle s'en sert. Que les démons me viennent en aide, il me faut la détruire avant qu'elle n'apprenne tous ses secrets. » S'il parvenait à l'épée à temps, avant que Resmiranda ne se soit définitivement liée à elle, il pourrait les briser, elle et la magie contenue dans sa lame. Mais chaque fois que Resmiranda travaillait la magie, avec ou seulement à proximité de l'arme, elle se renforçait elle-même en même temps que la lame.

« Vite, le cheval. Nous devons l'arrêter. »

Cette fois-ci, l'étalon obéit à ses ordres et trotta vers le nord, vers Kirkenwood, de son propre chef.

*

Trop énervée pour pouvoir manger, je retournai dans le repaire – ainsi que j'avais baptisé le sanctuaire d'oncle Henry – consulter le rituel enregistré et les ingrédients nécessaires. Tout en ravalant mon dégoût, j'ajoutai aux herbes censées brûler sur le brasier le chiffon souillé de mon fluide corporel.

Avant cela, il me fallait disposer des chandelles au nord, à l'est, au sud et à l'ouest et les allumer selon un chemin solaire partant de l'est. D'après tante Lotta, je devais allumer mentalement les bougies et le brasier, et non grâce à une pierre à briquet. Le véritable feu n'avait rien à voir avec une boule de lumière magique. Bien des années plus tôt, oncle Henry m'avait appris à convoquer l'élément du feu. Susciter une minuscule étincelle m'avait demandé une concentration intense. Après cela, l'épuisement et la migraine m'avaient terrassée des heures durant. Je n'avais jamais recommencé toute seule.

En fait, si. J'avais seulement essayé une fois, convaincue que je brûlerais éternellement en enfer si jamais j'utilisais une quelconque partie de mes talents. La seule fois où j'avais essayé, la veilleuse de l'autel avait crachoté avant de s'éteindre alors que nous chantions laudes. À une telle heure matinale, entre la nuit et l'aube, j'avais pensé que rallumer la lampe à huile avec mon esprit serait plus facile que la recharger en huile et emprunter une flamme à l'autel, avec les prières appropriées à chaque étape du rituel.

J'étais très jeune, et n'avais pas compris que tout feu – et surtout celui que j'allumais mentalement – avait besoin de combustible. La flamme était montée brièvement, puis était morte avant que quiconque, à part moi, l'eût remarquée. J'avais fini par suivre le processus élaboré de renouvellement de la lampe par moi-même, avec les bonnes prières, pratiquement aveuglée par la migraine.

Ma seule consolation, adulte, fut que j'avais facilement provoqué une lumière froide au creux de ma main en pénétrant dans la tombe.

Tout en inspirant plusieurs fois, je fixai la mèche d'une petite bougie de travail. « Sainte Mère, apportez la lumière dans ce monde de ténèbres », soufflai-je en tripotant mon chapelet. Mes pieds étaient en contact avec la canne, que j'avais appuyée contre le bureau.

La mèche devint rouge, puis jaune vif, et s'enflamma

avant que j'aie pu marmonner une autre prière. J'allumais prudemment chacune des chandelles, en invoquant l'esprit de chaque direction et de chaque élément. Puis j'usai de ma bougie de travail pour enflammer l'amadou du brasier. Celui-ci prit tout aussi avidement. J'offris plus de combustible aux flammèches. Lorsque le feu crépita joyeusement, j'y versai les premières herbes en récitant les paroles galloises que je comprenais à peine. Une fumée aromatique emplit la pièce. Mon champ de vision devint plus net au centre, et flou sur les bords.

Les murs de la pièce parurent se dissoudre, remplacés par une lumière chatoyante qui ondulait tel un linge argenté agité par la brise.

J'inspirai profondément, et emplis tout mon être de cette fumée. Alors, je jetai les herbes suivantes dans le feu, puis les autres. Lors de chaque ajout, je récitais les paroles de l'incantation de tante Lotta, suivies de ma propre prière. Le pouvoir palpitait dans le bout de mes doigts. Mes cheveux crépitaient d'énergie. Je pouvais presque voir au travers des murs épais de mon repaire.

Pour finir, je jetai le linge ensanglanté dans le feu. Une nouvelle odeur monta, forte mais pas désagréable. Mes sens firent le tri de chaque composant, le linge, le fluide corporel, les herbes et les brindilles. J'eus le vertige, et perdis toute notion du temps.

Lorsque je rouvris les yeux, le brasier n'était pratiquement plus que cendres, la taille des chandelles avait considérablement diminué. Je n'avais plus beaucoup de temps. Il fallait terminer avant que le feu ne meure.

Je tendis les deux couteaux identiques au-dessus des flammes et laissai se réchauffer leurs lames. Tout en récitant des prières galloises et latines, je plaçai sur chacune une queue-de-renard et fis couler du vin dessus. La magie que j'avais invoquée me faisait trembler les mains. Ma vision perdit de sa netteté. Je ne pouvais plus vraiment voir les couteaux.

Maintenant, me hurlèrent mes sens. *Enterre-les tout de suite !* Je plaçai une des lames derrière une pierre descellée du repaire. Puis j'empoignai ma bougie, la canne, la seconde lame, et traçai une sortie dans le cercle magique délimité par les chandelles directionnelles. Seulement alors, je traversai le mur de pouvoir et pénétrai dans une pièce terrestre et plutôt miteuse.

Je me frayai un chemin dans le tunnel du mur d'enceinte, au travers de la trappe et dans le système de grottes communicantes. Des ombres fluctuantes et argentées me suivaient, me dissimulaient aux regards. Les imperfections et flaques du boyau s'éloignèrent, remplacées par le même argent chatoyant que ma pelisse d'invisibilité.

Excalibur m'attendait. Elle parut concentrer lumière et pouvoir alors que je m'en approchais. J'effleurai sa garde avec respect. Un doux ronronnement résonna à l'arrière de ma tête. Le petit couteau de table couronné de queue-de-renard se nicha impeccablement sur l'épée, il imita la position et la taille du glaive. Juste avant de retirer ma main du couteau, je sortis de ma poche la lettre de mon père à oncle Henry. Je la fourrai sous la lame. Puis je reculai d'un pas et regardai les deux armes disparaître emportant la missive avec elles dans l'autre monde, quel qu'il soit, qui allait les cacher.

Aurais-je la force et le désir de les faire revenir lorsque je saurais comment m'en servir ?

Seuls le temps et ma propre quête de connaissance pourraient en décider. « Doux Jésus, accordez-moi le temps et la paix pour apprendre ce que je dois apprendre, afin de contrer le mal qui abonde dans ce monde et corrompt les puissants. »

J'ignore si quelqu'un écouta mes prières.

30

Chlacc ! Mon épée de bois frappa violemment le mannequin de toile. Celui-ci oscilla et tournoya au bout de sa corde. L'épée que l'on avait fixée dans sa « main » battit l'air en tous sens. Entraînée par le poids de mon arme, je décrivis un cercle et frappai encore. L'arme érafla le ventre du mannequin, continua sur sa lancée et me déséquilibra.

Je tentai de garder mon aplomb et ma position. La sueur dégoulinait sur mon front et me coulait dans les yeux. Une douleur cuisante me sciait les épaules. Pourtant, je continuais à lancer mon épée, bien décidée à apprendre comment garder l'équilibre, comment frapper et mettre à profit l'élan.

Archie et moi nous entraînions tous les jours depuis presque une semaine. Mes hommes nous observaient, riant sous cape de voir leur dame vêtue comme un homme, de braies, de chausses, d'une tunique de cuir et de bottes. Ils marquaient également leur approbation chaque fois que je réussissais une figure – autant dire pas très souvent.

Ils assuraient une surveillance constante sur le rempart et la tour de garde. Les chiens rôdaient dans leurs jambes, truffes levées prêtes à renifler l'ennemi que nous savions tous imminent.

Sur le côté, bras croisés, mon instructeur fronça les sourcils. « Intéressant, cet enchaînement, marmonna-t-il en descendant de la mangeoire sur laquelle il était assis. Mais si notre ami, ici présent, avait été vivant, il aurait pu vous avoir alors que vous tourniez.

– Et si je l'avais déséquilibré lors de mon premier coup ? m'enquis-je, en m'efforçant de sauver quelque chose de ma leçon.

– Vous auriez probablement eu le temps de vous remettre en garde et de l'affronter à la reprise. C'est la leçon numéro un : gardez le plus possible votre adversaire en rupture d'équilibre et sur la défensive. Comme cela, laissez-moi vous montrer. Allez doucement et comptez vos pas. » Il empoigna l'arme du mannequin et entreprit de me démontrer mon erreur. Mais, cette fois-ci, j'avais une vraie personne devant moi. Il me fit la démonstration de chaque mouvement sans même fléchir un muscle.

Je les comptai, perçus le rythme et la fluidité du geste. Alors que nous dansions dans la cour, je pris conscience du fait qu'il était un homme, et non pas juste un compétiteur. Son odeur musquée m'attirait, tout comme la chaleur de son corps et le contact brûlant de sa peau. Les sens en éveil, je perçus le désir de tous les hommes présents. Mes propres besoins s'enflammèrent. J'étais peut-être leur dame, eux mes gardes appointés mais, l'espace d'un instant, nous nous perçûmes tous comme des hommes et une femme forte et désirable.

Je mis aussitôt un frein à mes ardeurs. J'avais besoin de pratiquer l'épée, et non pas de badiner. Lors, je commençai à remarquer les subtils changements de position d'Archie, ses coups d'œil et son équilibre. Ces indices me renseignèrent presque autant que son esprit naïf. Blakely possédait des boucliers mentaux que je ne pouvais espérer briser. Cependant, il avait un corps fait de muscles, de peau et d'yeux dont il devait bien faire usage. Ma confiance crût, et j'avançai lors du revirement suivant d'Archie afin de le bloquer.

Il modifia sa prise à mi-course et, du plat de son épée, me fit choir sur le derrière.

J'entendis glousser nos spectateurs.

« Leçon numéro deux : observez chaque mouvement que fait ou ne fait pas votre adversaire, jusqu'à ce que vous ayez compris son rythme. Mais il vous faut toujours garder présent à l'esprit que je suis aussi malin que vous – peut-être même plus. J'ai déjà de l'expérience, j'ai déjà dû me montrer plus rusé que des hommes qui voulaient me tuer. » Archie me tendit la main pour m'aider à me relever.

Je fixai sur lui un regard noir, tout en plaignant mes fesses endolories et ma dignité bafouée. Au bout de quelques instants, j'empoignai ses doigts mais, au lieu de me remettre sur pied, j'usai de son bras comme d'un levier, le fis décoller de terre et atterrir dans la poussière. Quelques secondes plus tard, j'étais assise sur lui, ma dague contre sa gorge.

Une bouffée de triomphe projeta du pouvoir, tant magique que terrien, dans chaque fibre de mon corps. J'avais le contrôle de la situation. Sensation enivrante s'il en fut.

« Très bien, ma Dame. Leçon numéro trois : ne jamais vous fier à personne sur le champ de bataille. Je me rends. Mais il aurait mieux valu me faire atterrir à plat dos plutôt que sur l'épaule, afin que la chute me coupe le souffle.

– Montrez-moi », ordonnai-je, tout en me levant et en tendant la main à Archie. Il se releva tout seul, en gardant mes mains à l'œil.

« Très bien, ma Dame. Mettez-vous là. » Il mima sa position précédente. Un instant plus tard, je me retrouvai en train de voler par-dessus sa tête. Au lieu de me laisser choir sur le dos, hors d'haleine et vulnérable, il tordit le bras au dernier moment et j'atterris sur les pieds.

« Montrez-moi encore. »

Cinq fois de suite, je me retrouvai par terre avant d'avoir trouvé mon propre équilibre et mes points d'appui – différents des siens, car il était plus grand et plus charpenté que moi. Trois fois de plus, et je sus que mon corps se souviendrait de la bonne position pour faire basculer un adversaire.

Lorsque je maîtrisai cette feinte, nous revînmes à la pratique de l'épée. À la fin de l'exercice, je parvenais à peine à soulever mon épée de bois – dix fois plus légère qu'Excalibur – jusqu'à ma taille.

« Comment les hommes réussissent-ils cela ? Jour après jour, heure après heure ? » haletai-je, mains plaquées sur les genoux, hors d'haleine. Cependant, même avec mes poumons douloureux et mes épaules brisées, j'exultais. Mon sang pulsait, effréné, dans mes veines. La sensation de l'épée dans ma main, le rythme des coups, la conscience de mon partenaire, tout me revenait. Je voyais enfin venir le jour où je saurais manier Excalibur.

« Nous autres, citoyens, commençons l'entraînement aux armes dès que nous savons marcher. À l'époque où nous nous inscrivons à notre premier tournoi, nous possédons l'art de manier à peu près n'importe quelle arme d'un arsenal, et la musculature nécessaire. Avez-vous songé à l'arc, ma Dame ? Vous avez l'œil perçant et le sens de la distance. Cette arme vous conviendrait peut-être mieux. » Archie s'appuyait négligemment sur son épée, comme s'il s'agissait d'une vulgaire canne de marche. On n'aurait jamais dit, à voir son souffle lent et régulier, qu'il venait de terminer des heures d'entraînement.

« Non. Je dois absolument apprendre à me servir d'une épée. Il faut que je développe la force et le talent d'en manier une », affirmai-je. Tout comme il me fallait développer force et talent magiques pour affronter Radburn Blakely.

« Des pillards ! hurla-t-on soudain de la tour.

– Combien ? » hélai-je le garde. Une poussée d'excitation et d'effroi eut raison de ma fatigue.

« Vingt, pas plus. Ils avancent au pas. Il y a des tas de bannières, précisa une autre sentinelle.

– Des bagages ? » m'enquis-je en me hâtant vers l'échelle qui menait à la tour. Pourquoi avais-je laissé mes chevaliers partir en tournoi ? J'avais besoin d'eux, maintenant, pour défendre Kirkenwood. Au moins m'étais-je souvenue d'accepter leurs serments de loyauté avant leur départ. Au lieu de la moitié d'une armée, je ne disposais plus que d'une poignée d'hommes d'armes et d'une meute de chiens-loups.

« Sonnez la cloche, regroupez les villageois à l'intérieur des murailles ! » J'avais bien plus que ma demeure à défendre.

« Inutile, ma Dame, déclara le garde alors que j'arrivais près de lui. Ils sont porteurs du lion rouge rampant. Le roi John approche. Il n'a ni les bagages ni les machines de guerre nécessaires à un siège.

– Hugh ? » soufflai-je tout en scrutant le groupe de cavaliers afin d'y détecter sa bannière, ses larges épaules, l'allure orgueilleuse d'Orage, n'importe quel signe de sa présence.

J'eus beau chercher, sire Hugh Fitz Chênenoir ne se trouvait pas avec son roi.

Mes épaules s'affaissèrent plus encore que lorsque j'avais lâché mon épée.

« Merde[1] *! »* marmonnai-je. Jouer à l'épée tels les hommes, m'exposer à leur vocabulaire peu châtié, avait endurci mon vocabulaire. « Je ne pourrai pas

1. En français dans le texte. *(N.d.T.)*

m'entraîner tant qu'il sera là. Pourquoi n'a-t-il pas envoyé de messager pour me prévenir de son arrivée ?

– Parce qu'il adore déstabiliser ses barons. C'est un duel où la politique remplace les armes. Quelques jours de repos ne feront pas de mal à vos muscles endoloris, ma Dame, me répondit le garde.

– À moins que John ne soit celui contre lequel je doive tirer mon épée. » Je doutais que John m'affrontât directement au combat – qu'il soit terrestre ou magique. Mais cet homme qui chevauchait toujours à ses côtés en lui murmurant à l'oreille, celui-là nous combattrait sans aucun doute, Excalibur et moi, de toutes ses forces et de toutes ses capacités.

J'examinai le groupe de cavaliers, y cherchai une aura noire et une chevelure blond argenté. Mais je reconnaîtrais le suaire noir de Blakely n'importe où, tout comme je repérerais sans peine Hugh Fitz Chênenoir au milieu d'une foule, tant mon cœur voulait s'accorder au sien. Je cherchai de nouveau, aidée en cela par mes nouvelles perceptions magiques.

John chevauchait seul – avec seulement des traces de l'aura noire de Blakely accrochées à lui – ou, du moins, aussi seul qu'il pouvait l'être au milieu de ses serviteurs, courtisans, clercs, sans compter une poignée de chevaliers, leurs serviteurs, leurs métayers et leurs clercs.

Je ne sais si mon soulagement de ne pas avoir à affronter Blakely ne surpassa pas ma déception devant l'absence d'Hugh. « Vous me manquez, Hugh », soufflai-je dans la brise. Une solitude intense ouvrit en moi une faille qui ne pouvait être comblée.

« Ouvrez les portes, ordonnai-je. Il nous faut accueillir le roi. Daffyd, il va falloir nourrir tous ces gens. Qu'y a-t-il dans les celliers ? »

Mes gens filèrent préparer un repas improvisé. Ils savaient mieux que moi ce qu'ils avaient à faire.

« Ne feriez-vous pas mieux de vous changer, ma Dame ? me demanda Archie en escaladant l'échelle.

– Merci de m'y faire penser. » Je m'étais bien habituée à mes vêtements d'emprunt.

Je me brossais encore les cheveux lorsque j'entendis le fracas des sabots et des voix dans la cour. Je fourrai en toute hâte mes pieds dans des mules bleues assorties à ma robe tandis que j'ajustais un voile blanc tenu par un cordon bleu sur ma tête. Je n'étais ni élégante ni même modeste selon les standards de la Cour, mais à mon aise selon mon goût. Mon sens de la camaraderie avec mes hommes disparut dès que j'eus revêtu mes atours de châtelaine. « Ne crée pas l'isolement, Ana, me gourmandai-je. Tu es la même personne, que tu sois vêtue de soie bleue ou de laine grossière et de cuir. »

Sur ce, je courus accueillir mon roi. Et ne trouvais pas une seule flaque réparatrice entre la porte et le groupe de cavaliers.

Je m'arrêtai juste devant lui, rouge et essoufflée. Je me sentais forte dans ma magie comme dans mon corps, prête à affronter quelque défi que le roi vînt me présenter.

« Si pressée de nous souhaiter la bienvenue, ma chère ? » gloussa John d'une voix de gorge. Il me décocha son sourire le plus charmeur. Des morceaux d'aura noire semblèrent s'envoler loin de lui.

Il fallait que j'en tire un enseignement. Mais lequel ?

Je fis une révérence, et profitai de ma position, tête baissée, pour vérifier l'absence de taches sur ma robe. Elle datait de mon retour à Kirkenwood l'an dernier. Je n'avais tout simplement pas eu le temps de traîner en permanence son ourlet dans la boue.

« Assez de formalités pour l'instant, Dame Resmiranda. » John me fit me redresser et porta ma main droite à ses lèvres. Sa bouche, tiède et tentatrice, s'attarda sur mes doigts.

Un petit frisson me parcourut. Lorsqu'il souriait ainsi,

des années de préoccupation et de méfiance s'effaçaient de son visage et son aura étincelait de rouge vif, presque dénué de noir. L'espace d'un instant, il devint simplement un homme attirant qui avait envie de me conter fleurette.

Au cours de ma vie, j'avais eu quelques précieuses occasions de profiter de la compagnie d'hommes. Il n'était pas Hugh, mais il était là.

« Sire », lança Petit, son valet.

Les yeux toujours braqués sur moi, John se contenta de hocher la tête pour indiquer qu'il écoutait.

« Pardonnez-moi, Sire, mais il semble que votre baignoire soit restée avec les bagages de la reine. »

Le beau visage de John s'enlaidit d'une grimace. Envolé, le sourire charmeur. Des taches noires reparurent dans son aura.

« Envoyez-la chercher ! » rétorqua sèchement le roi.

Dans ma tête, une petite voix insidieuse me rappela que je pourrais user de mon charme pour asseoir mon influence sur John, et peut-être annihiler les manipulations néfastes de Blakely.

*

Mes gens avaient déniché trois oies je ne sais où. Brigid avait farci chacune d'un canard, à l'intérieur duquel elle avait placé une poule d'eau, elle-même fourrée d'une colombe, le tout entourant un œuf. La peau de chaque oiseau, enduite d'une épice différente, conférait une saveur subtile à chaque couche. Le roi John, l'évêque de Grey et moi reçûmes chacun le petit œuf brun et l'oiseau, morceaux les plus délicats du plat. Parmi mes gens, les autres dîneurs se partagèrent la chair plus commune de l'extérieur.

Des légumes verts garnissaient joliment chaque portion de volaille. Mes domestiques mangèrent des navets et des oignons. J'aurais volontiers partagé ces légumes roboratifs avec eux, comme je le faisais la plupart du temps. Cependant, l'étiquette avait proclamé que la culture de racines était une coutume barbare – tout comme étaient considérés comme barbares les rudes vêtements dans lesquels j'étais si bien lors de mes entraînements. Ce soir, je me devais d'avoir l'allure d'une élégante lady normande.

John désossa un morceau de colombe et m'offrit ce mets de choix. Il le tint devant mes lèvres, ce qui m'empêcha de saisir mon couteau ou ma cuiller d'argent. J'ouvris une bouche hésitante. Soudain, la chaleur de son corps aussi proche, son sourire, l'attente dans ses yeux, affolèrent mes sens. Je perdis la conscience du bruit ambiant, de la salle bondée, de l'adorable ballade chantée par Widsyth, le barde itinérant. Alors que je prenais l'offrande en bouche, les doigts de John s'attardèrent sur mes lèvres et en tracèrent amoureusement le contour.

Il avait une aura apparemment calme et pâle.

Mon cœur battit un peu plus vite. Je connus un instant de grand pouvoir. Un pouvoir sur cet homme puissant. Si je pouvais me l'attacher, il se pourrait que je sois capable de briser les chaînes forgées par Blakely.

Hugh ne m'avait jamais touchée ainsi. Je m'écartai de John, confuse. Je plongeai dans son regard brun afin d'y lire ses véritables émotions, et y découvris un sourire qui m'était uniquement réservé.

« Nous sommes vraiment ravi de vous retrouver en pleine forme, ma Dame. À Bellecôte, la gravité de votre maladie Nous avait fait craindre pour vous », me confia-t-il. Son ton volontairement confidentiel me donna des frissons.

« J'avais besoin de l'air pur et de la paix que seul Kirkenwood peut m'offrir, Altesse, répondis-je en baissant pudiquement les yeux.

– Vous avez besoin d'aide pour administrer ce magnifique domaine, Dame Resmiranda. Vous devriez songer à prendre un mari. » Il planta son regard dans le mien.

Je n'eus nullement besoin de lire dans son esprit pour savoir qu'il m'aurait pensée plus à même de réchauffer sa couche si j'avais déjà donné ma virginité à un époux.

« Le choix m'appartient, Altesse, puisque vous avez réaffirmé mon indépendance. Je n'ai pas encore trouvé le mari idéal. » Je l'avais trouvé, en fait, mais n'étais pas disposée à lui jeter le nom d'un autre homme alors qu'il me courtisait si outrageusement. Le chaleureux et pressant John était un homme bien plus agréable que l'arrogant roi John. Ou que John, le pantin de Blakely.

« J'ai plusieurs candidats en tête. Mon demi-frère…

– Je n'ai aucune affection pour lord Blakely, Altesse. » Je redressai le dos et maîtrisai mon intonation. « Je sais qu'il a assassiné mon grand-oncle. Si vous m'imposez ce mariage, je réclamerai un procès en mort d'ancêtre. Je le ferai juger et condamner. Si nécessaire, je trouverai un champion pour un procès par les armes. » Hugh avait clairement annoncé qu'il accueillerait volontiers le défi. Mais pourrait-il résister aux attaques magiques de Blakely ?

« Le procès par les armes est une tradition archaïque et barbare qui n'a plus été invoquée depuis l'époque de Notre père. »

Je soutins fermement son regard, lui laissai comprendre ma détermination.

« Et si je vous autorise à choisir un mari ailleurs, renoncerez-vous à ces accusations ? »

Je réfléchis un long moment avant d'opiner.

« Très bien. Nous vous aiderons à vous chercher un mari ailleurs. » John poussa un soupir et reprit le démembrement de son oiseau. « Je puis constater que les murailles de Kirkenwood résisteraient aux plus acharnés des sièges », poursuivit-il.

Le double sens de sa constatation me fit sourire. La tension s'apaisa entre nous. Nous éclatâmes de rire, et reprîmes notre repas.

Bientôt, il se lécha les lèvres et déclara ce festin d'oiseaux totalement à son goût. Alors Daffyd claqua dans ses mains, et les aides cuisiniers apportèrent un faon sur sa litière. Je savais cette friandise faite de sucre filé, habilement coloré de cannelle afin d'y laisser quelques touches de blanc. Cette sculpture grandeur nature fit l'admiration de la Cour. Le roi John en battit des mains de plaisir.

Le dessert avait exigé la totalité de nos réserves de sucre. Toute la maisonnée devrait se contenter de miel sauvage pour le restant de l'année.

Je me penchai quelque peu en arrière afin de surveiller mes gens et la Cour, m'assurer que tous avaient leur dû, et que personne n'abusait du vin. Quelques soldats du roi commencèrent à se quereller. Poings serrés. Bras levés.

Archie vint les séparer.

J'approuvai d'un hochement de tête la vivacité de sa réaction. Certains seigneurs pouvaient se désintéresser des disputes domestiques. Ce n'était pas mon cas.

Cette distraction détourna mon attention d'un remue-ménage à l'entrée. Un de mes gardes se précipita vers moi. Il se plia en deux pour me murmurer quelque chose à l'oreille. Je ne pensai pas que John, occupé à couper le faon, entendrait ses paroles.

« Eustace de Vesci désire être admis en votre présence, ma Dame.

– Vesci ? » répétai-je, un peu plus fort que prévu. Il avait quitté la Cour sans permission quelques années plus tôt. Selon les commérages, il ne tolérait plus l'aventure qu'avait sa femme avec John.

« Vesci ? reprit John. Que le comte de Northumberland veut-il de Nous ? Est-il accompagné de lady de Vesci ?

– Je l'ignore, Altesse. Son clerc a simplement demandé le droit d'entrer. Le comte n'a pas mis pied à terre.

– Va le chercher, mon garçon. Va le chercher », ordonna John avec désinvolture.

Eustace de Vesci prit son temps pour mettre pied à terre et entrer dans mon château. Large d'épaules et de hanches, tout en bras et en jambes, l'homme entre deux âges et grisonnant pénétra d'un pas martial dans ma demeure, une moue dédaigneuse plaquée sur le visage.

Mes poils se hérissèrent en réponse à cette intrusion, tout comme se hérissa ma chienne à mes pieds.

« Roi John, faut que vous enleviez vos nasses de la rivière Tyne. V'z'agents n'ont point récolté les poissons pris d'dans, et maint'nant y pourrissent. Mon peuple crève de faim pasqu'y a pus de poisson, mais vos hommes disent qu'on peut point prendre vot'poisson », lâcha-t-il tout à trac, sans s'embarrasser de préambule ni de formules de politesse.

« Venez donc déguster un peu de cette gourmandise avec Nous », répondit John.

Vesci darda un regard noir sur les reliefs de sucre filé. Une telle frivolité n'avait visiblement pas sa place dans sa mission. Pour qu'il soit ainsi sorti de chez lui, le sujet devait grandement le contrarier. Il ne quittait jamais le Northumberland. Même si mes terres jouxtaient les siennes, il n'était encore jamais venu à Kirkenwood.

« Personne n'peut plus naviguer sur la rivière à cause de vos nasses. Faut que vous les enl'viez au plus vite. » Ses exigences, exprimées avec un fort accent du nord, parurent encore plus comminatoires.

« Non, lord Eustace. Nous n'accéderons pas à vos souhaits simplement parce que vous l'exigez. Préparez vos arguments et venez me les présenter demain, lorsque je rendrai la justice. Vous pouvez vous retirer, le congédia John.

– J'refuse d'être traité comme un vulgaire laquais, mon gars. J'ai des droits. J'exige qu'on statue sur l'sujet. Je suis comte. J'ai droit à votre jugement *immédiat*.

– Chaque homme, qu'il soit seigneur ou simple citoyen, doit présenter son cas devant la Cour. Nous vous entendrons demain. À moins, bien évidemment, que vous ne soyez disposé à vous séparer d'une partie de votre légendaire magot pour assumer les frais d'un jugement immédiat ?

– Je n'paierai pas un sou pour faire respecter mes droits. J'ai contribué à vous faire monter sur l'trône, John Mou du Glaive. J'puis vous en faire choir tout aussi facilement. » Il tourna les talons et sortit avec autant de brusquerie qu'il était entré.

Le silence s'appesantit sur la salle, tel un fâcheux fantôme. Quelqu'un toussa. Un autre gloussa nerveusement. Daffyd remua les pieds. Ses gens entreprirent de débarrasser les tables.

Enfin Widsyth effleura une des cordes de son luth. Il enchaîna sur un chant guilleret à propos d'une femelle oie qui, après avoir osé lever les yeux devant un puissant seigneur, y avait perdu sa vertu et son jars.

L'assemblée se détendit et commença à taper sur les tables au rythme de la mélodie presque discordante. Tous se mirent à boire.

John se joignit à eux et chanta le refrain à pleins poumons. Son agréable voix de ténor domina bientôt toutes les autres.

Eustace de Vesci était apparemment oublié.

Ses dernières paroles me donnèrent à réfléchir. Si John offensait suffisamment les barons, pourraient-ils se liguer contre lui et le détrôner ? Qui, alors, le remplacerait comme roi ?

Rejoindrais-je la rébellion ? Ou tenterais-je de l'empêcher de les contrarier tous ?

31

Le lendemain, juste après avoir rompu le jeûne, à prime, j'accompagnai John à la chasse. Si jamais Eustace de Vesci revenait, il allait devoir faire le pied de grue en attendant que le roi veuille bien écouter son cas.

Le comte de Northumberland ne revint pas.

Au dîner, je fus en proie à une crise de bâillements incoercibles. Distraire le roi était bien plus épuisant que travailler la magie.

« Vous devez vous reposer, *chérie*[1]. Nous ne désirons nullement vous voir retomber malade, me glissa John en me tapotant la main. Nous allons Nous retirer de bonne heure », poursuivit-il à l'adresse de l'assemblée. Alors qu'il prenait ma main et me la baisait, son pouce me caressa sensuellement la paume.

Je la retirai, presque à contrecœur. Lorsque la maisonnée se coucha, peu après, je me préparai un lit dans le repaire. John dormit dans le solarium, derrière la grande salle. Seul.

Je me levai avant l'aube, et cherchai une incantation propre à briser une fois pour toutes l'influence magique qu'avait Blakely sur le roi.

Ce que je trouvai ne me plut pas du tout.

1. En français dans le texte. *(N.d.T.)*

Ce jour-là, nous retournâmes à la chasse, sans grand succès. Ce soir, nous dînerions de venaison et de canard. Je pénétrai dans la salle, rayonnante et l'esprit léger. Je n'avais encore jamais vu John si insouciant, si bien mis de sa personne. Il fit preuve d'un exquis sens de l'humour. Son rire profond me donnait des frissons jusque dans les orteils. L'espace d'un instant, j'oubliai ma peur de lui.

Peut-être n'aurais-je pas besoin de travailler l'antique incantation recopiée dans le grimoire par tante Lotta pour une personne bien plus âgée qu'elle. Je rêvai d'avoir la canne près de moi. Répondre à des questions auxquelles il n'y avait aucune réponse possible me paraissait plus simple lorsque je touchais le chêne lisse.

Nous partageâmes un autre dîner harmonieux. Jusqu'à ce qu'un écervelé évoque l'idée d'agrémenter le festin en réclamant du poisson à ce rustre de comte de Northumberland.

Le courtisan – j'ignore même qui il était – dut avoir voulu faire une plaisanterie. John ne trouva pas cela drôle. « Les possessions de Vesci Nous reviendront dans le mois. Il ne Nous agrée plus de le compter au nombre de Nos barons », marmonna-t-il dans sa coupe de vin. De son aura jaillirent d'autres taches noires, qui grossirent sous mes yeux.

Blakely avait toujours une immense influence sur le roi, surtout quand la colère prenait le pas sur son humeur.

J'eus soudain le ventre glacé.

Si John déposait Vesci, s'il l'emprisonnait ou l'exécutait pour nulle autre raison que son déplaisir, de nombreux barons se rebelleraient pour venger l'un des leurs, puissant et riche. Ils feraient de lui un martyr.

Des images de batailles, de sang, de chaos et de mort flottèrent à la périphérie de mon champ de vision.

Quelque part dans ma tête, la voix de Blakely gloussa de plaisir.

Une main posée sur Newynog pour y puiser de la force, je récitai quelques-unes des paroles de l'incantation que j'hésitais à tenter. Sans le rituel, elles n'auraient pas grand pouvoir, mais peut-être pourraient-elles être utiles.

John était toujours renfrogné. Il convoqua un clerc à ses côtés et lui demanda d'écrire un message informant Vesci de son extrême mécontentement.

Sans *aucune* raison !

Je ne pouvais briser les chaînes noires de Blakely sans en créer de nouvelles, qui m'attacheraient John. Si je voulais que ces nouveaux liens aient le pouvoir de repousser des influences plus sombres et néfastes, il fallait les forger avec amour et tendresse. Tant que Blakely vivrait, je ne pouvais libérer John et le laisser agir à sa guise.

Une nouvelle rumeur prit la place des murmures contre Vesci. Elle se propagea vivement parmi la Cour en chuchotis excités. Quelqu'un du village avait repéré dans la forêt un cerf blanc à douze cors, animal aussi rare que magique.

Le Merlin des légendes était censé monter une telle bête. En voir une était signe de bienfaits et de chance pour tous.

« Il faut que Nous partions dès demain à sa recherche », proclama John avec un sourire rusé, ayant apparemment oublié Vesci. Je me demandai qui était à l'origine de cette rumeur, et pourquoi.

Je dormis encore une fois dans le repaire, la canne près de moi, parfaitement consciente de ce que j'allais devoir faire le lendemain.

Peut-être l'incantation exposée par l'un de mes lointains ancêtres allait-elle être bénéfique à tout le monde. Mais oserais-je trahir celui qui avait confiance en moi ?

Hugh m'avait seulement demandé de ne donner mon cœur à personne d'autre. Il n'avait rien dit quant à mon corps.

Le destin de l'Angleterre valait-il cela ?

À l'aube, nous partîmes dans la forêt, à la recherche de l'improbable cerf blanc à douze cors. John se lassa vite, et me suggéra de nous asseoir près du lac forestier tandis que les autres battaient les bois. Il adorait la chasse par-dessus toutes les autres traques. À l'exception d'une, peut-être.

Il étendit une couverture sur la mousse, près d'une anse abritée au bout du plan d'eau. Depuis cette rive éloignée, on ne voyait même pas la chapelle, au pied de la falaise. En s'en approchant par là, quiconque ne connaissait pas la forêt si bien que moi aurait pu prendre ce lac pour un autre.

Un gloussement semblable à des clochettes interrompit mon bavardage et mes gesticulations. Les fées nous avaient rejoints.

« Pourquoi êtes-vous venu à Kirkenwood sans votre Cour, Altesse ? » interrogeai-je John alors que nous nous prélassions autour du repas disposé sur la couverture.

Même Petit et Brigid, son valet et ma servante, semblaient avoir disparu. Seules les fées nous tenaient compagnie, presque invisibles alors qu'elles décrivaient de larges cercles autour de nous. John ne parut pas remarquer leur présence.

« Je suis venu vous introniser dans vos fonctions de baronne de Kirkenwood et recevoir votre serment de loyauté, répondit-il en buvant une gorgée de vin. Tout cela n'exige pas la présence de l'intégralité de la Cour. Je ne tiens pas à ruiner ma nouvelle baronne en lui demandant de nourrir et d'héberger toute la Cour durant les cérémonies. Publiques et privées. » Par-dessus le bord de sa coupe, ses yeux rieurs cherchèrent les miens.

Je lui rendis son regard comme un défi. La chaleur

s'épanouit dans ma poitrine et se répandit. Dans le soleil, le bourdonnement paresseux des abeilles parut assez sonore pour effacer totalement le reste du monde. Je sentis les fleurs des champs et les nouvelles pousses sortir de terre. Un bourgeon de fleur de fougère glissa comme du velours entre mes doigts.

L'incantation pouvait fonctionner. J'y veillerais, quel qu'en soit le coût.

« Cette nuit ? » m'enquis-je. La faim que je ressentais me suggérait bien plus qu'une investiture. Cette nuit, je mettrais, avec un peu de chance à jamais, un terme à l'influence de Blakely.

« Cette nuit », me confirma John. Il scella cette promesse par un baiser. Sur la mienne, sa bouche fleura le vin et le désir.

Au bout de quelques longs instants, nous nous reculâmes et reprîmes notre souffle. Il m'avait, ces derniers jours, embrassé la joue ou la main si souvent qu'il en oubliait le « Nous » royal lorsque nous discutions en privé.

« Lors, il me faut préparer la cérémonie, répondis-je tout en rompant notre relation oculaire. Mes chevaliers suivent un circuit de tournois, ils devraient être présents. Peut-être pourrons-nous faire une plus grande fête cet été, afin qu'ils puissent réaffirmer leur serment d'allégeance envers vous et moi. Il y aura quand même une belle fête ce soir, s'ils trouvent le cerf blanc.

– Il me suffit que vous prononciez les paroles, Dame Resmiranda. Entre Nous. »

Le silence s'appesantit soudain. Sa déclaration à double sens m'empêcha de réfléchir sainement.

« Vous auriez pu m'ordonner de vous rejoindre dans votre lit, Altesse. À plusieurs occasions. » Cela eût-il rendu plus facile l'incantation ?

Non. Je devais l'inviter dans mon corps afin de l'attirer dans ma magie.

« Je veux que vous veniez à moi de votre plein gré, sans culpabilité aucune, sûre de vous et de votre amour pour moi. »

C'est Hugh qui aurait dû me dire ces paroles, pas le roi.

« Vous pouvez être certaine qu'une fois que Nous Nous serons unis de corps et d'esprit, je ne vous partagerai pas volontiers avec mon demi-frère, ajouta-t-il, persuasif. Je brûlerai cet engagement de fiançailles devant témoins.

– Si je… »

John coupa court à mon objection par un baiser passionné. Nous retombâmes sur la couverture pendant que sa langue goûtait la mienne. Son poids sur ma poitrine accrut mon désir. Sans plus réfléchir, je passai mes bras autour de son cou et l'attirai plus près.

Du bout du doigt, je dessinai un *sigil* sur son dos.

Il gémit, comme enivré par la caresse.

Un courant d'air frais effleura mon épaule, là où ma robe aurait normalement dû la recouvrir. Je ravalai ma protestation.

Comment pouvais-je refuser mon roi ? Il fallait que je le fasse, pour sauver l'Angleterre.

Un sentiment de pouvoir accru pétilla dans mes doigts. Je traçai le deuxième *sigil* sur son front.

Les fées disparurent dans un bruit sec, qui laissa un vide dans mes oreilles.

Qu'est-ce qui n'allait pas ?

Sainte Mère, pardonnez-moi ! priai-je alors que les mains de John trouvaient ma poitrine. Du bout de ses doigts, délicatement, il la caressa et fit s'ériger mes tétons. Puis sa bouche prit la place de ses mains.

Je lâchai un soupir de plaisir étonné tout en reproduisant le troisième *sigil* sur le dos de ses mains. Des paillettes multicolores dansèrent devant mes yeux ; c'étaient mes propres émotions, et non pas les fées.

Et puis nos vêtements disparurent. Je le contemplai avidement, mémorisant la texture de sa peau, le dégradé des poils de son corps, et la partie qui m'intriguait le plus. Ses doigts suivaient son regard, ils traçaient des cercles délicats sur mon cou, autour de mes seins, de mon nombril, puis plus bas. Il pratiquait sa propre magie. Je me tendis vers ses mains, qui m'ouvraient et me préparaient.

Puis il s'enfonça en moi.

Une douleur fulgurante m'arracha un cri. Il m'imposa silence par un autre baiser, entremêlant sa langue à la mienne. Je fermai les yeux et me laissai emporter par le rythme croissant de notre danse.

Enfin, je récitai les paroles de l'incantation, faisant de chaque mot gallois une caresse à ses oreilles.

La cadence de ses coups de reins ralentit, puis accéléra, et ralentit de nouveau, me promettant encore plus à venir. La moindre sensation crût et se répandit en moi, jusqu'à ce que je comprenne que j'allais exploser.

Les ténèbres qui l'entouraient disparurent.

Nous atteignîmes ensemble de nouvelles cimes de plaisir.

À présent, ta magie est entière ! me murmurèrent les fées, finalement revenues.

Au même moment, je sus que les pierres dressées flamboyaient d'un feu et d'une force renouvelés. L'incendie qui courait dans mes veines entra en contact avec les pierres en un anneau de flammes surnaturelles, il s'étendit, bienfaiteur, sur toutes les terres que gouvernait John.

*

Je m'éveillai deux jours plus tard, comblée et dans la chaleur de mon propre lit. Alors que Kirkenwood dormait encore, je provoquai sans difficulté aucune une balle de feu magique au creux de ma paume. Les fées avaient dit vrai. Ma magie me semblait plus achevée, plus facile depuis que je m'étais offerte à John. Je n'avais même plus besoin de Newynog ou de la canne pour concentrer mes talents.

Nulle trace d'obscurité, de colère ou de méfiance, tout ce qui pouvait le pousser à mal se conduire, n'entachait plus l'aura du roi.

Je posai la boule de feu sur le traversin afin de mieux voir mon amant.

Il avait étendu un bras lourd et possessif sur moi. Je lui embrassai délicatement les doigts. Ils se refermèrent aussitôt autour de ma taille. Il dormait vraiment. Ses cheveux, emmêlés et répandus sur son front, lui donnaient une apparence juvénile. Je les repoussai en arrière, puis suivis légèrement le contour de sa mâchoire.

Endormi, il ne paraissait absolument pas ses quarante et un ans. Endormi, ses soucis disparaissaient. Je songeai que j'en étais arrivée à connaître la vérité de l'homme couronné, et que je l'appréciais.

Cependant, j'aimais Hugh. Cela, je le savais, maintenant. Je fus envahie par un bref accès de culpabilité. Mais très bref. John m'avait beaucoup appris sur l'amour, sur mon propre corps et la manière d'en tirer du plaisir. Autant de petits avantages dans ma campagne pour briser mes fiançailles à Blakely et pulvériser son influence sur le roi. À ceci près que je n'avais pas donné mon cœur à John. Celui-ci, je le réservais à Hugh.

Les draps rugueux et les couvertures me râpaient érotiquement la peau. Notre habitude de dormir nus prenait un sens différent, maintenant qu'un homme était niché contre moi. Je me demandai si nous aurions le temps de refaire rapidement l'amour avant mon lever.

J'avais, la veille, discrètement attendu que tout Kirkenwood soit assoupi avant de rejoindre mon amoureux. De même, j'avais prévu de filer avant que le premier chant d'oiseau ne salue la venue du jour.

Cependant, je doutais que personne, à Kirkenwood, ne soupçonne ce qui se passait entre le roi et moi. Dans les limites d'un château où toute chambre donnait dans une autre, et celle-ci dans une troisième, l'intimité n'était guère plus qu'une illusion. Bâtie selon l'antique mode saxonne, la bâtisse possédait de multiples chambres d'invités tout autour de la grande salle. Les générations de bâtisseurs successives avaient incorporé les pièces circulaires dans la construction et la tour centrale. Ici, plus de gens avaient leur propre lit, contrairement à des lieux comme Mendip Mor, où tous s'entassaient dans la grande salle et l'unique chambre à coucher.

Pourtant, ma chambre, la plus grande, était jonchée de paillasses pour une douzaine de chevaliers et autant de serviteurs.

Je mouchai mon feu magique et soulevai malaisément le bras de John pour filer vers la *garde-robe*[1] et vaquer à mes affaires. Il me fallait passer quelque temps à reprendre mes lectures dans le repaire, puis vérifier les gardes que j'avais postées dans le château. J'avais longtemps négligé cette tâche, occupée à réveiller les pierres, à travailler l'invisibilité d'Excalibur, et m'entraîner avec les hommes. La lune noire était passée. Nous pénétrions dans une nouvelle phase ; la meilleure époque pour renouveler les gardes. J'aurais besoin de me préparer dans l'intimité, ce soir. John m'en laisserait-il le temps ?

« Je te veux », souffla-t-il en resserrant son étreinte.

Son souffle tiède sur mon oreille provoqua aussitôt mon désir. Une sensation de pouvoir, semblable à la magie mais différente, m'envahit. Je baisai longuement, passionnément sa bouche. Plus n'était besoin de mots entre nous.

1. En français dans le texte. *(N.d.T.)*

Il parsema de petits baisers mes seins, mon ventre et le buisson entre mes cuisses. Il y insinua sa langue. Alors il releva la tête, une tête aux cheveux hirsutes, incroyablement jeune. Son sourire malicieux gagna son regard.

« Si tôt, et déjà prête pour moi ! » murmura-t-il. Il se mit sur les genoux.

Je tendis la main vers lui, avide de le sentir érigé dans ma paume.

« Pas encore, très chère. J'ai bien plus intéressant en tête. » De ses mains expertes, il guida mon corps jusqu'à ce que je me sois retournée. D'un doigt, il suivit les contours de ma féminité.

Puis, sans prévenir, il me souleva les hanches et me pénétra profondément.

Une foule de sensations, non pas douloureuses, mais plutôt semblables à un plaisir si intense qu'il en devenait incompréhensible, me traversa et abattit toute résistance que j'aurais pu lui opposer.

Chacun de ses coups de reins fit courir en moi des vagues d'une magie sauvage. Je fermai les yeux sur les étoiles multicolores qui explosaient devant eux. Le pouvoir crût en moi, il exigeait l'assouvissement.

Il plongea plus profond en moi. Ma magie m'ouvrit son esprit. Primitif. Excité. Ardent. Libre.

Je comprenais maintenant le sens de certaines notations obscures de tante Lotta. Le sexe était à la fois la forme la plus intime de communication et un puissant instrument de magie, que l'on ne devait pas redouter mais, au contraire, glorifier. Il avait certainement contribué à terrasser Blakely.

Le plaisir nous fit simultanément crier.

John s'écroula sur moi, toujours en moi. Nous restâmes ainsi, assouvis, unis en corps et en esprit.

Les rideaux du lit s'ouvrirent apparemment tout seuls, comme à la suite d'un furieux courant d'air. Je suffoquai et tirai la courtepointe sur moi. Je tentai de m'insurger contre cette violation de l'intimité royale, mais tout ce qui me vint aux lèvres fut un cri étranglé. John s'étira et ouvrit vaguement les yeux. Il demeura où il était, mains refermées sur mes seins.

Un Radburn Blakely au sourire rusé dans un visage maculé de saleté et pourvu d'une barbe de huit jours passa sa tête échevelée dans l'ouverture du rideau. La poussière et la graisse donnaient à ses cheveux blond argenté la teinte terne du fer. Il paraissait dix ans plus vieux que lors de notre dernière rencontre.

Où avait-il été, pour négliger ainsi son apparence ? Quel forfait avait-il ourdi ? Comment osait-il s'imposer dans le lit privé du roi ?

« Eh bien, mon frère, je vois que vous avez exercé votre *droit du seigneur*[1] sur ma femme. J'espère que je n'aurais plus à la partager avec vous pour le restant de mon mariage. » Blakely posa un genou sur le lit, comme s'il entendait vraiment nous y rejoindre.

L'horreur me pétrifia, m'obscurcit l'esprit. De nouvelles ténèbres parurent planer au-dessus de l'épaule gauche de John.

« Ta femme ? » John se sépara malaisément de moi, et nous recouvrit tous deux de la courtepointe. Sommeil et sexe gonflaient toujours ses paupières tandis qu'un sourire paresseux et la pression de sa main sur ma hanche réaffirmait sa possessivité.

Je me souvins des légendes selon lesquelles John avait si souvent ordonné à la femme d'Hugh de Neville de dormir avec lui qu'elle avait dû lui demander la permission de partager le lit de son propre mari, et payer un tribut pour l'obtenir.

« Eh oui, mon frère », répondit Blakely. Il passa une main possessive sur mon épaule et mon bras. Je me dégageai brutalement. Il empoigna ma main et entreprit

1. En français dans le texte. *(N.d.T.)*

de jouer avec mes doigts, comme s'il envisageait d'y passer un anneau.

« Je rentre juste d'Écosse. Là-bas, l'Église a reconnu la validité de mes fiançailles avec la dame, signées par son grand-oncle et tuteur légal. L'évêque nous a mariés par procuration il y a deux jours. » Il brandit le décret, au bas duquel pendait le sceau incontestable de l'évêque d'Édimbourg.

« Non, je refuse. Ce mariage n'est pas valide. Je ne le permettrai pas », pensai-je hurler, mais les mots ne furent guère plus qu'un souffle. Je réussis à récupérer ma main et à la cacher sous la couverture. « Dites-lui, Altesse. Dites-lui que vous avez prévu de brûler la promesse de fiançailles au moment de mon investiture. »

Autour de nous, les hommes commencèrent à remuer sur leurs paillasses. Je vis deux chevaliers se redresser sur le coude, visiblement intéressés et affichant un sourire lascif.

« Le brûler ? Cela, je le refuse, à partir du moment où vous m'avez confié la seule copie avant que je ne quitte le château de Durham, il y a quelques semaines », intervint Blakely. Si sa bouche souriait, il plissa les yeux, et je sentis la magie s'en déverser.

Je ne sus comment le contrer, sinon par la logique.

« Dites-lui, Altesse, que vous ignoriez tout de ceci. » Je me tournai vers John, le suppliant du regard de faire cesser ce cauchemar ; de me laisser le temps de la contre-offensive.

Il fixait les yeux de Blakely, le regard vide. Je pus presque voir la compulsion magique passer de l'un à l'autre.

« Désolé, *mon cœur*[1]. Alors que Nous discutions de cette éventualité avec Radburn, Nous l'avons soupçonné

1. En français dans le texte. *(N.d.T.)*

de tenter ceci. Nous sommes très mécontent de son acte audacieux, sans permission royale, mais la conclusion est celle que Nous avons toujours voulue. » Il bâilla à s'en décrocher la mâchoire, tout en retirant son bras, et ses prétentions sur mon corps.

32

Ô Hugh ! où êtes-vous quand j'ai le plus besoin de vous ? Que vais-je faire, à présent ? Cela faisait des jours que je n'avais pas pensé à Fitz Chênenoir. Maintenant, je regrettais sa présence solide et réconfortante. Même si je l'avais trahi.

« Vous avez toujours eu l'intention de respecter cet engagement, soufflai-je, horrifiée. Vous m'avez promis que si je partageais votre couche, vous annuleriez les prétentions de Blakely. » Tous les bienfaits que j'avais accomplis pour annihiler le contrôle qu'avait Blakely sur lui avaient été réduits à néant par un seul regard du sorcier.

« Non, *chérie*[1]. Nous avons dit que Nous ne vous partagerions pas volontiers. » Il haussa les épaules, mais sa voix était sans timbre, comme si un autre parlait pour lui. « À présent, Nous renonçons complètement à vous et vous confions aux bons soins de notre frère.

– Vous l'avez annoncé devant lui et moi, ironisai-je en tendant un doigt moqueur vers Blakely. Vous avez clamé devant l'intégralité de la Cour que Kirkenwood et sa baronne étaient indépendants. Vous m'avez cour-

1. En français dans le texte. *(N.d.T.)*

tisée comme si vous me vouliez, pour moi-même, et non au nom d'une minable rivalité entre frères ! »

Il m'avait trahie, comme il trahissait tout le monde. Comme j'avais trahi Hugh. Comme j'avais trahi l'Église en me donnant volontairement à mon roi et en exerçant la magie. Blakely était-il ma punition ?

« Oh, Nous vous avons courtisée pour notre propre plaisir. Mais maintenant, Nous devons renoncer à vos charmes délicieux en faveur de votre époux légal. »

Le « Nous » royal grinça à mes oreilles, comme un faux orgueil, une fausse loyauté, une somme de fausseté. Je lui arrachai la courtepointe, me drapai dedans et sortis du lit. John resta nu et exposé à la fraîcheur matinale. Son érection se ratatina sous nos yeux.

Blakely afficha un sourire authentiquement ravi. Son beau visage se détendit. L'espace d'un très court instant, je lui trouvai le même charme que celui que je lui avais trouvé dans cette même pièce, des années auparavant, alors que ses hommes et lui avaient envahi Kirkenwood.

Puis l'illusion de confiance et la compulsion à lui obéir s'envolèrent, et sa véritable aura, bien noire, reparut. Je vis la même ombre teintée de noir ramper vers l'énergie vitale de John pour l'envelopper. Mais elle la voila ; elle ne l'engloba pas.

Peut-être…

J'avais besoin de temps et d'intimité pour trouver une nouvelle incantation… si, du moins, je parvenais à me convaincre que le roi John en valait la peine.

Peut-être la seule vraie réponse résidait-elle dans la rébellion ; un nouveau départ avec un nouveau roi et une nouvelle équipe de conseillers.

« Ce mariage ne sera jamais consommé, Blakely. Je ne le reconnais pas. Je le ferai annuler, même si je dois faire moi-même le voyage à Rome. » Je sortis d'un pas martial, tout en traînant la couverture derrière moi.

« Nous vous interdisons de quitter l'Angleterre, Dame Resmiranda. Nous vous interdisons de quitter la Cour », déclara paresseusement John.

Je l'ignorai. Je perçus un pas léger derrière moi. Des pieds bottés. Seul Blakely était habillé, de si bonne heure.

« Je vais vous posséder tout de suite, devant témoins, afin d'être certain d'avoir participé à la conception de tout enfant que vous pourriez engendrer l'année prochaine », déclara Blakely. Son visage hilare se mua en faciès triomphant de démon.

Une boule de glace se forma dans mon ventre alors qu'il fourrageait dans ses braies, sous sa tunique répugnante.

Il agrippa la courtepointe et l'arracha de mon corps nu.

« Profitez du spectacle, Blakely, car vous ne le reverrez pas de sitôt ! »

Le pouvoir chantait toujours dans mes veines. J'agrippai son poignet et lui fis une prise. Il atterrit sur le sol couvert de paille en exhalant tout l'air contenu dans ses poumons. La magie me donna encore plus de force et d'aplomb que lorsque j'avais pratiqué le geste avec Archie. Alors qu'il atterrissait, je le soulageai de son poignard de ceinture, à l'aide de juste un soupçon de lévitation. À cheval sur lui, la pointe de sa dague plantée sur sa gorge, je posai mon pied sur sa poitrine. « Relevez-vous si vous l'osez, Blakely. Devant tous ces témoins rassemblés, je déclare ce mariage illégal. »

Des semaines durant, je ne m'étais pas crue capable de jamais prendre une vie avec une arme ou la magie. Je savais à quel point mon âme voulait suivre le mort. En cet instant, j'aurais volontiers usé de tous les moyens à ma disposition pour débarrasser la terre de Radburn Blakely.

« Lâchez-le, Dame Resmiranda », ordonna John. Son

autorité sembla se répercuter dans la pièce. Il vint à moi, à présent vêtu d'une robe de chambre.

La main royale qui agrippa mon poignet et l'éloigna de la gorge de Blakely parut appartenir à un autre que l'amant espiègle qu'il était quelques instants plus tôt.

« Magnifique, haleta Blakely. La personnification d'une antique reine guerrière. Je suis impatient d'arriver à cette nuit, ma chère. Nous serons superbes, ensemble. »

John pressa son pouce sur un point sensible de mon poignet, et le poignard s'abattit avec fracas sur le sol. Je dardai un regard noir sur le roi.

Blakely se remit malaisément debout. « À voir le contrôle que vous avez sur elle, je suppose que vous avez trouvé ce que nous étions venus chercher, lança-t-il tout se rajustant.

– Trouvé quoi ? » Je savais, cependant.

John eut un sourire rusé. Il soutint mon regard, m'ordonna presque de trahir l'emplacement de la précieuse information. « Malheureusement, non. Mais la dame a fait preuve d'une telle volonté de coopération que je ne crois plus nécessaire la preuve de sa trahison.

– Imbécile », marmonna Blakely.

Je ne fus pas certaine qu'un autre que moi – mes oreilles étaient sensibilisées par la magie – l'entendit insulter son roi.

« Il faut que nous le trouvions, insista Blakely.

– Non, inutile. Nous avons seulement besoin d'entendre vos vœux de fidélité à tous deux, concernant Kirkenwood, puis Nous regagnerons la Cour. Nous sommes fatigué du Nord. Winchester Nous semble le lieu idéal de Notre prochaine étape. » John lâcha ma main et se retourna vers son valet. Debout au pied du lit, Petit se tordait les mains. Les chevaliers encore couchés s'agitèrent, car le roi venait de donner le signal du lever, mais ils hésitaient à me révéler leur nudité.

« Je serai heureuse de vous prêter serment de loyauté, en tant que baronne de Kirkenwood, annonçai-je. Mais jamais je ne le partagerai avec votre demi-frère.

– Vous jurerez ensemble, ou vous serez pendus ensemble. » John me tourna le dos et entreprit de se vêtir.

*

« Il nous faut prononcer le serment ensemble ! » insista Radburn. L'anxiété lui tordait les entrailles, comme elle le faisait depuis qu'il avait traversé le cercle des pierres dressées. « Vous l'avez vous-même précisé, Altesse. Vous avez dit que nous devions le prononcer ensemble. Comme mari et femme. » Ce gémissement furieux qui sortait de sa bouche lui fit horreur. Presque autant que la femme qui ne cessait de le défier.

Quelle magie avait-elle pratiquée, pour affaiblir ainsi le contrôle qu'il avait sur John ?

Il ne savait absolument pas où elle avait dormi ces trois dernières nuits, mais certainement pas avec le roi. Il n'avait jamais pénétré dans le solarium, au-dessus de la grande salle, et la chambre seigneuriale, où dormaient les femmes – lieux interdits d'accès aux hommes pendant les heures de sommeil. Elle ne s'était couchée sur aucune des paillasses disposées là-bas. Il avait vérifié, tant par la magie que par les perceptions terriennes. Elle ne pouvait lui échapper. Elle ne possédait pas suffisamment de magie pour ce faire.

Cependant, elle avait brisé son contrôle. Elle ne toussait plus sur son ordre. Par instants, John faisait preuve de sérieux et d'une logique infaillible. Elle avait doublement scellé la porte du démon. Radburn avait visiblement vieilli – même s'il paraissait toujours quinze ans de moins que son âge véritable, au lieu d'en paraître vingt de moins que ses quarante-deux ans.

« Je vais prêter serment, toute seule, avant que *lui* le fasse. » Resmiranda cracha presque le pronom. « Ensuite, vous pourrez faire ce que vous voulez. Je ne resterai pas dans la même pièce que *lui* plus longtemps que nécessaire. » Elle pivota et arpenta l'estrade. La soie dorée de sa robe virevolta autour de ses pieds, et révéla le dessin d'une broderie. D'abord, l'un des symboles élémentaires, puis un autre, apparurent clairement. Ils étincelaient d'un feu surnaturel à chacun de ses pas. La robe en elle-même était d'une coupe très ancienne, probablement héritée d'une des sorcières que la famille était réputée engendrer au moins une fois par génération.

Le maudit chien-loup ne la quittait pas d'un pas. Chaque fois que Radburn avait envisagé d'enlever Resmiranda, la bête lui avait montré les crocs – comme si elle pouvait lire dans ses pensées et ses émotions. Elle ne s'éloignait jamais de sa maîtresse plus de deux minutes ; même pour satisfaire les besoins de la nature.

« Vous n'avez pas d'ordres à me donner, ma Dame ! » tonna John.

Elle haussa à peine un sourcil. Un léger mouvement de sa main fit étinceler la chevalière qu'elle avait au pouce gauche du même feu que les symboles sur sa jupe. Un dragon rouge rampant sur fond d'or. Le Pendragon de Bretagne. Selon les légendes, nul autre qu'un descendant d'Arthur ne pouvait porter l'anneau sans être réduit en cendres. Aujourd'hui, elle en faisait ostensiblement étalage.

Elle l'affichait, comme si l'Arthur Pendragon légendaire vivait en elle.

La croix d'Arthur Pendragon pendait de manière séduisante entre ses seins, au bout de sa chaîne de perles de prière. Elle dominait le corsage de sa robe, se balançait lorsqu'elle bougeait, et attirait les regards de tous les hommes présents sur ses charmes – charmes auxquels lui, son mari, n'avait jamais goûté. Il en grinça des dents de frustration.

John et ses hommes avaient eu beau fouiller Kirkenwood de fond en comble, ils n'avaient pas trouvé la preuve qu'Arthur de Bretagne, neveu de John et candidat au trône, vivait encore. Radburn n'avait pas pu la trouver non plus, ni par magie ni par perception terrienne. Il avait découvert que quatre messagers avaient quitté Kirkenwood entre le retour de la dame et l'arrivée du roi. Aucun n'était revenu, et nul ne connaissait leur destination.

L'un d'entre eux avait-il emporté la preuve à un destinataire digne de confiance ? Un évêque, peut-être ? Un évêque qui, fort de l'Interdit en place, se ferait un plaisir de trahir John ?

« Très bien, ma chère. Vous prêterez serment séparément. D'abord, la châtelaine des lieux », abdiqua John devant l'autorité naturelle de la dame.

Même Radburn recula d'un pas.

« Vous êtes ma femme, je prononcerai le serment en tant que baron de Kirkenwood, insista-t-il.

– Vraiment ? Le mariage a-t-il été consommé, devant témoins, et reconnu par l'Église d'*Angleterre ?*

– Un point pour elle, mon frère. » John lui claqua joyeusement le dos. Sa camaraderie semblait forcée. Provoquée par la dame ? Radburn ne détecta nulle trace de magie. Pourtant, l'anxiété le rongeait toujours.

« Finissons-en. » Resmiranda fit un signe de la main à son majordome – en droit, le majordome de Radburn. Celui-ci sonna la cloche pour appeler les habitants de Kirkenwood à se rassembler. Ils se réunirent lentement. Tous ignorèrent soigneusement Radburn et s'inclinèrent ou firent la révérence devant Resmiranda. Eux aussi arboraient les antiques symboles, peints ou brodés sur leurs vêtements. Le dernier d'entre eux fut un grand homme maigre, au visage dissimulé par le capuchon rabattu de sa robe de clerc. Il y avait quelque chose de familier dans le personnage, dans sa posture ou l'assurance de son pas.

Il avait l'air de sortir tout droit du cercle de pierres dressées du village ; ces pierres étranges qui repoussaient Radburn. Un corbeau croassa dans la cour. Son cri rauque et franchement désapprobateur se répercuta sur les murs de pierres.

Répugnants paysans. Radburn cracha dans la paille. Il devrait arracher le capuchon de la tête du grand clerc et lui apprendre à respecter son roi et son maître légitime. Mais chaque fois qu'il tenta de faire un pas vers l'homme, il se heurta à un mur de résistance.

Qu'était-il arrivé à sa magie ? Il aurait dû être capable de pénétrer l'esprit de toutes les personnes présentes dans la salle. Il aurait dû être capable de les obliger mentalement à lui obéir.

Les pierres, lui souffla à l'esprit la voix de Resmiranda. *Les pierres dressées nous protègent de vous. Tant qu'elles seront là, il vous faudra travailler pour que votre magie s'oppose à nous.*

Vous n'aurez pas toujours les pierres pour vous protéger, répondit Radburn. Il avait dû se forcer pour pénétrer dans le cercle de pierres. Une fois à l'intérieur, il avait automatiquement érigé tous ses boucliers magiques afin de faire cesser sa terreur croissante. Un moindre magicien aurait aussitôt tourné les talons et fui la région. Il inspira profondément afin de se calmer et de raviver ses barrières mentales. Puis lentement, posément, il étendit le contrôle vers son demi-frère, en suivant le chemin familier de son esprit. *Je te forcerai à quitter les pierres. Je te séparerai d'elles avant le coucher du soleil.*

Elle se mordit la joue et lui décocha un petit sourire

supérieur, s'agenouilla devant John et lui tendit ses deux mains tout en prononçant les paroles qui liaient son honneur, sa vie et son domaine au roi.

John la fit se relever et lui donna le baiser de paix. Un baiser qui se prolongea.

Radburn s'empourpra de jalousie.

« Et maintenant, mon frère, à toi. » John finit par relâcher Resmiranda. À contrecœur ? « Nous désirons partir tout de suite pour Winchester. Nous demanderons au bon évêque de bénir le mariage – Nous ne pensons pas que l'Interdit défende une simple bénédiction, mais seulement le sacrement du mariage en lui-même –, et tu pourras enfin consommer l'alliance, déclara John en riant à moitié.

– Je ne puis quitter mes terres, Altesse. Elles sont négligées depuis trop longtemps. Pour votre propre bénéfice, je me dois de rester ici, protesta Resmiranda.

– Vous Nous accompagnerez, ma Dame. Nous vous l'ordonnons, sous peine d'encourir notre mécontentement extrême. »

Radburn lui adressa un sourire triomphal. *Au coucher du soleil, vous serez mienne !*

Peut-être, mais Kirkenwood m'appartiendra toujours. Et j'appartiens à ces pierres. Lady Resmiranda rassembla ses robes et quitta la pièce. Tous ses gens la suivirent.

Radburn resta seul pour jurer fidélité uniquement sur Kirkenwood. Sans ses habitants, les terres et le château ne valaient plus rien.

« Encore une fois plus maligne que toi, Radburn. Ton mariage Nous paraît des plus divertissants. » John sourit, juste avant d'émettre un de ses gloussements horripilants.

•

33

Hugh se couvrit la tête de son bouclier. Trois flèches s'abattirent dessus. Métal des pointes contre métal de l'écu. Une grosse pierre s'écrasa aux pieds de son destrier, qui se mit à sautiller sur place.

« Tout doux, Orage ! » tonna Hugh en inspirant profondément. Orage se calma. Hugh prit une autre inspiration et dirigea ses hommes vers la position d'assaut suivante.

Un vulgaire fort en bois au pied des collines galloises n'aurait jamais dû présenter un tel défi à ses guerriers endurcis. Pourtant, c'était le cas. Cela faisait trois jours que les défenseurs tenaient bon.

Le moindre retard lui portait sur les nerfs. Un autre jour loin d'Ana. Un autre jour où Radburn Blakely affermissait son pouvoir, tant politique que magique.

Sylvester avait-il réussi à aider Ana ?

« Ils ne sont plus loin de la pénurie de munitions, lança sire Andrew, le chef des chevaliers de Bellecôte. Les enfants en sont réduits à nous jeter des cailloux. Je ne vois aucun homme sur les murs. » Le chevalier prit l'air dégoûté.

La mission de prendre des garçonnets en otages lui pesait autant qu'à Hugh. Mais c'était l'ordre de leur roi. Leur Église s'était retirée de l'Angleterre. Plus aucun

Anglais n'osait, maintenant, discuter les décisions de John. Lui seul avait autorité sur eux.

« Les pierres peuvent être aussi mortelles que les flèches », marmonna Hugh en guise de réponse. Cependant, son camarade avait parfaitement évalué la situation. Ce fort ne pourrait plus tenir très longtemps. Ils avaient défié les ordres du roi John et refusé de remettre leurs enfants en gage de bonne conduite.

Et Gyron d'Yvain Fell avait fermé ses portes et défendu ses murs avant même que le héraut d'Hugh ne soit venu donner lecture des ordres.

On les avait prévenus. L'un des leurs, après avoir traversé le pays aussi vite que l'éclair, ou un des Anglais qui avaient organisé l'attaque de Mendip Mor ?

Hugh compatissait secrètement avec le prince. Il aurait combattu, lui aussi, avant de remettre Johnny au roi.

Dix garçonnets gallois et Johnny l'attendaient au campement. Dix tout petits enfants, qui réclamaient leur mère chaque nuit. Les trois plus jeunes s'endormaient en suçant leur pouce. Johnny leur opposait un visage blême et des yeux épouvantés. Hugh regretta de ne pas l'avoir laissé à la maison, au lieu de le jeter ainsi, sans entraînement, dans la vie d'un page de chevalier.

Il avait le cœur gros devant la nécessité des mesures sévères édictées par John – nécessaires, mais cruelles. Soudain, il éprouva une immense reconnaissance envers son roi pour n'avoir pas réclamé Johnny Bellecôte en otage, même s'il avait maquillé sa demande en tutelle et en entraînement de chevalier. Hugh avait fait en sorte que John n'ait aucune plainte à formuler qui puisse justifier un tel acte. Mais si cela arrivait, pourrait-il renoncer à son garçon, même en sachant qu'il était éduqué et soigné sous la surveillance du souverain ?

Gyron ne croyait pas John capable d'assurer la sécurité de ses fils.

Le roi honorerait-il son serment de protéger les garçons tant que leurs pères resteraient loyaux et obéissants ? La question le hantait.

Hugh n'aurait pas osé courir le risque.

Des années plus tôt, lorsqu'il avait quitté le château de son père pour rejoindre une troupe de mercenaires, un siège tel que celui-ci, suivi par un combat en terrain découvert, lui aurait presque apporté autant de plaisir que le sexe. Dix-huit ans plus tard, il ne trouvait aucun bonheur à sa mission.

« Finissons-en rapidement. Apportez le bélier ! » héla-t-il sa petite troupe. La forteresse, presque aussi épuisée que ses habitants, semblait vaciller sur son plateau.

Une autre pluie de pierres accueillit les porteurs du tronc d'arbre au bout caparaçonné de métal. Trois hommes tombèrent.

« Boucliers sur la tête ! » Hugh talonna Orage pour se rapprocher du bélier, et étendit son écu sur la tête du premier soldat. Cinq autres chevaliers suivirent son exemple.

Vlaammm ! Le bélier heurta la porte du fort. Le bois plia, mais tint bon.

Les hommes balancèrent le bélier encore et encore, suivant un rythme plus soutenu. Une planche de la porte éclata. À l'intérieur, une femme hurla.

Vlamm ! Le bélier frappa encore. Deux autres planches explosèrent. Des éclats aussi gros que des flèches plurent sur les assaillants. Un homme se prit la tête en hurlant. Puis il s'écroula. Une écharde grosse comme trois doigts était fichée dans son crâne. S'éleva une odeur nauséabonde de mort violente, d'intestins en train de se vider, et de peur.

L'odeur de la bataille. Hugh en vomit presque de répulsion. Pourquoi maintenant ? Jamais il n'avait reculé devant les combats. Il s'en nourrissait, en tirait son gagne-pain.

Cependant, il avait vécu en paix depuis que la majorité des barons avait refusé, en 1204, l'appel aux armes de John pour envahir le Poitou. Ces quatre dernières années, il s'était concentré sur la vie, la vie de son fils et Bellecôte.

« Encore une fois ! » tonna-t-il, en envoyant un homme remplacer son camarade mort.

Un silence surnaturel s'abattit sur la colline fortifiée. Hugh ne perçut que le bruit fait par le bélier. Les portes s'écroulèrent sur elles-mêmes au prochain coup. Hugh précéda ses cavaliers dans la brèche. Trois femmes, deux fillettes et cinq paysans sanglotaient sur le seuil de la bâtisse, têtes baissées, épaules tombantes.

« Où sont vos maris ? » demanda Hugh.

La plus grande des femmes, celle qui se tenait au milieu, les bras posés sur les épaules des deux fillettes, leva les yeux vers lui.

« Où sont vos maris et vos fils ? » répéta Hugh.

La femme continua à le regarder sans mot dire.

« Peut-être ne parlent-elles pas français », fit paisiblement remarquer sire Andrew.

« Parlez-vous saxon ? » s'enquit Hugh. Il savait ne pas maîtriser suffisamment de gaélique pour faire connaître ses exigences.

Sire Andrew lâcha un flot de paroles gutturales. La femme répondit dans le même langage, en hésitant, comme s'il lui fallait retrouver les mots dans sa mémoire défaillante.

« Elle dit que les hommes se sont enfuis, en emmenant les garçons. Les femmes ont résisté seules pendant trois jours. » Sire Andrew se donna une claque sur la cuisse, de frustration – ou de compassion ?

« Ils sont partis se cacher dans ces collines, où nous ne pourrons jamais leur remettre la main dessus, ajouta-t-il.

– J'ai redouté une telle chose dès l'instant où John m'a ordonné de venir ici. Ces gens se fondent dans le brouillard tels des fantômes. » Tout comme ceux qui avaient attaqué Mendip Mor.

Il se demanda une fois de plus qui les avait avertis.

La femme reprit la parole. Hugh attendit la traduction d'Andrew.

« Elle dit que les femmes ne seraient d'aucune utilité au roi. Elle implore la clémence pour ses filles et elle-même. » Sire Andrew s'empourpra violemment.

« Elle a proposé autre chose », devina Hugh.

Son ami détourna le regard.

« Précise-lui que nous sommes des hommes d'honneur. Nous ne menaçons nullement sa vertu, mais je me dois de prendre sa fille aînée en otage jusqu'à ce que son mari et ses fils soient revenus », répliqua Hugh. Il suspectait cette femme, et les autres, d'avoir proposé leur corps en échange de la sauvegarde de leurs maisons et des personnes qu'elles avaient à charge. Si le marché n'avait rien d'honorable, il était souvent efficace.

Sa mère avait plus d'une fois fait de même. Cependant, le père d'Hugh ne s'était, au bout du compte, nullement montré honorable.

« Je vous donne ma parole, ma Dame, que vos filles et vous-même serez traitées avec les honneurs qui vous sont dus. » Hugh fit volter son cheval et s'apprêta à partir.

« Est-il sage d'engager votre honneur, et peut-être votre vie, sur une lubie du roi ? l'interrogea sire Andrew avec un petit sourire.

– Ce n'est peut-être pas très sage, mais c'est la seule chose que je puisse faire et encore me regarder dans un miroir. » Les princes gallois se méfiaient de John. Et, selon toute apparence, ses chevaliers également.

Ana n'avait certainement aucune raison de se fier au

roi. Mais John représentait-il la véritable menace, ou était-ce le sorcier qui avait son oreille ?

Aucun d'entre eux n'était à l'abri de Radburn Blakely. Certainement pas Ana. *Je vous en supplie, mon Dieu, laissez Silvester la trouver et la protéger.* Cependant, dans l'entourage d'Hugh, elle était bien la seule personne capable d'oser contrer le demi-frère du roi.

« Sire Andrew. » Hugh l'appela d'un geste de main. « Prenez les dix otages que nous avons, ainsi que l'une de ces filles, et escortez-les le plus vite possible à Belecôte. Emmenez également Johnny. Poussez vos chevaux comme si vous aviez le diable en personne à vos trousses. Laissez les bagages derrière vous. Que chaque chevalier prenne un enfant en selle avec lui. Je veux que vous soyez à l'abri des murs de mon château d'ici deux jours. Pas un de plus. »

Le voyage qu'il proposait serait exténuant, presque impossible pour les hommes. Sans parler des enfants, plus fragiles encore.

« Et que ferons-nous, une fois arrivés là-bas, monseigneur ? » Avec les yeux ainsi écarquillés, sire Andrew ressemblait à une grenouille terrifiée.

« Protégez tous les enfants, mon fils compris, de tous et de tous ceux qui viendraient les réclamer.

– Même le roi ?

– Je ne crois pas que John les menacera dans l'immédiat. Il a d'autres chats à fouetter. Je vais le rejoindre de ce pas, et faire en sorte que nul mal ne lui arrive, ni ne vienne de lui. » Un besoin pressant de tenir Ana saine et sauve dans ses bras, de s'assurer qu'elle allait bien, le rongeait.

« Dieu vous garde, monseigneur. Vous en aurez besoin. »

*

Cette magie que le sexe avait provoquée en moi s'évanouit rapidement lorsque nous nous éloignâmes des pierres dressées et traversâmes le ruisseau. Il me sembla la laisser derrière moi, tout comme les villageois et Kirkenwood. Je me recroquevillai dans ma pelisse, frigorifiée par la perte de la magie, alors que le reste du groupe riait en chantant sous le soleil d'été. Des insectes multicolores voletaient de-ci, de-là. Aucun d'entre eux n'était une de mes amies les fées. Même elles m'avaient rejetée.

Un léger bourdonnement à l'arrière de ma tête me rassura : toute ma magie n'avait pas disparu. Je portais la canne comme un chevalier aurait porté sa lance à cheval. Enveloppée dans un tas de sous-vêtements, Excalibur reposait au fond de ma malle de cuir. J'avais enfoui le petit couteau de cuisine et sa couronne de queue-de-renard près d'Excalibur. L'original de la lettre de mon père était resté entre les mains d'Arthur Pendragon. Au sens propre du terme. Je l'avais placé dans la tombe, près de son squelette. Quatre copies se trouvaient entre les mains de quatre amis proches d'oncle Henry, dont deux étaient des évêques condamnés à partir en exil sur le continent.

La lettre était en sécurité. Mais l'épée ? Heureusement, nul n'avait fouillé mes bagages. Pas même mon soi-disant mari. Je n'étais absolument pas certaine que l'incantation fonctionnerait encore, maintenant que j'avais sorti le glaive de sa cachette.

Je portais, pour ce voyage, une tenue de cour appropriée, faite d'un corsage de fine batiste, un bliaud rouge foncé et un voile assorti sur une modeste guimpe et une mentonnière. Je n'étais pas à l'aise, ainsi attifée et montée en amazone sur la placide jument que m'avait fournie John.

Mais je portais la canne, en dépit de la désapprobation affichée de Blakely.

Je regardai dans le disque de métal poli pendu à mon cou au bout d'une cordelette de soie. Derrière moi, le groupe reflété dedans n'était qu'une masse multicolore. Je ne pouvais distinguer mes gens de ceux du roi. Ma magie glissa sur le miroir, elle refusa d'améliorer ma vision.

D'autres de mes pouvoirs s'enfuirent lorsque nous grimpâmes sur la route. Cette même route que j'avais empruntée quelques semaines plus tôt, alors que je fuyais Radburn Blakely et Durham.

Je chevauchais à présent à ses côtés. Une fois encore, il me parut posséder une magie plus forte. Il serra le poing en me jetant un regard sournois. Je comprimai la poitrine au souvenir de la toux qu'il m'avait imposée.

Je réprimai mon besoin d'expectorer cette compression. Une profonde inspiration me suffit à recouvrer mon sang-froid. Une seconde pénétra librement dans mes poumons et en soulagea la pression. Une troisième me donna la force d'ériger un bouclier entre nous.

Blakely recula, comme sous le coup d'une brûlure.

« Ne me rejetez pas, Resmiranda. Vous m'appartenez. Vous, votre magie, vos secrets et l'objet que vous m'avez si habilement dissimulé. Où est-il ? »

J'ouvris de grands yeux innocents. « Quel objet ?

– Si vous ne m'ouvrez pas votre esprit, je l'ouvrirai de force, et ce sera très douloureux. » Il rapprocha son cheval du mien. Son genou effleura ma jambe.

Son contact me fut comme une brûlure sur la peau, signe avant-coureur de la brûlure de mon esprit et de mon corps, s'il les pénétrait de force. Je frissonnai au souvenir de l'inconnue qu'il avait assassinée rituellement, par le feu et le poignard. Cependant, je lui cachai ma peur et opposai un silence de pierre à ses railleries. Je projetai la canne entre nous. Puis j'entrai en contact avec l'esprit de ma monture qui s'éloigna du hongre nerveux de Radburn. Je rétablis le bouclier autour de moi.

John et le sexe avaient éveillé une nouvelle source de magie en moi, que les pierres avaient amplifiée. Mais elle venait de moi, *je* la maîtrisais, moi, et non pas Radburn Blakely.

« Plus tard, Petit Être. Je réglerai ceci plus tard. » Blakely pressa son cheval et retourna aux côtés de John.

Je repris ma place dans la file, ravie de l'allure nonchalante adoptée par l'entourage royal, qui me changeait du galop effréné de mon dernier voyage.

John avait ordonné que l'on vide Kirkenwood de tout, sauf du personnel indispensable, et que l'on remplace la plupart de mes gardiens par des hommes à lui. Je savais qu'ils fouilleraient méticuleusement les bâtiments. Le roi ne voulait nulle ingérence de gens qui m'étaient d'abord loyaux, avant de l'être, par obligation, à leur roi.

Nous traversâmes un secteur boisé. Le dais de branches entrelacées ne laissait passer que peu de lumière jusqu'au sol. Les feuilles mortes accumulées depuis le dernier automne étouffaient le bruit de notre progression. Les gardes détournèrent leur attention de mes gens et se concentrèrent sur les arbres. Nombre d'entre eux se signèrent, comme pour se protéger de tout ce qui pourrait se dissimuler dans les ombres. John et Blakely, penchés l'un vers l'autre, conféraient gravement. Je levai quelque peu ma canne et l'agitai imperceptiblement de droite à gauche. Puis je regardai dans le miroir pendu à mon cou. Derrière moi, un de mes hommes rompit les rangs et disparut dans les bois. Il avait vu mon signal.

Quelques instants plus tard, un autre l'imita. Ils étaient porteurs de messages destinés à mes chevaliers. J'avais besoin qu'ils rentrent pour protéger Kirkenwood. Les hommes de John ne trouveraient jamais la preuve de la survie d'Arthur de Bretagne – cette menace sur la couronne de John –, pas plus qu'Excalibur. Dans leur frustration, il se pourrait bien qu'ils deviennent agressifs envers les miens. Ils pourraient incendier Kirkenwood, ravis de brûler le vieux fort et son contenu à défaut d'avoir trouvé ce qu'ils y cherchaient.

Mes gens possédaient l'art de fuir le danger en se volatilisant dans la lande. Il suffisait ensuite de rebâtir.

Nous approchâmes d'un profond ruisseau en crue qui débordait de son lit naturel, et dévalait des collines vers la rivière Tyne. Tout le monde s'arrêta tandis que les premiers cavaliers négociaient le gué. Nous attendîmes le signal selon lequel le roi pouvait traverser sans danger.

« Dame Resmiranda, vous allez construire un pont ici, ordonna John alors que nous patientions. Vous bâtirez ce pont et instaurerez un droit de péage. La moitié des revenus reviendra à l'Échiquier de Londres.

– Avant, ou après qu'il aura remboursé le coût de la construction ? demandai-je. Ou assumerez-vous le prix du bois et des charpentiers ? L'employé du péage sera-t-il un de mes hommes, ou l'un des vôtres ?

– Vous allez construire ce foutu pont. Nous allons poster des hommes pour exiger le péage. Faites ériger un appentis pour eux. Un de chaque côté du pont. » Il en devenait presque sarcastique. Envolée, sa bonne humeur. Puis il pressa sa monture dans le courant.

Encore trois de mes hommes se fondirent dans la forêt. Quand les derniers courtisans prirent pied sur l'autre berge, une demi-heure plus tard, une autre demi-douzaine des miens étaient partis. Certains d'entre eux arriveraient bien jusqu'à mes chevaliers. Il me suffisait d'attendre.

J'avais également eu l'intention d'envoyer un message à Hugh. Cependant, Archie était parti rejoindre son maître hier, avant la cérémonie des vœux. Il m'avait clairement fait savoir sa désapprobation quant à ma liaison avec John.

Il était présent lorsque Radburn Blakely avait annoncé notre mariage devant la maisonnée et la Cour rassemblées.

J'aurais voulu pouvoir dire moi-même à Hugh que ce mariage était une imposture, et combien je regrettais ma liaison avec John. J'avais, dans l'histoire, gagné un peu de magie, mais rien d'autre. En revanche, j'avais gravement endommagé mes liens avec l'Église et Hugh. Je n'étais pas certaine de pouvoir jamais plus me fier à un homme, lui confier mon corps, mes secrets ou mon honneur. Le gain ne valait largement pas les pertes.

Je ravalai des larmes de tristesse, de peur de laisser entrevoir une faiblesse à Blakely.

34

« Où l'a-t-il emmenée ? » hurla Hugh au chevalier arborant l'emblème de John.

Au garde-à-vous, le chevalier gardait les lèvres serrées. « Je n'ai point accès aux projets du roi », répondit-il. Chaque parole sortit distinctement, lentement de sa bouche, comme s'il lui coûtait de les prononcer.

Hugh scruta les murs de Kirkenwood, pour y trouver la plus petite trace de la devise d'Ana, un griffon rouge en vol et un ours noir à chaque coin. Toutes les bannières, tous les tabards des gardes arboraient l'écusson royal. Une terreur glacée l'envahit.

« Fichez le camp d'ici, Fitz Chênenoir, gronda le chevalier. Vous n'avez rien à y faire.

– Vous n'avez pas à vous montrer grossier, mon garçon. » Un homme maigre et élancé, vêtu d'une robe de prêtre au capuchon relevé, avançait vers eux.

« Vous ! » suffoqua le chevalier. Il recula d'un pas et se signa.

« Eh oui, j'étais censé suivre le roi et ma suzeraine à Durham, puis à Winchester. » Le prêtre hocha la tête. Un sourire transparut dans sa voix. « Soyez bénis », les salua-t-il avec retard.

Hugh se prit soudain d'un amour immense pour cet homme – bien qu'il n'ait jamais entretenu de grands liens avec l'Église au cours de sa vie. Mais l'Église ne lui avait pas non plus trouvé grande utilité, à lui, le fils bâtard d'un seigneur normand qui buvait plus que de raison.

« Mais… mais je vous ai vu passer les portes, il n'y a pas trois jours de cela, bégaya l'homme.

– Le fait que vous ne m'ayez pas vu revenir par le même chemin quelques heures plus tard ne signifie pas que je ne l'aie pas fait. » Encore une fois, sa voix ne fut pas loin du rire.

« À Durham, puis vers Winchester, il y a trois jours », répéta Hugh.

Le prêtre opina. « Le roi John voulait me faire escorter, moi, un clerc, dans un pays frappé d'Interdit, en exil avec certains de ses évêques. Mais ma place est ici, à garder… mon troupeau. Je ne puis plus leur offrir le réconfort de la confession et de l'eucharistie, mais la tâche d'un prêtre ne s'arrête pas aux sacrements.

– Si j'avais connu un prêtre tel que vous dans mon enfance, peut-être serais-je plus enclin à observer ces sacrements, marmonna Hugh.

– Laissez-moi bénir votre voyage, monseigneur. » Le prêtre posa gentiment sa main sur les cheveux d'Hugh. Une sensation réconfortante de paix l'envahit. Il avait perçu une même énergie magique dans les mains d'Ana.

Le chevalier recula encore, et se signa plusieurs fois.

Hugh réprima un sourire.

« Puis-je connaître votre nom, mon père ? Je me souviendrai de vous dans mes prières.

– Truman. » Le prêtre s'inclina légèrement, puis s'en fut vers le puits où était perché un corbeau. Sa robe poussiéreuse se confondait avec la poussière de la cour et les plumes dépenaillées de l'oiseau. Un instant plus tard, on ne le distinguait plus des bâtiments, de la poussière ou des autres gens qui s'activaient sans but.

« Vous… vous êtes le bienvenu à Kirkenwood, balbutia le chevalier. Vous avez dû faire un voyage long et harassant. Venez donc boire une coupe de vin avec moi.

– Qui êtes-vous, pour offrir l'hospitalité de la demeure en l'absence de sa châtelaine ? s'enquit Hugh, hautain.

– Le roi m'a nommé, moi, sire Kendric de Southwark, responsable du château en l'absence de la dame. » L'homme redressa de nouveau les épaules et tenta de regarder Hugh de haut. Sans succès aucun, puisqu'ils étaient de la même taille.

« Southwark, hein ? » Hugh pinça les lèvres pour réprimer son éclat de rire. « Encore un gibier de potence de mercenaire, acheté par John et loyal tant que l'argent coule à flots de l'Échiquier. » Il tourna le dos et s'apprêta à se remettre en selle.

« Êtes-vous si différent que cela, sire Hugh Fitz Chênenoir ? persifla sire Kendric.

– J'aime à le penser. J'ai offert ma loyauté à John bien avant qu'il ne me rétribue pour combattre sous sa bannière. Je lui ai sauvé la vie parce que mon honneur l'exigeait, et non pas parce qu'il me payait. » Il sauta en selle et dirigea Orage vers les grilles.

Il s'arrêta en entendant un bruit de galop sur la route. D'instinct, sa main partit vers son épée. Sire Kendric ne réagit pas si promptement, mais contempla l'entrée, bouche bée.

Archie s'engouffra sous les portes. Son cheval avait les naseaux et les flancs souillés d'écume. Archie n'avait pas l'air en meilleur état, puisqu'une fois descendu de selle, il s'y accrocha pour tenir debout.

Hugh mit pied à terre et courut vers son sergent d'armes.

« Vous n'êtes pas facile à trouver, sire Hugh. » Archie reprenait son souffle entre chaque mot.

« Ana ? Ana va-t-elle bien ? » lui demanda Hugh. Il soutint Archie d'une main passée dans le dos.

« Non, monseigneur, siffla Archie. Je viens de Bellecôte. Le jeune Johnny est de nouveau malade.

– Johnny ? » Les pensées d'Hugh tourbillonnèrent. Il lui fallait trouver Ana. Son fils avait besoin de lui. Que faire ?

« Oui, encore cette saleté de dysenterie. Il est tombé malade en revenant du pays de Galles. Deux jours de repos à la maison, et aucun signe d'amélioration, précisa Archie. J'ai croisé le messager à mi-chemin d'ici et ai tout de suite tourné bride.

– Où est Ana, Archie ? Il faut que vous la rejoigniez, que vous preniez soin d'elle tandis que je vais au chevet de mon fils. » Hugh courut à son cheval.

« Cette catin ! » Archie renifla, méprisant. « Elle n'aime pas que des gens comme moi veuillent la protéger. Elle a trouvé ses propres méthodes. Elle a épousé Radburn Blakely et est devenue la maîtresse du roi. »

À moitié grimpé en selle, Hugh se pétrifia. Il redescendit aussitôt. Une vive douleur courut dans sa cuisse, puis se propagea dans son genou et dans sa hanche.

« Non, pas mon Ana, souffla-t-il.

– Lord Blakely nous a annoncé à tous son mariage par procuration, célébré à Édimbourg, sire Hugh, précisa sire Kendric avec un sourire égrillard. Elle aime tant le roi qu'elle a refusé le lit nuptial à Blakely.

– Je pars pour Bellecôte. Rejoins-moi dès que tu le pourras, Archie. » Hugh lutta contre les ténèbres qui obscurcissaient sa vision. « Elle m'a trahi, murmura-t-il.

– Ne la jugez pas déjà, mon fils. Ses motifs sont plus complexes qu'il n'y paraît. Elle a bien plus besoin de vous que vous ne le pensez. » La voix du prêtre se répercuta autour d'Hugh. Il scruta la cour afin d'y apercevoir le maigre ecclésiastique. Mais il avait disparu.

Hugh garda les yeux braqués droit devant lui, refusant la vérité des paroles du prêtre.

*

Hugh passa un linge humide sur le front de son fils. Le garçonnet gémit.

« Essaye au moins de boire un peu d'eau, Johnny », le pressa-t-il.

L'enfant tourna vaguement la tête vers la coupe et ouvrit sa bouche gercée. Il gardait obstinément les yeux clos, car la maigre flamme d'une unique lampe à huile les blessait.

Hugh pencha la tasse et en renversa la moitié. Quelques précieuses gouttes ruisselèrent dans la bouche de Johnny. Qui les avala péniblement.

« Merci, papa », chuchota-t-il avant de retomber dans un sommeil agité et fiévreux. Sans même se réveiller, il porta les mains à son ventre distendu.

Hugh se laissa aller contre le dossier et se prit le visage à deux mains. Des larmes lui brûlèrent les yeux. Si fatigué. Il était si fatigué. Il avait désespérément besoin de dormir, de prendre un bain, un repas. Il n'osait quitter le chevet de Johnny.

« Il ne peut survivre, sire Hugh, énonça paisiblement sire Andrew depuis le seuil.

– Mon fils s'est remis de bien pire, protesta Hugh.

– Il n'a jamais été si malade », lui rappela Andrew.

Hugh s'effondra, se tassa sur lui-même. Il refusait d'admettre que son ami, son chevalier, avait raison.

« Vous savez ce que vous avez à faire, Hugh. Vous devez sauver Bellecôte. Vous devez assurer votre droit de garder les enfants gallois. » L'écho de rires enfantins leur parvenait depuis la grande salle. Les enfants avaient déjà transformé Bellecôte en foyer.

« Pas maintenant, Andrew. Je ne puis penser à rien d'autre que soigner Johnny.

– Laissez une des femmes vous relever un moment. Elles appelleront, s'il y a un quelconque changement.

– Non. Nul ne soignera mon fils sinon moi. Il est tombé malade parce que je l'ai emmené à Durham et en pays de Galles. Le voyage l'a trop épuisé. C'est de ma faute !

– Vous ne pouviez pas savoir, Hugh. Nous le pensions tous prêt à assumer de plus grandes responsabilités. Il vous faut réfléchir au futur après ce terrible moment. Je sais combien vous souffrez, Hugh. Vous êtes en droit de pleurer votre fils. Vous l'aimez. C'était… c'est un enfant merveilleux. Tout homme serait fier d'en être le père. Cependant, vous avez des responsabilités plus importantes que votre amour. »

Hugh plongea son linge dans l'eau fraîche et bassina de nouveau le visage et le cou de Johnny. Il prit le temps de faire de même avec les mains de l'enfant, ses poignets, et caressa chacun de ses doigts.

Il en souhaita presque qu'Ana fût là. Elle aurait pu faire usage de sa magie pour guérir le garçonnet, comme elle l'avait fait avec sa chienne. Ses dons n'auraient pas dû être gaspillés pour un chien alors que Johnny agonisait.

Cependant, il ne pouvait plus lui faire confiance. Elle avait pris le roi pour amant et épousé ce funeste sorcier de Radburn Blakely.

Johnny toussa. Son corps trop maigre fut secoué de spasmes. Du sang perla de sa bouche et de son nez.

Hugh souleva son fils et le mit en position assise. Pourtant, l'enfant suffoquait encore, sans vraiment s'éveiller pour reprendre sa respiration entre deux spasmes.

Hugh finit par le rallonger. Il avait les mains brûlantes d'avoir été en contact avec le corps de Johnny.

« Le prêtre attend dans la grande salle, Hugh. Johnny ne pourra plus tenir longtemps. Il a mérité les derniers sacrements.

– Je… je… faites-le venir. Priez pour un miracle, comme je le fais chaque minute. »

Le prêtre s'engouffra dans la pièce, en apportant de l'encens et de l'huile. La vaste chambre à coucher parut soudain bondée, irrespirable.

Dieu Tout-Puissant, vois ton serviteur, gisant sur
Son lit de souffrance,
et accorde-lui la promesse de la vie
Éternelle, au nom de la résurrection
de ton fils Jésus-Christ
Notre Seigneur. Amen.

Le prêtre fit le signe de croix au-dessus du corps de Johnny.

Hugh resta près de son enfant, il lui tint les mains. Les paroles latines pénétrèrent peu à peu sa conscience. Il ne puisa aucun réconfort dans cette offre de paix et de vie éternelle dans les cieux.

Doux Jésus, il est si jeune. Il avait un tel potentiel. Pourquoi me privez-vous de lui alors que je n'ai rien, personne d'autre ? pria-t-il encore et encore.

Dieu le Père,
Ayez pitié de votre serviteur.
Dieu le Fils,
Ayez pitié de votre serviteur.
Dieu le Saint-Esprit,
Ayez pitié de votre serviteur.
Pardonnez-moi pour les péchés sur mes lèvres.

Le prêtre oignit les lèvres de Johnny d'une goutte d'eau bénite.

Pardonnez-moi pour les péchés de mes yeux.

Une autre goutte, sur chaque paupière. Le prêtre continua, avec chacun des cinq sens, et y ajouta également les mains, le cœur et les pieds.

Protégez votre enfant que voici,
Ô Seigneur, des feux de l'enfer.
Que son âme soit libérée du démon.
Accordez-lui un temps de purgatoire réduit et léger
Eu égard à son jeune âge.
Puissent les anges le recevoir avec joie.
Au nom de votre précieuse mort et enterrement,
Seigneur Dieu, délivrez-le du mal.
Au nom de votre glorieuse résurrection et ascension,
Et au nom de la venue de l'Esprit Saint,
Seigneur Dieu, délivrez-le du mal.

La litanie se poursuivit, apparemment interminable. Enfin, le prêtre fit le signe de croix sur le front de Johnny avec de l'eau bénite.

Accroché à la main de l'enfant, Hugh pressa ses lèvres contre les doigts.

Le moment venu, il tomba à genoux près du lit et se signa. Le prêtre effleura les lèvres de Johnny avec le pain et le vin sacrés. La gorge du petit garçon remua, comme s'il avait vraiment pris l'hostie en lui. Il tordit quelque peu sa bouche tremblante, comme pour rejeter la douleur.

Hugh inclina la tête et joignit les mains pour recevoir sa part du sacrement. Si son fils pouvait trouver le réconfort dans cette célébration de la communion avec le Seigneur, alors il devait essayer, lui aussi.

Le prêtre ignora les mains tendues d'Hugh et consomma le reste de l'hostie.

Hugh eut envie de se lever, de rugir son indignation. Refuser le réconfort de l'eucharistie à un père devant le lit de mort de son enfant…

« L'Interdit », lui souffla sire Andrew à l'oreille. Dans le même temps, il plaqua une main ferme sur l'épaule d'Hugh.

« L'Interdit, répéta celui-ci. À quoi bon ces rituels et ces cérémonies, s'ils excluent ceux qui en ont le plus besoin !

– Ce n'est pas à nous de le demander. La réponse repose entre notre roi et le pape, répliqua Andrew à voix basse.

– Alors, il faut faire entendre raison au roi. Il doit se réconcilier.

– Si c'était si facile que cela ! »

Puis le prêtre termina, il fit le signe de croix sur Johnny et murmura une dernière bénédiction.

« Je vous aime, papa, déclara Johnny, la voix presque claire.

– Je t'aime aussi, mon fils », souffla Hugh, de nouveau agenouillé près de l'enfant.

Johnny sourit. Son corps se détendit, débarrassé de la tension provoquée par la fièvre, la toux et les maux de ventre. Il émit un ultime souffle caverneux, presque un soupir, et ferma les yeux.

« Non ! hurla Hugh. Je ne te laisserai pas mourir ! » Il secoua violemment son fils. « Je ne puis te laisser mourir.

– Suffit, Hugh. Il est parti. » Andrew lui empoigna les épaules et l'éloigna. « Il est parti.

– Pardonne-moi, Johnny. » Hugh s'écroula sur le lit, secoué de sanglots. Rien n'existait plus que la douleur ; le vide.

« Hugh ? l'appela Andrew au bout d'un instant. Hugh, il faut laisser les femmes préparer le corps. »

Le corps. Froid. Tout ce qui restait n'était qu'une

carcasse inerte. Johnny, son Johnny, avait quitté le royaume des mortels.

« Laissez-le partir, Hugh. Il est entre les mains de Dieu, à présent.

– Qu'est-ce que Dieu a jamais fait pour moi ? vociféra Hugh. Qu'est-ce qu'a jamais fait Son Église, sinon m'ignorer, me rejeter ou me rabaisser ? »

Il sortit en trombe. Il lui fallait s'en aller. Il lui fallait frapper quelque chose, quelqu'un. Il courut sur les remparts. Ignorant le vent, la pluie battante, il courut le long du mur d'enceinte et s'arrêta brusquement à la tour orientale.

En dessous, le mur se fondait dans la falaise. En bas, tout en bas, bouillonnaient les flots boueux de la rivière Sence. Un besoin pressant d'y plonger, de laisser le courant le laver de sa douleur le submergea.

« Ce n'est pas une solution, Hugh, énonça calmement Andrew, derrière lui.

– Pourquoi me harcelez-vous encore ? » Hugh agrippa le rebord de pierre si fort que ses articulations blanchirent, les aspérités lui entaillèrent les paumes.

« Pour vous protéger de vous-même, Hugh. Lamentez-vous, tempêtez, pleurez s'il le faut. Mais réfléchissez, en même temps. Le jeune John était baron de Bellecôte. Vous n'étiez que son tuteur. Ce château, toutes les prérogatives de la baronnie reviennent à la couronne. Si nous voulons protéger les otages gallois des sautes d'humeur du roi, vous devez tout faire pour vous assurer la possession du titre et des honneurs. Il faut que vous alliez voir John, pour le convaincre de vous donner Bellecôte, comme il vous l'a promis il y a des années. Peut-être, une fois là-bas, pourrez-vous l'influencer et le pousser à se réconcilier avec l'Église. La vie pourrait reprendre telle qu'elle était.

– Rien ne sera jamais plus pareil. Mon Johnny est mort. Ana a donné son cœur à un autre. » Il jeta un dernier coup d'œil nostalgique à la rivière, ravala la boule qu'il avait dans la gorge, et se retourna vers son chevalier. « Le roi John ne bafouerait pas les droits des otages. Il a juré de les garder en bonne santé.

– Tant que leurs pères maintiennent la paix. Mais John continue à les harceler. Il les pousse à l'insurrection. Combien de temps encore, avant que suffisamment de leurs fermes et leurs châteaux aient été incendiés et qu'ils se soulèvent ? Une fois leurs pères entrés en rébellion, à quel point ces dix petits garçons seront-ils en sécurité ? Un enfant est mort cette nuit… Votre enfant. Pour le bien des autres, il faut que vous alliez voir John et que vous vous assuriez Bellecôte. »

Un soupçon de logique pénétra l'esprit hagard d'Hugh. Andrew disait vrai. John avait moult fois prouvé qu'on ne pouvait se fier à lui. Surtout pas ceux qui se trouvaient sous sa tutelle – comme Ana.

Il se souvint brusquement de la femme galloise qui avait offert son corps aux chevaliers afin de protéger ses filles. Était-il possible qu'Ana eût agi de même ? Elle avait très bien pu ravaler son orgueil et entrer dans le lit de John afin d'éviter le mariage avec Blakely.

À ceci près que John et son demi-frère l'avaient tout de même trahie.

Il lui fallait la rejoindre, découvrir avec certitude si elle avait vraiment donné son cœur à un autre.

Mais…

« Pas maintenant, Andrew. Je ne puis partir déjà. Les blessures sont trop récentes. Le corps de mon fils n'est pas encore froid, pas encore dissimulé dans une crypte. » La douleur brûlante fit place à un froid engourdissant. Il ne sentait rien, ne savait plus rien.

« Ensevelissez le garçon dans la matinée, ainsi que vous le devez. Mais ensuite, galopez à bride abattue vers John. Il faut que vous soyez le premier à lui annoncer la nouvelle et à remporter la baronnie. Vous seul pouvez le faire. Des esprits diaboliques lui chuchotent à l'oreille. Assurez-vous qu'il entende le bon sens sortir de votre bouche. »

Une fois de plus, le bruit que faisaient les enfants en jouant dans la salle leur parvint. S'ils avaient assourdi leurs rires et leurs courses effrénées par respect pour Johnny, rien ne pouvait totalement réprimer leur ardeur juvénile. Les enfants gallois se trouvaient bien, ici.

« Je le ferai, pour les autres garçonnets. Tous me sont précieux. Pour eux, pas pour moi. Je ne veux rien d'autre, sinon qu'on me rende mon fils. »

Et Ana.

35

Nous rejoignîmes la Cour à Durham, puis entamâmes le long voyage vers le sud et Londres. John prévoyait de passer l'été à Winchester. Je m'étonnais devant la rapidité de cette progression. Les rois n'avaient pas de demeure fixe. Ils voyageaient en permanence, en partie pour rendre la justice, en partie pour récolter les taxes, et en partie pour garder l'œil sur les barons. L'instabilité de John le poussait sur la route bien longtemps après que sa suite se fut écroulée de fatigue. Il dormait rarement deux nuits dans le même lit, le même château ou le même manoir.

Au bout de deux semaines de voyage, nous contournâmes York et trouvâmes refuge dans un vieux château. La tour trapue surplombant une bâtisse délabrée, la palissade en bois entourant la cour, étaient des vestiges de la guerre civile qui avait opposé le roi Stephen et Mathilde, la grand-mère de John. Rien n'avait été modernisé, et le lieu servait plus de relais de chasse que de structure défensive.

L'intégralité de la suite royale s'entassa dans la salle et le minuscule solarium. Tous ceux qui le purent cherchèrent à établir leurs quartiers dans les bâtiments de bois de la cour.

La reine Isabelle riait à gorge déployée chaque fois

que nous nous percutions en cherchant de la place pour nos vêtements, nos affaires de toilette et nos cuveaux de bain. Le ballet compliqué des préparatifs pour le repas du soir devint source de rires quand Newynog entreprit de mordiller des chevilles et de galoper entre les pieds.

Isabelle elle-même atterrit sur le derrière à la suite d'une telle rencontre. Newynog clama sa victoire en léchant vigoureusement le visage de la reine. Elle eut droit à une caresse en retour.

Bien sûr, je dus plonger mes mains dans le cuveau de bain et arroser Newynog. Bien sûr, la souveraine était justement en train de frotter les oreilles de ma chienne, et elle en fut tout éclaboussée.

D'autres rires s'ensuivirent, tout le monde joua à s'asperger.

Les femmes de la Cour rejoignirent donc les hommes pour dîner de fort bonne humeur, décidées à assurer les distractions de la soirée.

Devinettes, chansons à boire et fanfaronnades nous firent nous esclaffer bien après que le dernier plat eut été desservi. L'espace d'un instant, mes frayeurs et ma nervosité s'envolèrent de mon esprit. Puisque je ne pouvais m'esquiver et espérer regagner Kirkenwood, autant m'amuser.

Une des vantardises provoqua un défi. Les compétiteurs firent un bras de fer pour régler leur différend. Ce concours donna lieu à un autre. Les bras de fer se muèrent en lutte amicale au centre de la pièce.

Durant tout ce temps-là, assis vaguement en retrait de John, un Blakely silencieux et morne cherchait la sagesse dans son verre de vin plutôt que dans le rire. En vérité, cet homme n'avait aucun sens de l'humour.

Quelques braves tentèrent d'inclure le demi-frère du roi dans l'amusement. Chacun essuya une méchante rebuffade, fila sans demander son reste, et Blakely demeura plus seul que jamais.

Je préférai l'ignorer. Jusqu'à présent, j'avais eu très peu l'occasion de m'amuser avec mes pairs. J'entendais donc en profiter au maximum.

Alors quelqu'un visa, de la pointe son couteau, une des bannières de guerre crasseuses pendues au mur. La lame perça le tissu à trois doigts du centre et se ficha dans le panneau de bois. Un autre couteau suivit instantanément. Celui-ci partit carrément vers la gauche et manqua l'étendard. L'homme qui l'avait lancé partit d'un éclat de rire aviné, et roula au sol.

Une dame étendit un linge sur la paille et décréta que les lanceurs de couteau devaient se tenir derrière cette marque.

« Mon étole à celui qui aura frappé le plus près du centre ! criai-je en agitant mon foulard.

– Asseyez-vous, et tenez-vous bien, femme », aboya Blakely.

Le défi me rendit hardie. Je me levai et brandis mon foulard, prête à le lâcher pour indiquer le début du tournoi.

Les lanceurs de couteau désireux de gagner mes faveurs se mirent en position.

Blakely se leva et se pencha sur John pour m'attraper le poignet et le foulard, avant que je n'aie pu le lâcher.

J'aperçus alors une ombre qui se détachait des hommes, sur le côté. L'espace d'un instant, Fantôme se dressa parmi la foule, un couteau prêt à lancer dans la main. La lame partit, droit vers l'œil de Blakely.

Le temps ralentit.

Une vision de ténèbres descendant en spirale vers la mort étincela devant mes yeux.

En cet instant, avant que le temps ne reprenne sa course normale, je projetai en silence un éclair de magie vers le couteau et modifiai sa trajectoire. Il se ficha dans une planche de la table, à un millimètre de la main de Blakely.

Quelqu'un m'avait-il vue faire cela ?

Fantôme blêmit et recula de deux pas, toujours visible, parmi le groupe de compétiteurs.

Un tonnerre d'applaudissements et de rires monta de la foule. Je vis les hommes donner des claques dans le dos à l'assistant de Blakely. Fantôme leur échappa et s'évapora, encore une fois aussi insaisissable qu'une ombre.

« Vous m'avez sauvé la vie », souffla Blakely. Une once de respect mêlé de frayeur colora son intonation. Les mains tremblantes, il récupéra le couteau et l'examina attentivement.

« Je vénère toute vie, même la vôtre. Je ne pouvais vous laisser mourir si je pouvais l'éviter.

– Préféreriez-vous mourir, plutôt que tuer ? »

Je le fixai, stupéfaite par son audace. Toute joie me quitta. Je me rassis pesamment tout en me demandant si, vraiment, j'accepterais la mort plutôt que tuer, et probablement suivre ma victime dans le trépas, ainsi que m'y poussait mon talent.

« Je m'en souviendrai, la prochaine fois. » Le sarcasme satisfait et familier déforma le visage trop beau et trop jeune de Blakely.

*

« Vous devez la tuer, puisque nous n'avons pas trouvé la preuve que nous cherchions », souffla Radburn à l'oreille de John alors qu'ils arpentaient les remparts du château de Lincoln, plusieurs semaines après qu'on eut tenté de l'assassiner. Lorsqu'il aurait découvert le coupable, il aurait un nouveau sacrifice à faire pour la magie qui mettrait à jamais un terme à l'influence de Resmiranda sur John. Il avait marqué des points depuis le départ de Kirkenwood, mais la dame se débrouillait toujours pour faire sourire et réfléchir logiquement John.

Nul n'osait interrompre leurs entretiens sur ces murailles battues par les vents. Radburn faisait en sorte que personne ne puisse s'approcher suffisamment pour les entendre.

En dessous d'eux, ce satané chevalier Silvester faisait sa ronde. Radburn avait pensé être débarrassé de ses regards inquisiteurs lorsqu'il lui avait ordonné d'assurer la garde du château, ici, à Lincoln, peu après qu'il eut rejoint la Cour entre Durham et Kirkenwood.

Des semaines s'étaient écoulées depuis que lady Resmiranda lui avait sauvé la vie. Des semaines au cours desquelles elle l'avait quotidiennement provoqué en refusant d'accepter leur mariage, ou de plier devant lui. Son esprit lui restait fermé.

Et pourtant, John puisait de la force en elle. Elle annihilait les graines de discorde que semait Radburn dans l'esprit du roi. Dans son miroir, Radburn se voyait vieillir un peu plus chaque jour. Il fallait qu'il se débarrasse d'elle avant que son visage et son corps n'accusent son âge réel.

Au loin, les cloches de la cathédrale sonnèrent complies. « Les prêtres sonnent l'heure qui régit nos existences, mais ils nous refusent le réconfort de la messe, de la confession et de l'eucharistie », réfléchit John à voix haute. Il s'immobilisa, et contempla la cité jusqu'à ce que la sonnerie ait fini de résonner sur la rivière Witham. Quelques nuages floconneux s'embrasaient d'orange vif alors que le soleil descendait vers l'horizon.

« Peut-être la preuve de la survie d'Arthur de Bretagne n'existe-t-elle pas, reprit John en haussant un sourcil. Peut-être sire Brian de Griffin nous a-t-il obéi, et a assassiné Arthur ainsi que nous lui avions ordonné. »

La mine autosatisfaite du roi attisa la fureur et la

frustration de Radburn. Cela faisait des semaines qu'ils étaient sur la route. Des semaines, et pas une seule fois lady Resmiranda ne lui avait adressé la parole, ni ne l'avait autorisé à l'approcher. Elle prenait toujours également soin de porter une étole verte sur son bliaud, quand elle était à la Cour. D'autres femmes, de vraies dames, arboraient les emblèmes de leur mari sur leur cape, tout comme la plupart des métayers portaient le même écusson sur leur tabard. Par le choix de ses vêtements, lady Resmiranda proclamait ostensiblement qu'elle n'appartenait à aucun homme.

Bizarre, d'ailleurs, qu'elle ait choisi cette couleur verte, exactement de la même teinte que sa signature magique. Peu de magiciens, à part les plus doués, pouvaient discerner leurs couleurs personnelles. Son potentiel glaçait Radburn. Il fallait qu'il la possède au plus vite, et prenne le contrôle de sa magie avant qu'elle ne le surpasse et, peut-être, devienne suffisamment forte pour le détruire.

Et ce foutu objet de pouvoir demeurait aussi hors d'atteinte que la preuve de la vie d'Arthur de Bretagne.

Tant que le mariage n'aurait pas été consommé devant témoins et enregistré, leur union n'existait que sur le parchemin. Elle pouvait le faire annuler. Le minuscule lien le reliant à elle, ce lien qui pourrait éventuellement conduire au contrôle, disparaîtrait.

Et Radburn n'avait aucun droit sur l'enfant qu'il la pensait porter.

« La preuve de la survie d'Arthur existe. Je peux la renifler. Elle l'a cachée par la sorcellerie, insista-t-il.

– Alors, trouve-la par la sorcellerie. Tu prétends être tout-puissant. Nous n'admettrons pas sa mort tant que tu ne nous auras pas montré tous les registres, quels qu'ils soient, en sa possession. Notre couronne ne sera pas assurée tant qu'ils n'auront pas été brûlés.

– Elle n'a aucun contact avec son père en Normandie.

Lui seul pourrait éventuellement fournir la preuve de l'existence d'Arthur. Vous n'avez pas hésité à tuer sa mère lorsqu'elle a voulu fuir sur le continent. Il vous faut détruire Resmiranda tout de suite, avant qu'elle ne vous détruise.

– Envoie donc ton assassin favori en Normandie, et ordonne-lui de planter un poignard entre les côtes d'Arthur. Si celui-ci est déjà mort, comme nous l'avions ordonné il y a des années, alors ton Fantôme pourra disposer de sire Brian de Griffin. » John reprit sa promenade agitée dans la brume qui montait de la rivière. Cela faisait des jours que le temps ne lui permettait pas de chasser. Les différends présentés devant la Cour avaient fini par l'ennuyer. Des plaintes mesquines concernant un impôt injuste levé par le bailli, le non-respect d'une juste condamnation, ou encore des taxes plus élevées réclamées aux citoyens et aux serfs et pas aux riches commerçants. John n'aimait pas traiter de l'injustice, mais seulement de la justice qu'il imposait.

« Je ne confierais l'assassinat d'un seigneur ou d'un prince qu'à moi-même, Altesse. Et nous savons tous deux que Philippe de France déclarerait la guerre avant de m'avoir permis de poser un pied sur le continent.

– Une guerre avec Philippe… hum, reprit John, pensif. Nous aurions besoin de lever une armée, prête à prendre la mer juste après toi. Nous pourrions être prêts, et susceptibles de regagner les terres que Philippe Nous a volées. »

Cela faisait quatre ans que John harcelait ses barons, et leur réclamait sans cesse les moyens de reprendre sa guerre contre Philippe. Ils avaient refusé de soutenir un tel projet. Le feraient-ils aujourd'hui ?

Certainement pas, songea Radburn. *Ces seigneurs sont plus anglais que normands. Ils préfèrent garder leurs trésors bien au chaud chez eux, et leurs terres exemptes d'intrusions royales. L'Interdit nous a frappés il y a seulement deux mois, et ils ont déjà pris l'habitude de conserver les dîmes dues à l'Église et de s'en servir pour renforcer leur pouvoir et leur prestige chez eux – en Angleterre.*

« Nous n'avons nullement besoin d'attendre la mort de Griffin pour supprimer sa fille, insista-t-il.

– Je n'ai aucun désir que la dame soit renvoyée de la Cour.

– Si vous pensez la voir revenir dans votre lit, laissez tomber, mon frère. Elle porte votre enfant. Exactement comme son arrière-arrière-grand-mère, qui avait séduit votre arrière-grand-père, Henry Ier. Elle prévoit d'utiliser l'enfant pour renforcer sa lignée par un nouvel ajout de sang royal. Philippe veut utiliser Arthur contre vous, vous voler la couronne. L'enfant de Resmiranda Griffin représentera un attrait bien plus puissant aux yeux de vos barons *anglais*, qui ne portent pas particulièrement Arthur de Bretagne ou Philippe de France dans leur cœur. Si vous permettez cette naissance, les barons se rebelleront encore une fois contre vous. Ils vous assassineront, et mettront son enfant sur votre trône – le trône de votre fils. Vous n'êtes qu'un instrument dans ses machinations dynastiques. » Radburn projeta une vrille de compulsion vers John. Il lui fallait se montrer subtil. Ces temps derniers, John résistait au chaos et préférait la logique. La logique de Resmiranda.

John pivota et refit les trois pas qui le séparaient de Radburn. La fureur déformait ses traits. Ses yeux étincelaient d'une haine pure. La pique avait fait mouche.

« Viens avec moi. Nous allons la jeter ensemble dans l'oubliette.

– N'oubliez pas de lui prendre d'abord les perles de prière et la croix. »

36

J'ouvris ma malle de cuir dans le coin le plus sombre de l'entrepôt souterrain. Il me fallait inspecter Excalibur. Peu importait le nombre de fois où j'avais contemplé la magnifique épée, j'avais besoin de savoir qu'elle était en sécurité. Pour ce faire, je me fiais plus à mes yeux qu'à la magie. Je percevais véritablement le sort magique qui l'enveloppait. Cependant, je pouvais la voir. Qui d'autre le pouvait-il ?

Pour la énième fois, je me demandai pourquoi je l'avais emportée dans mes bagages. Plutôt qu'une autre arme bien terrestre. Je ne savais absolument pas comment m'en servir. Peut-être n'était-elle rien d'autre qu'une arme ordinaire. Arthur Pendragon l'avait brandie pour sauver l'Angleterre du chaos des invasions. Aucune légende ne l'avait jamais prétendu magicien. D'autres avaient fait usage de la magie, pour et contre lui.

Radburn Blakely était toujours sur mes talons. Notre confrontation se rapprochait inéluctablement. À cette occasion, j'aurais besoin d'Excalibur. L'épée fredonnait à l'arrière de mon esprit, elle attendait, prête à servir. Il me faudrait d'abord réussir à la soulever, et puis… et puis quoi ?

Pourrais-je tuer Blakely ? Pourrais-je tuer n'importe

qui ? Depuis cette nuit à Kirkenwood, où j'avais goûté à la trahison de mon amant et de son demi-frère, j'avais perdu beaucoup de la rage meurtrière qui m'avait alors envahie. Mon respect de la vie croissait en même temps que l'enfant en moi.

Newynog ne me serait pas d'un grand secours. Des chiots grossissaient également dans son ventre. Elle montrait les crocs et grognait contre tous les chiens que nous rencontrions au cours de nos pérégrinations. Le roi John avait ordonné qu'on la muselle en route, et qu'on l'enferme dans un chenil à chaque étape. Elle me manquait terriblement.

Sur ma gauche, j'entendis des pas descendre l'escalier de la tourelle. Je les ignorai. Gardes et serviteurs gravissaient et descendaient les marches continuellement, jour et nuit. Ils avaient appris à éviter cette petite pièce, pleine de sacs de grains, de mes bagages et de ma paillasse. J'avais installé des gardes à la porte peu de temps après notre arrivée à Lincoln, trois jours plus tôt.

« Elle s'est fabriqué un nid de rats par là », lança Blakely à voix basse.

Les gardes étouffèrent ses paroles, et je dus tendre l'oreille pour être sûre d'avoir bien entendu. La porte s'ouvrit à la volée avant même que j'aie pu décider de ranger Excalibur dans la malle. John et Blakely apparurent, épaule contre épaule. Derrière eux, deux gardes patibulaires dégainèrent. Derrière les gardes, la porte basse donnant sur les cellules de la prison était grande ouverte.

« Excalibur ! » suffoqua John, frappé de respect. Il tendit la main, comme s'il s'attendait à ce que je lui offre mon trésor. « Ceci est une épée royale. Nous devrions seul la posséder. Gardez-la, et encourez notre déplaisir, Dame Resmiranda.

– Gardes, emparez-vous d'elle ! Elle veut tuer le roi avec cette épée ! » beugla Blakely. Une lame perfide, à trois tranchants, émergea de son fourreau de poignet. Il la projeta presque négligemment. Vers une cible précise, mon cœur.

La magie contenue dans l'épée aviva mes sens et accrut mes réflexes. J'esquivai la lame. Qui rebondit sur le mur et tomba par terre. La tache noire sur sa pointe devait être du poison.

Mon cœur tambourinait dans mes oreilles.

Les gardes avancèrent. Nulle expression, sur leurs visages ou dans leurs yeux, ne trahit leur prochain geste.

Que pouvais-je faire ?

Excalibur chantait à tue-tête dans mon esprit et pesait lourdement dans ma main. Je me mis en position de défense, entravée par l'élégante robe de cour que m'avait offerte John. Puis je brandis la lame en tenant la garde à deux mains. Elle scintilla imperceptiblement, prête. Le pouvoir courut dans mes veines. Avec cette épée, je pourrais conquérir le monde.

Si je le voulais. Je dus me forcer à me souvenir que je ne désirais rien d'autre que préserver l'Angleterre d'êtres tels que Radburn Blakely.

« Que se passe-t-il, Altesse ? » Je n'osai détourner mon regard de Radburn ou des soldats pour évaluer l'humeur de John ou ses motivations.

« Où la transcription de la mort du prince Arthur se trouve-t-elle ? me demanda le roi.

– J'ignore complètement de quoi vous parlez, Altesse, mentis-je. J'ai passé la majeure partie de mon existence cloîtrée. Les politiques dynastiques n'ont pas leur place dans les couvents. » Je bougeai les pieds à la recherche d'une meilleure position. Le pouvoir enfermé dans Excalibur commençait à me brûler les mains, il m'implorait de lui désigner une cible.

Une arme de destruction. Arthur Pendragon s'en était souvent servi pour tuer ses ennemis.

Le pourrais-je ?

« Votre famille consigne tout », reprit John. Sa voix prit la même intonation enjôleuse que le jour où nous étions ensemble près du lac de la forêt. « Vous l'avez vous-même reconnu, Dame Resmiranda. Nos hommes ont découvert la pièce pleine de parchemins et de rouleaux, ceux qui demeurèrent cachés durant toutes les années d'emprisonnement de votre grand-oncle. Mais il n'est nulle part question de l'héritage par votre père des terres Griffin en Normandie. Pas plus qu'il n'est enregistré sa participation à la bataille pour capturer Notre neveu. Où se trouvent les registres, Dame Resmiranda ? »

John ne pouvait en dire plus devant les gardes, de peur qu'ils ne comprennent les assassinats qu'il avait lui-même ordonnés. Si ces hommes lui étaient seulement fidèles à cause de son sang royal, ils refuseraient de verser davantage de sang royal, quels que soient les prétextes politiques.

Je me cuirassai contre son ton enjôleur. Il promettait le pardon. Je savais ses trahisons.

« Si un tel registre existe, je n'en ai jamais entendu parler. » Ce qui ne fut pas tout à fait un mensonge. Je n'en avais vraiment jamais entendu parler. Je l'avais découvert et lu toute seule.

« Elle ment, Altesse. Je puis le lire dans son regard, cracha Radburn.

– Je ne mens pas à mon roi… ni à mon amant !

– Vous mentez. Mais vous ne pourrez pas répandre plus loin votre trahison ! » déclara paisiblement Radburn. Trop paisiblement.

Ses mains projetèrent un furieux éclair de magie alors qu'il s'éloignait du seuil.

Sans réfléchir, je déplaçai Excalibur. Des étincelles vertes rebondirent sur la lame scintillante. Elles frappèrent le mur, derrière et au-dessus de la tête de Blakely.

« Garce ! » hurla-t-il en projetant trois autres éclairs successifs à une vitesse inimaginable.

L'épée bougea plus vite que mes pensées. Plus vite que je ne pus le voir.

L'un des éclairs frappa l'épée brandie de l'un des gardes et rebondit, droit dans les yeux de Blakely. Il chancela, bras croisés devant son visage. Il hurla. Le vacarme de son agonie se répercuta, amplifié, sur les murs de pierre. Aveuglé, il s'écrasa contre le mur, près de la porte de la prison. Sa tête fit un bruit épouvantable en heurtant la pierre. Il s'avachit sur lui-même, yeux grands ouverts et fixes. Il ouvrit la bouche sur un « oh ! » stupéfait. Une fumée noire sembla s'en échapper. Peut-être ne fût-ce que son aura diabolique qui le quittait. Peut-être un effroyable démon fuyait-il sa dépouille. D'autres flammes noires dégoulinèrent de ses doigts flasques et tombèrent, inoffensives, sur le sol.

Ses hurlements d'agonie résonnèrent dans ma tête, plus fort que les cloches de la cathédrale. Le son de sa mort m'engourdit l'esprit. Une mort de mes mains.

Les gardes se signèrent plusieurs fois tout en filant vers la tourelle.

« Radburn ! hurla John en courant vers la forme inerte de son frère. Vous l'avez tué, sanglota-t-il. Vous avez tué mon frère. » Il se redressa, mains croisées devant lui. La lumière des torches se refléta de rouge dans ses yeux. Sa fureur pulsa dans son aura, telles des flammes rugissantes.

Tout en luttant contre les ténèbres qui se rassemblaient devant mes yeux, je jetai Excalibur dans la malle. Le couvercle se referma tout seul. Puis je me précipitai aux côtés de Blakely. Il me fallait le sauver avant de le suivre dans la mort. Je m'agenouillai près de lui et cherchai son pouls.

Rien.

« Vous l'avez tué », répéta John. Le chagrin le vieillissait horriblement. De profondes rides abaissèrent sa bouche et firent pratiquement disparaître son menton veule. Ses oreilles jaillirent de ses tempes, presque comme des cornes. Je crus voir un démon me regarder par ses yeux.

« Il s'est tué lui-même, John. Sa magie s'est retournée contre lui. » Je tentai de me justifier, tentai d'échapper au sombre tunnel qui s'ouvrait devant moi, m'attirait comme l'aimant attire le fer.

« Vous l'avez tué ! » glapit le roi. Il s'arracha les cheveux et bava, presque dément.

Je cherchai une échappatoire. De lui. Du cadavre.

John bloquait l'accès à l'escalier. La seule issue.

« Toute personne qui travaille la magie sait qu'un sort retourné triple d'intensité. Il aurait pu l'éviter, s'il s'était correctement préparé. » Je tentai de le raisonner. D'une manière ou d'une autre, il me fallait percer le chaos de sa douleur et le ramener à la logique.

« Vous l'avez tué. Et maintenant, vous devez mourir. » Il reprit son ton de meilleur juge de toute l'Angleterre. « Je vous aimais, Resmiranda. Je vous aimais vraiment. Mais je dois me soumettre à la loi. Vous êtes une meurtrière. Vous devez donc mourir. »

Je tentai de fuir en courant, tentai de le repousser pour filer dans l'escalier.

Mes jambes refusèrent de bouger.

« Il s'est tué lui-même », répétai-je. Mes genoux s'entrechoquèrent alors que je fixais mon roi, mon amant, le père de mon enfant. Il ne pouvait me faire cela. Il n'oserait pas.

Je compris, au plus profond de moi, qu'il oserait.

Il avait pourchassé, puis chassé d'Angleterre Briouze et sa famille pour moins que cela. Il les avait menacés de mort si jamais ils remettaient le pied sur le sol anglais.

« Votre fils est de sang royal », psalmodia John,

comme s'il récitait une litanie empoisonnée. Celle de Blakely. « Vous portez le sang royal. Nous sommes cousins au troisième degré. Vous portez également le sang du Pendragon de légende. Le garçon sera le rival d'Henry, mon fils et héritier. Vous devez mourir, Resmiranda, avant d'utiliser l'enfant contre moi.

– Non, John. Je ne vous ferai jamais cela.

– Mais si. Vous me trahirez, comme tous les autres.

– Non, John. Si je porte un enfant, je le chérirai et l'élèverai paisiblement à Kirkenwood. Nous ne vous reconnaîtrons jamais comme son père. » Mes jambes flageolaient. John bloquait ma fuite.

« Je dois vous empêcher d'utiliser votre fils contre moi. Je dois punir une meurtrière. Il vous faut mourir, Resmiranda. Ici. Maintenant. »

Son poing partit à la rencontre de ma mâchoire. Je vis trente-six étoiles. Les ténèbres m'environnèrent.

Je titubais, à moitié inconsciente. Je tentai de m'éloigner de lui. Au lieu de cela, je tombai…

Tout comme dans mon rêve prémonitoire, j'atterris dans un craquement d'os brisés. Une douleur fulgurante me traversa les chevilles.

« John ! hurlai-je. Aidez-moi, John !

– Nous sommes navré, Resmiranda. Nous vous aimions vraiment. » Il referma la trappe d'un coup sec et en fit glisser le verrou. Le bruit de ses pas remontant les marches de la tourelle résonna longuement à mes oreilles.

« Trouve-moi, Newynog. Apporte de l'aide ! » Les murs de ma prison absorbèrent ma voix et mes pensées, leur interdirent de s'en échapper.

Personne d'autre ne se souciait assez de moi pour me chercher en voyant que je n'accompagnais pas John dans la matinée.

« Je suis désolée, Hugh. Je t'en prie, pardonne-moi », soufflai-je dans le néant.

37

Des heures passèrent, peut-être des jours. Il m'était impossible de le savoir. La faim me taraudait, passait, puis se muait en nausées. Cependant, la soif refusait de disparaître. J'essayai de lécher les murs suintants. Mais chaque mouvement me provoquait d'insupportables vagues de douleur dans les jambes.

Je hurlai.

Nul n'entendit.

Je tentai d'explorer ce qui m'entourait. Du bout des doigts, je suivis la pierre taillée des murs et du sol. Environ trois mètres carrés. Pas assez large pour s'étendre complètement, à peine assez de place pour se rouler en boule. Si jamais j'avais pu bouger.

Des larmes ruisselèrent sur mes joues, je fus prise de tremblements incontrôlables.

Je pensai avoir entendu un bruit de pas.

« Aidez-moi ! appelai-je. Je suis ici. »

Était-ce un sourd gloussement au-dessus de moi ? John était-il revenu me harceler ?

« Pourquoi s'embêter avec le cadavre ? Celui-là est bien mort. Jette-le dans l'tas d'fumier ! siffla une voix rude.

– Non ! hurlai-je, bien que seul un son ténu sortît de

ma gorge. Il doit être enterré, enseveli dans la terre selon le rituel afin d'empêcher les démons d'utiliser son corps.

– C'était mon maître. Il me faut l'enterrer. » La voix était posée, légèrement mieux éduquée que la première. Fantôme ?

« Les gens d'son espèce méritent pas d'enterrement. Ça s'ra l'fumier pour lui. »

Les pas s'éloignèrent, suivis par le son d'une chose pesante que les personnages traînaient derrière eux.

Le silence revint. Le silence, et le vide dans mon esprit, dans mon estomac et dans mon âme.

Peut-être ai-je dormi.

Des images oniriques prirent forme devant mes yeux. Maman, tante Lotta, oncle Henry ; même papa me rendit visite. La lumière dégagée par leurs auras me révéla les murs humides, la terre battue, les insectes et même les algues visqueuses de ma prison. Tous les gens de mon passé se tassèrent dans le minuscule enclos, me laissant très peu de place. Hugh, la seule personne que j'avais désespérément envie de voir, à qui je voulais présenter mes excuses et demander pardon, celui-là fut absent de mon hallucination.

« Ne laisse rien arriver à Arthur, implorai-je mon père en tendant une main vers lui.

– Arthur vivra ou mourra selon mes ordres, pas les tiens », me répondit-il d'un ton ferme en me tournant le dos. Comme il nous avait toujours tourné le dos, à maman et à moi. Il vivait exclusivement pour la guerre, et n'avait rien à faire de nous. Il suivait le roi Richard. Tous deux vivaient selon un code guerrier. Maison et famille n'avaient aucun sens pour eux.

Cependant, il avait dit qu'il m'aimait. Une fois, dans une lettre.

« Oncle Henry, aide-moi à trouver la magie qui me sortira d'ici, le priai-je.

– Nous sommes tous prisonniers de la magie, Ana.

Apprends à vivre avec, ou meurs en apprenant ce sinistre fait, répliqua-t-il avant de se fondre dans la pierre.

– Maman, ne m'abandonne pas encore une fois.

– Tu n'as jamais été mon enfant. Tu *leur* as toujours appartenu. J'ai essayé de sauver ton âme. Je t'ai laissée avec les nonnes afin qu'elles puissent chasser la magie et Satan de toi. Mais Satan et le sang des Griffin étaient les plus forts. Meurs sans confession, comme tu le mérites. » Elle disparut dans un voile de flammes et de fumée suffocante.

Je toussai et fixai l'endroit du mur où elle avait disparu, jusqu'à ce que les ténèbres oniriques reprennent possession de mon esprit.

Je m'éveillai en sursaut et tentai de me redresser. La douleur dans mes pieds et mes chevilles m'arracha un hurlement. J'avais la gorge tellement sèche qu'aucun son n'en sortit.

Je pouvais essayer de me guérir moi-même, sous peine de gaspiller ma précieuse énergie vitale, et peut-être de nuire au bébé dans mon ventre. Qu'allais-je choisir… une mort rapide et confortable, ou la douleur et les prières pour un miracle qui nous sauverait tous deux ?

Tante Lotta était toujours devant moi. Pas la vieille femme aux cheveux blancs que j'avais connue. Elle vint à moi en jeune fille, à la féminité à peine éclose, plus jeune que je ne l'étais. Sa somptueuse chevelure noire retombait en deux épaisses tresses sous sa taille. Ses yeux bleu-gris pétillaient d'humour et de vie. Ses joues avaient le velouté d'une pêche. Sa poitrine ferme saillait fièrement de sa robe. Elle rit.

« Tu me crois un fantasme de ton imagination, fillette. Je viens à toi telle qu'Henry m'a tout d'abord connue. Comme je me suis toujours considérée, même si l'âge et la maladie ont fait pendre mes seins et mon ventre. » Elle rit de nouveau.

« Pourquoi êtes-vous venue ? demandai-je.

– Pour t'instruire, évidemment. T'apprendre ce qu'aucune femme n'a pris le temps de t'apprendre : à être fière de ton corps, de la magie en toi, et de la vie que tu offres à la prochaine génération.

– Pourquoi ? Pourquoi maintenant, alors que je me meurs ? Mon bébé mourra avec moi.

– Parce que, maintenant, tu écouteras.

– Je ne vais nulle part. » Je tendis les mains pour souligner ma prison.

« J'ai aimé mon Henry dès l'instant où je l'ai rencontré. Oh, il était plein de colère et de violence quand il est rentré de la deuxième croisade. Il haïssait avec toute l'intensité qu'il apprit par la suite à mettre dans l'amour.

– Ce n'est pas l'oncle Henry que j'ai connu.

– Bien sûr que non. C'était plus de cinquante ans avant que tu ne le connaisses. » Son rire tinta comme les cloches des fées. « J'étais venue du pays de Galles pour étudier les pierres dressées de Kirkenwood. Je suis arrivée la semaine précédant *Samhain*.

– Sale temps pour voyager.

– Oui. Les tempêtes furent terribles cette année-là. Certains prétendirent qu'elles auguraient les épouvantables événements de ce *Samhain*. Certains prétendirent que l'effroyable fureur de ton oncle avait provoqué ces tornades.

– Je ne puis croire que mon oncle Henry ait pu faire ce genre de choses.

– Il le pouvait, et il l'a fait. Il vit nombre de choses terribles en Terre sainte. Il fut victime de certaines d'entre elles. Il emportait partout ces graines de fureur. Il avait besoin de détruire des choses afin de se convaincre qu'il était toujours vivant.

– Qu'est-il arrivé, à *Samhain ?* » Je pensais le savoir, mais l'époque me paraissait erronée.

« Le soir de *Samhain,* les portes séparant les univers s'amenuisent. Démons et fées, êtres sataniques et anges, pénètrent sans encombre dans notre monde. Une fois lâchés, ils divaguent librement jusqu'à ce que la lueur de l'aube les renvoie chez eux. Nul ne peut les bannir d'aucune manière, ni terrestre ni magique, jusque-là. »

La scène prit vie devant moi, comme si je la vivais…

Monté sur son cheval, Henry Griffin dévalait au galop le sentier de Kirkenwood. Tante Lotta et moi étions debout au centre du cercle de pierres, près de la plus haute. Ténèbres et flammes dominaient l'aura d'oncle Henry. La rage brûlante et la haine qu'il charriait au plus profond de son cœur projetaient leur ombre sur l'étincelle de magie et d'amour qu'il avait reçue en naissant.

« Le plus bel homme au monde, et il se perd en beuveries et en cruautés », marmonnâmes-nous alors qu'il contournait le cercle de pierres. Elles ne l'auraient jamais laissé pénétrer leur anneau tant qu'il était la proie de tels démons.

Il éperonna son cheval et le poussa à un galop plus effréné encore. Derrière lui, le soleil couchant projeta son ombre, immense et menaçante.

« Sois prudent, Henry Griffin, l'avertîmes-nous. *Samhain* talonne ton ombre. »

Il passa au grand galop devant nous, ajoutant le fouet à la morsure de ses éperons sur les flancs de sa monture.

L'ombre de son ombre tourbillonna encore et encore autour des pierres dressées. Elle heurta la barrière magique en hurlant.

Et je compris que les démons rôdaient sur les traces d'Henry Griffin, qu'ils attendaient le coucher du soleil pour s'emparer de lui.

Que pouvions-nous faire ? Possédions-nous assez de magie en nous pour le protéger ?

Tous les villageois se réfugiaient dans leurs huttes, cette nuit-là. Ils attisaient leurs feux et allumaient des lampes supplémentaires, des chandelles, pour bannir les ombres où pouvait rôder un démon. Nous ne trouverions aucune aide de ce côté-là.

Nous seules nous tenions près de la pierre centrale, sentinelle solitaire, canne en main. Nous seules vîmes la jeune fille se glisser hors de sa hutte, près du bord du cercle.

« Rentre, l'implorâmes-nous. Quelle que soit ta mission, elle peut attendre la sécurité de l'aube.

– Le soleil n'est pas encore couché. J'ai le temps de ramasser ma lessive près du ruisseau. Ce n'est qu'à quelques pas », nous répondit-elle. Elle haussa les épaules, trop jeune, trop inexpérimentée pour comprendre le danger. Elle joua, et perdit.

Nous la pourchassâmes, torturées par le besoin de l'envelopper dans la première incantation protectrice que nous pourrions provoquer.

Le dernier rai de soleil darda une unique flèche sur l'horizon et mourut.

Henry et son démon attendaient la fille près de la petite cascade, et le bassin où les femmes faisaient la lessive les jours de soleil.

Au moment où nous le repérâmes dans la lumière mourante, il ouvrit grands les bras et embrassa la forme noire. Une explosion de couleurs jaillit de son aura. Il ouvrit la bouche et sourit, ses dents bizarrement pointues luisirent dans la lumière irréelle projetée par son énergie vitale décuplée.

Le mal absolu étincelant dans ses yeux rouges nous frappa, nous repoussa loin de la fille.

Nous brandîmes la canne devant nos yeux pour contrer cette vicieuse lueur. Un éclat rouge rampa autour du vieux chêne et nous aveugla presque.

Durant ces quelques instants d'hésitation, la fille fut perdue.

Ses cris nous obligèrent à ouvrir les yeux. Elle donnait des coups de pieds, des coups de griffes à l'homme allongé sur elle. Il avait arraché sa robe et dénudé ses seins. Sous nos yeux, il fit courir un ongle semblable à une griffe sur son ventre et sur son sexe.

Elle hurla encore.

Nous nous obligeâmes à nous secouer de notre paralysie et à courir.

Trop tard.

Henry Griffin la pilonnait de ses incessants coups de reins. Il riait comme un dément, en hurlait presque de triomphe. Il se retira, le pénis dégoulinant de sang. Puis, incroyablement, il roula sur elle et la pénétra de nouveau. Le démon lui donnait une énergie surhumaine.

Nous trébuchâmes sur un caillou et poursuivîmes, déséquilibrées, notre course pour aider la fille ; la ramener à l'abri des pierres dressées. Alors qu'il riait encore, et grognait sous l'effet de l'orgasme, nous le frappâmes avec le chêne bien sec de notre canne. Il s'écroula sur elle, inconscient, tout en déversant toujours sa semence en elle.

L'horrible vision s'évanouit. Je me retrouvai une fois encore dans mon oubliette, face au visage triste de ma grand-tante.

« Qu'est-il arrivé, ensuite ? » lui demandai-je dans un souffle, trop secouée pour me souvenir que personne ne nous entendait.

« J'ai ramené la fille au village et soigné ses plaies. Les sept mois suivants, elle devint pratiquement folle. Elle mourut en donnant le jour à un bébé prématuré. Du sang, tant de sang. L'enfant-démon lui déchira les entrailles, il les réduisit en lambeaux. » La tristesse assombrit son beau visage, et elle se mua en matrone. Ses joues se remplirent, ses cheveux se parsemèrent de mèches grises. La minceur de la jeunesse laissa place à des hanches arrondies et une poitrine pleine. Douleur et patience mûrement réfléchie pour la supporter brillaient dans ses yeux.

« Une magnifique petite fille, douce et lumineuse, que tout le village aima et protégea, terminai-je pour elle. Mais oncle Henry m'a dit que le responsable était devenu fou et s'était volontairement noyé dans le lac de la chapelle. Il situait l'histoire vingt ans plus tard…

– Henry a bien fait une tentative de suicide. Il ne pouvait plus vivre en sachant ce qu'il avait fait, et a failli en perdre la tête. Il s'est bien jeté dans le lac, mais la dame n'en a pas voulu. Elle me l'a renvoyé. L'eau l'avait purifié d'un peu de sa culpabilité. » Nous rîmes à l'idée de cette personnalité sage et réfléchie en train de refuser le sacrifice prématuré d'oncle Henry.

Une nouvelle culpabilité s'empara de moi. J'avais omis de rendre Excalibur à la dame. Au moins avais-je mis un terme aux sinistres manipulations de Blakely sur le roi.

« En un sens, le responsable est mort ce jour-là, poursuivit tante Lotta en ignorant mon silence. Par la suite, l'homme qui continua à vivre fut une personne totalement différente, à la fois courtoise, clémente et affectueuse. Je travaillai avec Henry plus d'une année avant qu'il ne pût enfin accepter sa responsabilité, tant vis-à-vis de lui-même que de l'enfant. » Elle se fondit quelque peu dans une forme brumeuse, alors que ses souvenirs nous arrachaient au lieu et à l'époque actuels.

Puis elle poussa un soupir et reprit forme sous mes yeux. « Ce fut seulement lorsqu'il reconnut cette responsabilité qu'il devint assez fort pour capturer le démon et le bannir dans le néant. L'incantation exigea toute ma puissance, ainsi que la sienne. Pourtant, il cogne toujours derrière la porte en essayant de briser les scellés. »

Je me sortis de l'interminable spirale de colère contre

moi-même. Quelque chose me travaillait, dans cette histoire. Je me savais en proie à une hallucination, mais les images mentales détaillées que m'offrait tante Lotta me paraissaient si réelles, si logiques, que je ne pouvais les écarter.

« Par la suite, Henry changea, pour le mieux. Ses manières violentes prirent fin. Il embrassa la lumière et apprit à maîtriser sa magie. Ensemble, nous travaillâmes pour pérenniser la lumière et affaiblir l'influence des démons et autres créatures maléfiques. » Ma grand-tante se modifia une fois encore. De jeune fille, elle était devenue femme, puis maintenant vieille femme. Plus mince, légèrement voûtée, les doigts tordus par sa maladie osseuse. Sagesse et humour irradiaient de toute sa personne, et non pas seulement de ses yeux.

Telle était la femme que j'avais connue et aimée dans mon enfance.

« Ce qui veut dire que Radburn Blakely est le petit-fils d'oncle Henry, le cousin de mon père. » La perspective qu'il avait failli devenir mon mari, par la loi et par la forfaiture, me glaça. « Et il est plus près de quarante ans que des vingt dont il a l'apparence. » Trente, maintenant. Il avait anormalement vieilli depuis son voyage à Édimbourg.

« Quarante-deux. Il a un an de plus que son demi-frère, le roi John. » Tante Lotta me fixa droit dans les yeux. « Le roi Henry II et sa reine ne se sont pas adressé la parole plus d'une année durant. Il parcourait le royaume, ne restait jamais plus d'une semaine quelque part, et n'avait souvent que quelques chevaliers pour escorte. » Tout à fait comme son fils maintenant. « Henry vint dans notre forteresse isolée à *Beltane*. La fille d'Henry était têtue, elle tenait à célébrer la fête à l'ancienne manière. Elle s'enfuit, et échappa aux gardes des pierres dressées. Le premier homme qu'elle rencontra fut le roi Henry. Elle resta plusieurs mois avec lui, puis revint quelque temps avec nous. Jamais elle ne nous révéla le nom de son amant. Elle mourut en couches, comme sa mère. Des prêtres et des hommes d'armes vinrent réclamer l'enfant dès le lendemain. Nous n'entendîmes plus jamais parler de lui. Nous espérions que l'Église pourrait lui guérir l'âme. Cependant, des rumeurs concernant un Être Noir persistaient. Un homme maléfique pourvu d'une aura d'un noir absolu.

– Et nul ne fit la relation entre Blakely et l'Être Noir jusqu'à cette fameuse nuit de votre trépas, car il donne à tous l'illusion d'une grande jeunesse. »

Il était mort, à présent. Mort à cause de son propre sort qui lui était revenu.

« La magie peut travailler pour le bien, reprit très vite tante Lotta. La magie n'est, en elle-même, ni le bien ni le mal, mais son pouvoir peut corrompre celui qui en fait usage. Souviens-toi de cela, et n'aie pas honte de tes talents, de tes passions, de toi-même. Tu as encore beaucoup à faire. Fais-le fièrement, sans honte. » Tante Lotta se dissipa, ne laissant derrière elle que son sourire et un sentiment de paix dans mon cœur.

Tu ne meurs pas sans pardon, ma chérie. Embrasse la lumière. Embrasse ta place dans la lumière. Sa voix s'attarda près de moi alors que je retombais dans l'inconscience.

Aoouuhhh !

Le hurlement à la mort de Newynog me réveilla. Les perles de prière entamaient ma paume refermée sur elles. Je tripotai la croix dans son cercle. Mon menton se mit à trembler, d'autres larmes me trempèrent les joues.

« Tais-toi, Newynog. Tais-toi, mon adorée », murmurai-je dans le noir. Ses hurlements se muèrent en gémissements de douleur. « Rentre à la maison, Newynog. Rentre à Kirkenwood. Ne meurs pas avec moi. »

Aoouuhhh ! protesta-t-elle.

« Laisse-moi mourir en paix, Newynog. » Elle donnait de frénétiques coups de pattes sur la trappe verrouillée. Ses griffes éraflaient en vain le bois. Même si elle avait pu briser les planches épaisses, elle n'aurait jamais pu me hisser hors du trou, et je ne pouvais plus le faire moi-même.

Avec ce qu'il me restait de forces, je conjurai une petite balle de lumière magique, en espérant contempler une dernière fois son adorable tête hirsute.

« Je ne mourrai pas dans le noir. Je mourrai dans la lumière. » Je comptai mes perles une dernière fois et récitai mentalement mes prières, puisque je n'avais plus la force de les énoncer.

Aooouuuuhhhh !

38

« Où le roi est-il parti, maintenant ? » demanda Hugh d'un ton las. Il avait l'impression d'avoir passé des mois, et non pas des jours, en selle. Son chagrin le tenaillait toujours. Cependant, il lui fallait continuer ; il devait s'assurer Bellecôte et retrouver Ana.

« À la Tour de Londres, Hugh », répondit lord Silvester. Il possédait un petit manoir dans le comté de Lincoln. Comme il était l'autorité qu'avaient convoquée les gardes, Hugh supposa qu'il était dispensé de son service de chevalier et chargé de la surveillance du château en l'absence du comte. Dans le cas contraire, il se serait trouvé avec le roi et Ana. Il avait l'air aussi fatigué qu'Hugh.

« Vous auriez dû rester avec lui, Silvester. Je vous avais demandé, en ami, de protéger Ana.

– Je ne pouvais désobéir à un ordre royal, Hugh. Le roi John me renvoya ici quelques heures à peine après que je les eus rejoints aux environs de Durham.

– L'ordre vous fut-il donné par le roi, ou par son demi-frère ?

– Un ordre écrit, apporté par le serviteur de Blakely. J'ai passé une heure à chercher un clerc qui puisse me le lire.

– C'était un faux. John n'a probablement jamais appris que vous aviez rejoint la Cour.

– Je ne pouvais désobéir.

– Je sais. » Hugh poussa un énorme soupir. « Depuis combien de temps est-il parti ? » Il avait à peine la force de parler. Pourtant, il restait quatre heures avant le crépuscule. Il lui fallait faire vite.

« Hier matin.

– Il va s'attarder à Londres avant de rejoindre Winchester, marmonna Hugh en prenant ses rênes pour se remettre en selle.

– Je l'ignore, sire Hugh. Il est parti comme s'il avait le diable aux trousses.

– Tant que Blakely aura son oreille, il en ira ainsi », maugréa Archie depuis l'abreuvoir où il avait conduit les chevaux.

Hugh et le seigneur du lieu s'entre-regardèrent et opinèrent brièvement, reconnaissant la vérité de cette déclaration. Ils avaient combattu ensemble en Normandie. Hugh avait suivi Blakely dans les égouts français sur ordre du suzerain de Silvester. Seule une épouvantable fièvre avait empêché Silvester de l'accompagner. Ils connaissaient tous deux l'ampleur de la malfaisance de Blakely.

Hugh posa un pied las dans son étrier, peu désireux de poursuivre son voyage sans prendre un bain, un repas et une bonne nuit de repos. Il ne dormirait pas. Il n'avait pas fermé l'œil depuis la mort de Johnny.

Aoouuuuuhhhh ! Un gémissement fantomatique se répercuta dans le château, dans la cour et dans le domaine.

Archie leva des yeux terrifiés vers Hugh. Il se signa et marmonna quelque chose.

« Quel fantôme Blakely a-t-il laissé derrière lui, cette fois-ci ? s'enquit Hugh en retirant son pied de l'étrier.

– Ce n'est pas un fantôme, Hugh. » Le regard de Silvester passa du visage d'Hugh à l'entrée du donjon.

Aoouuuhh !

« C'est le chien. Blakely a donné l'ordre de le tuer. Mais elle est grosse, et les chiots seront facilement négociables. Mes hommes ont attendu qu'elle mette bas. Mais à présent, elle est couchée dans le sous-sol et hurle à la mort. Nous ne l'aurions peut-être pas tuée, après tout. Elle nous a presque rendus fous.

– Depuis combien de temps ? » Hugh se mit à courir comme un fou vers la tourelle. Le désespoir lui donna la force d'enfoncer la porte quand les gonds résistèrent.

« Elle y a passé presque toute la journée. Qu'est-ce que cela signifie, sire Hugh ?

– N'avez-vous pas eu l'idée de chercher pourquoi la chienne pleure la perte de sa maîtresse ?

– Elle grogne et montre les crocs à tous ceux qui s'en approchent. Nous n'avons pas osé venir trop près d'elle. Lady Resmiranda est partie avec le roi.

– Ana n'aurait jamais abandonné sa chienne derrière elle. Elles sont comme deux moitiés d'un tout. » Hugh dévala les marches menant au niveau inférieur.

Près du mur le plus éloigné, Newynog était couchée à côté d'une trappe en bois. Une oubliette. Un endroit où les prisonniers pouvaient très bien disparaître et être à jamais oubliés.

La chienne releva la tête et émit un autre hurlement à vous fendre le cœur. Le bruit résonna tant dans la salle de pierre qu'Hugh en eut mal aux oreilles.

« Sainte Mère, j'espère que nous n'arrivons pas trop tard. » Il s'approcha de Newynog, paume tendue vers elle. « Tu me connais, Newynog. Tu m'as déjà fait confiance pour la sauver », déclara-t-il en s'imposant une voix égale, alors que son cœur lui bondissait dans la gorge.

Aoouuhh! lui répondit Newynog en grattant la trappe.

« Laisse-moi la soulever, mon toutou. » Hugh s'agenouilla près de la chienne et tendit la main vers le loquet.

« C'est une oubliette, Hugh, protesta Silvester. Nous sommes dans un château royal. Nous ne pouvons l'ouvrir sans permission du roi.

– Maudit soit le roi ! Et vous aussi, si vous osez m'en empêcher. » Hugh tira le verrou et inspecta le trou sombre du regard. Une faible lueur vacilla dans l'ouverture, l'empêchant de distinguer le fond.

« Je ne puis tolérer ceci, Hugh.

– Alors tournez le dos, allez voir ailleurs si j'y suis, et laissez-moi m'occuper de cela. De la lumière, Archie. Je vais avoir besoin de lumière et d'une corde. »

Newynog se pencha sur l'ouverture avec lui, en reniflant et en cherchant désespérément à descendre.

« Si la lumière magique scintille, même un tout petit peu, cela veut dire qu'elle est toujours en vie », la rassura Hugh, autant qu'il cherchait à se rassurer.

Archie lui apporta une torche et une corde. Il enroula l'extrémité à un crochet scellé dans le mur. Hugh noua l'autre bout autour de sa taille.

« Quelle profondeur a ce maudit trou ? » demanda-t-il à Silvester, qui hésitait près des marches, ne faisait pas partie des sauveteurs mais ne les condamnait pas quand même.

« Deux mètres cinquante, pas plus. »

Assez profond pour empêcher un homme d'atteindre la trappe.

« Je ne puis croire que le roi John ait pu faire cela à une femme, marmonna Silvester.

– Croyez-le capable de tout, tant que Blakely le contrôle, répliqua Hugh en éprouvant la résistance de la corde. Laisse-moi glisser doucement, Archie. » Il s'assit au bord, cala ses pieds contre le mur opposé, et pesa sur la corde. Archie le laissa descendre lentement. Hugh arriva près de la lumière magique. Ramassée en boule, Ana prenait presque toute la place.

Il plaça prudemment un pied derrière son dos courbé, puis l'autre près de ses bras étendus. La vue de ses pieds et de ses chevilles enflés et déformés le glaça d'effroi. Elle ne semblait plus respirer.

« Par le sang du Christ, il paiera pour cela, Ana, lâcha-t-il entre ses dents. Je suis arrivé », cria-t-il à ses camarades.

Il se pencha, posa ses doigts sur la gorge moite et chercha le pouls. Une infime pulsation répondit à son contact.

« À peine. » Il inspira profondément afin de trouver du courage, puis toucha son épaule et la secoua légèrement. « Ana, réveillez-vous. Je vais vous emmener en sécurité.

– Laisse-moi mourir en paix », murmura-t-elle. Elle agita les mains pour tenter de se débattre, en pensée sinon en acte.

« Certainement pas. Je prends le risque d'être accusé de rébellion contre mon roi pour vous. Vous allez me faire le plaisir dc vivre. » Il la souleva dans ses bras, en prenant bien soin de ne pas cogner ses pieds contre les murs.

« Suffit. Laissez-moi mourir. » Elle agita de nouveau des poings à demi serrés devant lui.

Il les sentit à peine.

« Hisse-nous, Archie. Doucement, très doucement. Elle est blessée. » Il la serra contre lui et emprisonna ses mains afin de les empêcher de s'érafler contre les parois.

Une sensation d'enfermement lui coupa le souffle. Il n'avait encore jamais redouté les lieux petits et confinés. Il ne les supporterait jamais plus.

« Oh, mon Dieu, Ana ! Que vous ont-ils fait ? » gémit-il en enfouissant son visage dans les cheveux de la jeune femme.

Le dos collé contre le mur, les pieds plaqués sur l'autre, il remonta pratiquement au pas, centimètre après centimètre. Inerte, Ana ne se débattait plus. Son souffle ralentit. Sa peau devint froide sous ses mains.

L'odeur nauséabonde de sa saleté lui emplit les narines et fit naître en lui des idées violentes, rebelles et traîtres.

« Je tuerai John de mes propres mains pour cela. »

Newynog émit un autre de ses gémissements déchirants. L'écho frappa Hugh et lui ôta toute pensée cohérente. Son pied droit entra en contact avec le bord du trou. Il fut incapable de penser plus avant.

« Assurez la corde, Archie, aboya lord Silvester en prenant la direction des opérations. Je l'ai, Hugh. Vous pouvez la lâcher. Lâchez-la, Hugh. Je ne laisserai rien lui arriver. Rien, plus jamais. Par le sang du Christ, je ne puis croire que John lui ait fait cela. Blakely, oui, mais pas John. »

Un instant plus tard, Hugh rampa hors du trou puant et se pencha sur Ana. Silvester faisait couler quelques gouttes d'eau dans la bouche de la jeune femme. Newynog lui léchait le visage et les mains. Ana s'étira quelque peu, en gémissant de douleur.

« Pourquoi ne m'avez-vous pas laissée mourir ?

– Parce que… parce que… » *Parce que je vous aime.* Hugh ne put le dire. La dernière personne à qui il l'avait dit, Johnny, était morte. Elle, il ne la laisserait pas mourir.

Lord Silvester fit encore couler un peu d'eau dans la gorge d'Ana. Elle les avalait avec avidité, maintenant, résignée à ne pas mourir.

« Allez chercher des couvertures, elle tremble. Le froid et sa faiblesse pourraient avoir raison d'elle. Pour l'amour de Dieu, va chercher une couverture, Archie.

– Il y a une malle, dans ce petit cellier, déclara Silvester. Elle y a été laissée quand John est parti. »

Archie fila dans la pièce en question.

Couchée près de sa maîtresse, Newynog continuait à lui laver la figure.

Hugh entreprit de lui frictionner les mains et les poignets, de lui faire circuler le sang.

« Et maintenant, Hugh ? Je ne puis la garder ici. Le roi m'arrachera la tête… et la vôtre, en même temps. Il m'a personnellement confié ce château en l'absence du comte. » Silvester présenta de nouveau la tasse à Ana. « Pas trop à la fois, ma Dame. Vous allez être malade, si vous buvez trop et trop vite. Et nous reviendrions à notre point de départ.

– Chaque château, chaque agglomération, chaque champ de ce maudit pays appartient à John. » Hugh frappa le sol du poing. « Nous autres, barons, ne sommes guère plus que les gardiens de nos domaines, en échange de taxes abusives et d'un interminable service de chevalerie. » Il se reprit, avant d'endommager inutilement sa main, celle qui tenait l'épée.

« Peu importe le lieu où vous l'emmenez, John la retrouvera et nous fera tous exécuter.

– Il n'ira jamais à Huntington. » Cette soudaine inspiration amena presque un sourire sur le visage d'Hugh. Une fois déjà, il avait voulu y envoyer Ana. Cette fois-ci, elle n'aurait pas la force de contester sa décision.

« Le comte Robin Locksley et ses gens ne se sentiront nullement tenus d'informer le roi de la survie de sa prisonnière, l'approuva Silvester.

– J'aurai besoin d'une femme pour voyager avec nous. Une qui ait des connaissances en médecine et en herbes.

– Je vais vous en envoyer une. Il vaudrait mieux que vous ne refassiez pas surface avant la nuit. Je me fie à mes gens. Mais on ne sait jamais qui d'autre pourrait regarder.

– Hum, sire Hugh ? lança paisiblement Archie depuis le seuil de l'entrepôt. Je pense que vous devriez jeter un coup d'œil à cette malle. Les ennuis s'accumulent à l'horizon. Je pense savoir ce que cherchaient John et Blakely quand ils ont jeté Dame Ana dans l'oubliette. »

*

Radburn ouvrit les yeux en grimaçant tant sa tête lui faisait mal. Il inspecta automatiquement son corps en cherchant la source de ses blessures. Ses sens terrestres lui apprirent simplement que la lumière lui blessait les yeux, et que la couverture rugueuse sur laquelle il reposait lui irritait la peau du crâne.

Il ne trouva nulle trace de magie en lui. NON ! Cela ne se pouvait. Comment pourrait-il fonctionner, sans cette vision surnaturelle supplémentaire, cette audition ultrasensible, cette conscience de chaque chose vivante dans les environs immédiats, sans la vérité que lui chuchotait à l'esprit son grand-père démon ?

Il émit un long gémissement.

« Ainsi, vous avez décidé de vivre », lança Fantôme, à quelque distance de lui. Pas loin, pas assez près pour le toucher.

Où es-tu ? hurla son esprit. Il entrouvrit encore les yeux, et vit le jeune homme accroupi près d'un feu. Comme enfermée entre quelque sorte de parois, la lumière ne se dissipait nullement dans la nuit et jouait sur ses traits. Une étincelle jaillit. Radburn la suivit ses yeux, et détecta vaguement la forme d'une poutre et d'un toit de chaume.

« Parce que tu appelles cela vivre ? Comment parviens-tu à te débrouiller dans l'existence avec seulement ces cinq sens ridicules ? » gémit Radburn. Il roula sur le côté et ne fut pas loin de vomir, tant la douleur empira dans sa tête.

« Qui a dit que je n'avais que cinq sens ? » Fantôme suscita une petite boule de lumière magique au creux de sa paume. Elle brûla plus vivement que les véritables flammes, à ses pieds. Les lueurs jumelles dessinèrent un masque d'ombres sur les méplats de son visage. Il se mua soudain en un homme plus âgé, plus grand, tout-puissant et impitoyable.

« Je savais bien que tu avais quelque chose de différent. » Radburn se remit sur le dos et posa un bras incroyablement lourd sur ses yeux. « Quel ironique retournement de sort. » Le rire qui bouillonnait en lui devint hystérique. Il eut du mal à le réprimer.

« Vous devez vous demander comment moi, un simple paysan, j'ai pu hériter de pouvoirs égaux aux vôtres ou à ceux de lady Resmiranda », reprit Fantôme. Il plissa les yeux, comme pour sonder d'opaques ténèbres.

Celles-là mêmes qui encombraient l'esprit de Radburn. *Je n'ai pas la force de l'en expulser.* Merde[1]. *Je ne sais même pas s'il est vraiment là, à fouiller mes souvenirs et mes secrets.* Cette seule pensée provoqua en lui un instant de pure panique. Il le combattit. Et en eut l'estomac retourné par l'effort.

Il se remit sur le flanc, par peur de tout perdre dans la lutte. Il ne voulait pas mourir étouffé par sa propre bile.

Lorsqu'il put reprendre la parole sans cracher ses poumons, Radburn posa enfin la question. « Comment ?

– Jamais entendu parler d'une sorcière appelée Nimuë ? » Fantôme jeta une autre brindille dans le feu. Appelait-il une vision ?

« Une femme légendaire, épouse du Merlin ou tout comme. Il y a très, très longtemps », répliqua Radburn,

1. En français dans le texte. *(N.d.T.)*

en triant mentalement les contes et les chansons racontant l'histoire de cette femme qui, pour se venger, avait enfermé son amant, le magicien Merlin, dans un chêne.

« Elle eut un enfant. Ma mémé disait que lorsqu'on avait trié les cendres de Camelot, compté tous les morts, y compris Arthur Pendragon, le fils de Nimuë manquait. Mémé prétend descendre de lui. Nous nous transmettons le talent de grand-mère à petit-fils, puis à petite-fille, en ligne directe depuis lui. Depuis lors, nous avons cherché à provoquer la mort du Pendragon. Je suis venu à vous et me suis mis à votre service, car je savais que vous pourriez me conduire à elle. On ne peut attaquer le clan Griffin quand il est sous la protection de Kirkenwood ou des pierres dressées. Ils ne quittent pas volontiers cette armure. Même leur canne ne me permettrait pas de pénétrer dans Kirkenwood en usant de magie. » Il referma la main, comme pour agripper le bâton.

« Qu'en as-tu fait ? demanda Radburn.

– Je l'ai brisée. J'ai enlevé la croix. Je l'ai enveloppée dans une couverture miteuse infestée de punaises, et je l'ai jetée sur le tas de fumier. Lord Silvester entendit le bruit, et crut que je venais d'y jeter votre cadavre.

– Au cours des générations, ta famille a-t-elle également transmis le savoir nécessaire pour faire usage de ces talents ? » s'enquit Radburn, sarcastique. Le début d'un plan germait en lui. Il pourrait bien ne plus disposer de magie dans les doigts, mais Fantôme était son serviteur, son ombre. Fantôme lui devait la vie, tout comme sa loyauté.

« Ma famille a, bien évidemment, préservé ce savoir. Il est encore plus important que notre généalogie. Nimuë s'unit avec des démons. J'ai pu renifler le démon en vous dès que nous nous sommes rencontrés. À présent, je ne le sens plus. La sorcière Pendragon a fait beaucoup plus que retourner un sort contre vous. » Il se leva et se dressa, menaçant, au-dessus de la forme inerte de Radburn.

L'impuissance muait en eau les muscles de ce dernier. Il tenta de se draper dans une pelisse de bravoure. Peut-être pourrait-il user du leurre et reprendre le contrôle. S'il tenait bon. Si la famille de Fantôme avait ajouté de la bêtise dans leurs cerveaux de paysans.

Il fallait qu'il se remette debout, qu'il dresse, menaçant, sa plus haute taille et sa plus haute lignée au-dessus de son serviteur. Ses muscles refusèrent d'obéir.

« Je n'ai presque aucun souvenir, à part celui d'avoir vu une épée enchantée entre les mains de ma femme.

– Vous lui avez jeté un sort pour la dépouiller de sa magie et la rendre inconsciente. L'épée l'a intercepté et renvoyé vers le mur. Il a rebondi jusqu'à ce qu'il ait trouvé un but, vos yeux. »

Le souvenir d'une douleur fulgurante ne fut pas loin de lui faire perdre de nouveau conscience. Un sort retourné triple en intensité. Il n'était pas près de recouvrer ses talents, si jamais il les récupérait un jour. « Comment est-elle morte ? »

Fantôme rejeta la tête en arrière et éclata de rire, longtemps. « John pense qu'il l'a tuée.

– Ce minable ! cracha Radburn. Il n'a certainement pas eu le cran de le faire lui-même, alors il a confié le travail à un sous-fifre, qui l'aura saboté.

– Pas tout à fait. John vous croyait mort. Il a aussitôt condamné la dame à mort et l'a jetée dans une oubliette. Elle aurait dû mourir. Elle a dû mourir.

– Laisse-moi deviner. John a quitté Lincoln, et le vaillant sire Hugh Fitz Chênenoir est accouru pour la sauver encore une fois. Cet homme me tuera toujours. Que faut-il faire pour l'abattre !

– Il est plus fidèle qu'un chien. Battez-le, affamez-le, trahissez-le, trompez-le, et il reviendra quand même en redemander. » Fantôme se remit à rire. « Mais il est arrivé trop tard. La dame était dans l'oubliette depuis deux jours. Ils n'ont pas pu la ranimer.

– Tu l'as vu de tes yeux ? » Il fallait que Radburn fût certain de la mort de Resmiranda, de la disparition de sa magie et de ses preuves.

« Je l'ai appris de source sûre. Elle n'a pas pu résister à ma compulsion. Ni à mes charmes. » Il se caressa de manière obscène, indiquant l'usage qu'il avait fait de son informatrice.

« Lady Resmiranda est morte. John me croit mort. J'ai perdu… » Il n'allait certainement pas confier à son serviteur qu'il avait perdu sa magie, même si cela ne se révélait que temporaire.

« Vous avez tout perdu, sauf moi, Radburn Blakely. Y compris votre magie. » Fantôme plissa des yeux spéculateurs.

Radburn reconnut la méchanceté qui y scintillait. Il l'avait trop souvent contemplée dans son propre miroir.

« Et maintenant ? interrogea-t-il d'un ton las.

– Maintenant, vous allez me dire tout ce que vous savez sur cette épée. Je suis porteur du même héritage magique que la dame. Je puis la manier aussi bien qu'elle. Je l'aurai. Alors je gouvernerai l'Angleterre, avec ou sans John. Avec ou sans vous. »

39

Hugh baissa les yeux vers l'épée démodée couchée dans la malle. Sous la poignée gainée de cuir, l'or de la garde incrustée de pierreries étincelait. Même la lame luisait dans la lumière chiche. Près d'elle reposait un fourreau en or gravé de délicats et antiques motifs celtiques.

Il brûlait de s'en emparer.

« Magnifique ! » souffla Silvester. Il s'agenouilla près de la malle et tendit une main vers l'épée.

La jalousie enflamma Hugh. C'était lui qui devrait la soulever, en user pour décapiter les ennemis, connaître la gloire de posséder un tel objet.

Puis il se rendit compte de ce qui le poussait à de telles réflexions, et se reprit.

« Avez-vous la moindre idée de ce que c'est, messire ? demanda-t-il à son ami.

– La plus somptueuse épée jamais façonnée. Avec elle, je pourrais anéantir les Plantagenêts et gouverner l'Angleterre comme elle doit être gouvernée, d'une main de fer, et une juste législation. » Silvester posa la main sur l'arme. « Aïeee ! » glapit-il en la retirant comme sous l'effet d'une brûlure.

« Lady Resmiranda Griffin est la descendante

d'Arthur Pendragon. Il est bien possible que ce soit Excalibur, expliqua posément Hugh.

– L'épée du Pendragon, rendue à la Dame du Lac après le trépas d'Arthur. Bien sûr ! Mais dites-moi, que fait-elle avec ? » Silvester se redressa en berçant ses doigts rouges et cloqués.

Newynog vint tranquillement voir ce qui se passait dans la pièce. Elle s'approcha de la malle, renifla l'épée, puis s'en retourna vers sa maîtresse.

« Ana est le Pendragon. Elle porte la chevalière du dragon rouge. Pourquoi devrait-elle être privée de l'épée ? » rétorqua Hugh. Il aurait dû se trouver près d'Ana, au lieu de polémiquer à propos de cette antiquité. La jeune femme avait froid, et encore besoin d'eau.

« Mais ce n'est qu'une femme. Elle devrait désigner un champion capable de brandir l'épée en son nom. Je serai celui-ci. » Silvester repartit à grands pas vers la silhouette inerte et tremblante d'Ana, une étrange lueur dans le regard.

« Impossible. Elle doit la brandir elle-même, intervint Archie, assez fort pour que tous l'entendent. C'est pour cela qu'elle m'a demandé de lui enseigner le maniement de l'épée, alors que l'arc, le bâton ou n'importe quelle autre arme, conviendraient bien mieux à une femme. »

Silvester s'arrêta brusquement. « Si cette chose est vraiment Excalibur, alors aucun de nous n'est en sécurité tant qu'elle se trouve ici. Il faut que vous quittiez Lincoln. Tout de suite. Avec la dame et l'épée.

– Le soleil est pratiquement couché. Faites préparer un poney de bât pour la malle. Je ne prendrai pas le risque de la porter », ordonna Hugh. Il retourna près d'Ana et la souleva dans ses bras. Il resta là un bon moment, à la bercer contre son cœur, à chérir sa légèreté, à contempler son doux visage.

« Je vais faire préparer une litière pour elle. » Silvester entreprit de gravir l'escalier.

« Une litière ne fera que nous retarder. Je la prendrai avec moi. » Hugh la serrait si fort qu'elle gémit quelque peu dans son délire.

« Encore ? » s'enquit Archie, d'un ton plus qu'écœuré.

À jamais, songea Hugh.

« Encore ? répéta Silvester.

– Raconte-lui l'histoire, Archie, pendant que vous préparez les chevaux. Et n'oubliez pas d'aller chercher une infirmière, des couvertures, du bouillon et encore de l'eau. Il nous faut nous assurer qu'elle est aussi rétablie que possible avant de partir pour Huntington.

– Pourvu que le comte Robin soit encore plus timbré que vous, marmonna Archie en montant les marches. S'il a seulement deux doigts de jugeote, il nous jettera tous aux molosses du roi John.

– Hugh », murmura Ana. Elle tendit une main délicate vers son menton, en suivit le contour, puis la laissa retomber, comme si ce simple geste lui était trop pénible. « Hugh, où a-t-on enterré Blakely ? Il faut que j'accomplisse un rituel sur la sépulture afin que les démons ne puissent pas le ressusciter.

– Hein ? s'étonnèrent Hugh et Silvester à l'unisson.

– Je l'ai tué. C'est pour cela que John m'a condamnée. Où l'avez-vous enterré ? » Elle contempla longuement le mur qui faisait face à l'oubliette béante. Là, les traînées noires, qu'Hugh avait d'abord prises pour des traces de moisissure, lui semblèrent maintenant être des brûlures délimitant une silhouette d'homme.

Il refusa d'envisager les forces que contrôlait Ana, pour avoir fait vivre un véritable enfer à cet homme.

« Blakely est parti avec le roi », déclara Silvester. Il redescendit deux marches afin de se planter face à la jeune femme.

« C'est impossible. Je l'ai tué, avec l'épée. Il est mort.

John l'a confirmé. Je l'ai examiné, il n'avait plus de pouls et ne respirait plus.

– Il n'est plus là », lui fit paisiblement remarquer Hugh. Il pivota sur lui-même afin qu'Ana puisse de ses yeux voir qu'il n'y avait aucun cadavre dans la pièce.

« Mes hommes n'ont trouvé aucun corps quand ils ont essayé de faire sortir le chien, ajouta Silvester. Ils m'en auraient aussitôt fait part.

– J'ai entendu un garde et Fantôme l'emporter. Le soldat voulait le jeter sur le tas de fumier, mais il faut le rendre à la terre, et accomplir un rituel pour qu'il y reste.

– Personne ne m'a parlé de cela, protesta Silvester.

– Combien de temps s'est-il passé entre le départ du roi et le début des hurlements de la chienne ? » Les entrailles d'Hugh se nouèrent. Il pria pour que Blakely fût vraiment mort. Ce sorcier livré à lui-même, sans la surveillance de John, ni le semblant de bienséance de la Cour… innombrables seraient les calamités qu'il pourrait infliger à l'Angleterre.

« Une journée entière, répondit Silvester. Le cadavre est resté ici une journée entière sans que personne ne s'en aperçoive.

– Quelqu'un le savait. Quelqu'un a subtilisé le corps. Je ne puis qu'imaginer l'usage néfaste qu'ils pourraient en faire. » Ana fit le signe de croix et déposa un baiser sur les perles de prière qu'elle serrait toujours.

*

« Il vous faut aller voir le roi, et vous assurer la possession de Bellecôte, Hugh », insistai-je une semaine plus tard. L'été était là, et je rêvais de sortir enfouir mes mains dans la terre. Le jardin d'herbes du comte Robin avait été grandement négligé depuis le trépas de Marion, son épouse bien-aimée. Les plantes m'appelaient. Le soleil et l'air frais me manquaient. Je ne pouvais guérir enfermée.

Une cheville brisée d'un côté, une sévère entorse de l'autre, me maintenaient prisonnière de mon lit, ou de n'importe quel fauteuil dans lequel daignait me déposer Hugh. Il refusait obstinément de me porter au-delà des épaisses murailles de Huntington, ou même dans la cour d'armes.

Nous étions la plupart du temps livrés à nous-mêmes, occupé qu'était le comte Robin à patrouiller dans ses terres ou aux frontières. Au claquement de cordes presque ininterrompu dans cette même cour, je soupçonnais le comte de s'entraîner avec ses fils au maniement de leurs arcs légendaires, aux flèches empennées de plumes vert lincoln[1].

J'avais également une autre raison pour encourager Hugh à me laisser seule quelque temps. Même après deux jours traumatisants dans l'oubliette, mon cycle mensuel n'était pas revenu. L'infirmière me rassurait en accumulant les propos lénifiants sur les effets d'un choc. Je savais, moi, qu'une nouvelle vie croissait en moi. Or, je n'avais ni les mots ni le cœur d'informer Hugh de mon état.

Je l'embrassai tendrement et caressai son cher visage.

« Allez voir John avant qu'il ne se soit écoulé trop de temps, Hugh. Vous me manquerez grandement, mais il vous faut le faire. » Le fait de devoir l'éloigner – peut-être pour toujours – me faisait mal au ventre.

« Je refuse de vous abandonner, Ana. L'heure est venue pour nous de nous marier, de fonder une famille. Je viens d'enterrer un beau-fils, je n'en élèverai pas un

1. Couleur de drap et, donc, de teinture qui se faisait autrefois dans le comté de Lincoln. *(N.d.T.)*

autre. Si je retourne près de John, il me pressera d'épouser une autre veuve. Il l'a dit avant même de m'envoyer au pays de Galles. Je veux des enfants bien à moi. »

Ses propos me brisèrent le cœur.

« Je ne suis pas assez remise pour me rendre en Écosse. Tant que durera l'Interdit, nous ne pourrons nous marier en Angleterre. Il vous faut aller voir John et garantir Bellecôte », répétai-je pour la douzième fois de la semaine. Je n'avais trouvé aucun nouvel élément capable de le persuader.

« Je suis en rébellion contre mon roi », répliqua Hugh. Il s'éloigna de moi et croisa les bras, têtu.

« John l'ignore, le contrai-je. Il vous reste une chance de devenir son conseiller, maintenant que Blakely est mort. Vous pourriez pousser John à la logique et au bon sens, à agir pour le bien de tous. Il prend toute opposition pour une trahison, et non pas un avertissement. Vous seul pourriez l'empêcher de succomber à un semblable de Blakely.

– Elle a raison, Hugh », déclara le comte Robin en pénétrant dans la pièce. Il fleurait bon le cuir, les chevaux et le grand air. Un grand air merveilleusement frais. La salle me parut soudain trop petite pour nous trois. Robin Locksley dominait tout de sa haute taille, de sa personnalité et de l'éclat de ses yeux verts. Et même si sa chevelure roux foncé était parsemée de gris, il avait toujours l'allure d'un jeune homme, mince et robuste, débordant d'énergie. Depuis l'époque glorieuse de sa rébellion contre John, quinze ans plus tôt, alors que le roi n'était encore que prince régent, seule la perte de Marion l'avait diminué.

« Je me moque de recevoir des privilèges de la main d'un roi qui a pu faire cela à Ana. » Hugh refusait de céder. Il était aussi têtu qu'une bourrique, et je savais qu'il ne s'inclinerait que devant la logique pure, dénuée de toute émotion.

« Mais vous occuperez une position fabuleuse, qui vous permettra d'informer les barons mécontents des intentions de John, et de nous alerter si sa colère et sa méfiance échappent à tout contrôle, rétorqua posément le comte. Vesci, Fitz Walter et moi ne sommes plus les bienvenus à la Cour. Vous, si.

– Vous attendez de moi que j'espionne le roi.

– Marion a bien espionné le shérif de Nottingham pour moi. Sauriez-vous accomplir cette tâche aussi admirablement qu'elle ? » Le comte Robin eut un mal fou à réprimer un sourire railleur. Dans le même temps, une pointe de tristesse l'obligea à fermer brièvement les yeux. Marion n'était plus. Il lui fallait continuer à vivre sans elle.

Hugh fulmina devant le piège tendu à son orgueil.

Quant à moi, j'applaudis mentalement le talent tactique de mon hôte. Et me rappelai de ne jamais jouer aux échecs avec lui.

« Et si…

– Le roi ne découvrira jamais que je suis toujours vivante, Hugh, l'interrompis-je avant de le laisser terminer sa phrase. Huntington est pour moi l'endroit le plus sûr d'Angleterre. John ne passera jamais ses frontières délibérément.

– Tous mes gens seront muets comme des tombes, Hugh, le rassura Robin. Je paie régulièrement mes taxes, j'envoie mes chevaliers servir dans l'armée quand on me les réclame. John empêche les autres barons de me nuire ou de violer mes droits. De plus, nous nous ignorons superbement l'un l'autre. Il en va ainsi depuis neuf ans. Il en ira ainsi jusqu'à ce que nous mourions tous deux. »

L'ombre d'un masque mortuaire passa sur son visage. Je cillai vivement afin de bannir cette vision, en vain. Ce héros bien-aimé de l'Angleterre trouverait la mort le même jour que son plus grand ennemi.

Je me lamentai en silence sur eux deux. Mes véritables larmes, je les réservais à l'homme que j'aimais et devais congédier.

« Nous vous fatiguons, Ana. Je vais vous ramener au lit. »

Il se pencha pour m'extraire de mon fauteuil à l'allure de trône.

« C'est ce maudit lit qui me fatigue ! » rétorquai-je. Je laissai la colère filtrer dans ma voix et ma posture.

Hugh recula, stupéfait.

Aussitôt, je regrettai de l'avoir offensé. « Je vous en prie, Hugh, j'ai besoin de temps et d'espace pour guérir à ma manière. Accordez-moi juste ce laps de temps, s'il vous plaît. Allez voir John et réglez le problème Bellecôte, afin d'être en mesure de protéger ses otages », l'implorai-je du regard autant que de la voix. Jamais je n'userais de magie pour le persuader.

Il me prit la main dans les siennes.

« J'ignore la raison pour laquelle je répugne tant à réclamer la baronnie qu'on m'avait promise. En revanche, je sais que je dois le faire. C'est juste que… oublions cela. Je vais faire le nécessaire pour me gagner la confiance de John, et obtenir les terres et le titre qui devraient être miens depuis six ans. Et je ne lui permettrai pas de me choisir une nouvelle femme. Je n'épouserai nulle autre que vous, Ana. » Il mit un genou en terre et m'embrassa la paume. « Prenez soin de vous. »

Je refermai les mains autour de son visage et l'embrassai franchement sur les lèvres. Je m'appuyai contre lui, le serrai, le gardai près de moi aussi longtemps que possible. Sa tendresse ne fut pas loin de me faire encore pleurer. Comment pouvais-je le trahir en lui taisant le fait que je portais l'enfant de John ?

En cet instant, je fis un vœu : si le bébé vivait, je le ferais adopter. Je n'infligerais jamais à Hugh l'enfant de son ennemi – si, du moins, il m'aimait encore après avoir découvert ma trahison.

Il mit brutalement fin à notre étreinte et sortit à grands pas de la salle, en braillant des ordres comme s'il s'agissait d'armes pointées sur le cœur de John.

« Il ne sait rien, pour l'enfant, constata paisiblement Robin.

– Mais *vous*, comment l'avez-vous su ?

– Si les secrets ne filtrent pas depuis Huntington, en revanche, ils circulent dans mes terres. Tous me parviennent un jour ou l'autre. Certains plus tôt que d'autres. » Il eut un sourire énigmatique. « Marion m'a donné cinq enfants. Je sais reconnaître les symptômes. Le premier d'entre eux étant le fait que vous ne pouvez garder votre petit déjeuner dans le ventre.

– Que vais-je faire ? » Même si je ne pouvais me résoudre à faire usage des herbes spécifiques pour avorter, je ne savais pas exactement lesquelles je pouvais prendre en toute sécurité. Mes blessures m'empêchaient d'aller explorer le jardin. L'éloignement de Kirkenwood m'interdisait l'accès aux livres et notes de tante Lotta.

« Vous ferez ce que vous avez à faire. Comme nous tous. Je vais trouver le moyen de maintenir sire Hugh près du roi ou à Bellecôte durant toute l'année à venir. Pour l'instant, je pense qu'un peu de soleil ne vous ferait pas de mal. Je vais vous porter jusqu'au jardin et vous y laisser une heure. Ensuite, il vous faudra faire une sieste jusqu'au dîner. Il est possible que vous n'ayez pas faim maintenant, mais vous aurez faim plus tard. Il faut que vous mangiez, pour le bien de l'enfant.

– Je me moque d'un enfant de celui qui a tenté de m'assassiner.

– Faites-moi confiance. Vous penserez tout autrement lorsque vous le tiendrez dans vos bras.

– Jamais. »

Il se contenta de hausser un sourcil, puis m'emporta dans le jardin aux herbes.

*

Fantôme étira un fer à cheval incroyablement fin. Celui-ci luisit de la couleur rouge orangé caractéristique de sa magie. Radburn devait plisser les yeux pour parvenir à distinguer n'importe quelle magie.

D'un mouvement sec du poignet, et avant même que Blakely ait pu réagir, ou même percevoir le geste, Fantôme lui enroula le métal en collier autour du cou. Le fer aurait dû le brûler jusqu'à l'os. Radburn ne sentit que son poids sur ses épaules et sur son âme.

Mais ce ne fut pas tout. Un étrange picotement lui démangea l'esprit. Un nœud de peur glacée obscurcit sa conscience de tout ce qui n'était pas le collier d'esclave. « Que… qu'est-ce que c'est ?

– Ne reconnais-tu pas ma marque de propriété ? s'esclaffa Fantôme.

– Je n'ai nullement fait vœu d'obéissance, ni n'ai rien échangé avec toi qui puisse déterminer l'esclavage. Tu es mon serviteur. Tu m'as prêté, *à moi*, serment d'obéissance », répliqua Radburn. Le collier l'obligea à déglutir. Ce n'était pas possible. Fantôme n'était rien d'autre qu'un minable paysan, pas même un agréable compagnon de lit. Il ne possédait rien, ne savait pas lire, à peine monter à cheval, et pourtant il était persuadé que sa magie le rendait supérieur à un homme qui était issu d'une lignée de rois et de puissants magiciens. Fantôme n'avait même pas de vrai nom, du moins aucun que connût Radburn.

« Les serments ne veulent rien dire, esclave. Seule a un sens l'obéissance au plus fort. Tu vas me vouvoyer, et te soumettre. » Fantôme serra le poing et le tordit brusquement.

Le collier rétrécit notablement autour du cou de Radburn. Il hurla de douleur, persuadé que la pression allait lui rompre le cou. L'anneau rétrécit encore.

Fantôme sourit.

Radburn s'effondra à genoux. Il agrippa le collier. Rien n'existait plus que la douleur. Il ne vit plus rien, ne sentit plus rien. Un sourd gémissement lui échappa. Le gémissement d'un animal blessé conscient de sa mort imminente.

« Je suis Radburn Blakely, seigneur de Nigel Burn, fils d'Henry Plantagenêt, deuxième du nom. Le roi John Plantagenêt est mon demi-frère. J'ai pour grand-père Tryblith, le démon du Chaos. » Il marmonna la litanie qui l'identifiait à ses propres yeux. Les noms de tous ceux qu'il estimait dans sa parenté défilèrent devant lui. Il retrouva peu à peu la force de se mettre debout.

Si la douleur ne cessa pas, il constata qu'il pouvait la supporter. Il pouvait contrôler sa réaction à la souffrance.

« Souviens-toi que c'est moi qui commande le collier, esclave », déclara Fantôme. Il ouvrit le poing, et le collier glissa librement sur le cou de Radburn.

« J'ai un nom, Fantôme.

– Non. Tu es mon esclave et je suis ton maître.

– As-tu… avez-vous un nom ?

– Un peu tard pour le demander. Tu peux m'appeler Maître. Je t'appellerai esclave. »

Radburn grinça des dents en sentant le collier se resserrer.

« J'ai un nom, insista-t-il.

– Tu répondras au nom d'esclave jusqu'à ce que tu aies achevé la tâche que je te donne.

– Et quelle est-elle ? » Radburn refusa d'ajouter « Maître » à la phrase.

« Tu vas m'enseigner tout ce que tu sais de la magie. Et de l'épée.

– Mais il faudra des années ! » Des années d'obéissance servile à ce minable tyran. Ce… ce paysan !

Jamais.

« Je suis patient. Et pendant que tu m'apprendras à te remplacer comme sorcier le plus puissant d'Angleterre, tu m'apprendras également à te remplacer comme conseiller de John. Je te remplacerai en tout, esclave. En tout.

– Jamais ! »

Le collier se resserra.

Cette fois-ci, Radburn hurla avant de vraiment manquer d'air. Il réfléchit au destin que lui avaient réservé les dieux. Le collier rétrécit jusqu'à ce qu'il ne vît plus qu'un brouillard rouge et noir.

Au bout de quelques instants de souffrance, le collier se desserra suffisamment pour lui permettre de respirer.

« Même si je dois y consacrer le restant de mon existence, Fantôme, je recouvrerai mes pouvoirs et te ferai subir la plus épouvantable des morts.

– Tu m'appelleras Maître et me vouvoieras. » Le collier se resserra encore.

Radburn fit la grimace et lutta contre une faiblesse servile.

« À présent, nous allons partir à la recherche de ta grotte et consulter le démon. » Les yeux bruns de Fantôme furent traversés par un éclair de méchanceté bien plus ancien que son âge. Une âme antique résidait dans son corps. Une très vieille âme, qui avait besoin de violence et de vengeance pour survivre.

Fantôme conduisit Radburn hors de la hutte en ruine, à l'ouest de Lincoln, et entreprit la longue marche qui les mènerait au cercle de pierres et au tumulus des environs de Wells.

40

Sire Hugh Fitz Chênenoir, tuteur du dernier baron de Bellecôte, passa en trombe les portes menant à la salle de la White Tower, aux limites de la Cité de Londres. Il régnait, dans la massive tour de pierre, le même froid que dans le cœur d'Hugh. Qui ne s'était ni baigné, ni rasé, ni coiffé, ni changé, et ce fut vêtu de son grossier costume de voyage en cuir qu'il fit irruption à la cour du roi.

À ses côtés avançait Silvester de Lincoln, tout aussi échevelé, épuisé et couvert de poussière.

« Quoi que vous fassiez, évitez de le contrarier, lança ce dernier à voix basse.

– Je vais faire ce qu'il faut, mais rien ne peut m'obliger à l'aimer. »

Hugh en était presque à souhaiter que John Plantagenêt l'exile pour cause de tenue négligée. Dans le même temps, il se savait l'incarnation du père éploré.

« Un mot, Altesse. » Hugh traversa le demi-cercle de plaignants réunis devant l'estrade où trônait John. L'un d'eux, un négociant ventru à l'haleine chargée d'ail et à la tunique bordée de fourrure et constellée de taches de gras, tenta de lui bloquer le passage. Le lord-maire de Londres se tenait tout près de lui. C'était probablement la seule et unique fois de leur vie qu'ils étaient aussi proches.

Devant eux, un seigneur plaidait qu'il avait fondé une abbaye sur son domaine. Depuis la mise en place de l'Interdit, le père abbé et tous les frères avaient fui sur le continent. L'abbaye était abandonnée, et le seigneur envisageait de récupérer les terres. L'évêque de Grey, debout à côté du roi, réfuta la réclamation en arguant que la propriété appartenait encore à l'Église ; qu'elle lui appartiendrait toujours.

Penché en avant, un coude sur le genou et le menton dans la main, John suivait passionnément les débats.

« Attendez votre tour », cracha le marchand à l'adresse d'Hugh et de Silvester, visiblement inconscient de leur noblesse, à moins qu'il ne se crût leur égal.

Silvester l'écarta d'une bourrade.

« Quelle inconvenance, sire Hugh », protesta John de Grey, évêque de Norwich, secrétaire de John et candidat à l'archevêché de Canterbury. Il se leva de sa chaise, à la droite du roi.

Peter des Roches, évêque de Winchester, assis à la gauche du souverain, l'imita aussitôt. Le roi offrait l'image d'un homme soutenu par l'Église, même si le pape avait placé l'intégralité du pays sous Interdit à cause de la désobéissance de son monarque.

Hugh, qui savait à quel point John pouvait se montrer néfaste, songea qu'Innocent III n'avait peut-être pas tort en insistant pour nommer Stephen Langdon archevêque de Canterbury. Placer l'un des hommes de main de John à la tête de l'Église d'Angleterre ne pourrait signifier qu'une recrudescence d'abus de pouvoir, tel que l'assassinat manqué de lady Resmiranda Griffin de Kirkenwood.

Juste derrière les évêques, Brian Delisle, Hugh Neville et William Brewer, compagnons de jeu du roi, étaient avachis sur leurs chaises, une coupe de vin à la main. William Longsword, comte de Salisbury et autre demi-frère bâtard du souverain, tripotait négligemment une paire de dés. Sa mère étant noble, Henry II l'avait élevé au rang de comte. Comme celle de Blakely n'était qu'une vulgaire paysanne, celui-ci n'avait donc eu droit qu'à une minuscule baronnie. Nigel Burns rapportait à peine de quoi entretenir un seul et unique chevalier. Tout l'argent, tout le prestige de Blakely, provenaient directement de la bourse de John.

Ces comparses de longue date donnaient toujours l'impression de s'ennuyer tant que le roi n'en avait pas terminé avec ses tâches pour jouer avec eux. Ce petit groupe gâchait l'image de solidarité avec l'Église que donnaient le roi et les évêques.

« Veuillez pardonner mon impulsivité, Altesse. Je suis porteur de nouvelles urgentes qui ne peuvent attendre. » Hugh s'inclina légèrement, autant qu'il le pût sans vomir. Comment Robin pouvait-il attendre de lui qu'il rampe aux pieds de ce tyran assassin ?

« Les Gallois se sont encore révoltés ! » vociféra John. Il se leva avec tant de hâte que son trône bascula et ne fut pas loin de tomber en arrière. « Il nous faut les punir.

– Non, Altesse, l'interrompit Hugh, avant qu'il ne tire des conclusions encore plus radicales. Les provinces galloises sont sûres. Ma mission relève d'une tragédie personnelle. Mon fils… mon beau-fils est mort. Bellecôte n'a plus de baron.

– Pas trop tôt », marmonna Brian Delisle.

John lui imposa silence d'un geste de main. « Voici, en effet, une bien triste nouvelle », répondit-il. Il se rassit et lissa sa robe. Un masque de calme régalien vint se poser sur ses traits. « Nous Nous joignons à votre deuil, sire Hugh. »

Il tourna les yeux vers l'angle le plus éloigné de l'estrade, où la reine et ses dames faisaient leur possible pour contenir les premiers pas turbulents du prince Henry.

À ce spectacle, Hugh sentit renaître son chagrin. Son beau-fils avait à peu près le même âge lorsqu'il avait épousé Ardyth et pris l'enfant sous son aile. Johnny n'avait jamais eu l'énergie, la vitalité ou la robustesse du prince. En revanche, il était d'un naturel doux et aimable, et ne jetait jamais ses jouets au loin ni ne hurlait quand on lui refusait quelque chose. Ce que fit précisément le prince sous ses yeux.

« Je suppose que Fitz Chênenoir va maintenant réclamer la baronnie », lança William Longsword d'une voix narquoise qui porta jusqu'aux confins de la vaste pièce.

Hugh se hérissa. C'était exactement ce qu'il avait l'intention de faire, mais pas en raison de l'égoïsme sous-entendu par le comte.

« Permettez-moi de vous rappeler, Altesse, les promesses que vous m'avez faites il y a six ans de cela, lorsque vous m'avez donné la baronne douairière en mariage, ainsi que la tutelle de son fils. » Raide comme un piquet, Hugh refusait toujours de quémander, quelque importante que soit sa mission.

« Gardez votre calme et votre assurance. Ne laissez entrevoir aucune faiblesse à John, lui chuchota Silvester entre ses dents.

– Nous ne voudrions pas rompre une promesse, concéda John. Cependant… » Il s'interrompit, fit durer l'instant. Toute l'assemblée attendit, suspendue à ses lèvres.

Hugh redouta ce qui allait suivre. Comme il eût redouté le couperet du bourreau.

« Cependant, poursuivit John après s'être éclairci la gorge, lorsque Nous avons quitté Lincoln, Nous avons, dans Notre précipitation, oublié derrière nous un objet de la première importance. Nous vous demandons de le retrouver. À votre retour, Nous vous attribuerons la baronnie de Bellecôte. »

Ana ! Il me demande de lui rapporter la dépouille d'Ana. À ceci près qu'elle n'est pas morte ! Pris de panique, il voulut s'enfuir à toutes jambes. Tout était perdu. John saurait d'ici peu qu'il s'était rebellé. Huntington n'avait eu ni le temps de rassembler les barons, ni celui de les convaincre de déposer le roi.

Malgré tous les problèmes qu'il avait avec l'Église, John avait été couronné et consacré par un évêque. Il était de sang royal. La rébellion était au péril de leurs âmes, sans parler de leurs terres ou de leurs vies.

« Il veut parler de l'épée, lui souffla Silvester à l'oreille. Il veut l'épée comme symbole de son droit à gouverner, avec ou sans l'Église.

– Pas la fille ? » répondit Hugh sur le même ton. Il fut presque reconnaissant des proportions immenses de la salle et de l'affluence qui étouffaient leur conciliabule.

« Cela signifierait informer le monde entier qu'il a assassiné une femme innocente sans même lui accorder le bénéfice d'un procès. »

Excalibur ! Hugh en poussa presque un soupir de soulagement. *John est au courant, pour Excalibur. Cependant, je ne puis la récupérer. Elle appartient à Ana, et lui a été offerte par la Dame du Lac. Nul ne peut la manier, à l'exception de l'Élu de la Dame. J'ai personnellement emporté la malle à Huntington. Je ne puis la trahir encore une fois en lui volant Excalibur.*

Hugh s'inclina devant John et prit congé. « Que faire, maintenant ? lança-t-il à Silvester alors qu'ils partaient se laver et se changer en vue du dîner.

– A-t-il seulement eu un bon aperçu de l'épée ? Reconnaîtrait-il cette épée-là ? Ou a-t-il supposé que n'importe quelle somptueuse épée maniée par un membre du clan Griffin ne pouvait être qu'Excalibur ? »

Hugh s'arrêta net, à mi-chemin entre son cheval et ses sacoches de selle. « Pourrions-nous lui en substituer une autre ?

– Vous ne connaîtriez pas dans le coin quelque sorcière capable de jeter un enchantement sur une épée pour la faire temporairement scintiller à la lumière comme Excalibur ? » Silvester gloussa, puis sourit de toutes ses dents. « J'avoue que l'idée de berner ce vieux renard me plairait beaucoup.

– Et moi donc. Je ne connais aucune sorcière dans les parages, mais je pense connaître quelqu'un qui saura. Avez-vous une épée qui pourrait convenir ?

– Pas sur moi. Mais vous, vous avez arrimé l'épée Bellecôte sur ce monstrueux cheval qui est le vôtre. Elle a une ou deux pierres précieuses incrustées dans le pommeau, un superbe fourreau et à peu près la même longueur.

– C'est une épée de cérémonie. Je ne pense pas qu'elle ait été aiguisée depuis que le premier baron l'a pendue au mur au-dessus de son lit, il y a trois générations de cela.

– Parfait. Ainsi, nous ne vous priverons nullement d'une véritable arme. »

Ensemble, ils passèrent les grilles du château et pénétrèrent dans la ville.

Une pièce passa dans la main d'une vieille femme, habituée d'une taverne proche. Une autre pièce à l'aubergiste, pour dire qu'il n'avait pas vu Hugh ce jour-là. Six sous d'argent à l'apothicaire valurent à Hugh d'être présenté à sa vieille mère. Celle-ci réclama à son tour juste un peu de son sang, trois de ses cheveux, une fiole de son urine et quelques rognures d'ongle pour travailler sa magie.

Hugh fit les cent pas dans le jardin, derrière l'échoppe d'apothicaire, plus d'une heure durant avant que la vieille femme ne revienne vers lui en clopinant, et en berçant l'épée de Bellecôte contre son cœur comme un bébé. La lame luisait bien davantage qu'à la suite d'un bon polissage et aiguisage. Hugh la prit avec autant de respect que s'il s'était agi de la véritable Excalibur.

Trois heures plus tard, récurés et convenablement vêtus, Hugh et Silvester rejoignirent le roi, ses intimes, ses serviteurs et son entourage pour le dîner. Hugh portait la lourde épée enveloppée dans un brocart doré emprunté à l'une des dames de la Cour.

Il s'approcha peu à peu de l'estrade en mesurant ses pas, comme s'il était impressionné par son fardeau. À la vérité, il dissimulait son boitement. La tension et l'épuisement de ces dernières semaines pesaient sur sa vieille blessure aussi lourdement que sa conscience.

John s'épanouit. « Enfin ! Même l'Église ne pourra me défier tant que je posséderai Excalibur. » Seule la main de l'évêque de Grey l'empêcha de sauter pardessus la table pour arracher l'épée à Hugh. « Comment avez-vous pu nous rapporter cette splendeur avec tant de célérité ? » Il tordit la bouche, serra et desserra convulsivement les poings comme s'ils le démangeaient.

« Lorsque je me suis arrêté à Lincoln en venant ici, Silvester se souvint de la malle oubliée dans le sous-sol et décida de vous la rapporter. Nous avions votre trésor près de nous sans le savoir, Votre Altesse. » Hugh s'inclina jusqu'à terre, autant par déférence que pour cacher son sourire narquois. À son côté, son ami fit de même.

« Très bien, sire Hugh, lord Silvester. Vous Nous avez tous deux parfaitement servi. » John échappa à l'évêque et fit le tour de la table pour descendre de l'estrade. Il prit l'épée des mains d'Hugh et en arracha le brocart. La lumière étincelante dégagée par l'arme l'obligea à fermer les yeux. D'antiques runes couraient sur la lame tels des lutins de feu.

Souffle coupé, Hugh recula d'un pas. L'espace d'un bref instant, il se demanda si la sorcière n'avait pas substitué Excalibur à l'épée de Bellecôte. Et il était lié à cette lame par son sang, ses cheveux, son urine et ses ongles.

« À genoux, sire Hugh. Nous allons, avec cette même épée, accorder la baronnie de Bellecôte à Notre plus fidèle serviteur. »

Hugh ne put que sourire devant la justesse du geste, car il savait la vraie nature de la lame.

« William Longsword, comte de Salisbury, mon frère. Joins-toi à moi pour ce rituel. Ensuite, tu seras personnellement responsable de cette très ancienne et très précieuse arme. Tu la porteras devant moi lors de toutes les processions solennelles et lors de tous les rituels, afin de proclamer au monde que je suis le véritable descendant de l'Arthur des légendes, seul et unique roi légitime d'Angleterre. »

Hugh fut sur le point de se relever pour protester. L'épée était *sienne*. L'épée de Bellecôte. Longsword n'avait aucun droit sur elle.

Silvester le maintint en place d'une main ferme plaquée sur son épaule. « Ne vous trahissez pas maintenant. Vous en gagnerez une autre, murmura-t-il. Nous avons le temps. »

John hésita un instant, en soupesant l'épée. « Nous chérissons tant cet objet que Nous envisageons une plus belle récompense. Bellecôte devient aujourd'hui un comté et vous, sire Hugh, premier comte de Bellecôte, allez rejoindre Notre Cour avec le statut de conseiller et ami. Nous n'avons jamais eu aucune raison de douter de votre loyauté ou de votre amour pour Nous. Nous vous chérissons autant que Nous chérissons cette épée. »

Un comté ! Hugh pourrait annexer d'autres terres. Il deviendrait le suzerain de plus de chevaliers, de plus d'hommes d'armes. Allié à Lincoln et à Huntington, il disposerait d'une véritable armée pour déposer ce tyran meurtrier.

Si, du moins, il parvenait à garder ses réflexions pour lui, et à se dissimuler derrière un masque de mensonges.

En cet instant, il se haït presque autant qu'il haïssait son roi.

41

Le temps s'écoulait avec une lenteur désespérante. Mes blessures cicatrisaient lentement. Le ventre de Newynog devint énorme. Le comte Robin et son fils aîné, un jeune athlète de quatorze ans, se relayaient pour me porter de mon lit à un fauteuil de la salle, à un banc dans le jardin, puis de nouveau dans la salle et, enfin, retour au lit. Les deux filles de mon hôte me faisaient participer à leurs conversations, leurs travaux d'aiguille et leurs rêves de mariage. Les deux plus jeunes garçons jouaient à mes pieds avec Newynog. Le comte me considérait comme un membre à part entière de sa famille. Lorsqu'il me fut impossible de dissimuler plus longtemps ma grossesse, il me traita comme si j'allais bientôt lui présenter son premier petit-fils.

Jamais nous ne prononçâmes le nom du père de ce bébé. Il m'aidait à composer mes messages laconiques à Hugh, et destinés à le maintenir au loin. Je choisissais soigneusement mes mots, car je savais qu'Hugh devrait se les faire lire par un clerc. Cette paire d'yeux supplémentaire posée sur mes missives représentait un potentiel de trahison.

Je ne me fiais à personne.

Puis, un jour, le messager qui nous délivrait habituellement les rouleaux pleins de nouvelles et de commérages me confia un petit morceau de parchemin maintes fois plié. L'homme insista pour me le remettre personnellement.

Je le dépliai patiemment en prenant garde à ne pas déchirer la feuille mince. Le parchemin, souvent utilisé et gratté, n'était guère plus épais qu'une pelure d'oignon. Toute la page était recouverte de caractères malhabiles.

ANA, JE T'AIME.
HUGH[1].

Mon Hugh avait dû passer un temps fou, et consacrer une énergie conséquente, pour apprendre à rédiger lui-même ces quelques mots. Une larme tomba sur le précieux message. Je le repliai bien vite, avant que l'encre ne soit détrempée, et le fourrai dans mon corsage, tout près du cœur.

J'aurais dû, après cela, me douter de l'identité du prochain visiteur. Un temps lourd et humide nous écrasait tous. Le soleil semblait vouloir se cacher derrière un voile de brume. Le ciel était d'un bleu maussade, presque métallique. Nous attendions tous, le souffle court, l'orage qui nous libérerait et allégerait l'atmosphère.

Hugh arriva tel un précurseur du banc de nuages qui épaississait à l'ouest. Il fit irruption dans la grande salle sans même être escorté par un membre de la famille Locksley.

« Ana, il m'était impossible de rester plus longtemps loin de vous. Il fallait que je vous voie. » Il se précipita vers moi.

« Hugh ! J'ai reçu ton message. Moi aussi, je t'aime. »

1. En français dans le texte. *(N.d.T.)*

Surprise et ravie, je m'extirpai de mon fauteuil. Je pouvais me lever seule, mais marcher m'était encore pénible, même avec une béquille, aussi n'ai-je pu me précipiter vers lui comme j'en avais envie. Je me contentai donc de lui tendre les mains, de l'inviter à me rejoindre.

Newynog se remit lourdement sur pieds. La rondeur de mon ventre faisait écho à la rondeur du sien.

Hugh s'arrêta net, à cinq pas de moi. Il nous contempla longuement, elle et moi. « Ainsi, c'est donc vrai. Vous portez l'enfant du roi, énonça-t-il d'une voix plate.

– Hugh, je vous en prie, il faut que nous parlions de tout ceci. J'ai beaucoup à vous raconter. J'espère que vous pourrez comprendre.

– Il me semble vous l'avoir déjà dit. Je n'élèverai pas encore une fois l'enfant d'un autre. » Il tourna brusquement les talons et quitta la pièce.

« Attendez, Hugh, s'il vous plaît. » Je le suivis en boitillant, et en souffrant terriblement.

« Vous m'avez trahi, comme John nous a trahis tous deux. » Il continua à marcher à grands pas, délibérément. Son écuyer n'avait pas encore eu le temps de desseller Orage. Hugh sauta sur son dos et passa les portes au moment même où les premiers coups de tonnerre se répercutaient autour de Huntington.

*

Je pleurai plusieurs jours durant. Je rédigeai une douzaine de messages, que je déchirais aussitôt. Aucun ne parvenait à exprimer ce que j'avais dans le cœur, surtout pas ceux écrits dans un style fumeux destiné à nous protéger tous deux du roi ou de quiconque en ferait la lecture à Hugh.

Le comte Robin me serrait contre lui pendant que je sanglotais. Et lorsque je n'avais plus de larmes à verser, il me bassinait le visage et m'emportait au soleil pour me consoler, comme si j'étais sa fille.

Quelques jours plus tard, Newynog s'installa dans un angle de l'écurie et nous fit cadeau de neuf superbes chiots. Chacun semblait avoir été engendré par un mâle différent ; un seul ressemblait à un vrai chien-loup. « Newynog, espèce de friponne. » Je lui ébouriffai gentiment les oreilles alors qu'elle toilettait ses petits à grands coups de langue. « Combien de chenils as-tu visités ? »

Elle me décocha un sourire malicieux. Un frisson d'excitation me parcourut l'échine à l'évocation de ses souvenirs. Des miens aussi, d'ailleurs. John s'était conduit en amant attentionné, qui ne prenait son plaisir qu'après m'avoir donné le mien. J'écartai ces plaisantes réminiscences et me concentrai sur ma haine de l'homme qui m'avait condamnée à une mort lente et douloureuse. L'homme qui m'avait séparée d'Hugh.

Je m'attardai près de Newynog plus longtemps que nécessaire.

Un par un, toute la famille Locksley vint partager avec nous le bonheur de ces vies nouvelles. Toby et Will, les plus jeunes, poussèrent des glapissements de joie et réclamèrent aussitôt un chiot pour chacun. Seuls les grondements possessifs de Newynog les empêchèrent d'emporter immédiatement les petites boules de poil remuantes dans leur lit. Ils s'improvisèrent donc un campement dans une stalle voisine. Je me demandai combien de nuits ils tiendraient avant que le prochain orage ne les ramène dans la chaleur et la quiétude relatives du château.

Ce premier jour, je restai longtemps assise près de Newynog. Alors que je berçais un chiot endormi dans mes bras, le mâle chien-loup, l'odeur puissante de paille fraîche, de chevaux, de cuir et d'humidité me donna la nostalgie de Kirkenwood. Ma maison était perdue pour moi, tout comme l'était la chapelle dans les bois, et la crypte de mes ancêtres. J'avais emporté quelques livres. Et Excalibur. Il ne me restait rien d'autre de chez moi.

Je ne disposais même plus du refuge d'un couvent, où j'avais passé la majeure partie de ma vie.

Newynog me poussa du nez pour que je lui rende son bébé. Je le plaçai près de ses tétines et posai lourdement ma main sur la tête de ma chienne. Grâce à notre relation spéciale, je partageai son intense satisfaction de mère. Elle ne comprenait pas ma détermination à donner mon enfant le jour de sa naissance. J'y parvenais à peine moi-même. J'aurais du mal à donner les chiots de Newynog à des gens que je connaissais après leur sevrage. Comment pourrais-je confier mon propre bébé à des étrangers, après tant de mois passés sous mon cœur ?

Comment pourrais-je garder l'enfant d'un homme que je haïssais de tout mon être ? Un enfant qu'Hugh n'accepterait jamais, ne voudrait jamais élever.

Sans le bébé, peut-être pourrait-il me pardonner un jour.

Les mois passèrent. Les chiots grandirent. Ainsi fit mon propre enfant dans mon ventre. Je troquai la béquille contre une canne et, progressivement, parvins à me déplacer seule dans le château.

À l'époque des premières tempêtes d'automne, j'avais l'impression d'avoir toujours vécu avec cette famille exubérante.

Vint le jour où les chiots sevrés devinrent trop turbulents pour Newynog, et où elle les repoussa loin du réconfort de ses tétines. J'attendis encore deux semaines pour être certaine de leur autonomie. Puis je pris le petit chien-loup, presque identique à Newynog en pelage, l'enveloppai dans une chemise que j'avais cousue et brodée pour Hugh – en remplacement de celle qu'il avait déchirée pour panser ma chienne –, et convoquai une estafette. J'avais patiemment brodé les manches et le col du vêtement de nœuds d'amour, de romarin pour le souvenir et de myosotis. Il comprendrait le message.

Je pleurai en étreignant une dernière fois le petit animal avant de le tendre à l'homme impassible vêtu de vert lincoln, qui portait un arc et se déplaçait aussi silencieusement qu'un chat. Des larmes tombèrent sur le tissu de la chemise.

Newynog fourra son nez dans ma robe, inquiète pour son bébé chien. Je la retins par le collet et l'empêchai de suivre le courrier. Au moment où la porte se referma sur lui, elle m'échappa et galopa jusqu'à l'entrée. Là, elle gémit et gratta le bois.

« Je suis navrée de vous séparer, Newynog, mais Hugh mérite ce chiot. Ton petit sera le lien entre nous tous. Il se peut que j'aie perdu Hugh, mais il aura le chien. Il se souviendra de nous. »

Un autre mois s'écoula. J'appris qu'Hugh avait reçu le chiot en bonne santé. Cependant, il n'envoya aucune réponse.

Je pense qu'il comprit le message.

Un jour, juste avant que l'hiver ne prenne possession d'Huntington, j'étais assise près du feu et assemblais les premières pièces de tissu pour faire une chemise au comte Robin – un cadeau de Noël. Il usait plus de chemises que je ne l'aurais cru possible durant ses heures d'entraînement à l'arc et ses rudes chevauchées dans ses terres afin de veiller à tous les aspects de la vie de ses gens. Ses filles, Marion et Meredith, brodaient ce qui deviendrait les poignets. Elles cousaient bien mieux que moi, et je leur enviais leur patience à rester si longtemps assises, l'aiguille à la main, alors que m'appelait le jardin, que la cour bruissante d'activité attirait mon attention, alors que je pouvais passer des heures à regarder dans le vague, à me rappeler

Hugh et nos moments d'intimité passés. Une intimité que je ne pourrais plus retrouver. Je l'avais trahi.

Je luttai contre un nouvel accès de larmes. Elles me venaient bien trop souvent, sans nulle autre raison qu'un souvenir de l'homme que j'avais aimé et perdu.

Pour une fois, les deux cadets, de cinq et huit ans, avaient trouvé un autre terrain de jeu et n'encombraient pas la salle de leurs toupies et de leurs balles, de leurs chiens et de leur incroyable vitalité.

Celui de huit ans, Will, et son frère aîné Rob, étaient tous deux en âge d'être confiés en apprentissage à d'autres seigneurs. Cette coutume renforçait les alliances parmi les barons, et donnait également aux garçons une éducation dénuée de la tolérance aimante devant les échecs que l'on retrouvait dans la plupart des familles. Robin gardait ses garçons chez lui et leur dispensait son enseignement d'une main ferme. J'étais certaine qu'ils feraient de parfaits chevaliers. Même Tobin, le plus jeune, avait commencé à s'entraîner avec une minuscule épée de bois, en prévision du jour où il devrait apprendre à en manier une plus grosse. Tous, filles comprises, excellaient au maniement de l'arc.

Un courant d'air frais fit voleter le tissu que j'avais dans les mains. Je cessai de piquer l'aiguille en attendant de pouvoir soigner mes points. Un picotement apporté par le courant d'air me fit lever les yeux. Inconscientes de ce changement, les filles poursuivirent leur ouvrage. Des gens allaient et venaient dans la grande salle toute la journée durant.

« Père Truman ! » m'exclamai-je. J'en oubliai presque mes chevilles encore fragiles et tentai de me lever. Le manque de force et le déséquilibre de mon gros ventre me firent retomber brutalement sur mon siège. La rondeur de mon abdomen était cachée par les plis de ma robe et la couverture drapée autour de mes épaules.

« Que faites-vous ici ? Tout va-t-il bien à Kirkenwood ? Quelles nouvelles m'apportez-vous ? » Les questions se bousculèrent dans ma bouche tels les chiots restants de Newynog autour d'elle.

« Bénie soyez-vous, ma Dame. » Le prêtre inclina son dos raide. « Je vous ai apporté quelques-uns des livres de votre grand-oncle. » Sa voix n'avait plus la vigueur que je lui connaissais. Avait-il fait tout le chemin depuis Kirkenwood à pied, dormant à la dure et mangeant peu ?

Le grimoire ? l'interrogeai-je mentalement.

Il opina en silence en tapotant les plis de sa robe.

« Venez vous asseoir et vous réchauffer près du feu. » Je libérai le siège près de moi. Marion et Meredith déplacèrent leur tabouret afin de permettre au père Truman d'étendre ses longues jambes vers le foyer.

Il se laissa lourdement tomber sur le banc. Il soupira, ferma les yeux et fit reposer sa tête contre le dossier. Si son souffle n'avait pas été irrégulier, j'aurais pu croire qu'il s'était endormi.

« Père Truman. » Je lui secouai un peu le bras. « Marion, Meredith, le père Truman a froid et il est fatigué. Pourriez-vous, je vous prie, aller lui chercher un peu de vin chaud, du pain et du fromage ? »

Les filles s'en furent en bavardant, ravies d'avoir de la visite et, donc, des nouvelles du pays.

Lorsqu'elles furent parties, le père Truman ouvrit lentement les yeux et se tourna vers moi. « Pardonnez-moi, ma Dame. Il n'est pas facile de voyager pour un prêtre, ces temps-ci. Les hommes du roi et les brutes locales voient en nous des cibles idéales. » Il était enroué. Je ne pus savoir s'il avait pris froid ou s'il était sujet à l'émotion. « Cet Interdit traîne depuis bien trop longtemps. Je crains pour la santé de nos âmes.

– Pourquoi vous êtes-vous lancé dans ce périlleux voyage ? » Je détaillai son visage et son corps, y cherchai des traces de blessures. Il tenait l'épaule gauche un peu plus haute que la droite et avait la main plaquée sur son coude gauche. Je ne pouvais inspecter les points douloureux sans me pencher malaisément vers lui.

« Kirkenwood appartient au roi John. Il vous a proclamée morte. Vous n'avez pas de famille pour hériter. » Il poussa un soupir et referma les yeux.

« Comment m'avez-vous trouvée ? » Je fixai mon ouvrage et ordonnai à mes larmes de sécher avant de tomber et de salir le linge.

« Je savais que vous étiez vivante.

– Comment ? » Je redressai brutalement la tête et inspectai la salle du regard, à la recherche d'espions ou d'hommes d'armes venus encore une fois m'arrêter.

« Vous et moi sommes du même sang, déclara posément le prêtre. Je n'ai pas de dons aussi puissants que les vôtres mais, à ma manière tranquille, *je sais* comment trouver mes semblables, mon troupeau, et tous ceux que j'aime. » Il garda les yeux clos.

J'avais su la mort d'oncle Henry au moment même où elle s'était produite. Durant nos années de séparation, j'avais toujours eu vaguement conscience, au fond de moi, qu'il vivait toujours, même quand il était en prison. Je savais que si je le voulais vraiment, ou si je l'osais, il me suffirait de regarder longtemps la flamme d'une chandelle pour le localiser.

Je n'avais plus travaillé la magie depuis mon arrivée à Huntington. Ils devaient connaître mes talents. Tout le monde soupçonnait les Griffin de magie. Mais nous n'y faisions jamais allusion, et prétendions que la magie ne se trouvait pas entre les murs d'Huntington. Pour leur bien et le mien, je voulais que cela continue ainsi. Qui que soit celui qui avait volé le corps de Radburn Blakely, il pourrait peut-être suivre ma piste magique et nous trahir tous.

« Je perçois en vous un malaise, ma Dame, qui ne relève pas de vos blessures physiques. » Le père se tourna et me scruta. Son regard me sembla pénétrer tous les secrets enfermés dans mon cœur. Puis ses yeux effleurèrent brièvement mon ventre gonflé. Il s'appuya au dossier et referma les paupières avant même que j'aie pu lui rendre son regard.

« John ne sera nullement heureux d'apprendre l'existence de cet enfant, souffla-t-il.

– Je ne le suis pas non plus. » Je poussai un soupir et refoulai une fois de plus mes larmes. « Quelles nouvelles vous ont-elles incité à venir me voir, puisque vous me saviez vivante et en sécurité ? chuchotai-je.

– Le roi John a chassé tous les ecclésiastiques des domaines royaux, plus particulièrement ceux d'entre nous qui suivent les anciennes coutumes et ont femme et enfants. » Il continuait à parler à voix basse. Je dus tendre l'oreille pour entendre chaque mot. « Kirkenwood est une demeure royale, à présent que vous êtes officiellement morte. Je n'y suis désormais plus en sécurité.

– Qu'en est-il de votre femme ? suffoquai-je plus fort que nécessaire. Et vos fils ?

– Les gens de Kirkenwood leur offrent l'asile. Qu'est une veuve de plus parmi les villageois ? Les hommes du roi n'ont que faire des paysans. » Il sourit. Je perçus une pointe de sarcasme dans son intonation. « Les veuves des autres prêtres n'ont pas eu autant de chance. Certaines sont battues, d'autres emprisonnées et marquées au fer rouge. » Il frémit.

« Les hommes du roi maltraitent-ils mes gens ? » m'enquis-je. Ma haine pour le roi crût en moi.

« Pas plus que n'importe quel seigneur distant. Si ses soldats sont des brutes, ils ne le sont pas au point de prendre plaisir à la souffrance. Notre peuple est habitué à la survie. Il l'a fait depuis des siècles.

– Mais pas durant de longues périodes, objectai-je.

– Tous les maîtres ne sont pas si bienveillants que le furent votre grand-oncle et votre grand-tante. Dans sa jeunesse, Henry Griffin eut recours à une violence insensée afin d'apaiser ses propres blessures. »

Je me figeai. Peut-être la vision que j'avais eue de tante Lotta dans mon oubliette était-elle véridique, et non pas une hallucination. Sinon, comment aurais-je pu apprendre l'épouvantable douleur morale dont souffrait oncle Henry au retour de la deuxième croisade ?

Les filles revinrent dans la salle. Sur leurs talons, des serviteurs apportaient des plateaux de nourriture et des pichets de vin à chauffer devant le feu. Le comte Robin les suivait de près.

Le père Truman se leva avec lassitude pour saluer le maître de céans.

« Asseyez-vous, mon père. » D'une main ferme posée sur l'épaule du vieil homme, Robin le repoussa sur son siège. « Les membres du clergé sont toujours les bienvenus à Huntington. Interdit ou non, j'ai toujours respecté et aidé les petites églises et les hommes qui les servent. »

Quelqu'un remarqua-t-il la manière dont le comte avait omis de faire référence au pape et à son Église de Rome, ou au roi et aux évêques qu'il avait appointés ?

« M'offrir l'hospitalité pourrait très bien vous faire courir le danger d'une défaveur du roi. » Regard toujours braqué sur le comte, le prêtre le mettait au défi de retirer sa proposition.

Le comte Robin rejeta la tête en arrière et partit d'un rire tonitruant. « J'ai toujours été dangereusement en défaveur auprès de John Mou du Glaive. Il sait ce qui arrivera s'il me poussait à la rébellion ouverte.

– Et que se passera-t-il, monseigneur ? demandai-je à mi-voix, effrayée par la réponse.

– La même chose qu'il y a quinze ans à Nottingham. Je l'ai pratiquement tué. Seule l'intervention de son frère Richard lui a sauvé la vie.

– À ceci près que, cette fois-ci, le roi Richard ne pourrait vous éviter d'être pendu comme un hors-la-loi.

– Exact. Mais, cette fois-ci, l'Église me soutiendrait face à un roi en révolte contre le pape. Cette fois-ci, je vous ai aussi, Dame Resmiranda. Vous, et votre précieuse épée, qui pourriez rallier tous les barons du pays contre John. Cette fois-ci, John ne survivra pas à mon défi de son autorité. »

Le bébé me donna un violent coup de pied au moment même où ces mots sortaient de la bouche de Robin. Pourrais-je me rebeller ouvertement contre le père de mon enfant – chercher sa mort comme il cherchait la mienne ?

Que la Sainte Mère me vienne en aide si jamais je supprimais volontairement une autre vie.

42

« Répète-moi une fois encore le rituel », exigea Fantôme. Du bout de sa baguette, il traçait négligemment des pentacles dans la poussière.

L'usage désinvolte qu'il faisait de symboles aussi puissants fît frémir Radburn.

« Il faut prendre la corde d'un pendu et la brûler. Récupérer les cendres dans une coupelle d'argile neuve qui a été cuite seule dans un fourneau, isolée des autres pièces de vaisselle utilisées dans d'autres buts. » Radburn répondit tout en se blottissant sous une couverture déchirée. Le vent soufflait dans la grotte, il hurlait autour de la porte du démon comme s'il cherchait à rejoindre l'être piégé derrière le portail scellé.

« Oui, oui, je l'ai fait. » Fantôme brouilla son ultime gribouillage dans la terre.

Radburn respira un peu mieux. Impossible de dire quelle sorte de magie aurait pu provoquer Fantôme avec ses barbouillages inconsidérés.

« Si le pendu était un meurtrier, il faut prendre la main qui a porté le coup fatal et la brûler en même temps que la corde. S'il était un voleur, alors il faut prendre simultanément la main qui a saisi les biens dérobés et celle qui l'a aidée, et les brûler toutes les deux avec la corde. Si l'homme a sodomisé des enfants ou violé une femme innocente, on prendra, par conséquent, son pénis et ses testicules pour les brûler avec la corde », récita Radburn, comme s'il lisait un livre. Le rituel qu'il décrivait fonctionnerait plus ou moins. Mais il maudissait celui dont le nom apparaissait dans le chant arabe qui venait ensuite. Le sort pour ouvrir ou fermer les portes vers le monde démoniaque était similaire, tout en n'étant pas tout à fait pareil.

Lui seul descellerait la porte qui enfermait son grand-père démon. Car, ensuite, celui-ci deviendrait l'obligé de son libérateur. Qui ne pourrait être nul autre que Radburn Blakely. Cependant, il ne pourrait y arriver tant qu'il n'aurait pas récupéré sa magie. Cela faisait presque cinq mois qu'Excalibur lui avait retourné son sort et annihilé ses dons. Cinq mois, et il n'avait pas retrouvé une once de ses talents

Il se sentait si creux, si vide.

Et ce porc de paysan se permettait de lui dicter ses faits et gestes.

« Tu ne m'avais pas encore dit ça ! » brailla Fantôme. Il sauta du rocher où il s'était perché.

Radburn ne méritait même pas une pierre. Il devait s'asseoir sur le sol humide et glacé.

« Je n'ai pas mes livres. Il me faut fouiller longtemps mes souvenirs pour retrouver le sort.

– Les livres ne servent à rien. Ma famille n'en a jamais eu besoin. Nous gardons tout en mémoire.

– En ce cas, pourquoi avez-vous besoin de moi pour vous rappeler les détails ? »

Ce quolibet lui valut un coup violent derrière l'oreille. Il s'écroula par terre en berçant sa tête endolorie.

Fantôme regagna son siège tandis que Radburn se reprenait suffisamment pour se rasseoir.

« Tenez-vous droit et ne piquez pas du nez. Vous devez apprendre à vous conduire comme un gentilhomme aussi bien qu'un magicien », admonesta-t-il son ancien serviteur. La question des livres paraissait réglée.

« Pour l'instant, la magie. On verra plus tard pour les manières ! » Fantôme cassa sa baguette sur son genou. Le bois se réduisit en poussière et projeta de hideuses étincelles bleues.

Si Radburn pouvait constater que la magie imprégnait intégralement Fantôme, son ancien larbin ne possédait ni la maîtrise ni la connaissance des rituels qui lui permettraient de contrôler ses pouvoirs. Il pourrait peut-être arriver à ses fins avant que Radburn ne recouvre ses talents.

Inacceptable.

« J'ai besoin de mes livres. Je ne puis me souvenir des moindres détails.

– Des livres, peuh ! » Fantôme cracha dans la poussière. « Chez moi, personne n'a jamais eu besoin d'apprendre à lire. Si Mémé n'était pas morte si tôt, en emportant son savoir avec elle, je n'aurais nullement besoin de toi. Nous ne partirons pas de cette grotte tant que je ne posséderai pas la magie démoniaque sur le bout des doigts.

– Alors, nous pourrirons tous deux ici », murmura Radburn dans sa barbe. Puis il mentit à voix haute : « Je vous ai parlé des parties du corps. Vous n'avez pas écouté. » Il avait délibérément omis des éléments clefs dans chaque incantation qu'exigeait de savoir Fantôme. Le personnage était intelligent – bien trop brillant pour un paysan.

« Tu m'as seulement parlé de la corde, esclave, grinça Fantôme. Je vais devoir te punir pour ce crime envers ma personne ! » Il ferma le poing.

Le collier de Radburn se resserra autour de son gosier. Il suffoqua, et agrippa la ferraille honnie. Son sang se glaça. Les ténèbres obscurcirent sa vision. Ses poumons s'enflammèrent et son cœur s'emballa.

Le visage de Fantôme se marqua de taches rouges. Il frappa son poing droit contre le gauche. Le collier se resserra encore, et menaça de rompre le cou de Radburn. Celui-ci comprit qu'il allait mourir.

Pas encore, implora-t-il quelque puissance qui soit à l'écoute. *Je ne suis pas prêt. Si cet homme est lâché dans la nature maintenant, il ne se contentera pas de semer la dévastation. Il détruira totalement l'Angleterre.*

La pression sur sa trachée cessa.

Il continua à suffoquer et à chercher sa respiration bien après que le collier fut revenu à sa taille normale. Tout comme le sort qu'il avait jeté à lady Resmiranda, qui la faisait tousser longtemps après qu'il eut desserré le poing en sa présence.

Et, comme le sort utilisé contre la dame, il s'affaiblissait un peu plus chaque fois. Si Fantôme ne lui retirait pas bientôt le collier, Radburn mourrait d'une autre affection contre laquelle son corps ne pourrait plus lutter.

Il enfonça ses ongles ébréchés dans sa paume jusqu'au sang.

Quelque part au fond de son esprit, il entendit un accès de toux déchirante.

Peut-être n'était-ce que le vent qui rugissait dans la cavité. Peut-être était-ce plus que cela.

Ses tentatives pour reprendre son souffle l'empêchèrent de sourire.

*

Le soir de Noël, je pénétrai bonne dernière dans la grande salle où s'était agglutinée l'entière maisonnée.

Comme s'ils avaient tous attendu ma présence contrainte, Mgr de la Gabegie, dernier des serfs d'arrière-cuisine, heurta la grande table de son sceptre.

« Qu… que la fête commence ! » proclama-t-il de sa

voix rude et hésitante. Sa mère, la lingère, dut le secouer pour l'obliger à parler clairement.

« Comment puis-je vous servir, monseigneur de la Gabegie ? » Robin Locksley, comte d'Huntington, se prosterna devant le jeune homme. Il avait un visage impassible. Mais le muscle qui jouait sur sa mâchoire démentait son sérieux.

Je souris à demi, car si je ne désirais pas participer à l'amusement tapageur de la saison, le retournement de rôles m'amusait vraiment.

Le seigneur de la Gabegie gloussa. Il fit osciller son sceptre dans ses mains pataudes – un long bâton surmonté d'une tête de bouffon en chiffon ; parodie de la canne que j'avais héritée de tante Lotta et d'oncle Henry, à présent perdue. Son faciès lunaire et ses yeux tirés rayonnaient de plaisir. En ce jour de fête de la Nativité, le plus obscur gouvernait le plus noble. Le père Truman et moi-même, ainsi que le reste de la famille, siégions bien plus bas que la plèbe.

« Je… je te demande d'aller me chercher… »

La mère du seigneur de la Gabegie lui glissa quelque chose à l'oreille.

« Je te demande d'aller me chercher du vin. Du vin cuit. Avec plein de miel et d'épices ! » Le garçon bavait un peu. Il avait une dent gâtée – non pas qu'il lui en restât beaucoup. Il était bien jeune, pour en avoir autant perdu.

Widsyth, le ménestrel itinérant, qui en savait plus que n'importe qui sur ce qui se passait en Angleterre, et son trio, approuvèrent l'ordre du seigneur par un chorus bruyant. Un jongleur empila cinq superbes gobelets d'argent en une tour bancale, qu'il garda en équilibre sur un doigt tandis qu'il jetait trois pommes en l'air et jonglait avec.

Le comte Robin fit une vague grimace d'appréhension. Ces cinq gobelets lui avaient coûté fort cher, et il les réservait aux hôtes de marque. Le père Truman et moi ne boirions pas dedans ce soir. Personne ne le ferait, d'ailleurs ; le seigneur de la Gabegie était un tantinet trop étourdi et malhabile pour se voir confier de tels trésors, même en cette soirée de rôles inversés.

Lord Robin lui présenta un plateau recouvert des ingrédients pour faire le vin cuit. Il mélangea obligeamment les épices et le miel – en doses parcimonieuses – au vin rouge ordinaire. Puis il saisit un tison dans la cheminée et le plongea dans la décoction.

Le seigneur de la Gabegie reçut la coupe des mains de son maître et en but une gorgée. Il se lécha les lèvres pour marquer son approbation, puis vida le reste d'un trait. Il rota, et éclaboussa de vin rouge les membres de sa suite assis à la grande table sur l'estrade.

Un hurlement général de rire monta de l'assemblée. Cela parut être le signal, et nous piochâmes tous dans les montagnes de nourriture disposées sur les tables devant nous. Robin nous rejoignit peu après. Il but goulûment une chope de bière avant de prendre place sur le banc à mes côtés. Il passa familièrement un bras sur mes épaules.

Je perçus dans son haleine des senteurs plus fortes que la bière. Il avait passé la journée à boire, comme tout le monde. J'avais, quant à moi, modéré ma consommation. Le bébé n'appréciait ni la bière ni le vin, et me perturbait l'estomac si je me laissais aller à boire plus d'une gorgée d'un breuvage plus fort que l'eau rougie.

Le jongleur reposa les gobelets d'argent et se lança dans des acrobaties. Robin poussa un soupir de soulagement. Si une des timbales lui avait échappé et s'était ébréchée, la réparation aurait été fort onéreuse. Les musiciens entonnèrent une chanson plutôt obscène sur un garçon de ferme et une gardienne d'oies. Ils ne sautèrent aucune des paroles eu égard aux jeunes oreilles qui se trouvaient dans la pièce. Plus d'une femme se fit pincer les fesses ou tripoter par le jongleur acrobate tandis que chaque refrain donnait lieu à un autre couplet détaillant encore plus minutieusement la manière dont la fille divertissait l'innocent adolescent.

Le bras de Robin pesa plus lourd sur mes épaules, il me pressait de m'appuyer contre sa poitrine large et dure. La chaleur dégagée par son corps différait du confort paternel qu'il avait coutume de m'offrir, sans être pour autant désagréable.

Aussitôt, je me souvins des bras puissants d'un autre homme, qui me serraient gentiment alors que nous fuyions ensemble Mendip Mor et filions vers Worcester. Ma gorge se noua. *Oh, Hugh, tu me manques !* Je me raidis, m'éloignai de Robin et me concentrai sur le repas.

« Ne me craignez pas, Ana », murmura Robin. Son souffle sur mon oreille me promettait mille délices. « Au contraire de ces ivrognes balourds, je ne m'imposerai nullement à vous sans votre permission. » Il me caressa délicatement l'épaule et la nuque du pouce.

La possession d'un délicat morceau de venaison provoqua une rixe entre deux serviteurs. Widsyth entonna un chant exubérant dont le rythme s'accordait parfaitement à la danse des poings.

« Ne comptez-vous rien faire pour interrompre ceci ? » préférai-je demander à Robin plutôt que lui répondre.

« Pas ce soir. C'est la responsabilité du seigneur de la Gabegie. »

Ce même seigneur semblait penser que le combat n'avait commencé que pour le distraire. Il battait des mains, enthousiaste.

« Épousez-moi, Dame Resmiranda. L'enfant portera mon nom. Je l'élèverai comme le mien. John ne pourra jamais arguer qu'il est, ou que vous êtes siens. » Soudain sérieux, Robin avait perdu toute apparence d'insouciance avinée. « Les rumeurs me prétendent déjà son père.

– Les nobles ne peuvent se marier sans l'autorisation du roi, sous peine d'encourir son extrême déplaisir. » Je retins un accès de toux. La trachéite s'emparait toujours de moi lorsque j'étais lasse, distraite ou nerveuse. Ce devait apparemment être une rémanence de l'affection que j'avais subie au printemps dernier à Bellecôte.

Cependant, c'était Blakely qui avait provoqué cette maladie. Or, il était mort. Je l'avais tué. Ce… ?

Sainte Mère, faites que ce ne soit pas le châtiment pour mes péchés. Je pourrais obtenir le pardon de l'Église si je me mariais et donnais un nom à l'enfant.

« Je n'ai jamais sollicité la permission de ce roi pour quoi que ce soit. Je n'ai jamais été dans ses bonnes grâces pour cette même raison. » Robin gloussa légèrement en reprenant sa caresse sur mon épaule. « Ensemble, nous dirigerions une formidable coalition contre le roi John. J'ai besoin du Pendragon. Vous avez besoin d'un nom pour l'enfant.

– Avez-vous oublié l'Interdit, monseigneur ? » Que pouvais-je répondre d'autre ? L'offre avait ses avantages. À ceci près qu'il n'était pas Hugh.

« Je pourrais arranger un voyage éclair en Écosse. Sans compter qu'il existe encore l'honorable tradition de la loi commune. » Il intensifia ses assauts sensuels, et suivit le contour de ma poitrine de son doigt inquisiteur.

« Je ne puis oublier l'Interdit, monseigneur. » Pas plus que je ne pouvais oublier aussi facilement Hugh. J'aurais dû, pourtant. Je l'avais trahi, et il n'avait pas le pardon facile.

« Pas plus que vous ne pouvez oublier Fitz Chênenoir, je pense. » Il posa ses mains sur mon ventre gonflé. Ses paroles venaient d'exprimer mes pensées. Il me connaissait bien.

Si seulement j'avais le réconfort de la confession, je pourrais décharger mon âme du poids de mes péchés et me tourner vers l'avenir.

« Avez-vous des nouvelles de sire Hugh ? » ne pus-je m'empêcher de lui demander. J'avais besoin de savoir comment il allait.

« Il se débrouille. Ses rapports sont fréquents et laconiques. Tous les messages arrivent par le même coursier de confiance. Je doute que John sache leur existence.

– A-t-il seulement demandé de mes nouvelles ?

– Une fois. Avant de découvrir que vous portiez l'enfant du roi.

– Pourquoi ne m'a-t-on pas communiqué ce message ? » Je portais toujours contre mon cœur la fragile lettre d'amour d'Hugh, écrite de sa main. J'en chérirais bien une autre.

« Au début, vous étiez trop malade. J'ai hésité à vous rappeler les gens et les événements qui entouraient votre… votre épreuve. Puis j'ai pris conscience de votre état et compris pourquoi vous envoyiez au loin un homme profondément épris de vous. Lorsqu'il a fini par découvrir la vérité et est parti d'ici comme un fou, j'ai craint que sa précédente demande de vos nouvelles ne vous fît plus de mal que de bien. »

Je me mordis les lèvres. J'avais trahi Hugh. « Il m'avait seulement demandé de ne pas donner mon cœur à un autre. Je ne l'ai pas fait. Je n'ai donné que mon corps, comme élément d'un stratagème. J'espérais briser l'influence de Blakely sur le roi. J'espérais convaincre John qu'il ne devait pas me donner en mariage à Blakely.

– Comme tous les hommes, Fitz Chênenoir ne fait pas la différence entre le corps d'une femme et son cœur. Il est à jamais perdu pour vous, même si vous renoncez à l'enfant. »

Un instant de silence morose tomba sur nous, nous isola du reste de la joyeuse assemblée.

« Comme Marion est perdue pour vous.

– Oui. »

Je laissai le silence s'éterniser quelque peu. Nous avions tous deux perdu un être aimé. Aucun ne remplacerait jamais vraiment ceux que nous avions perdus. Nous avions cela en commun. Un lien sur lequel nous pourrions bâtir quelque chose.

« Réfléchissez-y, Ana. » Il me tapota gentiment la main, redevenu mon ami. « Je préférerais aller en Écosse au printemps ou en été, mais à cette époque-là, le bébé sera né et l'adoption plus compliquée.

– Je vais y penser, Robin. » Je me levai lentement et fis la révérence devant le seigneur de la Gabegie. « Puis-je me retirer, monseigneur ? demandai-je au garçon de cuisine.

– Permission accordée », répondit-il. Il me congédia d'un geste de la main emprunté au comte.

« Ana ? » Robin se leva en même temps que moi. « Je vous accueillerais avec plaisir dans mon lit la nuit de votre choix.

– Même avec ceci entre nous ? » Je tapotai la protubérance de mon abdomen. Nous sourîmes devant ma gêne.

« Il existe des moyens…

– Je dois y réfléchir. »

Radburn regarda le soleil matinal ramper dans l'ouverture de la grotte. Le rai de lumière passa à un cheveu de la petite marque qu'il avait tracée trois jours auparavant. Selon ses calculs, quarante jours s'étaient écoulés depuis le Solstice. La chaleur n'était pas revenue avec l'allongement des jours. Cette cavité glacée empêchait – la plupart du temps – le vent de la pénétrer. Radburn n'en demandait pas plus.

Pas loin de se moquer de tout, il contempla un ver qui rampait dans la flaque de lumière plutôt que prendre part aux derniers assauts de Fantôme contre la porte dragon. Aucun des sorts que lui avait confiés Radburn n'avait fonctionné. Ainsi que l'avait prévu ce dernier. À présent, Fantôme attaquait le chambranle par la force de sa volonté. Il projetait sur le sceau trait après trait de magie brute.

Une lueur bleu-vert soulignait brièvement les contours de l'huis. C'était nouveau.

Radburn regarda de plus près. Le sceau ne devrait luire d'aucune couleur, à l'exception du vert vif du nouveau feuillage – la signature colorée de lady Resmiranda.

« Ça vient. Mais c'est long. » Fantôme courba le dos de fatigue. Il reposa l'une de ses mains pataudes de paysan sur l'effigie de dragon au centre du chambranle. Davantage de lumière bleu-vert souligna le contour de ses doigts.

« J'ai besoin de manger et de dormir », poursuivit Fantôme avant de se redresser péniblement. La trace de sa main demeura quelques instants sur la porte avant de s'y dissiper, comme si le bois et le métal absorbaient le pouvoir – ou le lui soutiraient.

« Vous êtes proche de la solution… Maître. » Le goût infâme de ce dernier mot fit suffoquer Radburn. « Mais il nous reste très peu de nourriture. Il va encore falloir que j'aille en voler au village.

– Très bien. » Fantôme agita la main en un geste compliqué qui défit le collier d'esclave. Radburn allait pouvoir vagabonder un peu plus loin que la grotte avant d'être étranglé par ce lien honni. Le geste terminé, Fantôme laissa retomber ses épaules et sa tête, comme si elle était trop lourde pour lui.

« Dormez, Maître, pendant que je vais vous chercher à manger. » Et quelque chose de savoureux pour lui également.

« Je n'arrive pas à comprendre comment le sceau de

lady Resmiranda peut durer si longtemps. Il n'aurait pas dû s'effacer après sa mort ? C'est pourtant ce que me disait Mémé. Tous les sorts disparaissent après la mort de celui qui les a jetés.

– Mais bien sûr ! » Radburn se donna une grande claque sur le front. Comment avait-il pu oublier un tel principe élémentaire de magie ? Ses idées s'éclaircirent brutalement. La perte de ses pouvoirs l'avait tellement déprimé qu'il n'avait plus été capable de réfléchir sainement. Comme si sa rapidité d'esprit l'avait abandonné en même temps que ses talents. Il avait succombé au même chaos qu'il avait lui-même semé.

« Bien sûr quoi ? » gronda Fantôme. Il se traîna à grand-peine vers la pile de feuilles mortes et de couvertures volées qui lui servaient de lit.

« La dame n'est pas morte. Le sort fonctionne toujours parce qu'elle est bien vivante, et en pleine forme. » Le cerveau de Radburn s'emballa. Comment ? Qui ? « Évidemment, Fitz Chênenoir a dû lui porter secours. Il a menti à votre source digne de foi, et lui a dit ce qu'il voulait qu'elle sache. Je me demande si John sait que ma femme vit toujours.

– Ta femme ? Mais alors, elle doit t'obéir. Les femmes doivent obéir à leur mari. C'est la seule chose intelligente que m'a dite mon p'pa. On pourra l'obliger à ouvrir la porte. » Soudain plus vif, Fantôme s'assit.

« Il faudrait d'abord la trouver. » Mais pas tant que Radburn n'aurait pas récupéré ses dons. S'il pouvait distinguer l'éclat de la porte à chaque assaut de Fantôme, alors un peu de ses pouvoirs fonctionnait encore. Le reste pourrait lui revenir si jamais il arrivait à se débarrasser de ce maudit collier.

« Où pourrait-elle se cacher ? Où pourrait-elle se cacher de John ? » Question cruciale, que venait de poser Fantôme.

« Si seulement je pouvais récupérer mes pouvoirs, je pourrais le savoir dans mon bol à visions.

– Je la chercherai dans le bol. Après avoir mangé et dormi. Vole des rations supplémentaires pour un voyage. Nous partirons à l'aube chercher la dame. » Fantôme s'allongea sur sa paillasse. Il se mit à ronfler avant même que Radburn ne soit arrivé à l'entrée de la grotte.

« Tu ne la trouveras pas. Je ne le permettrai pas, Fantôme. Je vais trouver le moyen de brouiller ta vision. Il faut que j'y arrive. Tant que je n'aurais pas récupéré l'intégralité de mes pouvoirs, tu ne la trouveras pas. Sinon, elle nous abattra tous les deux avec cette maudite épée. »

Elle, ou Fitz Chênenoir. Si l'épée était un véritable objet de pouvoir, alors elle ne pouvait être maniée que par celui qui l'avait reçue de son gardien surnaturel. Mais, songea-t-il, le récipiendaire pouvait se choisir un champion. Entre tous les chevaliers d'Angleterre, le choix de Resmiranda se porterait indubitablement sur Fitz Chênenoir.

« Tu es mort, Fitz Chênenoir. Ton sang alimentera mon sort pour détruire Excalibur. »

Au travers de la meurtrière, Hugh contemplait la pluie battante qui se mêlait à la neige. Les bourrasques de mars annonçaient la fin de l'hiver et une agitation presque frénétique du roi John. Hugh lui-même éprouvait le besoin de marcher à grands pas, de chevaucher Orage jusqu'à ce que l'épuisement les terrasse tous deux, de lancer son poing dans le visage de quelqu'un, de plonger son épée dans un ventre – de préférence celui du roi.

Londres avait été pauvre en distractions durant cet interminable hiver. Les chasses étaient rares, les tournois inexistants, et l'entraînement aux armes sporadique. Il n'y avait pratiquement plus de litiges à juger dans tout le pays. Même le lord-maire de Londres ne contestait plus chaque nouvelle taxe, chaque nouvel impôt, ou le passage de troupes dans la Cité comme étant une violation de très anciens et inaliénables droits.

Hugh se demandait si l'Interdit n'avait pas commencé à imprégner les esprits. On aurait dit que les hommes, privés de confession, d'absolution et d'eucharistie, craignaient maintenant d'enfreindre la loi, comme si les châtiments corporels les effrayaient plus que jamais.

Sans tribunal ni chasse, John avait fini par se lasser des dames et des jongleurs, des ménestrels et de leurs histoires ou des nouvelles de l'Angleterre comme du continent. Il traitait ses conseillers comme des chiens et arpentait les remparts par tous les temps, le regard systématiquement braqué vers l'est et le continent.

Hugh faisait également les cent pas, ordinairement avec Coffa, son jeune chien-loup, sur ses talons. Il avait beau faire, il ne pouvait oublier Ana, et surtout pas avec ce chiot qu'il avait baptisé en souvenir d'elle. Sa trahison lui incendiait les entrailles jour après jour. Elle envahissait ses rêves et lui volait son sommeil.

Même en ce moment, alors qu'il affrontait le vent et la pluie sur les remparts en compagnie du roi. Coffa dormait près du feu avec les autres chiens ; il n'aimait pas les hauteurs. John regardait dans la direction de ses ennemis. Hugh ne regardait qu'en lui-même, et n'était pas ravi par ce qu'il voyait. Si seulement la pluie pouvait le purifier.

Les compagnons de jeu du roi ne l'accompagnaient pas sur la muraille, ni les deux évêques qui ne le lâchaient ordinairement pas d'une semelle. Ces deux-là lui murmuraient à l'oreille des platitudes alambiquées et une logique tellement tordue que John pouvait déduire n'importe quoi de leurs propos.

Hugh poussa un soupir résigné, resserra sa houppelande autour de lui et rejoignit son roi sur le rempart. Il avait une mission, ce soir. Robin l'avait informé que les barons, conduits par Vesci et Fitz Walter, étaient aussi fébriles que le souverain après ce long hiver. Ils voulaient autant en découdre que John.

La perspective d'une guerre civile dérangeait Hugh. Il voulait voir John mort, déposé, exilé ou autre chose. Mais un conflit interne ferait plus de mal que de bien.

« Ce vent provoquera le dégel de la plupart des rivières du pays. Les marchandises et les troupes pourront à nouveau circuler librement », énonça John sans le regarder. Il avait le don troublant de déceler l'approche d'un tiers. C'était probablement dû à une enfance passée entre trois frères aînés dévorés d'ambition et des barons impitoyables plus enclins à l'enlèvement d'enfants qu'à la soumission.

« Les routes vont se transformer en bourbier pour les chevaux et les chariots. Votre Altesse ne pourra transporter des machines de siège jusqu'à Portsmouth avant au moins un mois », répondit Hugh. Son esprit suivit des chemins familiers, réfléchit aux problèmes inhérents au lancement d'une invasion du continent, bien qu'il sache au plus profond de lui qu'il devait tout faire pour en dissuader John.

Huntington et Lincoln prendraient prétexte d'une autre expédition stérile en Poitou pour se rebeller.

Et si Hugh ne les avait pas suivis en 1204, il le ferait, cette année. Cependant, il savait également que l'époque n'était pas propice. La plupart des barons refuseraient le service et l'écuage. Mais une guerre civile ? Une fois commencés les semis de printemps, l'arrivée de la saison des tournois, ils cesseraient de piaffer et envisageraient le problème d'un autre œil.

« Il faudra bien un mois aux barons pour rassembler leurs chevaliers et leurs hommes d'armes, poursuivit John. Ils pourront charger le gros de leurs fournitures sur des barges et les envoyer vers la côte. Il faut que nous prenions la mer avant que Philippe n'ait eu le temps de rallier ses propres troupes.

– La Manche ne sera pas navigable jusqu'à bien après la Saint-Joseph. Les tempêtes de printemps ont eu raison de flottilles entières.

– C'est un risque qu'il nous faudra courir. Philippe de France est installé sur nos terres, il commande nos barons et s'engraisse sur nos réserves. » John frappa le parapet de son poing ganté. Il irradiait l'énergie et la détermination. « Notre honneur nous impose de réclamer notre héritage continental. »

Merde ! Si Hugh aimait John en tant qu'homme, il haïssait John le roi. Ils avaient de nombreux points communs, pensaient de la même manière, avaient les mêmes priorités, et avaient partagé moult aventures sur le champ de bataille.

« En Angleterre, vos barons sont anglais, Altesse. Ils se sont défaits de tous leurs domaines et points d'intérêt sur le continent… » En tout cas, cela avait été le cas d'Hugh. Non pas qu'il ait possédé beaucoup de choses en Normandie. Son destin avait commencé le jour où il avait sauvé la vie de John.

« Sauf le Maréchal. Il a refusé de renier son vœu d'allégeance à Philippe pour ses possessions continentales. Il nous faut admirer le sens de l'honneur du personnage, même si nous déplorons son mépris d'un décret royal devant témoins et d'un traité béni. Le Maréchal a toujours le pouvoir de commander les hommes. Si nous le rappelons de son exil d'Irlande, nos barons suivront son exemple.

– Eustace de Vesci de Northumberland a convaincu les barons septentrionaux de vous refuser hommes, armes et argent », lui rappela posément Hugh. Le suivraient-ils dans une guerre contre le monarque ?

« Il est toujours furax contre nos nasses légales ! »

Vesci était « furax » à propos de bien plus que les

nasses, mais Hugh ne pensa pas judicieux de rafraîchir maintenant la mémoire du roi.

« Très bien, en ce cas, je réclamerai l'écuage plutôt que le service, continua John. De toute façon, l'argent des barons me sera plus utile pour embaucher des mercenaires. Leur loyauté est monnayable et prévisible. »

Ainsi qu'Hugh le savait parfaitement. N'avait-il pas commencé sa carrière comme mercenaire ?

« Vous ne pouvez exiger l'écuage aussi souvent, Altesse. Au maximum une fois par an, selon la loi. Au-delà, vous avez besoin de l'accord unanime de l'assemblée des barons et des évêques.

– Ce n'est pas une loi. Tout au plus une tradition. Montre-Nous où il est écrit que Nous ne pouvons réclamer de l'argent à Nos barons quand bon Nous chante ? »

Depuis les campagnes de 1204 et 1205, les barons s'enhardissaient de plus en plus à défier leur roi. Cinq ans plus tôt, en gestionnaire inexpérimenté des ressources d'une baronnie, Hugh s'était senti tenu d'obéir à son roi, de lui fournir hommes et argent. Depuis lors, année après année, John avait dû abandonner ses projets.

Et aujourd'hui ? Tout ce à quoi Hugh accordait de l'importance était en Angleterre. Même Ana restait en Angleterre. Elle pourrait éventuellement filer rejoindre son père au printemps, mais certainement pas avant d'avoir enfanté. Si, du moins, elle survivait à l'épreuve.

Il écarta cette pensée, tout comme il repoussait jour après jour, heure après heure, tout souvenir d'elle. Il n'était pas certain de pouvoir soutenir une invasion du continent, même pour maintenir l'apparence de loyauté qu'il avait si soigneusement tissée l'hiver durant.

Sans Ana, la rébellion valait-elle tous ces mensonges ?

La vie de dix otages gallois dépendait de ce simulacre de fidélité, se remémora-t-il. Il lui fallait réfléchir par-delà lui-même. Nombre de barons ne le faisaient pas.

« Au cours de toutes les autres campagnes de Normandie, Philippe a dû se battre sur plusieurs fronts, tenir ses ennemis à distance à l'est, apaiser le pape, et négocier avec vos troupes à l'ouest, reprit-il. Cette année, le pape soutiendra le premier monarque qui sonnera le ralliement contre vous, Altesse. Si vous tenez absolument à une invasion, vous donnerez à Innocent III un prétexte pour vous excommunier.

– Nos évêques soutiennent le contraire. Ils insistent sur le fait que si Nous pouvions seulement récupérer Nos possessions continentales, Nous pourrions acheter une remise de peine d'Innocent III. Tout le monde a son prix.

– Est-ce la vérité, ou ce que vous désirez entendre, Altesse ? Innocent III est réputé pour sa foi, sa piété et son incorruptibilité. Quand il menace d'excommunication, il le pense vraiment. » Hugh se mordit les lèvres, effrayé par son audace à mettre en doute la parole de deux évêques. Il était persuadé que Dieu savait ce qu'Il voulait. Ses évêques n'écoutaient souvent que leur propre ambition.

John interrompit ses constantes allées et venues. Il fallait encore qu'il regarde directement Hugh. Et non pas dans le vague. Hugh fit une prière pour qu'il cherche la réponse au plus profond de lui-même.

« Vous trouvez cette invasion inconsidérée.

– Oui, Altesse.

– Pourquoi devrions-nous plus accorder foi à vos propos qu'à ceux de nos évêques ?

– Je ne vous ai jamais menti, Altesse. » Et pourtant, il l'avait fait. Chaque jour, il avait professé sa loyauté alors qu'il ne voulait que la mort de celui qui avait trahi et abusé Ana.

Ce fut alors qu'il se rendit compte qu'il l'aimait encore. Qu'il l'aimerait toujours. Il n'était simplement pas certain de pouvoir lui pardonner.

John le transperça longuement du regard. Regard que lui rendit hardiment Hugh. S'il flanchait, ou reculait, alors John saurait qu'il le trompait.

« Parlez-vous pour votre propre bien, ou le mien ? l'interrogea le roi.

– Je parle pour le bien de l'Angleterre. Vous ne pouvez vous permettre d'offenser plus le pape. Si notre roi est excommunié, c'est l'âme de chaque Anglais qui est en jeu. Le bien-être du pays repose sur des âmes bien portantes. Je n'ai jamais pensé être celui qui vous dirait cela, Altesse, mais l'Angleterre a besoin de l'Église, l'Angleterre a besoin d'un souverain en paix avec l'Église. Faites la paix avec Innocent III.

– Qu'en est-il des barons ? Êtes-vous leur porte-parole ?

– Je m'exprime en tant que baron. Si le pape vous excommuniait, il me faudrait soigneusement réfléchir à mon vœu de loyauté. Comment devrais-je répondre à Dieu si le pape exige que je me révolte contre vous ? Je n'ai pas de réponse à cette question. Je ne pense pas que la plupart de mes pairs l'aient non plus.

– Je vous aime bien, Hugh Fitz Chênenoir, baron de Bellecôte. J'aime votre franchise directe, et votre courage pour rester honnête. Peut-être l'heure est-elle venue d'une autre campagne en pays de Galles. Ou en Irlande ? Ces Gaëls sont définitivement trop indépendants. Nos barons accepteront l'appel aux armes pour l'Irlande. »

John reprit le rythme normal de ses allées et venues, et se dirigea vers l'escalier de la tour d'angle.

« Êtes-vous obligé de faire campagne cette année, Altesse ? J'aurais tendance à penser qu'une paisible tournée en Angleterre vous serait bien plus bénéfique. Il vous faut convaincre vos barons qu'ils vous doivent fidélité, quoi que fasse le pape. » Hugh tint la porte à John. Les habitudes de déférence ne se perdaient pas comme cela. *Sacrebleu*[1], il appréciait son roi et l'approuvait quand il se montrait raisonnable.

« Rien de tel qu'une campagne pour forger des liens d'amitié et de loyauté. Vous le savez, Hugh. Vous êtes devenu notre ami sur le champ de bataille. » John s'arrêta pour lui donner une claque amicale sur l'épaule.

Si seulement je n'avais pas intercepté ce coquin de chevalier avant qu'il ne vous embrochât, il y a bien longtemps !

Oui, mais s'il avait permis la mort de John à ce moment-là, il ne serait pas comte aujourd'hui. Il n'aurait pas connu l'amour de son fils. N'aurait jamais rencontré Ana.

Je t'aime, Ana. Tu me manques horriblement. Seulement voilà, le destin et le roi John s'en étaient mêlés et l'avaient éloigné d'elle. Il ne lui restait que le jeune chien-loup, Coffa – souvenir –, pour se la remémorer.

« Nous partageons nombre de souvenirs et de liens, Hugh. » John s'immobilisa sur la première marche et fixa Hugh dans les yeux. « Surveillez vos arrières aussi soigneusement que vous surveillez les Nôtres. Nous avons été informés par Nos espions que Nos perpétuelles bonnes grâces envers vous suscitent des jalousies. On chercherait à vous éloigner de la Cour par le mensonge, le complot politique ou la violence. »

*

« Voudriez-vous cesser de faire perpétuellement les cent pas, père Truman ? Vous me rendez nerveuse ! » m'exclamai-je, irritée. Ma gorge se noua, et je jurai intérieurement. Newynog arpentait la longueur de la

1. En français dans le texte. *(N.d.T.)*

salle sur ses talons. Les bourrasques de mars nous rendaient tous un peu trop nerveux.

Ma toux était revenue de plus belle.

Marion et Meredith se regardèrent par-dessus leur ouvrage, échangeant de muettes confidences. Je poussai un soupir d'exaspération. Elles insistaient pour broder de délicats vêtements de nouveau-né, refusant d'admettre ma volonté de donner mon bébé au moment de sa naissance. Un des chevaliers de Robin et sa femme avaient perdu leurs trois enfants. Ils voulaient désespérément élever le mien, lui donner un nom et un foyer intacts de bâtardise.

Pour ma part, je préférais coudre de solides tuniques pour Toby et Will plutôt que pour un enfant que je ne garderais pas.

« Je perçois… quelque chose d'étrange, ma Dame. » Le père Truman s'immobilisa sous l'une des hautes et étroites fenêtres, et leva les yeux vers le volet qui l'obturait. Le vent fouettait le bois comme s'il voulait soulever le loquet.

« Je ne perçois rien. » En fait, mes talents s'étaient concentrés sur mon bébé. Je savais tout de ses minuscules battements de cœur, du gigotement incessant de ses jambes, du réconfort de sucer un pouce… L'eau ne m'attirait plus. C'était la terre que j'avais choisie pour élément. Si les ourlets de mon bliaud étaient toujours sales, c'était dû au fait d'arpenter sans fin le jardin et non pas à celui de patauger dans les flaques.

J'envoyai promener mes pensées et mes perceptions. Je ne pouvais me permettre de m'attacher émotionnellement à ma fille. Il me fallait la donner.

Le vent enroba mes réflexions d'un nouveau courant d'air, féroce et dirigé. Je levai les yeux, stupéfaite. Ce vent-là avait quelque chose de différent…

Je toussai de nouveau.

« Avez-vous renouvelé les gardes autour du château ? » me demanda à voix basse le père Truman.

Je sursautai, car je ne l'avais pas entendu revenir près de moi.

« Je n'en ai jamais établi. » Je n'avais pas voulu souiller ma fille par le moindre contact avec la magie. Peut-être qu'en grandissant dans une maisonnée différente elle pourrait échapper au talent, comme je m'y étais efforcée si longtemps.

L'énervement et un besoin urgent de me cacher me tordirent l'estomac. Il se passait quelque chose d'étrange.

« Comment avez-vous pu faire preuve d'une telle négligence ! » Le père Truman reprit ses allées et venues. « Il nous faut les établir tout de suite. » Sans plus de précautions ni d'excuses, il m'extirpa de mon fauteuil rembourré. Ma couture chut sur la paille.

Je me retrouvai en train de suivre le prêtre avant d'avoir eu le temps de protester. Il me jeta une pelisse sur le dos tout en me poussant vers la cour. Je passai mon temps à regarder par-dessus mon épaule, persuadée de découvrir un espion.

Il n'y avait que des ombres, et ce vent indiscret. Je retins mon souffle, de peur de recommencer à tousser.

Dehors, je reconnus un esprit inquisiteur dissimulé derrière les bourrasques. On me cherchait dans un bol à visions. C'était cette quête qui provoquait le retour de la toux implantée en moi par Blakely. Cependant, il s'agissait encore d'une recherche vague et éliminatoire. Il nous fallait nous hâter.

« Rassemblez du petit bois et disposez-le de manière à recevoir l'étincelle à chacun des quatre angles du rempart », m'ordonna le père Truman.

Je me dandinai vers la tour est. Mes bras et mes jambes refusaient tout mouvement preste. Mon gros ventre ne voulait avancer qu'à l'allure d'un escargot. J'avais mal au dos.

« À l'extérieur du rempart, me rappela le prêtre. Il serait insensé de laisser voir les contours du château au pisteur. Il le reconnaîtrait.

– Qui ?

– Je ne suis pas certain. »

Je pensai le savoir : c'était le sorcier qui avait dérobé le corps de Blakely. La conscience de sa malveillance me fit avancer un peu plus vite.

Nous nous séparâmes pour vaquer à nos tâches respectives. J'attrapai deux pleines poignées de brindilles près de l'écurie et les fourrai dans mes manches. Il m'aurait fallu ramasser du petit bois frais dans la forêt. Je n'en avais plus le temps.

Une crampe dans le flanc droit me tarauda tout le long du chemin vers l'extérieur de la tour orientale. Il nous fallait travailler *deasil*, selon la route du soleil. Je doutai pouvoir parcourir deux fois de suite la circonférence du château. Aussi disposai-je le premier feu et attendis-je le père Truman. Il mélangeait des herbes dans une bourse tout en marchant, tandis qu'il serrait contre lui des fioles de vin et d'huile.

Il éparpilla les herbes sur le petit bois alors que j'y versais trois gouttes de vin, puis trois d'huile. Ensemble, nous récitâmes une invocation à Dieu pour protéger le château et ses habitants du mal extérieur.

Puis le prêtre, soucieux, me regarda, et attendit que j'allume mentalement le feu.

« Je ne sais si je le puis, protestai-je. Avez-vous apporté une pierre à briquet ?

– Vous devez le faire, ma Dame. C'est le seul moyen pour empêcher l'esprit pisteur de pénétrer. Il est puissant ; il devient de plus en plus puissant et précis de minute en minute. »

Je savais que cet esprit pourrait percer toutes les

gardes disposées négligemment. Celles-ci devaient être fortes et parfaites, elles devaient détourner cet esprit de manière si subtile qu'il ne se rendrait même pas compte d'une lacune.

Résignée, je fermai les yeux et me concentrai de toutes mes forces. Une nouvelle crampe commença sur la gauche de mon ventre avant que je sente la fumée montant du petit feu.

Lorsque j'ouvris les yeux, un pâle scintillement d'énergie montait des flammes vers le haut et vers l'extérieur. Une fois le cercle complété, tout le château serait enfermé dans cette barrière protectrice.

Nous ne pourrions finir assez tôt à ma convenance. L'esprit inquisiteur reniflait déjà la présence de la magie.

Le père Truman m'offrit l'appui de son bras alors que nous filions vers la tour sud. Deux fois encore, nous répétâmes le rituel. Au moment où j'enflammai le troisième feu, je vacillai et ne fus pas loin de m'évanouir d'épuisement et de douleur.

À présent, je savais que les crampes étaient le début du travail. Il me fallait rentrer. J'avais besoin d'une sage-femme et d'un fauteuil d'enfantement.

« Vous devez terminer ceci, ma Dame, me pressa le père Truman. Si vous abandonnez maintenant, la quatrième garde sera faible, le cercle incomplet. Cet ennemi vous trouvera d'autant plus vite qu'il aura perçu la présence de gardes inachevées. » Il paraissait désespéré.

« Je sais, suffoquai-je. Accordez-moi juste un instant, pour reprendre mon souffle. » Ou plutôt un halètement, comme un chien après une course.

Newynog me poussa du museau. Je passai mon bras sur son cou et laissai reposer un peu de mon poids sur elle. Jamais encore je n'avais autant apprécié sa taille et son poids qu'en ce moment. Aucun autre parent ne pouvait me soutenir comme elle le faisait.

Ensemble, nous allâmes cahin-caha vers la tour nord.

Le père Truman disposa le feu, éparpilla les herbes et versa le vin et l'huile. Je plaçai mes mains sur les siennes alors qu'il faisait tout cela, afin de faire partie du rituel, mais j'eus besoin de toute ma concentration pour rester debout et respirer calmement, alors qu'un nouvel accès de douleur me terrassait presque.

Le vent gagna en intensité, il encercla le château, nous frappa. Il ne pourrait pénétrer le bouclier que nous érigions que s'il arrivait à nous arrêter ou à nous retarder. Déjà, l'énergie chatoyante avait grandi, épaissi, elle était devenue presque complète.

« Le chant, ma Dame. Il nous faut réciter les paroles ensemble. Lentement. Prononcez chaque mot aussi clairement et distinctement que moi. »

Mot après mot, nous inclûmes le chant dans l'incantation. Mot après mot, nous nous rapprochâmes de la fermeture du cercle.

« Maintenant, le feu, me câlina-t-il. Allumez le feu. »

Cette fois-ci, je tendis la main et la pointai vers le petit bois. Trop épuisée pour réfléchir ou me soucier de la manière dont les brindilles recevraient l'étincelle, je mis le feu à la chose. La douleur fit s'envoler tous les doutes que je pouvais avoir sur le péché qu'était l'usage de la magie.

Le vent hurla son déplaisir et reprit ses assauts contre mes sens en même temps que les murailles du château. Cependant, je ne toussai pas.

« Encore quelques pas, ma Dame. Il nous faut fermer le cercle.

– Je ne puis », haletai-je en faisant un pas et en m'évanouissant presque. La douleur se rapprochait. Bien trop. La pression montait en moi. Le bébé voulait naître sans délai !

« Vous devez marcher. Je ne puis vous porter. Vos pas et les miens doivent compléter le cercle. »

Soumets-toi à la douleur. Renonce à cette tentative

stérile. Je te trouverai de toute façon, me murmura le vent.

Je reconnus le rythme des mots, l'accent qui n'appartenait à aucune langue, le mal derrière le tout : Radburn Blakely.

Mais il était mort !

Je ne pus me concentrer sur la question alors que la douleur se faisait si rapide, si violente.

La peur me donna des ailes. Je fis chaque pas comme si on me poussait par-derrière. À chaque nouvelle enjambée, le mur de pouvoir se renforçait. À chaque nouvelle enjambée, le bébé me donnait des coups pour sortir.

Enfin, nous contournâmes la tour est et arrivâmes au-dessus des cendres de notre premier feu. Nous prononçâmes quelques paroles supplémentaires, éparpillâmes encore des herbes, versâmes encore du vin et de l'huile.

J'entendis le mur protecteur se refermer en claquant dans mon esprit. Au même moment, mes pensées fusionnèrent avec celles de ma fille. Elle connaissait parfaitement son monde intérieur chaud et humide. L'heure était venue pour elle de se déployer, de respirer l'air véritable, d'explorer mon monde et ma magie.

Je n'eus pas la force de trancher le lien qui nous reliait. Alors que mes genoux se dérobaient sous moi, je compris que je ne pourrais abandonner cette enfant. Elle était un élément de moi que je ne pouvais rejeter – ni maintenant ni jamais.

J'accepterai la proposition de Robin lorsque l'Interdit sera levé. Je ne l'épouserai pas en dehors de l'Église.

Attendre le pardon d'Hugh était vain.

44

Newynog gronda en découvrant le père Adrian, curé du domaine de Robin, et le père Truman, sur le seuil du solarium. Trois jours, et déjà ma chienne assumait sa tâche de protectrice de ma fille avec le même sérieux qu'avec moi. Trois jours, et déjà le lien entre nous, mère, fille et chienne, avait atteint une ampleur inimaginable pour moi.

« Je dois baptiser l'enfant, ma Dame », insista le père Adrian.

Trois jours. L'enfant prospérait. Aucune de nous deux ne semblait sur le point de succomber aux fièvres qui, si souvent, emportaient mère et nouveau-né.

« J'assisterai au sacrement. » Je me levai de mon fauteuil, mon bébé dans les bras. Trois jours, et déjà je répugnais à laisser d'autres la porter, même si Marion et Meredith guettaient chaque occasion de me la subtiliser et de l'exhiber fièrement à tous les membres d'Huntington, comme si c'était leur fille, et non la mienne.

Debout derrière le père Adrian, le père Truman parut quelque peu embarrassé. Il baissa la tête.

Le père Adrian avança de quelques pas, bras tendus vers ma fille. « Je suis navré, ma Dame. » Il n'avait pas l'air contrit du tout. « Vous n'avez pas encore assisté à la messe de vos relevailles. »

Le père Truman avait, lui, l'air à la fois désolé, et… obstiné. Il pouvait ne pas aimer les actes ou les attitudes du père Adrian, mais il ne le contredirait pas.

« En ce cas, je supporterai le rituel de purification après les couches avant que vous ne baptisiez mon enfant. » Je dardai un regard déterminé sur les deux prélats. « J'assisterai au baptême de ma fille. Elle recevra son nom de moi, et de personne d'autre !

– Ma Dame… » Cette fois-ci, le père Truman eut la grâce de détourner les yeux et de se dandiner sur place. « Ma Dame, l'Interdit défend tout sacrement, à part le baptême et l'extrême-onction. Vous ne pouvez pénétrer dans la chapelle. Vous ne pouvez assister à la cérémonie.

– Mais les hommes de la maison le peuvent ? » criai-je.

Le père Adrian hocha la tête en voulant saisir mon bébé. Je l'écartai brusquement.

« Ridicule. Il n'est rien d'impur dans l'enfantement. C'est le plus grand miracle de la vie que nous ait offert Dieu. Les hommes devraient faire des actions de grâce après avoir engendré un enfant. Ceux-là sont impurs. » Mon cœur tambourinait dans mes oreilles, une sueur glacée me recouvrit. Je serrais mon enfant bien trop fort contre moi. L'hystérie n'était pas loin de me voler tout sens logique.

Le bébé hurla une protestation. Newynog se remit debout et vint me pousser les mains de sa truffe fraîche.

J'inspirai à pleins poumons et tentai de retrouver mon calme.

« Si l'Église me refuse le droit d'assister au baptême de ma fille à cause d'un rituel imbécile inventé par les hommes – de vieux célibataires bien cachés à Rome –, alors je refuse à l'Église le droit de réclamer mon enfant. » J'empoignai une pelisse pendue à une patère et repoussai le prêtre d'une bourrade. Le père Truman le rattrapa en posant ses mains sur ses épaules, et l'empêcha de me suivre.

« Marion, Meredith, venez avec moi. »

Les filles m'emboîtèrent le pas, à moitié stupéfaites par mon audace, à moitié fières de me suivre. Leur attitude oscillait entre les deux émotions ; puis la fierté finit par prendre le dessus, elles redressèrent le dos et repoussèrent les hommes présents.

« Il nous faut une vieille femme », leur lançai-je, alors que nous passions sous la muraille et sortions par la porte de la poterne.

« Pour quoi faire ? » me demanda Meredith, qui essayait toujours de parcourir le monde en se méfiant du point de vue général sur les priorités de l'existence. Elle n'avait jamais été du genre soumis.

« Une vieille femme, une jeune fille et une matrone. » Marion corrigea sa sœur en lui donnant une tape sur le bras. « Maman nous en a parlé. Ne t'en souviens-tu pas ? La véritable magie requiert une vieille femme, une mère et une vierge.

– Votre mère connaissait l'ancienne magie ? » m'enquis-je à voix basse en m'arrêtant dans l'ombre des murs. Une pointe d'appréhension me saisit. Qu'étais-je en train de faire ? J'avais défié l'Église, celle-là même que j'avais appris à vénérer par-dessus tout sur la terre comme au ciel.

Non, ce n'était pas tout à fait exact. Je devrais vénérer Dieu, Jésus, le Saint-Esprit et la Vierge Marie avant l'Église. Cependant, les responsables de l'Église se considéraient souvent comme supérieurs à la Sainte-Trinité et à la Mère de Dieu.

Qu'était la Sainte Mère, sinon une manifestation différente de l'antique déesse de Vie.

Ma résolution se renforça.

« Maman disait que si nous avions jamais besoin de travailler la magie, il nous faudrait aller voir la vieille sorcière aux herbes qui vit dans une masure, près du torrent qui surgit de la falaise. » Marion pointa le doigt vers le bas de la colline, à l'arrière de Huntington.

« Une source ? » m'enquis-je. Délice et soulagement m'envahirent. Tout ce qui concernait l'eau courante faisait paraître toutes les choses *justes* à mes yeux.

Nous dirigeâmes nos pas dans cette direction. Le vent tiède d'avril promettait des averses dans la soirée. L'air pur sentait bon. Sous nos pieds, la terre regorgeait de nouvelle végétation. Un tapis de pensées sauvages jaune soleil recouvrait le sol. Le feu de la vie bouillonnait dans nos veines.

Les quatre éléments nous accompagnaient dans notre promenade.

La petite hutte circulaire de branches entrelacées recouvertes de chaume et de joncs paraissait une excroissance de la falaise à laquelle elle était adossée. Une vieille femme courbée, vêtue de noir mais dépourvue de guimpe ou de voile, nous y attendait. Ses cheveux gris filasse lui retombaient en mèches sur le visage et le dos. Elle fleurait les fleurs et la terre.

Près de la hutte, un petit ruisseau cascadait sur les rochers.

« Cela fait deux jours que je vous attends, nous lança la femme sans préambule. V'z'auriez dû venir le premier jour après l'entrée dans ce monde de ce tout p'tit. » Elle planta sa longue canne devant elle et s'en fut d'un pas raide vers le lit du ruisseau. À chaque nouvelle enjambée, elle frappait la terre de son bâton, plus pour l'emphase que pour la soutenir. Un poisson extravagant en décorait le sommet.

Soudain, je regrettai la perte de ma propre canne. Peut-être pourrais-je en sculpter une nouvelle.

« Je suis venue dès que j'ai su que je le devais, m'excusai-je.

– V'z'auriez pas été influencée par cette Église

d'hommes, vous l'auriez fait. » Elle s'arrêta, et regarda par-dessus son épaule. « Venez, alors. Enlevez vos habits. On peut pas se connecter avec les éléments sous toutes ces longueurs de tissu. » Sa propre robe tomba au sol. Je ne l'avais pas vue la toucher. Elle était juste tombée, comme la peau d'un serpent en mue.

Marion et Meredith, gênées, évitèrent de regarder le corps ridé et les seins tombants de la vieille.

« Faites-le », leur chuchotai-je. D'après mes lectures des rituels de tante Lotta, je m'y étais plus ou moins attendue. Elle et oncle Henry accordaient une grande importance au fait d'éliminer les barrières entre eux et les éléments. Le bébé cilla et roucoula un gloussement enfantin. Mes idées s'éclaircirent, et je perdis les inhibitions que m'avait imposées une vie entière de pudeur monacale.

Je laissai choir ma pelisse et délaçai d'une main les liens latéraux de mon bliaud. Les nœuds s'emmêlèrent.

Tout en gloussant, les deux jeunes filles se débarrassèrent vivement de leurs atours. Marion me prit le bébé tandis que je dénouais les nœuds et finissais par émerger de la flaque de mes vêtements.

« Elle s'appelle Deirdre, me glissa Marion à voix basse. Et elle n'aime pas les présentations. Elle connaît déjà tout le monde par son nom, et attend d'eux qu'ils sachent également le sien.

– Je suis désespérément ignorante, Deirdre. M'enseignerez-vous la nature de ce rituel ? » m'enquis-je.

La vieille femme se tenait déjà au milieu du ruisseau, sous la cascade. Je plongeai un pied dans l'eau et grinçai des dents plutôt que le retirer au contact de l'eau glacée.

« V'z'allez devoir trouver vous-même le confort dans l'eau, jouvencelle, caqueta Deirdre. Très peu d'choses sont confortables dans l'existence. Faudra vous y faire.

– Je sais cela, ma mère. » Je pris résolument position

dans l'eau, en aval d'elle. Le courant me lécha les mollets.

Les bras resserrés autour de leur torse en une futile tentative pour éloigner le froid, les filles pataugèrent jusqu'à nous.

« Et maintenant ? demandai-je.

– On invente au fur et à mesure, répliqua Deirdre.

– Je n'ai pas l'habitude de concevoir mes propres rituels. Je me suis toujours appuyée sur l'expérience des autres.

– C'est un bon début. Mais maintenant, ça dépend d'vous. Faites les gestes, dites les mots qui vous reflètent, vous, votre fille et le lien spécial que vous partagez. »

Newynog surgit des bois et sauta dans l'eau. Qui jaillit et nous aspergea toutes.

« Très bien, Newynog. Tu feras aussi partie de cela. » Je frottai ses oreilles trempées et reçus en réponse un grand coup de langue sur la main.

« Trois vierges, reprit Deirdre en désignant les filles et mon bébé. Deux matrones. » Elle nous inclut, Newynog et moi, dans son geste. « Et une vieille femme. Une triade impeccable. » Elle se remit à rire.

« Une trinité amicale unique, l'approuvai-je. En ce groupe d'amis et protectrices mutuelles, je présente cette petite fille pour qu'elle devienne un élément de nos vies et de notre amitié. Puissent les liens de l'amour et nos relations avec la Terre, l'Air, le Feu et l'Eau nous apporter à toutes sérénité, amour de la vie et immémoriale sagesse. »

Je ne sais d'où me vinrent ces mots. Mais ils furent le reflet exact de l'instant et de ma relation avec les femmes près de moi.

« Donnez un nom à l'enfant », m'ordonna Deirdre. Elle plongea le bout de sa canne à l'endroit où l'eau tombait de la roche. Une fois complètement trempée, elle tendit le poisson sculpté et le fit ruisseler sur la tête du bébé.

« Henrietta Carlotta du clan Griffin. Hetty pour nous.

– Excellent nom. Excellent clan. » Deirdre fit couler l'eau tout droit depuis le front d'Hetty jusqu'à son ventre, puis ses orteils.

Celle-ci gigota au contact de l'eau glacée, mais ne protesta pas. Elle leva vers moi d'immenses yeux étonnés. Déjà, la teinte plus-bleu-que-bleu des pupilles Griffin apparaissait derrière l'azur brumeux des nouveau-nés.

« À présent, les filles, à chacune de vous de dire quelque chose. » Deirdre confia son bâton à Marion. Qui le plongea dans l'eau et le refit ruisseler sur Hetty. « Puisses-tu devenir aussi belle et aussi sage que ta mère. » Elle s'empourpra et passa la canne à sa sœur.

« J'espère que tu sauras découvrir la magie en toutes choses », déclara sans ambages Meredith.

Newynog s'ébroua et nous aspergea toutes. Elle ouvrit la bouche en un sourire de chien. Je compris qu'elle venait de promettre un de ses chiots à Hetty, l'heure venue.

Un essaim de fées surgit brusquement, il tournoya autour de nous en spirale et emplit la clairière de rires. Elles dansèrent sous et autour de la cascade et chantèrent des salutations à Hetty qui me firent penser à un chorus de clochettes d'argent.

Elles bénissaient le baptême de ma fille, comme elles n'avaient pas béni sa conception.

« Partez, maintenant, avant d'attraper froid, nous chassa la vieille femme. Et souvenez-vous, Resmiranda, que votre nom signifie “Merveilleuse Chose”. Votre vie est un miracle. Toute vie est un miracle. Ne laissez pas ces ecclésiastiques vous influencer.

– Merci, Deirdre.

– L'eau est votre élément, Resmiranda. L'eau purifie tout ce qu'elle touche. Vous aussi. »

Elle ramassa ses vêtements et disparut dans la hutte.

Les fées s'en furent de même.

Marion et Meredith n'avaient pas remarqué leur présence. Peut-être ne pouvaient-elles pas voir mes amies.

« Ce fut bien mieux que d'aller à l'église, déclara Marion. J'y suis allée avec maman après la naissance de Tobin et de Will. Chaque fois, je me sentais souillée, comme si donner le jour était un péché.

– La vie est un miracle, comme l'a dit Deirdre, professa Meredith. Nous n'avons nullement besoin d'une Église pour changer les choses autour de nous.

– Nous avons besoin d'une Église, Meredith, la contrai-je. Mais peut-être pas celle de Rome. » Je ne pense pas que j'aurais pu exprimer ma nostalgie des splendides rituels de la vie monacale, et surtout des cloches ponctuant l'ordre des journées, du réconfort de la prière, accentuée par l'encens, les cierges et les hymnes. « Le jour viendra peut-être où nous autres Anglais aurons notre propre Église.

– Mais il n'y en a pas d'autre ! protesta Marion.

– Nombre de chrétiens en Grèce, à Constantinople, et même dans les royaumes des Russes, pourraient te contredire », réfléchis-je à voix haute tout en enveloppant Hetty dans une couverture et en me rhabillant. Bizarre, mais je n'avais pas froid et goûtais avec plaisir la sensation de liberté que me procurait l'air frais sur mon corps nu.

« Nous ne pouvons changer l'Église toutes les trois », conclut Marion. Elle enfouit ses mains dans le pelage de Newynog.

« Non. Les hommes d'Église ont trop de pouvoir politique et spirituel. L'Interdit est perpétué pour des raisons politiques –, et non pas à cause de la foi ou d'un manque de foi. Notre destin est peut-être de conserver intacte la tradition que nous venons juste de célébrer, de ne pas la laisser se perdre dans les méandres de la politique. »

45

Ce soir-là, le père Truman baptisa ma fille Henrietta Carlotta, avec Robin et son fils Robert pour témoins. Les deux jeunes filles faisaient office de marraines. J'assistai à la cérémonie depuis le seuil de la petite chapelle.

Le père Adrian n'était pas là.

Hetty cessa de sourire et de roucouler lorsque l'eau bénite et l'huile entrèrent en contact avec son front. Elle hurla de protestation, alors qu'elle ne l'avait pas fait sous l'aspersion d'eau de source glacée. « Elle chasse nos démons », proclama triomphalement le père Truman.

Mon lien avec elle m'apprit qu'elle récriminait simplement contre mon absence lors de ce rite sacré. Je l'arrachai au père Truman à l'instant même où il émergea du sanctuaire. Elle reprit sa bouille réjouie dès qu'elle fut dans mes bras.

Les semaines, les mois suivants, la famille Locksley s'amouracha de mon Hetty, surtout Robin. Il négligeait ses tâches pour passer de longues heures à la contempler dans son berceau, à la bercer ou à lui chanter des comptines. Ses deux filles étaient à l'affût de mon autorisation pour la prendre dans leurs bras, la changer et la promener partout dans le château. Je devais me faufiler hors de la bâtisse afin de voler quelques instants d'intimité avec ma fille.

Au cours de ces promenades, je lui contais mes quelques souvenirs de Kirkenwood et de ses homonymes. Il me fallait conserver précieusement ces réminiscences en moi avant qu'elles ne soient remplacées par de plus récentes expériences, de nouvelles relations. Des leçons de magie suivaient ces évocations personnelles. Au cœur de chacune était la vénération pour la Terre, création de Dieu – son premier temple, en fait –, et une solide relation à elle, fondement des connexions aux trois autres éléments et à Dieu.

L'eau était mon élément. La terre celui d'Hetty.

Mes pas nous emmenaient le plus souvent vers le sommet d'une colline, où une clairière dominait le château d'Huntington. De là, je ne pouvais distinguer la hutte de Deirdre. En fait, je ne la retrouvai jamais. Peut-être ne pourrais-je la dénicher que si j'avais besoin de Deirdre.

De l'eau claire surgissait entre trois rochers disposés en un triangle approximatif au centre de la clairière. Ces rochers m'offraient un perchoir idéal. De leur sommet, je pouvais voir les allées et venues dans le château, de gens que je reconnaissais uniquement à la couleur de leurs habits ou à leur destination.

La cuisinière était toujours vêtue d'une chemise jaune vif et circulait entre sa cuisine et le cellier frais. Debout dans la cour, Owen, le maître palefrenier, en gris-brun, dirigeait en hurlant ses subordonnés, qui couraient en tous sens telles des fourmis sans visage. Robin portait systématiquement du vert lincoln et se déplaçait toujours dans un but précis. Ses filles, en robe pourpre éclatant pour l'une et rouge grenat pour l'autre, gambadaient deci, de-là, sans occupation apparente.

Depuis mon poste d'observation, je me savais différente des habitants de cette bouillonnante demeure pleine de rires et d'amour. Ils nous accueillaient, ma fille et moi, comme ils accueillaient tous ceux qui fuyaient l'injustice du roi John. Que fallait-il que je fasse afin de devenir l'une d'eux, comme j'étais devenue l'amie de Marion et de Meredith le jour du baptême d'Hetty ?

J'avais promis d'épouser Robin. Est-ce que cela pourrait me faire me sentir chez moi, ici ? Le trou que j'avais dans le cœur me disait que je n'appartiendrais jamais à un autre lieu que Kirkenwood. Que je n'appartiendrais jamais à un autre homme qu'Hugh Fitz Chênenoir.

Tu peux être chez toi partout où tu le choisis, gloussa une voix mélodieuse à mon oreille.

Hetty gazouilla et tendit les mains vers le petit insecte vert qui voletait au-dessus de sa tête.

« Bonjour, Saule ! hélai-je la fée verte que j'avais connue dans ma jeunesse. Tu m'as retrouvée ! »

Newynog tenta de la mordiller, elle sauta en rond sur ses pattes arrière sans parvenir à l'attraper.

Nous vous retrouverons toujours, toi et l'enfant. Viens jouer ! Saule descendit en piqué vers mes pieds et les éclaboussa un peu.

Newynog mordit l'eau en tentant de saisir Saule. Elle s'ébroua, se laissa lourdement choir dans le bassin et nous aspergea dans son enthousiasme.

Je poussai un profond soupir, et regrettai qu'Hugh ne puisse pas être le père d'Hetty, et partager cet instant avec nous.

L'essaim des fées décrivit une spirale autour de moi. À chaque passage, elles élargissaient le cercle. J'essayai de les suivre du regard. Mes yeux revenaient toujours sur la limite de l'herbe folle et les pierres brisées qui cernaient l'espace plan où se trouvaient les trois rochers et la source.

Les fées volaient en un cercle parfait. L'herbe bien verte se trouvait à l'intérieur de leur trajectoire. À l'extérieur, elle poussait épaisse et longue, jonchée d'endives sauvages, de chardons et de joncs rabougris.

J'étais assise au centre d'un anneau de fées ! Mais où étaient les champignons ou les pierres dressées censés le délimiter ?

Fais le cercle. Ouvre-toi aux gloires de notre anneau ! Les fées volèrent plus vite, elles émaillèrent leur ronde de boucles et de volutes. Le rire d'Hetty monta, joyeux contrepoint aux gloussements cristallins de mes amies, et au gazouillis de l'eau.

« Cela va être un dur labeur, et long », déclarai-je. J'installai Hetty sur une couverture, dans le triangle de l'espace sacré du centre, lieu protecteur s'il en fut, et marchai vers l'enchevêtrement de pierres brisées éparpillé sur le sol. J'en soulevai maladroitement une, qui emplit agréablement mes deux mains. Elle ne se sentait pas à sa place. Pourquoi ?

De son museau, Newynog poussa une de celles qui se trouvaient tout près. Je lui donnai un petit coup de pied. Elle roula d'elle-même vers l'endroit où je compris subitement qu'elle voulait reposer, mais s'arrêta net avant l'herbe tendre.

« Qui a détruit cet anneau ? » Qui avait osé ?

Les fées ne répondirent pas. Elles n'en eurent pas besoin. Nous savions toutes que seuls des prêtres avaient pu avoir l'audace de défier cet antique pouvoir. Très longtemps auparavant, alors que le christianisme arrivait en Angleterre.

« Il nous faut le rebâtir », déclarai-je sans détour aux fées.

Fais usage de ta magie, me pressèrent-elles. *L'anneau sera plus puissant si tu replaces les pierres à l'aide de ta magie.*

« Ce sera encore plus ardu qu'à la main », protestai-je.

Nous t'aiderons. La voix de Newynog se mêla à

celles des fées. Était-ce le gazouillis d'Hetty qui s'y ajouta ?

Je fixai les fées alors qu'elles s'éparpillaient dans une douzaine de directions différentes, chacune suivant un entrelacs précis de boucles et de spirales.

Newynog poussa du nez une autre pierre vers l'endroit où elle voulait se trouver.

« Comment allons-nous faire cela ? » demandai-je.

Les gloussements reprirent de plus belle. Une femelle fée rouge vif

voleta juste devant mon nez. Je dus loucher pour la voir. Ses seins parfaits tressautaient, ses mamelons étaient dressés. Le buisson vermillon de son entrecuisse était l'exacte réplique de ses boucles emmêlées. Je me demandai si les fées s'unissaient à la manière des humains. Saule était-il aussi bien proportionné que John ? Quel effet cela ferait-il, de s'unir à une fée ?

Je détournai le regard, gênée par la nudité de Vermillon et la licence de mes pensées.

Toutes les fées se figèrent.

« Je suis désolée, m'excusai-je. Je ne dois pas vous imposer mes propres restrictions morales. »

Si je perçus quelque relâchement de la tension ambiante, elles hésitaient toujours entre leur monde et le mien. Si je tenais à leur compagnie, j'allais devoir me regagner leur confiance.

Sans plus réfléchir aux conséquences possibles si jamais quelqu'un m'observait, je me défis de mes vêtements et entrai dans le ruisseau, là où il émergeait du cercle. Je pénétrai le domaine des fées purifié.

Elles gloussèrent et dansèrent.

La brise tiède d'avril nous promettait un été chaud. L'herbe humide me chatouillait les pieds. Tous les pores de ma peau s'ouvrirent au soleil en vibrant de joie. Je levai les bras et tournai en rond, ivre de liberté, de l'élimination des barrières entre les éléments et moi. Mon esprit s'ouvrit en grand.

J'avais déjà éprouvé cette unité de la vie, avec la vie, mais trop rarement et presque par accident. Je la cherchais, à présent.

J'entendis bruire les plus infimes insectes, sentis la Terre suivre son interminable chemin dans l'espace. Le temps d'un étourdissant moment, je devins un tout avec tout ce qui existait.

Le pouvoir de la vie bourdonnait au plus profond de mon être. La musique céleste des sphères résonnait dans ma tête.

Je pourrais refaire cela chaque fois que je le voudrais.

Maintenant, la magie va te venir plus facilement, me rassurèrent les fées.

Plus facilement, sans aucun doute ; restait encore à définir le facile. Je localisai d'abord les deux pierres qui délimiteraient l'entrée orientale de l'anneau. Elles auraient dû se trouver de chaque côté du petit ruisseau qui serpentait vers le bord du plateau. Quiconque pénétrerait le cercle devrait patauger dans l'eau – purification rituelle équivalente au baptême.

L'image me fit rire, et je fis léviter les pierres vers leur emplacement.

En une autre vie, j'aurais peut-être attendu l'aube du Solstice d'été pour définir sans faille l'est avant de disposer un seul rocher. Aujourd'hui, je savais avec précision le point exact de chacune des directions cardinales. Avec l'aide de mes amies fées, j'écoutai les pierres et les laissai trouver leur propre position.

Lorsque le nord se nicha dans l'herbe, je vis une infime ligne de pouvoir frôler la cime des pierres directionnelles ; elle ressemblait à l'anneau de feu des pierres dressées de Kirkenwood, au cercle qui précédait le tumulus des collines de Mendip, mais n'était pas si puissante.

Une incroyable lassitude s'empara de moi. La sueur me glaça la peau, je claquai des dents. Même Newynog s'affala près du ruisseau, hors d'haleine. Elle lapa quelques gorgées et posa sa tête sur ses pattes. Quelques instants plus tard, elle ronflait.

Le pouvoir me déserta, et la glorieuse sensation d'unité s'évanouit.

« Cela suffit pour aujourd'hui », lançai-je aux fées. J'enfermai soigneusement ce qui restait des expériences de la journée dans mon cœur.

Les fées m'approuvèrent en riant, puis disparurent dans un bruit de claquement.

« Je reviendrai demain », leur promis-je en me rhabillant. Je cessai de claquer des dents en enfilant ma chemise et mon bliaud.

À l'instant même où je bouclais ma ceinture autour de ma taille, Hetty me fit bruyamment savoir qu'elle avait faim. Mon propre estomac lui répondit en gargouillant.

Je m'assis entre les pierres centrales, agitai les orteils dans le courant et nourris ma fille, envahie par une extrême satisfaction.

*

La reconstruction de l'anneau de pierres me demanda plusieurs jours de dur labeur. Parfois, j'emmenais Excalibur sur la colline avec Hetty. Je l'écoutais fredonner tout bas à l'arrière de mon esprit tandis que je travaillais. L'épée et moi avions besoin d'être en contact l'une avec l'autre pour renforcer les liens qui uniraient nos magies, lorsque l'heure serait venue d'unir nos forces.

J'étais absolument certaine que je devrais, un jour, manier Excalibur, de façon aussi magique que terrestre, contre un puissant sorcier. Peut-être pas aujourd'hui ni demain, mais un jour. Le magicien qui m'avait cherchée dans le vent visionnaire, le jour de la naissance d'Hetty, me chercherait encore, ainsi que l'épée. Je soupçonnais Radburn Blakely d'être derrière ce magicien. C'était peut-être bien Blakely en personne. Comment ? Je l'ignorais. Toutefois, il n'était pas étranger à tout ceci.

Je travaillais nue, qu'il pleuve ou qu'il fasse beau. Mes muscles physiques et mentaux se développaient. Autour de mon ventre, les chairs ramollies par la grossesse se raffermirent. Mes seins demeuraient pleins et fiers malgré le lait pour Hetty.

Avril se termina. Le premier jour de mai, la Saint-Joseph, j'observai de mon perchoir le tumulte des préparatifs pour la célébration. Aujourd'hui, j'avais laissé Hetty aux soins attentifs de Marion. Le bébé était énervé et fébrile. Elle paraissait un peu fiévreuse. Aussi préparai-je une potion apaisante pour elle et n'emportai-je que mon épée magique sur la colline. Newynog s'était plantée aux pieds de Marion et refusait de quitter « notre » bambin.

Bientôt, les fées et moi replacerions les quatre dernières petites pierres.

Alors que je regardais les hommes dresser le mât de cocagne au centre du village du château, une petite troupe d'étrangers émergea des bois. Je reconnus aussitôt leur chef. Un seul homme pouvait maîtriser cet étalon isabelle aussi irascible qu'arrogant.

C'est la fête de Beltane ! hurlèrent joyeusement les fées. *C'est une célébration de vie nouvelle. Mâles et femelles doivent partager ce bonheur.*

« Mâle et femelle », soupirai-je, en rêvant de ce qui aurait pu être.

Cela peut encore être, insistèrent Saule et Vermillon. Elles se donnaient la main et volaient de concert. Leurs épaules s'effleuraient. Leurs pieds s'emmêlèrent alors qu'elles voletaient près de moi. Elles dégageaient une odeur entêtante et musquée. De toute évidence, elles s'uniraient aujourd'hui.

« Comment Hugh et moi pourrions-nous être ensemble ? Je l'ai trahi. Jamais il ne me rendra sa confiance. »

Tu dois commencer par te pardonner et te faire confiance à toi-même. Termine l'anneau. Ensuite, repose-toi la même question. Appelle-le à toi. Cette nuit, rien d'autre n'a d'importance.

« Cette nuit, leur promis-je ainsi qu'à moi-même. Cette nuit, je lui dirai proprement adieu. » Mais d'abord, il me faudrait me faufiler inaperçue dans le château et nourrir ma fille.

46

Hugh parcourut du regard la cour du château d'Huntington et chercha désespérément à apercevoir Ana. Tout en ayant peur de la voir. Tout en étant déçu de ne pas la voir.

« Elle vagabonde presque tous les jours dans les collines, expliqua Robin sans lui laisser le temps de demander. Pour récolter des herbes et des minéraux, dit-elle, mais elle reste assise en haut de cette colline à broyer du noir plus souvent qu'à son tour. » Il haussa les épaules. « Vous ne la verrez pas, à moins qu'elle ne le veuille. »

Hugh préféra se mordre les joues plutôt que de montrer sa déception et son soulagement. « Je pensais qu'elle serait prête pour les fêtes en même temps que vous. » Il désigna du doigt le mât de cocagne à présent érigé dans le village, avec sa couronne de branchages. Les branches les plus basses de ce résineux avaient été élaguées et distribuées entre les maisons villageoises en symbole de chance et d'hospitalité. Les bûches de l'année précédente formaient déjà la base de l'énorme feu de joie construit au-delà des habitations et des jardins.

« Depuis l'Équinoxe, nous ne la voyons guère que pour les repas. » Le comte Robin balaya l'air d'une main désinvolte. « Ce n'est pas moi qui vais la forcer à rester dans le château. Elle jouit de la liberté de mes terres. »

Vu les expériences de jeunesse du personnage en tant que hors-la-loi, Hugh comprit son besoin d'accorder aux autres réfugiés de la tyrannie de John une plus grande liberté qu'à l'ordinaire.

Il hocha la tête. Le besoin le taraudait de s'enquérir du bébé. Avait-il vécu ? Ana avait-elle bien supporté l'enfantement ?

Robin cria quelques ordres à ses gens, visiblement peu désireux de lâcher d'autres informations sans en avoir été prié.

Ce que ne ferait pas Hugh. « Je suis porteur de messages destinés à vos seules oreilles, Robin. » Son regard dériva vers le sommet de la colline. Il ne put distinguer la crête de la falaise, cachée par une arête. Mais il fut certain que quiconque était assis là-haut pouvait contempler tout ce qui se passait en dessous. Si Ana y broyait vraiment du noir, comme l'avait affirmé Robin, alors elle devait savoir qu'il était venu.

Il délivra brièvement ses messages, pressé de retourner au plus vite à Bellecôte. Mieux valait ne pas s'attarder assez longtemps pour qu'elle le cherche.

Newynog sortit au galop du solarium du donjon et s'arrêta en dérapant devant Coffa. Les deux chiens se reniflèrent avidement. Le jeune mâle mordilla les oreilles de sa mère et eut droit, en retour, à un grognement suivi d'une énorme patte plaquée sur son cou. Coffa roula sur le dos, oreilles en arrière et queue rentrée. Une fois l'autorité établie, tous deux s'en furent en trottant.

Que se passait-il, pour qu'Ana ait laissé Newynog au lieu de l'emmener avec elle ? Elle avait besoin de la protection de la chienne. Ou alors mentaient-ils tous sur ses promenades, et se cachait-elle dans le château ?

Hugh fixa Robin, en quête d'une explication. Celui-ci se contenta d'un geste de la main et commanda de la bière pour eux deux.

Ils finirent par discuter des dernières tentatives de John pour lever une armée. Hugh s'attardait, rêvant d'avoir le courage de partir et de ne jamais revoir Ana.

Le crépuscule approchait. Hugh se décida à faire ses adieux, ordonna que l'on selle les chevaux et que ses hommes cessent de danser avec les jolies et accortes servantes. La bière coulait bien trop à flots, et les inhibitions s'envolaient avec le vent. Même Robin et ses plus vieux enfants participaient aux antiques réjouissances. Hugh était certain qu'Ana allait les rejoindre. Elle avait déjà prouvé qu'elle était licencieuse et sorcière. Les connotations païennes de la fête le repoussaient et l'attiraient dans le même temps.

Était-il possible que Rome ait supprimé l'Église à l'Angleterre parce que ces rites païens y imprégnaient tous les aspects de la vie ? L'Angleterre était-elle irrécupérable ?

Hugh planta ses éperons dans les flancs d'Orage et quitta Huntington au galop, talonné par un Coffa enthousiaste. Ses hommes le suivirent à contrecœur. Il avait couvert quelque distance lorsque sa monture s'immobilisa brutalement en faisant tourner ses oreilles dans tous les sens. Coffa s'arrêta de même, renifla et jappa avec excitation.

Lors, Hugh l'entendit, un suave chant allègre porté par la brise. Il poussa Orage à le suivre, sans savoir pourquoi, mais en sentant au fond de lui-même qu'il serait incomplet sans cette mélodie. Sans le chanteur.

Le cheval trouva le chemin qui montait la colline. Il serpentait et revenait plusieurs fois sur lui-même. Souvent, Hugh ne voyait même plus où il menait. Cependant, Coffa le savait, ou alors le chien-loup suivait un instinct si vieux qu'Hugh ne savait pas s'il devait s'y fier.

Elle l'attendait à la limite d'un cercle de pierres. Deux pierres semblables, légèrement plus grosses, encadraient un petit cours d'eau.

La chemise d'un blanc pur d'Ana, quasiment transparente, dissimulait et révélait alternativement les ombres et contours de son corps.

Hugh ne fut pas loin de tourner bride. Ana l'avait trahi une fois. Elle recommencerait. Comme tous ceux qu'il avait connus.

Cependant, elle était si belle que son cœur voulut la contempler encore.

Plus mince que dans son souvenir, mais en même temps plus pleine. Ses mois de guérison et de grossesse avaient donné un nouvel éclat à ses joues, une lueur à ses yeux.

Il glissa à terre en lâchant ses rênes. Il ordonna à Coffa de rester avec Orage à l'extérieur du cercle.

Ana lui tendit une main. « Je savais que tu viendrais. Je savais que tu me trouverais », déclara-t-elle d'une voix douce. Ses yeux brillants ne se détournèrent jamais du visage d'Hugh.

« Oh, Ana. » Il l'embrassa avec passion, et établit sa possession sur elle. Il l'étreignit contre sa poitrine. Elle modela son corps au sien. Ils restèrent embrassés un long, un interminable moment.

Un désir longtemps réprimé le fit entrer en érection. Elle ne s'écarta pas.

« Ana ? » Il tenta de la repousser. L'incertitude le dévorait. Il avait tant attendu cet instant, il en avait tant rêvé, qu'il ne parvenait pas à le croire réel. Peut-être étreignait-il un esprit féerique dissimulé sous l'apparence de sa bien-aimée. Ce qui n'aurait rien d'extraordinaire en cette nuit de feux de joie et de danses, de purification et de fertilité.

Elle tendit la main et la posa, paume ouverte, sur sa joue. Il tourna le visage et embrassa la main qui le caressait si tendrement.

« Comment as-tu pu me trahir, Ana ? Tu as couché avec John. Tu as épousé Blakely. Tu avais promis de ne pas donner ton cœur à un autre.

– Chut. Nous parlerons plus tard, si tu y tiens. Pour l'instant, il n'y a que cette nuit, il n'y a que nous. Cette nuit, nous sommes ensemble. Ce soir, nous célébrerons la fête du premier mai comme les amants le font depuis la nuit des temps. » Elle le prit par la main et l'emmena à travers une brèche du cercle de pierres. Elle entra au milieu du ruisseau, pieds nus et, comme toujours, peu soucieuse de l'ourlet de sa robe. Hugh ne put que la suivre, quels que soient les dégâts causés à ses bottes.

Au diable ses scrupules. Il méritait une nuit avec elle. Il se préoccuperait de John et de son bâtard plus tard. Cette nuit, elle n'appartenait qu'à lui.

À l'intérieur du cercle, il vit des douzaines d'insectes nocturnes vivement colorés voler autour des petites lanternes qu'elle avait disposées près des pierres un peu plus massives indiquant les quatre points cardinaux.

« Donne-moi cette nuit, Hugh. Donne-moi au moins cette nuit.

– Je t'aimais, Ana. Comment as-tu pu ? » Il repoussa une mèche de cheveux dorés de son visage.

« Je t'aime, Hugh.

– Tu m'as terriblement blessé.

– Chhhh », souffla-t-elle en posant un doigt sur sa bouche. Il en embrassa le bout, et enroula sa langue autour. Elle frémit et se pressa contre lui. Il l'enferma entre ses bras. Son corps s'encastra exactement dans le sien, comme s'ils avaient été modelés ensemble. Elle lui appartenait. Elle faisait partie de lui.

« Nous connaissons nos cœurs, Hugh. Nous n'avons besoin de rien d'autre ce soir. Ni promesses ni lendemains. Aucune prière. Aucun pardon. Seulement cette nuit. Fais-moi confiance. Fais-toi confiance. » Elle se mit sur la pointe des pieds et lui déposa un baiser léger sur les lèvres.

Il lui prit la bouche sans lui laisser le temps de s'écarter. Leurs langues se mêlèrent, se taquinèrent. Il plaqua ses mains sur ses fesses rondes et la pressa contre son désir croissant. Elle se tortilla un peu, jusqu'à ce que son sexe fût confortablement niché contre son ventre. C'était si bon d'avoir les seins écrasés contre sa poitrine.

Le soupir qu'il poussa lui fit un courant d'air sur l'oreille. Ils restèrent ainsi un bon moment, puis elle enfouit ses mains dans ses cheveux. Le contact de ses doigts sur son crâne lui envoya des frissons dans l'échine. Elle prolongea ce déluge de sensations jusqu'à ses hanches, qu'elle recouvrit de ses mains déployées.

« Nous sommes bien trop vêtus », gloussa-t-elle. Le son de sa voix, légèrement voilée, accrut encore le désir qu'il avait d'elle. Un seul geste vif, et sa robe glissa de ses épaules, révélant l'envoûtante rondeur de ses seins.

Il suffoqua d'émerveillement devant la splendeur de ce spectacle. Il referma ses mains sur les deux globes épanouis et en caressa les pointes. Les larges aréoles sombres invitèrent sa bouche à les goûter.

Il fut distrait un instant par le soulagement du poids de son épée et de sa ceinture, déjà à terre. De ses mains anxieuses, elle tirait sur sa tunique et se débattait avec ses braies. Elle paraissait peu habituée aux vêtements masculins, ce qui le ravit. Il ressentait le besoin de lui enseigner deux ou trois choses au sujet des hommes que n'avait pas fait John. Il avait besoin de bannir de son esprit, et du sien propre, toutes pensées concernant ledit John.

Un instant plus tard, leurs habits n'étaient plus qu'un petit tas à leurs pieds. Hugh contempla amoureusement chaque centimètre de corps que lui dévoilait lentement Ana en baissant sa robe depuis les hanches jusqu'au sol. Elle lui rendit avidement son regard et le détailla de même.

Il tendit les bras vers elle. Elle lui prit la main et l'entraîna vers le centre de l'anneau, entre trois rochers.

Ainsi, ce lieu n'était destiné qu'à servir de litière de cérémonie. Pourquoi pas. Il n'avait pas besoin de lui pardonner, ni de revenir vers elle. Cette nuit était à eux. Elle lui devait cela.

« Ana, je…

– Chut. Cette nuit est la nôtre. Garde-la à jamais au fond de ton cœur. » Elle s'agenouilla devant lui, lui caressa les hanches et les jambes tandis que sa bouche se posait sur son sexe.

Il gémit de plaisir sous la sensualité de ce baiser. Heureusement, ou malheureusement, elle ne le prit pas dans sa bouche. Il n'eût pas pu se contenir bien longtemps si elle l'avait fait. Une gentille pression à l'arrière de ses genoux le fit tomber à terre. Ses seins vinrent se loger dans ses paumes.

Elle explora son corps de ses mains et de doux baisers. Le chemin suivi par sa bouche curieuse l'enflamma au fur et à mesure, jusqu'à ce qu'il ne puisse plus le supporter.

Doucement, il la repoussa sur le sol, l'embrassa passionnément et se pressa contre elle afin de soulager quelque peu l'urgence de son désir. Sa main descendit vers les boucles blondes, qu'il caressa. Elle tortilla des hanches et arqua le dos.

« Ne bouge pas, sinon je ne vais pas tenir très longtemps, grogna-t-il.

– Alors, n'attends plus. » Elle le guida d'une main,

et il plongea en elle. Là où il était chez lui. Là où il ne pourrait plus revenir.

Un désir brutal s'empara de lui. Il plongea et replongea en elle, saisi du besoin de prolonger leur union, d'établir ses prétentions sur elle.

Elle souleva les hanches vers lui.

Un chatoiement multicolore lui envahit l'esprit, pénétra chaque fibre de son être.

« Ana ! cria-t-il en explosant en elle. Ana, mon amour, murmura-t-il alors que son corps se figeait.

– Hugh », souffla-t-elle. Elle se contracta sous l'effet d'un spasme et resserra un instant ses bras autour de lui. Puis elle se détendit également.

D'infimes gloussements, semblables à un tintement de clochettes, le ramenèrent à lui. Il rouvrit les yeux et chercha fébrilement d'inopportuns spectateurs, mais ne distingua qu'un essaim d'insectes nocturnes.

En dehors du cercle de lumière et de pierres, le crépuscule avait laissé place à la nuit.

Ana se dégagea de lui. Elle attrapa sa robe et fit quelques pas en direction de l'entrée du cercle.

« Ana !

– Adieu, Hugh. Je sais que tu ne peux me pardonner. Je puis à peine le faire moi-même. Cependant, je garderai à jamais cette nuit au fond de mon cœur. » Son visage était trempé de larmes.

« Ana ! »

Orage hennit doucement. Coffa jappa. Puis le silence revint.

Si ce n'était le parfum d'herbe écrasée là où ils s'étaient allongés, et sa propre odeur musquée, on eût dit qu'elle n'avait jamais été là.

Puis un chœur de voix semblables à des clochettes s'éleva.

L'anneau est sanctifié !

Hugh se signa tout en posant Coffa en travers de sa

selle, en sautant sur Orage et en dévalant la colline au grand galop.

Elle l'avait encore une fois trahi. Elle l'avait utilisé pour ses rites païens.

Il ne pourrait fuir assez vite.

47

Fin de l'automne, en l'an de grâce 1209, dixième année du règne de John, lors d'un tournoi dans les faubourgs de Winchester.

D'une brève pression des genoux, Hugh calma Orage. Il modifia l'équilibre de sa lance et se pencha sur sa selle. Au loin, le bruit que faisaient les spectateurs s'atténua. Il ne vit plus la rangée de bannières délimitant les lices, joyeusement agitées par le vent. L'odeur forte dégagée par la foule trop compacte, la viande et les légumes en train de cuire, les chevaux excités ou les hommes suant de peur, tous ces remugles disparurent.

Il changea malaisément de position, incapable de se concentrer. Son regard courut de la foule amassée dans les gradins et galeries aux groupes de chevaliers, à chaque extrémité du champ. Quelque chose allait de travers. Il eut l'échine parcourue de frissons, comme avant une bataille.

« Concentre-toi », s'admonesta-t-il. Il étrécit sa vision à la longueur de la lice sur laquelle Orage et lui allaient devoir charger, puis à l'homme qu'il affronterait en son centre.

Son jeune adversaire, revêtu du bleu et du noir de quelque petit domaine septentrional, avait surmonté bon nombre de tournois, mais n'avait encore jamais livré de véritables batailles. Batailles qui n'entraient pas dans les règles pacifiques des tournois. Les talents acquis lors de ces joutes ne faisaient qu'accroître légèrement les chances de survivre au chaos des combats.

Ce n'était qu'une compétition. Pourquoi donc avait-il l'impression d'être face à une horde de soldats ennemis ?

Il ne devrait jamais affronter qu'un seul homme, en un duel maîtrisé. Si le jeune sire Egbert survivait à cette joute, il serait probablement vaincu le jour suivant. Ce qui n'apaisa nullement Hugh. Il lui fallait désarçonner cet impudent chevalier. Son honneur en dépendait. Il avait déjà jeté quatre hommes à terre, aujourd'hui. Pourtant, la victoire ne lui avait pas fait particulièrement plaisir.

Les picotements de son dos lui remontèrent dans la nuque, puis tintèrent à ses oreilles.

Il avait besoin de remporter ce tournoi, afin d'asseoir sa réputation de guerrier parmi les barons. La réussite, aujourd'hui, lui gagnerait leur attention, demain, au conseil. Puis, lorsque l'heure serait venue de détrôner John, les barons tiendraient compte de ses arguments et le suivraient dans la rébellion.

Hugh ne s'embarrassait pas de logique, il savait seulement l'impact de la réputation et de l'honneur sur ses pairs.

John mort ou défait, il réclamerait Ana. Il plongerait encore et encore en elle, jusqu'à effacer de son esprit tout souvenir du roi.

Et l'enfant ? Il n'avait rien entendu. Et ne voulait rien savoir. Il avait désormais une vie, une carrière, qui n'avaient rien à voir avec Ana.

Mais elle lui manquait atrocement ; sa trahison lui était toujours aussi douloureuse.

Un léger mouvement sur sa gauche brisa sa concentration et lui fit détourner les yeux des moindres changements de posture de sire Egbert. Un homme vêtu de bleu et de noir parcourait la foule. Sans doute le bouffon d'Egbert, qui incitait la cohue à acclamer son maître.

Lors, l'homme sautillant se tourna vers Hugh et le dévisagea. Ses pupilles pâles, presque incolores, parurent accrocher le regard d'Hugh et exiger son attention. Une légère brise d'après-midi agita ses cheveux blond argenté. L'éclat du soleil fit ressortir ses traits anguleux.

« Radburn Blakely ! » marmonna Hugh en exhalant un brusque soupir. Le moindre de ses muscles se figea. « Pourquoi êtes-vous vivant ? Pourquoi être venu maintenant ? »

Depuis un an qu'il était absent, le personnage avait maigri et passablement vieilli, il paraissait plus proche des quarante ans que des vingt. Ses pommettes et son nez aquilin projetaient une ombre sous son front proéminent. Cette dernière année ne lui avait pas été généreuse.

Le bouffon se retourna brusquement et dissimula son visage derrière sa manche effilochée. Lorsqu'il se retourna de nouveau, il avait le faciès d'un homme ordinaire.

Hugh cilla et le dévisagea. Nulle trace de Blakely ne perdurait dans la figure ou la posture du personnage. L'énergie et la précision de ses gestes avaient fait place aux mouvements confus d'un bouffon vieillissant. Autour de lui, le peuple avait perdu tout intérêt et ne riait plus de ses pitreries. Il n'avait d'yeux que pour les hommes qui allaient le divertir par leur violence, leur galop effréné le long de la lice, le choc de leurs chevaux, de leurs lances et de leurs écus.

Hugh reporta son attention sur sire Egbert, il chercha en lui la plus petite faille exploitable.

Avant qu'il n'ait pu décider si le jeune homme se penchait en arrière pour compenser le poids de son bouclier et de sa lance, une dame vêtue de rouge vif fit voleter son foulard de soie dans sa direction. Elle se tenait sous un pavillon, juste en face de la loge royale.

Hugh ne sut si elle le lui offrait pour qu'il le porte en étole durant la joute, ou non. Son écuyer ne sembla pas penser de même. L'adolescent fixa la femme, puis reporta son attention sur les lances de rechange qu'il alignait.

Un autre écuyer tenait fermement Coffa en laisse. Lui aussi, il ignora la femme en rouge.

Le foulard fut de nouveau agité, plus amplement. Hugh le suivit du regard, tout en maudissant le fait qu'il ne pouvait se concentrer sur son adversaire ou la compétition qui l'attendait.

La femme avait le visage de Blakely !

« *Sacrebleu*[1] ! J'ignore quel sale tour on me joue, mais je ne me laisserai plus distraire. » Hugh concentra sa vision au travers de l'étroite ouverture du heaume qui lui recouvrait le visage.

Il déplaça consciemment sa lance une fraction de seconde. Il misait sur la posture vaguement déséquilibrée de sire Egbert.

Les trompettes sonnèrent. La foule se tut. La reine Isabelle laissa tomber un foulard blanc. Orage prit sa course.

Hugh ne fit plus qu'un avec sa monture, tout en savourant le poids de ses armes, la chaleur de son armure et l'odeur du conflit.

Quarante mètres, vingt-cinq, dix. Hugh garda le regard braqué sur l'écu de sire Egbert et le bout de sa lance, il observait, il attendait que la moindre hésitation le trahisse.

Sire Egbert leva le menton, ses yeux dérivèrent vers un point au-dessus de l'épaule gauche d'Hugh. Hugh n'en fut pas certain. La visière du casque ouvert du jeune homme ombrageait effectivement ses yeux.

Hugh ignora la ruse et releva quelque peu sa lance.

1. En français dans le texte. *(N.d.T.)*

Les chevaux hurlèrent. Bois et métal grincèrent. Une pression, puis des vibrations à vous engourdir l'échine frappèrent violemment le bras et l'épaule d'Hugh. La force de l'impact le fit basculer en arrière. Il resserra ses genoux en étau sur les flancs d'Orage pour conserver son aplomb. Son poing ne lâcha pas la poignée de son bouclier.

Les chevaux avançaient au grand galop. Et il eut dépassé sire Egbert. Hugh relâcha son souffle haletant. Il dressa une rapide inspection des dégâts. Un muscle violemment froissé dans le dos. Un tremblement dans les jambes, juste au-dessus des genoux. Le souffle un peu court. Rien de cassé. Même pas sa lance.

Les tournois vieillissaient rapidement un homme. La guerre faisait de même encore plus vite. Il s'était senti vieux à quinze ans. Maintenant qu'il avait la trentaine, il était prêt à prendre sa retraite.

Seulement, il ne pouvait pas. Pas tant que le destin de l'Angleterre dépendait parfois de ses conseils au roi.

Il fit volter Orage et se débarrassa de sa lance. Il était insensé de courir sa chance avec une arme affaiblie ou brisée. Un écuyer lui en tendit une nouvelle. Il en éprouva le poids et l'équilibre tout en évaluant sire Egbert, qui vacillait, à présent.

Si le chevalier était toujours en selle, son torse oscillait de droite à gauche. Le casque vaguement de guingois, il agrippait ses rênes à deux mains, bien trop fort. Arrivé à l'autre extrémité de la lice, il demeura immobile bien longtemps avant de faire volter sa monture et d'accepter une autre lance. Il voulait offrir l'image d'un homme sûr de lui, fermement installé sur son cheval, absolument pas ébranlé ni marqué par ce qu'il venait de vivre.

Mais il agrippait toujours ses rênes. Il avait perdu toute confiance, tout équilibre, et ne se fiait plus à ses genoux pour communiquer avec son destrier.

Derrière son heaume, Hugh sourit. Il savait précisément où frapper l'écu de sire Egbert. Il s'apprêta à mener une ultime charge en compagnie d'Orage.

L'image de Radburn Blakely lui revint en mémoire. Ce n'était pas le moment d'y penser. La reine Isabelle laissa choir un autre foulard. Les chevaux se lancèrent. La foule se mit debout.

Hugh entendit le fracas, sentit un infime frémissement dans son bras et rejeta sa lance brisée avant de se rendre compte que sire Egbert gisait au centre de la lice, immobile. Il dégaina son épée en mettant pied à terre, bouclier prêt.

Sire Egbert ne bougeait toujours pas. Hugh s'en approcha prudemment. Une fois déjà, sur le champ de bataille, il avait été dupé par un ennemi apparemment mort. Il en portait toujours la cicatrice sur la cuisse.

« Levez-vous et sortez votre épée, sire Egbert », ordonna-t-il à voix haute.

Le jeune chevalier s'étira vaguement, mais ne se redressa pas.

« Levez-vous, et tirez votre épée, sire Egbert. » Hugh répéta le défi rituel au combat à pied.

« Ahouuuuu », gémit Egbert. Ses épaules se redressèrent de quelques centimètres. Puis elles retombèrent bruyamment au sol.

Hugh s'agenouilla près de lui et lui ôta son casque cabossé. Il fit de même avec son heaume. Puis il chercha des traces de sang sur le corps de son adversaire. En l'absence de toute blessure apparente, il se concentra sur le visage et évalua la teinte de sa peau, afin d'éventuellement déceler une blessure interne.

Radburn Blakely lui rendit son regard, en souriant comme un dément. Ses yeux et sa peau pâles reflétaient le soleil. Ses pupilles incolores le dévisagèrent méchamment.

Hugh cilla et se pinça le haut du nez de la main

gauche. Lorsqu'il retrouva le courage de regarder à nouveau, il ne vit que la peau rougeaude de sire Egbert et ses cheveux marron terne. Le jeune homme gémit encore une fois et roula sur le côté. Il se déshonora tout seul en vomissant son déjeuner.

« C'est une réaction normale, mon garçon. N'en aie pas vergogne. J'ai moi-même été malade la première fois que j'ai dû affronter des hommes armés au combat, avant même le début de la charge. » Il lui tendit la main et l'aida à se relever.

« Je suppose que vous allez me demander mon cheval et mon armure en trophée, marmonna Egbert.

– Garde-les, mon garçon. Je préférerais largement que tu m'offres ton amitié et ta loyauté. » Ils s'en furent ensemble vers la loge royale.

Alors qu'Hugh s'inclinait devant le roi et la reine, un étrange silence s'abattit sur la foule. Il décrivit un tour complet sur lui-même afin de savoir quelle était la menace.

Figé sur son siège, John fixait un parchemin déroulé. Isabelle lui tenait la main. Les deux évêques se signaient à répétition tout en égrenant leur chapelet.

Hugh enjamba la rambarde. « Quelque chose vous dérange-t-il, Altesse ? » Il attrapa la main de John, sans se soucier d'offenser l'auguste personnage.

« Innocent III l'a excommunié », murmura Isabelle.

Au fond de son esprit, Hugh entendit résonner le rire tonitruant de Radburn Blakely. Cet humour tordu ne fut pas de son goût.

Il avait maintenant une bonne raison de se rebeller. Oserait-il le faire ?

Il le devait, pour le bien d'Ana. Pour le bien du royaume, il devait rester au côté de John. L'abattre laisserait une vacance de pouvoir que voulait mettre à profit le fantôme de Blakely.

48

Le vingt et un juin, en l'an de grâce 1212, treizième année du règne du roi John Plantagenêt. Collines de Mendip.

« C'est moi le maître. Je ne me souillerai pas en exécutant cette tâche terrienne », annonça Fantôme. Il agita une main visiblement ennuyée vers la chèvre entravée près de la porte du démon. Puis il secoua les mains, comme pour les égoutter. Au cours des quatre dernières années, il avait acquis un certain maniérisme hautain, typique des seigneurs de moindre importance, y compris la voix vaguement agacée, la répugnance à faire quoi que ce soit lui-même, et un mépris absolu pour tout ce qui n'était pas son propre confort. Il portait même des vêtements volés à un chevalier. Mais jamais il ne perdrait son fort accent paysan.

Radburn avait dû occire le chevalier pour Fantôme, raccommoder les déchirures des habits et les débarrasser du sang.

Fantôme ignorait totalement que cette mort avait submergé Radburn de pouvoir. Suffisamment pour projeter l'illusion de son visage et de son corps en train de danser dans la lice le jour de l'excommunication de John. Le pouvoir était resté, il avait grandi – peu à peu – jusqu'à maintenant. La lune, le soleil et les étoiles, tous étaient parfaitement alignés, aujourd'hui. Il percevait le chant de leur pouvoir dans ses veines.

Quatre années avaient nourri ce pouvoir, avaient joué avec les esprits de ceux qui l'avaient dépouillé de son existence, de son pouvoir, de son influence. Quatre années durant, il les avait observés dans son bol à visions tout en ourdissant sa vengeance. Cependant, il n'avait pas retrouvé lady Resmiranda. Pas plus qu'il n'avait pu détecter son épée. Mais bientôt, il les aurait à nouveau tous à sa merci.

« Vas-y, tue la chose, ainsi que tu l'as décrit dans le rituel », ordonna Fantôme.

Radburn prépara un petit feu au centre de la grotte, devant la porte du démon. Puis il traça un vaste pentacle dans la poussière, et y inclut le feu, la chèvre bêlante, Fantôme et lui-même. D'un point de vue technique, Fantôme n'aurait pas dû se trouver au centre exact du *sigil*, puisqu'il n'accomplissait pas lui-même le rituel, mais Radburn le voulait piégé, à portée de main.

Fantôme tendit un poignard à son esclave. Radburn le brandit au-dessus de sa tête, poignée dans la main gauche, lame dans la droite, et psalmodia un chant dans un obscur dialecte persan. Il implora d'antiques dieux pratiquement oubliés d'accepter le sacrifice de sang et de feu, et de récompenser son respect par des pouvoirs magiques. Si Fantôme avait appris ces mots par cœur, il n'avait aucune idée de leur véritable sens. Alors que Radburn agrippait la lame de plus en plus fort, celle-ci lui entama la paume. Le sang coula sur sa main et dégoulina le long de sa manche. Une démangeaison brûlante suivit le même chemin. L'insignifiante douleur lui réchauffa les veines et projeta le premier trait de pouvoir dans son esprit.

Radburn acheva rapidement l'incantation et baissa les mains avant que l'arrogant fils de pute près de lui ait même remarqué le saignement. Il pointa le couteau vers le petit bois. Des flammes jaillirent du tas de bois, d'herbes, de poils de chèvre et de plumes d'oiseaux. Une odeur putride s'en éleva et enveloppa les participants, en suivant étrangement les contours du pentacle. Dans le même geste, Radburn tira d'un coup sec sur la longe de la chèvre et lui plaça le cou à quelques centimètres des flammes.

La chèvre bêla encore une fois, en tirant la langue. Une bouffée de son haleine se fondit dans la fumée.

« C'est la dernière fois que j'écoute tes récriminations de rustre », déclara Radburn à l'animal et à Fantôme en même temps. Il trancha prestement le cou de la bête. Le flot de sang ne fut pas loin d'éteindre le feu. Radburn inspira à pleins poumons l'odeur chaude et cuivrée, comme s'il avait retenu son souffle très, très longtemps. La fumée le fit tousser. Il réprima le besoin pressant d'évacuer l'élément étranger de son corps.

Chaque seconde, le pouvoir inclus dans la fumée imprégnait son corps. Il avait la peau rouge et brûlante. La magie crépitait dans son sang tel le tonnerre dans un ciel d'été. La coupure de sa main, coagulée, avait laissé une cicatrice bleu foncé ; un bleu si foncé qu'il paraissait presque noir ; le même bleu que celui de sa signature magique.

Derrière la porte, le démon haletait d'impatience.

Lorsque l'intensité fut à son apogée, Radburn tendit la main vers le collier d'esclave abhorré et la referma dessus. Le métal glacé ne s'était jamais réchauffé au contact de son cou. Il appliqua la cicatrice bleu foncé sur le fer et l'y laissa quelques instants. Alors que sa magie gagnait l'essence du métal, il chercha le sceau qu'y avait apposé Fantôme pour que le collier reste en place toutes ces années. La jointure s'embrasa dans son esprit tandis qu'il rompait la maîtrise qu'elle avait sur lui-même. Jamais plus ce collier ne lui volerait son air et sa dignité.

« C'est la fin ! » glapit-il en brisant l'anneau de fer.

Fantôme écarquilla les yeux de peur. Il tenta de prendre ses jambes à son cou. Le pentacle l'enfermait. La panique déforma ses traits. Il se mit à suer abondamment. Le parfum acide de sa peur nourrit la magie croissante de Radburn.

Celui-ci se débarrassa de ses haillons infestés de vermine et les jeta dans le feu. Qui reprit de plus belle. Le crépitement incinérateur de centaines d'insectes provoqua le rire de Blakely. La liberté symbolique qu'avait été le fait de se dépouiller de ces choses lui allégea l'esprit et le corps. Il eût pu voler dans la caverne !

Au lieu de cela, il déploya la main. Des éclairs bleu nuit jaillirent de ses doigts. Les volutes de cette hideuse lumière se muèrent en fers autour des chevilles et des poignets de Fantôme. Celui-ci se figea, car il en savait juste assez pour éviter d'aggraver ces chaînes surnaturelles.

« À présent, tu vas connaître le poids de mon déplaisir autour de ton gosier, gronda Radburn. Ce collier que tu as toi-même fabriqué va t'étrangler à mort. »

Le collier s'envola de sa main et alla s'ajuster autour du cou de Fantôme. Il s'y enroula en un cercle parfait et se referma grâce à un sceau que Fantôme ne pourrait jamais briser, puisqu'il n'avait pas pris la peine d'apprendre l'essence même de ses outils.

Alors, Radburn referma lentement le poing. Le collier se resserra encore et encore autour du gosier de Fantôme, il lui écrasa la trachée.

« N… ne… ne me… Ne me tuez pas, maître, implora le serviteur.

– Je constate que tu reviens bien plus facilement à tes habitudes de paysan que tu n'as appris les manières de tes supérieurs », persifla Radburn. Il cessa de serrer le collier, mais n'atténua pas la pression. Il voulait réduire Fantôme au silence.

La domination qu'il exerçait sur le jeune homme terrifié lui incendia les reins. Il entra en érection.

« Je… vous… servirai sans discuter », suffoqua le paysan tout en constatant son désir plus qu'évident. Sa voix n'était plus qu'un coassement rauque. Il savait ce qui allait suivre.

« Comme tu aurais dû le faire depuis le début. » Radburn resserra brièvement le collier alors qu'il arrachait à Fantôme sa tunique sommairement raccommodée, sa chemise et dévoilait son torse imberbe et cave.

Fantôme referma ses doigts sur l'anneau de fer, les yeux exorbités de panique.

« Souviens-toi de cette leçon, la prochaine fois que tu essayeras de réfléchir par toi-même. »

Radburn baisa brutalement les lèvres du jeune homme tout en faisait courir ses mains sur la peau pâle de ses bras et de son ventre. Une impulsion mentale dégrafa la boucle de sa ceinture. Ses braies tombèrent en tas au sol, révélant des hanches étroites et des genoux tremblants.

Et il avait toujours les mains refermées sur le collier.

Tout en s'esclaffant, Radburn claqua le garçon dans le dos pour l'obliger à tomber à genoux. Puis, sans préparation aucune, il s'enfonça entre les reins de Fantôme. Ses coups de boutoir répétés firent hurler sa victime de douleur et d'humiliation. Coup de boutoir après coup de boutoir, le pouvoir crût en Radburn, jusqu'à ce que son propre assouvissement le fît hurler.

Il dégagea son pénis ensanglanté et se releva, satisfait et avide d'autres victimes. Le sexe avec un homme ou une femme était une histoire de contrôle et de domination ; le plaisir et la procréation possible n'étaient que des petits gains subsidiaires.

« Fais rôtir la chèvre, ordonna-t-il. Je vais en faire mon repas, et en tirer plus de pouvoir. Tu dîneras de gruau. Puis tu iras me voler des habits plus convenables. Au matin, nous entreprendrons le voyage de reconquête de l'Angleterre. »

*

Juillet, de l'an de grâce 1212, château de Chester, près de la frontière galloise.

Hugh était affalé dans un fauteuil, dans le solarium du château de Chester. L'ennui lui donnait des énervements dans les jambes, ses mains le démangeaient de faire quelque chose. Il gratta les oreilles de Coffa. Le chien ouvrit un œil, mais ne releva pas la tête. De l'autre côté de la pièce, John et ses favoris jouaient aux dés en bavardant. Hugh ne parvenait pas à s'intéresser au jeu. Cependant, il avait le sentiment qu'il ne devrait pas s'éloigner du roi aujourd'hui. Quelque chose le tracassait. L'armée, cantonnée hors de la ville, eût dû apaiser tout doute. Le roi John avait ramené des troupes vers le nord afin d'aider le roi David d'Écosse à chasser un prétendant.

Quelque chose de presque physique attirait l'attention d'Hugh sur le moindre souffle de brise, la moindre course de rongeur, le moindre soupir des chiens près de l'âtre.

Pourquoi aujourd'hui passait-il son temps à s'interroger ? Cet inconfort ressemblait plus à ce qu'il avait éprouvé en revenant à la Cour après qu'Ana… Ah, Ana ! Trois ans qu'il revenait sur leur dilemme. Trois ans, et il ne savait toujours pas quels étaient ses véritables sentiments pour elle. Chaque fois qu'il songeait ne pas pouvoir continuer sans elle, le souvenir de sa trahison lui tordait l'estomac et lui obscurcissait l'esprit.

Il n'avait rien appris d'elle ni sur elle. Ses communications avec le comte Robin s'étaient grandement espacées. Il entretenait une correspondance plus soutenue avec Fitz Walter et Vesci.

Au cours des trois années écoulées depuis son excommunication, le roi John s'était montré des plus coopératifs avec les barons, il dispensait la justice et ses largesses d'une main plus sage, et se montrait aussi raisonnable que possible en ce qui concernait taxes et exigences.

Une rébellion aurait été sans fondement.

Plusieurs campagnes victorieuses en pays de Galles avaient également contribué à l'amélioration des relations entre John et ses barons. Mais, depuis qu'il avait remporté la victoire sur son ancien favori, William de Briouze, qu'il l'avait exilé et emprisonné sa femme et sa famille, il gardait ses autres barons à distance. Même Ranulph, comte de Chester, leur hôte à l'occasion de cette campagne, n'était pas le bienvenu à la table où John jouait avec ses amis roturiers. De ses barons, seul William Longsword avait accès à ses quartiers privés ou connaissait quelques-unes de ses pensées.

Hugh était obligé de glaner ses informations dans les réunions du conseil, ou dans les commérages entendus à la table de jeu.

Les barons n'avaient aucune raison d'entrer en rébellion pour le moment. Pas tant que John conservait son sang-froid, pas tant que les Gallois factieux leur offraient un ennemi commun. Ils n'aimaient pas plus le pape et sa volonté de gouverner l'Angleterre par le biais de son archevêque appointé que John. Les rois d'Angleterre avaient toujours nommé les évêques clefs, surtout celui de Canterbury. Pourquoi auraient-ils dû renoncer à ce droit, uniquement parce que le pape désirait plus de pouvoir ?

Et pourtant… l'absence de messes, d'eucharistie et de confession pesait sur l'esprit de ces hommes. Hugh le décelait dans leurs yeux, leurs épaules voûtées et leurs longues heures de prières individuelles. Beaucoup avaient pris femme sous loi commune, puisqu'ils ne pouvaient prononcer leurs vœux devant un prêtre. L'illégitimité possible de leurs enfants leur pesait également.

D'un côté, Hugh espérait, il priait pour qu'Ana lui donne un enfant après leur unique union dans l'anneau des fées. Aucune de ses sources ne lui avait jamais parlé d'un bébé – le sien ou celui de John. Par de nombreux autres côtés, il était heureux que la naissance d'un enfant illégitime, conçu au cours d'un rite païen dans un cercle magique, ne soit pas survenue.

Il jeta un regard méfiant vers le roi et ses compagnons. Il écoutait le claquement de dés, le bavardage décousu des hommes, amplifié dans les jeux de hasard, et le ronflement des chiens. Les années passées sur le champ de bataille lui avaient appris à se fier à ses impressions. Parfois, la réaction de Coffa à des changements inopinés l'incitait à la vigilance. Les oreilles soyeuses de son chien dans la main, il ne doutait jamais de lui, presque comme si Ana lui murmurait à l'oreille et lui donnait la sensation d'être entier, comme elle l'avait si souvent fait en ces jours parcourant les routes. Il caressa encore Coffa, dans l'espoir de retrouver un peu de la vivacité et de l'honnêteté de ce temps-là.

L'un des chiens couchés près du feu dressa l'oreille et releva la tête. Sitôt imité par Coffa. Il huma l'air et pointa sa truffe aiguisée vers la porte. Un sourd grondement d'avertissement monta de lui. Tous les chiens se mirent aussitôt debout et dénudèrent leurs crocs.

Hugh tira sa longue dague et se mit en position défensive entre son roi et la porte. Autant il désirait la mort de John, autant il ne voulait pas que retombe sur lui l'accusation de négligence, s'il espérait définir le nouveau régime.

Des mains invisibles poussèrent la porte. La lumière

déversée par les fenêtres souligna une silhouette scintillante debout sur le seuil. Hugh cilla vivement et tâcha de dissiper l'éblouissement provoqué par les vêtements chatoyants de ce personnage. Tunique blanche aux manches excessivement rebrodées, chemise blanche, bottes blanches, cheveux blond blanc. Tout était blanc, y compris le regard pénétrant, qui semblait aussi incolore que les habits de l'homme ; des yeux qui plongeaient au plus profond des secrets.

« Blakely, suffoqua-t-il.

– Radburn ? » John recula sur sa chaise, effrayé par le fantôme de son demi-frère.

– Altesse. » Blakely s'inclina jusqu'à terre. Un peu de la blancheur qui l'enveloppait s'atténua. Il paraissait presque humain, à présent.

Hugh changea de posture en rêvant d'avoir son épée – arme qu'aucun homme n'avait le droit de porter en présence du roi, à l'exception de son maréchal, et ce formidable guerrier était toujours exilé en Irlande. À quoi bon une arme terrienne contre une apparition surnaturelle ?

Ce n'était pas un fantôme. Hugh rêva de pouvoir abriter ses yeux de la blancheur éblouissante du personnage.

« Vous êtes vivant », constata-t-il. Pourquoi pas ? Luimême avait bien sauvé Ana d'une mort certaine. Pourquoi un autre n'aurait-il pas pu secourir le sorcier ?

Mais où s'était-il caché, ces quatre dernières années ? Quel seigneur avait-il bien pu lui donner asile ? John, d'un côté, et Huntington, de l'autre, en auraient certainement entendu parler. Ils avaient connu les moindres faits et gestes de Briouze, jusqu'à son trépas solitaire en exil. Blakely n'avait pas pu vivre secrètement dans les collines ou dans des grottes, et surtout pas en portant ces somptueux vêtements illuminés de magie.

Plus important encore, Blakely savait-il qu'Ana vivait

toujours, qu'il pourrait encore, et en toute légalité, la réclamer comme sa femme ? Il allait falloir qu'Hugh envoie au plus tôt un message à Huntington. Il vaudrait encore mieux qu'il rompe son code de silence et galope dans l'instant jusque-là.

Il pourrait revoir Ana. Pourrait-il le supporter ?

« Altesse, je reviens enfin à vos côtés, bien portant et une fois de plus vivant, après le coup quasi fatal que me porta la sorcière Griffin. Vous l'avez brûlée aussitôt, n'est-ce pas ? » énonça Radburn de sa détestable voix traînante, juste entachée d'une pointe d'accent bizarre… comme si plusieurs langages modelaient son discours.

« Radburn », répéta John, tout bas.

Blakely pénétra dans l'appartement privé du roi.

L'évêque des Roches de Winchester – le seul d'Angleterre depuis l'excommunication – se signait sans arrêt. Les perles de son chapelet cliquetaient bruyamment les unes contre les autres dans la pièce silencieuse.

Hugh se plaça de biais entre Blakely et le roi. Voilà ce dont l'avaient averti son pressentiment et les chiens.

« J'aimerais vous embrasser, mon frère. » Blakely avait l'air surpris, et déçu en même temps.

« Es-tu vraiment vivant, Radburn ? » s'enquit John, sans pour autant bouger de là où il était, le dos pressé contre son dossier.

« Je le suis, même si j'ai frôlé la mort des mois durant ; les soins de mon fidèle serviteur m'ont ramené à la vie. » Il avait récupéré un peu de son attitude juvénile, mais paraissait toujours plus vieux qu'il ne l'aurait dû après quatre années de survie.

Blakely ne quittait pas John des yeux. Hugh voulut rompre ce contact oculaire, car il savait que Blakely devait vouloir reprendre ainsi le contrôle mental du roi. Étonnant, la connaissance des tours de magie qu'il avait glanée au cours des années. Plus étonnant encore était le fait qu'il en était venu à accepter l'occulte comme une chose normale.

Tel un pantin manipulé par Blakely, John se leva lentement, gauchement. S'il était déséquilibré, il ne retomba pas pour autant sur sa chaise. Pas plus qu'il ne regarda ailleurs que dans les yeux de son demi-frère.

Hugh tenta encore une fois de se placer entre les deux hommes, de rompre cette connexion. Quelques pas qu'il fît, dans quelque direction qu'il les fît, Blakely semblait toujours être ailleurs – sans bouger.

John fit trois pas en direction de son frère. Blakely en fit quatre vers le roi. Un nombre correct pour John, qui maintenait la supériorité de sa position et accueillait en même temps son parent.

Hugh eut la certitude que Blakely avait orchestré la chorégraphie de toute cette scène. Il finit par arrêter de s'en mêler. Il n'avait aucun pouvoir dans le cas présent.

J'ai besoin de ton aide, Ana. Mais je dois te tenir à l'écart de cet homme. Il me faut perpétuer le mythe de ta mort.

« Je suis porteur de mauvaises nouvelles, Altesse, déclara Blakely tout en étreignant John. Llewelyn a incité les Gallois à la révolte. Vos châteaux sont incendiés, vos hommes massacrés.

– Comment osent-ils ? Nous leur avons pris trente otages de plus l'an dernier. » John brisa leur étreinte et reprit l'attitude hautaine et offensée qui était la sienne trois ans plus tôt, mais qu'il avait écartée au profit de la coopération depuis l'excommunication.

« Non, Altesse », protesta Hugh. Il put presque voir l'esprit de John se mettre en route, son indignation contre les présomptueux qui bafouaient son droit divin, son besoin de déchaîner la violence contre ceux qui s'opposaient à lui ; la destruction de la logique dans son esprit.

« Vous devez les punir, Altesse. Vous devez montrer

à ces insolents petits princes qu'ils ne peuvent se rebeller », le pressa Blakely. Il plissa ses yeux, toujours plantés dans ceux du roi.

Hugh discerna presque un éclair de lumière bleu nuit qui passait entre les deux hommes. Il secoua la tête pour dissiper l'illusion.

« Nous n'avons pas le choix, déclara John. Les otages doivent être pendus. Tous. Comte Hugh, veillez-y. »

49

Château de Huntington

Mon arme d'entraînement et celle de Robin s'entrechoquèrent bruyamment. L'écho m'emplit les oreilles, il effaça la rumeur de la foule qui me regardait croiser le fer avec le comte. Je parai le coup suivant un peu bas, légèrement déséquilibrée. Je fis un tour sur moi-même afin de reprendre mon aplomb, tout en raffermissant ma prise pour parer le prochain à hauteur d'épaules.

Robin plissa les yeux, surpris autant qu'admiratif devant cette manœuvre inattendue. Je fus submergée de joie. Il avait l'avantage de la taille et du poids. Je souhaitais seulement me défendre, comme il me l'avait appris. Un mois plus tôt, il m'eût déjà désarmée. Un mois plus tôt, je m'entraînais avec des hommes plus petits, et moins talentueux. Mais à présent, Robin m'avait estimée de taille à l'affronter.

J'ignorai la sueur qui me dégoulinait sur le dos et le front. Bientôt, il me faudrait faire face à un ennemi autrement plus féroce. Je ne savais ni quand ni où, mais Excalibur fredonnait plus fort, et en permanence, dans mon esprit depuis le Solstice, même quand je dormais. L'ennemi attendait.

Je me déportai sur la gauche en prévision du prochain

coup. Cette fois-ci, Robin chercha à me déséquilibrer, à me jeter à terre avant de me prendre par surprise d'une prompte torsion de poignet. Au cours des trois dernières années, ses hommes d'armes et ses chevaliers avaient eu, grâce à cette tactique, maintes fois raison de ma prise à deux mains sur mon épée. Aujourd'hui, j'avais déjà tenu plus longtemps qu'aucun de nous ne s'y attendait.

Soudain, un rire d'enfant résonna dans ma tête. Hetty était penchée sur la rambarde de l'escalier menant au premier étage du château. Au travers de ses yeux, je vis Robin bander préventivement ses muscles dorsaux pour lever son épée et frapper plus haut que la tête.

Je contre-attaquai sans le laisser terminer. Il recula malaisément d'un pas. Pas plus. Juste assez pour me permettre d'avancer. Je pris l'initiative de l'assaut suivant.

Hetty se remit à rire. Ma dernière barrière mentale s'écroula. Je *sus* quel geste allait ensuite faire Robin, je le vis avant même qu'il ne le commence.

J'oubliai le poids de mon arme. Elle ne fit plus qu'un avec mes mains et mes bras, elle devint une extension de mes pensées, et se déplaça selon le schéma que je voyais dans l'esprit d'Hetty, mais que je ne sentais toujours pas dans mes muscles.

Le monde fredonnait en harmonie avec la présence d'Excalibur. Mon ultime réticence mentale tomba. Plus jamais je ne chercherais simplement à me défendre, en laissant la victoire à ceux qui voulaient me protéger – s'ils le pouvaient. Plus jamais je ne dépendrais des autres. Lorsque l'heure serait venue de faire usage d'Excalibur, je serais seule. Si j'espérais survivre, si je désirais jamais me gagner le pardon d'Hugh, si je voulais l'un ou l'autre, alors il me fallait devenir l'agresseur.

Parade, assaut, ouverture, petits pas dansés vers l'avant, esquive, nouvel assaut. Je fis reculer mon adversaire. Sous mes attaques, Robin s'efforçait de rester droit. Il parait mes attaques en perdant un peu plus de terrain chaque fois.

Je me ramassai pour le coup suivant, puis le modifiai au dernier moment et virai sur moi-même. L'épée de Robin s'envola bruyamment de sa main droite. Avant même qu'elle n'atterrisse dans la poussière, je bondis et plantai mon pied droit au centre de son torse.

Il tomba lourdement. Je sautai à califourchon sur lui, la pointe de mon épée contre sa gorge.

Tous deux hors d'haleine et dégoulinants de sueur, chacun attendait que l'autre bouge.

« Je me rends, ma Dame. Je me rends ! »

Le rire d'Hetty résonna de nouveau. Le mien également.

« On l'a fait, maman ! s'écria Hetty en dévalant l'escalier pour me sauter dans les bras.

– Oui, ma puce, on l'a fait. » J'étreignis ma fille. Puis je lui murmurai à l'oreille : « Mais ta participation doit rester secrète. Nous en avons déjà discuté. »

Henrietta Carlotta opina gravement. J'ébouriffai ses boucles blondes et la reposai à terre.

« Je vous remercie, Robin, pour une leçon parfaitement enseignée. » Je lui tendis la main pour l'aider à se relever.

« Je ne vous ai jamais appris ce dernier mouvement », répliqua-t-il en s'époussetant. Le soleil se reflétait sur les mèches argentées de sa chevelure rousse. Il avait les yeux brillants de plaisir et d'interrogation. « Où avez-vous appris cela ? » Il se pencha vers Hetty et la prit dans ses bras. Lorsque ma fille de trois ans fut confortablement calée contre son épaule, il passa l'autre bras autour de moi, en un geste devenu familier.

J'avais, il y a longtemps, accepté l'idée d'épouser cet homme. Seule l'Église, ou plutôt l'absence d'Église, me tenait loin de sa couche. Je l'aimais bien, j'appréciais sa compagnie, je le trouvais même attirant. Cependant, je ne l'aimais pas. Pas comme j'aimais Hugh. Serais-je jamais à l'aise en faisant l'amour avec Robin ?

Une chose était certaine à mes yeux : jamais plus je ne succomberais à mes passions hors mariage. Je mourrais volontiers pour Hetty, et je désirais d'autres enfants – plein d'autres enfants. Mais pas hors des liens du mariage, pas tant que l'Église ne m'aurait pas autorisée à me confesser et à communier dans l'eucharistie lors d'une messe nuptiale.

En secret, je rêvais qu'Hugh revînt et me pardonnât. Mais cette illusion, je m'en berçais aux heures les plus sombres de la nuit, entre minuit et l'aube, quand Excalibur criait presque son inquiétude et que rien ne pouvait apaiser mes frayeurs.

« Hum hum ! » s'annonça un nouvel arrivant.

J'arrachai mon regard attendri de ma fille et de l'homme qui se comportait comme s'il en était le père.

Hugh Fitz Chênenoir, comte de Bellecôte, était juché sur son massif et ombrageux cheval de guerre, à l'entrée de la cour. Coffa, son chien-loup, se tenait près de lui, détendu et allègre, mais toujours vigilant. Hugh rassembla ses rênes et fit mine de repartir d'où il était venu. Une mimique furibonde obscurcissait son aura.

*

« Hugh, reviens. » La voix d'Ana surmonta le fracas que fit son cœur en se brisant. Pourquoi aurait-il attendu d'elle autre chose qu'une énième trahison, avec Robin Locksley, cette fois-ci.

Il talonna Orage. Il lui était impossible de faire autre chose. Coffa caracolait autour des jambes d'Ana, comme pour saluer un ami depuis longtemps perdu de vue. Le traître.

« Viens, Coffa », l'appela-t-il impatiemment. Assis

aux pieds d'Ana, le chien le regarda bizarrement, et sembla se poser des questions sur sa santé mentale. Peut-être le faisait-il vraiment.

« Votre mission doit être d'importance, pour que vous soyez venu en personne », déclara le comte Robin.

Résigné, Hugh mit pied à terre et fit signe à ses hommes d'en faire autant. Il ne s'attarderait pas. Il lui fallait se rendre sans délai à Bellecôte, avant que John ne puisse le suivre avec des troupes, des mandats et d'autres meurtres en tête.

« Blakely est de retour, et le roi l'écoute, énonça-t-il. John a ordonné le meurtre de ses otages gallois en mesure de rétorsion contre l'insurrection de leurs pères. » Aucune des émotions qui tourbillonnaient en lui ne transparut dans sa voix. Il lui tardait de remonter sur Orage et de filer au grand galop. Loin de cette scène d'intimité familiale qu'il venait d'interrompre.

La vision d'Ana le cloua sur place. Trois années avaient ajouté de la plénitude à son visage, effacé certaines des rides d'inquiétude autour de ses yeux, et lui avaient donné une apparence de force et de détermination. Ses braies saxonnes barbares et sa tunique révélaient ses longues jambes et mettaient sa somptueuse poitrine en valeur. Il avait oublié à quel point elle était altière, et ne pensait jamais à elle autrement qu'en termes de petite et vulnérable. Elle fixerait John dans les yeux, et l'obligerait à baisser les siens, maintenant, courageuse et entêtée.

Jésus ! Qu'il rêvait de pouvoir la serrer contre lui une fois de plus.

Il l'aimait plus qu'il ne l'aurait jamais cru possible à chaque instant qui passait.

Elle l'avait trahi. Elle avait porté la fille de John et gardé l'enfant près d'elle. Elle s'était servie de lui pour un répugnant rite païen. Elle avait à nouveau trahi son amour en devenant la maîtresse de Robin.

Comment avait-elle pu ? Le nœud glacé qui lui tordait le ventre se mua en rage incandescente. Il s'empourpra et serra les poings.

La petite fille se remit à rire. Son allégresse contagieuse résonna dans la cour. Les muscles du cou et des épaules d'Hugh se détendirent. Ainsi fit son estomac. L'enfant tourna son magnifique sourire vers lui. Il éprouva le besoin d'y répondre en lui offrant l'un des siens.

Il le réprima et détailla la fillette. Des boucles blondes aussi dorées que celles de sa mère et les yeux bleu nuit des Griffin ne révélaient que la moitié de son héritage. Ses bras et ses jambes potelés n'indiquaient nullement sa taille future, ni sa structure osseuse. Une enfant aussi robuste qu'heureuse, si différente de son Johnny, maladif et malingre depuis la naissance.

L'évocation de son fils mort lui fit de nouveau mal. Pourquoi Ana et John devaient-ils être récompensés par une fille bâtarde en bonne santé, alors que lui-même avait tant perdu ?

Il resserra les poings. Pourquoi Robin devrait-il l'embrasser, comme s'il était vraiment à sa place à ses côtés, comme s'ils étaient amants ou, pire, *mariés ?*

« Je m'appelle Henrietta Carlotta Griffin. Et toi ? » La fillette se dégagea en gigotant des bras de Robin et courut saluer Hugh sans plus de cérémonie.

« Je m'appelle Hugh Fitz Chênenoir, comte de Bellecôte. » Hugh s'accroupit à sa hauteur.

Elle lui fit une révérence gauche. Hugh refréna son envie de la rattraper lorsqu'elle tituba en se redressant. Il se souvenait encore de l'amour-propre si susceptible de Johnny quand il avait cet âge.

« Maman dit que tu es un ami. » Henrietta le dévisagea ouvertement.

« Oui. Je crois, en effet, que je suis un ami de cette demeure. » En cet instant, toute rage le déserta.

« Je constate qu'Hetty t'a déjà ensorcelé, Hugh. » Ana sourit, exactement comme sa fille, et lui tendit les mains. « Cher Hugh. Bienvenue. Même si tu es porteur de mauvaises nouvelles, tu es le bienvenu ici. »

Hugh se redressa lentement, mettant à profit ces quelques instants pour regagner son équilibre émotionnel. Ana l'accueillait comme si elle était la châtelaine. Quel était son statut exact, dans cette extraordinaire maisonnée ? Maîtresse ? Épouse ? Sorcière reconnue ?

« Oui, bienvenue, répéta le comte Robin. Je néglige tous mes devoirs d'hôte. À tout prendre, il semblerait que madame ait usurpé plus que ma dignité dans cette petite escarmouche. » Robin se frotta le derrière.

« Vous l'avez parfaitement entraînée, reconnut Hugh. Elle a anticipé chacun de vos gestes.

– Cela, elle l'a appris toute seule. Venez, vous devez avoir soif. Nous écouterons vos nouvelles autour d'une bière, puis vous prendrez un bain avant de souper. » Il fit signe à la foule de retourner à ses occupations. L'entière maisonnée se dispersa comme une volée de moineaux.

À l'exception d'Ana. Elle regardait le sol, les murs, Orage, tout, sauf lui.

« Puis-je caresser le cheval, maman ? » s'enquit Henrietta. Elle ne pouvait visiblement pas détacher son regard de l'énorme destrier.

« Il faut que tu le lui demandes, Hetty. Si ma mémoire ne me joue pas de tours, il aime qu'on lui gratte le menton, répondit Ana, insouciante.

– Il a un sale caractère…, commença Hugh.

– C'est une brute qui adore se croire responsable. Mais, comme toutes les brutes, il a ses faiblesses », le rassura Ana.

Hetty fixa le cheval un instant, totalement concentrée. Puis, miraculeusement, Orage baissa la tête et consentit à se laisser gratter le menton, seule partie de lui que pût atteindre la petite fille. Ana garda les oreilles de l'étalon à l'œil, plus précisément le point exact dont usait Hugh pour le persuader d'obéir. Il avait lui-même enduré moult morsures et coups de sabots en apprenant où Orage tolérait d'être touché.

Coffa finit par condescendre à revenir à ses côtés. Hugh lui gratta les oreilles ; il perçut leur picotement sous ses doigts au moment même où un sourd grondement émanait du chien.

Newynog jaillit de l'écurie, véritable masse de poils aux crocs dénudés. Hugh avait coutume de penser que la chienne d'Ana était énorme. À présent, Coffa surpassait sa mère de plusieurs centimètres, aussi bien en hauteur qu'en largeur de poitrail.

Coffa écarta les pattes, se hérissa et recommença à grogner, établissant sa domination sur la femelle. Il n'avait encore jamais réagi ainsi. D'ordinaire, il assumait une position dominante parmi les chiens de moindre importance en les ignorant superbement. Depuis trois ans qu'Hugh avait ce chien, Coffa n'avait jamais défié un autre mâtin. Seul un autre chien-loup oserait s'attaquer à lui.

Newynog se jeta sur Coffa et le plaqua presque au sol, mâchoire refermée sur sa gorge. Coffa roula sur le dos en couinant comme un chiot, soumis et… ravi, à voir son sourire et le battement frénétique de sa queue.

« Eh bien, voilà un problème réglé ! », s'esclaffa Ana. Les deux chiens se relevèrent et s'ébrouèrent. Puis ils s'en furent de concert, la mère ayant la haute main sur le fils.

« Venez, Hugh, nous avons beaucoup de choses à voir ensemble. Laissons ces dames à leurs animaux de compagnie. » Robin escorta Hugh vers le donjon. Un jeune chevalier, presque copie conforme de Robin, se joignit à eux.

« Je vais avec vous, annonça Ana. Meredith, surveille Hetty, veux-tu ? »

La jeune femme qui accourut vers la petite fille pour la prendre dans ses bras était également une copie conforme de Robin.

« Commençons par le retour d'entre les morts du demi-frère du roi. Êtes-vous certain que c'est bien lui, et non pas un imposteur ? Les souvenirs s'estompent, les gens changent, en quatre ans. » Robin guida Hugh vers la grande table.

Ana les suivit, pas vraiment docile, mais sans non plus leur imposer sa présence. Ce qui ne fit qu'accroître les interrogations d'Hugh quant à sa place dans cette maison.

« Il s'agit bien de Radburn Blakely, un peu plus âgé. À part cela, c'est exactement le même que celui que j'ai vu des centaines de fois pendant des années. Avant, il n'avait jamais vieilli. Maintenant, ce n'est plus le cas. Ces années ont été dures pour lui. »

Ana se signa. Il aperçut l'éclat des perles or et ivoire autour de son cou, sous la chemise. Elle conservait les perles de prière et la croix d'Arthur Pendragon. « Le sang démoniaque de Blakely l'empêche de paraître aussi vieux qu'il ne l'est réellement. Il a dû se passer quelque chose, au cours de ces années, pour avoir ainsi interrompu le flot d'énergie venu du démon. Peut-être est-ce une faiblesse que nous pourrions exploiter. » Elle s'assit à cheval sur un banc tel un homme, et croisa les bras sur la table. Son visage se plissa de concentration.

« Narrez-moi précisément les ordres qu'a donnés John en ce qui concerne les otages. Peut-être pourrons-nous intervenir avant que… commença Robin.

– Le forfait est accompli. » Hugh laissa le silence s'installer entre eux. Il avait besoin de temps pour garder la maîtrise de la boule qu'il avait dans la gorge. « John m'a ordonné de le faire. J'ai refusé, ce qui m'a valu l'extrême déplaisir du roi. À présent, il me faut galoper à bride abattue jusqu'à Bellecôte, afin de protéger mon château et les otages qui m'ont été confiés.

– Qui… qui a procédé à l'exécution ? balbutia Ana.

– William Longsword, demi-frère de John et seul comte à siéger au conseil avec lui, maintenant. » Et gardien de l'épée Bellecôte. Hugh était ravi que Lincoln et lui-même aient mené à bien leur supercherie, et fait croire au roi que cette lame était Excalibur, mais le fait que *son* épée repose entre d'autres mains que les siennes le rongeait toujours. Il effleura la garde de l'épée de son père, son épée de bataille. Nul ne lui prendrait jamais celle-ci.

« Et John a seulement un évêque près de lui. Il n'est plus entouré que de roturiers, de mercenaires et de serviteurs. Aucune autorité sur des troupes, réfléchit Robin à voix haute. Le pape se ralliera à notre cause. Il nous faut lancer l'appel aux armes sans tarder, maintenant. L'heure est venue d'épousseter Excalibur, Ana. Cet après-midi, vous avez fait la preuve que vous êtes prête à la manier. Nous ferons revenir l'Église et aurons un nouveau roi. Cette fois-ci, les barons auront leur mot à dire dans la sélection. Cette fois-ci, nous prendrons le contrôle de l'Angleterre.

– Et qui prendra le contrôle des barons lorsque les barons contrôleront l'Angleterre ? » s'enquit Ana.

50

Trois jours plus tard, sept barons s'étaient réunis à Huntington pour préparer la fin du règne de John. Ils n'attendaient plus qu'Eustace de Vesci de Northumberland et Robert Fitz Walter de Dunmow, en Essex. Pas une seule fois, au cours de ces trois jours, Robin ne mentionna le fait que nous nous marierions après la levée de l'Interdit. J'avais visiblement moins d'importance à ses yeux que la destitution de son vieil ennemi. Je n'étais qu'un outil pour lui, comme je l'avais été pour Blakely et le roi John.

À moins qu'il n'ait compris, avec le retour d'Hugh, que je ne pourrais en épouser un autre.

Cependant, un épais mur de silence se dressait entre Hugh et moi.

Durant ces trois jours d'attente, Hugh m'évita autant qu'on peut éviter quelqu'un dans les confins limités d'un château. Nous dansions l'un autour de l'autre, sans jamais énoncer les questions qui nous montaient aux lèvres chaque fois que nous nous regardions.

Il apprit que j'avais toujours dormi avec Meredith et les autres femmes dans le solarium. Ce qui ne parut pas affaiblir la barrière qui nous séparait.

Le morceau de parchemin recouvert de sa déclaration toute simple craquait sous ma bande de poitrine chaque fois que je bougeais.

Je finis par l'acculer dans l'écurie, où il passait le plus clair de son temps. Il soignait tant Orage que la peau de l'étalon allait finir par garder les marques des coups de brosse. Sa sellerie avait beau étinceler, il continuait à la cirer et à la polir. Il avait congédié ses écuyers, usuellement chargés de ces tâches. Ceux-ci s'entraînaient à l'arc avec les fils de Robin, ou avec les chevaliers, et respectaient la solitude d'Hugh.

Hetty babillait gaiement tandis qu'Hugh brossait encore une fois son cheval. La stalle résonnait de son rire. Hugh souriait, hochait la tête, mais conservait un silence stoïque.

« Henrietta, il est l'heure de ta sieste », l'appelai-je tout doucement. Au moins portais-je un bliaud, aujourd'hui, de la même couleur que mes yeux. Hugh en avait assez entendu sur moi, il s'était posé suffisamment de questions à mon sujet pour me désapprouver. Point n'était besoin d'y ajouter le port des vêtements saxons peu seyants que j'avais adopté lors de mes entraînements. La Cour m'aurait immédiatement qualifiée de barbare en me voyant porter des braies, de quelque qualité qu'elles soient. Les hommes et les femmes civilisés portaient des robes.

« Mais, maman, sire Hugh se sent seul. Il a besoin de moi…

– Comment l'a-t-elle su ? » s'enquit Hugh en me faisant brusquement face.

Le changement d'attitude de son maître fit hennir Orage.

« Je vais tenir compagnie à sire Hugh un petit moment, Hetty. Meredith t'attend dans le solarium. »

Marion s'était mariée l'année précédente, et avait déménagé dans un des petits États vassaux d'Huntington. Les deux jeunes femmes avaient passé presque autant de temps à dorloter ma fille que moi.

Hetty fit mine de protester contre son éloignement temporaire d'Hugh. J'entrai en contact avec son esprit. Elle bâilla et sortit de l'endos en traînant les pieds.

« C'est ta fille. C'est pour cela qu'elle connaît mon humeur avant moi. Elle a hérité de tes talents magiques », déclara Hugh d'une voix posée. Il préféra se détourner de moi plutôt qu'affronter les questions entre nous.

« Elle est également la fille du roi John. » Je ravalai ma fierté et parlai de choses que j'avais enfouies au plus profond, et cachées à tous sauf à Robin. « Je me suis laissée séduire par un homme puissant qui avait promis de détruire l'engagement de fiançailles entre Blakely et moi. J'ai aussi cherché à briser, par le biais de la magie, l'influence qu'avait Blakely sur John. Une magie qui ne pouvait être achevée que dans… dans l'intimité.

« Mais lorsque Blakely a pris les choses en main et m'a épousée par procuration en Écosse, sans que j'en sois avisée et sans mon consentement, John a applaudi sa témérité et donné son aval à ce mariage. Ma magie n'était pas assez puissante pour contrer celle de Blakely. Un autre que lui aurait forcément dû affronter un procès et une exécution immédiats pour avoir bafoué aussi ouvertement les ordres du roi. »

Je fus aussitôt soulagée d'un poids énorme. Par la suite, il se pourrait que l'orage éclatât entre nous. Je pourrais y faire face. Tant que je maintiendrais la vérité entre nous, je pourrais m'accommoder de sa fureur et de sa méfiance.

Hetty avait déjà trouvé le chemin de son cœur. Oserais-je espérer le voir renier son précédent serment de ne jamais plus élever l'enfant d'un autre ?

« Le roi, l'enfant, avec le temps, je pourrais apprendre à te pardonner cela. Mais tu t'es servie de moi pour pratiquer un rite païen dans un anneau de fées. Je n'avais aucune importance à tes yeux, cette nuit-là…

– Tu voulais tout dire pour moi, cette nuit-là. Oui, je t'ai utilisé. Je me suis servie de toi pour récolter quelques souvenirs de bonheur à chérir au long des nuits solitaires qui ont suivi. Quoi qu'il se soit passé par la suite, j'avais au moins cette nuit au fond du cœur. » Je réprimai les larmes de regret et de solitude qui menaçaient de me suffoquer. J'avais besoin d'être forte, en cet instant. Si nous parvenions à jeter un pont en travers de nos blessures, il me faudrait savoir qu'il me pardonnait vraiment, et ne courait pas à ma rescousse une fois de plus.

« Qu'en est-il de Robin ? Quand es-tu devenue sa maîtresse ? » Il me tourna le dos et reprit son vigoureux étrillage de la robe d'Orage.

« Si tu dois croire cela, alors nous n'avons plus rien à nous dire. » Je tournai les talons et retournai d'un pas décidé vers le chaud soleil de juillet. Le tonnerre et une pluie battante allégeraient l'atmosphère, cette nuit. Mais rien ne pourrait débarrasser mon cœur de son poids.

« Ana. »

Le simple soupir qui suivit son appel me fit m'arrêter net.

« Où nous sommes-nous fourvoyés, Ana ?

– Je ne suis pas certaine que nous nous soyons trompés. Les événements se sont ligués contre nous.

– Pourrions-nous en discuter ?

– Nous venons de le faire.

– Parler en toute franchise de ce que nous avons dans le cœur. De la raison qui se cache derrière nos actes. De ce que nous pouvons encore faire ensemble. »

Je volai dans ses bras, et pressai mon cœur contre le sien jusqu'à ce qu'ils battent à l'unisson.

*

« D'une manière ou d'une autre, il va nous falloir empêcher les autres hommes de tomber amoureux de toi, Ana, déclara Hugh en souriant de toutes ses dents.

– Ils ne sont pas amoureux de moi, ils aiment mon épée, mon nom, mes relations, mes terres », répliquai-je. Je ne pus effacer l'amertume de ma voix. Son expression blessée me fit adoucir ma profession de foi. « Toi excepté, Hugh. Tu m'as aimée alors que tu me croyais une simple paysanne fuyant l'incendie de Mendip Mor. »

Il sourit de nouveau et m'embrassa. La douloureuse solitude qui était mon lot depuis ces quelques brèves journées passées ensemble à Bellecôte se dissipa.

Nous nous embrassâmes. Nous rîmes. Nous parlâmes.

Mon cœur menaçait à tout moment d'éclater d'amour pour lui.

Je me raidis en sentant sa main se plaquer sur mes fesses pour m'attirer plus près de lui. « Nous ne devons pas faire l'amour. Pas encore. Pas avant…

– Maman ! Maman ! » Hetty fit irruption dans la stalle. Cette enfant ne savait pas se déplacer lentement sans y mettre toute son énergie. « Fitz Walter et son ami sont arrivés. Ils te demandent dans la grande salle, hurla-t-elle à pleins poumons.

– Je lui ai laissé trop longtemps la bride sur le cou, grommelai-je. Elle n'a aucune idée des manières ou de la discrétion.

– Elle est délicieuse, comme devraient l'être tous les enfants. Elle est exactement ce que je voulais que devienne mon Johnny, ce que nos autres enfants devront tâcher de devenir. » Hugh s'accroupit pour intercepter Hetty dans sa course en l'enfermant dans une étreinte taquine. Ils roulèrent ensemble dans la paille en riant et en se chatouillant.

« Laisse sire Hugh se relever, Hetty. On nous

demande dans la salle », lançai-je aussi fermement que je le pus, même si je mourais d'envie de les rejoindre. Même Orage se poussa sur le côté en reniflant dédaigneusement. Il me regarda en émettant un soupir condescendant.

Heureusement que les chiens n'étaient pas là, sinon nous ne serions jamais allés retrouver le conclave de barons.

Nous nous dirigeâmes tous trois vers le château en nous tenant la main. Hetty se balançait entre nous, car tout lui était prétexte à jeu dans l'existence. Je lui souhaitai une vie entière aussi insouciante ; qu'elle puisse se permettre d'accorder sa confiance aussi innocemment que maintenant.

Tout en faisant ce vœu, je tripotai instinctivement les perles de prière dans ma poche. Peut-être la Sainte Mère écouterait-elle ma prière pour ma fille, sinon pour moi-même, pécheresse que j'étais.

La salle obscure et fraîche me fit aussitôt frissonner. Hetty perçut plus que l'air frais enfermé entre les massifs murs de pierres. Elle lâcha la main d'Hugh et s'accrocha à ma jambe, entravant ma démarche vers l'estrade où les barons réunis consultaient des cartes. Peu d'entre eux savaient lire, mais ils avaient appris à déchiffrer les cartes et les tactiques de combat, avant même de savoir marcher.

Une fois encore, je posai la main sur le morceau de parchemin serré contre mon cœur. Son craquement familier me fit sourire à Hugh. Il me rendit mon sourire émerveillé.

Il avait consacré énormément de temps et d'énergie à ce simple message tout droit venu de son cœur.

Robin leva les yeux à notre approche et nous fit signe de le rejoindre. Il ne tenta pas de m'attirer contre lui, ainsi qu'il avait coutume de le faire quelques jours plus tôt. Je n'avais plus autant d'importance pour lui, maintenant qu'il avait une guerre à planifier. Je m'étais leurrée moi-même en m'imaginant que n'importe quelle femme pourrait remplacer sa Marion adorée.

Mieux vaudrait que je mette au plus tôt un terme à ses projets de mariage. Mais en privé.

« John a dérouté l'expédition qu'il avait planifiée depuis l'Écosse jusqu'au pays de Galles », déclara l'un des nouveaux venus, Eustace de Vesci, l'austère seigneur septentrional qui en voulait à John pour chacun de ses gestes. « Mou du Glaive passera le col ici. Blakely était totalement certain de ce plan. » Il indiqua une chaîne de montagnes sur la carte.

Blakely ! Étais-je la seule dans la pièce à l'avoir entendu ? Personne d'autre ne sembla s'inquiéter outre mesure que le demi-frère du roi transmît des informations aux ennemis du roi.

« Nous partirons avec John et nous assurerons de sa mort là où Llewelyn lui aura tendu une embuscade », ajouta Fitz Walter, l'autre nouvel arrivant. Il leva les yeux vers chacun des hommes rassemblés autour de la table. La lueur fanatique de son regard me glaça plus encore que la froideur de la pièce. Le malaise que nous avions perçu, Hetty et moi, provenait de lui.

« Quelles assurances avez-vous que Llewelyn attaquera dans le col, Fitz Walter ? » s'enquit Robin. Il soutint le regard du personnage, sens pratique contre zèle.

« J'ai les meilleurs espions du monde », rétorqua Fitz Walter. Il ne se déroba pas au défi du comte.

« C'est-à-dire que Blakely les a plus que certainement tenus tous deux informés du lieu et de la date, soufflai-je à Hugh. Blakely se nourrit de la propagation du chaos. La haine fanatique de Fitz Walter envers John en fait une victime idéale pour lui.

– Je ne lui fais pas non plus une entière confiance, me répondit-il sur le même ton. Cependant, il possède de grandes richesses à Londres et en Essex, ainsi qu'un nombre imposant de soldats et d'armes. Dois-je supposer que tu crois Blakely le chef d'orchestre des deux aspects de cette campagne ? »

J'opinai. Hetty se réfugia dans un coin écarté en compagnie de Newynog et de sa dernière portée. Coffa prit une pose défensive aux pieds d'Hugh. Ils ne se fiaient pas plus que moi à Fitz Walter. Autant pour mes prières.

Les autres barons l'acclamèrent et se promirent mutuellement d'être celui qui donnerait le coup mortel à John.

« Nous aurons besoin d'un noyau d'hommes déterminés à l'arrière-garde, ajouta posément Eustace de Vesci. C'est à eux qu'incombera la tâche la plus importante. »

Le silence accueillit sa déclaration.

« Je serai à la tête des hommes qui s'empareront du trésor à Winchester et élimineront les héritiers de John. » Fitz Walter désignait toujours la carte. « Blakely nous retrouvera là. Il prévoit de prendre la régence, mais nous ne lui laisserons aucun héritier mineur à diriger.

– Non, haletai-je. Vous ne pouvez assassiner des enfants innocents. » *Vous ne pouvez faire confiance à Blakely !*

« John l'a bien fait », répliqua Fitz Walter. Il me fixa comme si j'avais la crécelle des lépreux.

« Les enfants gallois étaient des otages. Leurs pères ont violé le traité. Ils ont sciemment renoncé à la vie de leurs fils. John avait la loi pour lui, quelque hideuse que soit sa version de la justice. Assassiner plus d'innocents en représailles serait une épouvantable parodie de justice ! C'est un anathème envers Dieu et les hommes. » La colère m'envahit. Le pouvoir crépita dans mes doigts. Je pouvais tous les frapper d'un éclair de feu surnaturel. Au lieu de cela, je repliai les doigts et les pressai dans ma paume jusqu'à m'entamer la peau de mes ongles. Si j'espérais jamais parvenir à arrêter ces hommes, il me fallait garder leur confiance.

« John a violé toutes les règles de la chevalerie en exécutant vingt-huit jeunes hommes et garçons innocents », insista Vesci. Ses yeux brillaient du même éclat fanatique que ceux de Fitz Walter. Ils en écumaient presque de véhémence. « Nous ne pouvons permettre la pérennité de la lignée de John. Plus aucun Plantagenêt ne montera sur le trône d'Angleterre. »

Hugh et Robin tournèrent tous deux les yeux vers Hetty. John avait d'autres bâtards, connus de tous, honorablement mariés et parents d'autres Plantagenêts.

« Et vous, vous ne violez pas ces mêmes règles de chevalerie, en frappant votre roi dans le dos ! hurlai-je.

– Le pape a annulé nos vœux de fidélité. John n'est plus notre roi. Nous ne lui devons rien. Nous devons à l'Angleterre un roi qui la gouverne avec sa tête, et non avec sa bite ! s'enflamma Vesci.

– Ana, vous devriez, plus que tout autre, comprendre la nécessité de l'assassinat de John », argua Robin. Lui seul gardait son calme.

Le chaos de Blakely rampait dans les cris et les disputes qui résonnaient autour de nous.

« John nous a dépouillés de notre sainte mère l'Église, il a corrompu nos femmes et nous a ruinés par ses campagnes aussi inutiles qu'obsessionnelles pour regagner du territoire sur le continent. » Fitz Walter baissa un regard brûlant vers moi.

Je n'osai m'y dérober, même si je percevais sa condamnation, car moi aussi, j'avais été « corrompue » par le roi.

« Je comprends votre besoin de tuer John, répondis-je aussi calmement que possible. Dieu sait qu'il a mérité votre colère. Mais je ne puis admettre le meurtre de sa reine et de ses enfants.

– Pas plus que moi », renchérit Hugh. Je défaillis presque de soulagement en apprenant qu'il me soutenait dans ce débat crucial.

« Vous n'avez d'autre choix que de l'accepter, ma Dame. Nous nous chargerons de cette tâche. Nous ne vous demandons nullement de manier une arme. » Fitz Walter cogna son poing ganté de fer sur la table. « Nous partirons en guerre contre notre roi cette nuit même.

– Vous partirez donc sans Excalibur ni la bénédiction du Pendragon de Bretagne. » Je redressai le dos et fis pivoter la chevalière sur mon pouce, afin que tous voient le dragon rampant. Il fallait avertir John. Il fallait protéger la reine et ses enfants. J'abritais la rébellion dans mon cœur, pas le meurtre. Même John était un meilleur souverain que ces hommes violents et aigris.

« Vous ferez ainsi qu'on vous l'ordonne, femme », cracha Vesci en tirant l'épée et en la pointant sur ma gorge. Ses hommes d'armes se refermèrent autour de moi.

Je humai le désir de sang mêlé à leur sueur. Ils avaient besoin de tuer quelqu'un, n'importe qui. Tout de suite.

L'accent de Blakely teintait leurs pensées.

L'espace d'un éclair, j'arrachai mentalement son épée à l'homme le plus proche. Hugh dégaina son arme. Nous nous plaçâmes dos à dos, prêts à nous défendre.

Newynog, emmène Hetty en sécurité et ne la laisse pas, quoi qu'il m'advienne !

Coffa prit une position défensive au-dessus des chiots tandis que ma chienne attrapait Hetty par le dos de sa robe et traînait vers la cour ma fille qui hurlait.

Parade, pointe, botte, changement de prise, coup de pied, parade, et déjà un deuxième homme bousculait le premier.

Hugh et moi combattions ensemble nos nouveaux ennemis.

Mes jupes entravaient mes mouvements et ne me permettaient qu'une attitude défensive.

J'ouvris mon esprit à l'homme contre qui je luttais. Il compensait une côte brisée à l'occasion d'une rixe d'ivrognes. En trois coups, je le manœuvrai et l'obligeai à exposer son flanc vulnérable. Feinte, botte. Le sang gicla sur mon bliaud. Qui avait déjà l'ourlet sale.

La douleur de mon adversaire me transperça avec une intensité équivalente à la sienne.

Derrière moi, Hugh se fendit et tua son assaillant.

Sa mort aveugla mes perceptions, m'attira dans le néant avec lui.

Je hoquetai et me pliai presque en deux dans cette agonie partagée.

Vesci me désarma en riant.

Hugh laissa tomber sa garde et vint me soutenir.

« Attachez-le. Sortez-la d'ici et enfermez-la quelque part », ordonna Fitz Walter.

Vesci me porta à moitié vers le solarium et me laissa choir sur un tabouret devant un métier à tisser. « Restez là où vous devriez être, femme », siffla-t-il.

Il claqua la porte derrière lui et la verrouilla.

51

Je restai assise en tremblant un certain temps. J'avais salement blessé un homme. Hugh en avait occis un autre. Je ne pouvais me dissocier de cette douleur et de cette mort.

Mon esprit finit par cesser de tournoyer. Ma vision s'éclaircit quelque peu, et je fus enfin capable de réfléchir à la situation.

Blakely était revenu. Je savais qu'il le ferait. Tout au fond de moi, je savais qu'il n'était pas mort quatre ans plus tôt. Ma propre réaction, maintenant, à la blessure et à la mort, me rappela brutalement que je n'avais rien éprouvé lorsque Excalibur avait retourné le sort de Blakely. Il avait été assommé, incapable de respirer, probablement dépouillé de sa magie, mais il n'était pas mort.

J'avais accepté la déclaration de John comme étant la vérité. Jamais plus je ne referais la même erreur. La prochaine fois, je ferais en sorte de vraiment tuer Blakely de mes mains.

Si jamais je pouvais tuer quelqu'un. Comment pourrais-je parler à Dieu et voler sa vie à un autre ? Je voulus me rouler en boule et me cacher du monde pour le restant de mes jours.

Il me fallait continuer. Pour ma fille, pour Hugh. Il me fallait travailler afin d'offrir une Angleterre sûre à ma fille. Fitz Walter et Vesci m'avaient poussée vers une nouvelle série d'actions.

Avant de devenir une mare de larmes et de couinements tremblotants, je me débarrassai de mon bliaud ensanglanté et le jetai dans le feu.

Je choisis soigneusement mes vêtements propres en fonction de ce que j'aurais à faire par la suite.

Un coup sur la porte m'arracha à mon emballage méticuleux. Le constant fredonnement d'Excalibur dans mon esprit effaça pratiquement le bruit de phalanges contre le bois.

Tant que je me concentrais sur le pliage de mes habits dans une sacoche de selle, mes mains ne tremblaient pas, je ne revenais pas sur ma résolution de prévenir John des plans des rebelles.

« Entrez », criai-je tout en poussant du pied mon sac derrière le métier à tisser. Sous mon bliaud et ma chemise propres, je portais mes braies. Il me suffirait d'un instant pour me débarrasser de mes jupes et enfiler une tunique.

Meredith entra, un plateau dans les mains. Un délicieux fumet de nourriture la précéda dans la pièce. Mon estomac gronda. Comment pouvais-je avoir faim ? J'avais blessé un homme, Hugh en avait tué un autre.

Derrière Meredith, le père Truman se glissa dans le solarium telle une ombre. Je hochai brièvement la tête dans sa direction et retournai mon attention sur la deuxième fille de Robin.

« Je vous ai apporté de quoi souper », me dit-elle paisiblement, les yeux au sol. Elle souleva le linge qui recouvrait du pain, du fromage, de la bière et du ragoût de mouton. Le ragoût et la bière étaient déjà un repas suffisant pour un homme à forte stature. Elle avait emballé le pain et le fromage supplémentaires pour un voyage. Son idée ?

Je haussai un sourcil interrogateur, mais elle ne répondit pas. « Merci, Meredith. Je ne pensais pas, ajoutai-je en tournant la tête vers la salle, où les hommes se disputaient encore bruyamment, qu'ils penseraient à nourrir leur prisonnière.

– Cela veut-il dire que vous n'épouserez pas mon père ? s'enquit-elle timidement.

– Oui. Je ne l'épouserai pas. » Nul besoin de l'informer que j'avais pris ma décision bien avant tout cela.

« Vous allez me manquer, Dame Resmiranda. » Une heure auparavant, elle m'appelait « Ana ». Elle posa son plateau sur une table basse sans prendre la peine de cacher ses larmes.

« Tu me manqueras aussi, Meredith », murmurai-je en retour.

Une fois la porte solidement refermée, et verrouillée derrière elle, je plantai mon regard dans celui du père Truman. « Vous êtes censé vous trouver à Kirkenwood.

– Soyez bénie, Dame Resmiranda. » Mon total manque de manières le fit sourire. « Je suis de retour depuis peu. Je repars ce soir. À la nuit tombée. Hetty sera en sécurité là-bas, avec ma famille et moi. » Il alla jusqu'à l'étroite fenêtre et en examina minutieusement le linteau.

« Hugh ?

– Ligoté à une chaise et braillant son opposition à tous les plans qu'ils lui soumettaient jusqu'à ce qu'ils le bâillonnent. Hugh est un habile tacticien, il découvre des failles dans toutes leurs actions programmées, ainsi que dans leurs motivations. Ils ont également muselé son chien. Robin les a convaincus de ne pas l'abattre d'un coup d'arbalète.

– Ont-ils besoin d'Hugh ?

– Certains, oui. Fitz Walter et Vesci n'écoutent que leurs démons intérieurs. Ils ont plein de bonnes raisons pour vouloir la mort de John. S'ils sont manipulés par Radburn Blakely, celui-ci n'a pas beaucoup d'efforts à faire. Leurs constantes disputes sont les garantes d'un désastre.

– Le comte Robin ?

– La plupart du temps silencieux. Méditatif. Quelque chose lui pèse lourdement sur la conscience. Même durant ses années rebelles de jeunesse, il s'est toujours arrêté avant le meurtre.

– Hugh et moi allons avoir besoin de chevaux rapides, sellés. À l'extérieur de la poterne, à la nuit tombée. Newynog et Coffa les garderont jusqu'à notre arrivée. » À la fin de juillet, les nuits étaient encore très courtes. Nous aurions besoin de chaque minute d'obscurité pour nous enfuir. Avec un peu de chance, nous serions à Coventry à midi, et à Chester à minuit demain. À condition que nous poussions nos montures et nous-mêmes aux limites. Newynog ne voudrait pas abandonner ses chiots. Cependant, ils étaient pratiquement sevrés. Les laisser ne représenterait aucun danger.

« Je vais m'occuper des chevaux. Archie et les autres hommes d'Hugh sont enfermés dans le cellier. Ils sont déjà en train de préparer leur évasion. Je vais les envoyer à Nottingham, et ensuite à Chester. Comment allez-vous faire, pour le verrou ? » Il jeta un regard entendu sur la porte close.

« Je suis une Griffin. Aucun verrou jamais inventé n'a pu tenir un des membres de mon clan enfermé. Dommage que nous ne puissions soulever nos corps aussi facilement que les loquets. Je me serais enfuie sans problème de l'oubliette de John.

– Et qu'en est-il de vous et de sire Hugh ? » Un détail dans son intonation, une certaine réticence dans son regard, m'avertirent que quelque chose n'allait pas.

Je haussai un sourcil et le laissai penser ce qu'il voulait.

Le père Truman sourit. « Il me tarde de présider votre mariage, ma Dame. Lorsque l'Interdit sera levé, bien évidemment. Et lorsque vous aurez réglé le problème du mariage par procuration avec Radburn Blakely et réglé le problème des fiançailles au comte Robin…

– Blakely, répondis-je platement, je ne suis pas certaine de pouvoir traiter avec lui. Avec un peu de chance, John reviendra à la raison et fera la paix avec l'Église. Ce qui devrait détourner certaines des énergies qui sont derrière cette rébellion. Je préférerais faire annuler ce mariage par l'Église que… que…

– Il vous faut contrer l'influence de Radburn Blakely sur notre roi, quoi qu'il vous en coûte.

– Je sais. Je ne sais pas encore comment y arriver. J'ignore si je suis capable de le tuer, lui ou un autre. Mais je sais que je suis la seule à pouvoir occire cette engeance de démon – avec l'aide d'Excalibur.

– Alors, vous allez devoir trouver un moyen politique de l'arrêter.

– J'ai besoin d'aide. Viendrez-vous me rejoindre à Chester, une fois que ma fille sera en sécurité ?

– Vous saurez ce qu'il faut faire le moment venu. Ma présence ne ferait qu'attirer une attention inopportune sur Kirkenwood et Hetty. Fiez-vous à vos instincts, Resmiranda. Fiez-vous à votre héritage. Fiez-vous à votre magie. » Sur ces mots, il fixa son regard sur la porte.

J'entendis le verrou jouer. Il s'en fut aussi silencieusement et subrepticement qu'il était entré.

*

Radburn Blakely caressa la joue de Fantôme d'un doigt délicat. Le garçon frémit et eut un mouvement de recul. Le désir de Radburn naissait de l'humiliation et du dégoût du jeune homme. Il ne se laisserait encore pas pénétrer sans résistance. Quelques coups de fouet le feraient hurler, mais également accepter les attentions de Radburn.

Pauvre Fantôme. Il n'aimait que les femmes. Peut-être l'heure était-elle venue de lui permettre un rendez-vous galant avec l'une des filles d'arrière-cuisine. Ainsi, il ne serait pas près d'oublier sa véritable virilité. Et peut-être pourrait-il engendrer un enfant, afin de transmettre son talent à une génération future. Ensuite, il refuserait Radburn avec encore plus d'acharnement.

« Ce soir, mon garçon. Ce soir, tu seras ma maîtresse », lui murmura Radburn. Il baisa le bout de ses doigts et caressa les lèvres de Fantôme.

Qui cracha dans la paille.

Radburn éclata de rire.

Le roi John leva la tête de ses cartes et de son souper. La campagne d'invasion du pays de Galles progressait péniblement. Radburn savourait chaque instant des derniers jours de John en tant que roi. Il n'y en avait plus pour longtemps, maintenant. La rébellion avançait joliment, au contraire de la campagne du pays de Galles.

Il goûta quelques gorgées du vin fin que leur fournissait Ranulph de Chester. Après quatre années de survie dans une grotte, à se nourrir uniquement des maigres ressources qu'il arrivait à voler, la moindre bouchée lui était un régal.

Réchauffé par son petit jeu avec Fantôme, il accorda à son esclave une petite gorgée de nectar, en lui présentant la coupe de manière à ce qu'il soit obligé de boire là où lui-même avait posé ses lèvres.

« Nous diviserons nos forces et traverserons la frontière là, là et là. » John ponctua le parchemin de son couteau graisseux. « Ma fille, ajouta-t-il en désignant Joan, sa fille illégitime, de la tête, m'informe que Llewelyn se terre par là. »

Le mari d'icelle, qui n'était autre que le rebelle Llewelyn, avait bizarrement envoyé son épouse à l'abri chez papa. Elle était censée se rendre à Winchester et rejoindre la suite de la reine. John la gardait près de lui, car il ne s'y fiait pas lorsqu'elle était hors de vue.

Radburn faisait en sorte qu'il ne fasse plus confiance à personne. Sa terreur extrême des trahisons le poussait à des actes plus radicaux encore.

« Il y a un étroit défilé, par là. Quelques hommes en une seule file pourraient aisément le pénétrer et arriver sans être repérés jusqu'à la forteresse de Llewelyn », commenta le comte de Chester. Il désigna la route avec son propre couteau. À la fin du repas, la carte serait illisible.

« J'affronterai mes propres ennemis sur un champ de bataille, déclara John d'un ton ferme.

– Oh, allons, mon frère. N'allez pas perdre la guerre pour une question de chevalerie et d'honneur. Ordonnez la mise à mort et débarrassez-vous du problème, le réfuta Radburn, désinvolte. Vous l'avez bien fait avec les otages. »

Joan blêmit et sanglota dans son mouchoir.

John tapota son couteau contre ses dents, en évaluant visiblement la possibilité d'un massacre rapide au lieu d'une bataille rangée.

« Il me faut une victoire éclatante, pour supprimer les autres principicules », finit-il par déclarer.

Comme l'avait prévu Radburn. Ses autres projets avaient besoin de cette bataille pour mettre un terme à la tyrannie de John sur l'Angleterre et amorcer la dictature bien plus chaotique des barons. Radburn prévoyait de se trouver à Winchester avec la reine et le prochain roi d'Angleterre avant même le début de l'affrontement. Henry, fils et héritier de John, aurait besoin d'un régent fort. Le premier homme présent qui s'emparerait du trésor et de l'héritier aurait toutes les chances de continuer à gouverner au nom de l'enfant. Surtout si Fantôme et son talent magique pour le feu veillaient à ce que la reine Isabelle ne se mêle pas du nouveau gouvernement.

John avait fait la même chose en 1199, pour empêcher Arthur de Bretagne de faire main basse sur le trône. Heureusement que Ranulph de Chester avait divorcé de Constance, mère d'Arthur et comtesse douairière de Bretagne, sinon le formidable comte se serait opposé à John au lieu de le soutenir. Maintenant, il s'occupait surtout de vendre sa loyauté au plus offrant. John et Ranulph connaissaient tous deux les termes et conditions de leur alliance. Ils s'entendaient parfaitement.

Radburn se demanda où, à part l'Échiquier, il pourrait mettre la main sur la somme colossale nécessaire pour acheter la loyauté de Chester et l'éloigner de John.

Le héraut frappa sa canne contre les pierres du seuil. « Votre Altesse Royale, monseigneur le Comte, mesdames et messieurs, sire Hugh Fitz Chênenoir, comte de Bellecôte, et lady Resmiranda Griffin demandent audience, proclama-t-il avec un sourire plus que suffisant.

– Resmiranda ! » brailla John. Il se leva avec une telle hâte que son trône bascula en arrière.

Radburn se laissa aller contre son dossier, curieux d'assister au spectacle.

« Vous êtes morte ! » ajouta John. Il se signa par deux fois, s'interrompit, puis répéta le geste. « Vous êtes morte !

– Je vis, Altesse, tout comme l'homme que vous m'aviez accusée d'avoir assassiné. Et je vous apporte la sinistre nouvelle d'une rébellion. Ceux qui m'ont cachée quatre années durant envisagent maintenant de vous frapper par-derrière au combat, puis d'assassiner votre reine et vos enfants. Il se peut qu'ils se trouvent déjà à Winchester, armés des mêmes intentions. » Lady Resmiranda avança d'un pas martial jusqu'à la grande table tout en parlant. Ses enjambées longues et déterminées correspondaient parfaitement à son accoutrement masculin. Elle irradiait la force et la détermination.

Radburn la désira plus encore qu'il ne désirait le corps svelte de Fantôme.

Joan, fille bâtarde du roi et épouse de Llewelyn de Galles, éclata – une fois de plus – en sanglots. Elle s'enfuit en courant, suffoquée de larmes. Sa réaction donna encore plus de crédit à la déclaration de Resmiranda.

« Ma femme, je suis ravi de vous voir revenir à moi ! » Radburn se leva et tendit les mains en signe de bienvenue. Il fallait qu'il la fasse sortir d'ici et détourne ses déclarations.

Les paroles et le geste de Radburn arrêtèrent net sa progression, ainsi qu'il l'avait prévu. Elle referma la bouche dans un claquement audible. Cet imbécile de Fitz Chênenoir faillit lui rentrer dedans. L'immonde chien qui la suivait toujours montra les crocs en grondant. Ainsi fit le monstre jumeau qui talonnait Fitz Chênenoir.

Radburn montra les dents et grogna en retour. Les chiens se réfugièrent derrière maître et maîtresse.

La salle ne fut plus que chaos.

Silencieux, immobile, John fixait la femme.

« Si vous désirez ma bonne volonté, la bonne volonté du Pendragon de Bretagne, et ma loyauté renouvelée, vous contesterez la validité des prétentions de cet homme sur moi et les miens », cracha Resmiranda. Elle fit étinceler la chevalière du Pendragon à son pouce. Le venin contenu dans sa voix aurait empoisonné un homme de moindre importance. Les perceptions magiques de Radburn détectèrent le crépitement d'énergie de son aura.

Elle n'avait rien perdu de sa magie, en quatre ans. En fait, Radburn la soupçonnait d'avoir pratiqué et intensifié son talent. La victoire n'en serait que plus douce, lorsqu'elle succomberait à ses pouvoirs et qu'il la sacrifierait sur l'autel des anciens dieux du Sang, de la Guerre et de la Mort. Elle morte, la porte du démon s'ouvrirait et il autoriserait Tryblith, démon du Chaos, à se repaître de sa chair merveilleusement ferme.

« Pour l'instant, les rebelles n'ont pas la bénédiction du Pendragon de Bretagne. » Elle se tenait droite et fière, face à son roi, et le défiait. Elle avança encore et effleura la main de John, à peine un contact, mais qui fut suffisant. L'aura du roi fut purifiée de l'influence de Radburn.

« Jurez sur la Bible de l'évêque que ce que vous me dites est bien la vérité ! finit par demander le roi. Jurez-le, et nous veillerons à ce que ce mariage par procuration, en terre étrangère et sans notre consentement, soit déclaré illégal devant la loi des hommes et celle de Dieu. » Il fit signe à son évêque favori d'avancer.

Des Roches opina avec véhémence en sortant son missel, plus proche équivalent des Écritures saintes qu'il eût sous la main.

« Non, Altesse. Vous me l'aviez promise. Vous aviez promis. » L'anxiété fit trembler les mains de Radburn. Le gringalet allait tout ruiner s'il se mettait en tête de prendre ses propres décisions. Il ne devrait pas en avoir le droit. Radburn devait absolument rétablir le contact oculaire avec son demi-frère tout de suite, avant qu'il ne succombe aux manigances de la sorcière.

« Altesse, je vais jurer sur les reliques des saints, dans n'importe quelle cathédrale ou sur n'importe quel livre saint de votre choix. Mais faites vite. Il vous faut protéger la reine et vos fils. Vous protéger vous-même. » Elle s'agenouilla devant l'évêque et posa sa main sur le missel.

« C'est une sorcière, Altesse. Elle ment, murmura Radburn à l'oreille du roi. Elle est ma femme. Vous me l'aviez promis.

– Oh, la ferme, Radburn ! Chester, emmenez Fitz Chênenoir et vos hommes et filez sur l'heure à Winchester. Ce soir. Galopez toute la nuit. Sauvez mes fils des assassins. Sauvez mes garçons. Et maintenant, Dame Resmiranda, vous me devez moult explications. Dans mes appartements privés. »

John prit la main de Resmiranda et la guida vers la petite chambre située derrière l'estrade. Alors qu'elle quittait les côtés de Fitz Chênenoir, leurs mains se touchèrent, leurs doigts s'attardèrent aussi longtemps que possible. Poignante manifestation de leur amour.

« Tu es mort, sire Hugh », marmonna Radburn. Il emboîta le pas à John vers le solarium. Ce dernier ne devait plus prendre aucune décision sans lui.

Le chien se fourra dans ses jambes et le ralentit.

John claqua la porte au nez de Radburn, le lui meurtrissant.

52

« Vous avez survécu, Ana. Nous avons prié pour cela. J'ai prié pour qu'on vous trouve. » John m'enferma entre ses bras et posa sa tête sur mon épaule. Il pleurait.

Je ne lui rendis pas son étreinte, bien qu'une partie perverse de moi-même en ait envie, aît envie de partager ses pensées et son corps. D'une certaine manière, je l'avais aimé. Il était le père de mon enfant. Ma bien-aimée Hetty qui, même maintenant, babillait dans mon esprit.

« Vous avez peut-être prié pour qu'on me trouve, mais vous avez ordonné la mise à mort de ma chienne, et vous n'avez dit à personne ce que vous m'aviez fait. Vous m'avez simplement laissée disparaître en même temps que Radburn », déclarai-je d'un ton neutre.

John releva la tête, mais ne me lâcha pas. « Vous avez tous les droits de Nous haïr, Ana. Mais vous Nous êtes revenue, entière et en bonne santé. Vous devez bien Nous aimer un tout petit peu, pour avoir rompu avec la sédition.

– J'ai été des leurs jusqu'à ce qu'ils décident de s'en prendre à des enfants innocents. Il est déjà assez atroce que vous ayez fait pendre vingt-huit otages gallois. Vous aviez des raisons politiques d'agir de la sorte. » Je crachai presque ces paroles. Politique. J'avais la politique et ses manipulations en horreur.

« Vous aviez la loi pour vous, poursuivis-je. Mais que les rebelles assassinent vos enfants, non pas en mesure de rétorsion, ni même en châtiment légal ou moral, mais uniquement pour éliminer toute opposition à leur candidat désigné au trône… je ne pouvais plus les suivre. » Je gardais les mains plaquées contre mes flancs et mes émotions bien enfermées au fond de moi. Je relatais uniquement des faits.

« Vous m'êtes revenue. C'est la seule chose qui compte. » Il abandonna le "Nous" royal et redevint, une fois encore, l'homme drôle, intelligent et aimable dont j'étais presque tombée amoureuse. « M'avez-vous apporté l'épée, l'épée magique ? » Il me serra à nouveau contre lui.

Toute nostalgie que j'avais encore de lui s'évanouit. Il ne voulait que mon épée et ma bénédiction de Pendragon. J'userais des deux dans ma quête pour ramener la paix et l'unité en Bretagne. Je n'avais pas à me donner également moi-même.

« Je croyais que vous aviez confié Excalibur à William Longsword de Salisbury.

– Un canular soigneusement entretenu. Nous savions que Fitz Chênenoir n'avait pas pu nous apporter la véritable épée. Il l'aurait rendue à la Dame du Lac. Cependant, il nous fallait faire officiellement semblant de réclamer Excalibur et le droit de la manier au nom de l'Angleterre. » Il fit courir ses mains de mes bras jusqu'à mes épaules. Ses pouces me caressèrent les contours de la mâchoire.

Je lui retournai un regard vide, nullement émue par ses caresses.

« Vous n'auriez jamais pu toucher Excalibur de vos mains, le corrigeai-je. C'est la raison pour laquelle vous l'avez laissée à Lincoln. L'épée ne vous avait pas été donnée par la Dame du Lac. Je suis la seule à pouvoir la manipuler, et l'arme décidera quelle bataille je dois mener. »

Ses mains revinrent sur mes bras, elles éprouvèrent les muscles que je m'étais forgés au cours des trois dernières années.

« Qui dirige la rébellion, Ana ? Qui devons-Nous combattre pour regagner la sécurité de Notre royaume ? Vous et moi, ensemble, nous ferions une formidable paire. Le roi et le Pendragon, chevauchant ensemble avec Excalibur. Qui pourrait encore douter de la légitimité de notre cause ?

– Le pape Innocent III. » J'éviterais de nommer les conspirateurs avant d'être certaine que John allait faire ce qu'il fallait pour unir à nouveau l'Angleterre derrière la couronne et l'Église.

Il me relâcha et se mit à faire les cent pas entre la fenêtre et moi, mains derrière le dos, une fois de plus redevenu un impatient tacticien.

« Les rebelles clament que leur loyauté à notre sainte mère l'Église est la justification de leur guerre contre vous et votre famille. Vous pouvez les défaire au combat, mais vous ne pourrez vraiment gagner ce conflit que si vous vous réconciliez avec l'Église.

– Impossible, Ana. La querelle a duré bien trop longtemps.

– Il le faut. Votre fierté et vous-même devez vous incliner devant l'Église. L'un après l'autre, chaque monarque d'Europe vous déclarera la guerre. L'un après l'autre, chaque Anglais leur fera bon accueil. Au début, l'Église ne leur a pas manqué. Mais maintenant, après quatre ans, ils regrettent cette perte. Ils ont besoin des sacrements. Ils ont besoin de l'Église. Ils ont besoin d'un roi en paix avec l'Église.

– Croyez-vous que cela mettrait un terme à la rébellion ? » John tourna des yeux troublés et vulnérables vers moi. J'aurais pu tomber dans les profondeurs de ces pupilles sombres. J'aurais pu croire aux mythes qu'il tissait derrière ces yeux-là. Je connaissais la vérité, pas les mythes.

« La rébellion diminuera un temps. Cependant, les barons rongent leur frein sous votre autorité. Ils veulent avoir plus de contrôle sur leurs vies et leurs fortunes. Servez-vous du temps que Dieu et l'Église vous accordent pour vous les lier une fois de plus.

– Que devons-Nous faire de plus ? Nous avons besoin de la loyauté de tous Nos barons. Nous avons besoin de garder le pays de Galles sous Notre contrôle. L'Irlande est encore pratiquement à feu et à sang. Nos possessions continentales sont aux mains des Français. Conseillez-Nous, Pendragon… Ana, mon amour. Dites-Nous ce qu'il faut faire. »

Son retour au « Nous » royal me persuada qu'il demandait vraiment un avis en tant que roi, et non pas comme un homme orgueilleux et soupçonneux.

« Faites revenir le Maréchal d'Irlande. Envoyez des émissaires et des présents au pape. Demandez conseil à vos barons – et écoutez-les. »

Il ferma les yeux et soupira.

« Nous aimerions rencontrer le chef des rebelles. En privé. Pourriez-vous arranger cela, Ana ? Nous avons besoin de savoir ce qu'ils veulent de Nous. Nous avons besoin de savoir si Nous pouvons redresser les choses.

– C'est possible. » Je réfléchis furieusement. « Cela pourra demander un peu de temps. Les messages ne sont pas transmis directement. Il y a forcément un ou deux intermédiaires. Fort éloignés l'un de l'autre.

– Faites-le. Faites tout ce que vous pourrez pour arranger cela. Mais assurez-vous que la rencontre sera privée. »

J'opinai.

« Restez avec moi, Ana. » Il me tendit la main.

« Non. Je resterai à la Cour, mais je ne réchaufferai plus jamais votre couche. »

Il ouvrit grands les yeux et me dévisagea. « Ai-je été un amant si désagréable ? » Un sourire sensuel effaça les rides d'inquiétude autour de ses yeux.

Je lui rendis son regard, calme et sereine, nullement intéressée. « Je demande votre bénédiction pour épouser Hugh Fitz Chênenoir. Je lui *resterai* fidèle, car je l'aime vraiment. Je dois rester à vos yeux la baronne de Kirkenwood et l'héritière Griffin. » J'inspectai la chevalière du Pendragon qui ornait mon pouce. Nous savions tous les deux la signification antique du dragon rampant.

« Il nous faut d'abord annuler le présomptueux mariage par procuration de Radburn Blakely. » John reprit ses allées et venues, mains derrière le dos, tête belliqueuse projetée en avant.

« Raison de plus pour vous réconcilier avec l'Église.

– Pendant que Nous attendrons ces événements capitaux, vous devez Nous promettre que vous n'accueillerez aucun homme dans votre lit. Je refuse de voir le problème de votre mariage entaché par une consommation de cette union ou une aventure avec Fitz Chênenoir.

– Ou une aventure avec vous. »

Au bout d'un long instant, il hocha vigoureusement la tête.

Je fermai les yeux et ravalai ma déception. *Bientôt, Hugh. Nous serons bientôt ensemble. Mais d'abord, il nous faut attendre un peu plus longtemps. Que sont quelques mois, alors que nous avons attendu trois ans et plus ?*

« Très bien, Altesse. Je me soumettrai aux lois de l'Église et ne prendrai aucun homme dans mon lit jusqu'à ce que soit réglée cette parodie de mariage avec votre demi-frère. Mais vous devrez faire tout ce qui est en votre pouvoir pour vous réconcilier avec l'Église et faire la paix avec vos barons.

– Dites-moi, d'abord, étiez-vous vraiment enceinte, il y a quatre ans, comme l'avait sous-entendu Radburn ? M'avez-vous donné un enfant ?

– Vous réconcilierez-vous avec l'Église ?

– Vous pourriez Nous aider à rédiger la demande.

– Avalerez-vous votre fierté et travaillerez-vous avec les barons ?

– Nous vous avons déjà demandé d'organiser une rencontre.

– J'ai perdu l'enfant quelques heures après que sire Hugh m'eut porté secours. » Un rire clair et cristallin résonna dans mon esprit. Hetty était vraiment en sûreté.

*

« Reste là », ordonnai-je à Newynog en mettant pied à terre près de l'anneau des fées, au-dessus du château d'Huntington. Ce refuge élevé était cerné de brume. Le bruit de trois chevaux en train de brouter l'herbe grasse, le tintement des brides et le bruissement de deux autres cavaliers changeant malaisément de position sur leur selle, tous ces sons se distordirent étrangement dans le brouillard.

Seuls le roi John et Hugh m'avaient accompagnée pour ce rendez-vous clandestin. La Cour était restée à Nottingham. Un autre cheval et son cavalier nous avaient suivis et s'étaient dissimulés plus loin sur la colline. J'avais l'intention de laisser Radburn Blakely entendre ce qui se passerait ici. Seulement, il ne pourrait pas s'en mêler. À moi d'y veiller.

Je pris une profonde inspiration et avançai entre deux pierres, légèrement plus grosses que celles qui délimitaient l'anneau, en prenant soin de placer mes deux pieds dans le ruisseau qui courait au milieu. Aussitôt, je sentis le pouvoir crépiter sous ma peau. Une infime ligne d'énergie verte effleura le sommet de chaque pierre. Je me dirigeai vers le triangle de rochers situé au centre, et à la source du cours d'eau.

Je grimpai prudemment sur le plus plat des trois et fis face à l'entrée. Dans mes braies et chausses barbares, ma tunique à capuche, les cheveux défaits, je perçus une impression de liberté en même temps que la croissance du pouvoir en moi, au fur et à mesure que j'établissais le contact mental avec chacune des pierres

« Altesse, vous allez devoir entrer par l'avenue orientale, déclarai-je à mi-voix.

– Et si Nous ne le faisons pas ? » John remua les épaules et raidit le dos. S'il avait lui-même sollicité cette rencontre, il m'avait cependant résisté durant tout le voyage.

« Si vous marchez sur les pierres à un autre endroit, la protection insonorisée se déchirera. Chaque homme, chaque femme, chaque enfant d'Angleterre entendra les paroles qui seront échangées ici aujourd'hui. » J'exagérais.

Je l'entendis mettre pied à terre et confier ses rênes à Hugh. Il posa précautionneusement ses pieds sur les rives glissantes du ruisseau. Il dérapa et atterrit lourdement dans l'eau, baignant bien plus de lui-même que simplement ses bottes. Il jura et pénétra dans le cercle. Je lui indiquai de venir se placer devant l'une des roches, face à moi.

Quelques instants plus tard, la brise me transmit le bruit des pas d'un homme gravissant le chemin sinueux venant d'Huntington. Je reconnus la démarche de celui qui savait progresser en silence dans les forêts et les champs. Robin, comte de Locksley.

Hugh et John ne parurent pas l'avoir entendu s'approcher. Ils sursautèrent tous deux et tendirent la main vers leurs armes lorsqu'il émergea de la brume.

« L'entrée occidentale, ma Dame ? » me demanda Robin tout en s'inclinant légèrement dans ma direction. Son regard ne partit jamais vers John.

Je me rendis alors compte que je présidais, ici, sur deux ennemis héréditaires, que j'assumais le rôle de prêtresse de ce cercle magique païen. Un rôle auquel oncle Henry, et même Deirdre, de l'insaisissable hutte, m'avaient préparée. Il ne me manquait qu'une canne, mais je ne pensais pas pouvoir en utiliser encore une avec aisance.

« Oui, monseigneur. »

Robin fixa le cours d'eau et poussa un profond soupir. Puis il pataugea dedans et monta impatiemment près de moi.

« Vous allez tous deux déposer vos armes sur cet autel. Je ne tolérerai aucun conflit armé. »

John me fixa, bouche à demi ouverte, comme pour protester. Puis il darda un regard noir sur Robin.

Le comte d'Huntington déboucla son fourreau d'épée et le déposa au sommet du rocher, près de mon pied droit. Il y ajouta l'arc ordinairement pendu à son épaule. John fit de même sur le rocher voisin.

« Les dagues, aussi. » Les hommes s'entre-dévisagèrent avec méfiance avant d'extirper des lames soigneusement dissimulées sous leurs vêtements.

Newynog s'assit, oreilles dressées. Je claquai impatiemment des doigts. Elle se rallongea, tête et oreilles hautes, mais plus vraiment en alerte. Coffa fit de même.

« Et le reste », ordonnai-je.

Poignards de cheville, poignards d'avant-bras, une hache et une arbalète – une arbalète sous la pelisse de John ? –, rejoignirent la pile croissante d'armes.

Hugh s'esclaffa dans le lointain, et je le sentis se détendre, maintenant qu'il n'était plus inquiet pour ma sécurité entre ces deux hommes explosifs. Newynog reposa sa tête sur ses pattes.

Ce ne fut que lorsque je crus les deux personnages dépouillés de toute arme létale que je levai les bras et murmurai une antique prière en gaélique – j'avais, ces trois dernières années, approfondi mes connaissances de ce langage. Je décrivis un cercle complet sur moi-même tout en énonçant à voix basse : « Créateur béni de la vie, accorde la paix du cœur à ces deux hommes venus, ensemble, chercher la paix pour le pays. »

Un feu vert jaillit de mes doigts vers chacune des pierres, il me relia à elles et elles aux autres en une scintillante chaîne magique. À l'extérieur de l'anneau, le brouillard se mua en un mur solide nous isolant du reste du monde.

Je ne pus trouver mentalement ni Hugh ni Newynog, et ne fus pas loin de paniquer. Un rire clair et cristallin résonna dans mon esprit. Hetty. La peur s'enfuit, remplacée par une double vision unique de l'intérieur et de l'extérieur du cercle. J'eus la sensation que Newynog se joignait au semblant d'illusion dans la brume que nous partagions toutes trois, et que les pauvres terriens ne comprendraient jamais.

John et Robin, bouche bée, regardaient le brouillard épaissir et tourbillonner. Des visages semblèrent se former dans la brume, les visages de très anciens spectateurs qui présidaient autant que moi cette réunion.

Tous deux se signèrent avec anxiété.

« Vous n'avez rien à craindre », les rassurai-je en sautant de mon rocher. Ma voix résonna étrangement à mes oreilles, comme si la douzaine de spectateurs avait parlé en même temps que moi.

Robin et John se signèrent de nouveau. Ils se rapprochèrent légèrement l'un de l'autre, cherchant le réconfort dans la présence d'un autre robuste guerrier contre des forces qu'ils ne comprenaient pas ; ce soupçon d'accord entre ces deux hommes séparés par des années d'hostilité me fit sourire.

Depuis 1194, c'est-à-dire le retour de croisade de Richard et son exil temporaire du régent John, ce dernier et Robin ne s'étaient rencontrés qu'une seule fois, le jour où Robin avait, à contrecœur, prêté serment d'allégeance au roi John, et uniquement quand tout espoir de voir monter Arthur de Bretagne sur le trône d'Angleterre était perdu.

« Vous avez tous deux approuvé cette réunion. »

John opina.

« Je n'ai pas apprécié que vous vous serviez de ma fille comme intermédiaire, Dame Resmiranda. J'aimerais que mes enfants restent en dehors de ce conflit, me déclara Robin sans ambages.

– Meredith fut une participante volontaire. En fait, c'est elle qui a suggéré ce lieu, et cette date », réfutai-je sa réclamation. Elle assistait d'ailleurs probablement à tout cela par le biais d'un bol à visions dans la hutte de Deirdre.

Radburn Blakely disposait-il, lui aussi, d'un bol semblable ?

« Que voulez-vous exactement, vous autres rebelles ? » John coupa court aux préliminaires. « Qu'est-ce qui pourrait nous regagner votre loyauté ?

– Votre mort. »

Je permis un instant de silence entre les deux avant de reprendre la parole. « Je n'attends pas de compromis de vos coconspirateurs, monseigneur le comte. J'attends de *vous* que vous vous montriez raisonnable. »

Robin poussa un soupir. « Les barons d'Angleterre veulent la restauration de leurs droits, comme vous l'aviez promis dans la charte de votre couronnement. » Il évitait de s'adresser à John nommément ou par son titre.

« Où cette charte est-elle écrite ? s'enquit John. Ce n'est pas une loi, mais une simple suggestion afin de gagner le soutien de ceux qui voudraient diviser l'Angleterre par leurs oppositions.

– Nous réclamons les droits qui ont toujours été nôtres, et que vous avez rétrécis à chaque taxe, chaque amende, chaque levée d'écuage pour des campagnes que nous trouvons inutiles.

– Qui décide de l'inutilité d'une guerre ? C'est toujours le roi, et uniquement le roi. Vous nous avez tous juré fidélité et service militaire !

– Nous avons des droits ! »

Impasse.

« Altesse, souhaiteriez-vous une copie écrite de promesses ? » intervins-je.

John hocha la tête, car il savait pertinemment que la seule copie écrite de sa déclaration informelle aux barons rassemblés pour son couronnement, treize ans plus tôt, était dans les mains des chroniqueurs ; autrement dit, des hommes qui pouvaient modifier, et ne s'en privaient guère, les documents pour les faire correspondre à leurs propres préjugés.

« Au bout de treize ans, les hommes ne se souviennent plus que de ce dont ils veulent bien se souvenir. Qui peut dire ce que j'ai promis ?

– Il existe une autre charte. »

Tous deux me contemplèrent, muets et stupéfaits.

« Une charte plus ancienne. Celle que rédigea Henry Ier lors de son couronnement. » Je passai frénétiquement l'inventaire des livres et parchemins lus dans le repaire d'oncle Henry. Un tel document existait. Que disait-il ?

« J'ai entendu parler de cette charte. Les barons étaient des plus enthousiastes à son sujet lorsque *son* arrière-grand-père, déclara paisiblement Robin en désignant John d'un vague geste du coude, monta sur le trône après la mort de William Rufus.

– Si je puis produire un tel document, l'accepterez-vous, vous et les autres barons en révolte contre l'autorité du roi ?

– Je l'ignore, répondit-il tristement. Cette rébellion a pris vie toute seule. Des hommes en rejoignent les rangs pour nulle autre raison que de satisfaire leur propre impatience et le vague malaise que provoquent en eux les événements.

– Pourquoi cherchez-vous un compromis, monseigneur ? » l'interrogea John. Pour la première fois, je perçus une faille dans son refus absolu de transiger.

« Durant tout le temps où nous nous sommes heurtés, je n'ai jamais admis le meurtre. Le vol, la corruption, la tricherie, oui, et même le braconnage, lorsque mes hommes et moi-même souffrions de la faim. Mais jamais le meurtre, surtout le meurtre d'innocents.

– Nous avons encore en mémoire l'époque où vous Nous auriez joyeusement assassiné. Nous avons toujours sur la gorge la cicatrice laissée par votre lame », gronda John en levant le menton afin de laisser voir une mince ligne blanche sous son oreille.

« Vous aviez pris Marion en otage et menaciez de la pendre.

– Pas Nous. Le Shérif.

– Vous avez toujours eu l'art de rejeter la responsabilité de vos erreurs sur les autres. Fitz Walter a peut-être raison…

– Fitz Walter Nous a trahi. Il a capitulé et livré Nos châteaux prématurément, sans autorisation. Il disposait des vivres, des munitions et des hommes pour tenir le siège une semaine supplémentaire, en attendant que Nous venions à sa rescousse. Pourquoi aurions-nous dû payer à Nos ennemis la rançon d'un traître ? C'est de sa propre faute, si sa rançon l'a ruiné un temps.

– Je crois que la reine Isabelle, le jeune Henry et Richard sont sains et saufs ? répliqua Robin.

– Oui. Ils se portent bien, et ce n'est pas grâce à vous. Ils sont cachés et sous bonne garde, dans la crainte que Fitz Walter, vous et les autres, ne tentiez encore une fois de les assassiner.

– Je ne tolérerai aucun meurtre ! brailla Robin. Votre épouse et vos fils vivent parce que je me suis débrouillé pour retarder Fitz Walter et Vesci jusqu'à ce qu'Ana ait l'occasion de vous prévenir et de prendre des mesures défensives.

– Pour cela, je vous remercie. » Le regard de John s'adoucit quelque peu. Il répondait en mari et père, et non pas en roi offensé.

J'intervins avant qu'ils ne trouvent un autre point de dissension. « Sommes-nous bien d'accord : si je puis produire une copie de la charte de couronnement d'Henry Ier, vous, roi John, et vous, Robin Locksley, chercherez un compromis basé sur ces anciens droits et *responsabilités* des barons ? »

Les deux adversaires se mesurèrent un temps du regard, puis répondirent, presque à l'unisson. « Oui.

– Nous préparons au mieux notre futur, assurai-je.

– Je crains, Dame Ana, que certains hommes n'aspirent jamais au futur quand des gloires passées, qui n'existent que dans leurs esprits, paraissent plus attirantes. » Robin inclina tristement la tête. « Certains refuseront toujours le compromis.

– À vous de leur faire entrevoir la sagesse de la conciliation, Robin. » J'effleurai son bras avec une véritable affection. Si je n'avais jamais rencontré Hugh, si je n'avais jamais laissé mon cœur tisser un schéma d'amour et de vie avec lui, j'aurais pu être heureuse avec cet homme-là.

Il posa sa main sur la mienne et la pressa.

De mon autre main, j'attrapai les doigts de John. Je liais, pour l'instant, les deux rivaux dans un but commun. Combien de temps cela durerait-il ?

« Faites-vous confiance l'un à l'autre ! » leur ordonnai-je, comme si je pouvais effacer une vie de méfiance entre ces deux personnages, et des siècles de mésentente entre les barons et leurs rois.

« Fiez-vous à vous-mêmes ! » les implorai-je, et m'implorai-je.

53

Dimanche 9 juillet de l'an de grâce 1213, quatorzième année du règne de John Plantagenêt. Sur la route de Winchester.

Le fracas de mon arme contre celle de mon ennemi me fit vibrer les bras et les épaules. La résonance du métal contre le métal couvrit le fredonnement d'Excalibur rencontrant son adversaire désigné.

Une curieuse clarté teintait les limites de ma vision. L'aura bleu-noir de Radburn Blakely tentait de noyer ma propre énergie vitale. En dépit de la fraîcheur de la caverne du démon, la sueur dégoulinait sur mon front. La fatigue pesait sur mes genoux.

Je tentai de dégager ma lame de la sienne. Il s'esclaffa et enchevêtra encore plus mon arme pitoyable. Il m'attira encore plus près. Son haleine immonde, imprégnée par les démons et la charogne, me donna la nausée. Il fallait que je me libère. Il recommença à rire.

Je me figeai de tout mon être.

Tryblith, démon du Chaos, baragouinait à mon oreille. Mes pensées tourbillonnèrent. Mon corps se mit à trembler. Mon âme se flétrit.

Je m'éveillai dans un hurlement, aussitôt étouffé par

la soudaine conscience d'autres femmes dans mon pavillon. La lumière chiche dispensée par des braises mourantes me permit de focaliser ma vision.

J'avais les épaules douloureuses, comme si j'avais vraiment combattu Blakely à mort.

Mon rêve ne s'était pas encore réalisé.

J'avais encore une chance de supprimer l'influence de Radburn Blakely sur le conseil du roi par le biais de moyens politiques et de compromis. Combien de temps avant que mon rêve ne devienne réalité ? Combien de temps avant que je ne sois obligée de choisir entre tuer un autre être humain ou être tuée par lui ?

J'enroulai mes bras autour de moi et serrai les dents. Je n'avais encore jamais été capable de modifier l'essence d'un rêve prémonitoire.

Je me levai de ma paillasse et filai silencieusement vers l'aiguière et la bassine de toilette. L'eau froide sur mon visage éloigna les derniers vestiges de tissu onirique et les remplaça par la logique pure.

Le souffle fétide de Blakely imprégnait encore mes sens. Il dormait dans une autre tente, non loin de la mienne. Il murmurait à l'oreille de John au travers de ses songes.

Chaque matin de cette dernière année, John s'était réveillé bien décidé à contredire chaque compromis trouvé la veille avec Pandulf, le légat du pape, et l'archevêque Langdon.

Chaque matin, je m'obligeais à toucher John de ma main nue. Il plantait ses yeux dans les miens, et j'y regardais se dissiper le nuage d'anxiété et de trahison. La chaleur de son regard retenait le mien.

Chaque fois qu'il faisait cela, je courais à nouveau le risque de tomber amoureuse de lui. Cependant, je ne pouvais lui pardonner ce qu'il m'avait fait. Je ne lui aurais jamais confié ma vie ni celle de ma fille.

Mais ces émotions, je les gardais soigneusement

cachées au fond de moi, derrière un visage souriant et des expédients politiques.

Cette dernière année, John avait progressé vers la réconciliation avec l'Église. Nous avions avancé vers la fin de la rébellion conduite par Fitz Walter et Vesci. Le comte Robin s'était détaché des autres chefs. Je le soupçonnais de leur fournir encore hommes, armes et argent, tout en restant tranquillement loin d'eux.

Lorsque les rebelles déclarèrent leurs adeptes l'armée de Dieu, John riposta en promettant de partir pour une autre croisade et de faire de l'Angleterre un fief papal. Toute rébellion contre lui aurait alors automatiquement encouru le risque d'excommunication.

Les rebelles répondirent à leur tour en arraisonnant un chargement de pièces nouvellement frappées, et destinées à financer cette croisade. Ils n'avaient pu avoir connaissance de ce chargement, de sa date et de la route des vaisseaux, que par un membre du conseil de John. Ce dernier les déclara hors-la-loi et mit leurs têtes fortement à prix. Ils exigèrent le droit de choisir leur propre régent durant le voyage proposé de John en Terre sainte.

Je savais qu'ils éliraient Blakely – il les pousserait à le faire.

Et pendant que je devais rester aux côtés du roi, je ne pouvais me sauver à Kirkenwood pour y chercher la charte d'Henry Ier ou voir ma fille.

Pendant tout ce temps-là, les négociations avec l'Église se poursuivirent d'une manière tout aussi explosive. John offrit la croisade en échange du droit de nommer l'archevêque de Canterbury. Innocent III accepta la croisade et offrit l'absolution pour le meurtre des otages, mais pas le droit de choisir les évêques.

Chaque fois que la querelle avec les insurgés semblait proche d'un règlement, celle avec l'Église s'enflammait. La dernière année s'était écoulée dans le tumulte et un sombre désespoir. John dut avaler son amour-propre trop souvent. Il avait de plus en plus souvent besoin de mon contact purificateur. Je me demandais dans combien de temps il mettrait fin aux pourparlers et appellerait aux armes.

Je menaçais de me retirer à Kirkenwood en emportant Excalibur et les symboles du Pendragon chaque fois qu'il envisageait la guerre civile. Mes menaces le faisaient renoncer à ses vues agressives. Cependant, il me refusait le droit de quitter la Cour. Lorsque je lui rappelais qu'il m'avait confirmée comme baronne indépendante de Kirkenwood, il ne m'écoutait pas et continuait à garder la baronne en otage. La dernière fois que je fis mes bagages pour le quitter, il édicta un édit *in praecipe*. Kirkenwood était confisqué tant que la querelle quant à sa possession ne serait pas réglée.

Ce jour-là, je ne fus pas loin de quitter la Cour sans permission, et pour de bon. Mais je ne pus. L'Angleterre avait besoin que je lui conserve un John sain d'esprit et logique. En tant que Pendragon de Bretagne, il me fallait rester près de lui, et contrecarrer l'influence néfaste de Blakely. Aussi pressais-je John de logique. Je l'enveloppais dans un charme protecteur contre la sorcellerie de Blakely. Je le touchais souvent.

Le Maréchal revint d'Irlande et évalua la situation militaire en poussant des soupirs de résignation et en levant les yeux au ciel. Il se mit au travail sans délai.

Tout était reporté à demain. Demain, à Winchester, John devait signer l'accord final avec l'Église, ou tout perdre. Le légat du pape et l'archevêque menaçaient de retourner à Rome si John n'obtempérait pas demain.

Et pendant tout cela, je regardais Blakely grincer des dents devant chaque progrès. Il ne pouvait permettre à John de se réconcilier avec l'Église et de voir ses projets couronnés de succès. Ses yeux trahissaient sa frustration. Ses tentatives pour m'attirer dans son lit devinrent de plus en plus flagrantes.

Je ne parlai jamais à Hugh des trois reprises où Blakely avait tenté de me piéger, avec dans l'idée de me violer. Chaque fois, j'avais réussi à lui échapper, avec l'aide de Newynog. Une fois, j'avais hurlé tellement fort, physiquement et mentalement, que j'avais attiré trois gardes armés qui me devaient un service.

Alors que Blakely s'éloignait précipitamment, il me prévint que mon refus de consommer ce mariage était la garantie de ma mort.

S'il réussissait jamais à me violer, je craignais que sa sorcellerie n'annule tout le bien que j'avais accompli jusque-là.

Je refusai d'envisager les conséquences, s'il arrivait à empoisonner ma soupe ou à me planter dans le dos sa mortelle dague tordue.

Dimanche prochain, l'archevêque Langdon accueillerait formellement le retour de John au sein de l'Église lors d'une cérémonie solennelle à la cathédrale de Winchester – du moins, si le roi admettait la dernière concession demain.

Hier, Robert Fitz Walter et Eustace de Vesci avaient réuni leurs troupes et attaqué une forteresse royale au nord de Winchester, entre le roi et la cathédrale, où il devait rencontrer l'archevêque. L'intervention d'Hugh et de ses hommes avait grandement réduit le retard. Nous arriverions à l'heure à Winchester, mais John signerait-il l'accord ? En ce moment même, Hugh et le Maréchal pourchassaient les rebelles vers l'ouest, et avaient installé des gardes sur la route que devait emprunter le roi.

Cette dernière année, Hugh avait passé le plus clair de son temps en campagne, à pourchasser les rebelles et tenter de contrer les forces qui travaillaient à déchirer l'Angleterre.

Je ne le voyais guère plus de quelques heures par mois. Si nous avions disposé de plus de temps ensemble, je ne suis pas certaine d'avoir pu honorer mon serment de rester hors de son lit.

Il me manquait un peu plus chaque jour, je rêvais de l'entrevoir, d'entendre le son de sa voix, de respirer une bouffée de son odeur unique.

Je conservais toujours son morceau de parchemin près de mon cœur.

Au cours de cette interminable année, je ne vis pas ma fille une seule fois. Mais, chaque fois qu'elle me manquait, je n'avais qu'à tendre mon esprit pour entendre son rire clair. Je savais qu'elle était en sécurité. Il fallait que cela me suffise.

L'archevêque Langdon et Pandulf, le légat du pape, refusaient d'entendre ma demande d'annulation avant la réconciliation officielle de John et le retour de l'Angleterre dans le giron de l'Église.

Mon rêve prémonitoire battait dans ma tête. Avais-je vu ma propre mort dans ce songe ? Avais-je vu mon propre trépas, avant même la cérémonie de la semaine prochaine, et une chance d'être à jamais avec Hugh ?

J'avais plus probablement vu ma mort avant la signature finale de l'accord par John. Si je ne purifiais pas ses pensées le matin, l'influence de Blakely gagnerait.

Je m'aspergeai encore le visage. L'haleine fétide de Blakely semblait imprégner l'air. Je m'étonnai qu'aucune des femmes présentes dans le pavillon ne se soit réveillée en protestant.

J'enfilai un bliaud blanc et une *stola* verte, mes atours de Cour. Je refusais de porter les couleurs ou le blason de qui que ce soit, pas même le griffon rampant avec ses ours aux quatre coins, car Blakely les arborait ostensiblement. Il prétendait avoir autant de droits que moi sur Kirkenwood.

Jamais.

Peut-être devrais-je m'immerger dans l'un des rouleaux, ou livres, que j'avais emportés pour travailler, afin de bannir cette impression d'être face à ma mort. Bientôt.

J'ouvris un gros volume au hasard. Dans la marge, l'écriture nette de tante Lotta attira mon attention.

Brûler l'intégralité de la corde d'un pendu dans un pot d'argile nouvellement cuit. Le pot devra avoir été cuit seul, sans être souillé par des récipients destinés à un autre usage.

Lorsque la corde aura été réduite en cendres, diluer celles-ci avec ma propre urine et le sang de la victime du démon. Remuer trois fois vers la droite avec une cuiller en argent.

Utiliser cette pâte comme instrument pour déterminer le pentacle du lieu de travail et de limitation de l'espace.

L'incantation se prolongeait par la définition d'une longue liste d'herbes à brûler comme encens, le nombre de gouttes d'eau, la manière d'allumer le feu, et un chant qui scellerait une porte contre presque toutes les plus puissantes des magies.

À côté de ces notes précises, le texte du livre détaillait démon après démon, leurs caractéristiques, leurs points forts, leurs faiblesses, et leurs proies favorites.

Tryblith, le démon du Chaos, avait été souligné de sang.

Je fixai la trace brune un long, un interminable moment.

Tryblith.

Tante Carlotta et oncle Henry avaient conçu cette incantation pour enfermer le démon qui s'était emparé du corps d'oncle Henry en cette fameuse nuit de *Samhain*, bien des années auparavant. Ils l'avaient exilé derrière une porte dragon dans les collines de Mendip, dans une grotte précédée d'un antique tumulus.

Blakely avait Tryblith pour grand-père. Un démon qui prospérait sur le chaos.

Un démon très puissant et très déterminé.

J'aurais dû le savoir. J'aurais dû voir les indices chaque fois que nous nous rencontrions. Blakely ne laisserait jamais John se réconcilier avec l'Église ou les barons. Il ne cesserait jamais sa campagne de quête du pouvoir grâce au maintien de l'Angleterre dans le chaos.

Je frémis, en comprenant que Blakely assassinerait John et s'emparerait de ses héritiers plutôt que de permettre cette réconciliation. Une fois fermement installé sur le siège de régent, il tuerait les fils de John et s'autoproclamerait roi.

Le roi du Chaos.

Sous son règne, la guerre civile prévaudrait, et ouvrirait toute grande l'Angleterre aux invasions venues de France, du Saint Empire Romain Germanique ou du Vatican.

Le roi du Chaos régnerait sur le sang, la mort et la torture.

Je le vis clairement, comme si tous ces événements s'imbriquaient devant mes yeux dans un bol à visions.

Si on l'exilait, Blakely reviendrait toujours. Si on l'emprisonnait, il s'évaderait. Aucune oubliette n'était assez profonde pour le retenir.

Aucun compromis. Aucune logique. Aucun choix.

Blakely devait mourir. Seule une personne puissamment douée de magie et plus déterminée encore pouvait l'empêcher de mener ses projets à bien.

J'allais devoir prendre Excalibur et assassiner Radburn Blakely. Ou mourir en essayant.

Aujourd'hui. Pour le royaume, il me fallait défier Blakely aujourd'hui.

Mais d'abord, j'avais une dernière chose à faire.

*

Hugh arpentait le périmètre de son campement. Il adressait un signe de tête à chaque sentinelle et la saluait par son nom. À l'extrémité orientale, il ordonna à ses hommes d'aller ensemble jeter un coup d'œil à un bosquet, quelques centaines de mètres plus loin. Quelques mots suffirent pour que trois autres soldats viennent patrouiller et monter la garde. Il écouta les oiseaux chanter alors que le crépuscule faisait place à la nuit. En cette nuit de juillet, on n'était plus qu'à un ou deux jours de la pleine lune. Il pouvait distinguer les ombres parmi les ombres. Le moindre mouvement se dessinait en contraste sur la lueur argentée.

Il se demanda ce que faisait Ana en ce moment, à la Cour de Winchester. Durant presque une année de négociations avec le pape, elle n'avait pas quitté le roi. Pas plus que Radburn Blakely.

Pandulf, le légat du pape, était arrivé en Angleterre en février dernier, afin de négocier la réconciliation de John avec l'Église. Eustace de Vesci et Robert Fitz Walter étaient toujours en rébellion. Huntington avait regagné son terrier et ne quittait plus ses terres.

Hugh avait pourchassé les rebelles d'un bout à l'autre de l'Angleterre, cette année. Mieux valait vivre sur le terrain, en compagnie d'autres guerriers, qu'errer sans but à la Cour, regarder écrire des lettres, écouter des disputes et ne rien voir venir. Mieux valait être sur le terrain que regarder Ana toucher quotidiennement le roi pour le purifier et ne pas pouvoir la toucher soi-même. Mieux valait rêver d'elle que brûler de jalousie alors que John et Radburn réclamaient toute son attention. Tous deux cherchaient à s'approprier son influence et son corps. Hugh devait se fier à elle pour les tenir à distance. Les quelques brefs instants qu'ils passaient ensemble ne la lui faisaient que plus regretter.

Pendant ce temps-là, il faisait courir les rebelles. Demain, il refermerait son piège. Demain, Vesci et Fitz Walter jureraient à nouveau fidélité à John, ou ils embarqueraient pour l'exil.

« Tu me manques Ana. Ton sourire me manque, ton rire, ta logique et ta chaleur me manquent. Je veux vivre à jamais avec Hetty et toi », murmura-t-il aux étoiles. Il avait vu la fille d'Ana le mois dernier, lorsque sa traque l'avait conduit vers le nord. Elle riait un peu moins. Sa maman lui manquait autant qu'à lui. En revanche, elle galopait toujours autour du village de Kirkenwood, émerveillée par chaque nouvelle journée et chaque découverte.

Le remue-ménage familier provoqué par trois cents hommes occupés à souper, à allumer les feux de camp ou à déplier leurs lits, l'apaisa. Sa place était là. Il vivait la vie des guerriers depuis son quatorzième anniversaire.

Nombre de regrets l'avaient assailli depuis qu'il avait, ce jour-là, quitté la demeure de son père. La perte de Johnny était le plus important de tous. Cependant, sa plus grande, sa plus profonde blessure était qu'Ana et lui ne pouvaient pas vivre ensemble. Pas encore, tout du moins.

La semaine prochaine, peut-être. Après le retour de l'Angleterre dans le giron de l'Église.

« Tu me manques, mon amour.

– Je suis là, Hugh. »

L'incroyable nostalgie qu'il avait d'elle avait dû lui enflammer l'imagination. Il ne venait pas de l'entendre réellement.

« Regarde-moi, Hugh. Je suis bien réelle. Je suis là. »

Hugh pivota d'un coup vers l'origine de la voix. L'espoir ne fut pas loin de le suffoquer. « Ana, souffla-t-il. Comment as-tu pu passer au travers de mes sentinelles ? Que fais-tu ici, si loin de Winchester ?

– Nul ne peut me voir lorsque je choisis de devenir

invisible, tu le sais bien. Ce qu'il te faut vraiment savoir, c'est pourquoi je me trouve si loin du roi. » Elle eut un sourire amer, en coin.

Il lui ouvrit les bras. Elle s'accrocha à lui à pleines mains tout en étouffant ses sanglots. Il ne put la serrer assez fort. Il eut envie de pleurer, lui aussi.

« Je n'ai pas pu supporter notre séparation plus longtemps, Hugh. Aussi me suis-je enfuie, avec seulement Excalibur et Newynog pour compagnes. » La chienne pénétra en trottant dans le cercle de lumière dispensé par le feu de camp d'Hugh. Elle se laissa tomber à terre en haletant. Coffa lui mordilla les oreilles, puis la rejoignit.

La nostalgie enflamma le désir d'Hugh. Il rêva encore un instant de la possibilité d'enfin lui faire l'amour.

« L'archevêque Langdon est arrivé à Winchester, reprit Ana. Il ne voudra considérer ma demande d'annulation de mariage qu'après la cérémonie de réconciliation. Il refuse même de reconnaître que lui-même ou le pape n'a jamais reçu mes précédentes demandes. J'ai peur que nous ne puissions jamais nous marier. »

Quelque chose d'autre la perturbait. Il le voyait à ses yeux. Quelque chose d'infiniment plus sinistre.

« Chut, mon amour. Les larmes ne feront que te rendre plus belle et plus irrésistible qu'avant. Ma patience est également à bout. » Il s'obligea à la repousser. Sa tiédeur allumait des feux qu'il n'osait laisser brûler sans surveillance.

Ils devaient attendre.

« Devons-nous vraiment attendre plus longtemps les décisions pesantes de l'Église, Hugh ? » Sa poitrine tendait la tunique qu'elle avait revêtue sur ses braies et sur sa chemise. Il rêva de la dénuder à son regard et à ses mains.

Il ferma les yeux et soupira. « C'était ta décision, amour. Je l'ai acceptée. Nous voulons la bénédiction de Dieu, de l'Église et aussi celle du roi sur notre union. »

Une sensation étrange le pénétra. Si seulement Ana n'oblitérait pas sa vigilance par son parfum, sa voix, sa présence. Elle ouvrit la bouche pour ajouter quelque chose.

Il la fit taire d'un doigt posé sur ses lèvres.

Merde ! Voilà qu'elle lui suçait ce doigt. Comment était-il censé écouter, chercher ce qui n'allait pas ? Il observa Newynog et Coffa. Les chiens devraient percevoir avant lui une présence non autorisée. Newynog dressait les oreilles et agitait la truffe. Elle gronda.

Coffa lui fit écho.

Ils prévenaient, mais n'attaquaient pas. Quelqu'un qu'ils connaissaient et n'aimaient pas, mais qu'ils avaient appris à accepter.

Blakely ?

Un bruissement dans les fourrés, incongru dans le calme de la nuit. L'odeur d'un homme suant abondamment, d'une sueur acide. Hugh ouvrit grands les yeux pour inspecter les alentours de branchages et de fougères qui n'étaient pas aussi proches du camp dix minutes plus tôt. Un rameau saillait bizarrement.

Ce n'était pas un rameau.

« Penche-toi ! » s'exclama-t-il en poussant Ana à terre et en dégainant son épée. Le temps sembla ralentir, chaque instant s'écoula avec une angoissante clarté.

Une brûlure cuisante pénétra son épaule gauche. Il enregistra la flèche qui émergeait de son bras alors qu'il entendait encore le sifflement de sa course.

Puis, la force de l'impact ne fut pas loin de le projeter au sol.

« Des intrus ! Aux armes ! » hurla-t-il alors que la douleur lui obscurcissait l'esprit. Il tituba et chargea le buisson. Son épée ne rencontra que l'air et le bois.

L'assassin s'était enfui aussi silencieusement qu'il était venu.

Des hommes l'entourèrent et se lancèrent bruyamment aux trousses de l'intrus. Hugh serra les dents pour repousser la douleur, et rengaina son arme. « Ana ? » Il devait s'assurer qu'elle allait bien. « Ana !

– Ici », le héla-t-elle en accourant alors que ses genoux se dérobaient sous lui. Il s'écroula dans la sécurité de ses bras.

54

« Bois ceci. » Je tendis à Hugh une grande chope d'eau-de-vie à laquelle j'avais ajouté une dose de jus de pavot distillé. Il avait pratiquement perdu connaissance quand ses hommes l'avaient transporté sous sa tente. Du sang souillait sa chemise, sa couverture et le sol, là où il était tombé. J'allais devoir travailler vite pour extraire la flèche et arrêter l'hémorragie.

J'avais l'esprit froid et logique. Lorsque tout serait terminé, quand je saurais qu'Hugh était sauf, alors je tremblerais et pleurerais.

Je ne me fiais à personne d'autre pour soigner et guérir mon amour. Je convoquai les deux médecins du camp pour m'assister.

« Qu'est-ce que c'est ? » Il me jeta un regard sceptique.

« Quelque chose pour endormir la douleur. » Pour lui faire comprendre à quel point il devait le boire, j'arrachai sans ménagement sa chemise autour de la flèche.

Il ne hurla pas, mais se mordit les lèvres au sang. Je les tamponnai avec un linge propre. « Il me faut extraire la flèche. Heureusement, elle a pénétré dans le gras du bras. Je ne pense pas qu'elle ait endommagé l'os ou une des artères principales. La vivacité de ta réaction nous a sauvés tous les deux.

– J'ai subi de nombreuses blessures au cours des ans. Je n'ai pas besoin de tes décoctions, maugréa-t-il.

– J'adore ta tête de pioche, lui dis-je en l'embrassant sur la bouche. Mais cela va être très douloureux. Ne joue pas au martyr, Hugh. »

Vis, et continue quand je ne serai plus là. Assure-toi qu'Hetty entre bien en possession de toutes ses capacités.

« Je veux rester conscient. J'ai besoin de réfléchir. Quelqu'un a traversé mes gardes à ta suite, dans ton ombre. » Sa peau devint plus blême, plus moite. « Il était bien dissimulé. Les chiens l'ont à peine détecté. »

Je sus de qui il s'agissait au moment même où il le dit. « Newynog n'a pas donné l'alerte. Elle s'est habituée à l'odeur de cet homme. » J'entendis à peine le son de ma propre voix, étouffée par le chant d'Excalibur. Il avait pris de l'intensité depuis l'arrivée de Langdon. Il était devenu encore plus fort depuis mon rêve prémonitoire. Mon ultime confrontation avec Radburn Blakely approchait.

« Si tu refuses de boire cette eau-de-vie, alors mords ceci. » Je lui tendis un morceau de bois.

« Ce n'est que de l'eau-de-vie ? » Son regard prit la nuance vitreuse d'un homme luttant contre l'inconscience. « Je ne veux pas démoraliser mes hommes. Il ne faut pas qu'ils m'entendent crier. »

Je hochai la tête au lieu de lui mentir sur le jus de pavot que j'y avais ajouté. Il avala la mixture d'un trait et prit le bloc de bois qui l'empêcherait de se mordre la langue. « Récupère l'empennage, murmura-t-il d'une voix éteinte.

– Je reconnais le schéma des plumes. » Quatre années dans la demeure Locksley m'avaient appris plus de choses que je ne croyais possible sur l'art du tir à l'arc. « Quatre plumes au lieu de trois. Celles bleu-noir d'un corbeau. C'est un carreau d'arbalète. L'assassin a pu ramper sur le ventre en restant à couvert. » Radburn, ou son serviteur fantôme ? L'un ou l'autre aurait pu ramper à ma suite sans être vu. L'un ou l'autre aurait pu manier l'arbalète sur l'ordre de Blakely.

Lui et moi savions que l'un de nous devait mourir avant la dernière réunion de John avec les chefs de l'Église, dans la matinée.

Combien d'inconnus sans visage avaient-ils succombé à sa lame vicieuse depuis cette scène dans les catacombes de Paris ? Combien d'autres mourraient-ils s'il sortait vainqueur du duel à venir ?

Au moins deux par an. La voix de Blakely éclata de rire dans mon esprit. *Une mort pour célébrer chaque Solstice. Une mort pour me donner vie, jeunesse et pouvoir. La prochaine sera la tienne !*

Si les forces du Chaos triomphaient, Vesci et Fitz Walter assassineraient le roi. Le testament de John nommait expressément William Marshall comme régent de son fils Henry. Blakely et son guide démon ne survivraient pas longtemps sous la férule du Maréchal. Le plus insigne chevalier de la chrétienté devrait également passer de vie à trépas.

Mon rêve m'avait appris que Blakely prévoyait de me tuer. Bientôt. Il venait juste d'essayer, sans succès. Il était peu probable qu'il échoue deux fois de suite.

J'inspirai profondément, résolue, et sus ce que j'avais à faire.

Je versai encore de l'alcool sur la plaie. Le sang se dilua dans l'eau-de-vie et ruissela sur le matelas.

Hugh blêmit et resserra les dents sur son morceau de bois. Avant que lui ou moi ne perdions courage, je le fis rouler sur le flanc. J'inspectai mentalement la blessure, et découvris ce que je craignais le plus. La pointe avait pénétré l'os. Il me fallait la dévier sur le côté ou prendre le risque de découper pour la sortir. Aucune de ces deux options ne me plaisait. J'allais avoir besoin de toutes mes forces pour ce qui m'attendait.

Newynog s'appuya contre moi. Sa propre force et sa foi aveugle en moi m'insufflèrent une part supplémentaire de confiance. Coffa gémissait près de la tête d'Hugh, à l'écart mais bien présent, et inquiet.

« C'est exactement comme ouvrir un verrou. Déplace la tête de la flèche vers le haut et la gauche avec ton esprit », me dis-je. Au prix de membres tremblants et d'une insoutenable migraine, je m'obligeai à « voir » les mouvements avec plus de précision que mes doigts ne pouvaient les percevoir. Remuer du métal dans de la chair n'était pas tout à fait la même chose que remuer des pièces mécaniques dans l'air. Davantage de sang jaillit de la plaie. Trop de sang. Hugh gémit bruyamment et en vint presque à lâcher le morceau de bois.

J'inclinai la tige de la flèche jusqu'à ce qu'elle se dégage de son corps.

Hugh perdit connaissance.

Un médecin militaire s'empressa de briser le trait. Lorsque j'entendis le bois céder, je retirai la pointe d'un seul ample mouvement. L'autre docteur arrosa les blessures d'entrée et de sortie avec de l'eau-de-vie tandis que je sortais un fer rougi à blanc du feu.

Si j'arrêtais de penser à ce que je devais faire, je perdrais tout courage. Hugh hurla lorsque j'appliquai la pointe incandescente sur la plaie. L'odeur de chair carbonisée me donna la nausée. Je n'eus plus qu'une envie, me réfugier dans un coin avec Newynog et vomir. Cependant, il me fallait regarder, et juger de l'instant précis où les vaisseaux seraient cautérisés, afin d'éviter des brûlures inutiles.

Si seulement j'avais un plus grand pouvoir de guérison ! J'aurais pu effacer les meurtrissures, raffermir les tissus, rendre de la vitalité au prix de la mienne. Seul le métal chauffé à blanc pouvait arrêter l'hémorragie artérielle. Seuls le temps et l'immobilisation pouvaient réparer des os brisés.

Si j'avais eu une vierge et une vieille femme pour m'aider ? Je n'avais pas le temps de les chercher.

Pas le temps pour des regrets. Il me fallait recouvrer mes perceptions et suivre Radburn Blakely.

« Donnez-lui encore du jus de pavot lorsqu'il reviendra à lui, puis beaucoup de bière coupée d'eau. Boire et dormir, voilà ce dont il a vraiment besoin. Et n'oubliez pas d'immobiliser l'épaule dans une écharpe », informai-je les médecins. J'avais besoin qu'Hugh dorme et ne vienne pas se mêler de ce que j'avais à faire.

Adieu, mon amour. Souviens-toi de moi avec tendresse, et élève ma fille avec amour. Je posai un ultime baiser sur ses lèvres et me glissai hors de la tente.

*

Radburn gifla violemment Fantôme. « Comment as-tu pu échouer ? brailla-t-il. Tu l'avais dans ta ligne de mire. Pauvre imbécile. » Il projeta son poing dans le ventre de l'esclave. Le garçon se plia en deux en hoquetant.

Sa détresse n'allégea en rien la fureur de Radburn.

« Fitz Chênenoir est salement blessé. Il ne sera pas capable de refermer son piège demain. Les rebelles auront encore une chance de perturber la cérémonie de Winchester, suffoqua Fantôme.

– Ce n'est pas une excuse. Ses hommes connaissent la marche à suivre. Ils suivront ses plans à la lettre. Il faut que Resmiranda meure. Cette nuit. Sinon, elle convaincra Langdon d'annuler le mariage. Elle fera en sorte que John parvienne à cette réconciliation. Comment puis-je créer le chaos, si elle n'arrête pas de contrecarrer chacune des étapes ? Comment puis-je servir mon grand-père, alors que sa vie à elle scelle la porte ? Je dois servir mon grand-père. » Des éclairs jaillirent de ses doigts. Il incendia un arbre proche, juste pour soulager un peu de son énergie réprimée.

Le vieux chêne prit feu en une explosion de flammes. La chaleur le fit reculer. Il attira la plupart de l'énergie de destruction en lui-même.

« Il n'y a rien à faire. Il me faut la tuer moi-même. Assure-toi qu'elle me suit bien jusqu'à la grotte. Je veux être là-bas, afin d'absorber le démon au moment où elle mourra et où le sceau du portail mourra avec elle. » Il jeta ce dernier ordre par-dessus son épaule en enfourchant son cheval. Il ne lui vint pas une seule fois à l'idée que son fidèle esclave puisse lui désobéir. Il avait solidement implanté les chaînes de terreur et d'humiliation.

*

« Où est-elle ? » tonna Hugh. Il inspecta la tente, à la recherche d'Ana. Pas même un relent de l'odeur de Newynog ne l'informait qu'elles étaient jamais venues ici. Il s'efforça de se mettre en position assise. Son épaule douloureuse le brûlait, et lui projetait régulièrement des aiguillons de feu dans la nuque et le dos. « Inspire à fond, s'ordonna-t-il. Respire lentement, profondément, afin de maîtriser la douleur. » Il répéta la mélopée encore et encore, jusqu'à ce qu'il puisse se lever sans perdre connaissance. Coffa fourra sa truffe froide contre sa poitrine nue.

Hugh retomba en arrière, trop faible pour résister aux directives de son chien. Au bout de trois profondes inspirations, il réussit à se redresser de nouveau.

« Monseigneur, il vous faut demeurer immobile. La plaie suinte encore », lui déclara l'un des médecins. Il accourut et tenta d'obliger Hugh à se recoucher.

« Au diable cette blessure. Il faut que je la suive. » Hugh le repoussa violemment. Il dut fourrer sa tête entre ses genoux pour empêcher les étoiles noires de danser devant ses yeux.

Il rencontra le regard noir et dur d'un chien outragé.

« Le… la dame… hum… avait simplement besoin d'un peu de repos et d'intimité, bégaya le docteur.

– À d'autres, je la connais trop bien. Elle s'est précipitée aux trousses de l'assassin. » Hugh s'aventura à relever la tête de quelques centimètres. L'étourdissement tourbillonna, mais n'eut pas raison de lui. Il tendit la main derrière lui pour attraper ce qui restait de sa chemise. Inutile, avec sa manche déchirée du col au poignet. Il en restait une propre dans la malle, à quatre pas, quatre longs pas, de l'autre côté du pavillon.

« Aidez-moi à me vêtir. Faites seller mon cheval. Je vais emmener Coffa. C'est le meilleur pisteur du camp. » Il tituba à travers la tente. Une table lui servit de soutien jusqu'à ce qu'il puisse ouvrir la malle.

Au bout de ce qui lui sembla des heures, il finit par se hisser sur le dos d'Orage. La bête avait dû apprendre quelques bonnes manières au fil des ans, car elle resta immobile assez longtemps pour permettre à Hugh de l'enfourcher, aidé par deux écuyers et un piédestal. Son épée reposait une fois de plus à son côté. Il ne se fiait ni à la magie d'Ana ni à son épée extraordinaire. Hugh ne se fiait qu'à lui et à sa propre expérience.

55

Je n'eus pas besoin de la lumière du jour pour traquer Radburn Blakely, j'avais Newynog. J'avais également Excalibur. La magie incluse dans la lame hurla pratiquement de joie lorsque je dirigeai ma monture vers l'est, le tumulus et la grotte du démon. Blakely aurait besoin du démon du Chaos pour perturber la cérémonie de réconciliation, la semaine prochaine. « Pourquoi n'a-t-il pas absorbé le démon avant cela ? » demandai-je à Newynog.

Celle-ci se contenta de tourner la tête vers moi et de rire. Elle galopait devant moi dans la nuit. Quelque chose dans son attitude me fit comprendre que j'aurais dû connaître la réponse à ma question.

Je pressai mentalement l'esprit de mon cheval. Il se lança sans barguigner à l'assaut de la nuit. L'aube teinta l'horizon de rose avant que je ne perçoive sa réelle fatigue. Je relâchai quelque peu mon contrôle sur lui et le laissai trotter sur la voie romaine jusqu'à ce que les toitures de Wells apparaissent en vue. Au loin, j'entendis des voix chanter. Les canons de la cathédrale répétaient en vue de la cérémonie de dimanche et le retour officiel de l'Église en Angleterre. Ils pourraient achever la construction de leur glorieux édifice, hymne de pierres jaillissant vers le ciel et contrepoint des somptueuses voix qu'ils cultivaient.

Cinq années s'étaient écoulées depuis qu'Hugh et moi étions venus ici après nous être enfuis de Mendip Mor. Oserais-je prendre le temps d'aller demander un repas et un cheval frais à l'auberge de John Howard ?

J'immobilisai ma monture et réfléchis un bon moment. De quelles sortes de préparatifs Blakely aurait-il besoin, et de combien de temps le retarderaient-ils ? De la nourriture pour alimenter son corps ; quelque chose – ou quelqu'un – à sacrifier au démon ; du feu, un pentacle… J'ignorais ce qu'il lui faudrait à part cela.

J'avais moi-même besoin de manger, et de repos. Mieux valaient ce petit retard et une minuscule chance de survie plutôt qu'aller me jeter dans un piège mortel, exténuée et diminuée.

Oh ! Pourquoi avais-je laissé la vie sauve à cet homme, tant de temps auparavant, alors que je me dressais, nue, au-dessus de lui, une épée plantée dans sa gorge ? J'aurais dû l'occire ! Ou le laisser mourir au lieu de détourner le poignard qui le visait à l'œil.

Oui, mais si je l'avais tué ou laissé mourir de la main d'un autre en ma présence, je n'aurais pas été sincère vis-à-vis de moi-même, je n'aurais jamais appris la valeur réelle de la vie. Pourrais-je supprimer cette même vie aujourd'hui ?

Il le fallait.

Pourrais-je empêcher mon âme de suivre ma victime dans la mort ?

Peu importait. Son trépas était devenu plus important que ma vie.

Mieux valait me préparer avec autant de soin que mon ennemi se préparerait pour moi.

John Howard se souvint de moi. Il me donna à manger et me proposa un bain. J'étais sur le point de refuser lorsque je vis Hugh pénétrer dans la cour en vacillant sur sa selle et en jurant.

« Donnez-lui quelque chose à boire et refaites le pansement de son épaule. Il recommence à saigner. Et gardez-le ici ! » ordonnai-je à l'aubergiste. Je me jetai sur mon cheval au moment même où Hugh mettait pied à terre. Il n'était pas près de remonter sur le dos d'Orage.

Je ne pouvais le quitter ainsi. Mon rêve avait été bien trop frappant.

« Je t'aime trop pour te laisser venir avec moi, Hugh, lui déclarai-je en sautant de ma selle près de lui.

– Laisse-moi te protéger, Ana. » Il prit mon visage à deux mains.

Je levai les yeux vers lui et enregistrai chaque trait, chaque cicatrice, chaque ride. « Prends soin de ma fille, Hugh. Le père Truman saura lui enseigner les Griffin, la magie et l'histoire. Mais je me fie à toi pour lui offrir l'amour d'un père. » Je me mis sur la pointe des pieds pour lui embrasser la joue.

« Tu vas vivre. *Nous* allons vivre, Ana. Je n'élèverai pas tout seul l'enfant d'un autre », murmura-t-il en esquissant un sourire narquois.

Il bougea au dernier moment, et captura mes lèvres dans les siennes. Notre étreinte fut longue, et douce-amère. Un dernier instant de béatitude.

« Archie et moi allons t'accompagner. Comme nous avons commencé cette aventure, me lança-t-il d'un ton ferme.

– Pardonne-moi, Hugh. » Je projetai mon poing dans sa mâchoire et le fis choir dans les bras tendus d'Archie. « Prenez soin de lui. Il saura quand venir me chercher en toute sécurité, si jamais je ne reviens pas toute seule. »

Coffa lui lécha la main avec sollicitude.

« Reste là », ordonnai-je à Newynog.

Elle gémit et tourna furieusement en rond. Son regard stupéfait et blessé ne fut pas loin de me faire céder.

« Garde-le, Newynog. J'ai besoin de savoir que tu vas vivre, que tu donneras un de tes chiots à Hetty. » Sans plus regarder en arrière, je lançai mon cheval au galop. Si jamais je le faisais, je savais que je capitulerais, que je garderais mon amour et ma chienne près de moi. Si je tournais encore une fois les yeux vers eux, je renoncerais à ma mission et permettrais la victoire de Blakely.

Si je regardais encore une fois Hugh, il verrait mes larmes, et rien ne pourrait l'empêcher de m'accompagner vers sa propre mort et la mienne.

*

« Aujourd'hui, grand-père. Je vous promets qu'elle mourra aujourd'hui. » Radburn caressa la tête de dragon qui ornait la porte du démon. À l'arrière de sa tête, un gloussement familier le rassura. Le succès était à portée de main. Quatre ans qu'il attendait ce jour. Quatre années à savoir que Resmiranda vivait et contrecarrait ses moindres gestes.

C'en était assez. Aujourd'hui, elle mourrait de sa main.

« Rassemble du petit bois, Fantôme. Assez pour un feu de joie. » Il congédia son esclave tout en triant les morceaux d'obsidienne qu'il avait fait venir à grand prix de Constantinople. Il brisa impatiemment le plus gros et obtint un angle plus tranchant que n'importe quel couteau. Il sourit, satisfait, après s'être coupé le doigt qui en éprouvait l'arête.

« Par mon sang, je te lie à ma volonté », murmura-t-il en grec. Mieux valait user du langage natal de la pierre, bien que le grec soit une langue de logique qui atténuait les graines de chaos de ses incantations. Il pressa son doigt et inonda de sang le bord de la pierre. L'étourdissement taquina les limites de ses perceptions.

Parfait. Sa magie était devenue assez forte pour défier le pouvoir inhérent à la pierre.

« Coupe profond, mon amie, coupe dans la roche. Lie-moi à la Terre qui t'a formée, donne-moi le pouvoir de la Terre. » Il s'agenouilla devant la porte du démon et traça le premier trait de son pentacle. Des étincelles bleu-noir jaillirent lorsque l'obsidienne érafla le sol de pierre de la caverne. Un miasme de fumée d'un noir plus intense suivit les étincelles.

Il poursuivit ses préparatifs de bataille dissimulé dans les ombres de la Terre et du Sang.

Le sceau vert vif, autour de la porte, s'atténua.

*

« La maîtrise. Le Chaos me dépouille de mon sang-froid », marmonnai-je en attachant mon cheval hors de l'anneau de pierres dressées, devant le tumulus. Je pouvais modeler le pouvoir des pierres à ma convenance, tout comme j'avais recréé l'anneau des fées à Huntington. Le Chaos avait élu domicile dans le tumulus. Je ne pouvais permettre à Blakely de m'attirer dedans, ni dans la caverne.

Si je mourais aujourd'hui, je le ferais ici, dehors, à l'air libre et dans le soleil.

Ce dernier avait déjà atteint son zénith et descendait vers l'horizon. Ma puissance déclinerait en même temps que la lumière, alors que le début de l'obscurité accroîtrait la sienne. Qu'il finisse bien ou mal, ce combat se terminerait au crépuscule.

À l'heure qu'il était, John devait déjà avoir signé les documents requis par l'Église en vue de la réconciliation officielle de dimanche.

Si j'échouais aujourd'hui, Blakely aurait encore le temps de rétablir le désordre en Angleterre.

« Montre-toi et relève mon défi », le hélai-je en dégainant Excalibur. Le soleil se refléta sur sa lame, qui projeta de glorieux éclats plus blancs que la plus blanche des lumières.

Cependant, rien ne pouvait souligner les contours de Radburn Blakely, debout sous le linteau du tumulus. Une aura d'un noir intense, qui absorbait toute la lumière, recouvrait ses vêtements blancs.

Excalibur pesa plus lourd dans mes mains quand Blakely absorba sa lumière et son pouvoir.

Je repoussai ma peur et avançai dans le cercle de pierres. Excalibur recommença à étinceler. Je la brandis haut, fanal plus éclatant que l'astre solaire.

« Je te défie en combat rituel, Radburn Blakely », énonçai-je en gaélique ancien, langue de ce pays et de mon peuple.

Un frisson de pouvoirs élémentaires en conflit roula sous mes pieds. Blakely avait invoqué la puissance de la Terre. Je savais qu'il s'était servi de sang lors de ses préparatifs. Cela renforcerait son lien. Mais cet usage lui interdisait désormais d'invoquer les trois autres éléments.

La brume commença à tomber sur mes épaules et sur ma tête. J'ajoutai l'eau, mon élément, à mes pouvoirs et pris une longue et lente inspiration. « Sainte Mère, que cette combinaison de tous vos bienfaits surpasse cette force maléfique. Aidez-moi à vaincre cet adversaire, afin que Votre Église puisse revenir dans le pays. » Terre dans les pierres de l'anneau, Air ventilant mes poumons, Eau dans mon sang et dans l'air, Feu dans mon épée. Les quatre éléments circulaient en moi.

« Viens me chercher, Resmiranda », gronda Blakely en baissant son épée. Non pas en signe de soumission.

Il me fallait demeurer à l'intérieur du cercle de pierres. Une fois dans la grotte, je perdrais tout sens logique et tout sang-froid ; je succomberais à mes émotions, à mes peurs, et les laisserais prendre le contrôle de ma magie.

Cinq ans plus tôt, je n'avais aucune maîtrise de moi ou de ma vie. Je ne me fiais à personne, même pas Dieu. J'avais grandi, depuis, en bien des manières.

Oserais-je céder à l'attrait de l'absolue fureur ?

« Je puis attendre à jamais ici, Resmiranda. Je puis patienter jusqu'au crépuscule. Le peux-tu ? »

Je l'examinai attentivement. Il se tenait en léger déséquilibre, peu accoutumé au poids de son épée. Cela faisait plus de trois ans que je m'entraînais quotidiennement au maniement de l'épée et de l'arc. Je n'aurais pas pu muscler davantage mon corps. Ma magie s'épanouissait à la pleine lune. Encore deux jours, et j'aurais été à mon apogée, capable de lui livrer bataille jour et nuit.

Je n'avais pas deux jours devant moi. J'avais celuici.

Excalibur brandie, je m'approchai de l'entrée du tumulus.

Les deux armes bondirent pratiquement l'une vers l'autre de leur propre chef. Assaut, parade, resserrer ma prise. J'engageai le combat en mouvements ouverts, afin d'évaluer ses forces et ses faiblesses.

Soudain, mon bras me brûla. La garde de mon épée devint brûlante, plus encore que le tisonnier avec lequel j'avais cautérisé les plaies d'Hugh.

« Illusion. Tu essayes de me leurrer grâce à de vulgaires illusions », sifflai-je en m'obligeant à resserrer les mains sur la poignée.

Il recula d'un pas. Ma garde redevint fraîche.

J'avançai d'un pas sous le linteau, dans la grotte elle-même.

Aussitôt, je perçus une différence dans l'air.

« Sainte Marie, Sainte Mère de Dieu, accordez-moi grâce et paix.

– Tes prières n'ont aucun sens ici, Resmiranda. Ici, c'est mon grand-père, le démon du Chaos, qui gouverne », persifla Blakely. Il se retira plus loin dans la cavité.

« Pas tout à fait, Blakely. Le démon est toujours derrière sa porte. Pourquoi ne l'as-tu pas libéré, depuis toutes ces années ? Tu aurais certainement pu massacrer ton serviteur, s'il ne te fallait qu'un sacrifice de sang. » Il me fallait garder un œil sur mes pas.

Je cherchai instinctivement les flaques. Chaque pas dans l'eau me purifiait du chaos inhérent au lieu.

Si seulement je pouvais garder un pied dans l'eau, j'aurais peut-être une chance.

Un éclair d'énergie magique, bleu-noir, jaillit de la main tendue de Blakely.

Je brandis Excalibur, qui l'intercepta. Elle absorba la magie en provoquant une onde de choc dans mes mains et dans mes bras. Je faillis la laisser choir. Mes genoux menacèrent de se dérober sous moi.

Tout en serrant les dents, je fis trois pas en arrière, vers l'entrée et la lumière. Sur un sol sec.

La panique s'infiltra dans mon esprit tel un démon secouant ses chaînes de logique et de maîtrise.

Blakely me suivit. Il agita la main gauche selon un schéma rituel et marmonna quelque chose. Je reconnus la cadence du grec, mais ne compris pas les mots. J'attendis, vigilante, jusqu'à l'instant où il leva son épée pour assener le coup suivant.

Du grec ? Langage logique et précis, étranger au démon du Chaos. Pourquoi ?

Au moment où la pointe de son épée s'abaissait pour viser la région de mon cœur, je me laissai tomber, roulai sur moi-même et me relevai d'un bond sous sa garde, à quelques centimètres de lui. De ma lame, je visai sa gorge.

« *Kyrie eleison. Christe eleison.* » Dieu aie pitié de nous. Christ aie pitié de nous. En grec. Logique.

Il tarda, déconcerté, mais fut encore trop rapide pour

moi. Son épée para mon coup. Tout en souriant et en grondant férocement, il m'obligea à baisser ma lame, aidé en cela par sa taille et son poids supérieurs. Je tombai à genoux. J'avais les poumons douloureux. Brûlants.

Je n'avais pas encore prononcé la moindre incantation.

Un de mes genoux entra en contact avec une flaque.

Tout en rassemblant mes dernières forces, je projetais toute la lumière et tout le feu de mes veines dans mon arme. Des années de haine pour mon enfance loin de ma famille, et les fuites pour ma vie chaque fois que je me sentais chez moi, bouillonnèrent en moi et remontèrent le long de ma lame pour aller dans la sienne.

« *Kyrie eleison, Christe eleison !* » hurlai-je. Une logique précise. Une arme contre le chaos.

« Aïeeeee ! » glapit-il en laissant choir son épée. Il trébucha vers l'arrière et finit sa course contre la porte du démon. Le sceau étincela de vert vif. Radburn rebondit vers le mur opposé.

J'avais les jambes trop flageolantes pour me relever. Excalibur semblait soudée au sol, tel le fer retenu par la magnétite.

Blakely recouvra sa vigueur plus vite que moi. Il ramassa son arme et parcourut les cinq pas qui nous séparaient. Il brandit son épée pour le coup fatal. Je n'eus ni la force ni la volonté de le contrer.

Le démon gloussa plus fort. Mes pensées trottinèrent dans la caverne tels des rats fuyant un navire.

« Doux Jésus, protégez ma fille », priai-je. Ma main partit automatiquement à la recherche de mes perles de prière et de la croix celtique. Je brandis le talisman, car je voulais que la dernière chose que je verrais dans cette vie soit la croix d'Arthur Pendragon.

« *Kyrie eleison, Christe eleison.* »

Le coup ne vint pas.

« *Merde*[1], écarte ça », grinça-t-il.

Je brandis la croix plus haut.

« *Kyrie eleison, Christe eleison.* »

Blakely recula. Son serviteur fantomatique et sans nom, presque sans visage, jaillit des ténèbres. D'un geste si vif que je n'eus pas le temps de le voir, il passa une corde nouée autour du gosier de son maître et serra…

Excalibur bondit vers mes mains. Je me jetai en avant et transperçai Blakely.

Du sang m'éclaboussa les mains, le visage et la poitrine.

« Puisse le Seigneur avoir pitié de ton âme.

– Tu ne peux me tuer, suffoqua Blakely, mains refermées sur le garrot. Je ne t'autorise pas à me tuer, esclave ! »

Je m'accrochai à Excalibur et poussai encore.

Au travers de Blakely, dans le Fantôme.

L'esclave s'affaissa. Ses mains lâchèrent la corde.

Blakely poussa son dernier soupir un quart de seconde avant son serviteur. L'homme sans nom expira avec un sourire satisfait.

Je m'écroulai sur leurs deux corps. Les ténèbres tirèrent ma conscience vers le bas, vers une spirale de mort. J'avais supprimé deux vies. Il me fallait payer de la mienne.

« *Kyrie eleison, Christe eleison.* »

1. En français dans le texte. *(N.d.T.)*

56

Orage se cabra et refusa le mors au bord du cercle de pierres. Hugh ne fut pas loin d'être désarçonné. Il enfonça ses éperons dans les flancs de la bête. Orage se contenta de ruer et de piaffer sur place. Il n'irait visiblement pas plus loin.

À l'entrée du tumulus, les deux chiens agitaient leur truffe tandis que des gémissements de détresse montaient de leur gorge. Mais ils attendaient Hugh.

Le soleil touchait l'horizon. Le crépuscule s'étendait sur le pays et projetait d'immenses ombres sur le chemin.

Hugh tomba à terre. Archie, qui avait prévu son geste, le soutint lorsque ses genoux flanchèrent et que sa tête partit en arrière.

« Pourquoi diable est-elle revenue ici ? » Archie se signa dès qu'Hugh put tenir debout tout seul.

« Parce que Radburn Blakely a choisi cet endroit pour leur confrontation. » Hugh ravala un commentaire acerbe sur la stupidité d'Archie. Tactiquement, il n'aimait pas la situation. Une peur atavique lui hérissa la nuque.

La dernière fois qu'ils étaient venus, Ana l'avait obligé à faire face à un démon. Il est vrai que ce démon n'était fait que de souvenirs de son père et de son frère, profondément enfouis sous sa mélancolie. La situation n'en avait pas été moins déplaisante pour autant.

Ils traversèrent le cercle de pierres en six longues enjambées. L'étourdissement se tint tranquille un instant. À l'entrée du tumulus, Hugh s'arrêta afin d'ajuster sa vision. Ana, ou quelqu'un, avait allumé des torches menant plus profond dans la grotte silencieuse. Trop silencieuse. Pas même un insecte ne bruissait à l'intérieur. Hugh repoussa un accès de terreur glacée.

Il chercha du regard la trace de fées voletant par là, et ne distingua que des ombres naturelles dans la lueur mouvante des flambeaux.

« Ana ? » chuchota-t-il, car il ne voulait pas la, ou le, faire sursauter. Le son amplifié de sa voix se répercuta sans fin. « Ana, ana, an, na, na, na… »

Puis revint un calme surnaturel.

Archie recula.

Hugh s'obligea à avancer. La torche n'éclairait pas plus loin que le pas qu'il faisait. Devant lui, tout paraissait noir, jusqu'à ce qu'il fasse une autre enjambée, alors la torche suivante lui dévoilait une autre zone tout aussi réduite.

Il garda son épaule gauche, et donc son bras blessé, contre la paroi et tira son épée de la main droite. Il avança prudemment, pas hésitant après pas hésitant.

Après un angle dans la caverne, il découvrit de profondes entailles dans le sol, une éraflure dans le mur, là où du métal avait violemment frappé la pierre, une torche consumée et agonisante.

« Ana ! » appela-t-il plus fort. Les parois absorbèrent le son de sa voix tel le bois.

Trois pas plus loin, il tomba sur l'enchevêtrement de corps et la mare de sang. Des litres de sang.

« Ana ! » Il se précipita vers elle et palpa son cou à la recherche d'un pouls. Rien ne palpita sous ses doigts.

« Ana ! Ne me quitte pas encore une fois, Ana », sanglota-t-il.

Archie examina les deux autres corps et secoua la tête. « Morts, tous les deux. Ils sont encore tièdes. Et elle ? » Il reporta son attention sur Hugh et Ana.

Les paupières de celle-ci papillonnèrent, comme si elle rêvait. Ou ne fut-ce que le reflet du flambeau ?

Hugh la souleva dans ses bras afin de chercher des traces de blessures. « Ana, mon amour, où as-tu mal ? » Difficile de juger, dans la lueur des torches, si sa peau était anormalement pâle et indiquait une hémorragie interne. Elle était un poids mort entre ses bras. Morte ou vive, il fallait qu'il la sorte de cette grotte démoniaque.

Newynog bondit et lécha le visage d'Ana. Elle gémit pitoyablement et leva les yeux vers lui, l'implorant de faire quelque chose. N'importe quoi qui puisse sauver Ana.

« Laissez-moi l'emporter dehors, proposa Archie. Vous n'êtes pas en état de le faire. Vous n'êtes pas en état d'être ici, maugréa-t-il.

– Attention, le prévint Hugh. Il se peut qu'elle souffre de blessures internes.

– Je ferai attention. J'ai juste besoin de mettre autant de distance que possible entre ce démon caché derrière la porte et moi. » Il jeta un coup d'œil furtif vers la tête de dragon sculptée, au centre du vantail.

Hugh ne perçut aucun son, aucune présence derrière l'huis scellé. Ce qui le terrifia autant que le corps toujours inerte d'Ana.

Avait-elle réussi à sceller définitivement ce portail, ou le démon s'était-il échappé ?

« Je voudrais mourir, moi aussi, si j'étais enfermé dans cette caverne oubliée de Dieu », marmonna Archie en hissant Ana sur son épaule.

Hugh les suivit en trébuchant, à peine capable de tenir

debout sous le coup de la douleur, de la perte de sang et de la peur pour Ana.

« Dans le cercle de pierres », ordonna-t-il à son sergent alors qu'il déposait Ana entre les arches du tumulus.

Dehors, le soleil disparaissait derrière l'horizon. Le crépuscule s'attardait encore un peu. Entre jour et obscurité. Entre vie et mort.

« Reviens vers moi, Ana. Je ne veux pas vivre sans toi. »

*

Un infime scintillement de lumière m'attira en avant au travers de la spirale noire de mort qui me poussait vers le bas.

Un terme à cet incessant tourbillon.

La lumière de la vie, ou celle d'un ange m'offrant une conclusion à cette douleur ?

J'espérai découvrir un ange tenant une étoile dans la main. Si je vivais, je revivrais sans relâche, jusqu'à ma mort, l'instant où j'avais supprimé une vie. Je ne recommencerais jamais à vivre pleinement.

La lumière devint plus vive. Une lueur d'espoir dans ce néant infini.

Je tendis la main vers elle.

Une main plus forte attrapa la mienne et me tira – vers le haut – hors des ténèbres, dans la lumière mourante du crépuscule. Mort, ou vie ?

Des bras aimants se refermèrent autour de moi. Un amour si grand qu'il ne pouvait émaner que de Dieu.

« Reviens vers moi, Ana. J'ai besoin de toi, mon amour. Je ne peux pas vivre sans toi.

– Hugh ? » Mes paupières papillonnèrent, puis se refermèrent obstinément. Les premiers instants après le coucher du soleil me parurent si éblouissants, après les ténèbres de la mort, que j'eus l'impression qu'on me perçait les yeux avec de minuscules poignards.

« Chut, Ana. Je suis venu te chercher. » Il repoussa des mèches moites de mon visage.

« Blakely ? » demandai-je, même si je savais. Le dernier aperçu que j'avais eu de lui, dans la lumière mouvante des torches, me l'avait montré fixant vers moi des yeux éteints. La grande épée, Excalibur, l'avait épinglé à son serviteur, au-dessous de lui.

« Excalibur ? Où est-elle ? Je dois la rendre à la Dame. Il faut que je reparte dans l'instant à Kirkenwood.

– Tout doux, mon amour. Tu ne vas aller nulle part pour le moment. Tu as besoin de repos, et d'un bon repas. Je pense que tout le sang a assombri la lame.

– Non, elle a perdu toute sa magie », suffoquai-je. J'avais la gorge aussi sèche que si j'avais traversé les déserts de Terre sainte sans boire. « L'épée a perdu sa magie à l'instant où les yeux de Blakely ont perdu leur éclat. Elle est muette, maintenant. Je n'ai plus son bourdonnement dans le crâne. » Je secouai la tête et me donnai une petite tape sur l'oreille. Puis j'ouvris grands les yeux et regardai autour de moi.

« Reste encore un peu immobile, Ana. Tu es peut-être blessée. » Il appuya mon épaule contre son genou.

« Non, Hugh, ne le vois-tu pas ? L'épée est morte. Elle a terminé sa tâche ici-bas. C'était cela, le sens de mon rêve. Il ne présageait pas ma mort, mais celle de l'épée. Je dois la rendre à la Dame. » Je roulai sur les genoux. Il était encore trop affaibli par sa blessure pour me retenir. « Et la porte du démon est intacte. Elle est silencieuse, également. Le démon du Chaos a battu en retraite. » Je me plantai devant les montants du tumulus, une main en l'air, paume vers l'avant, et cherchai une quelconque trace de Tryblith ou de son petit-fils.

« Le démon s'est peut-être personnellement replié, mais les graines du chaos et de la discorde ont été solidement plantées parmi les barons. Ses maléfices courent toujours le monde. » Hugh se remit sur pied en soupirant.

« Il en sera toujours ainsi. J'ai pour tâche, en tant que Pendragon, de les contrecarrer autant que possible. » Je lui fis face, l'amorce d'un sourire jouant sur mes lèvres.

Je vivais. *Je vivais !*

« Comment toi, femme et détentrice d'une baronnie mineure, pourrais-tu contrecarrer le Chaos ? Les barons réclament le retour de leurs droits, exposés dans la charte de couronnement d'Henry Ier. De son côté, John s'entête à clamer sa royauté de droit divin. L'Église veut contrôler tous les droits, et les distribuer quand bon lui semble. » Hugh secoua la tête et empoigna ma main, comme s'il craignait de me voir filer à toutes jambes.

Jamais plus.

« Ce dont nous avons besoin, c'est d'une nouvelle charte spécifiant les droits et les responsabilités de chacun. Un document écrit et paraphé, afin qu'il devienne partie intégrante de la loi », déclarai-je. D'une manière ou d'une autre, nous y arriverions. D'une manière ou d'une autre.

Pour l'instant, ce qui importait était que j'aie survécu, mon amour pour Hugh et le sien pour moi. Ma chienne et ma fille allaient bien. Dans les tout prochains jours, l'Angleterre allait retrouver la route d'un futur stable.

« John aimera l'idée d'une charte écrite. Il adore les lois.

– Une charte, réfléchis-je à voix haute. Oui, une grande charte que personne ne pourra contester.

– Et qu'on contestera quand même.

– Alors, il nous va falloir travailler à sa conception, à son efficacité. Je pense que l'archevêque Langdon devrait en être l'instigateur. Et les barons et John l'écoutent. » Je lui pris le bras et l'entraînai vers les chevaux.

« Nous allons donc partir pour Winchester ce soir ? » s'enquit Hugh. Il jeta un regard méfiant sur son cheval. « Je préférerais me reposer encore un moment ici avant d'enfourcher cette bestiole.

– Et moi, je me verrais bien à l'auberge, devant un bon feu, une chope de bière et une assiette pleine du ragoût de John Howard », maugréa Archie. Il positionna Orage près d'un rocher afin qu'Hugh puisse grimper en selle. Avec son aide.

« Hugh, je pense que toi et moi pourrions dresser notre campement ici, entre les pierres de l'anneau des fées. Archie peut rentrer seul à l'auberge. Avec les chiens pour escorte, bien entendu. »

Hugh sourit alors qu'un essaim de points multicolores dansait autour de nous. Il hocha la tête en signe d'acceptation de leur présence. « Exactement comme la dernière fois, Ana. »

Épilogue

Nous nous mariâmes quelques heures à peine après la réconciliation de John avec l'Église. Une cérémonie hâtive, avec seulement le roi, la reine et quelques serviteurs pour témoins. Le père Truman assista l'archevêque Langdon lors de la messe nuptiale.

Je me retirai à Bellecôte pour une prétendue interminable grossesse. Hetty vint m'y rejoindre. Nos retrouvailles furent heureuses, et le rire redevint partie intégrante de ma vie.

Je trouvai une copie de la charte de couronnement d'Henry Ier et l'envoyai, ainsi que différentes copies que j'en fis, à tous ceux que j'estimais capables de l'étudier et d'en faire usage pour apaiser la guerre civile qui, selon l'époque, mijotait ou faisait rage.

Hetty demeura près de moi tout au long du long et pénible travail, jusqu'à ce que le fils d'Hugh jaillisse dans ce monde en hurlant son déplaisir.

Hugh fit irruption dans la pièce au même moment, persuadé que la sage-femme nous avait assassinés l'un et l'autre. Il refusa de quitter notre chevet toute la nuit durant, alors que son fils et moi dormions.

Robert Fitz Walter et Eustace de Vesci continuèrent leur rébellion contre John deux années supplémentaires. Nombre de leurs compagnons signèrent la charte de

John – la Grande Charte[1]. Hugh et moi travaillâmes à sa rédaction avec John et l'archevêque Langdon, en composant avec les deux parties. Dans ce document, le roi donna beaucoup et reçut peu en échange. Pas même la paix. Fitz Walter et Vesci n'admettraient la reddition qu'en contrepartie de la mort de John.

Robin Locksley, comte d'Huntington, ne signa pas la Grande Charte. Il ne rejoignit pas non plus la rébellion qui s'ensuivit.

J'envoyai une longue lettre à mon père. Sa réponse témoigna de sa stupéfaction, ainsi que de son plaisir. Il me priait de venir le voir. Cependant, je ne pouvais quitter Hugh. Je ne pouvais laisser l'Angleterre sans Pendragon – même si Hetty me succédait avec sûreté, talent, et rire. Elle se servait déjà d'une canne avec bien plus d'aisance que moi. Papa et moi poursuivîmes notre relation épistolaire, et rattrapâmes comme nous le pûmes les années perdues. Maman ne l'avait pas rejoint après m'avoir abandonnée au couvent de St. Dyfrig. Je la cherchai en vain dans un bol à visions. Papa et moi fûmes obligés d'en conclure qu'elle était morte. Je regrettai de n'avoir pu lui parler une dernière fois, de n'avoir pas pu lui démontrer que ce n'était pas parce qu'elle ne la comprenait pas que la magie équivalait au mal.

La guerre civile éclata de nouveau à quelques jours de la rencontre pacifique de John avec ses barons à Runnymede, le 15 juin de l'an de grâce 1215. William, le Maréchal, et Ranulph, comte de Chester, combattirent vaillamment en son nom, Hugh les rejoignit.

Mais aucune armée ne put protéger John de la dysenterie.

Tard dans la nuit, à la mi-octobre de l'an de grâce

1. *Magna Carta*, en anglais. *(N.d.T.)*

1216, un coursier arriva à Bellecôte, porteur d'un message écrit pour moi.

Je le jetai sur la table pour le lire plus tard, persuadée qu'il s'agissait d'un mot d'Hugh me narrant les progrès de la bataille ou des négociations. Une lueur dans le regard du messager me fit regarder à deux fois le rouleau de parchemin.

« John vous demande. Il est malade, aux portes de la mort. » Le Maréchal avait apposé au bas, et sur une bonne moitié du document, son impressionnant paraphe.

Le cœur me remonta dans la gorge. John. À l'agonie.

Mon premier amant. Le père d'Hetty. Qui avait tenté de m'assassiner. Les derniers temps, il était presque devenu mon ami. Il se pourrait bien que Vesci et Fitz Walter remportent une victoire définitive, cette année.

Quelques instants plus tard arriva un deuxième messager, celui-ci vêtu de vert lincoln, un arc en travers du dos. J'eus du mal à reconnaître Robert Locksley, le fils aîné de Robin. « P'pa était allé traiter une affaire à Wakefield », me confia-t-il, un peu essoufflé par sa longue course.

Je penchai la tête et haussai un sourcil interrogateur. Robin, parti d'Huntington ?

« Depuis que vous avez fait usage de votre magie et l'avez poussé à composer avec le roi John, il sort un peu plus », expliqua Robert.

La pensée du presque compromis auquel étaient parvenus les deux ennemis dans l'anneau des fées nous fit sourire tous les deux.

« Son cheval a trébuché dans une doline de la forêt au grand galop. Il s'est brisé l'épaule… et s'est cogné la tête. Nous l'avons transporté à l'abbaye de Kirklee. La mère supérieure est une guérisseuse réputée. Mais je ne lui fais pas confiance. Elle est apparentée à Fitz Walter. Ce dernier n'a jamais pardonné à p'pa d'avoir laissé tomber la rébellion. Il est à l'agonie. Il vous demande, ma Dame. » Robert eut du mal à débiter ce discours. Je savais à quel point parler lui était difficile.

Ma vision s'obscurcit sur les bords. Il était trop tard pour sauver Robin. Avant même que je puisse le rejoindre, son ami d'enfance tirerait une dernière flèche. Il enterrerait Robin là où elle aurait atterri.

Un sanglot me suffoqua un instant.

J'aurais pu l'aimer.

L'autre messager s'éclaircit la gorge.

Pourrais-je agir différemment pour John ?

Peu probable. Je pouvais lui rendre quelques forces, alléger son inconfort. Mais Dieu le rappelait à lui, comme Il rappelait Robin. En même temps. Aucun des deux ne triompherait de l'autre en lui survivant, ne serait-ce que quelques heures.

L'espace d'un instant, je crus que mon cœur allait se briser lors de la perte de chacun, sans parler des deux.

« Faites seller mon cheval. Des provisions de route. Newynog ! » Je me jetai dans l'action.

« Viendrez-vous avec moi ? » Les yeux de Robert s'illuminèrent d'une mesure d'espoir. J'avais écouté ses doléances lorsqu'il s'efforçait de passer de l'adolescence à l'âge adulte. Je l'avais poussé à poursuivre sa cour lorsque l'élue de son cœur avait résisté à ses premières tentatives pataudes. J'avais aidé à la naissance de son premier enfant. Il se tenait maintenant là, devant moi, en homme prêt à assumer son héritage et le titre de comte d'Huntington, tout en pleurant son père bien-aimé.

« Je suis désolée, Robert. Je dois rejoindre le roi. Dis-lui… Dis à Robin qu'il va me manquer et que je garderai l'anneau des fées pour lui. Il va enfin pouvoir retrouver sa Marion bien-aimée.

– Vous les avez aimés tous les deux, John et mon

père, me répondit Robert sans prendre la peine de cacher ses larmes.

– D'une certaine manière, oui. Ce sont tous deux des hommes spéciaux. Ils ont tous deux compris où allait véritablement mon cœur. Ils vont nous manquer, à Hugh et à moi. »

Quelques minutes plus tard je galopais dans le vent, Newynog courait près de moi, ravie par l'aventure.

Nous arrivâmes deux jours plus tard à Lincoln, exténuées, répugnantes et heureuses que John vécût toujours, même si cela n'allait pas durer.

Hugh me serra contre lui dès que je mis pied à terre. Je m'imprégnai de la force qu'il m'offrait une fois encore.

« Il a demandé que tu ailles directement le voir », me dit-il. Ses paroles furent hésitantes. Peut-être ne serions-nous jamais capables de pardonner à John, mais nous avions appris à le respecter et à l'estimer en tant que roi.

« J'ai besoin d'un bain et de vêtements propres.

– Sa vie ne tient plus qu'à un fil, mon cœur. Va le voir tout de suite, comme tu es. » Il me lâcha à contrecœur et me conduisit dans le château de Lincoln. Là où John m'avait pratiquement tuée en me jetant dans une oubliette.

Je frémis en repensant à ce détestable souvenir. Hugh me pressa la main pour me rassurer. Quand tout s'écroulait dans mon existence, Hugh était près de moi, alors et maintenant.

« Hugh. » Je m'arrêtai.

Il se tourna, passa un bras autour de ma taille et m'attira près de lui. « Nous n'avons pas beaucoup de temps.

– Hugh, Robin Locksley est également à l'agonie. Il m'a fallu choisir entre les deux. » La boule grossit dans ma gorge, mon menton se mit à trembler.

« Tu as déjà dû faire le même choix par le passé, *ma petite*. Les deux fois, tu as fait le bon. »

Je me faufilai dans la chambre de John. Une centaine de bougies tentait de repousser les ténèbres envahissantes. Trois braseros réchauffaient l'espace exigu. Je fus assaillie par l'odeur de l'encens, de la fumée, de la maladie et de la mort. Je ne fus pas loin de me replier vers la grande salle et son air frais.

« Ana. » Le cri ténu de John m'attira à son chevet.

Je lui pressai la main et évaluai aussitôt son état. Déshydratation due à la diarrhée, perte insigne de sang, fièvre intense, cœur affaibli. Même si j'avais connu l'antique magie guérisseuse recherchée par ma famille depuis tant de siècles, je n'aurais pu le sauver. Il avait trop attendu avant de m'appeler.

« Je suis là, Altesse.

– Je vois que vous avez encore pataugé dans chaque flaque entre Bellecôte et ici. » Il tenta de sourire en regardant ma pelisse et mes cheveux trempés. « Restez près de moi, Ana. Restez jusqu'à ce que je passe entre les mains de Dieu.

– Oui, John.

– Je vous ai aimée, Ana. Je sais que je vous ai blessée au-delà de toute mesure. J'aurais tant voulu que notre enfant vive. » Toute prétention, l'usage arrogant du « Nous » royal, son orgueil, tout avait été balayé par la maladie.

« Je vous ai menti, Altesse. Notre fille, Henrietta Carlotta – Hetty – est belle et forte. Elle assurera fièrement la descendance Griffin.

– Nommée d'après mon père. » Il sourit béatement.

« Nommée d'après mon grand-oncle et son épouse. C'est une Griffin, jusqu'au bout des ongles.

– Et le sang des Plantagenêts dans ses veines, alors ? » Un soupçon de son ancien sourire, de son ancien charme perça sous sa grimace de douleur.

Je lui bassinai le front avec de l'eau et mon propre

purificateur spécial. Ses traits se détendirent quelque peu.

« Isabelle vous a donné deux fils et trois filles pour assurer votre descendance, John. Laissez-moi notre fille pour faire de même avec la mienne. »

Il me pressa fugitivement la main avant de se plier en deux de douleur. Je lui passai de nouveau un linge humide sur le visage alors qu'il fermait les yeux.

« Dans la malle près du prie-Dieu. J'ai récusé l'édit *in praecipe*. Vous pouvez prétendre à la possession pleine et entière de Kirkenwood. Le domaine devra être légué à votre fille. Elle, son mari et leurs héritiers devront prendre le nom de Kirkenwood, puisqu'elle n'a pas droit à mon nom. La plaie Griffin mourra avec vous.

– Ai-je été une si terrible plaie pour vous ?

– Oui, et pire encore. Un ennui depuis la première fois que je vous ai vue, et que vous m'avez défié si effrontément. Nulle autre qu'une arrogante Griffin n'aurait pu agir ainsi.

– J'enseignerai à ma fille tous les bienfaits que vous avez accomplis en tant que roi. Et non pas seulement vos échecs, John.

– Aimez notre fille, Ana, comme je vous aime. »

Mes larmes ruisselèrent sur nos mains jointes.

« Robin Locksley est également à l'agonie, John.

– Quelle bienséance. Peut-être pourrons-nous enfin nous rencontrer pacifiquement au ciel.

– Une telle rencontre a déjà eu lieu. Dans l'anneau des fées, au-dessus d'Huntington.

– Oui, mais uniquement parce que vous nous obligiez à la paix. » Il poussa un soupir et garda le silence si longtemps que je le crus trépassé. Puis il se redressa un peu. « J'ai demandé qu'on m'enterre à Worcester, Ana. Faites en sorte qu'on me vête d'un habit de moine. Peut-être pourrai-je me glisser incognito au paradis. » Il gloussa faiblement. « J'ai, à de nombreuses occasions, confessé mes péchés, et pourtant je me sens encore coupable. Il est possible que je ne sois jamais purifié des forfaits que j'ai accompli sous l'influence de Blakely. Je vous remercie de m'avoir purifié de sa présence, et de m'avoir fait rechercher les compromis qui nous ont ramené l'Église. »

Je ne pus rien répondre à cela. La boule dans ma gorge me suffoquait, mes larmes m'aveuglaient à tout ce qui n'était pas nos mains réunies, nos vies réunies, nos cœurs réunis.

« Bizarre que vous soyez la seule à qui je fasse confiance pour que mes vœux voient le jour, Ana. Je n'ai jamais donné facilement ma confiance. Mais vous nous avez offert, à mes barons et à moi, un instrument de foi. J'aurais aimé vivre un peu plus longtemps pour apprendre à m'en servir. Assurez-vous que mon fils apprenne à trouver des gens aussi honnêtes que vous et Hugh. Assurez-vous qu'il apprenne à quoi sert la confiance.

– Je vous le promets, John. Je transmettrai votre confiance au travers des générations. »

Tout en pleurant ouvertement, je le pris dans mes bras et le serrai contre moi jusqu'à ce que sa vie passe dans un autre royaume.

Je le suivis quelques instants dans le tunnel de lumière. Mais il n'avait plus besoin de moi. Il se fiait à Dieu.

La Grande Charte
Magna Carta (15 juin 1215)

John, par la grâce de Dieu, roi d'Angleterre, seigneur d'Irlande, duc de Normandie et d'Aquitaine et comte d'Anjou, aux archevêques, évêques, abbés, comtes, barons, juges, forestiers, shérifs, prévôts, ministres et à tous ses baillis et fidèles sujets, salut. Sachez que sous l'inspiration de Dieu, pour le salut de notre âme et de celle de tous nos ancêtres et de nos héritiers, pour l'honneur de Dieu et l'exaltation de la sainte Église, et pour la réforme de Notre royaume, avec le conseil de nos vénérables pères : Stephen, archevêque de Canterbury, primat d'Angleterre et cardinal de la sainte Église romaine, Henry, archevêque de Dublin, William de Londres, Peter de Winchester, Jocelyn de Bath et de Glastonbury, Hugh de Lincoln, Walter de Worcester, William de Coventry, Benedict de Rochester, évêques ; de Maître Pandulph, familier et sous-diacre de Notre Seigneur le pape, Frère Aymeric (maître des Templiers en Angleterre), et les nobles personnes : William Marshall comte de Pembroke, William comte de Salisbury, William comte de Warren, William comte d'Arundel, Alan de Galloway (prévôt d'Écosse), Waren Fitz Gerald, Peter Fitz Herbert, Hubert de Burgh (sénéchal de Poitou), Hugh de Neville, Matthew Fitz Herbert, Thomas Basset, Alan Basset, Philip d'Aubigny, Robert de Roppesley, John Marshall, John Fitz Hugh, et autres de nos fidèles serviteurs.

Dans le chapitre 8, Hugh Fitz Chênenoir et l'aubergiste John Howard discutent de quelques-uns des points suivants. L'Interdit mis sur l'Angleterre et l'excommunication du roi John découlèrent de ce problème.

1. Nous avons d'abord accordé à Dieu et par cette présente Charte nous avons confirmé, pour nous et pour nos héritiers, à perpétuité, que l'Église d'Angleterre sera libre et jouira de tous ses droits et de toutes ses libertés sans qu'on puisse les amoindrir ; et ainsi voulons-nous que soit observé ce qui en ressort, c'est-à-dire que nous avons accordé la liberté des élections, réputée la plus grande et la plus nécessaire à l'Église d'Angleterre, de notre pleine et spontanée volonté, avant la discorde qui s'est élevée entre nous et nos barons, et ainsi voulons-nous que ce soit confirmé, par cette Charte, à Innocent III. Nous observerons ladite Charte et nous voulons qu'elle soit observée de bonne foi par nos héritiers à perpétuité. Nous avons aussi accordé à tous les hommes libres de notre royaume, pour nous et pour nos héritiers à perpétuité, toutes les libertés inscrites ci-dessous pour qu'ils les aient et les conservent, eux et leurs héritiers, de nous et de tous nos héritiers.

Dans le chapitre 9, Hugh doit faire face au problème de la dette quasiment inépuisable à la couronne concernant l'héritage de son beau-fils. En tant que tuteur de John, il est responsable de cette dette.

2. Si certains de nos comtes ou barons ou autres qui nous doivent le service militaire, devaient décéder, et qu'au moment de leur mort leurs héritiers sont d'âge majeur et qu'ils nous doivent une compensation, ils

auront leur héritage d'après l'ancienne compensation. C'est-à-dire, l'héritier ou les héritiers d'un comte, tout un comté pour cent livres ; l'héritier ou les héritiers d'un baron, toute une baronnie pour cent livres ; pour l'héritier ou les héritiers d'un chevalier pas plus que cent shillings pour tout le fief, et ceux qui en ont moins en donnerons moins, d'après l'ancienne coutume des fiefs.

Si Hugh règle l'intégralité de la somme réclamée pour l'héritage du jeune John, restera-t-il seulement quelque chose dont pourra hériter John, adulte ?

3. Cependant, si l'héritier de l'un des susdits est d'âge mineur et sous tutelle, il obtiendra, une fois majeur, son héritage sans compensation ou amende.

Hugh Fitz Chênenoir est un tuteur responsable d'un héritier mineur. Nombre d'entre eux ne l'étaient pas, et accaparaient les terres avant la majorité de leur pupille.

4. Le gardien des terres d'un tel héritier mineur, ne retirera des terres de celui-ci que des revenus, profits et compensations raisonnables, sans préjudice aux hommes et sans dommage ou gaspillage des biens ; si nous avons accordé la garde de ces terres à un shérif, ou à toute autre personne qui est responsable envers nous des revenus de ces terres, et qu'il endommage ou gaspille les biens à sa charge, nous lui infligerons des amendes, et la garde de ces terres sera alors confiée à deux hommes honnêtes et loyaux, qui seront responsables envers nous, ou envers celui que nous aurons assigné pour les revenus de ces terres ; et si nous donnons ou vendons la garde de ces terres et que le gardien de ces terres y cause des dommages ou des pertes, il en perdra la garde, et celles-ci seront assignées

à deux hommes honnêtes et loyaux, qui seront responsables envers nous tel que susdit.

Le roi John assume la tutelle de lady Resmiranda Griffin après la mort de son grand-oncle. Mais il refuse de s'en défaire, même si elle se marie.

5. De plus, tant que le tuteur aura la garde des terres d'un tel héritier, il conservera et maintiendra les maisons, les parcs, les réserves de chasse, les étangs, les moulins et les autres propriétés de ces terres, à partir de leurs revenus ; il les restituera à l'héritier une fois majeur, il lui rendra son domaine en entier, tel qu'il l'a reçu, avec les charrues et tous les accessoires agricoles nécessaires pour les récoltes, et que les revenus des terres peuvent raisonnablement financer.

Dans le chapitre 27, le roi John approuve le mariage peu orthodoxe de Radburn Blakely avec Resmiranda, alors que personne n'a été averti ni n'a eu la possibilité de s'y opposer – pas même la principale intéressée.

6. Les héritiers seront mariés sans aucune dépréciation, à partir du moment où ses plus proches parents auront été avisés avant le mariage.

Un des cas présentés devant la Cour au chapitre 7.

7. Après la mort de son mari, une veuve aura immédiatement et sans difficulté, sa part du ménage et son héritage ; elle n'aura rien à donner pour sa dot, le ménage, ou les biens qu'elle et son mari possédaient le jour du décès de ce dernier ; elle pourra demeurer dans la maison de son mari quarante jours après sa mort, et sa dot lui sera assignée pendant ce temps.

Voir plus haut.

8. Aucune veuve ne sera obligée de se remarier si elle préfère vivre sans mari ; étant établi qu'elle promettra de ne pas se marier sans notre permission, si elle est responsable devant nous, ni sans la permission de son seigneur, si elle est responsable devant lui.

Ce point ne vise personne en particulier. Mais à partir du moment où la terre était à la source de toute richesse, nombre de baillis avides préféraient s'emparer des domaines et de leur perpétuel apport de revenus plutôt que se contenter des meubles, vaisselle et bijoux pour régler la dette.

9. Ni nous ni nos baillis ne saisirons aucune terre ou loyer pour une dette si les biens du débiteur sont suffisants pour payer la dette, ou si le débiteur lui-même est en mesure de la payer. Le garant du débiteur ne sera pas saisi si le principal débiteur est en mesure de payer la dette. Si le débiteur principal n'a pas le nécessaire pour acquitter cette dette, elle sera alors payée par le garant ; libre à lui, en ce cas, de prendre possession des terres et des loyers du débiteur jusqu'à remboursement de la dette, à moins que le débiteur lui-même puisse démontrer qu'il s'est acquitté envers le garant.

Dans le chapitre 12, Hugh envisage un instant d'emprunter aux juifs pour se libérer de sa dette envers le roi. Tous les juifs étaient sous protection royale. Mais pas nécessairement protégés par le roi.

10. Si quiconque a emprunté une somme, importante ou non, aux juifs, et qu'il décède avant d'avoir pu rembourser la dette, celle-ci n'accumulera aucun intérêt pendant que les héritiers seront mineurs, qui que soit

leur tuteur ; et si cette dette tombait entre nos mains, nous ne réclamerons rien d'autre que la somme principale notée dans l'engagement.

Voir plus haut.

11. Et si quiconque décédait en étant débiteur des juifs, son épouse recevra sa dot et ne paiera rien pour la dette ; et si les enfants du défunt sont mineurs, le nécessaire leur sera assuré à partir des propriétés du défunt. La dette sera alors payée avec ce qui restera des revenus, après prélèvement de l'impôt féodal ; il en ira de même pour les dettes dues à des non-juifs.

La société féodale reposait sur un écheveau compliqué d'obligations et responsabilités de service militaire. À l'époque du roi John, ce réseau était si complexe que certains seigneurs devaient un service à chaque belligérant et que John préférait louer les services de mercenaires que se fier à ses barons. L'Angleterre sortait également d'une économie de troc absolu et devenait dépendante du système monétaire. Le rachat des obligations militaires devint donc une alternative plausible. Voir chapitres 11 et 38.

12. Aucun écuage (paiement en monnaie à la place du service féodal) ou aide ne sera imposé dans notre royaume sans l'accord du Conseil commun de notre royaume, à moins que ce ne soit pour la rançon de notre personne, pour faire de notre fils aîné chevalier ou, pour une fois seulement, le mariage de notre fille aînée. Et, pour cela, il ne sera demandé qu'une aide raisonnable. Ainsi en ira-t-il pour les aides concernant la Cité de Londres.

Le chapitre 38 évoque le problème longtemps sans solution de Londres. Les citoyens reconnaissaient l'impor-

tance de leur Cité. Nul monarque ne pouvait espérer la gouverner sans leur soutien. Par conséquent, ils tenaient à préserver leur indépendance. Des siècles durant, aucun souverain ne put pénétrer dans la ville – la partie délimitée par les anciennes fortifications – sans l'accord du lord-maire.

13. Et la Cité de Londres jouira de toutes ses anciennes libertés et libres coutumes, autant sur terre que sur eau. En outre, nous voulons et concédons que tous les autres cités, bourgs, villes et ports, auront leurs entières libertés et libres coutumes.

Les tout débuts d'une sorte de parlement ou gouvernement d'un commun accord entre les barons, les responsables de l'Église et la monarchie. Il est brièvement fait mention de cette nécessité dans le chapitre 38.

14. Et pour obtenir l'accord du Conseil commun du royaume (à l'exception des trois cas susdits) et pour déterminer le montant de l'écuage, nous ferons en sorte de convoquer les archevêques, évêques, abbés, comtes et hauts barons du royaume, par lettre ; de plus, nous ferons généralement convoquer nommément par nos shérifs et baillis, au moins quarante jours avant la date, en un jour et un lieu précis, tous ceux qui nous sont principalement responsables ; et, dans toutes ces lettres, nous donnerons la raison de cette convocation. Et, la convocation ainsi faite, il sera procédé à la décision de l'affaire au jour dit selon la décision de ceux qui seront présents, quand bien même tous les gens convoqués ne se seraient pas présentés.

Si le roi ne peut plus lever l'écuage sans un accord commun, les barons ne le peuvent pas non plus. Robert Fitz Walter a dû y avoir recours pour régler sa rançon au roi de France, et n'a jamais pardonné son refus de payer à John.

15. À l'avenir, nous ne concéderons à personne le droit de lever une aide sur ses hommes libres, à moins que ce ne soit pour la rançon de sa personne, pour faire de son fils aîné un chevalier ou, une fois seulement, pour le mariage de sa fille aînée ; et, en ce cas, que ce soit une aide raisonnable.

Je n'ai pas particulièrement traité ce point. Mais alors, il y a toujours du léchage de bottes. Le roi ne peut simplement en faire une obligation.

161. Personne ne sera obligé de faire plus de service qu'il n'en doit pour un fief de chevalier, ou pour toute autre libre tenure.

Cela se passe tout au long de l'ouvrage. Il se peut que John ait été un juge admirable et très recherché par les plaignants. Mais il existait d'autres juges, à même de régler un différend sur place, ce qui évitait aux litiges mineurs ou strictement locaux de courir après un roi itinérant.

17. Les plaidoyers ordinaires ne seront pas entendus à notre Cour, mais en un lieu précis.

Par deux fois, lady Resmiranda essaye de faire juger le meurtre de son grand-oncle. Au chapitre 48, elle tente d'arracher Kirkenwood aux mains de John, qui ne l'autorise pas à porter le cas devant une cour. Cette clause autorise également la tenue d'une cour ordinaire quatre fois par an dans chaque comté, et préfigure le droit à un prompt procès.

18. Les procès en dépossession (procédure légale afin de rendre leurs droits à ceux qui ont été injustement dépouillés), de mort d'ancêtre (procédure légale pour dédommager ceux à qui on a refusé un héritage) et les actes de dernier recours, seront seulement entendus dans le comté dont dépendent ces causes : nous, ou, en notre absence du royaume, notre Grand Justicier, enverrons quatre fois par an deux juges dans chaque comté, qui, avec quatre chevaliers du comté choisis par le comté, entendront lesdits procès dans le comté, à la date et à l'endroit prévu.

Mesure tellement élémentaire que je ne l'ai pas traitée.

19. Et si lesdites assises ne peuvent pas être entendues le jour prévu pour ce comté, qu'il reste des chevaliers et des propriétaires, présents ce jour-là à la Cour, en nombre suffisant pour juger de la cause, selon l'importance du différend.

Voir chapitres 7 et 9.

20. Un homme libre ne sera mis à l'amende, pour un petit délit, que suivant la gravité de l'offense, et il en sera ainsi pour une offense plus grave, mais sans le priver de son content. De la même manière, on épargnera les marchandises d'un marchand, les instruments d'un vilain – s'ils étaient soumis à notre indulgence. Aucune des susdites amendes ne sera imposée sans le témoignage sous serment de voisins honnêtes.

Un jury de ses pairs. Il est à noter que cela s'applique exclusivement à la noblesse. À cette époque, ce droit ne concernait pas l'homme ordinaire.

21. Les comtes et barons ne seront mis à l'amende que par leurs pairs, et seulement suivant l'importance du délit.

Voir chapitre 8. Ce fut un des points de discorde entre John et l'Église durant toute la période de l'Interdit et de l'excommunication.

22. Aucun clerc ne sera mis à l'amende eu égard à ses possessions séculières, ou selon les pratiques des autres susdits ; de plus, il ne sera pas mis à l'amende selon l'importance de ses bénéfices ecclésiastiques.

Voir chapitres 23 et 29. La construction et l'entretien des ponts coûtaient cher. Les péages n'y suffisaient pas toujours.

232. Ni un village ni un individu ne sera tenu de construire des ponts sur les berges, sauf ceux qui y sont légalement obligés par d'anciens engagements.

Les crimes sérieux devaient revenir à la couronne, et ne pouvaient être arbitrairement jugés par des cours mineures.

24. Aucun shérif, connétable, fonctionnaire, ou un autre de nos baillis, ne pourra intenter de poursuites au nom de la couronne.

Entendons cela comme un contrôle des prix ! Cependant, à cause de cela et de l'inflation, la couronne fut parfois au bord de la banqueroute. Il y est brièvement fait mention au chapitre 38.

25. Tous les comtés, divisions de comtés et cantons (exception faite de nos domaines), resteront aux anciens loyers, sans augmentation.

Le problème récurrent de recouvrement des dettes après le décès d'un homme, quand ses parents tentaient de dissimuler sa véritable fortune.

26. Si un responsable de l'un de nos fiefs séculiers décède, et que notre shérif ou notre bailli présente nos lettres patentes d'assignation pour une dette qu'avait envers nous le défunt, notre shérif ou notre bailli pourra légalement attacher ou saisir tous les biens et les propriétés du défunt trouvés dans ledit fief, afin que rien ne soit enlevé avant que la dette ait été acquittée, sous la surveillance d'honnêtes hommes. Le reliquat sera ensuite remis aux exécuteurs testamentaires. Si rien ne nous est dû, on disposera des biens selon le testament du défunt (tout en conservant une part raisonnable pour son épouse et ses enfants).

Gardons nos archives en ordre. John aimait que tout fût rédigé, signé et archivé.

27. Si un homme libre meurt intestat, ses biens seront distribués par sa proche parenté et ses amis, sous la surveillance de l'Église, après que les dettes du défunt auront été payées à ses créditeurs.

Les rois précédents avaient l'habitude de prélever les taxes et les dîmes sous forme de biens et de nourriture plutôt qu'en argent. Mais, au fur et à mesure que la monnaie devint plus accessible et que l'économie changea, les gens devaient s'assurer qu'ils n'étaient pas doublement taxés, en argent et en biens. Il y avait également le problème récurrent de l'approvisionnement des troupes durant une guerre, à l'étranger ou civile. Qui payait pour cela ? Voir chapitre 18.

28. Aucun connétable ou autre bailli ne prendra à personne du grain ou d'autres provisions sans les payer immédiatement, sauf si le vendeur lui accorde volontairement crédit.

Brièvement mentionné dans le chapitre 24, alors que Silvester reçoit l'ordre de quitter la Cour pour garder le château de Lincoln. Il aurait probablement pu, s'il avait disposé d'argent liquide, soudoyer quelqu'un pour échapper à cette tâche, ou la confier à un autre, à condition d'avoir eu confiance en lui.

29. Aucun connétable n'obligera un chevalier à le payer pour la garde de son château, qu'il en fasse la garde lui-même ou, s'il ne peut pas la faire pour une bonne raison, qu'il la fasse faire par un autre homme responsable. Et si nous l'envoyons au service militaire, il sera libéré de la garde du château pendant le temps où il sera à notre service.

Voir chapitre 19.

30. Aucun de nos shérifs ou baillis, ou autres, ne prendra les chevaux ou les charrettes d'un homme libre pour le service du transport contre la volonté du propriétaire.

Voir plus haut.

31. Ni nous, ni nos baillis, ne prendrons le bois d'autrui pour nos châteaux ou un autre usage sans la permission du propriétaire du bois.

Voir les chapitres 32 à 33 pour ce qui concerne les problèmes de lady Resmiranda. John confisquait les propriétés de ses ennemis, principalement celles de

William de Briouze, qui ne commit vraisemblablement aucun crime, à part celui d'encourir l'extrême déplaisir du roi. Briouze mourut en exil après que sa famille eut été emprisonnée et fut probablement morte de faim dans une oubliette.

32. Nous ne garderons pas au-delà d'un an et un jour la tenure des terres de ceux qui ont été convaincus de félonie et, par la suite, cette tenure sera rétrocédée au seigneur du fief.

Eustace de Vesci évoque ce point au chapitre 26.

33. Toutes les nasses (barrière sur une rivière avec des ouvertures garnies de filets pour pêcher le poisson) seront enlevées de la Tamise, de la Medway, et dans toute l'Angleterre, sauf sur les côtes maritimes.

Au chapitre 48, lady Resmiranda a perdu le contrôle de ses domaines et ne peut le regagner tant que son différend avec John ne sera pas réglé. Le sujet n'est pas arrangé jusqu'à la mort de John.

34. L'acte judiciaire *in praecipe* (l'ordre de dépossession lorsque les droits sur un domaine sont contestés) ne sera dorénavant émis pour personne, si ledit acte pouvait priver un homme libre de sa cour.

Voir chapitre 18. Il nous faut remercier John pour les mesures de poids et de longueur standard.

35. Il n'y aura qu'une seule mesure de vin dans tout notre royaume, une mesure de bière et une mesure de grain, à savoir le « quart de Londres ». Et il n'y aura qu'une seule largeur de tissu (qu'il soit teint, grossier ou

de drap), à savoir deux aunes entre les lisières. Il en sera de même pour les poids et pour les mesures.

Les requérants étaient souvent obligés de payer pour avoir le droit de présenter leur cas devant la Cour. Voir chapitre 7.

36. Rien ne sera dorénavant payé ni demandé pour un mandat d'accusation, qui menace les droits et libertés de l'accusé. Il sera accordé et jamais refusé.

Autre point qui tente de démêler les relations complexes dans la société féodale.

37. Si quelqu'un est responsable envers nous pour un fief en tenure, par socage (redevance féodale sur une terre, incluant le paiement d'un loyer ou d'un service non militaire à un supérieur), ou par burgage (tenure d'un terrain en ville sur la base d'un loyer annuel) et garde les terres d'un autre pendant son service militaire, nous n'aurons pas (ni en tenure, ni en socage, ni en burgage) la tutelle de ses héritiers, ni des terres qui appartiennent au fief d'un autre. Nous n'aurons pas non plus la tutelle de telles fermes en tenure, par bail ou location, sauf si le service militaire nous est dû par ledit fief en tenure. Nous n'aurons pas la tutelle des héritiers, ni des terres de quelqu'un qui les garde pour nous, en considération de quelques menus services qu'il nous doit, tels que des poignards, des flèches ou autres.

Voir chapitre 10.

38. À l'avenir, aucun bailli ne soumettra quiconque à sa « loi » sur sa seule accusation non corroborée, sans produire des témoins fiables convoqués pour cela.

Voir chapitre 5 pour les problèmes de lady Resmiranda, et chapitre 12 pour une référence à William de Briouze.

39. Aucun homme libre ne sera saisi, emprisonné, dépossédé de ses biens, déclaré hors-la-loi, exilé ou exécuté de quelque manière que ce soit. Nous ne le condamnerons pas non plus à l'emprisonnement sans un jugement légal de ses pairs, conforme aux lois du pays.

Brièvement mentionné au chapitre 7, et également au chapitre 26.

403. Nous ne vendrons, ni ne refuserons ou retarderons le droit ou la justice à personne.

Nous avons rencontré le cas avec un marchand étranger au chapitre 10

41. Tous les marchands pourront sortir et entrer en Angleterre, y demeurer et circuler librement en toute sécurité par voies terrestre ou fluviale, pour acheter ou vendre, selon les anciennes et justes coutumes, sans péage malveillant, sauf (en temps de guerre) si ces marchands viennent d'un pays en guerre contre nous. Et s'ils sont découverts dans notre royaume au début de la guerre, ils seront retenus sans préjudice à leur personne ni à leurs biens, jusqu'à ce que nous ou Grand Juge ayons appris de quelle manière sont traités nos marchands lorsqu'ils sont découverts dans le pays belligérant. Si nos citoyens y sont bien traités, il en ira de même pour eux dans notre pays.

Lady Resmiranda essaye plusieurs fois de quitter la Cour, mais ne parvient pas à obtenir la permission du roi. Chapitre 7 et 12.

42. À l'avenir, il sera permis à toute personne (à l'exception des prisonniers et des hors-la-loi, des natifs d'un pays en guerre contre nous et des marchands, qui seront traités comme prescrit ci-dessus) de sortir de notre royaume et d'y entrer librement et en toute sécurité, par mer ou par terre, sauf pour de courtes périodes en temps de guerre, par mesure de sagesse publique – et la loyauté due à notre égard.

Hugh Fitz Chênenoir n'aurait jamais dû avoir à payer une compensation pour Bellecôte, puisque le dernier baron – son beau-fils – était mort sans héritier. Les terres et le titre auraient dû être offerts gratuitement par le roi au nouveau baron. Chapitre 35.

43. Si quiconque détenant un bien en déshérence « la rétrocession d'une propriété à l'État ou à un seigneur après la mort sans héritier du propriétaire » (tels que les privilèges de Wallingford, Nottingham, Boulogne, Lancaster ou tout autre, entre nos mains et qui sont des baronnies) meurt, ses héritiers ne payeront pas d'autres compensations ni ne rendront aucun service que ceux dus au baron, si cette baronnie appartenait encore au baron. Et nous la garderons de la même façon que si elle appartenait encore au baron.

Robin Locksley, comte de Huntington, inspira probablement cet article.

44. Les hommes qui habitent à l'extérieur de notre forêt ne comparaîtront pas désormais, suite à une convocation générale, devant nos juges de la forêt, sauf s'ils sont impliqués dans un plaidoyer, ou qu'ils doivent se porter garants pour un ou plusieurs habitants de la forêt.

Chapitre 10. Sire Arundel fut plus typique qu'il nous plaît de le croire.

45. Nous ne nommerons au poste de juge, de connétable, de shérif ou de bailli, que des personnes averties des lois du royaume, et disposées à les observer.

L'Église ne peut tout avoir. Voir chapitre 35.

46. Tous les barons qui ont fondé des abbayes, pour lesquelles ils ont reçu des chartes des rois d'Angleterre, ou qu'ils possèdent depuis longtemps, en auront la garde lorsqu'elles deviendront vacantes, selon le droit qui est le leur.

Encore Robin Locksley.

474. Toutes les forêts entretenues durant notre règne seront immédiatement défrichées. Il en ira de même pour les berges de rivières déclarée « lieux défensifs » durant notre règne.

Voir plus haut.

48. Toutes les habitudes néfastes concernant les forêts et les réserves de chasse, des forestiers et des gardes de chasse, des shérifs et de leurs officiers, ainsi que celles des berges et de leurs gardiens, seront immédiatement examinées dans chaque comté par douze chevaliers assermentés de ce même comté, désignés par d'honnêtes hommes. Quarante jours après l'enquête, ces habitudes seront totalement abolies et jamais restaurées. À condition que nous ou notre juge (si nous ne sommes pas en Angleterre) en ayons été préalablement avisés.

Au cours de la guerre civile de 1213-1215, John poursuivit la tradition de prendre des otages. Dans le chapitre 43, nous voyons comment il les traitait parfois d'une manière déshonorante.

49. Nous rendrons tous les otages et les chartes qui nous auront été livrés par les Anglais en gage de paix ou de loyal service.

Au chapitre 10, nous voyons brièvement certains des mercenaires mentionnés dans l'article suivant. Au chapitre 9, nous rencontrons quelques-uns des problèmes découlant de la confiance qu'avait John dans les mercenaires pour combattre ses batailles. Dans le chapitre 41, l'un des attaquants se révèle être un parent de mercenaire.

50. Nous expulserons de leurs bailliages les relations de Gérard Athee (afin qu'ils n'aient, dans le futur, plus aucun bailliage en Angleterre ; à savoir Engelard de Cigogne, Guy et Andrew de Chanceaux (ou Chancell dans une acception différente), Guy de Cigogne, Geoffrey de Martigny et ses frères, Philip Mark, et ses frères, et Geoffrey son neveu, et toute cette engeance.

Voir plus haut.

51. Dès le retour de la paix, nous bannirons du royaume tous les chevaliers, archers, et les soldats mercenaires étrangers, qui sont venus ici avec leurs chevaux et leurs armes au détriment du royaume.

Cet article s'adresse une fois encore à tous ceux qui, comme Resmiranda, ont été spoliés. Ce genre de réclamation devait être décidé par vingt-cinq barons, un début de parlement.

52. Si quiconque a été chassé ou dépossédé par nous, sans jugement légal de ses pairs, de ses terres, de son château, de ses franchises ou de ses droits, nous les lui restituerons immédiatement ; et s'il survenait une contestation sur ce point, celle-ci sera réglée par les vingt-cinq barons mentionnés ci-dessous, eu égard pour la paix. De plus, en ce qui concerne ces possessions de quiconque, qui auraient été saisies sans jugement légal de ses pairs par notre père le roi Henry ou notre frère le roi Richard, et que nous aurions donc en notre possession (ou en possession d'autres, à qui nous sommes tenus de les garantir), nous aurons répit, jusqu'à la fin normale de la croisade, sauf pour celles qui ont fait l'objet d'une plainte ou pour lesquelles une enquête a été diligentée sur notre ordre avant que nous ayons pris la Croix ; cependant, dès que nous serons revenus de notre expédition (ou si, par hasard, nous y renoncions), nous leur accorderons immédiatement toute justice.

Prolongation des articles 47 et 48.

53. De plus, nous jouirons du même répit, et de la même manière de rendre justice concernant le défrichage et la rétention des forêts que notre père le roi Henry ou notre frère le roi Richard avaient plantées ; il en ira de même en ce qui concerne la gestion des terres qui sont dans le fief d'un autre (plus précisément les terres que nous avons eues jusqu'à présent, en raison de certains fiefs gérés par d'autres en notre nom et au nom d'un service de chevalerie), et également pour les abbayes fondées dans tout autre fief que les nôtres, et sur lesquelles le seigneur du fief prétend avoir un droit. Dès notre retour, ou si nous renonçons à notre expédition, nous rendrons immédiatement justice à toutes ces réclamations.

Ceci paraît s'adresser directement à lady Resmiranda et à ses tentatives de procès pour le meurtre de son grand-oncle.

54. Aucun homme ne sera arrêté ou emprisonné pour la mort d'un autre à la demande d'une femme, sauf si la victime est son mari.

Une correction des erreurs du passé, mais qui permet à un comité de superviser le processus. Encore une fois, la première ébauche d'un parlement.

55. Toutes les amendes injustement imposées par nous à l'encontre des lois du pays, et toutes les peines pécuniaires (punitions arbitraires) injustement imposées à l'encontre des lois du pays seront intégralement restituées, ou tel que déterminé par le verdict des vingt-cinq barons mentionnés ci-dessous, eu égard pour la paix, ou selon le verdict d'une majorité des mêmes avec le susdit Stephen, archevêque de Canterbury, s'il peut être présent, et avec d'autres qu'il pourrait penser appropriés de prendre avec lui, et, s'il ne peut pas être présent, les affaires procéderont quand même sans lui ; mais si un ou plus des vingt-cinq barons avaient un plaidoyer semblable, ils seront excusés pour ce procès, et d'autres seront élus et assermentés (seulement pour ce procès) par le reste des vingt-cinq pour les remplacer.

Un geste de paix en direction du pays de Galles.

56. Si nous avons saisi ou dépossédé certains Gallois de leurs terres, de leurs libertés ou autres droits sans le juste verdict de leurs pairs, en Angleterre ou au pays de Galles, tout leur sera immédiatement restitué ; et en cas

de contestation, la chose sera jugée dans les Marches par leurs pairs ; pour les possessions en Angleterre selon la loi anglaise, pour les possessions en pays de Galles selon la loi galloise, et pour des possessions dans les Marches selon la loi des Marches. Les Gallois agiront de même envers nous et nos sujets.

Voir plus haut. D'autres versions de ce document scindent l'article suivant en cinq autres articles qui accumulent un certain nombre de décisions politiques.

57. De plus, pour tous les biens saisis ou dérobés à un Gallois sans le verdict légal de ses pairs par notre père le roi Henry ou notre frère le roi Richard, et que nous avons en notre possession (ou que d'autres détiennent par mandat de nous), nous aurons un répit jusqu'au terme de la croisade, sauf pour ceux qui ont fait l'objet d'une plainte ou d'une enquête diligentée par nous avant que nous ayons pris la Croix. Mais, dès notre retour (ou si, par hasard, nous renoncions à cette expédition), nous accorderons immédiatement justice selon les lois du pays de Galles et en relation avec les régions susnommées. Nous libérerons immédiatement le fils de Llywelyn et tous les otages du pays de Galles, ainsi que les chartes conclues avec nous en gage de paix. Nous ferons de même pour Alexander, roi d'Écosse, concernant la restitution de ses sœurs, des otages, de ses franchises et ses droits, de la même manière que nous traitons nos autres barons en Angleterre, à moins que le contraire ne soit stipulé dans les chartes que nous avons reçues de son père William, précédent roi d'Écosse ; et ceci sera déterminé selon le verdict de ses pairs à notre Cour. De plus, toutes ces coutumes et libertés susdites, l'observance d'icelles que nous avons garanties dans notre royaume comme des droits de nos hommes envers nous sera respectée par tous dans notre royaume, aussi bien par les ecclésiastiques que

par les laïques en ce qui concerne leurs sujets. Puisque nous avons accordé tous les susdits droits et libertés pour Dieu et pour l'amendement de notre royaume, et pour mieux éteindre la discorde survenue entre nous et nos barons, nous leur avons accordé ces concessions, désireux qu'ils en jouissent à jamais, nous leurs accordons les garanties ci-dessous. Plus précisément, les barons pourront élire à leur guise vingt-cinq barons du royaume, qui seront de leur plein gré chargés d'observer et de conserver la paix et les libertés que nous leurs avons accordées et confirmées par la présente charte, afin que si nous, notre juge, nos baillis ou n'importe lequel de nos officiers sont en faute vis-à-vis de quiconque, ou qu'ils violent certains des articles de la paix ou de cette garantie, et si l'offense est constatée par quatre des susdits vingt-cinq barons, ces quatre barons viendront vers nous (ou notre juge si nous sommes à l'extérieur du royaume) nous informer des abus commis pour que réparation soit faite sans délai. Et si nous n'avons pas fait réparation pour l'abus (ou, dans le cas de notre absence du royaume, si notre juge n'a pas fait réparation) dans les quarante jours à partir du moment où nous (ou notre juge) avons été informés de l'abus, les susdits quatre barons présenteront la cause devant le reste des vingt-cinq barons, alors, les vingt-cinq barons et le peuple nous puniront et nous harcèleront par tous les moyens à leur disposition. À savoir en saisissant nos châteaux, nos terres et nos possessions, ou par tout autre moyen en leur pouvoir, jusqu'à ce que l'abus ait été réparé conformément à leur verdict, sauf outrage à notre personne et aux personnes de notre reine et de nos enfants. Après la réparation de l'abus, ils reprendront leurs relations normales avec nous. Et quiconque de notre pays qui le désire peut jurer obéissance aux susdits vingt-cinq barons pour l'exécution des points susdits et, avec eux, nous tracasser du mieux qu'ils le peuvent. Et nous donnons, de notre plein gré et publiquement, la permission à tous ceux qui le désirent de jurer ainsi. Nous n'interdirons jamais à personne de faire ce serment. Mais nous obligerons par nos ordres tous ceux de notre pays qui ne voudront pas faire librement le serment aux vingt-cinq barons, de nous tracasser avec eux tel que susdit. Et si un quelconque des vingt-cinq barons devait décéder, sortir du pays, ou être dans une quelconque incapacité d'accomplir les susdits devoirs, ceux des vingt-cinq barons restants en éliront un autre à leur guise, et il sera assermenté de la même manière que son prédécesseur. Concernant les devoirs pour lesquels ces vingt-cinq barons ont été nommés : si les vingt-cinq barons présents pour un sujet précis avaient des différences d'opinion au sujet d'un point quelconque, ou si certains de ceux qui ont été convoqués ne voulaient pas ou ne pouvaient pas être présents, ce que la majorité de ceux qui sont présents déterminera et décrétera sera aussi ferme et valable que si tous les vingt-cinq avaient été d'accord. Et les susdits vingt-cinq barons jureront d'observer et de faire observer fidèlement tous les susdits devoirs par tous les moyens en leur possession. Et nous n'obtiendrons rien de quiconque, par nous-même ni par l'intermédiaire d'un autre, qui puisse révoquer ou abroger ces droits et libertés. Et si une telle chose nous était fournie, qu'elle soit invalide et annulée, nous n'en ferons jamais usage, ni par nous-même, ni par l'intermédiaire d'un autre. Nous avons pleinement restitué et pardonné à tous les hommes la mauvaise volonté, la rancœur et les ressentiments qui ont surgi entre nous et nos sujets, le clergé et les laïques, depuis le début de cette discorde. De plus, toutes les infractions nous concernant et occasionnées par ladite discorde, par le clergé ou les laïques, depuis Pâques durant la seizième année de notre règne [1215] jusqu'à la conclusion de la paix, ont entièrement été pardonnées. Et, sur ce point, nous avons fait faire des lettres patentes pour le seigneur Stephen, archevêque de

Canterbury, le seigneur Henry, archevêque de Dublin, et aux susdits évêques, ainsi qu'à maître Pandulph, concernant ces garanties et concessions susdites. Par conséquent, il est de notre volonté, et nous nous réjouissons fortement que l'Église d'Angleterre soit libre et que les hommes de notre royaume soient en possession des susdites libertés, droits et concessions, en pacifique, pleine et entière liberté, pour eux et leurs héritiers, de nous et de nos héritiers, en tous lieu et occasion, à perpétuité, tel que susdit. De plus, serment a été fait, par nous et les barons, que toutes les conditions susdites seront observées en toute bonne foi, et sans mauvaise intention. Donné de notre main – en présence des susdits témoins et de plusieurs autres – dans la prairie nommée Runnymede, entre Windsor et Staines, le quinzième jour de juin, durant la dix-septième année de notre règne.

1 – Dans une version ultérieure de ce document, les articles 16 et 17 ont été supprimés. (Note de l'auteur.)
2 – Les articles 23 et 24 ont également été éliminés de la version réimprimée par le roi Henry III. (Note de l'auteur.)
3 – L'article 40 a aussi été victime du couperet dans la version suivante du document. (Note de l'auteur.)
4 – L'article 47 a aussi été considéré comme invalide dans la dernière version. (Note de l'auteur.)

RÉALISATION : I.G.S.-C.P. À L'ISLE-D'ESPAGNAC
IMPRESSION : BRODARD ET TAUPIN À LA FLÈCHE
DÉPÔT LÉGAL : AVRIL 2007. N° 87389 (40507)
IMPRIMÉ EN FRANCE